NICHOLAS SPARKS
Mit dir an meiner Seite

NICHOLAS SPARKS

Mit dir an meiner Seite

Roman

Aus dem Amerikanischen
von Adelheid Zöfel

HEYNE‹

Die Originalausgabe erschien unter dem Titel *The Last Song*
bei Grand Central Publishing/Hachette Book Group USA, New York

Verlagsgruppe Random House FSC-DEU-0100
Das für dieses Buch verwendete
FSC-zertifizierte Papier *Munken Premium*
liefert Arctic Paper Munkedals AB, Schweden.

4. Auflage
Copyright © 2009 by Nicholas Sparks
Copyright © 2010 der deutschen Ausgabe
by Wilhelm Heyne Verlag, München
in der Verlagsgruppe Random House GmbH
Herstellung: Helga Schörnig
Satz: Leingärtner, Nabburg
Druck und Bindung: GGP Media GmbH, Pößneck

ISBN: 978-3-453-26652-0

www.nicholas-sparks.de
www.heyne.de

Für Theresa Park und Greg Irikura,
meine Freunde

Ronnie

Durchs Schlafzimmerfenster schaute sie hinaus auf die Wellen, die sich am Strand brachen. Ob Pastor Harris schon in der Kirche war?, fragte sie sich. Wahrscheinlich ja. Und ob er wohl bemerkte, was für wunderschöne Lichteffekte die durchs Buntglasfenster fallenden Sonnenstrahlen hervorriefen? Es war über einen Monat her, dass das Fenster eingesetzt worden war. Bestimmt war der Pastor viel zu beschäftigt, um darauf zu achten. Aber Ronnie hoffte, dass vielleicht irgendein Fremder heute Morgen die Kirche betrat und ergriffen innehielt, so wie sie selbst an jenem kalten Novembertag, als sie zum ersten Mal das herrliche Licht in den Kirchenraum fluten sah. Vielleicht nahm sich dieser Besucher auch ein wenig Zeit, um darüber nachzudenken, woher das Fenster stammte. Und um seine überwältigende Schönheit zu bewundern.

Ronnie war schon seit einer Stunde wach, konnte sich aber nicht aufraffen, den Tag zu beginnen. Die Feiertage fühlten sich dieses Jahr anders an als sonst. Gestern hatte sie mit Jonah, ihrem kleinen Bruder, einen Strandspaziergang gemacht. Auf den Veranden der Häuser, an denen sie unterwegs vorbeikamen, standen vereinzelt festlich geschmückte Weihnachtsbäume. Jetzt im Winter hatten sie und ihr Bruder den Strand mehr oder weniger für sich, aber Jonah interessierte sich weder für die Wellen noch für die Möwen, die er vor wenigen Monaten noch absolut faszinierend gefunden hatte. Stattdessen wollte er lieber in die Werkstatt. Ronnie hatte ihn natürlich hingebracht, aber auch da blieb er nur ein paar Minuten, dann ging er schon wieder, ohne ein Wort zu sagen.

Auf Ronnies Nachttisch lag ein Stapel mit gerahmten Fotos aus dem Wohnzimmer des kleinen Strandhauses. Außerdem noch ein paar andere Sachen, die sie heute in aller Frühe geholt hatte. Gedankenverloren starrte sie darauf, wurde dann aber von einem Klopfen unterbrochen. Ihre Mom steckte den Kopf zur Tür herein.

»Möchtest du frühstücken? Ich habe im Küchenschrank eine Packung Cornflakes gefunden.«

»Ich habe keinen Hunger, Mom.«

»Aber du musst etwas essen, Schätzchen.«

Ronnie konnte den Blick nicht von dem Stapel mit den Fotos abwenden, nahm sie aber gleichzeitig gar nicht richtig wahr. »Ich habe so vieles falsch gemacht, Mom. Und jetzt weiß ich nicht, was ich tun soll.«

»Du meinst, wegen Dad?«

»Ja, und überhaupt.«

»Möchtest du darüber reden?«

Als Ronnie nicht antwortete, setzte sich ihre Mutter zu ihr auf die Bettkante.

»Manchmal hilft es, wenn man es ausspricht. Du warst die letzten Tage immer so still.«

Einen Moment lang fühlte sich Ronnie von der Last der

vielen Erinnerungen fast erdrückt: das Feuer und der Wiederaufbau der Kirche, das Buntglasfenster, die Komposition, die sie doch noch abgeschlossen hatte. Sie dachte an Blaze, an Scott, an Marcus. Sie dachte an Will. Sie war jetzt achtzehn, und ihre Gedanken wanderten zurück zum letzten Sommer, dem Sommer, in dem sie betrogen und verhaftet worden war. Dem Sommer, in dem sie sich verliebt hatte. Es war alles noch gar nicht lange her, aber manchmal hatte sie das Gefühl, als wäre sie inzwischen ein ganz anderer Mensch.

Ronnie seufzte. »Was macht Jonah?«

»Er ist nicht hier. Brian ist mit ihm Schuhe kaufen gegangen. Jonah ist wie ein kleiner Hund. Seine Füße wachsen schneller als der Rest.«

Ronnie lächelte, aber ihr Lächeln verschwand genauso schnell wieder, wie es gekommen war. Sie schwieg und ließ es willig über sich ergehen, dass Mom ihre langen Haare zu einem lockeren Pferdeschwanz zusammennahm. Das tat sie oft – seit Ronnie ein kleines Mädchen war, und komischerweise fand sie es sehr tröstlich. Was sie natürlich nie zugegeben hätte.

»Ich mache dir einen Vorschlag«, fuhr ihre Mutter fort, ging zum Schrank und stellte den Koffer aufs Bett. »Erzähl mir was vom Sommer, während du deine Sachen packst.«

»Ich weiß doch gar nicht, womit ich anfangen soll.«

»Wie wär's, wenn du einfach vorne beginnst? Jonah hat etwas von Schildkröten gesagt.«

Ronnie verschränkte die Arme vor der Brust. Nein, ihre Geschichte begann nicht mit den Schildkröten. »So ganz stimmt das nicht«, murmelte sie. »Ich war zwar nicht dabei, als es passiert ist, aber ich glaube, eigentlich hat das Ganze mit dem Brand angefangen.«

»Mit welchem Brand?«

Zwischen den gerahmten Fotos steckte auch ein alter Zeitungsartikel, den Ronnie herauszog und ihrer Mutter reichte.

»Den Brand hier meine ich«, sagte sie. »Das Feuer in der Kirche.«

Verbotene Feuerwerkskörper vermutlich Ursache für Kirchenbrand Pastor verletzt

Wrightsville Beach, North Carolina. – Ein Feuer zerstörte am Silvesterabend die historische Baptistenkirche. Als Ursache vermuten die Behörden verbotene Feuerwerkskörper.

Die Feuerwehr wurde von einem anonymen Anrufer kurz nach Mitternacht alarmiert und zu der Kirche am Strand gerufen. Dort schlugen aus dem hinteren Teil des Gebäudes bereits hohe Flammen, und dichter Rauch drang ihnen entgegen, wie Tim Ryan, Leiter der Feuerwehr von Wrightsville Beach, berichtete. Die Überreste einer Feuerwerksrakete wurden als Brandursache identifiziert.

Pastor Charlie Harris befand sich zu dem Zeitpunkt, als das Feuer ausbrach, in der Kirche. Er erlitt an Armen und Händen Verbrennungen zweiten Grades. Deshalb wurde er in das Krankenhaus in New Hanover transportiert und liegt derzeit noch auf der Intensivstation.

Es war bereits der zweite Kirchenbrand in zwei Monaten im Bezirk New Hanover. Im November war die Good Hope Convenant Church bis auf das Fundament niedergebrannt. »Die Ermittler haben noch immer den Verdacht, dass es sich um Brandstiftung handelt, und gehen der Sache weiter nach«, sagte Ryan.

Augenzeugen berichten, sie hätten gesehen, wie etwa zwanzig Minuten vor dem Brand auf dem Strandstück hinter der Kirche Feuerwerkskörper gezündet wurden, vermutlich im Zusammenhang mit Silvester. »Feuerwerksraketen sind im Staat North Carolina verboten, und angesichts der langen Dürreperiode ist ihre Wirkung besonders gefährlich«, warnte Ryan. »Das Feuer ist der Beweis dafür. Ein Mann liegt im Krankenhaus, und die Kirche ist zerstört.«

Nachdem Mom den Artikel gelesen hatte, schaute sie ihre Tochter fragend an. Ronnie zögerte einen Moment, seufzte dann tief und begann eine Geschichte zu erzählen, deren tieferen Sinn sie immer noch nicht ganz erfasste.

KAPITEL 1

Ronnie
Sechs Monate früher

Ronnie saß schlecht gelaunt auf dem Beifahrersitz und fragte sich, warum ihre Eltern sie so hassten.

Wieso sollten sie ihre Tochter sonst zwingen, ihren Vater in diesem gottverlassenen Kaff in den Südstaaten zu besuchen? Tausendmal lieber wäre Ronnie zu Hause in Manhattan geblieben und hätte sich mit ihren Freundinnen amüsiert.

Eigentlich war alles sogar noch viel schlimmer. Sie musste ihren Vater nicht einfach *besuchen*. Ein Besuch würde bedeuten, dass sie nur ein Wochenende blieb. Oder zur Not auch eine ganze Woche. Das könnte sie ja noch verkraften. Aber sie war verpflichtet, bis Ende August bei ihm zu wohnen – also den ganzen Sommer. Wie sollte sie das überleben? Das war, wie wenn man in die Verbannung geschickt wurde, und während der neunstündigen Fahrt hierher hatte sie sich tatsächlich gefühlt wie eine Gefangene, die in eine Strafanstalt auf dem Land überführt wird. Sie konnte es nicht fassen, dass Mom ihr das tatsächlich zumutete.

Weil sie so in Selbstmitleid badete, dauerte es eine ganze Weile, bis sie Mozarts Klaviersonate Nummer 16 in

C-Dur erkannte. Diese Sonate gehörte zu den Stücken, die sie vor vier Jahren bei ihrem Auftritt in der Carnegie Hall gespielt hatte. Offenbar hatte Mom die Musik aufgelegt, als Ronnie kurz eingedöst war. Nein, das ging nicht. Ronnie stellte die CD ab.

»Warum tust du das?«, fragte ihre Mutter irritiert. »Ich höre es gern, wie du spielst.«

»Ich nicht.«

»Und wenn ich es ganz leise drehe?«

»Bitte nicht, Mom. Okay? Ich bin nicht in der Stimmung.«

Verärgert starrte sie aus dem Fenster. Sie wusste ganz genau, dass der Mund ihrer Mutter jetzt aussah wie ein schmaler Strich. In letzter Zeit presste Mom oft die Lippen aufeinander. Als wären sie mit einem Magnet versehen.

»Ich glaube, ich habe einen Pelikan gesehen, als wir vorhin über die Brücke nach Wrightsville Beach gefahren sind«, bemerkte ihre Mutter beiläufig, aber sie klang sehr angespannt.

»Ach, wie schön! Vielleicht kannst du ja den *Crocodile Hunter* anrufen.« Jeder kannte die Fernsehserie des australischen Dokumentarfilmers und Naturschützers Steve Irwin.

»Er ist doch tot!«, rief Jonah vom Rücksitz. Seine Stimme vermischte sich mit dem Geklingel seines Gameboy. Ronnies zehnjähriger Bruder war eine schreckliche Nervensäge und konnte ohne dieses Ding nicht mehr leben. »Weißt du das nicht? Es war supertraurig!«

»Klar weiß ich das«, entgegnete Ronnie.

»Klang aber nicht so.«

»Stimmt trotzdem.«

»Dann hättest du nicht sagen dürfen, dass Mom ihn anrufen soll.«

Ronnie beschloss, diesmal nicht zu antworten. Ihr Bruder musste immer das letzte Wort haben. Das machte sie wahnsinnig.

»Hast du ein bisschen geschlafen?«, fragte ihre Mutter.

»Bis du durch das Schlagloch gefahren bist. Das war echt nett von dir, vielen Dank. Mein Kopf ist gegen die Windschutzscheibe gedonnert.«

Mom nahm den Blick nicht von der Straße. »Wie schön, dass du nach deinem kleinen Mittagsschlaf besserer Laune bist.«

Trotzig knallte Ronnie mit ihrem Kaugummi. Ihre Mutter hasste das, und genau deshalb tat Ronnie es immer wieder, seit sie die Interstate 95 entlangfuhren. Diese Straße war, nach ihrer unmaßgeblichen Meinung, so ziemlich die ödeste Strecke, die man sich denken konnte. Es sei denn, man liebte fettiges Fastfood, eklige Toiletten in blöden Raststätten und Millionen von Nadelbäumen. Jeden normalen Menschen schläferte diese Straße mit ihrer hässlichen Monotonie sofort ein.

Genau das hatte Ronnie in Delaware, in Maryland *und* in Virginia ihrer Mutter unter die Nase gerieben, aber Mom hatte die Kritik einfach ignoriert und stattdessen versucht, für gute Stimmung zu sorgen, weil sie sich ja nach dieser Fahrt eine ganze Weile lang nicht sehen würden. Sonst gehörte sie eigentlich nicht zu den Leuten, die Gespräche im Auto liebten. Sie fuhr nicht besonders gern, was nicht weiter überraschte, weil man in New York sowieso entweder die U-Bahn oder ein Taxi nahm, wenn man irgendwohin musste. Aber zu Hause redete Mom sehr viel und hatte auch keine Hemmungen, richtig loszuschimpfen. In den letzten beiden Monaten war der Hausverwalter zweimal nach oben gekommen, um sie und Ronnie zu bitten, sich etwas zu mäßigen. Mom dachte wahrscheinlich, je lauter sie zeterte, desto eher würde Ronnie auf sie hören – gleichgültig, ob es um ihre Schulnoten ging oder um ihre Freundinnen, um ihre Weigerung, sich an die vereinbarten Zeiten zu halten, oder um den *Zwischenfall*. Ihr Lieblingsthema war natürlich der berühmte Zwischenfall.

Okay, Mom war nicht die schlechteste aller Mütter. Wirklich nicht. Und wenn Ronnie großzügiger Laune war, dann gab sie sogar zu, dass ihre Mutter eigentlich ganz in Ordnung war – für eine Mutter. Sie war nur in dieser merkwürdigen Zeitschleife hängen geblieben, in der die Kinder niemals erwachsen wurden. Und Ronnie wünschte sich zum hundertsten Mal, sie wäre im Mai auf die Welt gekommen und nicht im August. Im August wurde sie nämlich achtzehn, und dann konnte Mom sie zu nichts mehr zwingen. Juristisch gesehen war sie dann alt genug, um ihre eigenen Entscheidungen zu treffen, und die Fahrt hierher stand, ehrlich gesagt, nicht auf ihrer Liste von Dingen, die sie freiwillig tun würde.

Aber unter den gegebenen Umständen hatte sie keine andere Wahl. Weil sie noch siebzehn war. Weil der Kalender ihr einen Streich spielte. Weil Mom drei Monate zu spät schwanger geworden war. Was ging hier ab? Wie sehr Ronnie auch wegen der Sommerpläne gebettelt und gejammert, gemeckert und gestöhnt hatte – alles vergebens. Ronnie und Jonah mussten den Sommer bei ihrem Vater verbringen, daran war nicht zu rütteln. *Keine Widerrede*, wie ihre Mutter so gern sagte. Ronnie hasste diesen Ausdruck.

Gleich hinter der Brücke hatten die unzähligen Touristen das allgemeine Tempo auf ein müdes Schleichen reduziert. Zwischen den Häusern sah Ronnie immer wieder den Atlantik schimmern. Na, super. Als würde sie das interessieren.

»Erklär's mir bitte noch mal – warum müssen wir den Sommer über hierbleiben?«, maulte Ronnie.

»Das haben wir doch schon oft genug besprochen«, erwiderte ihre Mutter. »Ihr sollt eine Weile bei eurem Vater sein. Er vermisst euch.«

»Aber wieso die ganzen Ferien? Würden vierzehn Tage nicht reichen?«

»Nein, zwei Wochen bringen nichts. Du hast ihn drei Jahre lang nicht gesehen.«

»Aber das ist nicht meine Schuld. Er ist doch derjenige, der weggegangen ist.«

»Ja, aber du willst am Telefon nicht mit ihm reden. Und wenn er nach New York kommt, um dich und Jonah zu besuchen, dann ignorierst du ihn immer nur und ziehst mit deinen Freundinnen los.«

Ronnie knallte wieder mit ihrem Kaugummi. Aus dem Augenwinkel sah sie, wie ihre Mutter zusammenzuckte.

»Ich will ihn aber auch jetzt nicht sehen. Und mit ihm reden will ich erst recht nicht«, verkündete Ronnie.

»Du musst versuchen, das Beste daraus zu machen, okay?

Dein Vater ist ein netter Mensch, und er liebt euch beide sehr.«

»Ist er deswegen abgehauen?«

Statt zu antworten, schaute ihre Mutter in den Rückspiegel.

»Du freust dich auf die Ferien, stimmt's, Jonah?«

»Klar. Das wird bestimmt cool hier.«

»Nur gut, dass du so denkst. Vielleicht kannst du deiner Schwester das noch beibringen.«

Jonah schnaubte verächtlich. »Ja, klar.«

Ronnie meldete sich wieder zu Wort. »Ich sehe einfach nicht ein, warum ich nicht den ganzen Sommer mit meinen Freundinnen rumhängen kann.« Sie war noch nicht bereit aufzugeben. Ihr war klar, dass ihre Chancen gleich null waren, aber irgendwie hoffte sie doch noch, sie könnte ihre Mutter überreden, einfach umzudrehen und zurückzufahren.

»Das heißt doch nur, du möchtest jeden Abend in die Disco oder in einen Club gehen, stimmt's? Ich bin nicht naiv, Ronnie. Ich weiß, was da los ist.«

»Ich mache nichts Verbotenes, Mom!«

»Und was ist mit deinen Schulnoten? Und mit dem Heimkommen abends? Und –«

»Können wir das Thema wechseln?«, unterbrach Ronnie sie. »Ich möchte lieber darüber reden, warum es so unbedingt nötig ist, dass ich meinen Vater besuche.«

Darauf ging ihre Mutter nicht ein, und im Grunde wusste Ronnie ganz genau, warum. Sie hatte die Antwort auf diese Frage ja schon tausendmal gehört, konnte aber die Entscheidung einfach nicht akzeptieren.

Endlich begann der Verkehr wieder zu fließen – nach ein paar Hundert Metern war allerdings schon wieder Schluss. Mom kurbelte ihr Fenster herunter und versuchte, die Ursache zu ergründen.

»Keine Ahnung, was los ist«, murmelte sie. »Die Straße ist ganz verstopft.«

»Alle wollen an den Strand«, sagte Jonah belehrend. »Da gibt es doch immer einen Stau.«

»Aber sonntagnachmittags um drei dürfte nicht mehr so viel Betrieb sein.«

Ronnie schlug die Beine unter. Sie hasste die ganze Situation. Sie hasste das Leben.

»Hey, Mom!«, rief Jonah. »Weiß Dad überhaupt, dass Ronnie verhaftet worden ist?«

»Ja, klar weiß er das«, antwortete sie.

»Und – will er irgendwas deswegen machen?«

Diesmal antwortete Ronnie: »Dad macht überhaupt nichts. Ihn interessiert doch nur das Klavier.«

Ronnie hasste das Klavier und hatte sich geschworen, nie wieder zu spielen. Sogar ihre ältesten Freundinnen fanden diesen Entschluss seltsam, weil das Klavier eigentlich von Anfang an zu Ronnies Leben gehört hatte. Ihr Dad war früher Dozent an der Juilliard School of Music gewesen und hatte auch Ronnie unterrichtet, und lange Zeit war es für sie das Schönste auf der Welt gewesen, nicht nur Klavier zu spielen, sondern auch gemeinsam mit ihrem Vater zu komponieren.

Und sie war gut! Sehr gut sogar. Und da ihr Vater an

der Juilliard School unterrichtete, hatten auch die Leitung und die anderen Professoren dort gemerkt, wie begabt Ronnie war. In den Kreisen ihres Vaters, in denen nur klassische Musik etwas zählte, hatte sich das schnell herumgesprochen. Das ging so weit, dass in verschiedenen Musikzeitschriften Artikel über Ronnie erschienen, dann brachte die *New York Times* ein längeres Feature über die musikalische Zusammenarbeit von Vater und Tochter, was schließlich dazu führte, dass Ronnie vor vier Jahren bei der renommierten Konzertreihe *Young Performers* in der Carnegie Hall auftreten durfte. Das war der Höhepunkt ihrer bisherigen Karriere gewesen, so viel stand fest. Und es war eine hohe Auszeichnung, das wusste Ronnie. Längst nicht jeder bekam so eine Chance. Aber in letzter Zeit fragte sie sich immer öfter, ob sich die Opfer, die sie dafür bringen musste, gelohnt hatten. Außer ihren Eltern erinnerte sich wahrscheinlich niemand mehr an ihren Auftritt. Keiner interessierte sich noch dafür. Ronnie hatte begriffen: Wenn man kein populäres Video bei *YouTube* einstellte oder vor Tausenden von Zuschauern eine spektakuläre Show abzog, hatten musikalische Fähigkeiten wenig zu bedeuten.

Manchmal wünschte sie sich, ihr Vater hätte ihr E-Gitarre beigebracht. Oder ihr wenigstens Gesangsunterricht gegeben. Was sollte sie mit dem Klavier anfangen? An irgendeiner Akademie Musik unterrichten? Oder in einer Hotellobby herumklimpern, während die Gäste ihre Anmeldungsformulare ausfüllten? Oder das schwierige Leben anstreben, das ihr Vater führte? Was hatte das Klavier ihm gebracht? Er hatte seine Stelle an der Juilliard School of Music gekündigt, um als Konzertpianist auf Tournee zu gehen. In der Folge spielte er in unbedeutenden Städten, und das Publikum füllte höchstens die ersten zwei Reihen. Vierzig Wochen im Jahr war er unterwegs gewesen – lang genug, um seine Ehe zu gefährden. Ronnie hatte erlebt, wie sich ihre Mutter bitter beschwerte, während sich ihr Vater immer mehr in sein Schneckenhaus zurückzog, was er tendenziell von jeher getan hatte. Und eines Tages kam er von einer längeren Konzertreise durch die Südstaaten einfach nicht mehr nach Hause zurück. Soweit Ronnie wusste, arbeitete er zurzeit überhaupt nicht mehr. Er gab nicht einmal Privatstunden.

Wie konnte es so weit kommen, Dad?

Sie schüttelte den Kopf. Nein, sie hatte nicht die geringste Lust, hier zu sein. Sie wollte mit dem Ganzen nichts zu tun haben.

»Hey, Mom!« Jonah beugte sich nach vorn. »Das da drüben – ist das ein Riesenrad?«

Mom reckte den Hals und versuchte, an dem Minivan vorbeizusehen, der in der Spur neben ihr fuhr. »Ich glaube, ja«, sagte sie. »Anscheinend gibt es hier einen Jahrmarkt.«

»Können wir hingehen? Wenn wir alle miteinander zu Abend gegessen haben?«

»Das musst du deinen Vater fragen.«

»Ja, und danach sitzen wir um ein Feuer herum und rösten Marshmallows«, warf Ronnie ein. »Wie eine große, glückliche Familie.«

Diesmal ignorierten die anderen beiden sie wortlos.

»Meinst du, es gibt auch ein Karussell? Eine Achterbahn?«, fragte Jonah.

KAPITEL 2

Steve

Steve Miller spielte Klavier. Er war zwar sehr konzent-riert, aber auch unruhig. Jede Minute konnten seine Kinder eintreffen.

Seit Kurzem wohnte er in einem kleinen Strandbun-galow, und der Flügel stand in einem Alkoven, einer Art Nische, die vom Wohnzimmer abging. Dort hatte er auch die paar persönlichen Dinge aufgehängt, die zu seiner Le-bensgeschichte gehörten. Viel war es nicht. Abgesehen von dem Flügel hatte Kim seine sämtlichen Habseligkei-ten in eine einzige Kiste gestopft, und innerhalb einer hal-ben Stunde waren sie wieder ausgepackt gewesen. Es gab einen Schnappschuss von ihm mit seinen Eltern, als er noch klein war, und ein Foto, auf dem er als Jugendlicher Klavier spielte. Diese Bilder hingen zwischen seinen bei-den Abschlussdiplomen, das eine von der Chapel Hill University, das andere von Boston, und darunter befand sich die Urkunde der Juilliard School of Music, an der er fünfzehn Jahre unterrichtet hatte. Neben dem Fenster hin-gen drei gerahmte Terminpläne mit seinen Tourneedaten. Noch wichtiger waren allerdings die sechs Fotos von Jonah und Ronnie. Zwei hatte er mit Reißnägeln an der

Wand befestigt, die anderen standen gerahmt auf dem Flügel, und immer, wenn er sie anschaute, wurde er daran erinnert, dass nichts in seinem Leben so gekommen war, wie er es sich vorgestellt hatte – dabei hatte er doch immer nur das Beste gewollt.

Die Spätnachmittagssonne schickte ihre schrägen Strahlen durch die Fenster, wodurch die Luft ziemlich stickig wurde. Steve spürte, wie sich auf seiner Stirn Schweißtropfen bildeten. Zum Glück hatten die Magenschmerzen von heute Morgen etwas nachgelassen, aber er war seit Tagen extrem nervös und wusste, die Schmerzen würden wiederkommen. Er hatte schon immer einen empfindlichen Magen gehabt. Mit zwanzig bekam er ein Magengeschwür und musste wegen einer schweren Darmentzündung ins Krankenhaus, mit dreißig wurde er am Blinddarm operiert, nachdem dieser geplatzt war, und das passierte ausgerechnet in der Zeit, als Kim mit Jonah schwanger war. Er lutschte Magentabletten wie andere Leute Bonbons; jahrelang hatte er Nexium geschluckt. Klar, er wusste, dass er gesünder essen und sich mehr bewegen sollte, aber insgeheim bezweifelte er, ob das tatsächlich etwas helfen würde. In seiner Familie hatten alle Probleme mit dem Magen.

Vor sechs Jahren war sein Vater gestorben, und das hatte ihn sehr verändert. Seit dem Begräbnis quälte ihn das Gefühl, dass nun für ihn der Countdown begonnen hatte. Und so ganz falsch war das nicht. Vor fünf Jahren hätte er seine Stelle an der Juilliard School gekündigt, um ein Jahr später sein Glück als Konzertpianist zu versuchen. Und es war jetzt drei Jahre her, dass Kim und er beschlossen hatten, sich endgültig zu trennen. Danach dauerte es keine zwölf Monate, bis die Krise einsetzte: Er bekam immer weniger Engagements, bis er schließlich gar nicht mehr gebucht wurde. Im vergangenen Jahr war er hierhergezogen – zurück in die Stadt, in der er aufgewachsen war. Eigentlich hatte er gedacht, er würde diesen Ort nie wiedersehen. Und nun stand er kurz davor, den ganzen Sommer mit seinen Kindern hier zu verbringen. Aber was erwartete ihn im Herbst, wenn Ronnie und Jonah wieder nach New York zurückgingen? Er hatte nicht die geringste Ahnung. Nur so viel wusste er: Die Blätter an den Bäumen verfärbten sich erst gelb und dann rot, und in der kühlen Morgenluft bildete der Atemhauch kleine Wölkchen. Die Zukunft vorhersehen zu wollen, hatte er längst aufgegeben.

Das störte ihn nicht. Prophezeiungen waren ohnehin sinnlos, und außerdem verstand er ja nicht einmal die Vergangenheit so richtig. Eines stand fest – nämlich dass er ein durchschnittlicher Mensch war in einer Welt, die das Überdurchschnittliche liebte. Diese Erkenntnis rief bei ihm ein diffuses Gefühl der Enttäuschung hervor. Vor allem, wenn er an das Leben dachte, das er geführt hatte. Aber was konnte er machen? Im Gegensatz zu Kim, die extrovertiert und umgänglich war, gehörte er zu den eher verschlossenen Menschen und fiel wenig auf. Natürlich besaß er eine gewisse Begabung als Musiker und Komponist, aber ihm fehlten das Charisma und die Präsenz – oder was immer man brauchte, um sich als Künstler durchzusetzen. Er wusste längst, dass er eher ein Beobachter war als jemand, der aktiv ins Geschehen eingriff, und in schmerzlichen Momenten der Wahrheit glaubte er, in all den Dingen, die wirklich zählten, versagt zu haben. Er war jetzt achtundvierzig. Seine Ehe war zerbrochen, seine Tochter ging ihm aus dem Weg, und sein Sohn wuchs ohne ihn auf. Dabei konnte er niemandem auf der Welt Vorwürfe machen, höchstens sich selbst. Mehr als alles andere beschäftigte ihn allerdings die Frage, ob es jemandem wie ihm noch gelingen konnte, die Gegenwart Gottes zu erfahren.

Vor zehn Jahren hätte er solche Gedanken weit von sich gewiesen. Auch vor zwei Jahren noch. Aber seit er auf die fünfzig zuging, kam er öfter ins Grübeln. Früher war er davon überzeugt gewesen, dass die Antwort auf die Frage nach Gott in der Musik lag. Aber inzwischen hielt er das für einen Irrtum. Je mehr er darüber nachdachte, desto klarer wurde für ihn die Einsicht, dass die Musik ihn eher von der Wirklichkeit weggeführt hatte, als ihm zu ermöglichen, das Leben intensiver zu spüren. Wenn er die Werke Tschaikowskis spielte, erlebte er zwar Leidenschaft und Läuterung, und er empfand eine gewisse Zufriedenheit, wenn er selbst eine Sonate geschrieben hatte. Aber ihm war bewusst geworden, dass es wenig mit Gott zu tun hatte, wenn er sich in der Musik vergrub. Nein, dahinter stand sein egoistischer Wunsch, vor allem davonzulaufen.

Er glaubte heute, dass die eigentliche Antwort in der liebevollen Zuneigung lag, die er für seine Kinder empfand, in der Sehnsucht, die ihn überkam, wenn er morgens in dem stillen Haus aufwachte und ihm klar wurde, dass sie nicht da waren. Doch selbst dann spürte er, dass es noch mehr geben musste.

Und irgendwie hoffte er, dass seine Kinder ihm bei der Suche helfen würden.

.

Ein paar Minuten später sah Steve, dass sich die Sonne in der Windschutzscheibe eines staubigen Vans spiegelte. Er und Kim hatten diesen Wagen vor ein paar Jahren gekauft, um damit am Wochenende bei Costco einkaufen zu können – und für Familienausflüge. Kurz schoss ihm der Gedanke durch den Kopf, ob sie vor der Abfahrt auch daran gedacht hatte, das Öl zu wechseln. Womöglich hatte sie das seit seinem Weggehen vollständig vergessen. Kim war in solchen Dingen nicht besonders zuverlässig, deshalb hatte er sich immer darum gekümmert.

Aber dieser Teil seines Lebens war vorbei.

Er erhob sich. Als er auf die Veranda trat, war Jonah schon ausgestiegen und kam auf ihn zugerannt. Seine Haare waren zerzaust, die Brille saß schief, und seine Arme und Beine waren so dünn wie Bleistifte. Steve spürte einen Kloß in der Kehle, weil ihm wieder einmal bewusst wurde, wie viel er in den vergangenen drei Jahren versäumt hatte.

»Dad!«

»Jonah!«, rief Steve und lief mit raschen Schritten über den steinigen Sand in seinem Vorgarten. Jonah warf sich ihm dermaßen schwungvoll in die Arme, dass er fast das Gleichgewicht verloren hätte.

»Du bist so groß geworden!«

»Und du bist geschrumpft!«, lachte Jonah. »Aber ganz ehrlich, du bist ja superdünn.«

Steve drückte seinen Sohn fest an sich. »Ich freue mich so, dass ihr kommt«, murmelte er, bevor er ihn wieder losließ.

»Ich bin auch froh, dass wir endlich hier sind. Mom und Ronnie haben sich die ganze Zeit gestritten.«

»Haben sie dich genervt?«

»Na ja – ist schon okay. Ich habe einfach nicht hingehört. Aber manchmal habe ich *sie* ein bisschen geärgert.«

»Aha.«

Jonah schob seine Brille hoch. »Warum hat uns Mom eigentlich nicht erlaubt, dass wir fliegen?«

»Hast du sie gefragt?«

»Nein.«

»Vielleicht hättest du das tun sollen.«

»Ach, so wichtig ist es auch nicht. Ich wollt's nur wissen.«

Steve grinste. Er hatte vergessen, wie gern und viel sein Sohn plapperte.

»Hey – wohnst du in dem Haus da?«

»Ja.«

»Das ist ja supercool.«

Meinte Jonah das ernst? Sein Haus war alles andere als *supercool*. Vermutlich war der Bungalow das älteste Gebäude in ganz Wrightsville Beach, eingequetscht zwischen zwei Villen, die in den letzten zehn Jahren gebaut worden waren und seine Bleibe noch mickriger erscheinen ließen. Der Verputz blätterte ab, es fehlten mehrere Dachziegel, und die Veranda moderte vor sich hin – es würde ihn nicht wundern, wenn der nächste Sturm sie wegwehte, was seine Nachbarn garantiert nicht besonders lustig fänden. Seit er eingezogen war, hatte niemand hier in der Gegend auch nur ein Wort mit ihm gewechselt.

»Findest du?«

»Hallo? Das Haus ist doch direkt am Strand. Was Besseres gibt's gar nicht.« Jonah deutete auf das Meer. »Kann ich mich mal umsehen?«

»Ja, klar. Aber bleib bitte in der Nähe des Hauses. Geh nicht weiter weg.«

»Okay.«

Steve blickte ihm einen Moment lang nach, dann drehte er sich um und sah Kim. Ronnie war inzwischen auch ausgestiegen, stand aber noch neben dem Auto.

»Hallo, Kim«, sagte Steve.

»Guten Tag, Steve.« Sie umarmte ihn kurz zur Begrüßung. »Ist alles in Ordnung? Du bist schmal geworden.«

»Es geht mir gut.«

So ganz allmählich machte sich auch Ronnie auf den Weg. Steve war verblüfft, wie sehr sie sich verändert hatte seit dem letzten Foto, das Kim ihm gemailt hatte. Verschwunden war das sorglose, sportliche Mädchen. Jetzt war sie eine junge Frau mit einer violetten Strähne in den langen braunen Haaren, mit lackierten Fingernägeln und dunklen Kleidern. Es war nicht zu übersehen, dass sie rebellierte, aber trotzdem ähnelte sie ganz stark ihrer Mutter. Gut so, dachte Steve. Kim war so hübsch wie eh und je.

Er räusperte sich, bevor er Ronnie begrüßte. »Hallo, Schätzchen. Schön, dich zu sehen.«

Als seine Tochter nichts erwiderte, warf Kim ihr einen vorwurfsvollen Blick zu. »Sei nicht so unhöflich. Dein Vater redet mit dir. Sag etwas.«

Ronnie verschränkte die Arme vor der Brust. »Gut, meinetwegen. Wie wär's damit: Ich habe null Lust, für dich Klavier zu spielen.«

»Ronnie!«

An Kims Tonfall hörte Steve, dass sie mit ihrer Geduld am Ende war.

»Was denn?« Trotzig warf Ronnie den Kopf zurück. »Ich wollte das nur gleich am Anfang klarstellen.«

Ehe Kim etwas sagen konnte, griff Steve ein. Er wollte auf jeden Fall vermeiden, dass die beiden sich stritten. »Ist schon okay, Kim«, murmelte er.

»Ja, Mom – das ist okay!«, rief Ronnie patzig. »Mir sind unterwegs die Füße eingeschlafen – ich gehe mal ein Stück spazieren«, verkündete sie und stapfte los.

Steve wusste, dass seine Exfrau sie am liebsten zurückgeholt hätte. Aber sie schwieg.

»Ganz schön lange Fahrt, was?«, sagte er, um die Atmosphäre etwas zu lockern.

»Du kannst dir nicht vorstellen, *wie* lang.«

Er grinste, und für einen kurzen Moment stellte er sich vor, sie wären noch verheiratet. Sie würden dann beide am selben Strang ziehen und würden einander immer noch verliebt in die Augen sehen.

Nur sah die Wirklichkeit leider anders aus.

Nachdem Steve das Gepäck aus dem Wagen geholt hatte, ging er in die Küche, klopfte die Eiswürfel aus dem altmodischen Eiswürfelbehälter und warf sie in zwei nicht zusammenpassende Gläser, die er bei seinem Einzug hier im Küchenschrank vorgefunden hatte.

Kim trat hinter ihm in die Küche. Ohne sich umzudrehen, goss er Eistee aus der Karaffe und reichte Kim ein Glas. Draußen am Strand jagte Jonah die Wellen oder wurde von ihnen gejagt, immer abwechselnd, während über ihm kreischend die Möwen kreisten.

»Sieht aus, als würde es Jonah hier gefallen«, sagte Steve.

Kim trat ans Fenster. »Er hat sich schon seit Wochen auf den Besuch gefreut.« Sie zögerte einen Moment, bevor sie hinzufügte: »Du fehlst ihm.«

»Er fehlt mir auch.«

»Ich weiß.« Kim trank einen Schluck von ihrem Eistee, dann schaute sie sich in der Küche um. »Das ist also deine neue Bleibe, was? Sie hat … Charakter.«

»Mit ›Charakter‹ spielst du vermutlich darauf an, dass im Dach Löcher sind und dass es keine Klimaanlage gibt?«

Kim lächelte verlegen. Sie fühlte sich ertappt.

»Ich weiß, es ist nichts Besonderes«, fuhr Steve fort. »Aber hier habe ich meine Ruhe, und ich kann den Sonnenaufgang sehen.«

»Und die Kirche verlangt keine Miete?«

»Genau. Das Haus hat Carson Johnson gehört. Er war Maler, und bei seinem Tod hat er sein Eigentum der Kirche vermacht. Pastor Harris sagt, ich kann hier wohnen, bis es verkauft wird.«

»Und wie ist es für dich, wieder in deiner alten Heimat

zu wohnen? Deine Eltern haben gar nicht weit von hier gelebt, stimmt's? Drei Straßen weiter?«

Sieben, um genau zu sein. Na ja, er wollte nicht pedantisch wirken. »Insgesamt gar nicht schlecht.« Er zuckte etwas ratlos die Achseln.

»Aber hier ist viel mehr Verkehr als früher, oder? Alles hat sich verändert, seit ich das letzte Mal hier war.«

»Ja. Alles verändert sich«, sagte Steve und lehnte sich an die Arbeitsplatte. Eigentlich wollte er lieber das Thema wechseln. »Und – wann ist der große Tag für dich und Brian?«

»Steve … genau darüber wollte ich mit dir reden.«

»Mach dir keine Gedanken«, sagte er und hob die Hand. »Ich freue mich für dich, dass du jemanden gefunden hast.«

Kim musterte ihn prüfend. Sie wusste nicht, ob sie ihm das glauben konnte oder ob sie sich nicht doch auf gefährliches Terrain begab.

»Im Januar«, antwortete sie schließlich. »Und ich möchte, dass du weißt – also, mit den Kindern … Brian drängt sich nicht in den Vordergrund. Ich glaube, er würde dir gefallen.«

»Ganz bestimmt.« Steve trank noch einen Schluck Tee und stellte dann das Glas ab. »Was sagen die Kinder zu Brian?«

»Jonah mag ihn. Aber Jonah mag eigentlich alle Leute.«
»Und Ronnie?«

»Sie kommt mit ihm ungefähr so gut aus wie mit dir.«

Steve lachte, aber dann bemerkte er Kims gequälten Gesichtsausdruck. »Was ist los mit Ronnie?«

»Ich weiß es nicht.« Kim seufzte. »Und sie weiß es auch nicht, glaube ich. Oft ist sie unheimlich schlecht gelaunt. Sie hält sich nicht an Vereinbarungen, und meistens kriege ich nicht viel mehr aus ihr heraus als ein ›Meinetwegen‹, wenn ich mit ihr reden will. Ich sage mir immer wieder, dass so ein Verhalten typisch ist für ihr Alter, und ich kann mich gut daran erinnern, wie ich selbst früher war. Aber ...« Sie schüttelte den Kopf. »Du hast ja sicher gemerkt, wie sie sich anzieht? Und dann ihre Haare und dieses fürchterliche Augenmake-up!«

»Ja, klar.«

»Und?«

»Könnte schlimmer sein.«

Kim öffnete den Mund, um etwas zu sagen, schwieg jedoch. In einer Sache war sich Steve vollkommen sicher: Gleichgültig, was für eine Phase seine Tochter gerade durchmachte, gleichgültig, welche Ängste seine Exfrau quälten – Ronnie war immer noch Ronnie.

»Du hast wahrscheinlich recht«, räumte Kim ein. »Nein – du hast sogar ganz bestimmt recht. Ich weiß. In letzter Zeit war es aber echt schwierig mit ihr. Zwischendurch ist sie dann wieder so süß und lieb wie früher. Auch Jonah gegenüber. Die beiden streiten sich zwar wie Hund und Katze, aber Ronnie geht trotzdem jedes Wochenende mit ihm in den Park. Und wenn Jonah Probleme mit seinen Matheaufgaben hat, dann lernt sie mit ihm. Das ist besonders lustig, weil sie selbst fast alle Klassenarbeiten verhaut. Aber da fällt mir etwas ein, was ich dir noch gar nicht erzählt habe, glaube ich – im Februar habe ich sie dazu überredet, die Aufnahmetests fürs College zu machen. Sie hat jede einzelne Frage falsch beantwortet. Weißt du, wie klug man sein muss, um bei allen Antworten konsequent danebenzuliegen?«

Steve musste lachen, aber Kim brummte verärgert: »Das ist überhaupt nicht lustig.«

»Irgendwie schon.«

»Du musstest dich in den letzten drei Jahren ja auch nicht mit ihr herumschlagen.«

Betroffen schwieg er. »Ja, du hast vollkommen recht. Entschuldige.« Er trank noch einen Schluck Tee, um Zeit zu gewinnen. »Was hat denn der Richter zu dem Ladendiebstahl gesagt?«

»Nicht viel mehr als das, was ich dir schon am Telefon berichtet habe.« Sie klang müde, resigniert. »Wenn sie sich von jetzt an einwandfrei verhält, wird es aus ihrer Akte gestrichen. Wenn sie aber noch einmal bei irgendetwas erwischt wird, dann …« Kim redete nicht weiter.

»Du machst dir deswegen Sorgen«, sagte Steve.

Kim drehte sich fort. »Es war ja nicht das erste Mal – darin liegt das Problem. Letztes Jahr hat sie zugegeben, dass sie das Armband gestohlen hat, aber dieses Mal hat sie eine andere Geschichte auf Lager. Sie sagt, sie hat verschiedene Sachen im Drugstore gekauft und konnte nicht alles in der Hand halten, deshalb hat sie den Lippenstift eingesteckt. Und vergessen. Für alles Übrige hat sie bezahlt, und wenn man sich das Video der Überwachungskamera anschaut, sieht es auch so aus, als würde das stimmen, aber …«

»Aber du bist dir nicht sicher?«

Als Kim nicht antwortete, fuhr Steve fort: »Glaub

mir – ihr Foto erscheint garantiert nie auf dem Plakat für die meistgesuchte Verbrecherin Amerikas. Sie hat einen Fehler gemacht, mehr nicht. Im Grunde ihres Herzens ist sie ein sehr liebes Mädchen.«

»Das heißt aber noch lange nicht, dass sie jetzt die Wahrheit sagt.«

»Aber es heißt auch nicht, dass sie lügt.«

»Soll das bedeuten, du glaubst ihr?« In Kims Stimme lag eine Mischung aus Hoffnung und Skepsis.

Steve überlegte kurz. Seit Kim ihm von dem Vorfall erzählt hatte, war er immer wieder zu demselben Schluss gekommen: »Ja, ich glaube ihr.«

»Warum?«

»Weil sie in Ordnung ist.«

»Woher willst du das wissen?« Jetzt klang Kim fast missmutig. »Als du das letzte Mal länger mit ihr zusammen warst, ging sie gerade mal in die neunte Klasse.« Sie verschränkte die Arme vor der Brust und schaute aus dem Fenster. Verbittert fügte sie hinzu: »Du hättest zurückkommen sollen. Du hättest wieder in New York unterrichten können. Es gab überhaupt keinen Grund, kreuz und quer durch die Staaten zu fahren und dann hierherzuziehen ... Du hättest auch weiterhin am Leben der Kinder teilnehmen können.«

Kims Worte taten ihm weh. Er wusste ja, dass sie recht hatte. Aber so einfach war das alles nicht. Aus Gründen, die sie beide kannten – und die sie beide nicht aussprechen wollten.

Nach ein paar Sekunden angespannter Stille räusperte sich Steve. »Ich wollte nur sagen, dass Ronnie durchaus zwischen Richtig und Falsch unterscheiden kann. Klar, sie will ihre Selbstständigkeit und Unabhängigkeit demonstrieren, aber ich glaube fest daran, dass sie immer noch derselbe Mensch ist wie früher. In den entscheidenden Punkten hat sie sich nicht verändert.«

Ehe Kim etwas entgegnen konnte, kam Jonah mit geröteten Wangen ins Haus gestürzt.

»Dad! Ich habe eine ganz tolle Werkstatt entdeckt. Komm mit – ich muss sie dir unbedingt zeigen!«

Kim zog eine Augenbraue hoch.

»Die Werkstatt ist im Schuppen hinter dem Haus«, erklärte Steve. »Möchtest du sie sehen?«

»Sie ist supercool, Mom!«

Kim schaute von Steve zu Jonah und wieder zurück. »Nein, nein, ist schon okay – das ist was für Vater und Sohn. Und außerdem muss ich allmählich los.«

»Jetzt schon?«, fragte Jonah.

Steve wusste, wie schwer Kim der Abschied fiel, deshalb antwortete er für sie: »Deine Mom hat eine anstrengende Fahrt vor sich. Und außerdem will ich heute Abend mit euch auf den Jahrmarkt gehen. Hast du Lust?«

Man konnte sehen, dass Jonah enttäuscht die Schultern hängen ließ. Aber dann sagte er:

»Ja, klar.«

Nachdem sich Jonah von seiner Mutter verabschiedet hatte – Ronnie war nirgends zu sehen, und Kim meinte, dass sie sicher nicht so bald zurückkommen würde –, gingen Steve und sein Sohn gemeinsam zu der Werkstatt.

Der schiefe Schuppen mit dem Blechdach stand auf Steves Grundstück.

In den vergangenen drei Monaten hatte Steve seine Nachmittage meistens dort verbracht, umgeben von allem möglichen Krempel. Am wichtigsten waren die kleinen Scheiben aus buntem Glas, die der Junge jetzt kurz inspizierte: In der Mitte der Werkstatt stand ein großer Arbeitstisch mit den ersten Anfängen eines Buntglasfensters. Aber Jonah interessierte sich dann doch mehr für die merkwürdigen ausgestopften Tiere in den Regalen. Sie waren die Spezialität des vorherigen Besitzers gewesen, lauter eigenartige Geschöpfe – zum Beispiel gab es eine Kreatur, die halb Flussbarsch, halb Eichhörnchen war. Eine andere bestand aus dem Kopf einer Beutelratte und dem Körper eines Huhns.

»Was ist das denn?«, fragte Jonah verdutzt.

»Das ist angeblich Kunst.«

»Ich dachte immer, Kunst sind Gemälde und solche Sachen.«

»Stimmt. Aber Kunst ist ein ziemlich weiter Begriff.«

Jonah rümpfte die Nase, während er ein Schlangen-Kaninchen studierte. »Ich finde, wie Kunst sieht das nicht aus.«

Steve grinste. Jonah verlor das Interesse an den Fabelwesen und deutete auf das Glasfenster auf dem Arbeitstisch. »Ist das auch von ihm?«, fragte er.

»Nein, das stammt von mir. Ich mache es für die Kirche hier in der Straße. Dort hat es letztes Jahr gebrannt, und die Flammen haben das alte Fenster zerstört.«

»Ich habe gar nicht gewusst, dass du auch Fenster machen kannst.«

»Ob du's glaubst oder nicht – das hat mir der Künstler beigebracht, der früher hier gewohnt hat.«

»Der Typ mit den komischen Tieren?«

»Genau.«

»Hast du ihn richtig gut gekannt?«

Steve trat neben seinen Sohn an den Tisch. »Als Kind habe ich mich oft hierhergeschlichen, wenn ich eigentlich in der Kirche im Bibelkreis sein sollte. Von dem Künstler, der hier früher gewohnt hat, stammen die meisten Buntglasfenster in den Kirchen dieser Gegend. Sieh dir mal das Bild da an der Wand an!« Steve deutete auf ein kleines Foto des auferstandenen Jesus, das mit einem Reißnagel an einem der Regale befestigt war und das man in dem allgemeinen Chaos leicht übersehen konnte. »So sieht das Fenster aus, wenn es fertig ist – hoffentlich.«

»Supercool«, sagte Jonah, und Steve lächelte wieder. Supercool war offenbar zurzeit Jonahs Lieblingswort. Wie oft er es wohl in diesem Sommer hören würde?

»Möchtest du mir helfen?«

»Echt?«

»Ich rechne fest mit deiner Unterstützung.« Steve gab ihm einen sanften Schubs. »Ich brauche einen guten Assistenten.«

»Ist es schwer?«

»Als ich damit angefangen habe, war ich etwa so alt wie du jetzt. Du kannst das, da bin ich mir sicher.«

Vorsichtig nahm Jonah ein Stück Glas in die Hand und hielt es mit ernster Miene gegen das Licht. »Ich bin mir auch ziemlich sicher, dass ich das kann.«

Steve musterte ihn liebevoll, dann fragte er: »Gehst du noch in die Kirche?«

»Ja, schon. Aber nicht mehr in dieselbe wie früher. Wir gehen jetzt in die von Brian. Ronnie kommt nicht immer mit. Sie schließt sich in ihr Zimmer ein und kommt einfach nicht raus. Aber kaum sind wir weg, da rennt sie los und hockt dann mit ihren Freundinnen im Starbucks. Mom wird darüber total wütend.«

»So ist das, wenn Kinder langsam erwachsen werden. Sie testen ihre Eltern.«

Jonah legte das Glasstück wieder auf den Tisch. »Ich nicht«, sagte er. »Ich bin immer brav, auch später. Nur – die neue Kirche gefällt mir nicht besonders. Da ist es so langweilig. Also gehe ich vielleicht auch bald nicht mehr hin.«

»Das ist dein gutes Recht.« Steve schwieg für einen Moment. »Stimmt es, dass du im Herbst nicht mehr Fußball spielst?«

»Ich bin nicht gut.«

»Na und? Du spielst doch trotzdem gern, oder?«

»Nicht, wenn die anderen Kinder lachen.«

»Sie lachen über dich?«

»Ist schon okay. Es macht mir nichts aus.«

»Hm.«

Jonah scharrte mit den Füßen. Anscheinend war ihm etwas eingefallen, was ihn beschäftigte. »Ronnie hat die Briefe nicht gelesen, die du ihr geschrieben hast, Dad. Und sie will auch nicht mehr Klavier spielen.«

»Ich weiß.«

»Mom sagt, das ist, weil sie ihre Tage hat.«

Steve hätte fast losgelacht, konnte sich aber gerade noch beherrschen. »Weißt du überhaupt, was das heißt?«

Jonah schob seine Brille hoch. »Ich bin doch kein kleines Kind mehr! Es gibt solche Tage, und es gibt andere Tage.«

Steve verwuschelte ihm lachend die Haare. »Was denkst du – sollen wir deine Schwester suchen gehen? Ich habe sie in Richtung Jahrmarkt laufen sehen, glaube ich.«

»Können wir Riesenrad fahren?«

»Alles, was du willst.«

»Supercool.«

KAPITEL 3

Ronnie

Auf dem Jahrmarkt war viel Betrieb. Nein, korrigierte sich Ronnie: Auf dem Wrightsville Beach Seafood Festival war viel Betrieb. Als sie an dem Getränkestand ihre Limo bezahlte, sah sie, dass in den beiden Straßen, die zum Pier führten, die Autos dicht an dicht geparkt waren. Ein paar geschäftstüchtige Jugendliche vermieteten sogar ihre Einfahrten.

Bisher war es aber trotzdem grässlich langweilig. Sie hatte gehofft, dass das Riesenrad eine permanente Einrichtung war und dass es am Pier Läden und Geschäfte gab, so wie am berühmten Boardwalk in Atlantic City. Mit anderen Worten: Sie hatte gehofft, dass sie sich hier im Sommer amüsieren konnte. Tja, Pech gehabt. Das Seafood Festival fand auf dem Parkplatz oben am Pier statt, aber nur ein paar Tage. Im Grunde war es nicht mehr als ein ländlicher kleiner Rummel. Es gab nicht viele Fahrgeschäfte, und die vorhandenen waren klapperig und altmodisch. Am Rand des Parkplatzes standen mehrere überteuerte Buden mit Spielen, außerdem gab es noch ein paar Imbissstände, von denen ein billiger Fettgeruch ausging. Das Ganze war ziemlich ... eklig.

Aber außer ihr waren anscheinend alle Leute anderer Meinung. Es gab unglaublich viel Publikum. Alt und Jung, Familien, Schülercliquen, die sich gegenseitig beäugten. Gleichgültig, wo Ronnie hinging, überall musste sie gegen die Massen ankämpfen. Lauter verschwitzte Körper. Dicke, verschwitzte Körper! Und sie war zwischen zwei von ihnen eingequetscht, als der Menschenstrom aus unerklärlichen Gründen zum Stillstand kam. Garantiert hatten die beiden die frittierten Würstchen und die frittierten Schokoriegel gegessen, die Ronnie gerade an der Imbissbude gesehen hatte. Sie rümpfte die Nase. Das war schlimmer als eklig!

Sie musste hier weg. Sie befreite sich aus der Masse und strebte zum Pier. Zum Glück waren hier nicht ganz so viele Leute. Dafür gab es Stände, an denen man selbst gemachtes Kunsthandwerk kaufen konnte. Aber Ronnie wollte nichts von diesem Kram – wer brauchte schon einen Zwerg, der aus Muscheln gebastelt war? Doch anscheinend gefiel das manchen Leuten, denn sonst hätte es diese Stände nicht gegeben.

Weil sie mit ihren Gedanken ganz woanders war, stieß sie gegen einen Tisch, hinter dem eine ältere Dame auf einem Klappstuhl saß. Sie trug ein T-Shirt mit dem Logo SPCA für den Tierschutzverein, hatte weiße Haare und ein offenes, freundliches Gesicht – die Art von Großmutter, die den ganzen Tag Plätzchen buk. Auf dem Tisch lagen verschiedene Broschüren. Und außerdem standen da eine Büchse für Spenden und ein großer Karton, in dem sich vier hellgraue Welpen befanden. Einer der winzigen Hunde stellte sich auf die Hinterfüße und betrachtete Ronnie neugierig über den Papprand hinweg.

»Hallo, Kleiner«, sagte Ronnie.

Die ältere Frau lächelte. »Möchtest du ihn mal nehmen? Er ist ein richtiger Spaßvogel. Ich habe ihn Woody getauft.«

Der Welpe jaulte.

»Nein danke, lieber nicht.« Aber das Hündchen war süß. Sehr süß. Auch wenn der Name ihrer Meinung nach nicht so ganz passte. Am liebsten hätte sie ihn in den Arm genommen, doch sie wusste, dass es ihr dann schwerfallen würde, ihn wieder abzugeben. Sie liebte Tiere über alles, vor allem, wenn sie heimatlos waren. Wie diese kleinen Kuschelhunde. »Sie finden bestimmt ein gutes Zuhause und müssen nicht eingeschläfert werden – oder?«

»Nein, nein, keine Sorge«, antwortete die Frau. »Wir haben extra ihretwegen den Tisch hier aufgestellt, damit jemand sie adoptiert. Letztes Jahr konnten wir über dreißig Tiere vermitteln, und für diese vier hier gibt es auch schon Bewerber. Ich warte nur darauf, dass ihre neuen Besitzer sie auf dem Rückweg abholen. Aber falls du Interesse hast – im Tierheim gibt es noch mehr Hunde.«

»Ich bin nur zu Besuch hier«, entgegnete Ronnie, während plötzlich vom Strand her lauter Applaus zu hören war. »Was ist da los? Gibt es ein Konzert?«

Die Frau schüttelte den Kopf. »Nein. Beachvolleyball. Sie spielen schon seit ein paar Stunden. Es ist eine Art Turnier. Du solltest es dir ansehen. Ich höre die ganze Zeit, wie die Leute klatschen und jubeln. Die Spiele müssen ziemlich spannend sein.«

Ronnie überlegte. Warum eigentlich nicht? Es konnte nicht viel schlimmer sein als das Gedränge hier oben. Sie steckte zwei Dollar in die Spendendose, dann ging sie die Treppe zum Strand hinunter.

Die Sonne ging gerade unter, der Ozean schimmerte wie flüssiges Gold. Am Strand hatten sich ein paar Familien auf Handtüchern in der Nähe des Wassers versammelt und großartige Sandburgen gebaut, die schon bald von der steigenden Flut wieder weggespült wurden. Unablässig kamen Seeschwalben angeschossen, auf der Jagd nach Krabben.

Ronnie brauchte nicht lange, um zum Zentrum der Aktivität zu gelangen. Als sie sich dem Spielfeldrand näherte, merkte sie gleich, dass die jungen Mädchen im Publikum sich vor allem auf die Spieler im rechten Abschnitt konzentrierten. Das war nicht weiter verwunderlich. Die beiden waren etwa so alt wie sie. Oder ein bisschen älter? Jedenfalls gehörten sie zu den Jungs, die Ronnies Freundin Kayla immer gern als »supersüß« bezeichnete. Obwohl keiner von beiden so richtig Ronnies Typ war, konnte sie nicht leugnen, dass sie athletisch gebaut waren und sich hier im Sand sehr gekonnt bewegten.

Vor allem der größere der beiden, der mit den dunkelbraunen Haaren und dem Makramee-Armband am Handgelenk. Kayla hätte sich garantiert auf ihn gestürzt – sie mochte große Männer. Auch das blonde Mädchen im Bikini auf der anderen Seite des Spielfelds konnte den Blick nicht von ihm nehmen. Sie und ihre Freundin waren Ronnie sofort aufgefallen: dünn und hübsch, mit blitzend weißen Zähnen und sichtlich daran gewöhnt, im Mittelpunkt zu stehen und von allen Jungs angehimmelt zu werden. Sie standen eher am Rand und jubelten nur ganz verhalten. Wahrscheinlich wollten sie ihre Frisuren nicht durcheinanderbringen. Ronnie fand die beiden blöd, auch wenn sie noch gar nicht mit ihnen geredet hatte.

Sie wandte sich lieber dem Spiel zu. Genau in dem Moment machten die beiden attraktiven Jungs einen Punkt. Und noch einen. Ronnie kannte zwar den Spielstand nicht, aber die zwei waren eindeutig das bessere Team. Trotzdem beschloss sie, lieber für das andere zu sein. Nicht nur, weil sie grundsätzlich eher für die Außenseiter war, sondern weil die beiden Gewinner sie an die verwöhnten Privatschüler erinnerten, denen sie gelegentlich in den Clubs begegnete. Diese Knaben von der Upper East Side, die sich für etwas Besseres hielten, nur weil ihre Väter Investmentbanker waren. Sie kannte einige von den privilegierten Jugendlichen und merkte deshalb gleich, wer in diese Kategorie gehörte und wer nicht. Und unter Garantie waren die beiden gut aussehenden Sportler hier in der Gegend sehr populär. Ihre Vermutung bestätigte sich nach dem nächsten Punkt, als der Partner des braunhaarigen Jungen vor dem Aufschlag der Freundin des blonden Mädchens zuzwinkerte. Diese Freundin war perfekt gebräunt und sah aus wie eine Barbiepuppe. Bestimmt kannten sich die reichen und schönen Menschen in dieser Stadt alle gegenseitig.

Was nicht weiter überraschend war, oder?

Das Spiel schien plötzlich weniger interessant. Ronnie wollte gehen und hatte sich schon abgewandt, als wieder ein Aufschlag übers Netz geschmettert wurde. Das gegnerische Team gab den Ball zurück, jemand rief irgendetwas, und auf einmal fingen die Leute um sie herum an, sich gegenseitig zu schubsen. Ronnie verlor einen Moment lang das Gleichgewicht.

Das genügte.

Sie sah gerade noch, wie einer der Spieler in ihre Richtung gerannt kam, den Kopf im Nacken, damit er den Ball erwischte. Sie konnte ihm nicht mehr ausweichen, er packte sie an den Schultern – einerseits wollte er dadurch seinen Schwung bremsen, aber andererseits wollte er auch verhindern, dass sie hinfiel. Bei dem Aufprall zuckte ihr Arm unkontrolliert, der Deckel ihres Styroporbechers löste sich, der Limostrahl schoss durch die Luft und landete auf ihrem Gesicht und ihrem T-Shirt – sie konnte es nicht mehr verhindern.

Der braunhaarige Junge starrte sie mit erschrocken aufgerissenen Augen an.

»Ist alles okay?«, keuchte er.

Die Flüssigkeit lief ihr übers Gesicht und drang durch den Stoff ihres T-Shirts. Wie aus weiter Ferne hörte sie, dass jemand im Publikum anfing zu lachen. Das hatte ihr gerade noch gefehlt. Was für ein großartiger Tag.

»Ja, klar – alles okay«, fauchte sie giftig.

»Ehrlich?« Der junge Mann schien ernsthaft besorgt zu sein. »Ich bin ja richtig in dich reingeknallt.«

»Lass mich einfach los«, zischte sie zwischen den Zähnen hervor.

Er schien gar nicht gemerkt zu haben, dass er sie immer noch an den Schultern festhielt. Sofort nahm er seine Hände weg, wich einen Schritt zurück und fasste automatisch nach seinem Armband. »Tut mir schrecklich leid. Ich habe nur auf den Ball geachtet und –«

»Das ist mir klar«, unterbrach Ronnie ihn. »Ich hab's überlebt, okay?«

Mit diesen Worten drehte sie sich um. Nichts wie weg! Hinter ihr rief jemand: »Komm schon, Will! Wir spielen weiter.« Aber während sie sich einen Weg durch die Zuschauermenge bahnte, spürte sie, dass sein Blick ihr folgte.

Ihr T-Shirt war zwar nicht ruiniert, aber ihre Laune hatte dieser Zusammenprall nicht gerade verbessert. Im Gegenteil. Sie mochte dieses Shirt, es war eine Erinnerung an ein Konzert von Fall Out Boy, in das sie sich letztes Jahr mit Rick geschmuggelt hatte. Ihre Mom war fast durchgedreht deswegen. Nicht nur, weil Rick am Hals ein Spinnweb-Tattoo hatte und mehr Piercings im Ohr als Kayla. Nein, sie war sauer, weil Ronnie gelogen hatte – sie wollte ihrer Mutter nicht sagen, wo sie hinging, und kam erst am folgenden Nachmittag heim, nachdem sie mit Rick bei seinem Bruder in Philadelphia übernachtet hatte. Mom untersagte ihr daraufhin jeden Kontakt mit Rick. Sie durfte nicht einmal mehr mit ihm sprechen. Aber schon am nächsten Tag verstieß Ronnie gegen das Verbot.

Nein, sie war nicht in Rick verliebt. Sie mochte ihn nicht einmal besonders. Aber sie war wütend auf ihre Mom, und irgendwie fühlte es sich gut an, ihr nicht zu gehorchen. Aber als sie dann zu Rick kam, war der schon wieder bekifft und betrunken, und ihr wurde klar, wenn sie sich weiter mit ihm traf, würde er noch mehr Druck auf sie ausüben, damit sie das Zeug, das er immer einwarf, endlich auch ausprobierte. So wie er sie schon am Abend zuvor bedrängt hatte. Sie blieb also nur ganz kurz bei ihm, dann ging sie zum Union Square und verbrachte den Rest des Tages dort. Sie wusste, dass es zwischen ihr und Rick aus war.

Ronnie war nicht ahnungslos in Bezug auf Drogen. Einige ihrer Freundinnen rauchten Gras, manche nahmen Kokain oder Ecstasy, und eine war sogar süchtig nach Meth, was ziemlich übel war. Am Wochenende tranken alle außer ihr Alkohol. In jedem Club und bei jeder Party war das alles problemlos zugänglich.

Aber wenn ihre Freundinnen kifften oder tranken oder Tabletten schluckten – wodurch der Abend ja angeblich erst richtig gut wurde –, verbrachten sie den Rest der Zeit meistens damit, unverständliches Zeug zu lallen und herumzutorkeln. Oder sie mussten sich übergeben, verloren völlig die Kontrolle und taten etwas echt Dummes. Und das hatte meistens etwas mit Jungs zu tun.

Ronnie fand das alles nicht verlockend. Besonders nicht nach Kaylas Erlebnis letzten Winter. Jemand – Kayla wusste bis heute nicht, wer es war – hatte das Narkotikum GHB in ihren Drink gegeben. Sie konnte sich nur ganz vage an das erinnern, was dann folgte, aber sie wusste, dass sie mit drei Typen in einem Raum war, die sie vor diesem Abend noch nie gesehen hatte. Als sie am nächsten Morgen aufwachte, lagen ihre Kleider verstreut auf dem Boden. Kayla sprach nie darüber – sie tat lieber so, als wäre es nie passiert, und bedauerte insgeheim, dass sie Ronnie davon erzählt hatte. Aber es war nicht schwer, sich den Rest zusammenzureimen.

Als Ronnie wieder zum Pier kam, stellte sie den halb leeren Becher ab und tupfte mit einer nassen Serviette wie verrückt auf dem Shirt herum. Die ganze Aktion schien tatsächlich etwas zu helfen, aber die Serviette löste sich in ihre Bestandteile auf und verwandelte sich in weiße Papierflöckchen, die aussahen wie Schuppen.

Super.

Warum war der Typ nicht mit einem anderen Zuschauer zusammengestoßen? Sie war doch nur kurz da gewesen, höchstens zehn Minuten. Wie groß war die Chance, dass der Ball in ihre Richtung flog, obwohl sie sich schon umgedreht hatte, weil sie gehen wollte? Und dass sie ausgerechnet einen Plastikbecher in der Hand hielt, während sie bei einem Volleyballspiel zuschaute, das sie eigentlich gar nicht sehen wollte, in einer Stadt, in der sie gar nicht sein wollte? So etwas passierte in hunderttausend Jahren höchstens ein Mal. Genauso gut hätte sie im Lotto gewinnen können!

Und dann dieser Typ, der an allem schuld war. Braune Haare, braune Augen. Hübscher Junge. Er war sogar mehr als hübsch, er sah echt gut aus, vor allem, wenn er ... wenn er so ein *besorgtes* Gesicht machte. Klar, er gehörte zu den beliebten Jugendlichen, aber in dem Sekundenbruchteil, als sich ihre Blicke begegneten, hatte sie das seltsame Gefühl gehabt, dass er etwas Besonderes war.

Ronnie schüttelte den Kopf, um diese verrückten Gedanken loszuwerden. Wirkte sich die Sonne schon auf ihr Gehirn aus? Wenigstens hatte sie mit ihrer Serviette etwas erreicht. Sie griff wieder nach dem Becher und wollte den Rest Limo wegschütten, aber erst, als sie sich umdrehte, merkte sie, dass jemand direkt hinter ihr stand. Und diesmal passierte es nicht in Zeitlupe. Diesmal landete die Flüssigkeit blitzschnell vorn auf ihrem T-Shirt.

Sie erstarrte und schaute fassungslos an sich hinunter. Das konnte doch nicht wahr sein!

Vor ihr stand ein Mädchen, das auch einen Becher in der Hand hielt und mindestens so verdutzt war wie Ronnie selbst. Sie war ganz schwarz gekleidet, und ihre ungepflegten Haare umrahmten in wilden Locken ihr Gesicht. Genau wie Kayla hatte sie in jedem Ohr mindestens ein Dutzend Piercings, was unterstrichen wurde durch die zwei kleinen Totenköpfe, die an ihren Ohrläppchen baumelten. Der dicke schwarze Lidstrich trug noch dazu bei, dass sie richtig gruftig wirkte. Sie deutete auf den immer größer werdenden Fleck auf Ronnies T-Shirt.

»Bist du noch zu klein zum Limo-Trinken?«, fragte sie grinsend.

»Ja, wahrscheinlich brauche ich noch eine Babyflasche.«

Grufty lachte, und ihr Lachen klang verblüffend mädchenhaft. »Du bist nicht von hier, was?«

»Nein, ich bin aus New York. Zu Besuch bei meinem Dad.«

»Übers Wochenende?«

»Nein. Den ganzen Sommer.«

»Du bist echt ein Pechvogel.«

Dieses Mal musste Ronnie lachen. »Ich heiße Ronnie. Das ist eine Abkürzung für Veronica.«

»Ich heiße Blaze.«

»Blaze?«

»Eigentlich heiße ich Galadriel. Das ist aus *Herr der Ringe*. Meine Mom spinnt in der Beziehung.«

»Sei froh, dass sie dich nicht Gollum genannt hat.«

»Oder Ronnie.« Mit einer Kopfbewegung deutete sie zu einem Stand mit Kleidungsstücken. »Wenn du trockene Klamotten brauchst – da drüben gibt es Nemo-T-Shirts.«

»Nemo?«

»Ja, klar, Nemo. Aus dem Film. Du weißt doch – der orange-weiße Fisch, so 'ne Art Zwergflipper? Landet in einem Aquarium, und sein Dad sucht ihn überall.«

»Ich will aber kein Nemo-Shirt.«

»Nemo ist cool.«

»Wenn man sechs ist, vielleicht«, erwiderte Ronnie.

»Wie du meinst.«

Bevor Ronnie antworten konnte, sah sie, wie sich drei Jungs durch die Menschenmenge drängten. Sie fielen auf, weil sie zerrissene Shorts trugen und überall tätowiert waren. Und weil man unter ihren schweren Lederjacken ihre nackte Brust sehen konnte. Einer hatte eine gepiercte Augenbraue und schleppte einen altmodischen Gettoblaster mit sich herum, der Zweite hatte einen blondierten Irokesenschnitt und vollständig tätowierte Arme. Beim Dritten bildeten die langen schwarzen Haare einen extremen Kontrast zu seiner milchig weißen Haut, ähnlich wie bei Blaze. Instinktiv drehte sich Ronnie nach ihrer neuen Freundin um – aber sie war verschwunden. Dafür stand Jonah vor ihr.

»Was hast du auf dein T-Shirt gekippt?«, fragte er. »Es ist ja ganz nass und klebrig.«

Ronnie suchte mit den Augen nach Blaze. Wo konnte sie nur stecken? Und wieso war sie ohne Abschied so schnell abgehauen? »Jonah – verschwinde einfach wieder, ja?«

»Geht nicht. Dad sucht dich. Ich glaube, er will, dass du nach Hause kommst.«

»Wo ist er?«

»Er wollte aufs Klo, aber er müsste gleich hier sein.«

»Sag ihm, du hast mich nicht gesehen.«

Jonah überlegte. »Fünf Dollar.«

»Wie bitte?«

»Gib mir fünf Dollar, und ich vergesse, dass ich dich hier getroffen habe.«

»Meinst du das ernst?«

»Du hast nicht viel Zeit«, sagte er. »Jetzt sind's schon zehn Dollar.«

Weiter hinten erspähte sie ihren Vater, der sich suchend umschaute. Instinktiv duckte sie sich weg, aber ihr war klar, dass sie nicht an ihm vorbeischleichen konnte. Sie warf Jonah, dem raffinierten Erpresser, einen verärgerten Blick zu. Er hatte Dad auch schon entdeckt. Ihr kleiner Bruder war süß, sie liebte ihn über alles, und sie respektierte sogar sein Erpressertalent, aber trotzdem – er war ihr kleiner Bruder. In einer perfekten Welt stünde er auf ihrer Seite. Aber tat er das? Nein, natürlich nicht.

»Ich hasse dich, weißt du das?«, zischte sie.

»Ja, klar weiß ich das – ich hasse dich auch. Aber es kostet dich trotzdem zehn Dollar.«

»Wie wär's mit fünf?«

»Du hast deine Chance verpasst. Aber für zehn ist dein Geheimnis gut bei mir aufgehoben.«

Dad hatte sie noch nicht gesehen, aber er kam immer näher.

»Einverstanden.« Ihr blieb keine andere Wahl. Sie durchwühlte ihre Taschen und drückte Jonah einen zerknüllten Geldschein in die Hand, den er blitzschnell einsteckte. Als sie den Blick hob, sah sie, dass sich ihr Vater unaufhaltsam in ihre Richtung bewegte. Er drehte den Kopf nach rechts, nach links – und gerade noch rechtzeitig tauchte Ronnie hinter den Stand. Zu ihrer Überraschung traf sie dort auf Blaze, die an die Wand gelehnt eine Zigarette rauchte.

Blaze grinste. »Na – Probleme mit deinem Dad?«

»Wie komme ich hier weg?«, fragte Ronnie.

»Das ist deine Sache.« Blaze zuckte die Achseln. »Aber er weiß, was für ein T-Shirt du anhast.«

Eine Stunde später saß Ronnie neben Blaze auf einer der Bänke am Ende des Piers. Sie langweilte sich immer noch, aber nicht mehr ganz so heftig wie vorher. Blaze konnte gut zuhören, das merkte man gleich, und sie hatte eine tolle Art von Humor. Das Beste war allerdings, dass sie New York genauso liebte wie Ronnie, obwohl sie noch nie dort war. Sie erkundigte sich nach den elementaren Dingen: Times Square und das Empire State Building und die Freiheitsstatue – Touristenfallen, die Ronnie um jeden Preis zu vermeiden suchte. Zuerst beantwortete sie bereitwillig alle Fragen, die Blaze ihr stellte, doch dann schilderte sie ihr das richtige New York: die Clubs in Chelsea, die Musikszene in Brooklyn, die Straßenhändler in Chinatown, bei denen man Raubkopien von allen angesagten CDs oder Imitate von Prada-Taschen kaufen konnte und überhaupt so gut wie alles – für ein paar Dollar.

Während sie erzählte, merkte sie, dass ihr Heimweh immer größer wurde. Sie wollte in New York sein, nicht hier. Überall war es besser als hier.

»Ich hätte an deiner Stelle auch keine Lust gehabt, hierherzukommen«, sagte Blaze verständnisvoll. »Glaub mir – hier ist es stinklangweilig.«

»Wie lange wohnst du schon hier?«

»Ach, schon immer. Aber wenigstens habe ich normale Klamotten.«

Ronnie hatte sich tatsächlich das blöde Nemo-Shirt gekauft, obwohl sie wusste, dass sie darin albern aussah. Es hatte nur noch Größe XL gegeben – das Shirt reichte ihr praktisch bis an die Knie. Das einzig Positive war, dass sie es geschafft hatte, sich unbemerkt an ihrem Vater vorbeizumogeln, nachdem sie es übergezogen hatte. Blaze hatte recht gehabt.

»Irgendjemand hat mir vorhin gesagt, Nemo ist cool.«

»Die Person hat gelogen.«

»Warum sitzen wir eigentlich noch hier rum? Mein Dad ist inzwischen bestimmt nach Hause gegangen.«

Blaze drehte sich um. »Wozu hast du Lust? Möchtest du zurück zum Jahrmarkt? Vielleicht in die Geisterbahn?«

»Nein. Aber es gibt doch sicher noch was anderes hier.«

»Jetzt noch nicht. Erst später. Wir müssen noch warten.«

»Worauf?«

Blaze antwortete nicht, sondern stand auf und schaute hinaus aufs dunkle Wasser und zum Mond. Ihre Haare wehten in der sanften Brise. »Ich hab dich übrigens schon vorher gesehen.«

»Wann?«

»Beim Volleyball.« Sie deutete den Pier hinunter. »Ich habe da drüben gestanden.«

»Und?«

»Du hast irgendwie nicht dazugepasst.«

»Du passt auch nicht hierher.«

»Deshalb war ich ja auch auf dem Pier.« Sie setzte sich aufs Geländer und musterte Ronnie fragend. »Ich weiß, du willst nicht hier sein, aber was hat dein Vater eigentlich verbrochen, dass du so sauer auf ihn bist?«

Ronnie rieb sich die Hände an der Hose ab. »Das ist eine lange Geschichte.«

»Wohnt er mit seiner Freundin zusammen?«

»Ich glaube, er hat gar keine. Wieso fragst du?«

»Sei froh, dass er keine hat.«

»Wovon redest du?«

»Mein Dad lebt mit seiner Freundin zusammen. Es ist schon die dritte seit der Scheidung, und sie ist die schlimmste – bis jetzt. Sie ist nur ein paar Jahre älter als ich und zieht sich an wie eine Stripperin. Mir wird immer ganz schlecht, wenn ich zu ihm muss. Ich glaube, sie weiß nicht, wie sie sich verhalten soll, wenn ich da bin. Erst gibt sie mir gute Ratschläge, als wäre sie meine Mom, und eine Minute später will sie meine beste Freundin sein. Ätzend.«

»Und du wohnst bei deiner Mutter?«

»Ja. Aber jetzt hat sie auch einen Freund, und der ist die ganze Zeit da. Er ist so ein Weichei, sag ich dir! Er trägt so ein affiges Toupet, weil er mit ungefähr zwanzig schon eine Glatze gekriegt hat. Und er sagt dauernd, dass ich mir überlegen soll, ob ich aufs College gehe. Als würde es mich interessieren, was er denkt. Es ist alles total beknackt, verstehst du?«

Ehe Ronnie etwas erwidern konnte, war Blaze wieder vom Geländer hinuntergehüpft. »Komm mit. Ich glaube, jetzt geht's los. Du musst das unbedingt sehen.«

Ronnie folgte Blaze den Pier entlang zu einer Menschenansammlung, die bei der Darbietung zuschaute. Verblüfft stellte sie fest, dass die Performer die drei tätowierten jungen Männer von vorhin waren. Zwei von ihnen führten eine Breakdance-Nummer vor, begleitet von lauter Musik, die aus dem Gettoblaster dröhnte, während der Typ mit den langen Haaren in der Mitte stand und jonglierte. Waren das wirklich brennende Golfbälle, die er da in die Luft warf? Zwischendurch hörte er auf zu jonglieren und hielt einen der Bälle einfach nur zwischen den Fingern, drehte ihn hin und her, rollte ihn über den Handrücken, dann den einen Arm hinauf und den anderen hinunter. Zweimal schloss er die Hand um den Feuerball, sodass die Flammen fast erloschen, doch dann drehte er die Hand, und man konnte sehen, wie durch eine kleine Öffnung bei seinem Daumen immer noch Flämmchen züngelten.

»Kennst du ihn?«, fragte Ronnie.

Blaze nickte. »Ja, das ist Marcus.«

»Hat er seine Hände mit irgendeiner Schutzschicht bedeckt?«

»Nein.«

»Aber – tut das nicht weh?«

»Wenn du den Feuerball richtig hältst, macht es nichts. Aber es ist schon irre, findest du nicht?«

Ja, das stimmte. Marcus löschte schließlich zwei der Bälle aus, zündete sie aber gleich wieder an, indem er sie mit dem dritten berührte. Auf dem Boden stand ein umgedrehter Zylinder, und Ronnie sah, wie immer wieder jemand einen Geldschein hineinwarf.

»Woher hat er diese Feuerbälle?«

»Er macht sie selbst. Ich kann dir zeigen, wie das geht. Es ist gar nicht schwer. Du brauchst nur ein Baumwollhemd, Nadel und Faden und Feuerzeugflüssigkeit.«

Die Musik wummerte immer weiter. Marcus warf dem Typ mit der Irokesenfrisur die drei Bälle zu und zündete noch zwei an. Jetzt warfen sie die brennenden Bälle einander zu, wie Zirkusclowns ihre Kegel, bis einer in die falsche Richtung flog.

Aber das war genau geplant gewesen. Der Typ mit der gepiercten Augenbraue fing ihn nämlich mit dem Fuß auf, als wäre er ein Fußballspieler, und ließ ihn dann von einem Fuß zum anderen hüpfen, wie einen Hacky Sack. Die anderen beiden löschten drei der Feuerbälle, und sie begannen, die restlichen beiden Bälle zwischen sich hin- und herzukicken. Die Zuschauer klatschten begeistert, und das Geld regnete nur so in den Hut, während die Musik immer lauter wurde. Plötzlich erloschen wie auf Kommando alle Bälle, und die Musik verstummte.

So etwas hatte Ronnie noch nie gesehen. Marcus kam jetzt auf Blaze zu, nahm sie in die Arme und küsste sie lange und intensiv! Irgendwie wirkte das in der Öffentlichkeit ziemlich unpassend. Dann schlug er die Augen auf und starrte Ronnie an, bevor er Blaze wegschubste.

»Wer ist das?«, fragte er.

»Das ist Ronnie«, antwortete Blaze. »Sie kommt aus New York. Ich habe sie gerade kennengelernt.«

Der Irokese und der Augenbrauenmann musterten Ronnie ebenfalls völlig ungeniert. Diese fühlte sich ausgesprochen unwohl.

»Aus New York, was?«, fragte Marcus, zog ein Feuerzeug aus der Tasche und zündete damit einen der Feuerbälle an. Er hielt die brennende Kugel reglos zwischen Daumen und Zeigefinger. Wie schaffte er es nur, sich dabei nicht zu verbrennen?

»Magst du Feuer?«, fragte er leise.

Ohne eine Antwort abzuwarten, warf er ihr den Ball zu. Ronnie sprang zur Seite, sprachlos vor Schreck. Der Ball landete direkt hinter ihr. In dem Moment kam ein Polizist angerannt und trat die Flammen aus.

»Ihr drei!«, rief er und deutete auf die Männer. »Verschwindet. Und zwar sofort. Ich habe euch schon mal gesagt, dass ihr eure Nummer nicht hier auf dem Pier vorführen dürft. Wenn ich euch noch einmal erwische, dann nehme ich euch mit aufs Revier, das schwöre ich.«

Marcus hob die Hände und wich einen Schritt zurück. »Wir sind schon weg.«

Die Typen schnappten sich ihre Jacken und machten sich auf den Weg in Richtung Jahrmarkt. Blaze folgte ihnen und ließ Ronnie allein zurück. Was sollte sie tun? Sie spürte, dass der Polizist sie anschaute, aber sie ignorierte seinen Blick. Nach kurzem Zögern ging sie hinter den anderen her.

KAPITEL 4

Marcus

Er hatte gleich gewusst, dass sie ihnen folgen würde. Es war doch immer dasselbe. Vor allem bei den Mädchen, die neu hier waren. So lief das eben mit den Frauen: Je schlechter er sie behandelte, desto mehr waren sie hinter ihm her. Sie waren alle so was von dumm! Berechenbar und dumm.

Lässig lehnte er sich an den großen Blumenkasten vor dem Hotel. Blaze hatte die Arme um ihn geschlungen, Ronnie saß ihnen gegenüber auf einer Bank. Teddy und Lance versuchten, die Aufmerksamkeit der vorübergehenden Mädchen auf sich zu lenken, indem sie albernes Zeug brabbelten. Sie waren betrunken – verdammt, sie hatten sogar schon einen im Tee gehabt, bevor die Show anfing! Und wie immer ignorierten die Mädchen sie, bis auf die allerhässlichsten. Meistens beachtete auch er die beiden kaum.

Blaze knabberte an seinem Hals, aber er reagierte nicht. Er konnte es nicht ausstehen, dass sie wie eine Klette an ihm hing, wenn sie irgendwo waren. Eigentlich ödete sie ihn sowieso längst an. Wenn sie nicht so gut im Bett wäre und ganz genau wüsste, was ihm gefiel, hätte er sie schon vor einem Monat abserviert und ein anderes der drei, vier oder fünf Mädchen, mit denen er regelmäßig schlief, zu seiner offiziellen Freundin ernannt. Aber die interessierten ihn im Moment auch nicht besonders. Jetzt hatte er nur Augen für Ronnie. Die lila Strähne in ihren Haaren gefiel ihm, ihre schmale und doch knackige Figur, der Glitter in ihrem Lidschatten. Das war stilvoll und trotzdem ein bisschen nuttig. Wenn nur dieses kindische T-Shirt nicht wäre. Aber – sie gefiel ihm. Sie gefiel ihm sogar sehr.

Er schubste Blaze weg. »Hol mir 'ne Portion Pommes«, sagte er. »Ich hab Hunger.«

»Aber ich habe nur noch zwei Dollar.«

Was sollte der nölige Unterton in ihrer Stimme? »Na und? Das müsste doch reichen. Und iss mir nur ja nichts weg.«

Das meinte er ernst. Blaze bekam langsam einen kleinen Bauch, und ihr Gesicht wurde auch ganz rund. Was nicht weiter verwunderlich war, weil sie in letzter Zeit immer fast so viel becherte wie Teddy und Lance.

Blaze zog einen Flunsch, aber Marcus gab ihr einen Schubs, und sie wanderte brav zu den Imbissbuden. Die Schlangen waren ziemlich lang, immer mindestens sechs oder sieben Leute. Er schlenderte zu Ronnie hinüber und setzte sich neben sie. Dicht, aber nicht zu dicht. Blaze wurde schnell eifersüchtig, und er wollte nicht, dass sie Ronnie verjagte, bevor er sie näher kennenlernen konnte.

»Wie fandest du's?«, fragte er.

»Was?«

»Die Show. Hast du so was schon mal in New York gesehen?«

»Nein, noch nie«, gab sie zu.

»Wo wohnst du?«

»Nicht weit von hier, am Strand.«

Er merkte an ihrer Antwort, dass sie sich nicht ganz wohlfühlte. Wahrscheinlich, weil Blaze nicht da war.

»Blaze hat erzählt, dass du deinem Vater davongelaufen bist.«

Ronnie zuckte nur die Achseln.

»Was heißt das? Willst du es mir nicht erzählen?«

»Es gibt nichts zu erzählen.«

Er lehnte sich zurück. »Traust du mir nicht?«

»Wieso?«

»Du redest mit Blaze, aber nicht mit mir.«

»Ich kenne dich doch gar nicht.«

»Blaze kennst du auch nicht. Du hast sie vorhin zum ersten Mal gesehen.«

Ronnie schienen seine schroffen Antworten nicht zu gefallen. »Ich wollte einfach nicht mit meinem Dad reden, okay? Und ich habe keine Lust, den ganzen Sommer hier rumzusitzen.«

Er strich sich die Haare aus den Augen. »Dann hau ab.«

»Ja, klar. Und wohin?«

»Wir könnten nach Florida fahren.«

Sie blinzelte. »Wie bitte?«

»Ich kenne einen Mann, der hat ein Haus, gleich außerhalb von Tampa. Wenn du möchtest, fahre ich mit dir dahin. Wir können so lange dort bleiben, wie du willst. Mein Auto steht da drüben.«

Sie starrte ihn fassungslos an. »Ich kann doch nicht mit dir nach Florida fahren! Wir … wir kennen uns erst seit ein paar Minuten. Und was ist mit Blaze?«

»Was soll mit Blaze sein?«

»Ihr seid doch zusammen.«

»Na und?« Er verzog keine Miene.

»Das ist mir alles zu blöd.« Kopfschüttelnd stand sie auf. »Ich glaube, ich gehe zu Blaze.«

Marcus griff in seine Tasche und holte einen Feuerball heraus. »Du weißt doch, dass das mit Florida ein Witz war, oder?«

Aber es war kein Witz gewesen. Er hatte es mit Absicht gesagt. Aus dem gleichen Grund, weshalb er ihr den brennenden Ball zugeworfen hatte. Er wollte wissen, wie weit er gehen konnte.

»Ja, okay, ist schon gut. Ich gehe jetzt trotzdem zu Blaze.«

Marcus schaute ihr nach. Sosehr ihm ihre tolle Figur gefiel – er wusste nicht recht, was er von ihr halten sollte. Sie zog sich zwar provozierend an, aber im Gegensatz zu Blaze rauchte sie nicht, und sie schien auch kein großes Interesse an Alkohol zu haben. Überhaupt hatte er das Gefühl, dass viel mehr in ihr steckte, als man auf den ersten Blick vermutete. Ob sie aus einer reichen Familie stammte? Das würde passen, oder? Eine Wohnung in New York, ein Haus am Strand. Die Leute mussten Kohle haben, wenn sie sich so etwas leisten konnten. Aber andererseits – sie war überhaupt nicht so wie die wohlhabenden Leute hier in der Gegend. Jedenfalls nicht wie die, die er kannte. Also, was stimmte nun? Und warum spielte das überhaupt eine Rolle?

Weil er Leute mit Geld nicht leiden konnte. Er mochte es nicht, wenn sie damit angaben und sich wegen ihres Reichtums für etwas Besseres hielten. Bevor er die Schule geschmissen hatte, war er einmal dabei gewesen, als so ein stinkreicher Junge erzählte, dass er zum Geburtstag ein neues Boot bekommen hatte. Kein albernes Skiff, sondern einen Boston Whaler mit GPS und Sonargerät, und der Typ hatte pausenlos damit angegeben und erzählt, er werde den ganzen Sommer damit herumsegeln und beim Country Club vor Anker gehen.

Drei Tage später zündete Marcus das Boot an und beobachtete von seinem Versteck hinter einer Magnolie auf dem Golfplatz aus, wie es in Flammen aufging.

Natürlich erzählte er keinem Menschen, was er getan hatte. Wenn man auch nur eine einzige Person ins Vertrauen zog, konnte man gleich die Bullen rufen. Teddy und Lance waren ein warnendes Beispiel: Man brauchte sie nur in eine Zelle zu sperren, und sobald die Tür ins Schloss fiel, brachen sie zusammen. Das war auch der Grund, weshalb er sie zwang, die ganze Drecksarbeit für ihn zu machen. Die beste Methode, die Leute am Ausplaudern zu hindern, war, dafür zu sorgen, dass sie mehr auf dem Kerbholz hatten als er selbst. Inzwischen waren sie diejenigen, die den Alkohol klauten, sie schlugen den Glatzkopf auf dem Flughafen bewusstlos, bevor sie ihm die Brieftasche abnahmen, sie waren es, die Hakenkreuze auf die Synagoge sprühten. Er traute ihnen nicht über den Weg, er mochte sie eigentlich nicht, aber sie halfen ihm bei der Ausführung seiner Pläne. Sie erfüllten ihren Zweck.

Jetzt im Moment zogen sie immer noch ihre idiotische Anmachnummer ab, und weil Ronnie nicht mehr da war, wurde Marcus unruhig. Er hatte keine Lust, den ganzen Abend hier herumzuhängen und nichts zu tun. Wenn

Blaze zurückkam und er seine Pommes gegessen hatte, würden sie um die Häuser ziehen. Sehen, was sich ergab. Man konnte nie vorhersagen, welche Ereignisse sich an solch einem Abend in einer Menschenmenge abspielten. Eins stand fest: Nach einem Auftritt brauchte er immer noch etwas ... *anderes*. Irgendetwas.

Er schaute hinüber zu der Imbissbude, sah, wie Blaze bezahlte. Ronnie stand direkt hinter ihr. Er fixierte sie mit den Augen, um zu bewirken, dass sie sich zu ihm umdrehte, und nach einer Weile tat sie es auch. Nichts Besonderes, nur ein kurzer Blick. Aber das reichte ihm schon, um sich wieder zu fragen, wie sie wohl im Bett war.

Wahrscheinlich wild, dachte er. Die meisten waren wild, wenn man sie nur richtig anfasste.

KAPITEL 5

Will

Gleichgültig, was er machte – Will spürte das Gewicht
des Geheimnisses auf sich lasten. Von außen betrachtet
schien alles normal zu sein: Während der letzten sechs
Monate war er in die Schule gegangen, hatte Basketball
gespielt, war auf dem Abschlussball gewesen, und jetzt,
nach dem erfolgreichen Highschool-Abschluss, stand dem
College nichts mehr im Weg. Natürlich war nicht alles
perfekt gewesen. Vor sechs Wochen hatten Ashley und er
sich getrennt, aber das hatte nichts mit dem zu tun, was in
der Nacht passiert war – in dieser Nacht, die er nie vergessen würde. Die meiste Zeit konnte er die Erinnerungen
zwar verdrängen, aber manchmal überfielen sie ihn ganz
plötzlich und mit einer unwahrscheinlichen Wucht, wie
ein Schlag in die Magengrube. Die Bilder waren immer
dieselben, sie verblassten nicht und wurden auch nicht un-
scharf an den Rändern. Wie durch die Augen eines anderen sah er sich selbst, wie er den Strand entlangrannte und
Scott packte, der in die lodernden Flammen starrte.

Was hast du gemacht, verdammt noch mal?, schrie er.

Es war nicht meine Schuld!, schrie Scott zurück.

Erst dann bemerkte Will, dass sie nicht allein waren.

Ein Stück weiter sah er Marcus, Blaze, Teddy und Lance auf der Motorhaube eines Autos sitzen. Die vier hatten alles gesehen.

Sie wussten Bescheid …

Will wollte nach seinem Handy greifen, aber Scott hielt ihn zurück.

Nicht die Polizei anrufen! Ich hab dir doch gesagt, es war ein Unfall! Er schaute Will flehend an. *Komm schon, Mann! Du bist mir etwas schuldig!*

In den nächsten Tagen wurde in den Medien ausführlich über den Brand berichtet, und Will hatte, obwohl sich sein Magen stets zusammenkrampfte, die Nachrichten im Fernsehen aufmerksam verfolgt und sämtliche Artikel in der Zeitung gelesen. Das mit dem Feuer ging ja noch. Es war wirklich durch einen Unfall entstanden. Damit hätte er vielleicht gerade noch umgehen können. Aber es hatte einen Verletzten gegeben, und jedes Mal, wenn Will an der Stelle vorbeifuhr, überkamen ihn unerträgliche Schuldgefühle. Es tat nichts zur Sache, dass die Kirche wieder aufgebaut wurde und der Pfarrer längst aus dem Krankenhaus entlassen war – Will wusste, was passiert war, und er hatte nichts unternommen.

Du bist mir etwas schuldig …

Dieser Satz verfolgte ihn. Nicht nur, weil er und Scott seit dem Kindergarten Freunde waren, sondern noch aus einem anderen, wichtigeren Grund. Und manchmal, mitten in der Nacht, lag er im Bett und konnte nicht schlafen, weil ihn diese Worte dermaßen quälten. Ach, er wünschte sich nichts sehnlicher, als alles wieder in Ordnung zu bringen.

Diesmal war es seltsamerweise dieser Zusammenprall beim Volleyball gewesen, der die Erinnerung auslöste. Genauer gesagt: das Mädchen, mit dem er zusammengestoßen war. Sie hatte sich nicht für seine Entschuldigungen interessiert, und im Gegensatz zu den meisten Mädchen hier hatte sie auch nicht versucht, ihre Wut zu verbergen. Sie brodelte nicht innerlich vor sich hin, sie jammerte nicht, sondern legte ein Selbstbewusstsein an den Tag, über das er sich nur wundern konnte. Sie war ganz anders als andere Mädchen.

Nachdem sie davongestapft war, hatten sie den Satz zu Ende gespielt, und er musste zugeben, dass ihm ein paar Bälle versprungen waren, mit denen er normalerweise keine Probleme gehabt hätte. Scott hatte ihm böse Blicke zugeworfen. Vielleicht lag es am Licht – aber sein Freund hatte genauso ausgesehen wie an dem Abend des Feuers, als er, Will, sein Handy herausziehen wollte, um die Polizei zu rufen. Und das hatte schon gereicht, um die Erinnerungen wieder auf den Plan zu rufen.

Er schaffte es, sich zusammenzureißen, bis sie das Spiel gewonnen hatten, aber danach musste er erst mal eine Weile allein sein. Also wanderte er zum Jahrmarktgelände hinüber und machte vor einer dieser überteuerten Buden halt, bei denen man nie etwas gewann. Doch als er gerade dazu ansetzte, mit einem viel zu prall aufgepumpten Basketball auf den etwas zu hohen Korb zu zielen, hörte er hinter sich eine Stimme.

»Da bist du ja«, flötete Ashley. »Gehst du uns aus dem Weg?«

Ja, dachte er. Eigentlich schon.

»Nein«, antwortete er. »Seit dem Ende der Saison habe ich keinen Korb mehr geworfen, und ich wollte mal sehen, ob ich schon eingerostet bin.«

Ashley lächelte. Ihr trägerloses weißes Top, die Sandalen und ihre Ohrhänger betonten perfekt ihre blauen Augen und die blonden Haare. Nach dem letzten Volleyballspiel des Turniers hatte sie sich blitzschnell umgezogen. Typisch – sie war das einzige Mädchen, das er kannte, das grundsätzlich immer mehrere Outfits dabeihatte, sogar wenn sie zum Strand ging. Beim Abschlussball im letzten Mai hatte sie dreimal die Kleidung gewechselt: ein Kleid für das Dinner, eines fürs Tanzen und ein drittes für die Party danach. Sie hatte ungelogen einen Koffer mitgenommen, und nachdem sie ihr Bukett angesteckt und für Fotos posiert hatte, hatte er ihn zum Auto schleppen müssen. Ihre Mom fand es ganz normal, dass sie so viel Krempel mitnahm, als würde sie in den Urlaub fahren und nicht nur auf einen Ball gehen. Aber vielleicht war die Mutter ja ein Teil des Problems. Ashley hatte ihm einmal erlaubt, einen Blick in den Kleiderschrank ihrer Mutter zu werfen – diese Frau besaß bestimmt zweihundert Paar Schuhe und tausend verschiedene Kleider. Ihr Schrank hätte auch als Garage für einen Buick dienen können.

»Lass dich von mir nicht aufhalten. Ich will nicht, dass du deinen Dollar verschwendest.«

Will drehte sich um, zielte und schickte den Ball auf seine Flugbahn in Richtung Korb. Der Ball sprang vom Rand ans Brett, bevor er reinging. Nummer eins. Noch zwei – und er würde tatsächlich etwas gewinnen.

Während der Ball zurückrollte, warf der Schausteller, der die Bude betrieb, einen verstohlenen Blick auf Ashley. Diese hingegen schien nicht einmal zu merken, dass der Mann existierte.

Der Ball war wieder bei Will. Er nahm ihn auf und blickte zu dem Schausteller. »Hat heute schon mal jemand gewonnen?«

»Klar. Gibt jeden Tag viele Gewinner.« Beim Reden starrte er nochmal zu Ashley. Ashley fiel immer und überall auf. Für jeden Mann, der auch nur ein Gramm Testosteron im Körper hatte, war sie wie eine blinkende Neonreklame.

Seine Exfreundin kam noch etwas näher, machte eine halbe Drehung und lehnte sich an die Bude. Sie lächelte Will zu. Besonders zurückhaltend war diese junge Frau noch nie gewesen. Nachdem sie zur Ballkönigin gewählt worden war, hatte sie das Diadem den ganzen Abend getragen.

»Du hast heute gut gespielt«, sagte sie. »Und dein Aufschlag ist echt viel besser geworden.«

»Danke«, erwiderte Will.

»Ich glaube, du bist fast so gut wie Scott.«

»Auf keinen Fall«, sagte er. Scott spielte Volleyball, seit er sechs war, Will erst seit der neunten Klasse. »Ich bin schnell und kann gut springen, aber ich bin längst nicht so ein perfekter Spieler wie Scott.«

»Ich sage dir nur, was ich gesehen habe.«

Will atmete tief durch, konzentrierte sich auf den Korb und versuchte, sich zu entspannen, bevor er warf. Sein Trainer hatte ihm immer erklärt, bei Freiwürfen mache man das so – seine Trefferquote hatte er allerdings dadurch nicht erhöht. Aber dieses Mal klappte es, und der Ball flutschte durchs Netz. Zwei von zwei.

»Was machst du denn mit dem Plüschtier, falls du eins gewinnst?«, fragte sie.

»Keine Ahnung. Möchtest du es haben?«

»Nur, wenn du's mir schenken willst.«

Er wusste, sie würde ihn nicht darum bitten. Nein, sie erwartete, dass er es ihr anbot. Nach den zwei Jahren, die sie zusammen gewesen waren, gab es wenig, was er nicht über Ashley wusste. Will schnappte den Ball, holte Luft und machte seinen letzten Wurf. Der war jedoch ein bisschen zu heftig, und der Ball prallte vom hinteren Rand des Korbes zurück.

»Das war knapp«, sagte der Schausteller. »Ich finde, du solltest es noch mal versuchen.«

»Nein, danke. Ich weiß, wann ich verloren habe.«

»Ich sag dir was. Ich mach's einen Dollar billiger. Zwei Dollar für drei Würfe.«

»Schon gut.«

»Zwei Dollar – und ich lass euch beide je drei Würfe machen.« Er nahm den Ball und bot ihn Ashley an. »Ich würde zu gern sehen, wie du wirfst.«

Ashley starrte den Ball nur an. Mit diesem Blick gab sie zu verstehen, dass sie auf die Idee noch nicht einmal im Traum gekommen wäre. Was vermutlich stimmte.

»Lieber nicht«, sagte Will. »Aber danke für das Angebot.« Er wandte sich zu seiner Exfreundin. »Glaubst du, Scott ist noch hier?«

»Er sitzt drüben mit Cassie am Tisch. Da waren sie jedenfalls, bevor ich dich suchen gegangen bin. Ich glaube, er mag sie.«

Will machte sich auf den Weg. Ashley wich ihm nicht von der Seite.

»Also, wir haben eben überlegt, was wir mit dem Rest des Tages anstellen, und Scott und Cassie meinten, wir könnten ja zu mir gehen«, berichtete Ashley betont beiläufig. »Meine Eltern sind in Raleigh, wegen irgendeiner Feier mit dem Gouverneur. Ich habe also sturmfrei.«

Will hatte das kommen sehen. »Ich möchte das lieber nicht«, sagte er.

»Warum nicht? Hier ist doch nichts los.«

»Ich finde das einfach keine gute Idee.«

»Weil wir Schluss gemacht haben? Keine Sorge – ich will nichts von dir.«

Deswegen bist du auch zu dem Turnier gekommen, dachte Will. Und hast dich so aufgestylt heute Abend. Und bist mich suchen gegangen. Und schlägst jetzt vor, wir könnten zu dir gehen, weil deine Eltern nicht da sind.

Aber das sagte er alles nicht. Er hatte keine Lust auf Streit, und er wollte auch die Situation nicht noch komplizierter machen, als sie ohnehin schon war. Ashley war ja kein schlechter Mensch. Sie war nur nicht die Richtige für ihn.

»Ich muss morgen früh arbeiten und habe den ganzen Tag in der Sonne Volleyball gespielt«, bot er stattdessen als Ausrede an. »Ich sollte nicht zu spät ins Bett.«

Sie fasste ihn am Arm, sodass er stehen bleiben musste. »Warum gehst du nicht ans Telefon, wenn ich anrufe?«

Er sagte nichts. Es gab auch nichts, was er hätte sagen können.

»Ich will wissen, was ich falsch gemacht habe.« Sie ließ nicht locker.

»Du hast nichts falsch gemacht.«

»Was ist es dann?«

Als er nicht antwortete, lächelte sie beschwichtigend. »Komm einfach mal vorbei, dann reden wir drüber, okay?«

Er wusste, dass sie eine Antwort verdient hatte. Das Problem war nur, dass sie seine Antwort bestimmt nicht hören wollte.

»Ich hab dir schon alles gesagt – ich bin einfach sehr müde.«

»Du bist *müde*?«, keifte Scott. »Du hast ihr gesagt, du bist *müde* und willst nur heim und *ins Bett*?«

»So etwa, ja.«

»Spinnst du eigentlich?«

Scott starrte ihn über den Tisch hinweg an. Cassie und Ashley hatten sich schon vor einer Weile auf den Weg zum Pier gemacht, wo sie jetzt garantiert jedes Wort auseinandernahmen, das Will zu Ashley gesagt hatte. So bauschten sie die Situation, über die man am besten gar nicht viel geredet hätte, unnötig auf. Mit Ashley wurde alles immer dramatisch. Auf einmal bekam Will das Gefühl, dass der Sommer ziemlich lang werden könnte.

»Ich bin echt müde«, sagte Will. »Du nicht?«

»Vielleicht hast du ihren Vorschlag nicht richtig verstanden. Ich und Cassie, du und Ashley? Das Haus ihrer Eltern, am Strand?«

»Hat sie erwähnt.«

»Und wir sind immer noch hier, weil ...?«

»Habe ich dir erklärt.«

Scott schüttelte den Kopf. »Nein, da kann ich dir nicht folgen. Diese ›Ich bin müde‹-Ausrede kannst du deinen Eltern verkaufen, wenn sie wollen, dass du das Auto wäschst, oder wenn sie sagen, du musst aufstehen, um rechtzeitig in der Kirche zu sein. Aber doch nicht bei so was!«

Will sagte nichts. Scott war zwar ein Jahr jünger – er machte erst nächstes Jahr seinen Abschluss an der Laney High School –, aber er führte sich oft auf, als wäre er Wills älterer, weiserer Bruder.

Außer an dem Abend bei der Kirche ...

»Siehst du den Kerl da drüben an der Basketballbude? Den verstehe ich. Er steht den ganzen Tag rum und versucht, die Leute dazu zu bringen, sein Spiel zu spielen, damit er ein paar Dollar verdient, um sich nach seiner Schicht Bier und Zigaretten kaufen zu können. Einfach. Unkompliziert. Nicht meine Art von Leben, aber eines, das ich begreife. Aber dich – dich verstehe ich nicht. Ehrlich gesagt, hast du Ashley heute Abend überhaupt schon angeschaut? Sie haut dich um, so wie sie aussieht – wie die eine Frau in der *Maxim*.«

»Und?«

»Worauf ich hinauswill? Sie ist heiß!«

»Ich weiß. Wir waren zwei Jahre zusammen, erinnerst du dich?«

»Ich sage ja gar nicht, dass du wieder mit ihr zusammenkommen sollst. Ich sage nur, wir vier könnten zu ihr gehen, ein bisschen Spaß haben und schauen, was passiert.«

Scott lehnte sich zurück und musterte seinen Freund prüfend, bevor er weiterredete. »Und außerdem – ich kapiere immer noch nicht, warum du überhaupt mit ihr Schluss gemacht hast. Das sieht doch ein Blinder, dass sie noch was von dir will, und ihr zwei wart das perfekte Paar.«

Will schüttelte den Kopf. »Waren wir nicht.«

»Das hast du schon mal gesagt, aber was soll das heißen? Ist sie irgendwie … komisch oder verrückt, wenn ihr allein seid? Was ist eigentlich passiert? Bist du aufgewacht, und sie stand mit einem Schlachtermesser an deinem Bett, oder hat sie den Mond angejault, wenn ihr am Strand wart?«

»Nein, das ist doch Quatsch. Es hat einfach nicht funktioniert zwischen uns. Mehr nicht.«

»Es hat einfach nicht funktioniert!«, wiederholte Scott. »Hörst du dir überhaupt zu?«

Weil Will stur blieb, beugte sich Scott über den Tisch. »Komm schon, Mann. Dann tu's für mich. Genieße das Leben ein bisschen. Wir haben Sommerferien. Wir müssen doch zusammenhalten.«

»Jetzt hörst du dich aber ganz schön verzweifelt an.«

»Ich bin verzweifelt. Wenn du nicht mit zu Ashley gehst, geht Cassie auch nicht mit. Und wir reden hier von einem Mädchen, das bereit ist, mit mir den grünen Diamanten zu jagen. Sie will endlich ›Willy‹ befreien. Wie im Kino.«

»Tut mir leid, aber ich kann dir da nicht helfen.«

»Klar. Mach mir ruhig mein Leben kaputt. Stört ja keinen.«

»Du wirst es schon überleben.« Will schwieg kurz. »Hast du Hunger?«

»Ein bisschen«, grummelte Scott.

»Komm schon. Wir holen uns ein paar Cheeseburger.«

Will stand vom Tisch auf, aber Scott schmollte weiter. »Du musst baggern üben«, sagte er und meinte damit das Volleyballturnier von vorhin. »Der Ball ist dir in alle möglichen Richtungen weggesprungen. Ich musste mich richtig anstrengen, damit wir im Turnier bleiben.«

»Ashley hat behauptet, ich bin so gut wie du.«

Scott schnaubte abfällig. »Sie hat doch keine Ahnung, wovon sie redet.«

Nachdem sie für ihr Essen angestanden hatten, gingen Will und Scott zu den Soßenspendern, wo Scott seinen Burger in Ketchup ertränkte. Als er den Brötchendeckel wieder drauflegte, quoll der rote Brei an den Seiten heraus.

»Das ist total widerlich«, kommentierte Will.

»Stell dir vor, es gab einen Typen namens Ray Kroc, und der hat eine Firma gegründet, die er McDonald's nannte. Schon mal was davon gehört? Jedenfalls hat er darauf bestanden, dass auf seine Hamburger – man könnte fast sagen, auf die uramerikanischen Hamburger – Ketchup gehört. Das sollte dir zeigen, wie wichtig es ist für den Gesamtgeschmack.«

»Red ruhig weiter. Ist absolut faszinierend. Ich hol mir noch was zu trinken.«

»Bringst du mir bitte eine Flasche Wasser mit?«

Als Will gerade losging, flog etwas Weißes an ihm vorbei, auf Scott zu. Scott sah es ebenfalls und wich instinktiv aus. Dabei ließ er seinen Cheeseburger fallen.

»Was soll der Mist?«, schrie Scott und drehte sich um. Auf dem Boden lag eine zusammengeknüllte Pommesschachtel. Hinter ihm waren Ted und Lance aufgetaucht, die Hände in den Hosentaschen. Marcus stand zwischen ihnen und bemühte sich vergeblich, unschuldig auszusehen.

»Ich weiß nicht, wovon du redest«, antwortete Marcus.

»Davon!«, knurrte Scott und kickte die Schachtel zurück in seine Richtung.

An seinem Tonfall, so dachte Will später, merkten die Leute um ihn herum sofort, wie angespannt auf einen Schlag die Stimmung war. Will fühlte, wie sich seine Nackenhaare sträubten. Man spürte richtig, dass Gewalt in der Luft lag.

Und genau darauf hatte Marcus es abgesehen.

Als ob er ihn ködern wollte.

Will beobachtete, wie ein Vater seinen kleinen Sohn hochhob und schnell wegging, während Ashley und Cassie, die gerade vom Pier zurückkamen, in sicherer Entfernung stehen blieben. Aus dem Augenwinkel sah er, dass Galadriel – die sich in letzter Zeit Blaze nannte – sich langsam näherte.

Scott fixierte Marcus und seine Freunde mit wütendem Blick, die Zähne fest zusammengebissen. »Wisst ihr, ich habe allmählich wirklich genug von eurem Scheiß.«

»Was willst du machen?«, grinste Marcus. »Mit einer Feuerwerksrakete nach mir schießen?«

Mehr brauchte es nicht. Scott wollte sich auf Marcus stürzen, aber Will war klar, dass er ihn daran hindern musste. Er machte einen Schritt auf ihn zu, hoffte, rechtzeitig eingreifen zu können.

Marcus rührte sich nicht. Das war nicht gut. Er und seine Freunde waren zu allem fähig. Aber was das Schlimmste war: Sie wussten, was Scott getan hatte.

Scott hingegen war blind vor Wut. Teddy und Lance schwärmten aus, um ihn in die Zange zu nehmen. Will wollte dazwischengehen, aber sein Freund war zu schnell, und plötzlich passierte alles auf einmal. Marcus machte einen halben Schritt zurück, und Teddy trat gegen einen Hocker, sodass Scott ausweichen musste und gegen einen Tisch knallte. Der Tisch fiel um. Scott fand rasch das Gleichgewicht wieder und ballte die Fäuste. Lance näherte sich ihm von der Seite. Will preschte vorwärts. Irgendwo hörte er das Geschrei eines kleinen Kindes. Er wollte sich gerade auf Lance werfen – da trat ein Mädchen ins Getümmel.

»Aufhören!«, rief das Mädchen mit ausgebreiteten Armen. »Hört sofort auf! Alle miteinander!«

Ihre Stimme war verblüffend laut und entschieden, sodass Will unwillkürlich stehen blieb. Alle anderen erstarrten ebenfalls, und in der plötzlichen Stille hörte man das schrille Weinen des Kindes. Das Mädchen schaute langsam von einem der Unruhestifter zum anderen. Als Will die lila Strähne in ihren Haaren sah, fiel ihm ein, wo er sie schon mal gesehen hatte. Jetzt trug sie allerdings ein übergroßes T-Shirt mit dem Bild eines Fisches.

»Die Schlägerei ist vorbei! Feierabend! Seht ihr nicht, dass sich das Kind verletzt hat?«

Um ihren Worten Nachdruck zu verleihen, drängte sie sich zwischen Scott und Marcus durch und beugte sich zu dem kleinen Jungen hinunter, der bei dem Durcheinander umgeschubst worden war. Er war drei oder vier und hatte ein kürbisfarbenes Hemd an. Das Mädchen redete ganz sanft mit ihm und lächelte dabei beruhigend.

»Ist alles in Ordnung, Kleiner? Wo ist denn deine Mama? Komm, wir gehen sie suchen, ja?«

Der kleine Junge betrachtete neugierig ihr T-Shirt.

»Das ist Nemo«, erklärte sie. »Der hat sich auch verirrt. Magst du Nemo?«

Auf der anderen Seite drängte sich eine Frau mit einem Baby auf dem Arm durch die Menge. Sie war sichtlich in Panik und schien die elektrisch aufgeladene Stimmung überhaupt nicht zu bemerken. »Jason?«, rief sie. »Wo bist du? Haben Sie einen kleinen Jungen gesehen? Blond, orangefarbenes Hemd?«

Als sie den Kleinen entdeckte, strahlte sie vor Erleichterung. Sie rückte das Baby an ihrer Hüfte zurecht und eilte auf ihn zu.

»Du kannst doch nicht einfach weglaufen, Jason!«, rief sie. »Du hast mir so einen Schrecken eingejagt! Ist alles okay?«

»Nemo«, sagte der Kleine und zeigte auf das Mädchen.

Erst da merkte die Mutter, dass jemand bei ihrem Sohn kauerte. »Vielen Dank!«, stammelte sie. »Er ist abgehauen, als ich das Baby gewickelt habe, und –«

»Nichts passiert«, beruhigte das Mädchen sie. »Jason geht es gut.«

Will blickte der Mutter nach, die jetzt mit ihren Kindern davonstrebte. Gleichzeitig fiel ihm auf, dass auch die Augen des Mädchens dem kleinen Jungen folgten. Ein versonnenes Lächeln spielte um ihre Lippen, und erst, als die drei verschwunden waren, schien sie zu merken, dass alle Leute sie anstarrten. Verlegen verschränkte sie die Arme vor der Brust. In dem Moment machte die Menge Platz für einen Polizisten, der sich mit eiligen Schritten näherte.

Marcus murmelte Scott etwas zu, bevor er blitzschnell im Getümmel untertauchte. Teddy und Lance verdrückten sich genauso rasch wie er. Blaze wollte ihnen folgen, doch zu Wills Überraschung packte das Mädchen mit der lila Strähne sie am Arm.

»Halt! Wo gehst du hin?«, rief sie.

Blaze befreite sich und machte ein paar Schritte rückwärts. »Zum Bower's Point.«

»Wo ist das?«

»Einfach nur den Strand runter. Du findest es schon.«

Mit diesen Worten drehte sich Blaze um und rannte hinter Marcus her.

Das Mädchen wusste offenbar nicht, was es tun sollte. Wenigstens hatte sich die allgemeine Spannung gelöst. Scott stellte den Tisch wieder auf und ging zu Will. In dem Moment trat ein Mann zu dem Mädchen. *Bestimmt ihr Vater*, dachte Will.

»Da bist du ja!«, rief er mit einer Mischung aus Erleichterung und Frustration. »Wir haben die ganze Zeit nach dir gesucht. Können wir gehen?«

Man merkte dem Mädchen an, dass es nicht besonders erfreut war, seinen Vater zu sehen.

»Nein«, erwiderte es nur, drehte sich auf dem Absatz

um und ging in Richtung Strand. Ein kleiner Junge trat zu dem Mann.

»Ich glaube, sie hat keinen Hunger«, sagte der Junge leise.

Der Mann legte ihm den Arm um die Schulter und schaute dem Mädchen nach, das die Stufen zum Strand hinunterging, ohne sich umzudrehen. »Wahrscheinlich hast du recht«, murmelte er.

»Was war das denn?« Scott zog Will von der Familienszene fort. Er war immer noch völlig außer sich, vollgepumpt mit Adrenalin. »Ich hätte den Idioten fertiggemacht!«

»Äh ... ja, vielleicht«, antwortete Will. »Ich weiß nur nicht, ob Ted und Lance das zugelassen hätten.«

»Die hätten doch gar nicht eingegriffen, diese blöden Angeber!«

Will war sich da nicht so sicher, aber er sagte nichts.

Sein Freund Scott atmete tief durch. »Moment mal. Hier kommt der Cop.«

Der Polizist trat langsam auf sie zu. Offenbar versuchte er, die Lage abzuschätzen.

»Was ist hier los?«, erkundigte er sich.

»Nichts, Officer«, antwortete Scott.

»Angeblich gab es eine Schlägerei.«

»Nein, Sir.«

Mit skeptischer Miene wartete der Polizist auf weitere Ausführungen. Doch Scott und Will schwiegen beide. Inzwischen hatten sich auch die Zuschauer wieder verstreut. Der Beamte schaute sich suchend um, schien sich versichern zu wollen, dass ihm nichts entging. Plötzlich erhellte sich seine Miene, weil er jemanden erkannte, der hinter Will stand.

»Steve – bist du das?«, rief er.

Mit schnellen Schritten ging er auf den Vater des Mädchens zu.

Ashley und Cassie waren inzwischen auch zurückgekommen. Cassie war völlig durch den Wind.

»Ist alles in Ordnung?«, fragte sie ängstlich.

»Ja, alles bestens. Mir geht's gut«, antwortete Scott.

»Der Kerl spinnt doch. Was ist eigentlich passiert? Ich habe gar nicht gesehen, wie es angefangen hat.«

»Er hat etwas nach mir geworfen, und ich habe mir das nicht gefallen lassen. Es kotzt mich an, wie dieser Typ sich aufführt. Er denkt, alle haben Angst vor ihm und er kann machen, was er will. Aber das nächste Mal, wenn er wieder so eine Nummer abzieht, wird er sehen, was passiert.«

Will hörte ihm nicht mehr zu. Scott redete immer groß daher. Das machte er auch beim Volleyball, und Will hatte sich schon lange angewöhnt, dieses Gerede zu ignorieren.

Der Polizist unterhielt sich jetzt mit dem Vater des Mädchens. Warum hatte sie so abweisend auf ihn reagiert? Und wieso gab sie sich mit Marcus und seiner Clique ab? Sie war doch völlig anders als diese Typen! Garantiert ahnte sie nicht, auf wen sie sich da einließ. Während Scott weiterredete und Cassie ihm versicherte, er hätte es bestimmt mühelos mit den dreien aufnehmen können, versuchte Will, das Gespräch zwischen dem Polizisten und dem Vater des Mädchens mitzuhören.

»Ach – hallo, Pete!«, rief der Vater. »Wie geht's?«

»Immer das Gleiche«, antwortete der Polizist. »Ich tue, was ich kann, um die Lage hier unter Kontrolle zu halten. Und wie kommt das Fenster voran?«

»Langsam.«

»Das hast du schon beim letzten Mal gesagt, als ich dich gefragt habe.«

»Stimmt – aber jetzt habe ich eine Geheimwaffe. Das hier ist mein Sohn, Jonah. Er ist den Sommer über mein Assistent.«

»Ja? Sehr gut, kleiner Mann! Aber wollte deine Tochter nicht auch kommen?«

»Ronnie ist hier«, antwortete der Vater.

»Ja, aber sie ist wieder gegangen«, fügte der Junge hinzu. »Sie ist sauer auf Dad.«

»Wie schade.«

Will sah, wie der Vater zum Strand deutete. »Hast du eine Ahnung, wo sie hingehen wollte?«

Der Polizist kniff die Augen zusammen. »Da gibt's verschiedene Möglichkeiten. Aber ein paar von den Jugendlichen hier sind sehr auffällig. Vor allem Marcus. Du willst bestimmt nicht, dass sie sich mit ihm abgibt.«

Scott stellte immer noch seine großkotzigen Thesen auf, während Cassie und Ashley ihm fasziniert lauschten. Will hatte plötzlich den Impuls, den Polizisten zu sich zu rufen. Er wusste ja, dass er sich nicht einmischen sollte – schließlich kannte er diese Ronnie gar nicht und hatte keine Ahnung, warum sie nicht bei ihrem Dad geblieben war. Vielleicht gab es ja einen guten Grund dafür. Aber der Vater hatte tiefe Sorgenfalten im Gesicht, und Will dachte daran, wie geduldig und fürsorglich das unbekannte Mädchen mit dem kleinen Kind umgegangen war. Jedenfalls war es heraus, ehe er lange überlegt hatte: »Sie ist zum Bower's Point gegangen.«

Scott unterbrach sich mitten im Satz, und Ashley warf Will einen missbilligenden Blick zu. Die anderen drei musterten ihn verdutzt.

»Ihre Tochter, stimmt's?« Als der Vater zögernd nickte, fuhr Will fort: »Sie wollte zum Bower's Point.«

Der Polizist starrte ihn an, dann wandte er sich an den Vater. »Wenn ich hier fertig bin, geh ich hin und rede mit ihr. Ich werde ihr sagen, sie soll nach Hause gehen, okay?«

»Das ist nicht nötig, Pete.«

Der Polizist schaute sich um. »Ich denke, in diesem Fall ist es wirklich besser, wenn ich hingehe.«

Will überkam ein seltsames Gefühl der Erleichterung. Wieso eigentlich? Anscheinend konnte man es ihm ansehen, denn als er sich zu seinen Freunden drehte, beäugten die ihn befremdet.

»Was war das denn?«, fragte Scott wieder.

Will antwortete nicht. Er konnte einfach nicht antworten, weil er es selbst nicht verstand.

KAPITEL 6

Ronnie

Unter normalen Umständen hätte Ronnie die nächtliche Szene gefallen. In New York sah man nicht viele Sterne wegen der Lichter der Großstadt, aber hier war das völlig anders. Obwohl vom Wasser leichter Dunst aufstieg, konnte man deutlich die Milchstraße erkennen, und im Süden leuchtete hell die Venus. Die Wellen rauschten und brachen sich in regelmäßigem Rhythmus, und am Horizont schimmerten verschwommen die Lampen der Fischerboote.

Aber die Umstände waren nicht normal. Sie stand auf der Veranda und blitzte den Polizisten böse an. Sie war so wütend!

Nein, das stimmte nicht. Sie war mehr als wütend. Sie kochte innerlich. Was gerade passiert war, kam ihr dermaßen ... übertrieben vor, dass sie es kaum fassen konnte. Ihr erster Gedanke war: Ich fahre per Anhalter zum Busbahnhof, und da löse ich mir ein Ticket nach New York. Sie würde weder ihren Vater noch ihre Mutter informieren, sondern Kayla anrufen. Wenn sie erst wieder in Manhattan war, würde sie sich ihren nächsten Schritt überlegen. Egal, was passierte – schlimmer als das hier konnte es auf keinen Fall sein.

Aber sie kam nicht weg. Es ging nicht – hinter ihr stand Officer Pete und passte auf, dass sie auch tatsächlich ins Haus ging.

Das war doch nicht zu glauben! Wie konnte ihr Dad – ihr eigener Vater – so etwas tun? Sie war fast volljährig, sie hatte nichts verbrochen, und es war noch nicht mal Mitternacht. Was war das Problem? Warum musste er die ganze Sache so hochspielen? Es war doch alles völlig harmlos! Klar, zuerst hatte Officer Pete so getan, als ginge es ihm nur darum, dass sie alle den Bower's Point räumen sollten – worüber sich die anderen nicht weiter wunderten –, aber dann hatte er sich auf sie gestürzt. Ganz speziell auf sie.

»Ich bringe dich nach Hause«, hatte er verkündet, als wäre sie gerade mal acht Jahre alt.

»Danke, nicht nötig«, hatte sie erwidert.

»Dann muss ich dich leider festnehmen, wegen Landstreicherei, und dann kann dein Dad dich auf dem Revier abholen.«

In dem Moment begriff sie, dass ihr Vater den Polizisten gebeten hatte, sie nach Hause zu bringen, und eine Sekunde lang war sie sprachlos, weil sie sich so gedemütigt fühlte.

Sie hatte zwar öfter Probleme mit ihrer Mom gehabt, und hin und wieder war sie später nach Hause gekommen als mit ihr vereinbart. Aber ihre Mutter hatte nie die Polizei auf sie gehetzt – kein einziges Mal.

Der Beamte holte sie aus ihren Gedanken. »Nun geh ins Haus«, forderte er sie auf, und sein Tonfall gab zu verstehen: Falls sie sich weigerte, würde er die Tür für sie öffnen.

Aus dem Inneren des Hauses hörte sie leises Klavierspiel. Sie erkannte die Sonate in e-Moll von Edvard Grieg. Schließlich holte sie tief Luft, ging hinein und knallte dann demonstrativ die Tür hinter sich zu.

Steve hörte auf zu spielen und schaute sie an.

»Du hast mir die Bullen auf den Hals gehetzt!«, zischte Ronnie.

Ihr Vater sagte nichts, aber sein Schweigen genügte ihr als Antwort.

»Warum tust du so was?«, zeterte sie los. »Wie kannst du nur? Das lasse ich mir nicht gefallen!«

Er schwieg immer noch.

»Was soll das? Willst du verhindern, dass ich mich amüsiere? Vertraust du mir nicht? Hast du noch nicht kapiert, dass ich gar nicht hier sein will?«

Jetzt faltete ihr Vater die Hände im Schoß. »Doch, ich weiß, dass du nicht hierherkommen wolltest …«

Sie ging einen Schritt auf ihn zu. »Also hast du beschlossen, du machst mir das Leben zur Hölle.«

»Wer ist Marcus?«

»Wen interessiert das?«, schrie sie. »Darum geht es doch gar nicht. Du hast kein Recht, sämtliche Leute zu überwachen, mit denen ich mich unterhalte – das solltest du gar nicht erst versuchen!«

»Ich versuche nicht, dich –«

»Ich habe keine Lust, den Sommer hier zu verbringen. Begreifst du das nicht? Ich hasse es hier. Und dich hasse ich auch!«

Sie starrte ihn an. Sollte er ruhig protestieren – dann konnte sie ihn noch besser anschreien.

Aber er sagte nichts. Wie immer. Sie konnte diese Art von Schwäche nicht ausstehen. In ihrer Wut ging sie zu der Fensternische, packte das Foto, auf dem sie Klavier spielte – ihr Vater saß neben ihr auf der Bank –, und schleuderte es quer durchs Zimmer. Das Glas zersplitterte, ihr Vater zuckte zusammen, schimpfte aber immer noch nicht.

»Was soll das? Hast du nichts zu sagen?«, zeterte Ronnie.

Steve räusperte sich. »Dein Zimmer ist die erste Tür rechts.«

Ronnies Meinung nach hatte diese Auskunft keine Reaktion verdient, also stürmte sie stumm aus dem Raum und den Flur hinunter. Sie war fest entschlossen, nicht mehr mit ihrem Vater zu reden.

»Gute Nacht, Schätzchen!«, rief er ihr nach. »Ich habe dich sehr lieb.«

Einen Augenblick lang – aber nur ganz kurz – bedauerte sie alles, was sie ihm gerade an den Kopf geworfen hatte, aber dieses Gefühl verflog sofort wieder. Hatte er nicht gemerkt, wie wütend sie war? Jetzt fing er wieder mit dem Klavier an und spielte genau an der Stelle weiter, wo er vorhin aufgehört hatte.

Das Zimmer war nicht schwer zu finden, weil ja sowieso nur drei Türen vom Gang abgingen. Eine führte ins Bad, die andere in Dads Zimmer, deshalb musste es die dritte sein. Sie machte das Licht an und zog mit einem frustrierten Seufzer das alberne Nemo-T-Shirt über den Kopf.

Das war der schlimmste Tag in ihrem ganzen Leben gewesen.

Sie wusste natürlich, dass sie ziemlich melodramatisch auf die ganze Situation reagierte. Sie war ja nicht dumm. Aber viel Schönes hatte sie heute wirklich nicht erlebt. Das einzig Positive war die Begegnung mit Blaze. Immerhin kannte sie jetzt ein Mädchen, mit dem sie sich verabreden konnte.

Vorausgesetzt natürlich, dass Blaze das überhaupt noch wollte. Nach Dads kleiner Bullenaktion war das zweifelhaft, oder? Blaze und die anderen redeten bestimmt immer noch darüber. Und lachten sich kaputt. Kayla würde noch jahrelang über so etwas herziehen.

Ronnie wurde kotzübel, wenn sie an die Szene dachte. Das Nemo-T-Shirt warf sie in die Ecke – sie wollte es nie wieder sehen. Dann begann sie, ihr Konzert-Shirt auszuziehen.

»Bevor du weitermachst – ich bin auch hier.«

Ronnie fuhr herum und entdeckte Jonah.

»Raus hier!«, brüllte sie. »Was hast du hier verloren? Das ist mein Zimmer!«

»Nein, es ist *unser* Zimmer«, erwiderte Jonah. »Siehst du? Zwei Betten.«

»Ich schlafe doch nicht im selben Zimmer wie du!«

Jonah legte den Kopf schräg. »Möchtest du lieber bei Dad schlafen?«

Ronnie wollte etwas sagen, überlegte kurz, ob sie ins Wohnzimmer übersiedeln könnte, merkte aber schnell, dass sie dort auf keinen Fall hinwollte – und schwieg ratlos. Sie stapfte zu ihrem Koffer, öffnete den Reißverschluss und klappte den Koffer auf. Ganz oben auf ihren Sachen lag *Anna Karenina*. Sie schob den Roman beiseite und kramte nach ihrem Schlafanzug.

»Ich bin übrigens Riesenrad gefahren«, erzählte Jonah. »Das war klasse, von so hoch oben runterzugucken. Deshalb hat Dad dich gefunden.«

»Na, super.«

»Es war echt cool. Bist du auch damit gefahren?«

»Nein.«

»Hättest du aber tun sollen. Ich konnte bis New York sehen.«

»Glaub ich nicht.«

»Stimmt aber. Ich kann sehr weit sehen. Mit meiner Brille natürlich. Dad sagt, ich habe Adleraugen.«

»Ja, klar.«

Jonah schwieg und griff nach dem Teddybären, den er von zu Hause mitgebracht hatte. Es war sein Lieblingsbär, an dem er sich immer festhielt, wenn er nervös war. Ronnie zuckte zusammen. Was sie gerade gesagt hatte, tat ihr leid. Manchmal redete Jonah so, dass man ganz vergaß, dass er noch nicht erwachsen war, und als sie sah, wie er sein Kuscheltier an die Brust drückte, bekam sie ein schlechtes Gewissen. Sie durfte nicht so streng mit ihm sein. Er war zwar altklug, und manchmal konnte er ganz schön nerven, aber er war klein für sein Alter und wirkte eher wie ein Sechs- oder Siebenjähriger, nicht wie ein Junge, der schon zehn ist. Er hatte es noch nie besonders leicht gehabt. Erstens war er drei Monate zu früh auf die Welt gekommen, außerdem hatte er Asthma und schlechte Augen, und seine Bewegungen waren nicht gut koordiniert. Und Ronnie wusste, dass Kinder in seinem Alter grausam sein konnten.

»Ich hab's nicht so gemeint«, lenkte sie ein. »Mit deiner Brille hast du wirklich Adleraugen.«

»Ja, jedenfalls sind sie ziemlich gut«, murmelte er, aber als er sich zur Wand drehte, zuckte sie wieder zusammen. Er war so ein süßer kleiner Junge! Manchmal eine schreckliche Nervensäge, wie gesagt, aber er meinte es nie böse. Nie.

Sie setzte sich zu ihm auf die Bettkante. »Hey«, sagte sie. »Tut mir leid. Ich hab's wirklich nicht so gemeint. Aber für mich war der ganze Abend echt blöd.«

»Ich weiß«, sagte Jonah.

»Bist du noch mit irgendetwas anderem gefahren?«

»Dad hat mich auf die meisten Sachen mitgenommen. Ihm ist dabei fast schlecht geworden, aber mir nicht. Und in der Geisterbahn hatte ich überhaupt keine Angst. Ich habe genau gesehen, dass die ganzen Gespenster gar nicht echt sind.«

Ronnie tätschelte ihn ein bisschen. »Du hast doch eigentlich nie Angst.«

»Stimmt«, sagte er. »Wie zum Beispiel damals, als in der ganzen Wohnung das Licht ausgegangen ist, weißt du noch? Du hast Angst gehabt, aber ich nicht.«

»Klar weiß ich das noch.«

Mit der Antwort schien er zufrieden zu sein. Aber er schwieg für eine ganze Weile, und dann flüsterte er so leise, dass Ronnie ihn kaum hören konnte: »Vermisst du Mom?«

»Ja, schon.«

»Ich glaube, ich vermisse sie auch. Und es hat mir auch nicht gefallen, als ich vorhin allein hier im Zimmer war.«

»Dad ist doch nebenan.«

»Ich weiß. Aber ich bin trotzdem froh, dass du jetzt heimgekommen bist.«

»Ich auch.«

Jonah lächelte, dann wurde seine Miene wieder sehr besorgt. »Meinst du, Mom geht es gut?«

»Ganz bestimmt«, antwortete Ronnie und zupfte seine Bettdecke zurecht. »Und ich weiß, dass sie dich auch vermisst.«

Als am Morgen die Sonne durchs Fenster schien, brauchte Ronnie ein paar Sekunden, um zu begreifen, wo sie war. Sie kniff die Augen zusammen und schaute auf ihren Wecker. Das kann doch nicht wahr sein, dachte sie.

Acht Uhr. Acht Uhr morgens! In den *Sommerferien*?

Sie ließ sich wieder ins Kissen fallen und starrte an die Decke. Aber es war nicht zu leugnen – sie konnte nicht mehr einschlafen. Vor allem, weil die Sonne ihre grellen Strahlen ins Zimmer schickte. Und weil ihr Vater schon wieder Klavier spielte. Als ihr einfiel, was sich am Abend zuvor abgespielt hatte, stieg sofort wieder die Wut in ihr hoch.

Willkommen im Paradies.

Von draußen hörte sie fernes Motorengebrumm. Sie stand auf und trat ans Fenster, fuhr aber gleich wieder verdutzt zurück. Auf einem zerrissenen Müllsack hockte ein Waschbär. Die Abfälle lagen überall verstreut, was ekelhaft aussah, aber der Waschbär war niedlich. Sie klopfte an die Scheibe, um ihn auf sich aufmerksam zu machen.

Erst da bemerkte sie, dass am Fenster Gitterstäbe angebracht waren.

Gitterstäbe am Fenster.

Eingesperrt.

Zähneknirschend drehte sie sich um und marschierte ins Wohnzimmer. Jonah sah sich gerade irgendeine Zeichentricksendung an und aß seine Frühstücksflocken. Dad blickte kurz auf, spielte aber weiter.

Ronnie stemmte die Hände in die Hüften und wartete darauf, dass er aufhörte. Er hörte nicht auf. Das Foto, das sie durchs Zimmer geschleudert hatte, stand wieder an seinem Platz auf dem Klavier, allerdings ohne Glas.

»Du kannst mich nicht den ganzen Sommer hier einsperren«, sagte sie. »So geht das nicht.«

Wieder blickte Dad auf, ohne sein Klavierspiel zu unterbrechen.

»Du hast Gitterstäbe am Fenster anbringen lassen. Heißt das, ich bin deine Gefangene?«

Jonah nahm den Blick nicht vom Fernseher, als er sagte: »Dad, ich hab's dir doch gesagt, dass sie sich aufregt.«

Steve schüttelte den Kopf, seine Finger eilten unermüdlich über die Tasten. »Ich habe die Stäbe nicht angebracht. Sie waren schon da, als ich eingezogen bin.«

»Das glaube ich dir nicht.«

»Doch, sie waren schon da«, sagte Jonah. »Damit die Kunst geschützt ist.«

»Ich rede nicht mit dir, Jonah!«, fuhr Ronnie ihn an und wandte sich wieder an ihren Vater. »Eine Sache möchte ich klarstellen, ein für alle Mal. Du kannst mich nicht die ganzen Ferien über behandeln wie ein kleines Mädchen! Ich bin achtzehn!«

»Aber erst am zwanzigsten August«, warf Jonah ein.

»Würdest du dich bitte raushalten?« Ronnie warf ihm einen warnenden Blick zu. »Das geht nur Dad und mich etwas an.«

Jonah runzelte die Stirn. »Aber du bist doch noch nicht achtzehn.«

»Das ist nicht der Punkt.«

»Ich habe gedacht, du hättest es vergessen.«

»Kannst du bitte mal eine Sekunde lang den Mund halten?« Ronnie vermochte ihren Ärger nicht mehr zu unterdrücken. Ihr Vater spielte die ganze Zeit weiter, ohne eine einzige falsche Note. »Was du gestern Abend gemacht hast, war ...« Ronnie unterbrach sich, weil sie das, was passiert war und was jetzt hier geschah, gar nicht richtig in Worte fassen konnte. »Ich bin alt genug, um meine eigenen Entscheidungen zu treffen. Hast du das immer noch nicht verstanden? Du hast kein Recht mehr, mir vorzuschreiben, was ich tun soll. Das Recht hast du aufgegeben, als du weggegangen bist. Und jetzt hör mir gefälligst zu!«

Abrupt hörte ihr Vater auf zu spielen.

»Mir gefällt deine Masche nicht«, verkündete Ronnie.

»Welche Masche?« Er schien ehrlich verwirrt.

»Die Masche, die du hier abziehst. Dass du die ganze Zeit Klavier spielst, während ich mit dir rede. Auch wenn du unbedingt willst, dass ich spiele – das ist mir völlig egal, ich werde mich nie wieder an ein Klavier setzen. Und schon gar nicht für dich.«

»Okay.«

Sie erwartete, dass noch mehr von ihm kommen würde, aber er schwieg.

»Ist das alles?«, fragte sie. »Sonst hast du nichts zu sagen?«

Er schien zu überlegen, was er sagen könnte. »Möchtest du frühstücken? Ich habe Speck gemacht.«

»Speck?«, wiederholte Ronnie. »Du hast *Speck* gemacht?«

»Au weia«, murmelte Jonah.

Steve schaute ihn fragend an.

»Sie ist doch Vegetarierin, Dad!«

»Stimmt das?«

Wieder antwortete Jonah an Ronnies Stelle. »Ja, seit drei Jahren. Aber sie ist sowieso manchmal komisch, deshalb passt es gut.«

Ronnie starrte die beiden verblüfft an. Wieso hatte das Gespräch plötzlich eine ganz andere Wendung genommen? Sie wollte über gestern Abend reden, nicht über Speck. »Ich sag dir eins«, setzte sie noch einmal an. »Wenn du noch einmal einen Polizisten losschickst, damit er mich nach Hause bringt, dann weigere ich mich nicht nur, Klavier zu spielen, sondern rede nie wieder mit dir. Und falls du mir nicht glaubst, dann kannst du's ja mal probieren. Ich habe drei Jahre lang kein Wort mit dir gewechselt, und mir ist in meinem ganzen Leben noch nie etwas so leichtgefallen wie das.«

Mit diesen Worten stampfte sie zurück in ihr Zimmer. Zwanzig Minuten später verließ sie frisch geduscht das Haus.

Als sie etwas mühselig durch den Sand trottete, dachte sie als Erstes, dass sie Shorts hätte anziehen sollen.

Es war jetzt schon heiß und die Luft extrem feucht. Am Strand lagen ziemlich viele Leute auf ihren Handtüchern, oder sie spielten in der Brandung. In der Nähe des Piers entdeckte sie ein paar Surfer, die mit ihren Brettern auf die perfekte Welle warteten.

Es war kein Jahrmarkt mehr. Die Fahrgeschäfte waren abgebaut worden, und die Buden hatte man offenbar bereits abtransportiert. Nur der Müll und die Essensreste lagen noch herum. Als Ronnie weiterging, kam sie durch das kleine Einkaufsviertel der Stadt. Keines der Geschäfte war geöffnet. War es noch zu früh? Aber in die meisten Läden hätte sie sowieso nie einen Fuß gesetzt – Strandboutiquen für Touristen, zwei Kleidergeschäfte, die sich auf Röcke und Blusen spezialisiert hatten, die ihre Mutter vielleicht anziehen würde, ein Burger King und ein McDonald's, die Ronnie beide aus Prinzip boykottierte.

Dann noch ein Hotel und fünf, sechs vornehmere Restaurants und Bars. Sonst nichts. Das einzig einigermaßen Interessante waren ein Surfshop und ein Musikgeschäft sowie ein altmodischer Diner, in dem man mit Freunden herumsitzen und sich unterhalten konnte – falls man Freunde hatte.

Sie ging zurück an den Strand und rannte die Düne hinunter. Inzwischen waren noch viel mehr Leute da als vorher. Es war ein herrlicher Tag, eine leichte Brise wehte, der Himmel war wolkenlos und tiefblau. Wenn Kayla hier wäre, würden sie sich vielleicht einfach in die Sonne legen, aber Kayla war nicht da, und Ronnie hatte nicht die geringste Absicht, allein im Badeanzug am Strand zu hocken.

Aber was war die Alternative?

Vielleicht sollte sie sich einen Job suchen. Dann hätte sie einen guten Vorwand, nie zu Hause zu sein. Sie hatte zwar in den Schaufenstern keine Schilder gesehen, die Jobs anboten, aber irgendjemand brauchte doch bestimmt eine Hilfskraft, oder?

»Na – bist du gut nach Hause gekommen? Oder hat der Cop dich angebaggert?«

Ronnie drehte sich um. Blaze saß in der Düne und zwinkerte ihr zu. Weil sie so in Gedanken versunken war, hatte Ronnie sie gar nicht bemerkt.

»Nein, er hat mich nicht angebaggert.«

»Aber du hast ihn angebaggert?«

Ronnie verschränkte die Arme vor der Brust. »Sonst noch was?«

Blaze zuckte die Achseln und grinste so frech, dass Ronnie lachen musste.

»Und – was ist noch passiert, nachdem ich weg war? Irgendwas Aufregendes?«

»Nein. Die drei Jungs sind weggegangen. Keine Ahnung, wohin. Ich selbst habe einfach am Bower's Point übernachtet.«

»Du bist gar nicht nach Hause gegangen?«

»Nein.« Blaze stand auf und klopfte sich den Sand aus den Jeans. »Hast du Geld dabei?«

»Wieso fragst du?«

Blaze straffte den Rücken. »Ich habe seit gestern Morgen nichts mehr gegessen, und jetzt habe ich ziemlichen Hunger.«

KAPITEL 7

Will

Will stand in seinem Overall in dem Schacht unter dem Ford Explorer und schaute zu, wie das Öl ablief. Er gab sich Mühe, Scotts Gerede auszublenden, aber das war leichter gesagt als getan. Seit sie heute Morgen mit der Arbeit angefangen hatten, redete Scott pausenlos über den gestrigen Abend.

»Weißt du – du siehst das völlig falsch«, sagte er. Er versuchte eine neue Taktik. »Es ist ein riesiger Unterschied, ob man etwas *zusammen macht* oder ob man wieder *zusammenkommt*.«

»Hatten wir das Thema nicht schon abgehakt?«

»Nein, wir können es nicht abhaken, weil du einfach nicht begreifen willst. Von meiner Perspektive aus gesehen, bringst du alles durcheinander. Ashley will nicht wieder mit dir zusammen sein.«

»Ich bringe überhaupt nichts durcheinander«, entgegnete Will und wischte sich mit einem Lappen die Hände ab. »Genau deswegen hat sie doch den Vorschlag gemacht, aus keinem anderen Grund.«

»Aber Cassie hat mir etwas anderes gesagt.«

Will legte den Lappen weg und griff nach seiner Wasserflasche. Die Werkstatt seines Vaters hatte sich auf die Reparatur von Bremsen, Ölwechsel, Tune-ups und Spurvermessungen spezialisiert, und sein Dad wollte, dass die Werkstatt immer picobello aussah, als wäre der Fußboden frisch gewachst und als würde das Geschäft gerade heute neu eröffnet. Leider war ihm eine Klimaanlage nicht so wichtig erschienen, und jetzt im Sommer lagen die Temperaturen irgendwo zwischen der Mojave-Wüste und der Sahara. Will leerte die ganze Flasche, ehe er noch einmal Anlauf nahm, um seinem Freund die Sache zu erklären. Scott war mit Abstand der sturste Mensch, den er kannte. Dieser Typ konnte einen um den Verstand bringen.

»Du kennst Ashley nicht so gut wie ich.« Er seufzte. »Und außerdem – es ist vorbei, Schluss, basta. Ich weiß nicht, warum du immer wieder damit anfängst.«

»Weil ich dein Freund bin und weil ich will, dass es dir gut geht! Ich möchte, dass du schöne Sommerferien hast. Und ich möchte, dass ich schöne Sommerferien habe. Schöne Ferien mit Cassie.«

»Dann verabrede dich mit ihr.«

»Wenn das mal so leicht wäre! Gestern Abend habe ich ja vorgeschlagen, dass wir noch gemeinsam weggehen, aber Ashley war dermaßen durcheinander, dass Cassie sie nicht allein lassen wollte.«

»Tut mir echt leid, dass es nicht geklappt hat.«

Scott war misstrauisch. »Ja, ja, genauso klingt's.«

Inzwischen war das ganze Öl abgelassen. Will nahm den Kanister und ging die Treppe hinauf, während Scott unten blieb, um die Verschlussschraube wieder anzubringen und um das Altöl in den Recyclingbehälter zu kippen. Als Will den neuen Kanister öffnete und den Trichter einführte, schaute er zu Scott hinunter und fragte:

»Hey, hast du eigentlich das Mädchen gesehen, das die Schlägerei verhindert hat? Das den kleinen Jungen getröstet hat, der seine Mutter suchte?«

Es dauerte einen Augenblick, bis Scott begriff, von wem Will sprach. »Du meinst das Vampirmädchen mit dem Nemo-T-Shirt?«

»Sie ist kein Vampir.«

»Ja, die habe ich natürlich gesehen. Kurzbeschreibung – hässliche lila Strähne in den Haaren, schwarzer Nagellack. Du hast die Limo über sie gekippt, erinnerst du dich? Ich glaube, sie fand, dass du schlecht riechst.«

»Wie bitte?«

»Das behaupte ich jetzt mal«, sagte Scott und griff nach der Schale. »Du hast nicht gesehen, was für ein Gesicht sie gemacht hat, als du mit ihr zusammengerasselt bist, aber ich habe das genau mitbekommen. Sie konnte nicht schnell genug weg. Daraus kann man nur schließen, dass du gestunken hast.«

»Sie musste sich ein neues T-Shirt kaufen.«

»Na und?«

Will goss die zweite Portion Öl in den Trichter. »Ich weiß auch nicht. Sie interessiert mich irgendwie. Und ich habe sie noch nie hier gesehen.«

»Ich wiederhole: Na und?«

Will wusste selbst nicht recht, was er von diesem Mädchen halten sollte. Er kannte es ja gar nicht. Klar, die Kleine war hübsch – das war ihm gleich aufgefallen, trotz der lila Strähne und der schwarz geschminkten Augen –, aber am Strand gab es massenhaft hübsche Mädchen. Dass sie ihn nicht losließ, lag auch nicht daran, dass sie die Schlägerei verhindert hatte. Nein, er musste immer wieder daran denken, wie sie den kleinen Jungen getröstet hatte. Unter ihrem rebellischen Äußeren hatte Will eine verblüffende Zärtlichkeit gesehen, und dieser Widerspruch machte ihn neugierig.

Und sie war ganz anders als Ashley. Nicht, dass Ashley ein schlechter Mensch gewesen wäre, überhaupt nicht. Aber seine Exfreundin war sehr oberflächlich, auch wenn Scott das nicht glauben wollte. In Ashleys Welt wurde alles und jeder in saubere kleine Schubladen gesteckt: beliebt oder nicht, teuer oder billig, reich oder arm, schön oder hässlich. Ihn hatten diese pauschalen Werturteile mit der Zeit einfach gelangweilt – und die Tatsache, dass sie keine Zwischentöne akzeptieren konnte.

Aber das Mädchen mit der lila Haarsträhne …

Er wusste instinktiv, dass sie nicht so war. Natürlich konnte er sich nicht hundertprozentig sicher sein, aber trotzdem wäre er jede Wette eingegangen. Sie packte ihre Mitmenschen nicht in kleine Schachteln, weil sie selbst in kein Schema passte, und das fand er erfrischend.

Obwohl in der Werkstatt viel Betrieb war, dachte er viel öfter an das unbekannte Mädchen, als er erwartet hätte.

Nicht die ganze Zeit, aber oft genug, um sich über eines klar zu werden: Er wollte sie auf jeden Fall näher kennenlernen. Wann und wie würde er sie wiedersehen?

KAPITEL 8

Ronnie

Blaze ging mit ihr zu dem Diner, der Ronnie bei ihrem Spaziergang durch das Einkaufsviertel schon positiv aufgefallen war. Und er hatte tatsächlich einen gewissen Charme, vor allem, wenn man die 1950er mochte. Eine altmodische Theke mit Hockern, der Fußboden schwarzweiß gefliest, und Nischen mit roten Plastiksitzen, die schon leichte Risse hatten. Hinter der Theke stand das Speisenangebot auf einer Tafel geschrieben, und soweit Ronnie es beurteilen konnte, hatte sich in den letzten Jahren außer den Preisen nicht viel verändert.

Blaze bestellte sich einen Cheeseburger, einen Schokoladen-Shake und Pommes. Ronnie konnte sich nicht entscheiden und nahm nur eine Cola Light. Sie hatte Hunger, aber sie wusste nicht, welches Öl hier verwendet wurde. Auch sonst schien das keiner zu wissen. Es war nicht immer leicht, Vegetarierin zu sein, und in manchen Situationen hätte sie am liebsten damit aufgehört.

Zum Beispiel, wenn ihr der Magen knurrte. Zum Beispiel jetzt.

Aber hier in diesem Diner wollte und konnte sie nichts essen. Sie war ja nicht aus Prinzip Vegetarierin, nein, sie war Vegetarierin, weil sie nicht wollte, dass ihr übel wurde. Was andere Leute aßen, war ihr gleichgültig, aber wenn sie darüber nachdachte, woher das Fleisch stammte, sah sie vor sich eine Kuh auf der Weide oder ein kleines Ferkel, und schon wurde ihr schlecht.

Blaze hingegen schien ganz zufrieden sein. Nachdem sie bestellt hatte, lehnte sie sich aufseufzend zurück. »Und – wie findest du's hier?«, fragte sie.

»Schön. Mal was anderes.«

»Ich komme schon immer hierher. Als ich noch klein war, ist mein Dad jeden Sonntag mit mir in diesen Diner gegangen und hat mir einen Schokoladen-Shake spendiert. Die sind hier besser als überall sonst. Das Eis, das verwendet wird, kommt von einer winzigen Firma in Georgia, und es schmeckt total super. Du solltest dir auch einen bestellen.«

»Ich habe keinen Hunger.«

»Das ist gelogen«, sagte Blaze. »Ich habe genau gehört, wie dein Magen knurrt. Aber egal. Dein Problem. Trotzdem vielen Dank.«

»Ist doch selbstverständlich.«

Blaze grinste. »Was ist gestern Abend noch passiert? Bist du eigentlich berühmt oder was?«

»Wieso fragst du das?«

»Weil die Polizei gekommen ist – und weil sich der Bulle gleich auf dich gestürzt hat. Dafür muss es doch einen Grund geben.«

Ronnie zog eine Grimasse. »Ich glaube, mein Dad hat ihm gesagt, er soll mich suchen. Der Cop wusste sogar, wo ich wohne.«

»An dir klebt echt Pech, du Pechvogel.«

Ronnie lachte. Blaze nahm den Salzstreuer, drehte ihn um und schüttete Salz auf die Tischfläche. Mit dem Finger schob sie es zusammen, sodass ein kleiner Salzberg entstand.

»Wie findest du Marcus?«, wollte sie wissen.

»Ich habe mich gar nicht richtig mit ihm unterhalten. Wieso?«

Blaze schien sich ihre Antwort genau zu überlegen. »Marcus konnte mich nie leiden«, begann sie. »Als wir noch jünger waren, meine ich. Ich kann auch nicht behaupten, dass ich ihn besonders toll fand. Er war immer ziemlich ... gemein zu den anderen. Aber vor zwei Jahren hat sich plötzlich alles verändert. Und als ich ganz dringend jemanden gebraucht habe, war er für mich da.«

Ronnie betrachtete den wachsenden Salzberg. »Und?«

»Ich wollte nur, dass du Bescheid weißt.«

»Sehr gut«, sagte Ronnie. »Meinetwegen.«

»Du mich auch.«

»Was meinst du?«

Blaze kratzte ein bisschen schwarzen Lack von einem Fingernagel. »Ich habe früher viele Gymnastikwettkämpfe gemacht, und vier oder fünf Jahre lang war Gymnastik das Wichtigste in meinem Leben. Aber dann habe ich aufgehört. Schuld daran war mein Trainer. Er war ein echter Tyrann, immer hat er nur darauf rumgehackt, was ich alles falsch mache. Nie hat er einem ein Kompliment gemacht oder etwas gelobt. Jedenfalls habe ich irgendwann mal einen anderen Abgang vom Barren gemacht, und da kam er schreiend angelaufen und hat mir Anwei-

Für sie war das Allerwichtigste ihr Garten. Und ihr Rasen. Solche Frauen kennst du sicher auch. Wenn man über ihren Rasen lief, zum Beispiel auf dem Weg zum Schulbus, dann kam sie sofort angerannt und hat geschrien, man würde ihr Gras kaputt trampeln. Einmal hat sie im Frühling lauter Blumen in ihrem Garten gepflanzt. Hunderte von Blumen. Wunderschön. Auf der anderen Straßenseite wohnte ein Junge, der hieß Billy, und der konnte Mrs Banderson auch nicht besonders gut leiden, weil er einmal einen Baseball geschlagen hat, und der Baseball ist im Garten hinter ihrem Haus gelandet, und sie hat ihn nicht zurückgegeben. Irgendwann haben wir in dem Schuppen bei ihm zu Hause herumgestöbert und eine riesige Spraydose mit Roundup gefunden. Das ist ein Unkrautbekämpfungsmittel, aber das weißt du ja sicher. Als es dunkel wurde, haben Willy und ich uns in ihren Garten geschlichen und die neuen Blumen angesprüht. Frag mich nicht, warum. Ich denke, wir fanden das damals witzig. Keine große Sache. Sie konnte sich ja schließlich neue Blumen kaufen. Man hat es sowieso nicht gleich gemerkt, es hat ein paar Tage gedauert, bis das Mittel wirkte. Und Mrs Banderson ging jeden Tag in ihren Garten, hat die Blumen gegossen und Unkraut gejätet. Bis sie schließlich gemerkt hat, dass ihre schönen neuen Blumen alle miteinander anfingen zu welken. Zuerst haben Billy und ich darüber gelacht, aber dann habe ich gesehen, dass Mrs Banderson schon morgens vor der Schule im Garten war, weil sie herausfinden wollte, was nicht stimmte, und sie war immer noch draußen, als ich aus der Schule heimgekommen bin. Und am Ende der Woche waren alle ihre Blumen futsch.«

»Das ist ja schrecklich!«, sagte Ronnie, musste aber trotzdem kichern.

»Ich weiß. Und ich habe immer noch ein schlechtes Gewissen deswegen. Die Aktion gehört zu den Sachen, die ich gern rückgängig machen würde.«

»Hast du Mrs Banderson gebeichtet, was ihr gemacht habt? Und hast du ihr angeboten, die Blumen zu ersetzen?«

»Meine Eltern hätten mich umgebracht. Aber ich bin nie mehr über ihren Rasen gelaufen, kein einziges Mal.«

»Wow.«

»Wie gesagt – das ist das Schlimmste, was ich je getan habe. Jetzt bist du dran.«

Ronnie überlegte. »Ich habe drei Jahre lang nicht mit meinem Dad geredet.«

»Das weiß ich doch schon. Und so furchtbar ist das gar nicht. Ich versuche auch immer, nicht mit meinem Dad zu reden. Und meine Mom hat die meiste Zeit keine Ahnung, wo ich bin.«

Ronnie wandte den Blick ab. Über der Jukebox hing ein Foto von Bill Haley & his Comets.

»Früher habe ich geklaut«, begann sie etwas beklommen. »Öfter. In Läden. Nie was Großes. Ich fand den Kitzel der Gefahr irgendwie spannend.«

»Du hast *früher* geklaut?«

»Ja, jetzt klaue ich nicht mehr. Ich bin erwischt worden. Sogar zweimal. Aber das zweite Mal war es echt ein Versehen. Ich musste vor Gericht erscheinen, aber die Anklage wurde ein Jahr verschoben. Das heißt, wenn ich nicht noch mal was anstelle, dann wird sie fallengelassen.«

Blaze ließ ihren Cheeseburger sinken. »Das war's? Das ist das Schlimmste, was du je getan hast?«

»Ja. Ich habe nie irgendwelche Blumen abgemurkst, falls du das meinst. Ich habe auch nie absichtlich etwas kaputt gemacht.«

»Hast du nie deinen Bruder mit dem Kopf voran ins Klo gesteckt? Oder das Auto zerkratzt? Oder die Katze rasiert oder so was?«

Ronnie lächelte. »Nein.«

»Du bist wahrscheinlich die langweiligste Jugendliche auf der ganzen Welt.«

Jetzt musste Ronnie wieder lachen. Dann trank sie einen Schluck und schaute Blaze an. »Darf ich dir eine Frage stellen?«

»Schieß los.«

»Warum bist du die ganze Nacht nicht nach Hause gegangen?«

Blaze nahm eine Prise Salz von dem kleinen Berg, den sie angehäufelt hatte, und bestreute damit ihre Pommes. »Ich hatte keine Lust.«

»Und deine Mom – wird sie nicht wütend?«

»Vermutlich schon.«

In dem Moment ging die Tür des Diners auf. Marcus, Teddy und Lance kamen herein. Sie näherten sich ihrer Nische. Marcus trug ein T-Shirt mit Totenkopf, und an der Gürtelschlaufe seiner Jeans hing eine Metallkette.

Blaze rückte zur Seite, aber seltsamerweise setzte sich Teddy zu ihr, während sich Marcus neben Ronnie quetschte und Lance vom Nachbartisch einen Stuhl holte. Wie selbstverständlich bediente sich Marcus an Blazes

Teller, und auch seine Freunde nahmen sich ohne zu fragen ein paar Fritten.

»Hey, die Pommes sind für Blaze!«, rief Ronnie. »Ihr könnt euch doch selbst was bestellen!«

Marcus blickte von einem zum anderen. »Ach, echt?«

»Ist schon okay«, sagte Blaze und schob ihm ihren Teller hin. »Ehrlich. Ich schaffe sowieso nicht alles.«

Marcus nahm das Ketchup und nickte, als wäre seine These bestätigt worden. »Und worüber habt ihr zwei euch gerade unterhalten? Durchs Fenster sah es so aus, als wärt ihr in ein spannendes Thema vertieft.«

»Ach, nichts«, antwortete Blaze.

»Lass mich raten. Sie hat dir von dem sexy Freund ihrer Mutter erzählt und von ihren Trapez-Akten spät in der Nacht.«

Blaze rutschte unruhig auf der Bank hin und her. »Spar dir deine Geschmacklosigkeiten.«

Marcus musterte Ronnie dreist. »Hat sie dir schon erzählt, wie der Freund ihrer Mutter eines Nachts zu ihr ins Zimmer gekommen ist? Und sie zu ihm gesagt hat: ›Du hast fünfzehn Minuten, um hier zu verschwinden.‹«

»Halt gefälligst die Klappe, ja? Das ist nicht witzig. Wir haben gar nicht über ihn geredet.«

»Meinetwegen.« Er grinste unverschämt.

Blaze trank von ihrem Shake, und Marcus biss jetzt kräftig in ihren Cheeseburger. Teddy und Lance bedienten sich wieder bei den Fritten, und nach ein paar Minuten hatten die drei so ziemlich alles verdrückt, was auf Blazes Teller lag. Ronnie ärgerte sich, dass Blaze nichts sagte. Wieso wehrte sie sich nicht?

Eigentlich wusste Ronnie die Antwort auf diese Frage. Blaze wollte auf keinen Fall, dass Marcus sauer auf sie wurde, deshalb ließ sie ihm alles durchgehen. Sie kannte dieses Muster: Kayla tat auch immer supertaff, aber im Umgang mit Jungs benahm sie sich genauso nachgiebig wie Blaze. Und die Jungs behandelten sie in der Regel wie Dreck.

Aber das wollte Ronnie jetzt nicht ansprechen. Sie wusste, dass es die Lage nur noch verschlimmern würde.

Blaze nippte wieder an ihrem Milkshake und stellte das Glas dann auf den Tisch. »Und – was habt ihr vor?«

»Gar nichts«, brummte Teddy. »Unser Alter will, dass wir für ihn arbeiten, Lance und ich.«

»Die beiden sind Brüder«, erklärte Blaze.

Ronnie musterte sie, konnte aber keine Ähnlichkeit feststellen.

Marcus schluckte den letzten Bissen Burger hinunter und schob den Teller dann in die Mitte des Tischs. »Man kann es kaum glauben, dass Eltern zwei so hässliche Söhne haben, was? Aber – Schwamm drüber. Jedenfalls hat ihre Familie ein mieses kleines Motel auf der anderen Seite der Brücke. Die Rohre sind hundert Jahre alt, und Teddy muss immer die Klos durchputzen, wenn sie verstopft sind.«

Bei der Vorstellung rümpfte Ronnie die Nase. »Ehrlich?«

Marcus nickte. »Widerlich. Aber mach dir keine Sorgen um Teddy. Er erledigt seinen Job sehr gut. Ein wahres Genie. Ihm gefällt es sogar. Und Lance – er muss die Bettwäsche wechseln, wenn die Gäste mittags ausgecheckt haben.«

»Iiih«, machte Ronnie.

»Ich weiß. Es ist total eklig«, meldete sich Blaze zu Wort. »Und du müsstest mal sehen, was das für Leute sind, die sich ein Zimmer für eine Stunde mieten. Da kann man sich die übelsten Krankheiten holen, wenn man das Zimmer nur betritt.«

Ronnie wusste nicht, was sie sagen sollte, also wandte sie sich Marcus zu. »Und was machst du?«, fragte sie.

»Ich mache, was ich will«, antwortete er.

»Das heißt?«, beharrte Ronnie.

»Was geht es dich an?«

»Gar nichts«, entgegnete sie betont kühl. »War nur eine Frage.«

Teddy schnappte sich die letzte Fritte. »Er hängt bei uns im Motel rum. In seinem Zimmer.«

»Du hast ein Zimmer im Motel?«

»Ich wohne dort.«

Die Frage nach dem Warum lag auf der Hand. Ronnie wartete, aber Marcus schwieg. Wollte er erreichen, dass sie ihn zu einer Antwort provozierte? Vielleicht bewertete sie die Situation über, aber sie hatte das starke Gefühl, er wünschte sich, dass sie ihn interessant fand. Dass sie ihn mochte. Obwohl Blaze dabei war.

Ihr Verdacht wurde noch bestärkt, als er eine Zigarette herausholte, sie anzündete und Blaze den Rauch ins Gesicht blies. Dann fragte er Ronnie:

»Was hast du heute Abend vor?«

Ronnie setzte sich anders hin. Sie fühlte sich nicht wohl in ihrer Rolle. Aber alle, Blaze eingeschlossen, schienen auf ihre Antwort zu warten.

»Wieso?«

»Wir treffen uns wieder am Bower's Point. Nicht nur wir. Noch ein paar andere. Ich möchte, dass du auch kommst. Aber diesmal ohne die Polizei.«

Blaze starrte auf die Tischplatte und widmete sich ihrem kleinen Salzberg. Als Ronnie nicht antwortete, stand Marcus auf und ging zur Tür, ohne sich noch einmal umzudrehen.

KAPITEL 9

Steve

»Hey, Dad!«, rief Jonah. Er stand hinter dem Flügel im Alkoven, während Steve schon die Spaghettiteller auf den Tisch stellte. »Ist das ein Foto von dir, mit Oma und Opa?«

»Ja, das sind meine Eltern.«

»Ich kann mich gar nicht an das Bild erinnern. War es auch in unserer Wohnung?«

»Es hing meistens in meinem Büro an der Musikhochschule.«

»Ach so.« Jonah studierte das Foto ganz genau. »Ich glaube, du siehst so ähnlich aus wie Grandpa.«

Steve wusste nicht recht, was er dazu sagen sollte. »Ein bisschen vielleicht.«

»Vermisst du ihn?«

»Er war mein Vater. Was denkst du?«

»Ich würde dich jedenfalls vermissen.«

Mit diesen Worten kam Jonah an den Tisch. Es war ein schöner Tag gewesen, fand Steve. Ereignislos, aber angenehm. Den Vormittag über hatten sie sich in der Werkstatt aufgehalten, und er hatte Jonah beigebracht, wie man Glas schneidet. Dann hatten sie auf der Veranda Sandwiches gegessen und am späteren Nachmittag am Strand

Muscheln gesammelt. Und Steve hatte seinem Sohn versprochen, mit ihm einen Strandspaziergang zu machen, sobald es dunkel wurde, damit sie mit ihren Taschenlampen die Hunderte von Spinnenkrabben beobachten konnten, die dann aus ihren Sandhöhlen kamen.

Jonah zog einen Stuhl unter dem Tisch hervor und ließ sich darauf fallen. Genüsslich trank er einen Schluck Milch, mit dem Ergebnis, dass ein weißer Schnurrbart seine Oberlippe zierte. »Meinst du, Ronnie kommt bald nach Hause?«

»Hoffentlich.«

Mit dem Handrücken wischte sich der kleine Junge den Mund ab. »Manchmal bleibt sie ziemlich lange weg.«

»Ich weiß.«

»Bringt der Polizist sie wieder heim?«

Steve schaute aus dem Fenster. Es fing schon an zu dämmern, und das Meer wurde undurchsichtig. Wo steckte seine Tochter?, fragte er sich. Was machte sie gerade?

»Nein«, antwortete er. »Heute nicht.«

Nach dem Strandspaziergang ging Jonah unter die Dusche und kletterte dann schnell in sein Bett. Steve deckte ihn gut zu und küsste ihn auf die Wange.

»Danke für den schönen Tag«, flüsterte er.

»Bitte, gern geschehen.«

»Gute Nacht, Jonah. Ich habe dich sehr lieb.«

»Ich dich auch, Dad.«

Steve erhob sich und ging zur Tür.

»Dad?«

Steve drehte sich um. »Ja?«

»Hat dein Vater mit dir auch die Spinnenkrabben angeschaut?«

»Nein.«

»Warum nicht? Das war supercool!«

»Mein Vater hat so etwas nicht gern gemacht.«

»Wie war er?«

Steve überlegte. »Er war kompliziert«, sagte er schließlich.

Als er später am Flügel saß, dachte er an den Nachmittag vor sechs Jahren. Damals hatte er zum ersten Mal in seinem Leben die Hand seines Dads gehalten und ihm gesagt, er wisse, dass er als Vater sein Bestes getan habe, und er mache ihm keinerlei Vorwürfe. Aber das Allerwichtigste sei, dass er ihn sehr lieb habe.

Sein Vater wandte sich ihm zu. Der Blick war fokussiert, und trotz der hohen Morphiumdosen schien sein Kopf absolut klar zu sein. Er schaute seinen Sohn lange an, dann entzog er ihm seine Hand.

»Du klingst wie eine Frau, wenn du so redest.«

Sie waren in einem Zimmer im dritten Stock des Krankenhauses. Seit drei Tagen lag sein Vater dort. Er hing am Tropf und hatte schon über einen Monat keine feste Nahrung mehr zu sich genommen. Seine Wangen waren eingesunken, die Haut wirkte durchsichtig, und sein Atem roch nach Verfall. Lauter Zeichen dafür, dass der Krebs seinen endgültigen Siegeszug angetreten hatte.

Steve drehte sich zum Fenster um. Draußen konnte er

nichts sehen als den blauen Himmel, eine strahlende, un-
nachgiebige Glocke. Keine Vögel, keine Wolken, keine
Bäume. Hinter sich hörte er das unermüdliche Piepsen des
Herzmonitors, ein kräftiger, regelmäßiger Rhythmus, der
den Eindruck erweckte, als könnte sein Vater noch zwanzig Jahre leben. Es war nicht sein Herz, das ihn umbrachte.

»Wie geht es ihm?«, fragte Kim später am Abend, als sie
telefonierten.

»Nicht gut«, antwortete er. »Ich weiß nicht, wie viel
Zeit ihm noch bleibt, aber …«

Er verstummte und stellte sich Kim am anderen Ende
der Leitung vor, wie sie am Herd stand und in der Toma-
tensoße rührte oder die Nudeln überprüfte, den Telefon-
hörer zwischen Ohr und Schulter geklemmt. Sie schaffte
es nie, einfach ruhig dazusitzen, wenn sie ein Telefonge-
spräch führte.

»War sonst noch jemand da?«

»Nein.« Er erwähnte nicht, dass nach Aussage der Krankenschwestern kein einziger Mensch seinen Vater je besucht hatte.

»Konntest du mit ihm reden?«

»Ja, aber nicht lange. Er war immer nur kurz wach und
ist dann wieder abgedriftet.«

»Hast du ihm das, was ich dir geraten habe, gesagt?«

»Ja.«

Steve wusste genau, was sie hören wollte. Bei dem Te-
lefongespräch stand er im Haus seines Vaters und betrachtete die Fotos auf dem Kaminsims: die Familie nach
Steves Taufe, ein Hochzeitsfoto von Kim und Steve, Ronnie und Jonah als kleine Kinder. Die Rahmen waren ver-

staubt, offenbar hatte sie seit Jahren niemand mehr angerührt. Er wusste, dass seine Mutter die Bilder dort aufgestellt hatte. Was war seinem Vater wohl durch den Kopf gegangen, wenn er sie anschaute? Hatte er sie überhaupt noch wahrgenommen?

»Ja«, sagte er schließlich zu Kim. »Er hat gesagt, dass er mich liebt.«

»Wie schön«, seufzte sie – erleichtert und zufrieden, weil seine Antwort ihr Weltbild bestätigte. »Ich weiß ja, wie wichtig das für dich ist.«

Steve wuchs in einem weißen Haus im Ranch-Stil auf, in einem Viertel mit lauter ähnlichen weißen Häusern, auf der landzugewandten Seite der Insel. Das Haus war klein, zwei Schlafzimmer, nur ein Bad und eine separate Garage, in der das Werkzeug seines Vaters untergebracht war und in der es immer nach Sägemehl roch. Der Garten hinter dem Haus, dem eine knorrige, immergrüne Virginische Eiche Schatten spendete, bekam nie genug Sonne, weshalb seine Mutter *vor* dem Haus einen Gemüsegarten angelegt hatte. Sie pflanzte dort Tomaten und Zwiebeln, Rüben und Bohnen, Kohl und Mais, und im Sommer konnte man die Straße vom Wohnzimmer aus gar nicht sehen. Manchmal hörte Steve, wie die Nachbarn tuschelten, weil ihrer Meinung nach der Grundstückwert in der ganzen Umgebung durch diesen Gemüsegarten vermindert wurde, aber er wurde jedes Frühjahr wieder neu angelegt, und niemand sprach seinen Vater direkt darauf an. Die Leute wussten so gut wie Steve, dass das sowieso nichts gebracht hätte. Außerdem mochten alle seine Mutter, und sie wollten sich auch die Chance offenhalten, eines Tages die Dienste seines Vaters in Anspruch zu nehmen.

Sein Dad war Schreiner, aber er konnte so ziemlich alles auf der Welt reparieren. Im Laufe der Jahre hatte Steve gesehen, wie er Radioapparate, Fernsehgeräte, Autos und Rasenmäher wieder zum Funktionieren brachte, wie er kaputte Rohre und herunterhängende Regenrinnen ausbesserte, zerbrochene Fensterscheiben ersetzte, und einmal hatte er sogar die hydraulischen Pressen einer kleinen Werkzeugfabrik in der Nähe der Staatengrenze repariert. Er war zwar nicht auf der Highschool gewesen, besaß aber eine angeborene Begabung und konnte komplexe mechanische Abläufe problemlos erfassen. Wenn abends das Telefon klingelte, nahm immer sein Vater ab, weil die Anrufe meistens ihm galten. Er redete nie viel, hörte zu, wie irgendein Notfall geschildert wurde, und notierte dann sorgfältig die Adresse auf einem Stück Schmierpapier, das er meistens aus einer alten Zeitung herausriss. Anschließend begab er sich in die Garage, packte das notwendige Werkzeug zusammen und fuhr los. Für gewöhnlich erwähnte er nicht, wohin er ging und wann er voraussichtlich zurückkommen würde. Morgens steckte der Scheck ordentlich unter der Statue von Robert E. Lee, die sein Vater aus einem Stück Treibholz geschnitzt hatte, und Steves Mutter tätschelte ihm den Rücken, während er frühstückte, und versprach, das Geld sofort bei der Bank einzuzahlen. Das war die einzige Form von Zärtlichkeit, die Steve je zwischen seinen Eltern beobachtete. Sie stritten sich nie und gingen Konflikten größtenteils aus dem Weg. Sie schienen die Anwesenheit des anderen durchaus zu genießen, und einmal hatte Steve erlebt, dass sie sich an der Hand hielten, als sie gemeinsam fernsahen. Aber er konnte sich nicht erinnern, dass er in den achtzehn Jahren, die er zu Hause gewohnt hatte, je gesehen hätte, wie seine Eltern sich küssten.

Sein Vater hatte in seinem Leben eine große Leidenschaft, und das war Pokern. An den Abenden, an denen das Telefon nicht klingelte, ging er in eine der Logen, um zu spielen. Er war Mitglied dieser Logen oder Clubs, aber nicht, weil er sich nach Gesellschaft sehnte, sondern weil er spielen wollte. Dort saß er dann mit anderen Freimaurern oder Elks oder Shriners oder Veteranen zusammen und spielte stundenlang Texas hold'em. Das Spiel faszinierte ihn. Er rechnete sich für sein Leben gern aus, wie die Chancen für eine Straße standen, oder er beschloss zu bluffen, falls er nur zwei Sechsen auf der Hand hatte. Wenn er über das Spiel sprach, beschrieb er es immer wie eine exakte Wissenschaft, als hätte das Gewinnen nichts mit Glück oder Pech zu tun oder mit den Karten, die man zog. »Das Geheimnis ist: Man muss wissen, wie man lügt«, sagte er immer. »Und man muss wissen, wann einen jemand anlügt.« Mit der Zeit begriff Steve, dass sein Vater wusste, wie man lügt. Als er die fünfzig überschritt und seine Hände von den dreißig Jahren als Schreiner verkrüppelt waren, stellte sein Vater keine Kranzprofile und Türrahmen für selbst entworfene Strandhäuser mehr her, die jetzt auf der Insel wie Pilze aus dem Boden schossen. Und abends nahm er nicht mehr ab, wenn das Telefon klingelte. Irgendwie schaffte er es trotzdem, seine Rechnungen zu bezahlen, und am Ende seines Lebens hatte er mehr als genug auf seinen Konten, um für die medizinische Versorgung zu bezahlen, die seine Versicherung nicht abdeckte.

Samstags oder sonntags spielte er nie Poker. Die Samstage waren für Erledigungen im Haus reserviert. Den Gemüsegarten vor dem Haus empfanden die Nachbarn zwar als anstößig, aber das Innere des Hauses war makellos. Im Laufe der Jahre hatte sein Vater Kranzprofile und Holzpaneelen angebracht, und aus zwei Ahornblöcken schuf er die Kaminkonsolen. Er baute Schränke für die Küche und verlegte Parkettfußböden, die so flach und gleichmäßig waren wie ein Billardtisch. Er renovierte das Bad, und acht Jahren später machte er es abermals neu. Jeden Samstagabend warf er sich in Schale, zog Jackett und Krawatte an und führte seine Frau zum Abendessen aus. Die Sonntage brauchte er für sich selbst. Nach der Kirche pusselte er in seiner Werkstatt herum, während seine Frau in der Küche Kuchen buk oder Gemüse einmachte.

Am Montag begann dann wieder die Alltagsroutine.

Sein Vater brachte Steve die Spielregeln nie bei. Aber Steve war clever genug, um die Grundzüge selbst zu lernen, und er bildete sich ein, dass er gut genug beobachten konnte, um zu merken, wenn jemand bluffte. Er spielte ein paarmal mit Kommilitonen vom College und fand heraus, dass er höchstens guter Durchschnitt war – weder schlechter noch besser als die anderen. Im Anschluss an sein Examen zog er nach New York und fuhr nur selten nach Hause, um seine Eltern zu besuchen. Das erste Mal hatte er sie zwei Jahre lang nicht gesehen, und als er zur Tür hereinkam, umarmte seine Mutter ihn herzlich und küsste ihn auf die Wange. Sein Vater gab ihm die Hand und brummte: »Deine Mutter hat dich vermisst.« Es gab Apfelkuchen und Kaffee. Danach erhob sich sein Vater und griff nach seinem Jackett und den Autoschlüsseln. Es war Dienstag, was bedeutete, dass er in die Elks-Loge ging. Das Spiel ging bis zehn Uhr, und eine Viertelstunde später würde er nach Hause kommen.

»Nein … nicht heute Abend«, flehte seine Mom. Ihr osteuropäischer Akzent war noch so deutlich zu hören wie früher. »Steve ist doch gerade erst nach Hause gekommen.«

Steve fiel damals auf, dass er noch nie gehört hatte, wie seine Mutter seinen Vater bat, nicht in die Loge zu gehen. Deshalb erinnerte er sich so genau an die Situation. Aber ob sein Vater sich über Moms Verhalten wunderte, konnte man ihm nicht anmerken. Er drehte sich in der Tür um, mit undurchdringlicher Miene.

»Oder nimm ihn mit«, fuhr seine Mutter fort.

Sein Dad legte die Jacke über den Arm. »Willst du mitkommen?«

»Ja, klar.« Steve trommelte mit den Fingern auf dem Tisch. »Warum nicht? Das macht sicher Spaß.«

Nach einer kurzen Pause zuckten die Mundwinkel seines Vaters ein wenig, und seine Lippen verzogen sich zu einem schmalen Lächeln. Hätte er am Pokertisch gesessen, hätte er bestimmt nicht so viel preisgegeben, davon war Steve überzeugt.

»Du lügst«, sagte er.

Ein paar Jahre später starb Steves Mutter ganz plötzlich. In ihrem Gehirn platzte eine Ader. Steve dachte oft an ihre unermüdliche Freundlichkeit, auch später, während er bei seinem Vater im Krankenhaus saß. Dad war gerade mit einem leisen Keuchen aufgewacht und drehte den Kopf zu Steve um. Durch die dunklen Schatten auf dem kantigen Gesicht wurde man an einen Totenschädel erinnert.

»Du bist noch da.«

Steve legte seine Partitur beiseite und zog den Stuhl näher zum Bett. »Ja, ich bin noch da.«

»Warum?«

»Wieso fragst du? Weil du im Krankenhaus bist.«

»Ich bin im Krankenhaus, weil ich sterbe. Und ich sterbe, egal, ob du hier bist oder nicht. Geh lieber nach Hause. Du hast eine Frau und zwei Kinder. Für mich kannst du nichts mehr tun.«

»Aber ich bin gern hier«, erwiderte Steve. »Du bist mein Vater. Oder möchtest du mich nicht hier haben?«

»Vielleicht will ich nicht, dass du mich sterben siehst.«

»Ich gehe, wenn du es sagst.«

Sein Vater gab ein Geräusch von sich, das wie ein verächtliches Schnauben klang. »Genau das ist dein Problem. Du willst, dass ich die Entscheidung für dich treffe. Das war bei dir schon immer so.«

»Vielleicht möchte ich einfach bei dir sein.«

»Willst *du* das? Oder will es deine Frau?«

»Spielt das eine Rolle?«

Sein Dad versuchte zu lächeln, brachte aber nur eine Grimasse zustande. »Keine Ahnung. Spielt es eine Rolle?«

Von seinem Platz am Klavier hörte Steve, dass sich ein Auto näherte. Das Scheinwerferlicht schien durch das Fenster und huschte über die Wände, und einen Moment lang dachte er, dass Ronnie vielleicht jemanden gefunden hatte, der sie mit dem Wagen nach Hause brachte. Doch das Motorengeräusch entfernte sich wieder. Und weit und breit keine Ronnie.

Es war schon nach Mitternacht. Sollte er sie suchen gehen?

Vor ein paar Jahren, in der Zeit, bevor Ronnie aufgehört hatte, mit ihm zu reden, waren er und Kim zur Eheberatung gegangen. Die Praxis befand sich in einem Büro nicht weit von Gramercy Park, in einem frisch renovierten Gebäude. Steve erinnerte sich gut daran, wie er neben Kim auf der Couch saß, ihnen gegenüber eine schmale Frau Mitte dreißig, die graue Flanellhosen trug und gern die Fingerspitzen gegeneinanderpresste. Dabei war Steve aufgefallen, dass sie keinen Ehering trug.

Er fühlte sich nicht wohl. Die Beratung war Kims Idee, und sie war schon allein hier gewesen. Es war ihre erste gemeinsame Sitzung, und gleich am Anfang hatte Kim der Paartherapeutin erklärt, dass Steve seine Gefühle in sich hineinfresse, aber das sei nicht seine Schuld – seine Eltern seien beide sehr verschlossen gewesen. In seiner Familie habe man nicht über Probleme gesprochen. Die Musik habe er als eine Art Fluchtmöglichkeit gewählt, fügte sie noch hinzu, und erst durch das Klavierspielen habe er gelernt, überhaupt Gefühle zu entwickeln.

»Stimmt das?«, fragte die Therapeutin.

»Meine Eltern waren gute Menschen«, murmelte Steve.

»Das ist keine Antwort auf meine Frage.«

»Ich weiß nicht, was Sie von mir hören wollen.«

Die Therapeutin seufzte. »Okay, wie wär's denn damit – wir wissen alle, was vorgefallen ist und warum Sie hier sind. Ich glaube, Kim möchte, dass Sie ihr sagen, was Sie empfinden.«

Steve dachte nach. Am liebsten hätte er gesagt, dass dieses ganze Gerede über Gefühle völlig überflüssig sei: Emotionen kommen und gehen, man kann sie nicht kontrollieren, also gibt es keinen Grund, sich darüber den Kopf zu zerbrechen. Letztlich sollte man die Menschen nach ihren Taten beurteilen, denn am Ende des Tages sind es die Taten, die den Menschen ausmachen.

Aber das sagte er nicht. Stattdessen faltete er die Hände. »Sie möchten wissen, wie ich mich fühle.«

»Ja, aber sprechen Sie nicht mich an.« Sie deutete auf seine Frau. »Wenden Sie sich an Kim.«

Er schaute Kim an. Ganz deutlich spürte er ihre Erwartungshaltung.

»Ich ...«

Er saß in einem Sprechzimmer mit seiner Frau und einer Fremden und führte eine Art von Gespräch, wie er es sich früher nie hätte vorstellen können. Es war kurz nach zehn Uhr am Morgen, und er war erst seit ein paar Tagen wieder in New York. Seine Konzerttournee hatte ihn in gut zwanzig verschiedene Städte geführt, während Kim als Rechtsassistentin in einer Anwaltskanzlei in der Wall Street arbeitete.

»Ich ...«

Um ein Uhr in der Nacht trat Steve hinaus auf die hintere Veranda. Es war nicht mehr so dunkel wie vorher, der Mond verbreitete sein mildes Licht, sodass man den Strand gut sehen konnte. Es war jetzt sechzehn Stunden her, dass sich Ronnie verabschiedet hatte. Steve machte sich Sorgen, ängstigte sich aber noch nicht. Ihm blieb nichts anderes übrig, als sich darauf zu verlassen, dass seine Tochter klug und vorsichtig genug war, um auf sich aufzupassen.

Na ja – ein bisschen ängstigte er sich vielleicht doch.

Und obwohl er es nicht wollte, fragte er sich, ob sie morgen wieder verschwinden würde, so wie heute. Und ob es jeden Tag so weitergehen würde, den ganzen Sommer.

Bei Jonah kam es ihm vor, als hätte er einen wunderbaren Schatz entdeckt. Jonah war gern mit ihm zusammen.

Unruhig ging er wieder zurück ins Haus.

Als er sich an den Flügel setzte, war es wieder da, dieses Gefühl, das er bei der Paartherapeutin auf der Couch beschrieben hatte.

Er fühlte sich leer.

KAPITEL 10

Ronnie

Eine Weile lang hatte eine größere Gruppe von Leuten am Bower's Point zusammengesessen, aber nach und nach hatten sie sich verabschiedet, einer nach dem anderen, bis nur noch die fünf Üblichen zurückblieben. Ein paar der anderen waren ganz nett gewesen, zwei oder drei sogar richtig interessant, aber dann hatte der Alkohol angefangen, seine Wirkung zu tun, und außer Ronnie hatten sich alle viel witziger gefunden, als sie es tatsächlich waren. Und jetzt war die Situation sowieso langweilig und vorhersagbar.

Ronnie stand allein am Wasserrand. Hinter ihr saßen Teddy und Lance am Feuer, rauchten, tranken und warfen sich hin und wieder einen Feuerball zu. Blaze konnte nur noch lallen und klammerte sich an Marcus. Es war schon spät. Nicht nach New Yorker Maßstäben – aber wenn sie daran dachte, wann sie heute Morgen aufgestanden war, fiel ihr auf, dass es ein sehr langer Tag gewesen war. Sie wurde allmählich müde.

Morgen früh wollte sie ausschlafen. Wenn sie nach Hause kam, musste sie gleich ein paar Handtücher oder ein Laken über die Vorhangstange hängen. Zur Not konnte sie das Laken ja auch mit Nägeln an der Wand befestigen! Sie hatte keine Lust, in den Ferien jeden Tag mit den Bauern aufzustehen, selbst wenn sie morgen den ganzen Tag mit Blaze am Strand verbringen würde. Mit diesem Vorschlag hatte Blaze sie ziemlich verblüfft, aber irgendwie klang es verlockend. Außerdem gab es ja sonst nicht viel zu tun. Vorhin, als sie von dem Diner aufgebrochen waren, hatten sie sich die meisten Geschäfte dort in der Gegend angeschaut – auch den Musikladen, der echt gut war –, und danach waren sie zu Blaze nach Hause gegangen, um sich *The Breakfast Club* anzusehen. Blazes Mutter war bei der Arbeit. Klar, der Film stammte aus den 1980er-Jahren, aber Ronnie mochte ihn sehr. Sie hatte ihn bestimmt schon ein Dutzend Mal gesehen. Obwohl manche Szenen altmodisch wirkten, fand sie das meiste doch verblüffend realistisch. Realistischer als das, was heute Abend hier abging. Vor allem deswegen, weil sich Blaze umso nerviger an Marcus hängte, je mehr sie trank.

Ronnie konnte Marcus nicht leiden. Sie traute ihm einfach nicht. Was Männer anging, hatte sie ein ziemlich gutes Radarsystem, und sie spürte genau, dass bei Marcus irgendetwas nicht stimmte. Es war, als würde in seinen Augen etwas fehlen, wenn er mit ihr redete. Er sagte nichts Falsches – wenigstens machte er keine verrückten Vorschläge mehr, wie neulich mit der Fahrt nach Florida, und wie komisch war das denn gewesen? Aber je länger sie ihn kannte, desto unheimlicher wurde er ihr. Teddy und Lance fand sie auch nicht besonders sympathisch, aber Marcus … Bei ihm hatte sie das Gefühl, dass er sich nur einigermaßen gut benahm, um die Leute besser manipulieren zu können. Als wäre das ganze Leben ein Spiel.

Und Blaze …

Es war komisch gewesen, vorhin bei ihr zu Hause, weil dort alles absolut normal schien. Blaze wohnte in einer ruhigen Sackgasse, das Haus hatte leuchtend blaue Fensterläden, und auf der Veranda flatterte eine amerikanische Fahne. Die Zimmerwände waren in fröhlichen Farben gestrichen. Auf dem Esszimmertisch stand eine Vase mit frischen Blumen. Alles wirkte sauber, aber nicht zwanghaft ordentlich. In der Küche lag für Blaze ein Zettel auf dem Tisch, mit etwas Geld. Blaze steckte das Geld in die Tasche, während sie die Nachricht überflog. Als sie merkte, dass Ronnie sie beobachtete, erklärte sie, dass ihre Mutter immer ein bisschen Geld für sie hinlege. Auf diese Weise wusste sie, dass bei ihrer Tochter alles okay war, auch wenn sie nicht heimkam.

Eigenartig.

Ronnie wollte unbedingt mit Blaze über Marcus reden, aber sie ahnte schon, dass es nicht viel bringen würde. Das hatte sie durch Kayla gelernt. Kayla leugnete immer alles. Aber trotzdem – die Beziehung zwischen Blaze und Marcus gefiel ihr überhaupt nicht. Dieser Typ tat Blaze nicht gut. Doch wieso merkte ihre neue Freundin das nicht? Vielleicht konnte sie ja morgen am Strand das Thema mal beiläufig ansprechen.

»Sind wir dir zu langweilig?«

Sie drehte sich um. Hinter ihr stand Marcus. Er hatte einen Feuerball dabei, den er jetzt über seinen Handrücken rollen ließ.

»Ich wollte nur mal ans Wasser.«

»Soll ich dir ein Bier bringen?«

An der Art, wie er fragte, merkte Ronnie, dass er längst wusste, was sie antworten würde.

»Ich trinke keinen Alkohol.«

»Warum nicht?«

Weil sich die Leute so idiotisch benehmen, wenn sie trinken, hätte sie sagen können. Aber das sagte sie nicht. Sie wusste, dass sie die Diskussion über diese Frage nur verlängerte, wenn sie ihre Entscheidung erklärte. »Einfach so.«

»Weil du gern Nein sagst?«, fragte er mit spöttischem Unterton.

»Wenn du meinst.«

In der Dunkelheit konnte Ronnie sehen, dass er lächelte, aber seine Augen blieben dunkle Schattenhöhlen. »Hältst du dich für was Besseres?«

»Nein.«

»Dann setz dich doch wieder zu uns«, sagte er und zeigte zum Feuer.

»Ich fühle mich wohl hier.«

Er schaute über die Schulter. Ronnie folgte seinem Blick und sah, dass Blaze in der Kühltasche nach einer Flasche Bier suchte. Dabei konnte sie doch kaum noch gerade stehen.

Ohne Vorwarnung legte Marcus Ronnie den Arm um die Taille und zog sie an sich. »Komm, wir machen einen kleinen Strandspaziergang.«

»Nein!«, fauchte sie ihn an. »Ich habe keine Lust. Und lass mich gefälligst los.«

Er nahm seine Hand nicht weg. Ronnie merkte, dass er dieses Spiel genoss. »Machst du dir Sorgen wegen Blaze?«

»Ich will das nicht – kapiert?«

»Blaze ist das völlig egal.«

Sie wich einen Schritt zurück, um eine gewisse Entfernung zwischen sich und Marcus zu bringen.

»Aber mir ist es nicht egal«, entgegnete sie. »Und ich muss jetzt sowieso gehen.«

Er fixierte sie mit den Augen. »Gut, dann geh doch«, zischte er. Und nach einer kurzen Pause fügte er mit lauter Stimme hinzu, sodass die anderen ihn hören konnten: »Nein, ich bleibe lieber hier. Aber danke für den Vorschlag.«

Ronnie war zu schockiert, um etwas zu erwidern. Stattdessen lief sie einfach los. Sie wusste genau, dass Blaze ihr nachschaute, aber sie konnte nur noch einen Gedanken fassen: Nichts wie weg hier!

Zu Hause spielte ihr Vater noch Klavier. Als Ronnie hereinkam, wanderte sein Blick sofort zur Uhr. Nach dem unangenehmen Erlebnis mit Marcus war sie nicht in der Stimmung, mit ihm zu reden, also ging sie wortlos durch den Flur. Aber er musste irgendetwas bemerkt haben, denn er rief hinter ihr her:

»Ist alles okay?«

Sie ging rasch zurück. »Ja, alles bestens.«

»Ehrlich?«

»Ich möchte nicht darüber reden.«

Er musterte sie kurz, dann sagte er: »Okay.«

»Sonst noch was?«

»Es ist schon fast zwei.«

»Und?«

Er beugte sich über die Tasten. »Im Kühlschrank sind noch Nudeln – falls du Hunger hast.«

Ronnie musste gestehen, dass sein Verhalten sie wunderte. Keine Moralpredigt, keine Verhaltensmaßregeln. Ziemlich genau das Gegenteil von Moms Methoden. Kopfschüttelnd ging sie in ihr Zimmer. Gab es in dieser Stadt überhaupt irgendjemanden, der sich normal benahm?

Sie vergaß, das Fenster mit einem Laken zu verhängen, und die Sonne strahlte ins Zimmer, nachdem sie weniger als sechs Stunden geschlafen hatte.

Knurrend drehte sie sich auf die andere Seite und legte sich das Kissen auf den Kopf. Dann fiel ihr ein, was am Tag zuvor am Strand passiert war. Sie setzte sich auf. An Schlaf war nicht mehr zu denken.

Marcus war ihr echt unheimlich.

Ihr erster Gedanke war: Sie hätte etwas erwidern sollen, als er am Schluss diese bescheuerte Bemerkung gemacht hatte. Zum Beispiel hätte sie sagen können: Was redest du da für einen Quatsch? Oder: Wenn du denkst, ich würde allein mit dir irgendwo hingehen, dann hast du dich aber gewaltig geschnitten! Aber sie hatte gar nichts gesagt. Und wahrscheinlich war es das Blödeste gewesen, was sie tun konnte, einfach wortlos wegzugehen.

Sie musste dringend mit Blaze reden.

Mit einem Seufzer stand sie auf und tappte ins Bad. Sie duschte rasch, zog einen Badeanzug unter ihre Klamotten, stopfte Handtuch und Sonnencreme in eine Strandtasche. Als sie fertig war, hörte sie ihren Vater am Klavier. Schon wieder! Selbst zu Hause in Manhattan hatte er nicht so viel geübt. Sie horchte und merkte, dass er eines der Stücke spielte, mit denen sie in der Carnegie Hall aufgetreten war. Es war die Sonate, die Mom im Auto auf CD gehört hatte.

Sie musste Blaze finden und ihr erklären, was sich tatsächlich abgespielt hatte. Aber wie sollte sie das machen, ohne Marcus als Lügner hinzustellen? Gar nicht so einfach. Blaze wollte bestimmt lieber Marcus glauben, und wer wusste, was er ihr ins Ohr geflüstert hatte, nachdem Ronnie gegangen war? Aber das konnte sie nur spontan entscheiden. Hoffentlich waren sie beide entspannt, wenn sie in der Sonne lagen, dann ergab sich alles von allein.

Als Ronnie den Flur entlangging, war das Stück gerade zu Ende, aber ihr Dad spielte weiter – noch eine Sonate aus ihrem Carnegie-Hall-Programm.

Sie blieb stehen, schob ihre Strandtasche die Schulter hoch. Das war doch wieder typisch! Er hatte sie im Bad gehört und wusste, dass sie nicht mehr schlief. Also wollte er irgendetwas anbieten, das sie beide betraf. Eine Gemeinsamkeit.

Tja, tut mir leid, Dad, aber nicht heute. Sie hatte andere Pläne. Und außerdem war sie sowieso nicht in der Stimmung.

Sie wollte sich gerade auf den Weg zur Haustür machen, als Jonah aus der Küche kam.

»Habe ich dir nicht gesagt, du sollst etwas holen, was gut für dich ist?«, hörte Ronnie ihren Vater fragen.

»Aber das ist doch gut für mich. Es ist eine Pop-Tart.«

»Ich dachte eher an so etwas wie Müsliflocken.«

»Aber hier ist Zucker drin.« Jonah machte ein todernstes Gesicht. »Und ich brauche sehr viel Energie, Dad.«

Ronnie durchquerte mit schnellen Schritten das Wohnzimmer, in der Hoffnung, dass sie zur Tür hinaus war, ehe ihr Vater sie ansprechen konnte.

Jonah lächelte. »Oh, hallo, Ronnie!«

»Hallo, Jonah. Tschüs, Jonah.« Sie hatte schon den Türknauf in der Hand.

»Ronnie?« Das war ihr Vater. Er hörte sogar auf zu spielen. »Können wir kurz über gestern Abend reden?«

»Ich habe jetzt echt keine Zeit«, entgegnete sie und schob wieder ihre Tasche nach oben.

»Ich wollte nur wissen, wo du den ganzen Tag über warst.«

»Nirgends. Ist nicht wichtig.«

»Doch, es ist wichtig.«

»Nein, Dad«, erwiderte sie mit Nachdruck. »Es ist absolut egal. Ich muss jetzt los und etwas erledigen, okay?«

Jonah deutete mit seiner Pop-Tart auf die Tür. »Was musst du erledigen? Wohin gehst du?«

Genau diesen Fragen wollte sie ausweichen. »Geht dich nichts an.«

»Wie lange bleibst du weg?«

»Keine Ahnung.«

»Kommst du zum Mittagessen? Oder erst zum Abendessen?«

»Weiß ich auch nicht«, sagte sie und verdrehte genervt die Augen. »Ich muss los.«

Ihr Dad fing wieder an Klavier zu spielen. Ihr drittes Stück von der Carnegie Hall. Er hätte genauso gut Moms CD auflegen können.

»Wir lassen nämlich später Drachen steigen. Ich und Dad, heißt das.«

Ronnie reagierte nicht auf diese Mitteilung. Stattdessen schnauzte sie ihren Vater an: »Kannst du endlich damit aufhören?«

Abrupt ließ er die Hände sinken. »Wie bitte?«

»Diese Musik. Glaubst du, ich erkenne die Stücke nicht? Ich weiß doch genau, was du erreichen willst. Aber ich habe dir schon klar und deutlich gesagt, dass ich nicht spiele.«

»Und ich glaube es dir.«

»Warum versuchst du dann dauernd, mich umzustimmen? Wieso sitzt du immer, wenn ich dich sehe, an deinem Flügel und haust in die Tasten?«

Ihr Dad wirkte echt verwirrt. »Mit ... mit dir hat das überhaupt nichts zu tun«, stammelte er. »Ich fühle mich dann einfach besser.«

»Und mir wird kotzübel davon. Kapierst du das nicht? Ich hasse das Klavier. Ich bin sauer, dass ich auch nur einen einzigen Tag in meinem Leben Klavier spielen musste. Und ich kann es nicht ausstehen, dass ich das verdammte Ding dauernd hier sehen muss.«

Ehe ihr Vater etwas erwidern konnte, drehte sie sich um, schnappte Jonah blitzschnell seine Pop-Tart aus der Hand und stürmte zur Tür hinaus.

Es dauerte fast zwei Stunden, bis sie Blaze endlich fand. Sie war in dem Musikgeschäft, das sie gestern gemeinsam besucht hatten. Es lag ein paar Hundert Meter vom Pier entfernt. Ronnie hatte nicht geahnt, was sie erwartete, als sie reingegangen waren – im Zeitalter von iPods und

Downloads schien so ein Laden völlig überholt –, aber Blaze hatte ihr versichert, dass es sich lohnte. Und sie hatte recht gehabt.

Außer CDs gab es hier auch richtige Vinylschallplatten – Tausende sogar. Manche waren vermutlich Sammlerstücke, zum Beispiel ein ungeöffnetes Exemplar von *Abbey Road* und eine ganze Menge alte 45er, die einfach an der Wand hingen, mit Autogrammen von Leuten wie Elvis Presley, Bob Marley und Ritchie Valens. Ronnie staunte, dass diese Platten nicht in einem Safe lagen. Sie waren doch bestimmt unglaublich wertvoll. Aber der Typ, der den Laden führte, wirkte wie eine Gestalt aus den 1960er-Jahren und schien alle Leute zu kennen. Er hatte lange graue Haare und frisierte sie zu einem Pferdeschwanz, der ihm bis zur Taille ging. Seine Brille sah aus, als hätte er sie sich von John Lennon geliehen. Er trug Sandalen und ein Hawaiihemd, und obwohl er alt genug war, um Ronnies Großvater zu sein, wusste er mehr über Musik als sonst irgendjemand, den sie kannte. Sogar über die neuesten Underground-Bands, von denen sie nicht einmal in New York gehört hatte. An der Rückwand befanden sich Kopfhörer, mit denen die Kunden entweder Platten oder CDs hören oder sich Musik auf ihre iPods laden konnten. Als Ronnie nun durch das Schaufenster spähte, sah sie Blaze ganz hinten stehen. Sie hielt sich einen Kopfhörer ans Ohr und klopfte mit der anderen Hand den Rhythmus.

Auf einen Tag am Strand schien sie absolut nicht vorbereitet zu sein.

Ronnie atmete tief durch und trat ein. So blöd es klang – sie wollte ja eigentlich nicht, dass Blaze sich betrank –, aber jetzt wünschte sie sich doch, dass Blaze zu viel getrunken hatte, um sich daran zu erinnern, was gestern passiert war.

Als sie den Gang mit CDs entlangging, merkte sie schon, dass Blaze sie erwartete. Sie wandte sich um und drehte die Lautstärke in ihrem Kopfhörer herunter, allerdings ohne ihn vom Ohr zu nehmen. Ronnie konnte die Musik trotzdem hören. Es war etwas Lautes, Aggressives, was sie nicht kannte. Blaze sammelte die CDs ein.

»Ich dachte, wir sind Freundinnen«, sagte sie.

»Sind wir auch«, erwiderte Ronnie. »Und ich habe dich schon überall gesucht, weil ich nicht will, dass du wegen gestern Abend was Falsches denkst.«

Mit eisiger Miene sagte Blaze: »Du meinst, weil du Marcus gefragt hast, ob er mit dir einen Strandspaziergang macht?«

»Es war doch alles ganz anders!«, rief Ronnie flehend. »Der Vorschlag kam nicht von mir. Ich weiß wirklich nicht, was für ein Spiel er spielt …«

»Was für ein Spiel er spielt? *Er*?« Blaze schleuderte den Kopfhörer weg. »Ich habe doch genau gesehen, wie du ihn die ganze Zeit angehimmelt hast. Und ich habe gehört, was du gesagt hast!«

»Aber ich habe nichts gesagt! Ich habe keinen Ton von einem Spaziergang gesagt –«

»Du hast versucht, ihn zu küssen!«

»Was redest du für einen Quatsch? Ich habe überhaupt nicht versucht, ihn zu küssen!«

Blaze ging einen Schritt auf sie zu. »Marcus hat es mir erzählt.«

»Dann hat er gelogen.« Ronnie wich nicht zurück. »Mit diesem Kerl stimmt etwas nicht, ehrlich.«

»Nein ... nein, komm mir nicht mit so was!«

»Er hat dich angelogen, Blaze. Ich würde ihn nie küssen. Ich kann ihn doch gar nicht leiden! Der einzige Grund, weshalb ich gestern mitgekommen bin, warst du – weil du darauf bestanden hast, dass wir hingehen.«

Eine Weile lang sagte Blaze nichts, und Ronnie hoffte schon, dass sie endlich begriffen hatte.

»Meinetwegen«, sagte Blaze schnippisch, und selbst wenn Ronnie nicht gewusst hätte, was sie damit sagen wollte – der Tonfall wäre unmissverständlich gewesen.

Blaze drängte sich an ihr vorbei, schubste sie weg und lief zur Tür. Ronnie schaute ihr nach. Sie wusste nicht, ob sie selbst jetzt verletzt oder wütend war. Vermutlich beides. Durchs Schaufenster sah sie Blaze davonstürmen.

Tja – so viel zu ihrem Versuch, die Situation zu retten.

Sie wusste nicht weiter. An den Strand wollte sie jetzt nicht mehr, aber nach Hause konnte sie auch nicht. Sie hatte kein Auto, und sie kannte hier keine Menschenseele. Das bedeutete ... ja, was bedeutete das? Vielleicht musste sie die ganzen Ferien auf einer Bank am Pier verbringen und die Tauben füttern, wie die traurigen Gestalten im Central Park. Vielleicht gab sie jeder Taube einen Namen ...

Als sie den Laden verließ, wurde sie aus ihren Grübeleien geholt, weil plötzlich der Alarm losging. Sie drehte sich um, aus Neugier, aber dann war sie verwirrt, weil sie begriff, was los war. Es gab nur einen Ausgang aus diesem Laden.

Und schon kam der Mann mit dem Pferdeschwanz auf sie zugerannt.

Sie versuchte nicht wegzulaufen, weil sie ja wusste, dass sie nichts verbrochen hatte. Als der Pferdeschwanztyp ihre Tasche sehen wollte, zögerte sie keine Sekunde – warum sollte sie ihm nicht ihre Tasche zeigen? Es musste sich um einen Irrtum handeln. Doch dann holte der Mann zwei CDs und ein halbes Dutzend signierte 45er-Platten heraus. In dem Moment begriff sie, dass Blaze ganz bewusst hier auf sie gewartet hatte. Die CDs waren diejenigen, die sie in der Hand hatte, und auch die 45er hatte sie von der Wand genommen. Ronnie war schockiert – ihre Freundin hatte das die ganze Zeit geplant.

Plötzlich wurde ihr schwindelig, und sie hörte kaum, wie der Mann ihr mitteilte, die Polizei sei bereits unterwegs.

KAPITEL 11

Steve

Nachdem Steve das notwendige Material gekauft hatte, vor allem Kanthölzer und Sperrholzplatten, verbrachten er und Jonah den Vormittag damit, den Alkoven abzutrennen. Besonders schön sah es leider nicht aus – Steves Vater wäre entsetzt gewesen –, aber es musste genügen. Der Bungalow wurde ja sowieso demnächst abgerissen, das war bekannt. Ohne Haus war das Grundstück mehr wert. Rechts und links erhoben sich dreistöckige Villen, und Steve war sicher, dass einige seiner Nachbarn das Häuschen als Störfaktor betrachteten, der den Preis ihrer eigenen Immobilie minderte.

Steve schlug einen Nagel in die Sperrholzwand, hängte das Foto von Ronnie und Jonah daran und trat einen Schritt zurück, um sein Werk zu begutachten.

»Na – was sagst du?«, fragte er Jonah.

Sein Sohn rümpfte die Nase. »Sieht aus wie ein hässlicher Schuppen, an den wir ein Bild gehängt haben. Und außerdem kannst du jetzt gar nicht Klavier spielen.«

»Ich weiß.«

Jonah legte den Kopf schräg. »Ich glaube, die Wand ist krumm. Jedenfalls nicht ganz gerade.«

»Ich sehe nichts.«

»Du brauchst eine Brille, Dad. Und ich kapiere immer noch nicht, warum du die Wand überhaupt haben willst.«

»Ronnie sagt, sie möchte den Flügel nicht sehen.«

»Und?«

»Ich kann ihn nirgends hinschieben, also muss ich stattdessen eine Wand einziehen. Jetzt braucht sie ihn nicht mehr zu sehen.«

»Ach so.« Jonah nickte bedächtig. »Weißt du, ich mache echt nicht gern Hausaufgaben. Es gefällt mir auch nicht, wenn die Hefte und Bücher auf meinem Schreibtisch liegen.«

»Du hast doch jetzt Ferien und musst keine Hausaufgaben machen.«

»Ich meine ja nur – vielleicht kann ich um den Schreibtisch in meinem Zimmer zu Hause auch eine Wand ziehen.«

Steve unterdrückte ein Grinsen. »Das musst du mit deiner Mutter besprechen.«

»Kannst du das nicht übernehmen?«

Jetzt musste sein Dad doch lachen. »Hast du eigentlich keinen Hunger?«

»Du hast gesagt, wir lassen Drachen steigen.«

»Tun wir auch. Ich will nur wissen, ob du was zum Mittagessen möchtest.«

»Ich glaube, ich hätte am liebsten ein Eis.«

»Die Idee finde ich nicht besonders gut.«

»Kekse?« Jonah klang hoffnungsvoll.

»Wie wär's mit einem Erdnussbutterbrot mit Gelee?«

»Okay. Aber danach lassen wir den Drachen steigen, versprochen?«

»Ja.«

»Den ganzen Nachmittag?«

»Solange du willst.«

»Okay. Dann esse ich das Sandwich. Aber du musst dir auch eins machen.«

Lächelnd legte Steve ihm den Arm um die Schulter. »Einverstanden«, murmelte er, und sie gingen beide in die Küche.

»Das Wohnzimmer ist jetzt viel kleiner«, bemerkte Jonah.

»Ich weiß.«

»Und die Wand ist echt schief.«

»Ich weiß.«

»Und sie passt nicht zu den anderen Wänden.«

»Worauf willst du hinaus?«

Mit ernster Miene antwortete Jonah: »Ich möchte nur sicher sein, dass du nicht verrückt geworden bist.«

Es war das perfekte Wetter, um Drachen steigen zu lassen. Steve saß auf einer Düne hinter dem Haus und schaute zu, wie der Drachen im Zickzack über den Himmel sauste. Jonah rannte den Strand hinauf und hinunter, wie immer voller Energie. Stolzerfüllt beobachtete ihn Steve. Und dachte mit leiser Melancholie, dass weder sein Vater noch seine Mutter je so etwas mit ihm gemacht hatten.

Seine Eltern waren keine schlechten Menschen gewesen. Sie hatten ihn nicht misshandelt, er hatte nie Hunger gehabt, sie hatten sich kein einziges Mal in seiner Gegenwart gestritten. Ein- oder zweimal im Jahr wurde er zum

Zahnarzt und zum Kinderarzt geschickt. Im Winter hatte er stets einen warmen Mantel und fünf Cent in der Tasche, damit er sich in der Schule Milch kaufen konnte. Aber sein Vater war sehr verschlossen, und das galt auch für seine Mutter. Waren sie vielleicht deswegen so lange verheiratet gewesen? Seine Mutter stammte ursprünglich aus Rumänien; die beiden hatten sich kennengelernt, als sein Vater in Deutschland stationiert war. Mom sprach fast kein Wort Englisch, als sie heirateten, und sie stellte die Kultur, in der sie aufgewachsen war, nie infrage. Sie kochte und putzte und kümmerte sich um die Wäsche. Nachmittags arbeitete sie Teilzeit als Schneiderin. Am Ende ihres Lebens beherrschte sie die neue Sprache einigermaßen, sie kam auf der Bank und im Supermarkt problemlos zurecht, hatte aber immer noch einen so starken Akzent, dass die Leute sie manchmal nur schwer verstehen konnten.

Sie war außerdem eine gläubige Katholikin, was damals in Wilmington eine Seltenheit war. Jeden Tag ging sie in ihre Kirche und betete abends den Rosenkranz. Zwar mochte Steve die Tradition und die Liturgie der Sonntagsmesse, doch den Priester fand er immer sehr kalt und arrogant. Auf ihn wirkte er wie ein Mann, der sich mehr für die Kirchenvorschriften interessierte als für das Wohlbefinden seiner Gemeinde. Manchmal – das heißt eigentlich sehr oft – fragte sich Steve, wie sein Leben verlaufen wäre, wenn er nicht mit acht Jahren die Musik gehört hätte, die aus der Baptistenkirche von Pastor Harris drang.

Vierzig Jahre später waren die Einzelheiten in seinem Gedächtnis etwas verschwommen. Er erinnerte sich, dass er eines Nachmittags die Kirche betrat und hörte, wie Pastor Harris Klavier spielte. Der Pastor musste ihm das Gefühl vermittelt haben, willkommen zu sein, denn er ging immer wieder hin, und schließlich erklärte sich Pastor Harris bereit, ihm Klavierunterricht zu geben. Nach einer Weile besuchte er auch den Bibelkreis der Gemeinde – wovon er allerdings später wieder Abstand nahm. Aber in vielerlei Hinsicht wurde die Baptistenkirche seine zweite Heimat und Pastor Harris sein zweiter Vater.

Seine Mutter war nicht gerade entzückt, als sie das erfuhr. Wenn sie sich aufregte, sprach sie immer Rumänisch, und viele Jahre lang hörte Steve sie unverständliche Worte murmeln, wenn er in die Kirche aufbrach. Außerdem bekreuzigte sie sich. Die Tatsache, dass ein baptistischer Pfarrer ihm Klavierunterricht gab, war ihrer Meinung nach so ähnlich, wie wenn man mit dem Teufel Himmel und Hölle spielte.

Aber sie verbot es ihm nicht, und das genügte. Für Steve spielte es keine Rolle, dass sie nicht zu den Elternsprechtagen in die Schule ging, dass sie ihm nichts vorlas und dass seine Familie nie zu den Grillabenden oder Partys in der Nachbarschaft eingeladen wurde. Viel wichtiger war, dass seine Mutter ihm erlaubte, seine große Leidenschaft zu entdecken und diese weiterzuverfolgen, obwohl sie seinen Motiven misstraute. Sie sorgte außerdem dafür, dass sein Vater ihm keine Steine in den Weg legte und sich nur darüber lustig machte, dass sein Sohn seinen Lebensunterhalt mit Musik verdienen wollte. Und weil seine Mutter all das für ihn getan hatte, würde er sie immer lieben.

143

Jonah rannte hin und her, was gar nicht nötig gewesen wäre – Steve wusste, die frische Brise reichte vollkommen aus, um den Drachen in der Luft zu halten. Er sah die Konturen des Batman-Symbols zwischen zwei dunklen Wolken, die nach Regen aussahen. Solche Sommergewitter dauerten zwar meistens nicht lange – spätestens nach einer Stunde war der Himmel wieder blitzblau –, aber vorsichtshalber rief er Jonah zu, sie sollten lieber nach Hause gehen, und lief ihm entgegen. Doch da entdeckte er Spuren im Sand, feine Linien, die er schon als Kind oft gesehen hatte. Ein Lächeln erhellte sein Gesicht.

»Hey, Jonah!«, rief er, den Linien folgend. »Komm mal her! Ich möchte dir etwas zeigen.«

Jonah kam angelaufen, den Drachen am Arm. »Was ist?«

Steve kletterte die Düne hinunter bis zu der Stelle, wo sie in den Strand überging. Nur ein paar Eier waren zu sehen, die anderen waren größtenteils mit Sand bedeckt.

»Was willst du mir zeigen?«, fragte Jonah ganz außer Atem.

»Das ist der Nistplatz einer Karettschildkröte«, antwortete Steve. »Aber geh nicht zu nahe ran. Und nicht anfassen! Man muss sehr vorsichtig sein.«

Jonah beugte sich vor.

»Was ist eine Karettschildkröte?«, fragte er. Vor lauter Begeisterung vergaß er fast den Drachen unter seinem Arm.

Steve nahm ein Stück Treibholz und begann, einen großen Kreis um das Nest zu ziehen. »Eine Meeresschildkröte. Sie gehört zu den bedrohten Tierarten und kommt nachts ans Land, um ihre Eier abzulegen.«

»Hinter unserem Haus?«

»Das ist nur eine von mehreren Stellen. Aber das Wichtigste ist: Man muss wissen, dass sie bedroht sind. Weißt du, was das heißt?«

»Es heißt, sie sterben alle«, antwortete Jonah. »Ich schaue mir im Fernsehen immer solche Tiersendungen an, zum Beispiel *Animal Planet*.«

Als der Kreis fertig war, warf Steve den Stock wieder fort. Er spürte plötzlich einen stechenden Schmerz, den er aber nicht weiter beachtete. »So ganz stimmt das nicht. Sie sterben nicht alle – aber wenn wir nicht auf sie aufpassen, dann verschwinden sie vielleicht für immer von der Erde.«

»Wie die Dinosaurier?«

Steve wollte etwas antworten, doch in dem Moment hörte er, dass in der Küche das Telefon klingelte. Er hatte die Hintertür offen gelassen, um das Haus ein bisschen durchzulüften. Halb rennend, halb stolpernd eilte er durch den Sand bis zur hinteren Veranda. Als er den Hörer abnahm, keuchte er richtig.

»Dad?«, rief eine Stimme am anderen Ende der Leitung.

»Ronnie?«

»Du musst mich abholen. Ich bin auf der Polizeiwache.«

Steve rieb sich den Nasenrücken. »Okay«, sagte er. »Bin gleich da.«

Pete Johnson, der Polizeibeamte, informierte ihn über den Vorfall. Steve ahnte natürlich, dass Ronnie noch nicht darüber sprechen wollte. Deshalb ließ er sie in Ruhe. Solche Rücksichtnahme war Jonah fremd.

»Mom rastet garantiert aus«, verkündete er.

Steve sah, wie Ronnie die Zähne aufeinanderbiss.

»Ich war's nicht«, knurrte sie nur.

»Wer war es dann?«

»Das will ich nicht sagen.« Sie verschränkte die Arme vor der Brust und lehnte sich an die Autotür.

»Bestimmt ist Mom stocksauer!«

»Aber ich habe es nicht getan!«, rief Ronnie und funkelte ihren Bruder böse an. »Und ich will nicht, dass du ihr sagst, ich hätte es getan.« Sie wollte sicher sein, dass ihr Bruder verstanden hatte, wie ernst sie es meinte. Dann schaute sie ihren Vater an.

»Ich war es nicht, Dad«, wiederholte sie. »Ich schwör's. Du musst mir glauben.«

Er hörte die Verzweiflung in ihrer Stimme. Aber er musste auch daran denken, wie beunruhigt Kim gewesen war, als sie ihm von Ronnie erzählte. Seine Tochter hatte sich in der Tat nicht besonders kooperativ verhalten, seit sie hier war. Und dann die Leute, die sie sich als Freunde ausgesucht hatte!

Er seufzte. Ach, er hatte keine Kraft mehr. Die Sonne kam ihm vor wie eine glühend heiße, aggressive orangefarbene Kugel. Aber trotz allem wusste er, dass für seine Tochter nur die Wahrheit zählte.

»Ich glaube dir«, sagte er.

Als sie nach Hause kamen, wurde es schon dunkel. Steve ging noch einmal hinaus, um nach dem Schildkrötennest zu sehen. Es war einer dieser wunderschönen Abende, die so typisch sind für North und South Carolina – ein sanfter Wind, der Himmel wie ein Quilt aus tausend Farben, und nicht weit vom Strand tummelte sich hinter der Brandung ein Schwarm Delfine. Sie kamen zweimal am Tag vorbei, und Steve nahm sich vor, Jonah davon zu erzählen. Bestimmt wollte er gleich hinausschwimmen und sehen, ob er nahe genug an sie herankam, um sie anfassen zu können. Als Kind hatte Steve das auch oft probiert, allerdings ohne Erfolg.

Ihm graute davor, dass er Kim anrufen und ihr erzählen musste, was passiert war. Er schob es noch vor sich her und setzte sich lieber auf die Düne bei dem Nest, um auf die verbliebenen Spuren der Schildkröte zu starren. Die meisten waren schon verschwunden – zu viele Leute, zu viel Wind. Außer dass sich an der Stelle, wo die Düne in den Strand überging, eine Kuhle befand, war das Nest praktisch unsichtbar, und die paar Eier, die man erkennen konnte, sahen aus wie helle, glatte Steine.

Ein Stück Styropor lag im Sand, und als Steve sich vorbeugte, um es aufzuheben, sah er Ronnie kommen. Sie bewegte sich langsam, die Arme vor der Brust verschränkt und den Kopf gesenkt, sodass ihre Haare fast das ganze Gesicht verdeckten. Ein paar Schritte vor ihm blieb sie stehen.

»Bist du sauer auf mich?«, fragte sie leise.

Es war das erste Mal, seit sie hier war, dass sie mit ihm sprach, ohne frustriert oder wütend zu klingen.

»Nein«, antwortete er. »Überhaupt nicht.«

»Was machst du dann hier draußen?«

Er deutete auf das Nest. »Eine Karettschildkröte hat

gestern Nacht hier ihre Eier abgelegt. Hast du schon mal so eine Schildkröte gesehen?«

Ronnie schüttelte den Kopf.

»Sie sind sehr schön«, fuhr Steve fort. »Sie haben einen rotbraunen Rückenpanzer und wiegen bis zu vierhundert Kilo. North Carolina gehört zu den wenigen Gegenden auf der Erde, wo sie nisten. Aber sie sind vom Aussterben bedroht. Ich glaube, nur eine von tausend kommt durch, und ich möchte nicht, dass die Waschbären das Nest finden, bevor die Kleinen geschlüpft sind.«

»Wie merken die Waschbären überhaupt, dass hier ein Nest ist?«

»Wenn die Schildkröte ihre Eier legt, uriniert sie. Das riechen die Waschbären, und sie fressen sämtliche Eier auf. Als ich noch klein war, habe ich einmal ein Nest auf der anderen Seite des Piers entdeckt. Alles war in bester Ordnung, aber am nächsten Tag waren sämtliche Schalen leer. Sehr traurig.«

»Gestern habe ich auf unserer Veranda einen Waschbären gesehen.«

»Ich weiß. Er hat sich über den Müll hergemacht. Und sobald wir wieder im Haus sind, werde ich das Aquarium benachrichtigen. Hoffentlich schicken sie morgen früh jemanden mit einem speziellen Drahtkorb, der die Räuber fernhält.«

»Und was ist heute Nacht?«

»Da müssen wir das Beste hoffen.«

Ronnie strich sich eine Haarsträhne hinters Ohr. »Dad? Kann ich dich etwas fragen?«

»Selbstverständlich.«

»Warum hast du gesagt, du glaubst mir?«

Er sah seine Tochter im Profil – und konnte die junge Frau ahnen, die sie bald sein würde, aber auch noch das kleine Mädchen, an das er sich so gut erinnerte.

»Weil ich dir vertraue.«

»Hast du deshalb diese Wand gebaut, um den Flügel zu verstecken?« Sie schaute ihn nur aus dem Augenwinkel an. »Sie ist mir gleich aufgefallen – man kann sie ja nicht übersehen.«

Steve schüttelte den Kopf. »Nein, ich habe sie gebaut, weil ich dich liebe.«

Ein kurzes Lächeln huschte über Ronnies Gesicht. Zögernd setzte sie sich neben ihn. Sie schauten beide zu, wie die Wellen an den Strand rollten, unermüdlich. Bald kam die Flut. Der Strand war schon zur Hälfte verschwunden.

»Was passiert jetzt mit mir?«, fragte sie.

»Pete redet mit dem Besitzer, aber mehr weiß ich auch nicht. Ein paar dieser Schallplatten sind Sammlerstücke und ziemlich wertvoll.«

Ronnie wurde blass. »Hast du schon mit Mom darüber gesprochen?«

»Nein.«

»Sagst du es ihr?«

»Vermutlich schon.«

Sie schwiegen wieder eine Weile lang. Am Wasserrand gingen ein paar Surfer vorbei, ihre Bretter unter dem Arm. In der Ferne schwoll langsam die Dünung und bildete Wellen, die sich überschlugen und sich sofort wieder neu formierten.

»Wann rufst du das Aquarium an?«

»Jetzt sofort. Jonah hat sicher Hunger. Ich glaube, ich koche uns was.«

Ronnie starrte auf das Nest. »Ich möchte dafür sorgen, dass den Schildkröteneiern heute Nacht nichts passiert.«

Steve schaute sie an. »Und – was willst du tun?«

Nachdem er Jonah Gute Nacht gesagt hatte, trat Steve hinaus auf die hintere Veranda, um nach Ronnie zu sehen. Er hatte beim Aquarium eine Nachricht hinterlassen und war dann losgefahren, um verschiedene Dinge zu kaufen, die Ronnie brauchte: einen leichten Schlafsack, eine Campinglampe, ein preiswertes Kopfkissen und ein Spray gegen Insekten.

Bei dem Gedanken, dass Ronnie draußen im Freien übernachten wollte, fühlte er sich nicht ganz wohl. Aber sie war wild entschlossen, und er bewunderte ihren Wunsch, das Nest zu beschützen. Sie behauptete steif und fest, dass sie es schaffen würde, und eigentlich glaubte Steve das auch. Wie die meisten Menschen, die in Manhattan aufwuchsen, hatte sie gelernt, auf sich selbst aufzupassen. Sie hatte schon einiges erlebt und genug von der Welt gesehen, um zu wissen, dass überall Gefahren lauerten. Außerdem war das Nest keine zwanzig Meter von seinem Schlafzimmerfenster entfernt – das er natürlich offen lassen würde. Bestimmt konnte er hören, wenn Ronnie Probleme bekam. Und es war sowieso sehr unwahrscheinlich, dass eventuelle Strandspaziergänger sie überhaupt sehen würden – die Form der durch den Wind entstandenen Düne und die Lage des Nestes schützten sie vor neugierigen Blicken.

Trotzdem – Ronnie war erst siebzehn, und er war ihr Vater. Was bedeutete, dass er weiterhin alle paar Stunden nach ihr sehen würde. Er hatte mit Sicherheit keine ruhige Nacht vor sich.

Der Mond war nur eine schmale Sichel, aber der Himmel war wolkenlos, und als Steve durch die Schatten ging, dachte er noch einmal über das Gespräch von vorhin nach. Er wusste nicht, wie Ronnie es fand, dass er den Flügel versteckt hatte. Ob sie morgen genauso schlecht gelaunt aufwachte wie bisher? Schwer zu sagen.

Als er nahe genug bei seiner Tochter war, um ihre schlafende Gestalt zu erkennen, fand er, dass sie im Licht der nächtlichen Sterne jünger und zugleich älter aussah, als sie war. Er dachte an die Jahre mit ihr, die er versäumt hatte und die nie wiederkommen würden.

Nachdenklich blickte er den Strand auf und ab. So weit er sehen konnte, war kein Mensch unterwegs, also wanderte er beruhigt zurück zum Haus. Dort setzte er sich aufs Sofa und machte den Fernseher an, zappte sich durch die verschiedenen Sender und stellte ihn dann aus, ging in sein Zimmer und ins Bett.

Er schlief sofort ein, wachte aber eine Stunde später wieder auf. Auf Zehenspitzen schlich er nach draußen, um nach der Tochter zu sehen, die er mehr liebte als sein eigenes Leben.

KAPITEL 12

Ronnie

Als sie aufwachte, war ihr erster Gedanke: Alles tut weh. Ihr Rücken war steif, der Nacken schmerzte, und beim Versuch, sich aufzurichten, verspürte sie ein quälendes Stechen in der Schulter.

Warum schliefen manche Leute freiwillig draußen? Das hatte sie nie begriffen. Früher hatten einige ihrer Freundinnen davon geschwärmt, wie toll es war, zelten zu gehen, aber Ronnie hatte sie immer für verrückt erklärt. Es war doch eine Qual, auf dem harten Boden zu schlafen!

Und der grelle Sonnenschein trug das Seine dazu bei. Seit sie hier war, wurde sie morgens immer mit den Hühnern wach. Heute auch wieder. Wie spät war es? Bestimmt noch nicht mal sieben. Die Sonne stand noch tief über dem Atlantik. Ein paar Leute führten ihre Hunde aus oder joggten am Wasserrand. Sie hatten sicher alle in ihren gemütlichen Betten geschlafen. Die Vorstellung, herumzulaufen oder gar Sport zu treiben, schien Ronnie im Moment völlig abwegig. Sie konnte kaum tief durchatmen, ohne vor Schmerzen fast ohnmächtig zu werden.

Schließlich riss sie sich zusammen und versuchte aufzustehen. Erst da wurde ihr wieder bewusst, wieso sie hier übernachtet hatte. Sofort inspizierte sie den Nistplatz. Alles okay. Und ganz allmählich lösten sich auch die Gelenke. Wie hielt Blaze das nur aus, immer wieder am Strand zu schlafen?

Schlagartig fiel Ronnie ein, was Blaze ihr angetan hatte.

Verhaftet wegen Ladendiebstahls. Kein Bagatelldelikt mehr, sondern eine schwere Straftat.

Sie schloss die Augen und ging die ganze Szene noch einmal durch: wie böse der Geschäftsführer sie anschaute, bis die Polizei kam, wie enttäuscht Officer Pete schien, als er sie aufs Revier brachte, der schreckliche Telefonanruf bei ihrem Vater. Auf der Heimfahrt hätte sie sich fast übergeben.

Nur gut, dass Dad nicht durchgedreht war. Und dann hatte er gesagt, er glaube an ihre Unschuld – das konnte Ronnie kaum fassen. Andererseits hatte er natürlich noch nicht mit Mom geredet. Danach war sicher alles aus. Ronnie wusste es im Voraus: Mom schrie und schimpfte, bis Dad klein beigab und sie zu Hausarrest verdonnerte, weil er es seiner Exfrau versprochen hatte. Nach dem berühmten Vorfall in Manhattan hatte Mom ihr einen ganzen Monat lang verboten, abends wegzugehen. Und das jetzt war ja noch viel, viel ernster.

Ihr wurde schon wieder übel. Wie sollte sie einen ganzen Monat in diesem Zimmer hocken, das sie auch noch mit Jonah teilte? Schlimmer ging's ja kaum. Müde streckte und reckte sie sich ein bisschen, aber als sie die Arme über den Kopf heben wollte, jaulte sie auf, weil ihre Schulter furchtbar wehtat. Mit schmerzverzerrter Miene ließ sie die Arme wieder sinken.

Dann schleppte sie ihre Sachen auf die hintere Veranda. Obwohl sich das Nest gleich hinter ihrem Haus befand, wollte sie nicht, dass die Nachbarn merkten, wo sie geschlafen hatte. Diese vornehmen Villen gehörten mit Sicherheit Leuten, die alles makellos haben wollten, wenn sie morgens mit einer Tasse Kaffee auf ihre Veranda traten. Dass jemand in der Nähe ihres Grundstücks im Freien übernachtete, passte nicht in ihr Konzept von Perfektion, und es würde ihr gerade noch fehlen, dass schon wieder jemand ihretwegen die Polizei alarmierte. Weil sie ja offensichtlich derzeit eine Pechsträhne hatte, wurde sie dann bestimmt wegen Landstreicherei verhaftet.

Sie musste zweimal hin- und hergehen – ihre Kraft reichte nicht aus, um alles auf einmal zu tragen –, und dann merkte sie, dass sie *Anna Karenina* vergessen hatte. Eigentlich hatte sie am Abend vorgehabt, noch eine Weile zu lesen, aber sie war zu müde gewesen und hatte das Buch unter ein Stück Treibholz geschoben, damit die Feuchtigkeit es nicht ruinierte. Als sie gerade erneut zur Düne gehen wollte, sah sie einen jungen Mann in einem beigefarbenen Overall mit dem Logo einer Autowerkstatt namens *Blakelee*. Er hatte eine Rolle mit gelbem Klebeband dabei sowie mehrere Stöcke und steuerte auf den Bungalow zu.

Ronnie ging ihm entgegen, weil sie wissen wollte, wonach er suchte. Als sich ihre Blicke begegneten, war sie sprachlos – was nicht oft vorkam.

Sie erkannte ihn gleich, trotz seiner Uniform. Ja, sie hatte ihn schon gesehen – am Strand, ohne Hemd, braun gebrannt und durchtrainiert, die dunkelbraunen Haare schweißnass; das Makramee-Armband am Handgelenk.

Es war der Junge vom Beachvolleyball, der mit ihr zusammengestoßen war und dessen Freund beinahe in eine Schlägerei mit Marcus geraten wäre.

Er blieb vor ihr stehen und schien auch nicht recht zu wissen, was er sagen sollte, denn er starrte sie nur wortlos an. Und irgendwie hatte sie den Eindruck, dass er sich freute, sie wiederzusehen – was sie selbst völlig verrückt fand.

»Oh, hallo – du bist das!«, rief er. »Guten Morgen.«

Wieso war er so freundlich?

»Was tust du hier?«, fragte sie knapp.

»Ich habe einen Anruf vom Aquarium bekommen. Jemand hat gestern Abend dort auf den Anrufbeantworter gesprochen und ein Karettschildkrötennest gemeldet. Und die Leute vom Aquarium haben mich gebeten, es mir mal anzusehen.«

»Hast du da einen Job?«

Er schüttelte den Kopf. »Nein, ich bin bei denen nur ehrenamtlich. Eigentlich arbeite ich in der Reparaturwerkstatt, die meinem Vater gehört. Du weißt nicht zufällig, wo hier in der Nähe ein Schildkrötennest ist?«

Ronnie entspannte sich ein wenig. »Doch – da drüben.« Sie deutete zum Nistplatz.

»Das ist ja super! Ich habe gehofft, dass es in der Nähe eines Hauses ist.«

»Wieso?«

»Wegen der Unwetter. Wenn die Wellen über so ein Nest schwappen, schadet das den Eiern.«

»Aber es sind doch Meeresschildkröten.«

Er hob die Hände. »Ich weiß. In meinen Ohren klingt es

auch ziemlich absurd, aber die Natur hat es sich so ausgedacht. Letztes Jahr haben wir ein paar Nester verloren,
weil ein tropischer Sturm hier durchgefegt ist. Es war
echt traurig. Diese Tiere sind vom Aussterben bedroht.
Nur eine von tausend Schildkröten kommt durch.«

»Ja, ich weiß.«

»Echt?« Er schien beeindruckt.

»Mein Dad hat es mir erzählt.«

»Aha. Du wohnst hier in der Gegend, stimmt's?«

»Weshalb interessiert dich das?«

»Ich mache nur Konversation«, antwortete er mit einem
netten Grinsen. »Übrigens – ich heiße Will.«

»Hallo, Will.«

Er schwieg für einen Moment, dann murmelte er: »Interessant.«

»Was?«

»Normalerweise ist es so: Wenn man sich vorstellt, sagt
der andere auch, wie er heißt.«

»Ich bin nicht wie die anderen.« Ronnie verschränkte
die Arme vor der Brust.

»Das habe ich schon gemerkt.« Er grinste wieder, aber
nur kurz. »Tut mir leid, dass ich bei dem Volleyballmatch
mit dir zusammengestoßen bin.«

»Du hast dich bereits entschuldigt, weißt du noch?«

»Ja, aber ich habe das Gefühl, du bist immer noch sauer.«

»Die Limo hat mein ganzes T-Shirt versaut.«

»Das ist echt blöd. Andererseits musst du vielleicht ein
bisschen besser aufpassen, was um dich herum abgeht.«

»Wie bitte?«

»Volleyball ist ein schnelles Spiel.«

Sie stemmte die Hände in die Hüften. »Willst du etwa behaupten, dass ich an allem selbst schuld bin?«

»Ich möchte nur dafür sorgen, dass es nicht noch mal passiert. Wie gesagt – es war mir irre peinlich.«

Bei dieser Antwort kam es Ronnie beinahe so vor, als wollte er mit ihr flirten, aber sie wusste nicht recht, warum. Sie spürte nämlich genau, dass sie gar nicht sein Typ war. Und er war auch nicht ihr Typ, ehrlich gesagt. Aber so früh am Morgen war sie nicht in der Stimmung, die Situation zu analysieren. Stattdessen deutete sie auf die Sachen in seiner Hand, um zum ursprünglichen Thema zurückzukehren. »Wie kann das Band dafür sorgen, dass die Waschbären sich nicht über die Eier hermachen?«

»Gar nicht. Ich bin nur hier, um das Nest zu markieren. Ich wickle das Band um die Holzpflöcke, damit die zuständigen Leute wissen, wo sie den Drahtkorb aufstellen müssen.«

»Wann bringen sie ihn?«

Er zuckte die Achseln. »Keine Ahnung. In ein, zwei Tagen.«

Ronnie dachte daran, wie weh ihr alles beim Aufwachen getan hatte, und schüttelte empört den Kopf. »Das glaube ich nicht! Ich finde, du rufst sie sofort an und sagst ihnen, sie müssen schon heute etwas unternehmen. Sag ihnen, ich habe gestern einen Waschbären ganz in der Nähe des Nistplatzes gesehen.«

»Ehrlich?«

»Sag es ihnen einfach, okay?«

»Sobald ich hier fertig bin, rufe ich im Aquarium an. Versprochen.«

Ronnie musterte ihn mit zusammengekniffenen Augen. In dem Moment trat ihr Vater auf die hintere Veranda.

»Guten Morgen, mein Schatz!«, rief er. »Das Frühstück ist fertig – falls du Hunger hast.«

Will schaute von Ronnie zu ihrem Vater und wieder zurück. »Du wohnst *hier*?«

Auf diese Frage antwortete sie nicht, sondern sagte nur: »Vergiss nicht, den Leuten vom Aquarium Bescheid zu sagen, okay?«

Und als sie schon fast die Veranda erreicht hatte – ihr Vater war wieder ins Haus gegangen –, hörte sie noch einmal Wills Stimme.

»Hey!«

Sie drehte sich um.

»Du hast mir nicht gesagt, wie du heißt.«

»Stimmt, hab ich dir nicht gesagt.«

Sie wusste, dass sie sich lieber nicht noch einmal umschauen sollte, aber von der aus Tür warf sie doch einen verstohlenen Blick zurück.

Als Will vielsagend eine Augenbraue hochzog, hätte sie sich am liebsten geohrfeigt. Nur gut, dass sie ihm wenigstens nicht ihren Namen verraten hatte.

Dad stand in der Küche am Herd und stocherte in der Pfanne herum. Auf der Arbeitsplatte neben ihm lag ein Päckchen mit Tortillas, und Ronnie musste gestehen, dass das, was er da brutzelte, sehr verlockend roch. Aber sie hatte ja auch seit dem Nachmittag zuvor nichts mehr gegessen.

»Hallo!«, rief er über die Schulter. »Wer war dieser junge Mann, mit dem du dich gerade unterhalten hast?«

»Ein Typ vom Aquarium. Er ist gekommen, um das Nest zu markieren. Was kochst du da?«

»Einen vegetarischen Frühstücks-Burrito.«

»Das ist ein Witz, oder?«

»Die Füllung besteht aus Reis, Bohnen und Tofu. Ich hoffe, das schmeckt dir. Ich habe das Rezept im Netz gefunden, deshalb übernehme ich keine Garantie für den Geschmack.«

»Schmeckt bestimmt lecker.« Das meinte sie ehrlich. Aber es gab etwas, was sie möglichst schnell hinter sich bringen wollte. »Hast du schon mit Mom geredet?«

Ihr Vater schüttelte den Kopf. »Nein, noch nicht. Aber ich habe vorhin mit Pete telefoniert. Er hat es leider noch nicht geschafft, mit der Ladenbesitzerin zu sprechen. Sie ist verreist.«

»Sie?«

»Anscheinend ist der Geschäftsführer der Neffe der Besitzerin. Pete sagt, er kennt sie gut.«

»Ach so.« Hatte das etwas zu bedeuten?

Dad klopfte mit dem Pfannenheber. »Aber egal – ich habe mir sowieso überlegt, ich rufe deine Mutter erst an, wenn ich alle Einzelheiten erfahren habe. Das ist besser. Sonst regt sie sich nur unnötig auf.«

»Heißt das, dass du es ihr eventuell gar nicht zu sagen brauchst?«

»Ja, es sei denn, du möchtest es gern.«

»Nein, nein, ich bin total einverstanden«, erwiderte Ronnie schnell. »Du hast recht – es ist besser, wenn du noch wartest.«

»Okay.« Er schabte noch einmal in der Pfanne, dann stellte er den Herd ab. »Das Essen ist fertig. Hast du Hunger?«

»Und wie!«

Ihr Vater holte einen Teller aus dem Schrank, nahm eine Tortilla und füllte sie mit der Mischung aus der Pfanne. Dann reichte er Ronnie den Teller. »Genügt dir das?«

»Das ist mehr als genug.«

»Hättest du gern eine Tasse Kaffee? Ich habe gerade eine ganze Kanne gemacht.« Ronnie nickte, und er gab ihr eine Tasse. »Jonah hat erzählt, dass du manchmal zu Starbucks gehst, also habe ich dort Kaffee gekauft. Kann sein, dass er bei mir nicht ganz so gut schmeckt wie dort, aber ich habe mir Mühe gegeben.«

Sie musterte ihn verdutzt. »Warum bist du eigentlich so nett zu mir?«

»Wieso sollte ich nicht nett zu dir sein?«

Weil ich nicht besonders nett zu dir bin, hätte sie antworten können. Aber das tat sie nicht. Sie murmelte nur ein leises »Danke«. Sie kam sich vor wie in einer Folge der uralten Fernsehserie *Twilight Zone*, in der ihr Dad die letzten drei Jahre vollkommen vergessen hatte.

Ronnie goss sich eine Tasse Kaffee ein und setzte sich an den Tisch. Steve nahm ebenfalls Platz, nachdem er sich auch eine Tortilla gefüllt und aufgerollt hatte.

»Wie war die Nacht?«, erkundigte er sich. »Hast du gut geschlafen?«

»Ja – solange ich geschlafen habe, war alles okay. Nur das Aufstehen war eine Qual.«

»Mir ist es erst zu spät eingefallen, ich hätte dir eine Luftmatratze kaufen sollen.«

»Kein Problem. Aber nach dem Frühstück würde ich mich gern ein bisschen hinlegen. Ich bin immer noch ganz schön müde. Die letzten zwei Tage waren sehr lang.«

»Vielleicht trinkst du dann besser keinen Kaffee.«

»Das macht nichts. Glaub mir – ich kann trotzdem schlafen.«

Jonah kam in die Küche gestolpert, in seinem *Transformers*-Schlafanzug. Seine Haare standen in alle Richtungen ab. Als Ronnie ihn sah, musste sie grinsen, ob sie wollte oder nicht.

»Guten Morgen, Jonah«, sagte sie.

»Geht's den Schildkröten gut?«

»Ja, alles in Ordnung.«

»Bravo«, brummelte er und kratzte sich am Rücken, während er zum Herd tappte. »Was gibt's zum Frühstück?«

»Frühstücks-Burritos«, antwortete Steve.

Misstrauisch studierte Jonah den Inhalt der Pfanne, dann die Zutaten auf der Arbeitsplatte. »Sag bloß nicht, dass du jetzt immer so komisches Zeug kochst, Dad.«

Steve musste ein Lächeln unterdrücken. »Es schmeckt gut.«

»Das ist Tofu! Iiiih! Tofu ist ekelhaft!«

Ronnie lachte. »Soll ich dir lieber eine Pop-Tart holen?«

Jonah schien zu überlegen, ob es sich eventuell um eine Fangfrage handeln könnte. »Und Schokomilch?«

Ronnie schaute ihren Vater fragend an.

»Im Kühlschrank steht jede Menge Schokomilch.«

Also goss Ronnie ihrem kleinen Bruder ein Glas davon ein und stellte es auf den Tisch. Aber Jonah rührte sich nicht vom Fleck. »Okay, Leute – was ist hier los?«, fragte er.

»Weshalb fragst du?«

»Das ist nicht normal«, sagte er. »Irgendjemand müsste wütend sein. Morgens ist doch immer irgendjemand wütend.«

»Meinst du etwa mich?«, fragte Ronnie und steckte zwei Pop-Tarts in den Toaster. »Ich bin jeden Tag strahlender Laune.«

»Ja, klar.« Jonah musterte sie mit zusammengekniffenen Augen. »Bist du sicher, dass es den Schildkröten gut geht? Ihr zwei benehmt euch so, als wären sie schon tot.«

»Es geht ihnen gut, ich schwör's«, beruhigte Ronnie ihn. »Ich geh' mal nachsehen.«

»Gute Idee.«

»Nach dem Frühstück«, fügte er hinzu.

Lächelnd schaute Steve seine Tochter an. »Und – was hast du heute vor?«, fragte er. »Nachdem du dich noch mal hingelegt hast, meine ich.«

Jonah griff nach seiner Schokomilch. »Du legst dich doch sonst tagsüber nie hin.«

»Doch. Wenn ich müde bin.«

»Nein!« Jonah schüttelte den Kopf. »Irgendwas stimmt hier nicht. Und ich bin erst still, wenn ich weiß, was los ist.«

Nachdem sie mit dem Essen fertig war – und nachdem Jonah sich wieder beruhigt hatte –, ging Ronnie in ihr Zimmer. Steve kam kurz mit und hängte ein paar Handtücher über die Vorhangstange, auch wenn Ronnie gar keine Verdunklung gebraucht hätte. Sie schlief sofort ein und wachte erst am Nachmittag wieder auf, völlig verschwitzt. Nach einer ausgedehnten lauwarmen Dusche ging sie in die Werkstatt, um ihrem Vater und Jonah zu sagen, was sie vorhatte. Ihr Dad erwähnte immer noch mit keinem Wort eine Strafe.

Es konnte natürlich sein, dass er ihr erst später Hausarrest gab, nachdem er mit dem Polizeibeamten oder mit Mom gesprochen hatte. Oder hatte er es tatsächlich ernst gemeint, als er sagte, er glaube an ihre Unschuld?

Das wäre der Wahnsinn!

Auf jeden Fall musste sie mit Blaze reden. Entschlossen machte sich Ronnie auf die Suche, schaute bei Blaze zu Hause nach und im Diner. Das Musikgeschäft betrat sie lieber nicht, sondern spähte nur durch die Fensterscheibe. Selbst dabei bekam sie Herzklopfen. Zum Glück wandte ihr der Geschäftsführer den Rücken zu. Blaze war nirgends zu sehen.

Danach begab sich Ronnie zum Pier und ließ ihren Blick über den Strand schweifen. Auch hier keine Blaze. Womöglich war sie zum Bower's Point gegangen. Marcus und seine Clique lungerten doch dauernd dort herum, oder? Aber allein wollte Ronnie nicht hingehen. Sie hatte nicht die geringste Lust, diesem Kerl zu begegnen, und in seiner Anwesenheit konnte sie ja sowieso nicht mit Blaze reden.

Sie überlegte schon, ob sie später wiederkehren sollte – doch genau in dem Moment sah sie Blaze ein Stück weiter entfernt aus den Dünen kommen. Schnell sauste Ronnie die Treppe zum Strand hinunter, um sie nur ja nicht aus den Augen zu verlieren. Falls Blaze merkte, dass sich Ronnie ihr näherte, ließ sie sich nichts anmerken. Sie setzte sich seelenruhig auf eine Düne und starrte hinaus aufs Meer.

»Du musst zur Polizei gehen und sagen, was du getan hast«, rief Ronnie ohne Einleitung.

»Ich habe doch gar nichts getan. Du bist diejenige, die erwischt wurde.«

Am liebsten hätte Ronnie sie geschüttelt. »Du hast die Schallplatten und die CDs in meine Tasche gesteckt!«

»Hab ich nicht.«

»Es waren die CDs, die du gehört hast!«

»Aber ich habe sie neben den Kopfhörern liegen lassen.« Blaze wich ihrem Blick konsequent aus.

Ronnie spürte, wie ihr Gesicht vor Wut zu glühen begann. »Ich meine es ernst, Blaze. Das ist *mein* Leben. Es kann sein, dass ich verurteilt werde, wegen Diebstahls. Und ich habe dir doch erzählt, was in Manhattan passiert ist.«

»Tja, Pech gehabt.«

Ronnie presste die Lippen fest aufeinander, um nicht zu explodieren. »Warum tust du mir das an?«

Blaze stand auf und klopfte sich den Sand aus den Jeans. »Ich tue dir überhaupt nichts an.« Ihre Stimme war kalt und ausdruckslos. »Und genau das habe ich heute Morgen auch der Polizei gesagt.«

Fassungslos starrte Ronnie ihr nach. Blaze schien selbst zu glauben, was sie da behauptete.

Ronnie ging zurück zum Pier.

Sie wollte nicht nach Hause. Wenn Dad mit Officer Pete sprach, erfuhr er ja sowieso, was Blaze ausgesagt hatte. Klar, vielleicht blieb ihr Vater auch dann noch ruhig – aber was war, wenn er ihr nicht mehr vertraute?

Warum verhielt sich Blaze so? Wegen Marcus? Entweder hatte *er* sie dazu überredet, weil er sauer war, nachdem Ronnie ihn hatte abblitzen lassen, oder Blaze glaubte allen Ernstes, dass sie ihr den Freund ausspannen wollte. Insgesamt neigte Ronnie eher zu der zweiten Theorie, aber letztlich war es gleichgültig. Welche Motivation auch immer hinter Blazes Verhalten stand – sie log und wollte Ronnies Leben zerstören.

Seit dem Frühstück hatte sie nichts mehr gegessen, aber ihr Magen war so verkrampft, dass sie gar keinen Hunger hatte. Sie setzte sich stattdessen auf den Pier, bis die Sonne unterging, und beobachtete, wie sich das Wasser verfärbte: von Blau zu Grau und schließlich zu Tiefschwarz. Dabei war sie nicht allein. Am Geländer standen mehrere Angler, aber Ronnie hatte den Eindruck, dass nichts anbeißen wollte. Vor einer Stunde war ein junges Pärchen gekommen, mit Sandwiches und einem Drachen. Ronnie hatte gleich gemerkt, wie zärtlich die beiden einander anschauten. Wahrscheinlich studierten sie am College – sie waren höchstens ein paar Jahre älter als Ronnie. Sie wirkten unbeschwert und schienen durch eine so selbstverständliche Zuneigung miteinander verbunden, wie sie selbst es in ihren Beziehungen noch nie erlebt hatte. Klar, Ronnie hatte schon ein paar Freunde gehabt, aber richtig verliebt war sie noch nie gewesen, und manchmal fragte sie sich sogar, ob sie dazu überhaupt fähig war. Nach der Scheidung ihrer Eltern war sie ziemlich zynisch geworden, was die große Liebe anging, und den meisten ihrer Freundinnen ging es

165

ähnlich. Fast alle hatten geschiedene Eltern. Bestimmt wurde ihre Einstellung dadurch geprägt.

Als das letzte Sonnenlicht verblasste, machte sich Ronnie auf den Heimweg. Sie wollte zu einer normalen Zeit zurück sein. Das war das Mindeste, was sie tun konnte, um ihrem Vater zu zeigen, wie toll sie seine verständnisvolle Reaktion fand. Außerdem war sie schon wieder müde.

Sie beschloss, durch das Einkaufsviertel zu gehen und nicht den Strand entlang. Aber sobald sie beim Diner um die Ecke bog, sah sie, dass sie die falsche Entscheidung getroffen hatte. Eine Gestalt lehnte dort an der Kühlerhaube eines Autos, einen Feuerball in der Hand.

Marcus.

Er war allein. Ronnie stockte der Atem bei seinem Anblick. Sie blieb stehen.

Marcus löste sich von dem Wagen und kam ihr entgegen. Sein Gesicht lag halb im Schatten, die andere Hälfte wurde von einer Straßenlaterne angeleuchtet. Während er Ronnie mit den Augen fixierte, ließ er den Feuerball über den Handrücken rollen, umschloss ihn dann mit der Faust und löschte die Flammen.

»Hallo, Ronnie.« Er lächelte. Dadurch wirkte er noch unsympathischer.

Sie rührte sich nicht von der Stelle. Auf jeden Fall musste sie ihm signalisieren, dass sie keine Angst vor ihm hatte, egal, wie sehr sie innerlich zitterte.

»Was willst du?«, fragte sie ihn. Es war frustrierend, dass ihre Stimme etwas unsicher klang.

»Ich habe dich gesehen, und da dachte ich, ich sag mal Hallo.«

»Das hast du ja jetzt getan«, entgegnete sie. »Also dann, tschüs.«

Sie wollte an ihm vorbei, aber er verstellte ihr den Weg.

»Wie ich höre, hast du Ärger mit Blaze«, raunte er.

Ronnie bekam eine Gänsehaut. »Was weißt du darüber?«

»Ich weiß genug, um ihr nicht zu trauen.«

»Ich habe keine Lust, mit dir darüber zu reden.«

Immerhin schaffte sie es jetzt, an ihm vorbeizukommen. Doch dann rief er:

»Warte! Ich habe dich extra gesucht, weil ich dir sagen wollte, dass ich Blaze vielleicht zur Vernunft bringen kann. Ich könnte sie überreden, mit dieser Nummer aufzuhören.«

Zögernd drehte sich Ronnie um, obwohl sie eigentlich nicht mit Marcus reden wollte. Er ließ sie nicht aus den Augen.

»Ich hätte dich warnen müssen – Blaze wird rasend schnell eifersüchtig.«

»Und deshalb hast du absichtlich alles noch angeheizt.«

»Das war doch nur ein Witz. Ich fand es lustig. Glaubst du wirklich, ich hätte gewusst, wie sie reagiert?«

Natürlich hast du das gewusst, dachte Ronnie. Und du hast alles genau geplant.

»Dann bring die Sache wieder in Ordnung«, sagte sie. »Rede mit Blaze. Tu alles, was du tun musst.«

Er schüttelte den Kopf. »Du hast mir nicht richtig zugehört. Ich habe gesagt, dass ich sie *vielleicht* zur Vernunft bringen kann. Wenn ...«

»Wenn was?«

Er kam näher. Die Straßen waren menschenleer. Niemand unterwegs. Selbst an der Kreuzung war weit und breit kein Auto zu sehen.

»Ich dachte, wir könnten … Freunde sein.«

Ronnie spürte, wie ihr das Blut ins Gesicht schoss. »Wie bitte?«, rief sie empört.

»Du hast genau verstanden, was ich gesagt habe. Wenn wir Freunde sind, bringe ich die Sache in Ordnung.«

Er stand jetzt so dicht vor ihr, dass er sie berühren konnte. Sie wich zurück. »Lass mich gefälligst in Ruhe!«, schrie sie und rannte los.

Sie wusste, dass er ihr folgen würde. Er kannte die Straßen hier viel besser als sie. Aber er durfte sie auf keinen Fall zu fassen kriegen. Ihr Herz hämmerte wie verrückt, und ihr Atem ging stoßweise.

Es war nicht mehr weit bis zum Haus ihres Vaters. Aber sie war nicht in Form. Obwohl die Angst sie antrieb und jede Menge Adrenalin in ihre Adern pumpte, spürte Ronnie, wie ihre Beine immer schwerer wurden. Sie konnte das Tempo nicht halten. Als sie in eine Querstraße einbog, wagte sie einen Blick zurück – und sah, dass sie allein war. Niemand verfolgte sie.

Am Haus angekommen, blieb sie noch kurz draußen stehen. Im Wohnzimmer brannte Licht. Sie wollte sich erst wieder beruhigen, bevor sie ihren Vater begrüßte. Es war ihr lieber, wenn er ihr nicht anmerkte, dass sie sich gefürchtet hatte. Erschöpft setzte sie sich auf die vordere Verandatreppe.

Über ihr funkelten die Sterne, der Mond hing tief am

Horizont. Mit der Gischt wurde dieser wunderbar salzige Geruch vom Meer zu ihr getragen, der seit der Entstehung der Erde zum Ozean gehörte. Unter anderen Bedingungen hätte Ronnie dies als Trost empfunden, doch im Moment erschien ihr der Geruch so fremd wie alles andere.

Zuerst Blaze. Dann Marcus. Waren alle Leute hier verrückt?

Mit dem Typ stimmte doch etwas nicht! Vielleicht nicht im klinischen Sinn – er war intelligent, aber soweit Ronnie das beurteilen konnte, fehlte ihm jedes Mitgefühl. Er gehörte zu den Menschen, die völlig egozentrisch nur an sich selbst dachten, an die eigenen Wünsche und Bedürfnisse. Letzten Herbst musste jeder in ihrer Klasse im Englischunterricht einen Roman eines zeitgenössischen Autors vorstellen, und Ronnie hatte sich für *Das Schweigen der Lämmer* entschieden. Beim Lesen war ihr klar geworden, dass die Hauptperson, Hannibal Lecter, gar kein Psychopath war, sondern ein Soziopath. Erst da hatte sie gelernt, dass es zwischen den beiden Begriffen einen Unterschied gab. Marcus war zwar kein mordender Menschenfresser, aber Ronnie hatte den Eindruck, dass er mit Hannibal mehr gemeinsam hatte, als man auf den ersten Blick dachte. Die Art der beiden, die Welt und ihre eigene Rolle darin zu sehen, ähnelte sich ziemlich.

Aber Blaze … sie war doch nur …

Ronnie konnte es gar nicht so genau sagen. Auf jeden Fall ließ sich Blaze von ihren Gefühlen leiten. Wütend war sie. Wütend und eifersüchtig. Aber an dem Tag, den sie gemeinsam verbrachten, hatte Ronnie nie das Gefühl gehabt, dass mit ihr etwas nicht stimmte, außer dass sie emotional sehr labil war, unreif und ein Opfer ihrer Hormone. Sie wirkte wie ein Tornado, der eine Spur der Vernichtung hinterließ.

Seufzend fuhr sich Ronnie durch die Haare. Sie hatte keine Lust, ins Haus zu gehen. In ihrem Kopf konnte sie das Gespräch mit Dad vorwegnehmen.

Hallo, Schatz, wie war's?

Ach, es ist schiefgegangen. Blaze steht total unter dem Einfluss eines Jungen, der ein manipulativer Soziopath ist. Das heißt, ich muss ins Gefängnis. Übrigens – der Soziopath hat nicht nur beschlossen, dass er mit mir schlafen will, nein, er verfolgt mich und hat mich fast zu Tode erschreckt. Und wie war dein Tag?

Nicht gerade eine entspannte Konversation nach dem Abendessen. Aber es war die Wahrheit.

Ach, vielleicht sollte sie sich lieber ein wenig verstellen. Sie erhob sich und ging zur Haustür.

Ihr Vater saß auf dem Sofa, die Bibel aufgeschlagen auf dem Schoß. Das Buch hatte sehr viele Eselsohren. Als Ronnie hereinkam, klappte er es zu.

»Hallo, Schatz, wie war's?«

Hatte sie recht gehabt oder nicht?

Sie zwang sich zu einem Lächeln und versuchte, so locker wie möglich zu antworten: »Ich hatte keine Chance, mit ihr zu reden.«

Es fiel ihr schwer, sich normal zu verhalten, aber irgendwie schaffte sie es. Ihr Vater nahm sie mit in die Küche, weil er wieder ein Nudelgericht gekocht hatte – Tomaten, Auberginen, Kürbis und Zucchini mit Penne. Sie aßen in der Küche, während Jonah aus Legosteinen einen *Star-Wars*-Wachposten baute. Pastor Harris hatte ihm die Packung geschenkt, als er am Nachmittag vorbeigekommen war, um Hallo zu sagen.

Danach gingen sie alle ins Wohnzimmer. Und weil Dad spürte, dass Ronnie keine Lust hatte, sich zu unterhalten, vertiefte er sich wieder in die Bibel, während seine Tochter *Anna Karenina* las. Der Roman gefiel ihr, aber sie konnte sich nicht richtig konzentrieren. Nicht nur wegen Blaze und Marcus, sondern auch, weil ihr Vater die *Bibel* las. Das kannte sie gar nicht von ihm. Oder hatte er das früher auch schon getan, und sie hatte es nur nicht mitbekommen?

Jonah war mit seiner Lego-Konstruktion fertig und verkündete, er gehe jetzt ins Bett. Ronnie wartete noch eine Weile, bis sie ihm folgte. Sie hoffte, dass er schon schlief, wenn sie kam. Schließlich legte sie ihr Buch beiseite und stand auf.

»Gute Nacht, Schatz«, sagte Dad. »Ich weiß, es ist nicht leicht für dich, aber ich freue mich sehr, dass du hier bist.«

Sie zögerte für einen Moment, dann ging sie zu ihm und küsste ihn auf die Wange – das erste Mal seit drei Jahren.

»Gute Nacht, Dad.«

Ronnie machte kein Licht an, sondern setzte sich im dunklen Zimmer auf ihr Bett. Sie fühlte sich völlig ausgelaugt, aber weinen wollte sie auf keinen Fall. Sie fand es schrecklich, wenn sie weinte. Nur – wohin mit den tausend Emotionen, die auf sie einstürmten? Sie seufzte tief.

»Du kannst ruhig weinen«, flüsterte Jonah.

Super, dachte Ronnie. Auch das noch.

»Ich weine nicht.«

»Klingt aber so.«

»Blödsinn«, entgegnete sie schroff.

»Mich stört es nicht.«

Schniefend versuchte Ronnie, sich zu beherrschen. Sie griff unters Kopfkissen und zog ihren Schlafanzug heraus, drückte ihn an die Brust und ging ins Bad, um sich auszuziehen. Vorher blickte sie noch kurz aus dem Fenster. Der Mond war höher gestiegen und breitete seinen silbernen Glanz über den Sand. Doch als sie zum Schildkrötennest schaute, merkte sie, dass sich dort etwas bewegte.

Schnuppernd näherte sich ein Waschbär dem Nistplatz, der nur durch das gelbe Plastikband geschützt war.

»Ach, verdammt!«

Sie warf den Schlafanzug aufs Bett und rannte aus dem Zimmer, sauste quer durch Wohnzimmer und Küche, hörte noch, wie ihr Vater rief: »Was ist los?« – aber da war sie schon zur Tür draußen. Schreiend und mit den Armen fuchtelnd eilte sie zur Düne.

»Halt! Aufhören! Hau ab!«

Der Waschbär hob den Kopf und trippelte davon, über die Düne, bis er im Riedgras verschwand.

Als sie sich umdrehte, sah sie Dad und Jonah auf der Veranda stehen.

»Sie haben den Drahtkorb nicht aufgestellt!«

KAPITEL 13

Will

Die Autowerkstatt Blakelee hatte erst seit zehn Minuten geöffnet, als Will Ronnie hereinkommen sah. Sie steuerte direkt auf die Theke zu.

Schnell wischte er sich die Hände an einem Lappen ab und eilte zu ihr.

»Hey!«, rief er lächelnd. »Dich habe ich nun wirklich nicht erwartet.«

»Danke fürs Nichtstun«, fauchte sie ihn an.

»Wovon redest du?«

»Ich habe dich um etwas ganz Einfaches gebeten – dass du das Aquarium anrufst, damit sie einen Drahtkorb aufstellen. Aber selbst das war anscheinend schon zu viel verlangt.«

»Was … was ist los? Ich verstehe gar nichts mehr.«

»Erinnerst du dich – ich habe dir erzählt, dass ein Waschbär ganz nahe beim Nistplatz war.«

»Ist etwas passiert?«

»Das interessiert dich doch sowieso nicht. Wahrscheinlich hast du vor lauter Volleyball alles andere vergessen.«

»Ich will nur wissen, ob mit dem Nest alles okay ist.«

Ronnie blitzte ihn immer noch böse an. »Ja, alles okay. Das haben die Schildkröten aber nicht dir zu verdanken!« Sie machte auf dem Absatz kehrt und stürmte zum Ausgang.

»Warte!«, rief Will.

Doch sie reagierte nicht, sondern ging unbeirrt weiter.

»Was war das denn?«

Scott schaute hinter der Hebebühne hervor.

»Kannst du mir einen Gefallen tun?«, fragte Will ihn.

»Was?«

»Kannst du kurz meine Arbeit übernehmen? Ich muss etwas erledigen.« Er holte seinen Schlüssel aus der Tasche und ging zu dem Pick-up-Truck hinter der Werkstatt.

Scott rannte hinter ihm her. »He, Moment mal! Worum geht es?«

»Ich bin gleich wieder da. So schnell ich kann. Falls mein Vater auftaucht, sag ihm, dass ich nur kurz wegmusste.«

»Aber – wo gehst du hin?«, rief Scott.

Diesmal antwortete Will nicht, aber sein Freund ließ nicht locker.

»Mensch, Will! Ich kann das nicht alles allein schaffen. Es sind massenhaft Autos hier, um die wir uns kümmern müssen.«

Wortlos kletterte Will in das Fahrerhäuschen. Er wusste genau, wo er hinwollte.

Eine Stunde später traf er sie an der Düne. Sie stand neben dem Nest und schien immer noch wütend zu sein.

Als sie ihn kommen sah, stemmte sie die Hände in die Hüften. »Was willst du hier?«

»Du hast mich gar nicht zu Wort kommen lassen. Ich habe im Aquarium angerufen!«

»Ja, klar.«

Er untersuchte das Nest. »Mit den Eiern ist alles in Ordnung. Was soll der ganze Aufstand?«

»Ja, die Eier sind unberührt. Aber mit dir hat das nichts zu tun.«

Langsam wurde Will sauer. »Was hast du eigentlich für ein Problem?«

»Mein Problem ist, dass ich gestern Nacht wieder draußen schlafen musste, weil der Waschbär gekommen ist. Derselbe Waschbär, von dem ich dir schon erzählt habe.«

»Du hast im Freien übernachtet?«

»Hörst du mir überhaupt zu? Ja, ich habe draußen geschlafen. Zwei Nächte nacheinander, weil du nichts unternommen hast, obwohl es deine Pflicht war. Wenn ich nicht zufällig im richtigen Moment aus dem Fenster geschaut hätte, dann hätte sich der Waschbär über die Eier hergemacht. Er war nur noch knapp einen Meter vom Nest entfernt, als ich ihn verjagt habe. Und dann musste ich hier beim Nistplatz bleiben, weil ich genau wusste, er kommt wieder. Dabei hatte ich dich doch extra gebeten anzurufen. Ich hatte gedacht, dass selbst so ein Beachvolleyballer wie du weiß, was das Wort Pflicht bedeutet.«

Die Hände wieder in die Hüften gestemmt, blitzte

sie Will an, als wollte sie ihn mit ihren Blicken durchbohren.

Er konnte nicht widerstehen. »Kannst du das bitte noch mal wiederholen, damit ich auch wirklich alles richtig verstehe? Du hast einen Waschbären gesehen, dann wolltest du, dass ich anrufe, dann hast du wieder einen Waschbären gesehen, und dann hast du draußen im Freien übernachtet. Stimmt das so?«

Ronnie wollte etwas entgegnen, klappte aber den Mund wieder zu, drehte sich um und lief auf dem kürzesten Weg zum Haus.

»Sie kommen morgen, in aller Frühe!«, rief Will ihr nach. »Und auch wenn du es nicht glauben willst – ich habe angerufen. Sogar zweimal. Das erste Mal, gleich nachdem ich das gelbe Band hier angebracht habe, und später noch mal, nach der Arbeit. Wie oft muss ich das noch wiederholen, bis du mir endlich glaubst?«

Ronnie blieb stehen, schaute aber nicht zu ihm. Er fuhr fort: »Und vorhin bin ich, gleich nachdem du weg warst, zum Leiter des Aquariums gefahren und habe mit ihm persönlich gesprochen. Er hat gesagt, das Nest ist morgen früh ihre erste Station. Sie wären heute schon gekommen, aber in Holden Beach gibt es acht Nester.«

Jetzt drehte sich Ronnie doch um, allerdings betont langsam, und musterte ihn prüfend. Sagte er die Wahrheit?

»Aber heute Nacht hilft das meinen Schildkröten gar nichts.«

»Deinen Schildkröten?«

»Ja!« Sie betonte jedes Wort: »Mein Haus. Meine Schildkröten.«

176

Und mit diesen Worten ging sie endgültig ins Haus. Dass er ganz verdattert dastand, war ihr egal.

Er mochte sie. So einfach war das.

Aber warum?, fragte er sich, als er zur Autowerkstatt zurückfuhr. Er war jedenfalls nie von der Arbeit abgehauen, um hinter Ashley herzurennen. Aber dieses Mädchen – jedes Mal, wenn er sie sah, versetzte sie ihn in Erstaunen. Er fand es wunderbar, dass sie immer genau das sagte, was sie dachte, und es gefiel ihm auch, dass sie nicht besonders begeistert von ihm war. Bisher hatte er ja auch noch keinen besonders guten Eindruck auf sie gemacht. Zuerst hatte er Limo über ihr T-Shirt geschüttet, dann hatte sie beobachtet, wie er fast in eine Schlägerei verwickelt worden wäre, und heute Morgen war sie zu dem Schluss gekommen, dass er entweder stinkfaul oder ein unzuverlässiger Idiot war.

Na ja – kein Problem. Sie war nicht mit ihm befreundet, er kannte sie nicht einmal ... Aber aus irgendeinem Grund war es ihm wichtig, was sie von ihm hielt. Ja, auch wenn es verrückt klang – er wollte unbedingt, dass sie eine gute Meinung von ihm hatte. Weil er sich wünschte, dass sie ihn mochte. So wie er sie.

Das war eine seltsame Erfahrung. Etwas völlig Neues für ihn. Den ganzen Tag über – er machte keine Mittagspause, um seine Abwesenheit wieder wettzumachen – wanderten seine Gedanken immer wieder zu ihr. Ihre Art zu reden hatte so etwas Ehrliches, Unverstelltes. Überhaupt ihr ganzes Verhalten. Obwohl sie sich eher abweisend benahm, ahnte er doch, dass sich hinter dieser Fassade ein liebevoller, zarter Kern verbarg. Auch wenn er sie bisher immer nur enttäuscht hatte, spürte er trotzdem, dass sie verzeihen konnte.

Später am Abend traf er sie genau da an, wo er sie vermutet hatte: beim Nistplatz. In einem Liegestuhl, ein Buch aufgeschlagen im Schoß, saß sie da und las im Licht einer kleinen Lampe.

Als sie ihn kommen hörte, blickte sie kurz auf, widmete sich aber gleich wieder ihrem Roman. Sie wirkte weder überrascht noch erfreut.

»Ich habe mir schon gedacht, dass du hier bist«, sagte er. »Dein Haus, deine Schildkröten und so weiter.«

Sie schwieg. Will schaute sich um. Es war noch nicht besonders spät, und in dem kleinen Haus, in dem sie wohnte, bewegten sich hinter den Vorhängen zwei Schatten.

»Ist der Waschbär schon aufgetaucht?«

Statt zu antworten, blätterte sie die Seite um.

»Warte. Lass mich raten. Du willst mich mit Nichtachtung strafen, stimmt's?«

Mit einem genervten Seufzer erwiderte sie: »Warum bist du nicht bei deinen Freunden, damit ihr euch im Spiegel bewundern könnt?«

Er lachte. »Sehr gut. Muss ich mir merken.«

»Das war kein Witz. Ich meine es ernst.«

»Du meinst, weil wir alle so gut aussehen?«

Sie starrte stur in ihr Buch. Aber Will wusste, dass sie nicht las, und kauerte sich neben sie.

»Alle glücklichen Familien ähneln einander; jede unglückliche aber ist auf ihre eigene Art unglücklich«, zitierte er und deutete auf ihren Roman. »Das ist der erste Satz von deinem Buch. Ich finde, das stimmt absolut. Oder vielleicht hat das auch nur mein Englischlehrer gesagt. Ich weiß es nicht mehr. Ich habe *Anna Karenina* letztes Schuljahr gelesen.«

»Deine Eltern sind bestimmt sehr stolz auf dich, dass du schon lesen kannst.«

»Sie sind wirklich stolz auf mich. Sie haben mir ein Pony gekauft, weil ich ein Referat über *Ein Kater macht Theater* gehalten habe.«

»War das vor oder nach Tolstoi?«

»Aha – du hörst mir also tatsächlich zu. Ich wollte mich nur vergewissern.« Er breitete die Arme aus und schaute zum Himmel. »Was für ein wunderschöner Abend! Ich liebe diese Nächte am Meer. Das Wellenrauschen in der Dunkelheit wirkt echt entspannend, findest du nicht auch?«

Ronnie klappte ihr Buch zu. »Was soll das alles?«

»Ich mag Menschen, die Schildkröten mögen.«

»Dann hau am besten ab zu deinen Freunden vom Aquarium. Obwohl – das passt ja nicht. Weil sie dabei sind, andere Schildkröten zu retten, und deine Freundinnen lackieren sich gerade alle die Fingernägel und drehen sich Locken in die Haare, stimmt's?«

»Kann sein. Aber ich dachte, du hättest vielleicht gern ein bisschen Gesellschaft.«

»Ich komme wunderbar ohne dich zurecht«, zischte sie ihn an. »Du kannst verschwinden.«

»Es ist ein öffentlicher Strand, und mir gefällt es hier.«

»Soll das heißen, du bleibst?«

»Ich glaube, ja.«

»Hast du dann etwas dagegen, wenn ich ins Haus gehe?«

Er setzte sich aufrecht hin und fasste sich nachdenklich ans Kinn. »Ich weiß nicht, ob das eine gute Idee ist. Kannst du dich darauf verlassen, dass ich die ganze Nacht hierbleibe? Und wenn dieser aufdringliche Waschbär wieder auftaucht ...«

»Hör zu – was willst du eigentlich von mir?«

»Also, zuerst wüsste ich gern deinen Namen.«

Sie nahm ein Handtuch und legte es sich über die Beine. »Ronnie«, sagte sie. »Das ist eine Abkürzung von Veronica.«

Er lehnte sich zurück und stützte sich auf die Ellbogen. »Sehr schön, Ronnie. Erzähl mir doch mal was aus deinem Leben.«

»Wieso interessiert dich das?«

»Ach, komm, sei nicht so. Ich gebe mir echt Mühe!«

Er konnte nicht recht einschätzen, wie sie es fand, aber sie fasste die Haare zu einem lockeren Pferdeschwanz zusammen und schien allmählich zu akzeptieren, dass sie ihn nicht so leicht loswurde.

»Gut, von mir aus. Das ist die Geschichte meines Lebens: Ich wohne in New York, mit meiner Mutter und meinem kleinen Bruder, aber sie hat uns hierhergeschickt. Wir sollen die Sommerferien bei unserem Vater verbringen. Und jetzt sitze ich hier fest und muss auf Schildkröteneier aufpassen, während ein Volleyballspieler-Autoschrauber-Aquariumarbeiter versucht, mich anzumachen.«

»Ich versuche nicht, dich anzumachen!«, protestierte er.
»Nein?«

»Glaub mir – das würdest du merken. Du würdest dich sofort meiner Charmeoffensive ergeben.«

Zum ersten Mal hörte er sie lachen. Das deutete er als ein gutes Zeichen und fuhr fort:

»Eigentlich bin ich hergekommen, weil ich es blöd fand, dass es mit dem Drahtkorb nicht schnell genug geklappt hat, und ich wollte nicht, dass du im Dunkeln allein hier sitzt. Wie gesagt – es ist ein öffentlicher Strand, und man weiß nie, was für Leute sich hier herumtreiben.«

»Leute wie du?«

»Wegen mir brauchst du dir keine Sorgen zu machen. Aber es gibt überall schlechte Menschen. Auch hier.«

»Und – darf ich raten? Du willst mich beschützen.«

»Wenn nötig – ohne eine Sekunde zu zögern.«

Sie sagte nichts, aber Will hatte das Gefühl, dass er sie positiv überrascht hatte.

Die Flut stieg, und gemeinsam schauten sie zu, wie die Wellen silbern aufleuchteten, wenn sie sich überschlugen und an den Strand schwappten. Am Fenster bewegten sich die Vorhänge, als würde jemand sie beobachten.

»Das war's«, sagte Ronnie schließlich, nachdem sie beide eine Weile lang geschwiegen hatten. »Jetzt bist du dran. Wie geht deine Geschichte?«

»Ich bin ein Volleyballspieler-Autoschrauber-Aquariumarbeiter.«

Wieder lachte sie. Will fand ihr Lachen sehr sympathisch, unverkrampft und lebendig.

»Bist du damit einverstanden, dass ich noch ein bisschen hierbleibe?«

»Es ist ein öffentlicher Strand.«

Er zeigte zum Haus. »Meinst du vielleicht, du solltest deinem Vater sagen, dass ich hier bin?«

»Ich wette, er weiß es längst. Gestern Abend hat er alle zwei Minuten nach mir geschaut.«

»Hört sich an, als sei er ein guter Vater.«

Ronnie überlegte kurz, dann zuckte sie die Achseln. »Du spielst sehr gern Volleyball, was?«

»Dadurch bleibe ich in Form.«

»Das ist keine Antwort auf meine Frage.«

»Ja, Volleyball macht mir Spaß. Ich weiß nicht, ob ich sagen würde, dass ich sehr gern spiele.«

»Aber du stößt gern mit Leuten zusammen.«

»Kommt darauf an, mit wem. Aber gegen das, was vor ein paar Tagen passiert ist, habe ich nachträglich nichts einzuwenden.«

»Du findest es gut, dass du mein T-Shirt versaut hast?«

»Ohne diese Katastrophe säße ich jetzt wahrscheinlich nicht hier.«

»Und ich hätte einen ruhigen, friedlichen Abend am Strand.«

»Ich weiß nicht recht – aber meiner Meinung nach werden ruhige, friedliche Abende am Strand überschätzt.« Will grinste.

»Heute Abend werde ich das nicht in Erfahrung bringen, fürchte ich.«

Jetzt musste er richtig lachen. »Wo gehst du eigentlich in die Schule?«

»Ich gehe gar nicht mehr«, antwortete sie. »Vor zwei Wochen habe ich meinen Abschluss gemacht. Und du?«

»Ich habe auch gerade meinen Abschluss gemacht, an der Laney High School. Die Schule von Michael Jordan.«

»Ich wette, alle Schüler an deiner Schule sagen das.«

»Nein«, korrigierte er sie. »Nicht alle. Nur die, die gerade fertig sind.«

Ronnie verdrehte die Augen. »Ist schon gut. Und was hast du jetzt vor? Willst du länger für deinen Vater arbeiten?«

»Nur diesen Sommer.« Er nahm ein bisschen Sand und ließ ihn durch die Finger rieseln.

»Und dann?«

»Das kann ich dir leider nicht sagen.«

»Warum nicht?«

»Ich kenne dich nicht gut genug, um dir diese Information anzuvertrauen.«

»Möchtest du mir vielleicht einen winzigen Hinweis geben?«, hakte sie nach.

»Wie wär's, wenn *du* anfangen würdest? Was machst du als Nächstes?«

Sie überlegte. »Ich plane eventuell eine Karriere als Schildkrötennestbewacherin. Ich glaube, dafür habe ich eine ganz spezielle Begabung. Du hättest sehen müssen, wie der Waschbär die Flucht ergriffen hat! Er dachte bestimmt, ich bin der Terminator.«

»Du klingst wie Scott«, sagte er, sah aber an ihrem Gesichtsausdruck, dass sie ihm nicht folgen konnte. »Scott ist mein Volleyballpartner. Er ist der König der Filmzitate. Ich glaube, bei ihm kommt praktisch in jedem Satz irgendein Film vor. Und meistens baut er noch irgendeine sexuelle Anspielung ein.«

»Offenbar ein sehr talentierter junger Mann.«

»Auf jeden Fall. Ich könnte es arrangieren, dass er dir sein Talent persönlich vorführt.«

»Nein, danke. Ich mag keine sexuellen Anspielungen.«

Will ließ Ronnie während dieses Wortwechsels nicht aus den Augen. Sie war noch viel hübscher als in seiner Erinnerung. Außerdem war sie lustig und klug, was ihm sogar noch wichtiger erschien.

In der Nähe des Nestes wiegte sich das Riedgras im Wind, das gleichmäßige Rauschen der Wellen hüllte sie ein, und Will hatte das Gefühl, als befänden sie sich in einem Kokon. Den Strand hinauf und hinunter leuchteten in den Strandhäusern freundliche Lichter.

»Darf ich dich etwas fragen?«

»Ich glaube nicht, dass ich dich daran hindern kann«, erwiderte sie.

Er scharrte mit den Füßen im Sand. »Was ist mit dir und Blaze?«

Ronnie erstarrte. »Wie meinst du das?«

»Ich hätte nur gern gewusst, warum du neulich mit ihr herumgezogen bist.«

»Ach so.« Will konnte sich zwar nicht erklären, wieso, aber sie wirkte erleichtert, als sie fortfuhr: »Wir haben uns kennengelernt, weil sie ebenfalls meine Limo auf mich gekippt hat. Gleich nach deiner Attacke. Ich hatte mein T-Shirt gerade einigermaßen sauber gerieben.«

»Das erfindest du jetzt aber.«

184

»Nein! Ich glaube, hier in der Gegend schütten einem die Leute Getränke übers Hemd, wenn sie eigentlich sagen wollen: Hallo, schön, dich kennenzulernen. Ehrlich gesagt ziehe ich die normale Art der Begrüßung vor, aber wer weiß.« Sie holte tief Luft. »Jedenfalls fand ich sie nett, und ich kenne hier ja keinen, also haben wir uns eine Weile lang unterhalten und so.«

»War sie gestern Abend mit dir hier?«

Ronnie schüttelte den Kopf. »Nein.«

»Wie bitte? Sie hatte keine Lust, die Schildkröten zu retten? Oder dir wenigstes Gesellschaft zu leisten?«

»Ich habe ihr gar nichts davon erzählt.«

Will merkte, dass Ronnie nicht weiter darüber reden wollte, also ließ er das Thema fallen.

»Sollen wir einen Strandspaziergang machen?«, fragte er.

»Meinst du, einen romantischen oder einfach einen normalen?«

»Die Antwort lautet: einfach einen normalen.«

»Sehr gut.« Sie klatschte in die Hände. »Aber nur dass du's weißt – ich will nicht zu weit weggehen, weil ja den Aquariumleuten der Waschbär egal war und die Eier immer noch ungeschützt sind.«

»Der Waschbär war ihnen überhaupt nicht egal! Und ich weiß aus sicherer Quelle, dass einer der Aquariummitarbeiter gerade hilft, das Nest zu bewachen.«

»Stimmt«, sagte Ronnie. »Die Frage ist nur: *Warum* tut er das?«

Sie gingen den Strand entlang in Richtung Pier. Unterwegs kamen sie an einem Dutzend Strandvillen vorbei, alle mit riesigen Veranden und ausladenden Treppen hinunter zum Strand. Einer der Nachbarn ein paar Häuser weiter hatte anscheinend Gäste eingeladen. Im zweiten Stock waren alle Fenster erleuchtet, und mehrere Paare lehnten am Verandageländer und schauten hinaus auf die Wellen, die im Mondlicht silbern schimmerten.

Ronnie und Will redeten nicht viel, doch aus irgendeinem Grund empfanden sie beide das Schweigen nicht als unangenehm. Ronnie hielt genug Distanz, dass sie ihren Begleiter nicht aus Versehen berührte. Zwischendurch hatte Will immer wieder den Eindruck, dass ein Lächeln über ihr Gesicht huschte, als würde ihr eine lustige Geschichte einfallen, die sie ihm noch nicht erzählt hatte. Gelegentlich blieb sie stehen und bückte sich nach einer Muschel, die halb verdeckt im Sand lag. Ihm fiel auf, wie konzentriert sie jeden Fund im Mondschein studierte, bevor sie entschied, ob sie ihn wegwerfen oder behalten wollte.

Es gab so vieles, was er nicht über sie wusste – eigentlich war sie für ihn noch ein absolutes Rätsel. Ganz anders als Ashley. Seine Exfreundin war leicht zu durchschauen; er wusste genau, wie er bei ihr dran war und was er zu erwarten hatte – allerdings war es oft nicht genau das, was er wollte. Bei Ronnie hingegen hatte er nicht die geringste Ahnung, was als Nächstes kommen würde. Als sie ihm zulächelte, ganz ungeschützt und überraschend, hatte er plötzlich das Gefühl, dass sie Gedanken lesen konnte. Ihm wurde warm ums Herz, und auf dem Weg zurück zum Schildkrötennest dachte er einen Moment lang, wie schön es wäre, wenn er jeden Abend mit ihr den Strand entlanggehen könnte, irgendwann, in ferner Zukunft.

Als sie wieder beim Haus angekommen waren, verabschiedete sich Ronnie und ging hinein. Will holte seine Sachen aus dem Auto. Er rollte seine Isomatte aus und legte den Schlafsack bereit. Am schönsten wäre es natürlich, wenn Ronnie bei ihm bleiben würde, aber sie hatte schon gesagt, ihr Vater würde das nicht erlauben. Na, wenigstens konnte sie heute Nacht wieder im eigenen Bett schlafen, das war ja auch etwas wert.

Er versuchte, es sich so bequem wie möglich zu machen. War dieser Spaziergang heute ein Anfang gewesen? Wie würde es zwischen ihnen weitergehen? Niemand konnte das wissen. Aber als sich Ronnie auf der hinteren Veranda noch einmal umdrehte und ihm lächelnd zuwinkte, spürte er, wie etwas in seinem Inneren vor Freude zuckte. Vielleicht dachte sie ja auch, dass dies der Anfang von etwas ganz Besonderem war.

»Wer bist du?«

»Niemand. Nur ein Freund. Geh weiter.«

Während er halb im Traum diese Erwiderung murmelte, wusste er noch gar nicht recht, wo er sich befand. Dann blinzelte er in die Sonne und sah, dass ein kleiner Junge vor ihm stand.

»Oh – hallo!«, brummelte er.

Der Junge rieb sich die Nase. »Was machst du hier?«

»Ich wache gerade auf.«

»Das sehe ich. Aber was hast du heute Nacht hier ge-macht?«

Will grinste. Der Junge führte sich auf wie ein polizei-licher Ermittler, was sehr komisch wirkte, weil er noch so winzig war.

»Ich habe geschlafen.«

»Aha.«

Mit etwas Mühe setzte sich Will auf. Da sah er Ronnie im Hintergrund. Sie trug ein schwarzes T-Shirt und zer-rissene Jeans. Und machte ein ähnlich amüsiertes Gesicht wie manchmal am Abend zuvor.

»Ich heiße Will«, stellte er sich vor. »Und wie heißt du?«

Mit einer Kopfbewegung deutete der Junge auf Ronnie. »Ich bin ihr Mitbewohner«, erklärte er. »Wir kennen ein-ander schon sehr lange.«

Will kratzte sich grinsend am Kopf. »Verstehe.«

Jetzt kam Ronnie ein paar Schritte näher. Ihre Haare waren noch feucht vom Duschen. »Das ist mein neugieri-ger Bruder Jonah.«

»Aha.«

»Stimmt«, sagte Jonah. »Bis auf die Sache mit dem ›neu-gierig‹.«

»Gut zu wissen.«

Jonah musterte ihn kritisch. »Du kommst mir bekannt vor. Ich glaube, ich hab dich schon mal gesehen.«

»Kann ich mir nicht vorstellen. Ich würde mich be-stimmt an dich erinnern.«

»Doch, doch, jetzt weiß ich's!« Jonah grinste. »Du bist doch der Typ, der dem Polizeibeamten gesagt hat, dass Ronnie zum Bower's Point gegangen ist.«

Will hatte gar nicht mehr an die Situation gedacht, aber jetzt fiel sie ihm wieder ein. Er schaute Ronnie an. Sie war erst interessiert, dann verdutzt – und schließlich begriff sie.

Nein, bitte nicht.

Jonah war nicht mehr zu bremsen. »Ja, klar, Officer Pete hat sie dann nach Hause gebracht, und am nächsten Morgen hat sie sich furchtbar mit Dad gestritten …«

Will sah, wie Ronnies Lippen immer schmaler wurden. Sie murmelte irgendetwas und rannte zum Haus.

Jonah unterbrach sich mitten im Satz. Er hatte keine Ahnung, was er angerichtet hatte.

»Besten Dank!«, knurrte Will, sprang auf und lief hinter Ronnie her.

»Ronnie! Warte doch! Bitte – es tut mir leid. Ich wollte nicht, dass du Ärger bekommst.«

Er holte sie ein und ergriff ihren Arm. Sie wirbelte herum und funkelte ihn an.

»Verschwinde!«

»Hör mir doch wenigstens eine Sekunde lang zu –«

»Du und ich – uns verbindet nichts, ich will nichts mit dir zu tun haben!«, fuhr sie ihn an. »Kapiert?«

»Und was war gestern Abend?«

Ihre Wangen waren gerötet. »LASS MICH IN RUHE!«

»Die Masche zieht bei mir nicht«, entgegnete Will. Aus irgendeinem Grund schaffte er es mit diesem Satz, Ronnie zum Schweigen zu bringen. Deshalb konnte er weiterreden. »Du hast die Schlägerei verhindert, obwohl alle anderen Blut sehen wollten. Du warst die Einzige, die sich um den weinenden kleinen Jungen gekümmert hat, und ich habe gesehen, wie du gelächelt hast, als er mit seiner Mom weggegangen ist. Und du magst Meeresschildkröten.«

Obwohl sie trotzig das Kinn vorschob, spürte er, dass er einen Nerv getroffen hatte. »Ja – und?«

»Ich möchte dir heute etwas zeigen.« Er schwieg. Zu seiner großen Erleichterung schmetterte sie ihn nicht sofort ab. Aber sie stimmte natürlich auch nicht zu. Bevor sie etwas sagen konnte, trat er einen kleinen Schritt näher.

»Es gefällt dir ganz bestimmt. Ich verspreche es dir.«

Will bog auf den leeren Parkplatz des Aquariums ein und fuhr dann die schmale Lieferstraße entlang, die zum Hintereingang führte. Ronnie saß neben ihm, hatte aber während der ganzen Fahrt fast kein Wort gesagt. Sie war mitgekommen, schien sich aber nicht entscheiden zu können, ob sie Will noch böse sein sollte oder nicht.

Er hielt ihr die Eingangstür auf. Die kühle klimatisierte Luft vermischte sich mit der feuchten Hitze von draußen. Will führte Ronnie einen langen Gang entlang und dann durch eine weitere Tür, durch die man zum Aquarium selbst kam.

Mehrere Leute arbeiteten schon in ihren Büros, aber das Aquarium selbst öffnete erst in einer Stunde. Will genoss es immer, hier zu sein, bevor die Besucher hereinströmten. Die gedämpfte Beleuchtung der riesigen Aquarien und die allgemeine Geräuschlosigkeit verwandelte den Ort in eine Art magisches Geheimversteck. Besonders fasziniert war er von den Rotfeuerfischen mit ihren giftigen Stacheln, die lässig durch das Salzwasser schwammen und ab und zu an der Glasscheibe vorbeikamen. Spürten sie, dass sich ihr Lebensbereich verkleinert hatte?, fragte sich Will. Und bemerkten sie seine Anwesenheit?

Ronnie ging neben ihm und beobachtete alles sehr genau. Sie schien ganz damit einverstanden zu sein, dass sie sich nicht unterhielten. Sie passierten ein riesiges Ozean-Aquarium, in dem sich das Miniaturmodell eines versenkten deutschen U-Boots aus dem Zweiten Weltkrieg befand. Als sie zu einem Behälter kamen, in dem unter Schwarzlicht unzählige schimmernde Quallen hin und her waberten, blieb Ronnie stehen und berührte staunend das Glas.

»*Aurelia aurita*«, sagte Will. »Auch bekannt als Ohrenqualle.«

Ronnie nickte. Wie hypnotisiert verfolgten ihre Augen die eigenartigen Tiere mit ihren Zeitlupenbewegungen. »Sie sind hauchzart«, sagte sie. »Man kann sich gar nicht vorstellen, dass es so wehtut, wenn man von ihnen gestochen wird.«

Ihre Haare waren inzwischen trocken und wirkten lockiger als am Tag vorher, wodurch sie fast übermütig aussah.

»Ja, davon kann ich ein Lied singen. Ich bin sicher jedes Jahr von so einer Qualle gestochen worden.«

»Vielleicht solltest du besser aufpassen.«

»Ich passe auf. Aber sie finden mich trotzdem. Ich glaube, sie fühlen sich von mir angezogen.«

Ronnie lächelte, dann schaute sie ihm direkt ins Gesicht. »Was tun wir hier eigentlich?«, fragte sie.

»Ich will dir etwas zeigen.«

»Aber ich habe in meinem Leben schon viele Fische gesehen. Und ich war auch schon mal in einem Aquarium.«

»Ich weiß. Aber das hier ist was Spezielles.«

»Weil niemand da ist?«

»Nein«, antwortete er. »Weil du etwas sehen kannst, was die normalen Besucher nicht zu Gesicht bekommen. Komm mit.«

Normalerweise würde er in solch einer Situation ein Mädchen ohne Zögern an die Hand nehmen, aber bei Ronnie traute er sich nicht. Er zeigte mit dem Daumen zu einem Flur, der hinten in der Ecke abging und so gut verborgen war, dass man ihn leicht übersehen konnte. Am Ende dieses Flurs befand sich eine Tür.

»Sag jetzt nur nicht, dass man dir hier ein Büro zugeteilt hat.«

»Nein, nein.« Er öffnete die Tür. »Ich habe hier keinen offiziellen Job, erinnerst du dich? Ich helfe nur ehrenamtlich.«

Sie betraten einen großen rechteckigen Raum mit lauter Lüftungskanälen und Dutzenden von frei liegenden Rohren. Neonlampen surrten an der Decke, aber das Geräusch wurde überdeckt von gigantischen Wasserfiltern. Ein riesiges, offenes Aquarium, fast bis zum Rand mit Meerwasser gefüllt, verlieh der Luft ein salziges Aroma. Die Deckenbeleuchtung sorgte für genug Helligkeit, dass man ein sich träge im Wasser bewegendes Lebewesen erkennen konnte.

Will beobachtete Ronnies Gesicht, als sie erkannte, um welche Art Tier es sich handelte.

»Ist das eine Meeresschildkröte?«

»Ja. Eine Karettschildkröte. Sie heißt Mabel.«

Als Mabel an ihnen vorbeischaukelte, wurden auf ihrem Panzer tiefe Narben sichtbar. Außerdem fehlte ihr eine Flosse.

»Was ist ihr zugestoßen?«

»Sie ist vom Propeller eines Bootes erwischt worden. Etwa vor einem Monat wurde sie gerettet. Sie war schon halb tot. Ein Spezialist der Universität von South Carolina musste ihr die Vorderflosse amputieren.«

Mabel war offenbar nicht fähig, genau Kurs zu halten. Sie schwamm in einem schiefen Winkel und stieß immer wieder gegen die Wand, wo sie dann ihre Runden erneut begann.

»Kommt sie durch?«

»Es ist ein Wunder, dass sie bisher alles überstanden hat. Ich hoffe, sie schafft es. Sie ist schon viel robuster als am Anfang. Aber kein Mensch kann sagen, ob sie je wieder fähig ist, im Ozean zu überleben.«

Wieder schrammte Mabel die Wand und korrigierte ihren Kurs. Fragend schaute Ronnie zu Will hoch.

»Wieso wolltest du mir das zeigen?«

»Weil ich dachte, du magst sie genauso wie ich«, sagte er. »Trotz ihrer Narben.«

Über diese Antwort schien Ronnie nachzudenken, entgegnete aber nichts, sondern studierte die Schildkröte schweigend noch ein paar Minuten. Als das Tier dann im Schatten verschwand, seufzte sie tief und fragte:

»Musst du nicht zur Arbeit?«

»Ich habe heute frei.«

»Es hat seine Vorteile, wenn man für den eigenen Vater arbeitet, nicht wahr?«

»Könnte man sagen.«

Ronnie klopfte an die Glasscheibe, um sich von Mabel zu verabschieden. »Und – was machst üblicherweise an deinem freien Tag?«

»Ein typischer junger Mann aus den Südstaaten – angeln gehen, in die Wolken gucken. Ich glaube, du solltest eine NASCAR-Mütze tragen und Tabak kauen.«

Sie hatten noch eine halbe Stunde im Aquarium verbracht – von den Ottern war Ronnie besonders begeistert –, dann fuhr Will mit ihr zu einem Angelgeschäft, um ein paar tiefgefrorene Shrimps zu kaufen. Das nächste Ziel war ein unbebautes Grundstück auf der landzugewandten Seite der Insel. Dort holte Will seine Angelausrüstung aus der Staukiste im Truck. Gemeinsam gingen sie zu einer kleinen Anlegestelle, setzten sich dort auf die Mauer und ließen die Füße baumeln.

»Sei nicht so ein Snob«, verteidigte er sich. »Ob du's glaubst oder nicht – die Südstaaten sind super. Wir haben sogar schon fließend Wasser. Und am Wochenende gehen wir zum Mudding.«

»Mudding?«

»Ja, Mudding heißt, wir fahren mit unseren Trucks durch den Matsch. Und machen Rennen.«

Mit gespielt verträumter Miene murmelte Ronnie: »Das klingt so ... so intellektuell.«

Will boxte sie lachend. »Mach dich ruhig über mich lustig. Aber ich sag dir eins – Mudding ist klasse. Das Matschwasser spritzt die gesamte Windschutzscheibe voll, man bleibt stecken, die Räder drehen durch, und der Typ hinter dir wird ebenfalls wunderbar eingesaut.«

»Hey – mir wird schon schwindelig vor Freude, wenn ich nur daran denke«, sagte Ronnie, ohne eine Miene zu verziehen.

»Ich nehme an, in der Großstadt verbringt man die Wochenenden etwas anders, oder?«

Sie nickte. »Kann man behaupten.«

»Ich wette, ihr bleibt immer in der Stadt.«

»Nein, nicht immer. Zum Beispiel bin ich jetzt hier.«

»Du weißt genau, was ich meine. Am Wochenende.«

»Warum sollte ich am Wochenende wegfahren?«, fragte Ronnie.

»Vielleicht, um eine Weile allein zu sein?«

»Dafür kann ich in mein Zimmer gehen.«

»Aber wo gehst du hin, wenn du unter einem Baum sitzen und lesen willst?«, fragte Will.

»Ich gehe in den Central Park. Hinter dem Tavern on the Green – du hast doch bestimmt schon von diesem berühmten Restaurant gehört – liegt ein wunderschöner Hügel. Und gleich um die Ecke kann ich mir einen Latte macchiato holen.«

Scheinbar betroffen schüttelte er den Kopf. »Ach, du

bist eben ein typisches Großstadtkind. Weißt du überhaupt, wie man angelt?«

»So schwierig ist das sicher nicht. Köder an den Haken, Schnur auswerfen, Angelrute gut festhalten. Stimmt das?«

»Wenn das alles wäre … Aber man muss wissen, *wo* man die Angel auswirft, und danach muss man genau aufpassen. Außerdem sollte man vorher den entsprechenden Köder oder das Lockfutter auswählen, je nachdem, und diese Entscheidung hängt wieder davon ab, welche Sorte Fisch man möchte, welches Wetter herrscht, wie klar das Wasser ist. Und dann muss man natürlich rechtzeitig an der Angel ziehen, damit der Haken greift. Wenn man zu früh oder zu spät reagiert, haut der Fisch wieder ab.«

Ronnie überlegte. »Und wieso hast du dich für Shrimps entschieden?«

»Weil sie im Sonderangebot waren.«

Kichernd neigte sie sich zu ihm. »Gute Antwort. Aber genau so eine habe ich verdient.«

Er spürte die Wärme ihrer Berührung an der Schulter. »Du hättest noch was viel Schlimmeres verdient«, sagte er. »Glaub mir – angeln ist für viele Leute hier eine Art Religion.«

»Für dich auch?«

»Nein. Aber angeln ist … meditativ. Ich kann gut nachdenken, ohne dabei gestört zu werden. Außerdem schaue ich gern in die Wolken und kaue dabei Tabak, mit meiner NASCAR-Mütze auf dem Kopf.«

»Du kaust doch nicht wirklich Tabak, oder?« Ronnie kräuselte die Nase.

»Nein. Ich stelle mir nicht gern vor, wie ich meine Lippen wegen Mundkrebs verliere.«

»Ausgezeichnet.« Sie schwang die Beine vor und zurück. »Ich würde mich nämlich nie für ein Date mit jemandem verabreden, der Tabak kaut.«

»Willst du damit sagen, das hier ist ein Date?«

»Nein. Auf keinen Fall. Es ist eine Angelpartie.«

»Du musst noch viel lernen. Das hier … das ist das, worum es im Leben geht.«

Ronnie hob ein Stück Holz auf. »Du klingst wie ein Typ aus der Bierwerbung.«

Ein Fischadler segelte vorbei, gerade als die Angelschnur zuckte. Beim zweiten Zucken nahm Will die Rute etwas zurück, und die Schnur spannte sich. Dann sprang er auf und begann, sie einzuholen. Die Rute bog sich schon. Es passierte alles so blitzschnell, dass Ronnie gar nicht folgen konnte.

Sie sprang ebenfalls auf. »Hast du etwas erwischt?«, rief sie aufgeregt.

»Komm her!«, rief er, kurbelte immer weiter an dem Rädchen und hielt ihr die Angelrute hin. »Hier – nimm!«

»Ich kann das nicht!«, jaulte sie und wich zurück.

»Es ist nicht schwer. Nimm die Angel, und kurble einfach los.«

»Ich weiß doch gar nicht, was ich tun muss!«

»Ich hab's dir doch gerade gesagt.«

Er zwang sie praktisch, die Angel zu übernehmen. »Du musst weiter an dem Rädchen hier drehen.«

Die Angelrute senkte sich leicht, als Ronnie zu kurbeln begann.

»Halt die Rute etwas höher. Die Schnur muss straff sein.«

»Ich versuch's doch!«, rief sie.

»Du machst das super.«

Der Fisch zappelte und spritzte an der Oberfläche – ein kleiner Roter Trommler, wie Will feststellte. Ronnie schrie vor lauter Aufregung. Als ihr Begleiter anfing zu lachen, prustete sie ebenfalls los und hüpfte übermütig auf einem Fuß. Aber dann wurde ihre Miene wild entschlossen.

»Mach so weiter«, drängte Will. »Hol ihn näher an die Anlegestelle, den Rest erledige ich dann.« Er nahm den Kescher, ein Fangnetz mit Stiel, legte sich auf den Bauch und hielt den Arm übers Wasser, während Ronnie weiterkurbelte. Mit einer geschickten Bewegung holte er den Fisch ins Netz, stand auf, drehte das Netz um, sodass der Fisch auf dem Boden landete, wo er wie verrückt hin und her flitschte. Ronnie hielt immer noch die Kurbel fest und tanzte um den Fisch herum, während Will nach der Angelschnur griff.

»Was machst du da?«, kreischte Ronnie. »Du musst ihn wieder ins Wasser werfen!«

»Ihm passiert schon nichts –«

»Er stirbt!«

Will ging in die Hocke und drückte den Fisch nach unten. »Nein, er stirbt nicht.«

»Du musst den Haken rausziehen!« Jetzt war sie völlig außer sich.

Vorsichtig fummelte er an dem Haken. »Bin doch schon dabei! Gib mir zwei Sekunden.«

»Er blutet! Du hast ihn verletzt!«

Will arbeitete unbeirrt weiter. Immer wieder schlug der Fisch mit der Flosse gegen seinen Handrücken. Der kleine Trommler war höchstens zwei Kilo schwer, aber verblüffend kräftig.

»Du brauchst viel zu lange!«, stöhnte Ronnie.

Behutsam zog Will nun den Haken heraus, drückte den Fisch aber weiterhin auf den Boden. »Willst du ihn nicht doch mit nach Hause nehmen, als Abendessen? Für ein paar Filets wird er schon reichen.«

Fassungslos schnappte Ronnie nach Luft, aber bevor sie ein Wort herausbrachte, hatte Will den Fisch schon wieder ins Wasser geworfen, wo er nach dem Aufklatschen untertauchte und verschwand. An einem Handtuch wischte sich Will das Blut von den Fingern.

Ronnie musterte ihn immer noch vorwurfsvoll. Ihre Wangen glühten vor lauter Anspannung. »Du hättest ihn gegessen, stimmt's? Wenn ich nicht dabei wäre, hättest du ihn mitgenommen, ich weiß es.«

»Nein, ich hätte ihn auf jeden Fall wieder ins Wasser geworfen.«

»Warum kann ich dir das nicht glauben?«

»Weil du vermutlich recht hast.« Er grinste sie an, dann griff er zur Angelrute. »Also – willst du den nächsten Köder anbringen, oder soll ich das machen?«

»Meine Mutter dreht völlig durch, weil sie die Hochzeit meiner Schwester plant – da muss alles perfekt sein«, erzählte Will. »Bei uns ist die Stimmung zurzeit etwas ... hysterisch.«

»Wann findet die Hochzeit denn statt?«

»Am neunten August. Und meine Schwester will unbedingt zu Hause feiern – was die Sache natürlich nicht erleichtert, weil meine Mom dadurch noch mehr unter Druck gerät.«

Ronnie grinste verständnisvoll. »Wie ist deine Schwester so?«

»Intelligent. Sie wohnt in New York. Ziemlich unabhängig und selbstständig. Sie hat eine gewisse Ähnlichkeit mit einer anderen älteren Schwester, die ich kenne.«

Das schien Ronnie zu gefallen. Während sie jetzt den Strand entlangschlenderten, ging gerade die Sonne unter, und Will spürte, dass sich Ronnie immer mehr entspannte. Insgesamt hatten sie drei Fische geangelt und wieder ins Wasser geworfen, dann war er mit ihr nach Wilmington gefahren, wo sie auf einer Veranda am Cape Fear River einen Happen zu Mittag aßen. Er zeigte ihr die USS North Carolina, ein ausgemustertes Schlachtschiff aus dem Zweiten Weltkrieg, das am anderen Ufer lag und besichtigt werden konnte. Und während sie da saßen und sich unterhielten, stellte Will voller Verwunderung fest, wie leicht es ihm fiel, mit Ronnie zu reden. Im Gegensatz zu vielen anderen Mädchen, die er kannte, sagte sie, was sie dachte, und spielte keine albernen Spielchen, hatte aber gleichzeitig viel Humor. Das mochte er ganz besonders, auch wenn sich ihre witzigen Bemerkungen gelegentlich gegen ihn richteten. Im Grunde gefiel ihm alles an ihr.

Kurz bevor sie wieder am Haus ihres Vaters angelangt waren, rannte sie los, um nach dem Schildkrötennest zu sehen. Tatsächlich – der Drahtkorb war angebracht worden. Er bestand aus einem feinmaschigen Geflecht, das mit extralangen Stäben im Sand verankert war.

»Und das soll den Waschbär abhalten?«, fragte sie skeptisch.

»Ja, erfahrungsgemäß.«

»Aber wie kommen die kleinen Schildkröten später hier raus? Sie passen doch nicht durch die Löcher, oder?«

»Die Leute vom Aquarium entfernen den Korb, bevor die Jungen schlüpfen.«

»Woher wissen sie, wann das ist?«

»Das können sie genau berechnen. Die Eier brauchen etwa sechzig Tage, aber es hängt auch vom Wetter ab. Je heißer, desto schneller schlüpfen sie. Und du darfst nicht vergessen, dass das Nest nicht das einzige hier am Strand ist und schon gar nicht das erste, das sie beschützen. Sobald ein Nest frei wird, folgen die anderen meistens in einem Abstand von ungefähr einer Woche.«

»Hast du schon mal gesehen, wie die Schildkröten schlüpfen?«

Will nickte. »Ja, vier Mal.«

»Wie ist das?«

»Ziemlich verrückt, muss ich sagen. Wir entfernen kurz davor den Korb, und dann graben wir eine flache Rinne bis zum Wasser – der Rand muss allerdings so hoch sein, dass die Schildkröten nur in eine Richtung laufen können. Am Anfang bewegen sich nur ein paar Eier, aber man hat den Eindruck, als würde diese Bewegung ausreichen, um das gesamte Nest in Aufruhr zu versetzen. Und eh du dich's versiehst, rumort es überall. Wie in einem wild gewordenen Bienenstock. Die Schildkröten klettern übereinander, weil sie unbedingt aus dem Nistplatz hinauswollen, und dann rennen alle in Richtung Meer. Es sieht aus wie eine Krabbenprozession. Sehr witzig.«

Während er die Szene beschrieb, versuchte Ronnie, sich das alles bildlich vorzustellen. Doch dann sah sie, dass ihr Vater kurz auf die hintere Veranda getreten war, und winkte ihm zu. »Ich nehme an, das war dein Dad?«, fragte Will leise.

»Ja.«

»Willst du mich nicht mit ihm bekannt machen?«

»Nein.«

»Ich verspreche dir, dass ich mich gut benehme.«

»Freut mich.«

»Warum stellst du mich ihm dann nicht vor?«

»Weil du mich deinen Eltern auch noch nicht vorgestellt hast«, erwiderte sie.

»Warum willst du meine Eltern kennenlernen?«

»Das ist genau der Punkt.«

»Ich kann dir gerade nicht folgen.«

»Wie hast du es dann je geschafft, einen Roman von Tolstoi zu lesen?«

Bisher war er nur leicht verwirrt gewesen, aber jetzt war er regelrecht sprachlos. Ronnie ging den Strand hinunter, und mit ein paar raschen Schritten holte er sie ein.

»Es ist nicht immer ganz leicht, dich zu verstehen.«

»Und?«

»Und gar nichts. Ich wollte das nur mal gesagt haben.«

Ronnie lächelte in sich hinein. Ihr Blick wanderte zum Horizont. In der Ferne konnte man einen Shrimp-Trawler sehen, der auf den Hafen zusteuerte. »Ich möchte dabei sein, wenn es passiert«, sagte sie.

»Wenn was passiert?«

»Wenn die Schildkröten schlüpfen. Was dachtest du denn?«

Kopfschüttelnd murmelte Will: »Geht es schon wieder los? Na, egal – wann fährst du zurück nach New York?«

»Ende August.«

»Das könnte knapp werden. Hoffen wir mal, dass der Sommer richtig heiß wird.«

»Er fängt doch schon gut an. Ich schwitze wie verrückt.«

»Weil du schwarze Klamotten anhast. Und Jeans«, sagte er.

»Ich habe nicht erwartet, dass ich fast den ganzen Tag draußen im Freien sein würde.«

»Sonst hättest du dich gleich für einen Bikini entschieden, was?«

»Glaube ich nicht.«

»Magst du keine Bikinis?«

»Doch, klar.«

»Aber nicht in meiner Gegenwart?«

Sie warf den Kopf zurück. »Heute nicht.«

»Und wenn ich dir verspreche, dass wir wieder angeln gehen?«

»Kein überzeugendes Argument.«

»Wie wär's mit einer Entenjagd?«

Bei dieser Frage verschlug es ihr offenbar die Sprache. Als sie wieder reden konnte, klang sie sehr vorwurfsvoll: »Sag bitte, dass du keine Enten tötest.«

Weil Will nicht antwortete, fuhr sie fort: »Diese süßen kleinen gefiederten Lebewesen, die zu ihrem kleinen See fliegen und niemandem etwas zuleide tun? Und du holst sie vom Himmel runter?«

Nach einer Pause sagte Will: »Nur im Winter.«

»Als kleines Mädchen hatte ich ein Lieblingskuscheltier, und das war eine Ente. Ich hatte eine Tapete mit Entenmuster. Ich hatte einen Hamster, der Daffy hieß. Ich liebe Enten!«

»Ich auch«, sagte er.

Ronnie versuchte gar nicht, ihre Skepsis zu überspielen. Will zählte an den Fingern ab, als er weitersprach: »Ich liebe sie gebraten, geröstet, gegrillt, mit süßsaurer Soße –«

Sie schubste ihn, sodass er fast das Gleichgewicht verlor. »Das ist ja schrecklich!«

»Es ist lustig.«

»Du bist ein grausamer Mensch.«

»Manchmal.« Und mit einem Blick zum Haus fügte er hinzu: »Wenn du noch nicht heimwillst, kommst du dann noch ein bisschen mit?«

»Wieso? Willst du mir zeigen, welche Tiere du sonst noch umbringst?«

»Ich habe gleich ein Volleyballspiel und würde mich freuen, wenn du zuschaust. Es wird bestimmt spannend.«

»Kippst du mir wieder Limo aufs T-Shirt?«

»Nur wenn du einen Becher dabeihast.«

Ronnie überlegte kurz, dann begleitete sie ihn in Richtung Pier. Er stieß sie an, sie boxte zurück.

»Ich glaube, du hast Probleme«, sagte sie.

»Was für Probleme?«

»Also erstens, weil du ein gemeiner Entenkiller bist.«

Will lachte. Ronnie schaute auf den Sand, aber dann hob sie die Augen und sah ihn an. Zwar schüttelte sie den Kopf, aber sie konnte ein Lächeln nicht unterdrücken. Es war, als würde auch sie sich verwundert fragen, was sich da zwischen ihnen entwickelte. Und als würde sie jede Minute des Zusammenseins genießen.

KAPITEL 14

Ronnie

Wenn er nicht so verdammt gut aussehen würde, wäre das alles nicht passiert.

Während sie zuschaute, wie Will und Scott auf dem Spielfeld hin und her flitzten, dachte sie über den Tag nach und darüber, weshalb sie jetzt hier saß. War sie wirklich am Vormittag angeln gewesen? Und hatte sie um acht Uhr morgens gesehen, wie eine verletzte Schildkröte in einem Aquarium herumschwamm?

Sie schüttelte den Kopf. Nein, sie wollte nicht dauernd auf Wills athletischen Körper und seine durchtrainierten Muskeln starren, während er jetzt über den Sand rannte und hinter dem Ball herjagte. Aber es fiel ihr schwer, den Blick von ihm zu nehmen, vor allem, weil er kein Hemd anhatte.

Vielleicht wurde der Sommer doch nicht so langweilig.

Aber das hatte sie ja auch schon gedacht, als sie Blaze kennenlernte. Eine hoffnungsvolle Illusion, die schnell zerplatzt war.

Dabei war, wie gesagt, Will eigentlich gar nicht ihr Typ. Aber vielleicht hatte das auch seine Vorteile. In der

Vergangenheit hatte sie bei der Auswahl ihrer Freunde nicht besonders viel Glück gehabt. Rick war das beste Beispiel. Aber Will schien intelligenter zu sein als alle anderen Jungen, mit denen sie zusammen gewesen war, und außerdem machte er etwas aus seinem Leben: Er hatte einen Job, arbeitete ehrenamtlich, war ein guter Sportler und verstand sich anscheinend sogar mit seiner Familie ganz gut. Und obwohl er gern alles ein bisschen herunterspielte, war er überhaupt kein Weichei. Wenn sie ihn provozieren wollte, merkte er es immer gleich, und das gefiel ihr.

Allerdings gab es einen Punkt, der sie skeptisch stimmte: Sie hatte keine Ahnung, weshalb er sie mochte. Sie war doch vollkommen anders als die Mädchen, mit denen sie ihn auf dem Jahrmarkt gesehen hatte!

Als er jetzt zur Grundlinie lief, warf er kurz einen Blick in ihre Richtung. Er schien sich zu freuen, dass sie mitgekommen war. Wie elegant er sich bewegte! Kurz vor dem Aufschlag gab er Scott ein Signal. Scott spielte, als ginge es um sein Leben, und als er zum Netz lief, verdrehte Will die Augen. Man merkte ihm an, dass er das Engagement seines Freundes etwas übertrieben fand. Es ist doch nur ein Spiel, gab er zu verstehen, und diese Einstellung gefiel Ronnie sehr. Dann warf er den Ball in die Luft und pritschte ihn übers Netz, rannte zur Seitenlinie und warf sich mit vollem Körpereinsatz dem Ball entgegen, sodass eine richtige Sandwolke aufgewirbelt wurde. Hatte sie es sich etwa gerade nur eingebildet, dass Will dem Spiel eher lässig gegenüberstand? Aber als sein Ball ins Aus ging und Scott frustriert die Hände in die Luft warf, ignorierte

Will ihn einfach, zwinkerte Ronnie zu und bereitete sich auf den nächsten Spielzug vor.

»Willst du was von ihm?«

Ronnie war richtig gefesselt gewesen von dem Spiel und hatte deshalb gar nicht gemerkt, dass sich jemand neben sie setzte. Als sie jetzt aufblickte, erkannte sie das blonde Mädchen, das auf dem Jahrmarkt mit Will und Scott unterwegs gewesen war.

»Wie bitte?«

Die Blonde fuhr sich mit der Hand durch die Haare und ließ ihre perfekten Zähne blitzen. »Du und Will. Ich habe gesehen, ihr seid gemeinsam gekommen.«

»Aha«, sagte Ronnie. Ihr Instinkt sagte ihr, dass sie am besten so wenig wie möglich preisgab.

Ob das blonde Mädchen ihre reservierte Reaktion bemerkte, konnte sie nicht sagen. Sie warf mit einer gut einstudierten Bewegung die Haare zurück, entblößte wieder ihre strahlend weißen Zähne, die ganz eindeutig gebleicht waren, und sagte: »Ich heiße Ashley. Und du bist ...?«

»Ronnie.«

Ashley musterte sie unverhohlen. »Machst du hier Ferien?« Als Ronnie ihren Blick erwiderte, lächelte sie. »Wir wären uns ja schon öfter begegnet, wenn du von hier wärst. Will und ich zum Beispiel, wir kennen uns seit unserer Kindheit.«

»Aha«, sagte Ronnie wieder betont neutral.

»Ihr habt euch kennengelernt, als Will die Limo auf dein Shirt gekippt hat, stimmt's? Wie ich ihn kenne, hat er das absichtlich gemacht.«

Ronnie blinzelte. »Wie bitte?«

»So was habe ich schon öfter bei ihm erlebt. Und lass mich raten – heute ist er mit dir angeln gegangen. An der kleinen Anlegestelle auf der anderen Seite der Insel.«

Diesmal konnte Ronnie ihre Überraschung nicht überspielen.

»Das tut er nämlich immer, wenn er ein neues Mädchen kennenlernt. Entweder das – oder er nimmt sie mit ins Aquarium.«

Während Ashley weiterplapperte, hatte Ronnie das Gefühl, als würde die Welt um sie herum auf sie einstürzen.

»Was redest du da?«, krächzte sie ungläubig – sogar ihre Stimme ließ sie im Stich.

Ashley schlang die Arme um ihre schlanken Beine. »Neues Mädchen, neue Eroberung – sei nicht böse auf ihn«, sagte sie. »So ist er eben. Er kann nicht anders.«

Ronnie spürte, wie ihr das Blut aus dem Gesicht wich. Sie wollte nicht hören, was Ashley sagte, und sie wollte ihr schon gar nicht glauben. Will war nicht so. Aber die Sätze drehten sich in ihrem Kopf.

Lass mich raten. Er ist mit dir angeln gegangen.

Entweder das – oder er nimmt sie mit ins Aquarium …

Hatte sie sich wirklich so in ihm getäuscht? Anscheinend schätzte sie alle Leute, die ihr hier begegneten, völlig falsch ein. Das war nur logisch, wenn man bedachte, dass sie ja gar nicht hatte hierherkommen wollen. Sie spürte Ashleys Blick.

»Ist alles okay?«, fragte Wills Freundin scheinbar besorgt und runzelte die perfekt gezupften Augenbrauen. »Habe ich etwas gesagt, was dich ärgert?«

»Nein, alles bestens.«

»Du siehst aber so aus, als würde dir gleich übel.«

»Ich habe gesagt, alles bestens.«

Ashleys Mund öffnete und schloss sich wieder. Dann wurde ihr Gesicht plötzlich ganz weich. »Oh, nein! Sag bitte nicht, dass du tatsächlich darauf reingefallen bist.«

Neues Mädchen, neue Eroberung. So ist er eben …

Immer wieder gingen Ronnie diese Sätze durch den Sinn. Sie brachte kein Wort über die Lippen. Aber Ashley redete weiter. Ihre Stimme triefte vor Mitleid. »Na ja, du musst dir keine Gedanken machen. Er ist echt der charmanteste Typ auf der Welt, wenn er es darauf anlegt. Das kannst du mir glauben. Ich kenne mich aus, weil ich ja selbst auf ihn reingefallen bin.« Mit einer Kopfbewegung deutete sie auf die Zuschauer um sie herum. »Genauso wie die Hälfte der Mädchen, die hier versammelt sind.«

Ronnie ließ instinktiv ihren Blick über das Publikum wandern und sah mindestens zehn hübsche Bikinimädchen, die alle die Augen nicht von Will nehmen konnten. Sie fühlte sich wie erschlagen. Aber Ashley kam nun erst richtig in Fahrt.

»Ich hätte gedacht, du durchschaust seine Strategie … Immerhin wirkst du ein bisschen klüger als die anderen Mädchen hier. Ich –«

»Ich muss los«, erklärte Ronnie. Ihre Stimme klang jetzt ganz ruhig, obwohl ihre Nerven vibrierten. Sie hatte wackelige Knie, als sie sich erhob. Will musste bemerkt haben, dass sie aufstand, denn er schaute lächelnd zu ihr.

Er ist echt der charmanteste Typ auf der Welt, wenn er es darauf anlegt …

Sie war so wütend auf ihn! Aber noch viel wütender war sie auf sich selbst, weil sie so dumm gewesen war. Wieder einmal hatte sie nur einen Wunsch: Nichts wie weg hier!

In ihrem Zimmer warf sie den Koffer aufs Bett und stopfte ihre Kleider hinein. Als sich die Tür hinter ihr öffnete, blickte sie kurz über die Schulter und sah ihren Vater im Türrahmen stehen. Einen Moment lang zögerte sie, dann holte sie noch mehr Klamotten aus ihrer Kommode.

»Ein anstrengender Tag?«, fragte Dad leise. Er wartete keine Antwort ab. »Ich war mit Jonah in der Werkstatt und habe dich kommen sehen. Ich hatte den Eindruck, du bist sehr aufgebracht.«

»Ich will nicht darüber reden.«

Dad rührte sich nicht von der Stelle. »Willst du weg?«

Sie ächzte – und packte weiter. »Ja. Ich verschwinde von hier. Ich rufe Mom an und fahre nach Hause.«

»Ist es so schlimm?«

Sie drehte sich zu ihm um. »Bitte, zwing mich nicht, hierzubleiben. Ich halte es nicht aus – ich mag die Leute nicht – ich passe nicht hierher. Ich will nach Hause!«

Wortlos schaute ihr Vater sie an, und sie sah die tiefe Enttäuschung in seinem Gesicht.

»Tut mir leid«, sagte sie. »Mit dir hat es nichts zu tun, ganz bestimmt nicht. Von jetzt an rede ich gern wieder mit dir, wenn du anrufst. Und du kannst mich mal in New York besuchen, dann unternehmen wir etwas zusammen, okay?«

Immer noch schwieg ihr Vater. Ronnie fühlte sich mit jeder Minute elender. Sie starrte auf den Inhalt ihres Koffers und holte dann wild entschlossen ihre restlichen Sachen.

»Ich weiß nicht, ob ich dich gehen lassen kann.«

Sie ahnte, was jetzt kommen würde, und verkrampfte sich schon innerlich. »Dad …«

Er hob die Hände. »Es ist nicht das, was du denkst. Ich würde dich abreisen lassen, wenn ich könnte. Ich würde auch deine Mom anrufen. Es ist diese Sache mit dem Musikgeschäft …«

»Mit Blaze«, hörte sie sich selbst sagen. »Und die Verhaftung …«

Sie ließ die Schultern sinken. In ihrer Wut hatte sie den Ladendiebstahl völlig vergessen.

Was nur allzu verständlich war. Schließlich hatte sie ja gar nichts gestohlen! Plötzlich verpuffte ihre ganze Energie, und sie ließ sich aufs Bett fallen. Das war nicht fair. Es war überhaupt nicht fair!

Ihr Vater stand noch in der Tür.

»Ich kann versuchen, Pete anzurufen – Officer Johnson, meine ich –, vielleicht ist er ja einverstanden. Aber ich erreiche ihn sicher erst morgen, und ich will nicht, dass du noch mehr Schwierigkeiten bekommst. Falls er sein Okay gibt und wenn du dann immer noch gehen willst, zwinge ich dich nicht hierzubleiben.«

»Versprochen?«

»Versprochen«, sagte er. »Obwohl es mir natürlich viel lieber wäre, wenn du bleibst.«

Sie nickte, mit zusammengepressten Lippen. »Und du kommst dann nach New York und besuchst mich?«

»Wenn ich kann«, antwortete er.

»Was willst du damit sagen?«

Ehe ihr Vater antworten konnte, klopfte jemand laut und hartnäckig an die Tür. Dad schaute sich um. »Ich nehme an, das ist der Junge, mit dem du heute unterwegs warst.«

Ronnie hätte ihn gern gefragt, woher er das wusste, und als ihr Vater ihr verwundertes Gesicht sah, fügte er hinzu: »Ich habe ihn eben schon von Weitem kommen sehen. Soll ich mit ihm reden?«

Sei nicht böse auf ihn. So ist er eben. Er kann nicht anders.

»Nein, danke«, entgegnete sie. »Ich regle das schon allein.«

Ihr Vater lächelte, und einen Moment lang fand sie, dass er viel älter aussah als gestern noch. Als hätte ihre Bitte ihn um Jahre altern lassen.

Aber trotzdem – sie gehörte einfach nicht hierher. Das hier war seine Wohnung, nicht ihre.

Wieder klopfte es.

»Hey, Dad!«

»Ja?«

»Vielen Dank für alles«, sagte sie. »Ich weiß, du möchtest, dass ich bleibe – aber ich kann nicht.«

»Ist schon okay, mein Schatz.« Er lächelte, als er das sagte, aber irgendwie klang er doch verletzt. »Ich verstehe dich.«

Sie zupfte am Saum ihrer Jeans, bevor sie vom Bett aufstand. Ihr Vater legte ihr kurz die Hand auf den Rücken, und sie hielt inne. Doch dann straffte sie sich, ging zur Haustür und öffnete. Will hatte die Hand erhoben und wollte offenbar gerade wieder klopfen. Er schien überrascht, als er Ronnie vor sich stehen sah.

Sie schaute ihn an. Warum war sie nur so dumm gewesen, ihm zu vertrauen? Sie hätte auf ihre innere Stimme hören sollen.

»Oh – hallo ...«, stotterte er und ließ die Hand wieder sinken. »Eine Sekunde lang habe ich gedacht –«

Sie knallte die Tür zu. Sofort begann er wieder zu klopfen.

»Bitte, Ronnie!«, rief er flehentlich. »Bitte, ich möchte doch nur wissen, was passiert ist. Wieso bist du weggelaufen?«

»Verschwinde!«, schrie sie.

»Was habe ich denn getan?«

Sie riss die Tür wieder auf. »Ich habe keine Lust, deine blöden Spielchen zu spielen!«

»Welche Spielchen? Wovon redest du?«

»Ich bin doch nicht dumm. Und ich habe dir nichts mehr zu sagen.«

Erneut knallte sie die Tür zu. Und sofort fing Will an, dagegenzutrommeln.

»Ich gehe erst, wenn du mir sagst, was los ist!«

Dad deutete auf die Tür. »Ärger im Paradies?«

»Das ist nicht das Paradies.«

»Man merkt's«, sagte er mit einem müden Lächeln. »Soll ich nicht doch mit ihm reden?«

Will klopfte unermüdlich.

»Er bleibt nicht mehr lange. Ich glaube, es ist besser, ihn einfach zu ignorieren.«

Nach kurzem Überlegen schien ihr Vater das zu akzeptieren und deutete zur Küche. »Hast du Hunger?«

»Nein«, antwortete Ronnie automatisch. Aber dann legte sie sich die Hand auf den Magen. »Vielleicht doch – ein bisschen.«

»Ich habe im Netz noch ein gutes Rezept gefunden. Man brät Zwiebeln, Pilze und Tomaten in Olivenöl und isst sie mit Pasta und Parmesankäse. Klingt das gut?«

»Ich glaube, dass Jonah das nicht besonders mag.«

»Er wollte einen Hotdog.«

»Na, so eine Überraschung!«

Ihr Vater lächelte. In dem Moment ging das Geklopfe wieder los. Dad musste irgendetwas in ihrem Gesicht gesehen habe, weil er plötzlich die Arme ausbreitete.

Ohne lange zu überlegen, ging Ronnie zu ihm, und er drückte sie an sich. Diese Geste hatte etwas ungemein Tröstliches, etwas, was Ronnie jahrelang vermisst hatte. Nur mit Mühe konnte sie die Tränen zurückhalten, als sie sich von ihm losmachte.

»Soll ich dir beim Kochen helfen?«

Noch einmal nahm Ronnie Anlauf, um den Inhalt der Seite, die sie gerade gelesen hatte, zu verstehen. Die Sonne war vor einer Stunde untergegangen, und nachdem sie sich ein paarmal durch die wenigen Sender gezappt hatte, die ihr Vater empfangen konnte, hatte sie den Fernseher schließlich ausgemacht und zu ihrem Buch gegriffen. Aber sosehr sie sich auch bemühte, sie schaffte nicht einmal ein einziges Kapitel. Jonah stand seit fast einer Stunde am Fenster – was sie zwang, ebenfalls daran zu denken, was da draußen vor dem Fenster war. Beziehungsweise *wer* da draußen war.

Will. Inzwischen waren schon vier Stunden vergangen, und er war immer noch da. Zwar hatte er aufgehört zu klopfen, aber er saß jetzt auf der Düne, mit dem Rücken zum Haus. Er befand sich auf einem öffentlichen Strand, also konnte man nichts unternehmen. Man konnte ihn nur ignorieren. Und das versuchte Ronnie auch, genau wie ihr Vater, der verblüffenderweise wieder in der Bibel las.

Jonah hingegen schaffte es einfach nicht, Will nicht zu beachten. Ihn faszinierte es offenbar, dass ein junger Mann draußen auf der Düne Wache hielt – als wäre ein Ufo beim Pier gelandet oder als würde ein Bigfoot durch den Sand trotten. Er trug schon seinen *Transformers*-Schlafanzug und hätte seit einer halben Stunde im Bett liegen müssen! Aber er hatte Dad angefleht, noch ein bisschen länger aufbleiben zu dürfen. »Wenn ich zu früh schlafen gehe, mache ich vielleicht ins Bett«, sagte er.

Wie bitte?

Ihr kleiner Bruder hatte seit Jahren nicht mehr ins Bett gemacht, eigentlich seit er kein Baby mehr war, und Ronnie wusste, dass Dad sein Argument auch nicht ganz ernst nahm. Dass er sich trotzdem erweichen ließ, hatte sicher damit zu tun, dass es der erste Abend war, den sie zu dritt verbrachten. Und je nachdem, was Officer Johnson morgen verkündete, war es vielleicht auch ihr letzter. Möglicherweise wollte Dad das noch ein bisschen auskosten.

Ronnie konnte es verstehen. Irgendwie bekam sie fast ein schlechtes Gewissen wegen ihrer Abreisepläne. Gemeinsam mit Dad zu kochen hatte ihr mehr Spaß gemacht als erwartet, weil er seine Fragen nicht immer mit irgendwelchen Anspielungen verband, wie Mom das in letzter

Zeit ständig gemacht hatte. Und sie, Ronnie, konnte dafür sorgen, dass es für alle ein schöner Abend wurde.

Was natürlich nicht funktionierte. Wegen Will.

»Wie lange wird er noch da draußen sitzen – was würdet ihr schätzen?«, brummelte Jonah. Die Frage stellte er nicht zum ersten, sondern bestimmt zum fünften Mal, obwohl weder sie noch Dad je antworteten. Diesmal legte Dad allerdings seine Bibel beiseite.

»Warum fragst du ihn nicht?«, schlug er vor.

»Ach, Quatsch«, schnaubte Jonah verächtlich. »Er ist doch nicht mein Freund.«

»Mein Freund ist er auch nicht«, warf Ronnie ein.

»Aber er benimmt sich so.«

»Aber er ist es nicht, kapiert?«

»Wieso sitzt er dann da draußen?« Jonah legte den Kopf schief, als würde ihm das helfen, dieses Rätsel zu lösen. »Ich meine – das ist doch alles ziemlich komisch, findest du nicht? Stundenlang hockt er auf der Düne und wartet, dass du endlich mit ihm sprichst. Hallo?«

»Ich höre, was du sagst.« In den letzten zwanzig Minuten hatte sie denselben Absatz mindestens sechs Mal gelesen.

»Ich will damit nur sagen, dass es sehr merkwürdig ist«, sagte Jonah. Er klang wie ein verblüffter Physiker. »Wieso wartet er da draußen auf meine *Schwester*?«

Ronnie merkte, dass sich Dad ein Grinsen nicht verkneifen konnte.

Mit neuer Entschlossenheit wendete sie sich wieder ihrem Buch zu und nahm sich denselben Absatz noch einmal vor. Ein paar Minuten lang herrschte Stille im Raum.

Nur Jonah stand immer noch am Fenster und murmelte vor sich hin.

Ronnie versuchte, ihn nicht zu beachten, lehnte sich zurück, legte die Füße auf das Couchtischchen und zwang sich, konzentriert zu lesen. Für ein paar Sekunden war sie fähig, alles andere um sich herum auszublenden, und schaffte es sogar, wieder in die Handlung einzutauchen. Doch dann meldete sich Jonah erneut unüberhörbar zu Wort.

»Wie lange sitzt er wohl noch da rum – was denkt ihr?«

Genervt klappte Ronnie ihr Buch zu. »Okay!«, rief sie. Ihr Bruder wusste genau, welche Knöpfe er drücken musste, um sie in den Wahnsinn zu treiben. »Ich hab's verstanden. Ich gehe zu ihm.«

Es wehte ein starker, salziger Wind, als Ronnie von der Veranda in den Sand trat. Will schien nicht gehört zu haben, wie die Tür ins Schloss fiel. Jedenfalls reagierte er nicht. So wie es aussah, war er ganz und gar damit beschäftigt, mit kleinen Muscheln nach den Spinnenkrabben zu werfen, die blitzschnell zu ihren Löchern flitzten.

Ein feiner Dunstschleier trübte das Licht der Sterne, sodass die Nacht kühler und dunkler schien als vorher. Wie so oft verschränkte Ronnie die Arme vor der Brust, um sich gegen die Kälte zu schützen. Ihr fiel auf, dass Will immer noch dasselbe T-Shirt und dieselben Shorts trug wie heute Morgen. Ob er wohl fror?, fragte sie sich, schob den Gedanken aber schnell beiseite. Es ging sie nichts an. Als er sich endlich zu ihr umdrehte, konnte sie in der Dunkelheit sein Gesicht nicht sehen, aber sie spürte auf einmal, dass sie gar nicht mehr so wütend auf ihn war wie vorher. Sie war höchstens irritiert von seiner Sturheit.

»Du hast meinen Brüder völlig aus dem Konzept gebracht«, sagte sie und bemühte sich, möglichst streng zu klingen. »Ich finde, du solltest jetzt gehen.«

»Wie spät ist es?«

»Schon nach zehn.«

»Du hast dir wirklich Zeit gelassen.«

»Habe ich dir nicht gleich gesagt, du sollst verschwinden? Ich hätte gar nicht kommen sollen.«

Sein Mund verzog sich zu einer schmalen Linie. »Ich will wissen, was passiert ist.«

»Gar nichts ist passiert.«

»Dann sag mir, was Ashley dir erzählt hat.«

»Sie hat nichts erzählt.«

»Ich habe doch genau gesehen, wie ihr miteinander geredet habt!«, rief er empört.

Genau das war der Grund, weshalb sie nicht nach draußen gehen wollte – ein Gespräch über Ashley wollte sie vermeiden. »Will –«

»Weshalb bist du weggelaufen, nachdem du dich mit ihr unterhalten hast? Und warum hat es vier Stunden gedauert, bis du endlich aus dem Haus kommst und mit mir sprichst?«

Ronnie schüttelte den Kopf. Sie wollte nicht zugeben, wie gekränkt sie war. »Ist alles nebensächlich.«

»Mit anderen Worten – es hat etwas mit Ashley zu tun, nicht wahr? Was hat sie gesagt? Dass wir noch zusammen sind? Aber das stimmt nicht. Zwischen Ashley und mir ist es aus.«

Es dauerte eine Sekunde, bis Ronnie verstand, was er meinte. »Sie war deine Freundin?«

»Ja«, antwortete er. »Wir waren zwei Jahre lang zusammen.«

Als Ronnie schwieg, ging er auf sie zu. »Bitte, sag mir, was sie gewollt hat.«

Aber sie hörte ihn gar nicht richtig, weil sie daran denken musste, wie sie Ashley das erste Mal gesehen hatte, am Rande des Spielfelds. Und wie sie Will das erste Mal gesehen hatte. Ashley im Bikini, die Figur perfekt – und wie sie Will angeschaut hatte!

Sie merkte zwar, dass Will weitersprach, aber er schien weit, weit weg zu sein.

»Was soll das? Du willst nichts sagen? Du lässt mich stundenlang hier draußen warten, und dann hältst du es noch nicht mal für nötig, mir auf eine einfache Frage eine einfache Antwort zu geben?«

Doch Ronnie sah immer nur Ashley vor sich, superhübsch zurechtgemacht, lächelnd, Beifall klatschend – alles nur, damit Will zu ihr rüberschaute?

Aber wieso? Wollte sie ihn wiederhaben? Und hatte sie Angst, Ronnie könnte eine Rivalin werden?

Auf einmal erschien ihr alles absolut logisch. Sie wollte etwas sagen, aber in dem Moment schüttelte Will frustriert den Kopf und erklärte: »Ich habe gedacht, du bist anders. Ich habe gedacht ...« Mit einer Mischung aus Wut und Enttäuschung schaute er sie an, dann ging er plötzlich in Richtung Wasser. »Ach, verdammt, ich weiß selbst nicht mehr, was ich gedacht habe!«, rief er ihr über die Schulter zu.

Sie wollte hinter ihm herlaufen, wollte ihm etwas zurufen, aber dann sah sie unten beim Wasserrand ein flackerndes Licht, das sich auf und ab bewegte ...

Ein Feuerball!

Ihr stockte der Atem. Marcus. Instinktiv wich sie einen Schritt zurück, und gleich erschien eine grauenhafte Szene vor ihrem inneren Auge: Marcus schlich sich heimlich zu dem Nest, während sie draußen im Freien schlief ... Wie nahe wäre er herangekommen? Warum ließ er sie nicht in Ruhe? Verfolgte er sie wie ein Stalker?

Sie hatte Berichte über Stalker in den Nachrichten gesehen und auch sonst schon davon gehört. Eigentlich glaubte sie, dass sie in den meisten Situationen wusste, was zu tun war, aber jetzt ...

Marcus jagte ihr Angst ein.

Will war schon ein paar Häuser weiter und verschwand in der Nacht. Am liebsten hätte sie ihn zurückgeholt und ihm alles erzählt. Aber sie wollte nicht länger im Freien bleiben als unbedingt nötig. Und sie fand es auch nicht gut, wenn Marcus sie mit Will in Verbindung brachte. Es gab ja sowieso kein »Ronnie und Will«, oder? Jedenfalls jetzt nicht mehr. Es gab nur noch sie.

Und Marcus.

Panik überschwemmte sie. Sie wich noch einen Schritt zurück, zwang sich dann aber, stehen zu bleiben. Wenn Marcus merkte, dass sie Angst hatte, machte das alles nur noch schlimmer. Ganz bewusst trat sie in den Lichtkegel der Verandalampe und schaute zu Marcus hinunter.

Sie konnte ihn nicht sehen – nur das flackernde Licht, das sich auf und ab bewegte. Marcus wollte sie einschüchtern, so viel war klar. Das löste eine ganz bestimmte Reaktion in ihr aus: Sie blickte stur in seine Richtung, stemmte die Hände in die Hüften und schob trotzig das Kinn vor. Ihr Herz hämmerte laut, aber sie rührte sich nicht von der Stelle, auch als der Feuerball aufhörte, auf und ab zu fliegen. Kurz darauf erlosch die Flamme, und Ronnie wusste, dass Marcus sie mit der Faust ausgemacht hatte, um anzukündigen, dass er sich ihr jetzt näherte.

Sie wartete, eine Sekunde nach der anderen. Aus den Sekunden wurde eine Minute und noch eine, und nach einer Weile begriff sie, dass er nicht kam. Sie hatte lange genug gewartet. Offensichtlich hatte er ihre Botschaft verstanden. Zufrieden ging sie zurück ins Haus.

Doch als sie die Tür hinter sich schloss und sich kurz dagegenlehnte, merkte sie, dass ihre Hände zitterten.

KAPITEL 15

Marcus

»Ich möchte im Diner was essen, bevor er zumacht«, quengelte Blaze.

»Dann geh doch«, entgegnete Marcus. »Ich habe keinen Hunger.«

Blaze und Marcus waren am Bower's Point, zusammen mit Teddy und Lance. Die beiden hatten zwei der hässlichsten Mädchen angeschleppt, die Marcus je gesehen hatte, und diesen jungen Damen flößten sie nun jede Menge Alkohol ein. Marcus war sauer, weil die vier hier herumlungerten, und es passte ihm auch überhaupt nicht, dass Blaze seit einer Stunde nur nörgelte und von ihm wissen wollte, wo er den ganzen Tag gewesen sei.

Ahnte sie, dass es etwas mit Ronnie zu tun hatte? Blaze war nämlich alles andere als dumm. Sie hatte sofort gespürt, dass er sich für Ronnie interessierte. Das erklärte auch, warum sie die CDs in ihre Tasche geschmuggelt hatte. Die perfekte Methode, um Ronnie fernzuhalten – was bedeutete, dass Marcus sie ebenfalls nicht zu sehen bekam.

Das ärgerte ihn maßlos. Und jetzt jaulte Blaze hier herum, weil sie unbedingt etwas essen wollte, betatschte ihn ständig und stellte aufdringliche Fragen.

»Ich möchte aber nicht allein in den Diner«, beschwerte sie sich.

»Hörst du mir eigentlich nicht zu?«, fuhr Marcus sie an. »Kapierst du gar nichts? Ich habe keinen Hunger.«

»Du musst ja nichts essen«, murmelte Blaze beleidigt.

»Kannst du gefälligst mal die Klappe halten?«

Damit brachte er sie zum Schweigen. Wenigstens für ein paar Minuten. An ihrem gekränkten Gesichtsausdruck konnte er ablesen, dass sie eine Entschuldigung von ihm erwartete. Tja, Pech gehabt. Da hatte sie sich leider verrechnet.

Den Blick aufs Meer gerichtet, zündete er einen Feuerball an. Es nervte ihn, dass Blaze immer noch da war. Und von Teddy und Lance hatte er sowieso die Schnauze voll. Er wollte seine Ruhe haben. Wirklich blöd, dass Blaze es geschafft hatte, Ronnie zu vertreiben. Aber ganz besonders ärgerte es ihn, dass er sich wegen der ganzen Sache so ärgerte. Das passte doch gar nicht zu ihm, und er konnte es nicht leiden, wenn er sich so fühlte. Am liebsten hätte er auf irgendetwas oder irgendjemanden eingeprügelt. Ganz oben auf seiner Aggressionsliste stand Blaze, die immer noch einen Flunsch zog. Schnell wandte er den Blick ab. Wenn er allein wäre, könnte er friedlich sein Bier trinken, die Musik aufdrehen und seinen Gedanken nachhängen. Ohne diese bescheuerten Typen, die ihn nur belästigten.

Im Grunde war er ja gar nicht wütend auf Blaze. Verdammt – als er hörte, was sie gemacht hatte, fand er das sogar gut, weil er dachte, er könnte sich dadurch besser an Ronnie ranmachen, ihr seine Hilfe anbieten. Nach dem

Motto, eine Hand wäscht die andere. Aber als er Ronnie den Vorschlag machte, hatte sie reagiert, als hätte er irgendeine Krankheit und als würde sie lieber tot umfallen, als sich mit ihm einzulassen. Doch so schnell gab er nicht auf, das war nicht seine Art, und garantiert würde sie mit der Zeit kapieren, warum sie nur mit seiner Hilfe aus diesem Schlamassel wieder herauskam. Also war er zum Haus ihres Vaters gegangen, um ihr einen kleinen Besuch abzustatten und vielleicht ein bisschen zu reden. Er hatte beschlossen, ganz zurückhaltend aufzutreten und voller Verständnis zuzuhören, wenn sie ihm erzählte, was Blaze ihr Furchtbares angetan hatte. Vielleicht machten sie gemeinsam einen Strandspaziergang, beispielsweise zum Pier, und was dann unter dem Pier abging, konnte man sich denken, oder?

Aber als er zum Haus kam, war Will schon da gewesen. Ausgerechnet Will. Er hockte auf der Düne und wartete offenbar auf Ronnie. Und nach einer Weile kam Ronnie tatsächlich heraus und redete mit ihm. Sie schienen sich zu streiten, aber an der Art, wie sie sich verhielten, merkte man sofort, dass zwischen ihnen irgendetwas war. Das verdarb ihm, Marcus, vollends die Laune.

Die beiden kannten sich also. Und vermutlich waren sie sogar ein Paar. Was wiederum bedeutete, dass er sich gewaltig in ihr getäuscht hatte.

Und dann? Ja, das war der Gipfel. Nachdem Will gegangen war, merkte Ronnie, dass sie zwei Besucher hatte. Er rechnete mit zwei Möglichkeiten: Entweder kam sie zu ihm und sprach mit ihm, weil sie hoffte, er könnte Blaze dazu bewegen, die Wahrheit zu sagen. Oder sie bekam

Angst, so wie neulich, und rannte sofort zurück ins Haus. Er fand es toll, dass er ihr Angst machte. Davon konnte er nur profitieren.

Aber sie tat nichts von beidem, sondern starrte nur stur in seine Richtung, als würde sie sagen: Na, dann wollen wir doch mal sehen. Sie blieb auf der Veranda stehen, und ihre ganze Körperhaltung drückte Wut und Trotz aus. Bis sie dann schließlich ins Haus ging.

So ein Benehmen durfte sich ihm gegenüber niemand erlauben. Erst recht kein Mädchen. Für wen hielt sie sich eigentlich? Knackige Figur hin oder her – ihr Auftreten passte ihm nicht.

Blaze unterbrach seine Grübeleien. »Willst du echt nicht mitkommen?«

Marcus schaute sie an. Auf einmal überkam ihn das dringende Bedürfnis, den Kopf freizubekommen und sich abzureagieren. Ihm war klar, was er dafür brauchte und wer es ihm verschaffen konnte.

»Komm her«, sagte er und zwang sich zu lächeln. »Setz dich zu mir. Ich will nicht, dass du jetzt schon gehst.«

KAPITEL 16

Steve

Steve blickte hoch, als Ronnie wieder hereinkam. Sie lächelte ihm zu, als wollte sie ihm versichern, dass alles in Ordnung sei, nahm ihr Buch und ging in ihr Zimmer. Aber an ihrem Gesichtsausdruck merkte er, dass etwas nicht stimmte.

Was war nur mit Ronnie los? Er konnte nicht sagen, ob sie traurig oder wütend oder verängstigt war. Sollte er mit ihr reden? Besser nicht. Er wusste, dass sie lieber allein damit fertigwerden wollte. Das war vermutlich normal. Zwar hatte er in den letzten Jahren nicht mit ihr zusammengelebt, aber früher hatte er viele junge Menschen unterrichtet und gelernt, wenn sie mit einem reden wollten, musste man sich ernsthaft Sorgen machen.

»Hey, Dad«, sagte Jonah.

Solange Ronnie draußen war, hatte er Jonah verboten, aus dem Fenster zu schauen. Das fand er besser, und Jonah begriff schnell, dass es keinen Sinn hatte, sich dagegen zu wehren. Im Fernsehen hatte er einen Sender entdeckt, auf dem *SpongeBob* lief, und diese Sendung hatte er sich die letzte Viertelstunde über angeschaut.

»Ja?«

Jonah fragte mit ernster Miene: »Was hat ein Auge, spricht Französisch und isst gern Kekse, bevor es ins Bett geht?«

Steve überlegte. »Keine Ahnung.«

Jonah hielt sich das rechte Auge zu. »*Moi*.«

Sein Vater musste lachen, legte die Bibel fort und erhob sich vom Sofa. Jonah brachte ihn oft zum Lachen. »Dann komm mal mit. Ich habe Schokokekse in der Küche.«

»Ich glaube, Ronnie und Will haben sich gestritten«, sagte Jonah und zog seine Schlafanzughose hoch, während er hinter Steve hertappte.

»Heißt er so?«

»Mach dir keine Sorgen. Ich habe meine Erkundigungen eingezogen.«

»Aha«, sagte Steve. »Warum denkst du, sie haben sich gestritten?«

»Ich habe sie gehört. Will hat ganz schön wütend geklungen.«

Steve runzelte verdutzt die Stirn. »Ich dachte, du hast *SpongeBob* gesehen.«

»Hab ich ja. Aber ich konnte sie trotzdem hören«, erwiderte Jonah nüchtern.

»Man soll die Gespräche anderer Leute nicht belauschen«, wies ihn Steve zurecht.

»Aber manchmal ist es sehr interessant.«

»Trotzdem tut man es nicht.«

»Mom versucht immer, mitzuhören, wenn Ronnie telefoniert. Und sie nimmt heimlich das Handy, wenn Ronnie im Bad ist, und liest ihre SMS.«

»Ehrlich?« Steve bemühte sich, nicht allzu verblüfft zu klingen.

»Ja. Wie soll sie sonst rauskriegen, was Ronnie macht?«

»Keine Ahnung – vielleicht könnte sie mit ihr reden.«

»Ja, klar.« Jonah schnaubte verächtlich. »Nicht mal Will schafft es, mit ihr zu reden, ohne zu streiten. Sie macht alle Leute wahnsinnig.«

Als Steve zwölf Jahre alt war, hatte er nicht viele Freunde. Er ging in die Schule und übte Klavier – dazwischen blieb ihm wenig Freizeit. Und er redete eigentlich nur mit Pastor Harris.

In dieser Phase seines Lebens war er wie besessen vom Klavier. Er übte vier bis sechs Stunden am Tag und lebte ganz in der Welt der Melodien und Harmonien. Er gewann zahlreiche regionale und überregionale Wettbewerbe. Nur zum ersten Wettbewerb kam seine Mutter mit, sein Vater schaffte es kein einziges Mal. Steve saß stattdessen oft auf dem Beifahrersitz neben Pastor Harris, der ihn nach Raleigh oder Charlotte, nach Atlanta oder Washington, D.C., fuhr. Sie unterhielten sich stundenlang. Der Pastor war ein frommer Mann, und wenn er in ihren Gesprächen die Lehren Christi erwähnte, was er fast immer tat, klang das so normal, wie wenn jemand aus Chicago darüber sprach, dass sich die Cubs bei den Baseballmeisterschaften vergeblich anstrengten.

Pastor Harris war ein freundlicher Mensch, der immer viel zu tun hatte. Er nahm seinen Beruf ernst, und selbst an den meisten Abenden kümmerte er sich um seine Gemeinde. Er war im Krankenhaus oder in einem Bestattungsbüro oder bei irgendjemandem zu Hause. Viele Mitglieder betrachtete er als seine Freunde. Am Wochenende hielt er Trauungen und Taufen, mittwochabends traf sich der Kirchengemeinderat, und dienstags und donnerstags übte er mit dem Chor. Aber jeden Abend, bei jedem Wetter, nahm er sich eine Stunde frei und ging allein am Strand entlang. Er wirkte absolut gelassen, wenn er von diesen Spaziergängen zurückkam. Steve hatte immer angenommen, dass sich der Pastor auf diese Weise einfach die Ruhe und Ausgeglichenheit verschaffte, die er für seinen Beruf brauchte – bis er ihn eines Tages fragte.

»Nein«, antwortete Pastor Harris. »Ich gehe nicht am Strand spazieren, um allein zu sein. Weil das gar nicht möglich ist. Ich rede mit Gott. Er begleitet mich.«

»Heißt das, Sie beten?«

»Nein. Das heißt: Ich rede mit Ihm. Vergiss nie, dass Gott dein Freund ist. Und wie alle deine Freunde möchte er gern wissen, was in deinem Leben so los ist. Gutes oder Schlechtes, ob dich Sorgen quälen oder ob du wütend bist, ganz egal. Selbst wenn du voller Zweifel bist und dich fragst, warum so viele schreckliche Dinge passieren. Deshalb rede ich mit ihm.«

»Was erzählen Sie ihm?«

»Was erzählst du deinen Freunden?«

»Ich habe keine Freunde.« Steve lächelte verlegen. »Jedenfalls keine, mit denen ich sprechen kann.«

Pastor Harris legte ihm die Hand auf die Schulter. »Du hast mich.« Als Steve schwieg, drückte der Pastor ihn ein bisschen. »Wir reden so miteinander wie du und ich.«

wollte ihr Gute Nacht sagen und zupfte die Decke zurecht, aber Ronnie erklärte: »Du brauchst das nicht zu machen. Ich kann es allein.« Kim hatte ihn mit schmerzerfülltem Gesicht angeschaut. Ihr war natürlich bewusst gewesen, dass Ronnie eines Tages erwachsen sein würde, aber trotzdem tat es ihr im Herzen weh, zu sehen, dass die Kindheit zu Ende ging.

Steve reagierte anders als Kim. Ihn machte es nicht traurig, dass Ronnie bald kein Kind mehr sein würde. Er dachte an sich selbst in dem Alter. Damals hatte er angefangen, seine eigenen Entscheidungen zu treffen und sich seine persönlichen Gedanken über die Welt zu machen. Die Jahre, in denen er unterrichtete, bestärkten immer wieder seine Ansicht, dass Veränderungen nicht nur unvermeidlich waren, sondern meistens auch ihre guten Seiten hatten. Es gab Zeiten, da saß er mit einem Schüler am Klavier und hörte sich an, wie dieser von den Auseinandersetzungen mit seinen Eltern erzählte – dass seine Mutter versuchte, seine Freundin zu sein, während sein Vater ihn kontrollieren wollte. Auch die anderen Dozenten in seiner Abteilung bemerkten, dass es ihm sehr leichtfiel, einen guten Kontakt zu seinen Schülern und Studenten aufzubauen. Und wenn diese dann ihren Abschluss machten, entdeckte Steve oft zu seiner großen Überraschung, dass sie selbst es genauso sahen. Er wusste nicht, weshalb das so war. Meistens hörte er ja nur schweigend zu, oder er versuchte, ihre Fragestellungen umzuformulieren. Das brachte die Schüler dazu, ihre eigenen Schlussfolgerungen zu ziehen, und Steve vertraute darauf, dass sie zu den richtigen Ergebnissen kamen. Wenn er das Gefühl hatte, etwas sagen zu müssen, gab er meistens ganz allgemeine Kommentare von sich, wie ein typischer Hobbypsychologe. »Natürlich will deine Mom deine Freundin sein«, sagte er beispielsweise. »Sie sieht dich inzwischen fast schon als einen erwachsenen jungen Mann, den sie gern kennenlernen möchte.« Oder: »Dein Dad weiß, dass er im Leben viele Fehler gemacht hat, und er möchte nicht, dass du die gleichen Fehler machst.« Durchschnittliche Gedanken eines durchschnittlichen Mannes, aber zu seiner Verblüffung drehten sich die Studenten manchmal schweigend zum Fenster, als wollten sie eine tiefschürfende Einsicht auf sich wirken lassen. Es konnte sogar vorkommen, dass die Eltern des Schülers ihn später anriefen und sich bei ihm bedankten, dass er mit ihrem Sohn gesprochen hatte – der Junge sei viel besserer Laune. Wenn er dann auflegte, versuchte er, sich daran zu erinnern, was er genau gesagt hatte. Hoffentlich etwas Sinnvolles! Aber meistens fiel es ihm nicht wieder ein.

Im Haus war jetzt alles still. Steve hörte, wie Jonahs Atemzüge immer regelmäßiger wurden. Sein Sohn war eingeschlafen. Die Sonne und die frische Luft waren wesentlich anstrengender als ein Tag in Manhattan. Und was Ronnie betraf – er freute sich, dass der Schlaf die Strapazen der letzten Tage vorübergehend auslöschte. Ihre Züge waren heiter und fast engelsgleich, und irgendwie erinnerte sie ihn an Pastor Harris nach seinen Spaziergängen am Strand. Steve betrachtete seine Tochter versonnen, und wieder einmal sehnte er sich nach einem Beweis für Gottes Gegenwart. Vielleicht fuhr Ronnie schon morgen früh wieder fort! Als ihm das einfiel, trat er vorsichtig ein bisschen näher. Das Mondlicht flutete durchs Fenster, und leise hörte er das stetige Rauschen des Ozeans. Am Himmel glitzerten die Sterne und schickten ihre Botschaft in die Welt, als würde Gott seine Anwesenheit anderswo verkünden. Plötzlich war Steve sehr müde. *Ich bin allein*, dachte er, *ich werde immer allein sein*. Er beugte sich über Ronnie und küsste sie zart auf die Wange. Wieder spürte er diese tiefe Liebe zu ihr, ein Glücksgefühl, das so stark war, dass es schmerzte.

Als er aufwachte, ahnte man schon die Dämmerung, und sein erster Gedanke – oder eigentlich war es eher ein Gefühl – war, wie sehr er das Klavierspielen vermisste. Kurz zuckte er zusammen, als er wie so oft in letzter Zeit dieses Stechen in der Magengegend fühlte. Am liebsten wäre er aufgestanden und ins Wohnzimmer gegangen, um sich dort in seiner Musik zu verlieren.

Wann konnte er wohl wieder Klavier spielen? Er bedauerte es, dass er hier keine Freundschaften geschlossen hatte. Seit der Flügel hinter den Sperrholzplatten versteckt war, kam ihm immer wieder der Gedanke, wie praktisch es wäre, wenn er einen Freund fragen könnte, ob er auf dessen selten benutztem Klavier spielen dürfe, auf dem Klavier, das sein imaginärer Freund nur als eine Dekoration im Wohnzimmer stehen hatte. Er sah die Szene richtig vor sich, wie er sich auf die etwas staubige Bank setzte, während der Freund ihn von der Küche oder vom Flur aus beobachtete, und plötzlich begann er ein Stück zu spielen, das diesen Freund zu Tränen rührte, etwas, was ihm während der langen Monate seiner Tourneen nie gelungen war.

Er wusste, diese Fantasievorstellung war lächerlich, aber ohne Musik fühlte er sich ziellos und verloren. Er stand auf und versuchte, die dunklen Gedanken zu vertreiben. Pastor Harris hatte ihm gesagt, dass für die Kirche ein neuer Flügel bestellt worden war, der demnächst geliefert werden sollte, ein Geschenk von einem Gemeindemitglied. Und auf diesem Flügel durfte Steve dann uneingeschränkt spielen. Aber vermutlich war es erst Ende Juli so weit. Konnte er es bis dahin aushalten?

Müde setzte er sich an den Küchentisch und legte die Hände auf die Platte. Wenn er sich konzentrierte, müsste er es schaffen, die Musik in seinem Kopf zu hören. Beethoven hatte die *Eroica* schließlich komponiert, als er schon so gut wie taub war, oder? Vielleicht gelang ihm das ja auch. Er entschied sich für die Sonate, die Ronnie bei ihrem Auftritt in der Carnegie Hall gespielt hatte. Mit geschlossenen Augen versuchte er, die Klänge herbeizurufen. Zuerst waren sie nur leise zu hören, als er begann, die Finger zu bewegen. Aber nach und nach wurden die Sequenzen und Akkorde deutlicher, und obwohl es nicht ganz so befriedigend war, wie wenn er richtig Klavier spielte, vermochte er sich doch für den Moment damit zufriedengeben. Es blieb ihm ja nichts anderes übrig.

Während noch die letzten Takte der Sonate in seinem Kopf nachhallten, öffnete er langsam die Augen und blickte sich in der halbdunklen Küche um. In wenigen Minuten würde die Sonne über den Horizont steigen. Aus irgendeinem Grund hörte er jetzt einen einzigen Ton, ein b, das noch lange in der Luft schwebte und ihm zuwinkte. Klar, er hatte sich das alles nur eingebildet, aber dieser Ton wollte nicht verklingen. Steve suchte nach Papier und einem Stift.

Schnell zeichnete er Notenlinien auf einen Zettel und trug den Ton ein, ehe er mit dem Finger wieder auf den Tisch drückte. Erneut hörte er das b, aber dieses Mal folgten noch andere Noten. Wie in Trance schrieb er alles nieder.

Er hatte schon sein ganzes Leben komponiert, aber seine Kompositionen hatte er immer als Bagatellen betrachtet im Vergleich zu den gigantischen Werken, die er normalerweise spielte. Auch der Einfall jetzt führte vielleicht nicht weit, aber er spürte, dass er weitermachen wollte. Wie wäre es, wenn es ihm gelänge, etwas ... Geniales zu schreiben? Etwas, das in Erinnerung bleiben würde?

Er hatte schon in der Vergangenheit solche Versuche unternommen und immer Schiffbruch erlitten. Zweifellos würde er auch jetzt wieder scheitern. Trotzdem hatte er bei dem, was er schrieb, ein gutes Gefühl. Aus nichts etwas zu schaffen war herrlich. Das Thema war noch nicht sehr weit gediehen – nach langen Mühen war er zu den Anfangsnoten zurückgekehrt und hatte beschlossen, noch einmal von vorn zu beginnen –, aber trotzdem empfand er eine gewisse Befriedigung.

Als die Sonne über die Dünen kletterte, fiel Steve wieder ein, worüber er am Abend nachgedacht hatte. Deshalb beschloss er, einen Strandspaziergang zu machen. Er wollte gern mit dem gleichen friedlichen Gesichtsausdruck zurückkehren wie Pastor Harris, doch während er durch den Sand trottete, fühlte er sich wie ein Amateur, jemand, der nach Gottes Wahrheit sucht wie ein Kind nach Muscheln.

Wie schön wäre es gewesen, wenn er einen eindeutigen Beweis für seine Existenz gefunden hätte! Doch das gelang ihm nicht, und er versuchte stattdessen, sich der Welt zu widmen, die ihn umgab: Da war die Sonne, das Morgenlied der Vögel, der Dunst über dem Wasser. Er wollte diese Schönheit in sich aufnehmen, ohne sie bewusst zu reflektieren, er wollte den Sand unter den Füßen fühlen und die frische Brise, die seine Wangen streichelte.

Was war es, fragte er sich zum hundertsten Mal, das Pastor Harris befähigte, in seinem Herzen die Antworten zu hören? Was meinte er, wenn er sagte, er fühle Gottes Gegenwart? Natürlich könnte er den Pastor direkt fragen, aber das würde aller Voraussicht nach nicht viel bringen. Wie sollte jemand so etwas erklären? Es wäre so ähnlich, wie wenn man versuchte, einem Menschen, der von Geburt an blind war, die Farben zu beschreiben. Die Wörter waren vielleicht verständlich, aber das Konzept blieb rätselhaft und unzugänglich.

Komisch, dass ihn solche Probleme beschäftigten. Bis vor Kurzem hatten ihn all diese Fragen nicht weiter interessiert. Wahrscheinlich hatten ihn seine täglichen Verpflichtungen dermaßen auf Trab gehalten, dass er den Fragen ausweichen konnte – bis er nach Wrightsville Beach zurückkehrte. Hier war der Lebensrhythmus langsamer, die Zeit verging nicht so schnell. Beim Weitergehen dachte er über die schicksalhafte Entscheidung nach, als er beschloss, Konzertpianist zu werden. Sicher, er hatte sich schon lange überlegt, ob er sich wohl würde durchsetzen können. Und er hatte das Gefühl gehabt, dass ihm nicht mehr viel Zeit blieb. Aber wodurch hatten diese Gedanken plötzlich solch ein Gewicht bekommen? Warum war er bereit gewesen, seine Familie für Monate zu verlassen? Dieser Egoismus! Im Nachhinein konnte man sagen, dass es kein sehr weiser Entschluss gewesen war – für alle Betroffenen. Früher hatte er gedacht, dass seine Leidenschaft für die Musik ihn getrieben hatte, aber inzwischen vermutete er, dass er im Grunde nach Mitteln und Wegen gesucht hatte, um die abgrundtiefe Leere, die er manchmal in sich spürte, irgendwie zu füllen.

Und er fragte sich, ob er vielleicht dank dieser Erkenntnis eines Tages die Antwort finden konnte.

KAPITEL 17

Ronnie

Als Ronnie aufwachte, schaute sie gleich auf den We-cker. Sie war erleichtert. Zum ersten Mal, seit sie hier war, hatte sie es geschafft auszuschlafen. Es war immer noch nicht besonders spät, aber als sie aus dem Bett klet-terte, fühlte sie sich doch erfrischt. Sie hörte den Fernse-her im Wohnzimmer. Jonah lag auf dem Sofa, sein Kopf hing nach unten, und er schaute fasziniert auf den Bild-schirm. Sein Hals war voll mit Pop-Tart-Krümeln, und als er noch einmal zubiss, verstreute er jede Menge Brosamen über sich und auf den Teppich.

Ronnie wusste, es hatte wenig Sinn, ihn zu fragen, wa-rum er so komisch dalag, aber sie konnte es nicht lassen.

»Was tust du da?«

»Ich sehe umgedreht fern«, sagte Jonah. Er schaute sich einen dieser nervigen japanischen Zeichentrickfilme an, bei denen alle Figuren riesige Augen hatten und die Ron-nie nie so recht kapierte.

»Wieso?«

»Weil ich Lust dazu habe.«

Sie hätte nicht fragen sollen. Tja, zu spät. Ronnie warf einen Blick in die Küche. »Wo ist Dad?«

»Keine Ahnung.«

»Wann ist er weggegangen?«

»Keine Ahnung.«

»War er noch hier, als du aufgestanden bist?«

»Ja, klar.« Er nahm nicht eine Sekunde lang den Blick vom Fernseher. »Wir haben über das Fenster geredet.«

»Und dann ...«

»Keine Ahnung.«

»Willst du damit sagen, er hat sich in Luft aufgelöst?«

»Nein. Ich will sagen, dass Pastor Harris vorbeigekommen ist, und die beiden sind rausgegangen, um sich zu unterhalten.« Er sagte das in einem Ton, als wäre es absolut selbstverständlich, dass jeder das wusste.

»Warum hast du das nicht gleich gesagt?« Ronnie machte eine genervte Handbewegung.

»Weil ich meine Sendung verkehrt herum sehen will, und es ist nicht leicht, mit dir zu reden, während mir das Blut in den Kopf strömt.«

Das war natürlich wie eine Einladung, etwas Freches zu entgegnen – zum Beispiel: Vielleicht solltest du öfter mit dem Kopf nach unten hier liegen –, aber Ronnie widerstand der Versuchung. Weil sie guter Laune war. Weil sie ausgeschlafen hatte. Und vor allem, weil in ihrem Inneren eine leise Stimme flüsterte: Kann sein, dass du heute nach Hause fährst. Schluss mit Blaze, Schluss mit Marcus und Ashley. Schluss mit dem frühen Aufwachen.

Schluss mit Will ...

Bei dem Gedanken zögerte sie etwas. Alles in allem war Will gar nicht so übel. Der Tag gestern hatte ihr sogar richtig gut gefallen, jedenfalls bis kurz vor Schluss.

Sie hätte ihm sagen sollen, was Ashley behauptet hatte. Sie hätte ihm ihr Verhalten erklären müssen. Aber dann war Marcus aufgetaucht ...

Neugierig zog sie die Vorhänge auf und spähte nach draußen. Ihr Vater und der Pastor standen in der Einfahrt. Sie hatte Pastor Harris seit ihrer Kindheit nicht mehr gesehen, aber er hatte sich kaum verändert. Zwar stützte er sich jetzt auf einen Stock, aber seine dichten weißen Haare und die buschigen weißen Augenbrauen waren ihr schon damals sehr eindrücklich gewesen. Ronnie lächelte, weil sie daran denken musste, wie nett er nach der Beerdigung ihres Großvaters gewesen war. Ja, sie verstand, warum Dad ihn so mochte. Er hatte etwas sehr Gütiges, und Ronnie wusste noch genau, wie er ihr nach der Trauerfeier ein Glas frische Limonade anbot, die süßer war als alle anderen Getränke. Die beiden Männer schienen mit einer dritten Person zu sprechen, die Ronnie allerdings nicht sehen konnte. Sie öffnete die Tür, um sich einen besseren Überblick zu verschaffen. Ah, das Polizeiauto. Officer Pete Johnson stand daneben und war offensichtlich gerade dabei, sich zu verabschieden.

Ronnie hörte den Motor im Leerlauf brummen. Als sie die Verandastufen hinunterging, winkte Dad ihr zu. Officer Johnson schloss schon die Wagentür und fuhr rückwärts aus der Einfahrt. Ronnie wurde schwer ums Herz. Das sah nicht gut aus.

Sie ging zu Pastor Harris und zu Dad.

»Du bist ja schon aufgestanden«, sagte ihr Vater. »Ich habe vorhin nach dir geschaut, und da hast du noch tief geschlafen. Du erinnerst dich an Pastor Harris?«

Ronnie reichte dem Pfarrer die Hand. »Ja, natürlich erinnere ich mich. Wie schön, Sie wiederzusehen.«

Als Pastor Harris ihre Hand ergriff, sah sie, dass seine Hände und Arme mit schimmernden Narben bedeckt waren. »Ich kann es nicht fassen, dass ich dasselbe Mädchen vor mir sehe, das ich vor so vielen Jahren kennenlernen durfte – und jetzt bist du erwachsen.« Er lächelte. »Du hast große Ähnlichkeit mit deiner Mutter.«

Das hatte Ronnie in letzter Zeit öfter gehört, aber sie wusste nicht recht, was sie davon halten sollte. Hieß es, dass sie alt wirkte? Oder dass Mom jung aussah? Auf jeden Fall war es als Kompliment gemeint, so viel war sicher. »Vielen Dank. Wie geht es Mrs Harris?«

Er nahm den Stock in die andere Hand. »Sie hält mich auf Trab, wie immer. Und ich bin davon überzeugt, dass sie dich auch gern sehen würde. Wenn du mal zufällig bei uns in der Gegend vorbeikommst, hat sie bestimmt einen Becher mit frisch gepresster Limonade für dich.«

Es passte zu ihm, dass er sich daran erinnerte. »Auf das Angebot komme ich gern zurück.«

»Hoffentlich.« Er wandte sich wieder an Steve. »Vielen Dank noch mal, dass du dich bereit erklärt hast, das Fenster zu machen. Man sieht schon, dass es wunderschön wird.«

Steve winkte ab. »Sie brauchen mir dafür nicht zu danken …«

»Doch, doch. Aber nun muss ich leider los. Heute Morgen leiten die Schwestern Towson den Bibelkreis, und wenn du sie kennen würdest, wüsstest du sofort, warum ich sie auf keinen Fall sich selbst überlassen darf. Sie sind streitlustige Feuer-und-Schwefel-Schwestern. Sie lieben das Buch Daniel und die Offenbarung, und irgendwie vergessen sie immer, dass es im Evangelium auch den zweiten Brief an die Korinther gibt.« An Ronnie gewandt fügte er hinzu: »Es war sehr schön, dich wiederzusehen, junge Dame. Ich hoffe, dein Vater macht dir nicht zu viel Ärger. Du weißt ja, wie Eltern sind.«

Ronnie grinste. »Er ist ganz okay.«

»Gut. Wenn es trotzdem Probleme gibt, dann komm zu mir und wir reden darüber. Ich werde ihn schon wieder zur Vernunft bringen. Als Junge war er oft frech, deshalb kann ich mir vorstellen, dass du manchmal unter ihm zu leiden hast.«

»Ich war doch nie frech!«, protestierte Dad. »Ich habe immer nur Klavier gespielt.«

»Erinnere mich daran, Ronnie, dass ich dir erzähle, wie er einmal die ganze Wand in der Taufkapelle mit roter Farbe beschmiert hat.«

Dad rief entsetzt: »Das habe ich nie getan!«

Pastor Harris schien die Situation zu genießen. »Mag sein. Aber recht habe ich trotzdem. Egal, wie dein Vater sich selbst darstellt – vollkommen war er nie.«

Mit diesen Worten verabschiedete er sich. Ronnie schaute ihm belustigt nach. Jeder, der es schaffte, ihren Dad zu provozieren – mit harmlosen Mitteln, versteht sich –, gehörte zu den Leuten, die sie näher kennenlernen wollte. Erst recht, wenn er ihr Geschichten über Dad erzählen konnte. Lustige Geschichten. *Gute* Geschichten.

Ihr Vater blickte dem Pfarrer nach, aber sein Gesichts-

ausdruck war undurchschaubar. Erst als er sich ihr zuwandte, schien er sich wieder in den Dad zu verwandeln,
den sie kannte. In dem Moment fiel ihr ein, dass ja Officer
Pete gerade hier gewesen war.

»Was hat der Officer gesagt?«, wollte sie wissen.

»Ich würde vorschlagen, wir frühstücken erst mal. Du
hast doch bestimmt einen Bärenhunger. Gestern Abend
hast du kaum etwas gegessen.«

Sie fasste ihn am Arm. »Bitte, sag's mir gleich, Dad.«

Er suchte nach den richtigen Worten, konnte aber die
Wahrheit nicht überzuckern. Seufzend sagte er: »Du
kannst nicht nach New York fahren. Du musst mindestens
bis nächste Woche warten. Da wirst du vorgeladen. Die
Ladenbesitzerin will Anzeige erstatten.«

Ronnie saß auf der Düne. Sie war nicht wütend, nein, sie
hatte Angst, wenn sie daran dachte, was sich im Inneren
des Hauses abspielte. Es war eine Stunde her, seit Dad ihr
die Anweisungen von Officer Pete mitgeteilt hatte. Und
seither saß sie hier. Dad telefonierte mit Mom. Ronnie
konnte sich nur zu gut vorstellen, wie ihre Mutter reagierte. Dass sie es nicht direkt mitbekam, war der einzige
Vorteil ihres Hierseins.

Und vielleicht noch Will ...

Nein. Sie schüttelte den Kopf. Warum dachte sie überhaupt an ihn? Zwischen ihnen war es aus – falls überhaupt
je etwas gewesen war. Wieso hatte er sich für sie interessiert? Er war lange mit Ashley zusammen gewesen. Also
mochte er diesen Typ Mädchen. Eines wusste Ronnie:

Die Menschen veränderten sich nicht. Und sie, Ronnie, war ganz anders als Ashley. Ende der Debatte.

Aber dieses Thema war trotzdem nicht das Schlimmste. Nein, das große Problem war Mom. Ihre Mutter erfuhr zweifellos von der Verhaftung, denn Dad telefonierte jetzt gerade mit ihr. Bei der Vorstellung krümmte Ronnie sich innerlich zusammen. Bestimmt schimpfte Mom fürchterlich und schrie und zeterte. Und nachdem sie aufgelegt hatte, rief sie ihre Schwester oder ihre eigene Mutter an und erzählte allen, was für furchtbare Sachen Ronnie wieder angestellt hatte. Sie erzählte solche persönlichen Angelegenheiten für ihr Leben gern weiter und übertrieb dann natürlich immer, damit Ronnie noch schlechter dastand. Auf Feinheiten achtete ihre Mutter nicht. Und in diesem Fall gab es ein entscheidendes Detail – dass sie nämlich gar nichts getan hatte!

Aber spielte das überhaupt eine Rolle? Natürlich nicht. Sie konnte die Wut ihrer Mutter körperlich spüren, und ein Brechreiz würgte sie.

Da hörte sie die Schritte ihres Vaters hinter sich. Ronnie schaute sich um und sah, dass er zögerte. Bestimmt fragte er sich, ob sie lieber allein sein wollte. Doch dann setzte er sich fast schüchtern neben sie. Zuerst sagte er gar nichts, sondern beobachtete den Shrimp-Trawler am Horizont.

»Hat sie getobt?«

Ronnie wusste zwar, wie die Antwort lautete, musste aber trotzdem fragen.

»Ein bisschen schon«, gab er zu.

»Nur ein bisschen?«

»Ich bin mir ziemlich sicher, dass sie wie Godzilla durch die Küche marschiert ist, während wir geredet haben.«

Ronnie schloss die Augen. Sie konnte sich die Szene gut vorstellen. »Hast du ihr gesagt, was *wirklich* passiert ist?«

»Ja, natürlich. Und ich habe ihr klar und deutlich zu verstehen gegeben, wie überzeugt ich davon bin, dass du die Wahrheit sagst.« Er legte Ronnie den Arm um die Schulter und drückte sie an sich. »Sie wird sich schon wieder einkriegen. Wie immer.«

Ronnie nickte stumm. Ihr Vater musterte sie prüfend.

»Es tut mir leid für dich, dass du heute noch nicht nach Hause fahren kannst«, sagte er. Leise, voller Mitleid und Verständnis. »Ich weiß ja, dass es dir hier nicht gefällt.«

Automatisch entgegnete sie: »Es stimmt nicht, dass es mir hier nicht gefällt.« Zu ihrer eigenen Überraschung merkte sie, das war die Wahrheit, auch wenn sie die ganze Zeit versucht hatte, sich das Gegenteil einzureden. »Es ist nur einfach so, dass ich nicht hierhergehöre.«

Dad lächelte melancholisch. »Ich weiß nicht, ob dich das tröstet – aber als Jugendlicher hatte ich auch das Gefühl, nicht hierherzugehören. Ich habe immer nur davon geträumt, endlich nach New York zu gehen. Aber es ist komisch – sobald ich von hier weg war, habe ich die Gegend stärker vermisst, als ich erwartet hätte. Das Meer hat etwas, das mich ruft.«

Sie schaute ihn an. »Was passiert jetzt mit mir? Hat Officer Pete noch etwas gesagt?«

»Nein. Nur dass die Ladenbesitzerin Klage erheben will, weil die Sachen sehr wertvoll waren und sie in letzter Zeit viele Probleme mit Ladendiebstählen hatte.«

»Aber ich habe es nicht getan!«, rief Ronnie verzweifelt.

»Ich weiß«, sagte Steve. »Wir werden das schon hin-kriegen. Wir nehmen uns einen guten Anwalt und lassen uns beraten.«

»Sind Anwälte teuer?«

»Die guten schon.«

»Kannst du dir das leisten?«

»Mach dir keine Sorgen, ich finde eine Lösung.« Er schwieg für einen Moment, dann fuhr er fort: »Darf ich dich etwas fragen? Was hast du getan, dass Blaze so wü-tend auf dich wurde? Das hast du mir noch gar nicht er-zählt.«

Hätte ihre Mutter diese Frage gestellt, wäre ihr die Antwort schwergefallen. Und noch vor zwei Tagen hätte sie vermutlich auch ihrem Vater nichts gesagt. Aber jetzt sah sie keinen Grund, ihm auszuweichen. »Ihr Freund ist ein ganz komischer Typ. Ich glaube, er ist gefährlich. Aber Blaze denkt, ich habe versucht, ihn ihr wegzuneh-men. Oder so was Ähnliches.«

»Was meinst du mit komisch und gefährlich?«

Ronnie überlegte. Am Strand trafen jetzt die ersten Familien ein, bepackt mit Handtüchern und Strandspiel-zeug. »Ich habe ihn gestern Abend gesehen«, sagte sie lei-se. Sie deutete zum Ozean. »Er stand da unten am Wasser-rand, während ich mit Will geredet habe.«

Ihr Vater versuchte gar nicht, seine Betroffenheit zu verbergen. »Aber er ist nicht näher zum Haus gekommen, oder?«

Sie schüttelte den Kopf. »Nein. Aber irgendwas ... ir-gendwas stimmt nicht. Marcus ...«

»Vielleicht solltest du dich von den beiden fernhalten. Von Blaze und Marcus, meine ich.«

»Keine Sorge. Ich hatte mir sowieso schon vorgenommen, mit den beiden nicht mehr zu reden.«

»Soll ich Pete informieren? Ich weiß, deine Erfahrung mit ihm war bisher nicht so positiv, aber –«

Ronnie schüttelte wieder den Kopf. »Noch nicht. Und ob du's glaubst oder nicht – ich bin überhaupt nicht sauer auf Pete. Es ist sein Job, und eigentlich war er sehr nett zu mir. Ich glaube, ich habe ihm leidgetan.«

»Er hat mir übrigens gesagt, dass er dir glaubt. Deshalb hat er ja schon mit der Ladenbesitzerin gesprochen.«

Ronnie lächelte. Es war schön, mit ihrem Vater zu reden. Einen Moment lang überlegte sie, wie anders ihr Leben verlaufen wäre, wenn er nicht die Familie verlassen hätte. Nachdenklich nahm sie eine Handvoll Sand und ließ die Körner durch die Finger rieseln.

»Warum bist du von uns weggegangen, Dad?«, fragte sie. »Ich bin alt genug, um die Wahrheit zu erfahren, oder?«

Ihr Vater streckte die Beine aus. Offensichtlich wollte er Zeit gewinnen. Die Antwort schien ihm nicht leichtzufallen. Vielleicht wusste er nicht, wie viel er ihr erzählen und wo er anfangen sollte. Er begann mit dem Nächstliegenden. »Nachdem ich aufgehört hatte, an der Juilliard School zu unterrichten, habe ich jeden Auftritt angenommen, der mir angeboten wurde. Das war mein Traum, verstehst du? Ich wollte ein berühmter Konzertpianist sein. Allerdings … Ich glaube, ich hätte die Situation etwas realistischer einschätzen müssen, ehe ich meine Entscheidung traf. Aber das habe ich nicht getan. Ich habe nicht gemerkt, wie schwierig das alles für deine Mutter sein würde.« Er schaute Ronnie ernst an. »Letzten Endes haben wir uns auseinandergelebt.«

Ronnie warf ihrem Vater einen Blick zu und versuchte, zwischen den Zeilen zu lesen.

»Es gab jemand anderen, stimmt's?«, fragte sie mit betont neutraler Stimme.

Ihr Vater antwortete nicht, sondern wandte den Blick ab. Ronnie spürte, wie sich etwas in ihr verknotete.

Als er endlich antwortete, klang er müde. »Ich weiß, ich hätte mich stärker bemühen müssen, unsere Ehe zu retten, und ich bedaure es sehr, dass ich es nicht getan habe. Ich bedaure es mehr, als du dir vorstellen kannst. Und eins musst du wissen: Ich habe nie aufgehört, an unsere Liebe zu glauben. Obwohl sich alles nicht so entwickelt hat, wie ich es mir gewünscht hatte – wenn ich dich und Jonah sehe, denke ich, welch großes Glück es für mich ist, dass ich euch als Kinder habe. Ich habe im Laufe meines Lebens so viele Fehler gemacht, aber ihr zwei seid das Beste, was mir je passiert ist.«

Wieder ließ Ronnie Sand durch ihre Finger rieseln. Sie fühlte sich plötzlich erschöpft. »Was mache ich jetzt?«

»Du meinst – heute?«

»Ich meine einfach alles.«

Liebevoll legte Dad ihr die Hand auf den Rücken. »Ich glaube, der erste Schritt könnte sein, dass du mit ihm sprichst.«

»Mit wem?«

»Mit Will. Erinnerst du dich, wie ihr gestern am Haus

vorbeigekommen seid und ich auf der Veranda stand? Als ich euch gesehen habe, fand ich, dass ihr gut zusammenpasst.«

»Aber du kennst ihn doch gar nicht!« Ronnie klang halb verwundert, halb irritiert.

»Stimmt«, sagte er mit einem zärtlichen Lächeln. »Aber ich kenne dich. Und du warst gestern glücklich.«

»Aber was ist, wenn er nicht mit mir reden will?«

»Er will es bestimmt.«

»Woher weißt du das?«

»Weil ich euch gesehen habe – und weil er ebenfalls glücklich war.«

Als sie vor dem Eingang der Autowerkstatt Blakelee stand, konnte sie nur einen Gedanken denken: *Ich will das nicht.* Nein, sie hatte keine Lust, mit ihm zu sprechen! Andererseits wollte sie es doch. Und sie wusste, dass sie keine Wahl hatte. Sie war nicht fair zu ihm gewesen. Zumindest musste sie ihm erzählen, was Ashley gesagt hatte. Immerhin hatte er stundenlang vor dem Haus gesessen und auf eine Erklärung für Ronnies Verhalten gewartet.

Außerdem hatte ihr Vater recht. Die Stunden mit Will waren wunderschön gewesen, sie hatte sich gut amüsiert – soweit das hier möglich war. Und er hatte etwas, wodurch er sich von all den Jungs, die sie sonst so kannte, unterschied. Nicht nur, weil er Beachvolleyball spielte und durchtrainiert war oder weil er klüger war, als er sich anmerken ließ. Das Entscheidende war: Will hatte keine

Angst vor ihr. Zu viele Jungs waren zu nachgiebig und dachten, wenn sie einfach nur lieb und nett waren, genügte das. Ronnie gefiel es, dass Will sie zum Angeln mitgenommen hatte, obwohl sie nicht sofort davon begeistert gewesen war. Es war seine Art, ihr zu sagen: So bin ich, das macht mir Spaß, und von all den Menschen, die ich kenne, möchte ich das am liebsten mit dir teilen.

Schon allein deswegen wollte sie die Situation wieder einrenken. Aber sie war darauf gefasst, dass er noch sauer auf sie war. Zögernd betrat sie die Werkstatt. Will und Scott arbeiteten unter einem aufgebockten Wagen. Scott sagte irgendetwas zu Will, der daraufhin den Kopf zu ihr drehte. Er lächelte nicht, als er sie sah, aber immerhin wischte er sich mit einem Lappen die Hände ab und kam zu ihr.

Etwa einen Meter von ihr entfernt blieb er stehen. Ronnie konnte seinen Gesichtsausdruck nicht deuten.

»Was willst du?«, fragte er.

Nicht gerade die Art von Begrüßung, die sie sich erhofft hatte. Aber auch nicht völlig unerwartet.

»Du hattest recht«, begann sie. »Gestern bin ich vom Strand weggegangen, weil Ashley etwas gesagt hat. Sie meinte, dass ich nur dein neuestes ›Projekt‹ bin und dass unser gemeinsamer Tag – also alles, was wir gemeinsam unternommen haben und so – dein Standardprogramm ist, das du bei jedem neuen Mädchen abspulst.«

Will schaute sie unverwandt an. »Sie hat gelogen.«

»Ich weiß.«

»Warum hast du mich dann stundenlang warten lassen? Und wieso hast du gestern kein Wort gesagt?«

Ronnie strich sich eine Haarsträhne hinters Ohr. Irgendwie schämte sie sich, aber das wollte sie sich nicht anmerken lassen. »Ich war wütend – und völlig verunsichert. Eigentlich hätte ich es dir gern erzählt, aber du bist gegangen, bevor ich es geschafft habe.«

»Willst du damit sagen, es ist alles meine Schuld?«

»Natürlich nicht. In den letzten Tagen sind viele Sachen passiert, die überhaupt nichts mit dir zu tun haben. Es ist alles ziemlich ... anstrengend für mich.« Nervös fuhr sie sich mit der Hand durch die Haare. In der Werkstatt war es unglaublich heiß!

Will überlegte für einen Moment, dann fragte er: »Warum hast du ihr überhaupt geglaubt? Du kennst sie doch gar nicht.«

Ronnie schloss die Augen. *Warum habe ich ihr geglaubt? Weil ich eine Idiotin bin. Ich hätte mich bei Ashley auf mein Grundgefühl verlassen müssen.* Aber das sagte sie nicht. Sie zuckte nur die Achseln. »Weiß ich selbst nicht.«

Da sie offensichtlich nichts mehr hinzufügen wollte, steckte Will trotzig die Daumen in die Hosentaschen und fragte: »Hast du mir sonst noch etwas zu sagen? Ich muss nämlich wieder an die Arbeit.«

»Ich möchte dich vor allem um Entschuldigung bitten.« Ronnie klang bedrückt. »Es tut mir leid. Ich habe überreagiert.«

»Stimmt«, entgegnete Will steif. »Du hast dich völlig blöd verhalten. Sonst noch was?«

»Und ich wollte dir noch sagen, dass mir der Tag gestern supergut gefallen hat. Bis auf den Schluss natürlich.«

»Okay.«

Diese Antwort verstand sie nicht ganz, aber dann sah sie, dass er grinste, und entspannte sich ein bisschen.

»Okay? Mehr nicht? Ich bin den ganzen Weg hierhergekommen, um …«

Will kam auf sie zu, und dann ging alles ganz schnell. Plötzlich stand er dicht vor ihr, legte den Arm um ihre Hüfte und zog sie an sich. Ehe Ronnie lange überlegen konnte, küsste er sie. Seine Lippen waren weich und warm, sein Kuss verblüffend zärtlich. Vielleicht lag es daran, dass er sie überrumpelt hatte – jedenfalls erwiderte sie seinen Kuss instinktiv. Ronnie war selig – und ihr wurde auf einmal bewusst, dass sie sich genau das von ihm gewünscht hatte.

Als Will sie wieder losließ, glühten ihre Wangen. Sein Blick war ernst und liebevoll.

»Wenn du wieder mal wütend auf mich bist, dann rede mit mir«, sagte er. »Schieb mich nicht weg. Ich mag diese Spielchen nicht, das weißt du. Und außerdem – mir hat der Tag gestern auch sehr gut gefallen.«

Ronnie war immer noch etwas aus dem Gleichgewicht, als sie nach Hause ging. Sie dachte die ganze Zeit nur an den Kuss, konnte aber nicht richtig rekonstruieren, wie es dazu gekommen war.

Ja, sie hatte den Kuss genossen. Sehr sogar. Nur – warum war sie danach gleich gegangen? Eigentlich hätten sie und Will doch etwas verabreden müssen, sich überlegen, wann sie sich wiedersehen konnten. Aber weil Scott mit offenem Mund im Hintergrund stand, hatte sie Will nur ein kurzes Abschiedsküsschen auf die Wange gedrückt. Das erschien ihr passend, und er musste ja auch wieder an die Arbeit. Trotzdem wusste sie, dass sie sich wiedersehen würden – und zwar schon ziemlich bald.

Will mochte sie. So viel war sicher – auch wenn sie sich nicht erklären konnte, wieso und weshalb. Wenn Kayla hier wäre, könnte sie mit ihr darüber reden. Vielleicht am Telefon? Aber irgendwie war das kein Ersatz, und Ronnie wusste auch gar nicht recht, was sie sagen sollte. Im Grunde wollte sie nur, dass ihr jemand zuhörte.

Als sie sich dem Bungalow näherte, ging gerade die Tür zur Werkstatt auf. Jonah trat heraus ins Sonnenlicht und lief in Richtung Haus.

»Hey, Jonah!«, rief Ronnie.

»Oh, hallo, Ronnie.« Jonah kam sofort zu ihr gerannt. »Kann ich dich was fragen?«

»Ja, klar.«

»Möchtest du einen Keks?«

»Wie bitte?«

»Einen Keks. Zum Beispiel einen Oreo. Ja oder nein?«

Ronnie hatte keine Ahnung, was hinter dieser Frage steckte. Aber es kam oft vor, dass die Gedankengänge ihres Bruders nicht parallel zu ihren verliefen. Vorsichtig antwortete sie: »Nein, danke.«

»Wie bitte? Du willst keinen Keks? Das gibt's doch gar nicht.«

»Ich will aber trotzdem keinen.«

»Okay, okay.« Er winkte ab. »Aber – angenommen, du wolltest einen Keks. Angenommen, du wolltest sogar unbedingt einen Keks und du wüsstest, dass sich im Küchenschrank Kekse befinden. Was würdest du tun?«

»Ich würde einen essen.«

Jonah schnippte mit den Fingern. »Genau! Das sage ich auch. Wenn jemand einen Keks will, dann soll er einen essen. So ist das bei den Menschen.«

Aha, dachte Ronnie. *Jetzt verstehe ich.* »Lass mich raten. Dad will nicht, dass du etwas Süßes isst.«

»Stimmt. Ich komme fast um vor Hunger, aber er gibt einfach nicht nach. Er sagt, ich muss zuerst ein Sandwich essen.«

»Und das findest du unfair.«

»Es ist doch so, wie du gesagt hast: Du würdest dir einen Keks holen, wenn du einen wolltest. Warum soll es bei mir anders sein? Ich bin doch kein kleines Kind mehr. Ich kann meine eigenen Entscheidungen treffen.« Er schaute sie sehr ernst an.

Ronnie legte nachdenklich den Finger ans Kinn. »Hmm. Ich verstehe, dass dich das nervt.«

»Es ist nicht fair. Wenn Dad einen Keks will, kann er einen essen. Wenn du einen Keks willst, kannst du einen essen. Aber wenn ich einen Keks will, gilt diese Regel nicht.«

»Und was willst du jetzt tun?«

»Ich esse ein Sandwich. Weil ich muss. Weil die Welt unfair ist zu Zehnjährigen.«

Er trottete davon, ohne ihre Reaktion abzuwarten. Lächelnd schaute Ronnie ihm nach. Vielleicht konnte sie ja später mit ihm ein Eis essen gehen. Kurz überlegte sie, ob sie ihm folgen sollte, doch stattdessen ging sie zur

Werkstatt. Allmählich wurde es Zeit, dass sie sich mal das Fenster anschaute, von dem sie schon so viel gehört hatte.

Im Türrahmen blieb sie stehen und schaute zu, wie ihr Vater Blei lötete.

»Hallo, Schatz, komm rein.«

Sie trat ein. Zum ersten Mal nahm sie den Raum in sich auf. Als sie die merkwürdigen Tiere auf den Regalen sah, rümpfte sie die Nase. Dann trat sie zu dem Arbeitstisch mit dem Buntglasfenster. Soweit sie es beurteilen konnte, war es noch lange nicht fertig. Das war höchstens ein Viertel! Bestimmt mussten noch Hunderte von Glasstücken verarbeitet werden.

Nachdem ihr Vater wieder ein Glasstück eingefügt hatte, richtete er sich auf und rollte die Schultern. »Der Tisch ist ein bisschen zu niedrig für mich. Nach einer Weile tut mir der Rücken weh.«

»Brauchst du ein Tylenol?«

»Nein, nein. Ich werde alt. Tylenol hilft da nicht viel.«

Lächelnd ging Ronnie zu der Wand, an der neben einem Zeitungsartikel über den Kirchenbrand ein Foto des früheren Fensters hing. Nachdem sie es aufmerksam studiert hatte, wandte sie sich ihrem Vater zu. »Ich habe gerade mit ihm gesprochen«, begann sie. »Ich bin zu der Werkstatt gegangen, in der er arbeitet.«

»Und?«

»Er mag mich.«

»Kein Wunder. So eine wie dich findet er so schnell nicht wieder.«

Ronnie lächelte immer noch. Sie war ihrem Vater richtig dankbar. War er schon immer so nett gewesen? Sie konnte sich nicht erinnern. »Wieso machst du eigentlich das Fenster für die Kirche? Weil Pastor Harris dich hier im Haus wohnen lässt?«

»Nein. Ich hätte sowieso ein Fenster gemacht ...« Er verstummte, aber Ronnie schaute ihn erwartungsvoll an. »Es ist eine lange Geschichte. Möchtest du sie hören?«

Sie nickte.

»Ich war sieben oder acht Jahre alt, als ich das erste Mal in die Kirche von Pastor Harris gegangen bin. Es goss in Strömen, und ich wollte mich irgendwo unterstellen, weil ich schon klatschnass war. Da habe ich gehört, wie jemand Klavier spielt, und eigentlich dachte ich, bestimmt wirft er mich gleich wieder raus. An den Gedanken erinnere ich mich noch ganz genau. Aber das tat er nicht. Stattdessen hat er mir eine Wolldecke gebracht und einen Teller Suppe, und dann hat er auch noch meine Mutter angerufen, damit sie mich abholt. Bis sie kam, ließ er mich Klavier spielen. Ich war ja noch klein und habe einfach auf die Tasten gehauen, aber – na ja, am nächsten Tag bin ich wieder zu ihm gegangen, und schließlich wurde Pastor Harris mein erster Klavierlehrer. Er liebt die Musik. Er sagte damals immer wieder zu mir, schöne Musik ist wie der Gesang der Engel. Ich war wie verzaubert. Jeden Tag habe ich stundenlang Klavier gespielt, unter dem Fenster, durch das himmlisches Licht auf mich fiel. Das ist das Bild, das ich immer vor mir sehe, wenn ich an die Stunden in der Kirche denke: dieses herrliche Licht, das durchs Fenster flutete. Und vor ein paar Monaten hat dann die Kirche gebrannt ...«

Er deutete auf den Artikel an der Wand. »Pastor Harris wäre in der Nacht beinahe ums Leben gekommen. Er war in der Kirche und schrieb gerade seine Predigt noch einmal um. Mit Müh und Not hat er es geschafft, dem Feuer zu entkommen. Die Kirche ist innerhalb von wenigen Minuten in Flammen aufgegangen und bis auf die Grundmauern niedergebrannt. Der Pastor lag einen Monat lang im Krankenhaus, und die Gottesdienste finden seitdem in einer alten Fabrikhalle statt, die ihm jemand zur Verfügung gestellt hat. Dort ist es dunkel und unwirtlich. Ich dachte, es ist nur vorübergehend, aber jetzt hat mir Pastor Harris erzählt, dass die Versicherung nur die Hälfte des Schadens übernimmt, und die Kirchengemeinde kann unmöglich auch noch ein neues Fenster bezahlen. Das finde ich schrecklich. Die Kirche würde ja völlig anders aussehen als in meiner Erinnerung, und das ist nicht gut. Deshalb mache ich dieses Fenster.« Er räusperte sich. »Ich muss es fertig bauen.«

Ronnie versuchte sich vorzustellen, wie ihr Vater in der Kirche am Klavier saß, und ihr Blick wanderte von ihm zu dem Foto und dann zu dem halb fertigen Fenster auf dem Tisch.

»Du tust etwas Gutes.«

»Na ja ... wir werden sehen, was daraus wird. Aber ich glaube, Jonah arbeitet gern mit.«

»Apropos Jonah – er ist sauer, weil du ihm nicht erlaubt hast, dass er sich einen Keks holt.«

»Er muss erst was Richtiges essen.«

Ronnie grinste. »Ich will dir nicht widersprechen. Ich fand es nur lustig.«

»Hat er dir denn auch gesagt, dass er heute schon zwei Kekse gefuttert hat?«

»Nein, das hat er natürlich nicht erwähnt.«

»Hab ich's mir doch gedacht.« Dad legte seine Handschuhe auf den Tisch. »Willst du mit uns zu Mittag essen?«

»Ja, gern.«

»Übrigens«, sagte ihr Vater betont beiläufig, als sie zur Tür gingen, »werde ich je die Chance haben, den jungen Mann kennenzulernen, der hinter meiner Tochter her ist?«

Sie traten hinaus ins helle Sonnenlicht. »Könnte sein.«

»Hast du Lust, ihn zum Abendessen einzuladen? Und vielleicht können wir danach ... du weißt schon, was wir früher immer gemacht haben ...«

Ronnie überlegte. »Ich weiß nicht, Dad. Das kann manchmal ganz schön hitzig werden.«

KAPITEL 18

Will

»Komm schon, Mann. Du musst dich auf das Spiel konzentrieren. Dann schaffen wir es auch, Landry und Tyson aus dem Wettkampf zu werfen.«

Will wechselte den Ball von einer Hand in die andere. Er und Scott standen, immer noch verschwitzt von den letzten Ballwechseln, im Sand. Es war spät am Nachmittag. Um drei waren sie mit der Arbeit in der Werkstatt fertig gewesen und an den Strand geeilt, um gegen zwei Teams aus Georgia zu spielen, die sich übers Wochenende hier in der Gegend aufhielten. Sie bereiteten sich alle auf das Südostturnier vor, das Ende August hier in Wrightsville Beach ausgetragen wurde.

»Die beiden haben dieses Jahr noch kein einziges Spiel verloren. Und gerade haben sie die nationale Juniorenmeisterschaft gewonnen«, erwiderte Will.

»Na und? Da haben sie gegen lauter Nichtskönner gespielt.«

Nach Wills unmaßgeblicher Meinung waren die Teams in der nationalen Juniorenmeisterschaft alles andere als Nichtskönner gewesen. Für Scott hingegen war jeder, der verlor, ein Versager.

»Sie haben uns letztes Jahr geschlagen.«

»Ja, stimmt, aber letztes Jahr warst du noch schlechter als jetzt. Ich musste die gesamte Verantwortung tragen.«

»Besten Dank.«

»Ich sag ja nur. Du bist unberechenbar. Zum Beispiel gestern – nachdem das Lost-Boy-Mädchen weggerannt ist, hast du den Rest des Satzes gespielt wie ein Blinder.«

»Das Lost-Boy-Mädchen hat einen Namen. Sie heißt Ronnie.«

»Ist doch egal. Weißt du, was dein Problem ist?«

Ja, Scott, bitte, sag mir, was mein Problem ist, dachte Will. Ich kann's kaum erwarten. Scott redete weiter, ohne etwas von Wills Gedanken zu ahnen.

»Dein Problem ist, dass du nicht zielorientiert bist. Es braucht nur eine winzige Kleinigkeit zu passieren, und schon bist du auf einem anderen Planeten. Ach, ich habe Limo auf Elviras T-Shirt gekippt, also verpasse ich die nächsten fünf Bälle. Oh, Vampira ist sauer auf Ashley, also verpatze ich mal lieber die nächsten beiden Aufschläge –«

»Könntest du gefälligst aufhören?«, unterbrach Will ihn.

Scott begriff nicht gleich. »Womit aufhören?«

»Ihr diese blöden Namen zu geben.«

»Siehst du? Genau das meine ich! Ich rede doch gar nicht von ihr. Ich rede von dir und davon, dass dir der nötige Ehrgeiz fehlt. Du kannst dich einfach nicht auf das Spiel konzentrieren.«

»Wir haben in zwei Sätzen gewonnen, und die anderen haben nur sieben Punkte gemacht! Wir haben sie abserviert!«, protestierte Will.

»Aber sie hätten nicht mal fünf Punkte machen dürfen. Wir hätten das verhindern müssen.«

»Meinst du das ernst?«

»Ja, natürlich meine ich das ernst. Sie sind nicht gut.«

»Aber wir haben gewonnen! Reicht das denn nicht?«

»Nicht, wenn man mit noch mehr Vorsprung gewinnen kann. Wir hätten ihren Widerstandsgeist brechen können, denn wenn wir dann beim Turnier auf sie treffen, geben sie schon auf, bevor das Spiel anfängt. So was nennt man Psychologie.«

»Ich glaube, es heißt Punkte scheffeln.«

»Nur, weil du nicht geradeaus denken kannst. Sonst hättest du niemals angefangen, mit Cruella de Vil zu knutschen.«

Elvira, Vampira und jetzt Cruella. Wenigstens ließ er sich immer wieder etwas Neues einfallen.

»Ich glaube, du bist eifersüchtig«, murmelte Will.

»Ach, Quatsch. Ich finde nur, du solltest dich wieder mit Ashley zusammentun, damit ich an Cassie rankomme.«

»Du denkst immer noch an sie?«

»Hallo? Woran soll ich sonst denken? Du hättest sie gestern im Bikini sehen sollen.«

»Dann frag sie doch direkt.«

»Sie will nicht.« Er schüttelte ratlos den Kopf. »Irgendwie gibt's die zwei nur im Doppelpack. Ich verstehe das nicht.«

»Vielleicht findet sie dich hässlich.«

Scott warf ihm einen verärgerten Blick zu. »Ha, ha, sehr witzig. Du solltest dich echt mal bei einer Comedy-Sendung bewerben.«

»Ich sag ja nur.«

»Nein; sag das lieber nicht, okay? Und was ist jetzt mit dir und ...«

»Ronnie.«

»Ja, gut, also – was geht da ab? Gestern hast du deinen ganzen freien Tag mit ihr verbracht, und dann kommt sie heute Morgen in die Werkstatt, und schon küsst du sie. Meinst du es etwa ernst mit ihr, oder was?«

Will sagte nichts.

Scott schüttelte den Kopf und sprach dann mit erhobenem Zeigefinger weiter. »Das ist der Punkt. Das Letzte, was du jetzt brauchen kannst, ist eine ernsthafte Beziehung. Du musst dich auf die Dinge konzentrieren, die wirklich wichtig sind. Du hast einen Vollzeitjob, du hilfst ehrenamtlich mit, Delfine, Wale, Schildkröten oder was weiß ich zu retten, und du weißt genau, wie viel wir für das Turnier trainieren müssen. Du hast einfach nicht genug Zeit!«

Will schwieg immer noch. Mit jeder Sekunde wurde Scott nervöser.

»Mensch, das kannst du mir nicht antun! Was findest du denn nur an ihr?«

Will antwortete auch jetzt nicht.

»Nein, nein, nein, nein!« Scott wiederholte das Wort wie ein Mantra. »Ich hab doch geahnt, dass so was passiert. Deshalb habe ich dir gesagt, du sollst dich wieder mit Ashley treffen. Damit du nichts Ernstes anfängst. Du weißt doch, wie das läuft. Du ziehst dich von allem zurück und schickst sämtliche Freunde weg, nur damit du mit ihr rumhängen kannst. Glaub mir, es passt jetzt einfach nicht, dass du dich mit ...«

»Ronnie«, sagte Will.

»Ist doch egal, wie sie heißt«, schimpfte Scott. »Du sollst dich auf gar keine Frau einlassen.«

Will grinste. »Ist dir eigentlich schon mal aufgefallen, dass du dich mehr um mein Leben kümmerst als um dein eigenes?«

»Das liegt daran, dass ich nicht so viel Mist baue wie du.«

Will zuckte innerlich zusammen. Er musste an die Nacht denken, als die Kirche brannte. Hatte Scott das tatsächlich verdrängt?

»Ich habe keine Lust mehr, darüber zu reden«, sagte er, aber er merkte, dass sein Freund ihm gar nicht zuhörte, sondern wie gebannt über seine Schulter starrte. Offenbar hatte er am Strand irgendetwas Interessantes entdeckt.

»Das kann doch nicht wahr sein«, murmelte Scott.

Will drehte sich um und sah Ronnie kommen. Sie trug Jeans und ein dunkles T-Shirt und wirkte so deplatziert wie ein Krokodil in der Antarktis. Ein breites Grinsen erschien auf seinem Gesicht.

Er ging ihr entgegen. Wie hübsch sie aussah! Und was sie wohl gerade dachte? Es gefiel ihm, dass er sie immer noch nicht durchschauen konnte.

»Hey!«, rief er und wollte sie in die Arme schließen.

Sie blieb stehen, gerade außer Reichweite für ihn, und verkündete mit ernster Miene: »Küss mich nicht. Hör mir nur zu, okay?«

Als sie später im Truck neben ihm saß, erschien sie ihm fast noch rätselhafter. Sie schaute lächelnd aus dem Fenster und genoss es wohl, einfach nur die Landschaft zu betrachten.

Doch dann presste sie die Hände im Schoß aneinander. »Nur zu deiner Information – meinem Vater ist es völlig egal, wenn du Shorts und ein ärmelloses Hemd anhast.«

»Es dauert nur ein paar Minuten.«

»Aber es ist ein ganz normales Abendessen.«

»Ich bin völlig verschwitzt. Und ich will nicht mit deinem Vater am Tisch sitzen und aussehen wie ein Penner.«

»Ich hab dir doch gesagt, dass es ihm egal ist.«

»Aber mir nicht. Im Gegensatz zu anderen Leuten mache ich gern einen guten Eindruck.«

Ronnie war irritiert. »Willst du damit andeuten, mir ist das nicht wichtig?«

»Wie sollte ich denn auf die Idee kommen? Zum Beispiel finden es alle Leute, die ich kenne, sehr schön, wenn jemand eine lila Haarsträhne hat.«

Sie wusste zwar, dass er sie ärgern wollte, kniff aber trotzdem misstrauisch die Augen zusammen. »Du hast kein Problem damit, oder?«

»Aber nur, weil ich eine Ausnahme bin.«

Jetzt verschränkte sie die Arme vor der Brust. »Hast du vor, dich den ganzen Abend so zu benehmen?«

»Wie?«

»Wie jemand, der keine Chance hat, mich je wieder zu küssen.«

Will musste lachen. »Dann bitte ich in aller Form um

Entschuldigung. Ich meine es nicht böse. Und mir gefallen deine lila Haare, ehrlich. Sie … sie passen zu dir.«

»Na gut – aber du musst schon etwas besser aufpassen mit dem, was du sagst, finde ich.« Während sie sprach, öffnete sie das Handschuhfach und kramte darin herum.

»Was suchst du?«

»Nichts. Warum? Versteckst du etwas?«

»Nein, du kannst ruhig alles durchwühlen. Und wenn du schon dabei bist, kannst du vielleicht gleich ein bisschen Ordnung machen.«

Sie fischte eine Patrone heraus und hielt sie ihm unter die Nase. »Ich nehme an, damit tötest du die armen Enten, stimmt's?«

»Nein, die ist für Rehe. Für eine Ente wäre sie zu groß. Die Ente würde in Stücke zerrissen, wenn ich sie damit treffen würde.«

»Du hast wirklich Probleme.«

»Ich glaube, das habe ich schon mal gehört.«

Ronnie kicherte leise, dann schwieg sie. Sie fuhren auf der dem Festland zugewandten Seite der Insel entlang, und zwischen den Häusern konnte man immer wieder das in der Sonne glitzernde Wasser sehen. Ronnie schloss das Handschuhfach wieder und klappte die Sonnenblende herunter. Da entdeckte sie das Foto einer hübschen Blondine. Nach kurzem Zögern nahm sie es herunter, um es zu studieren.

»Sie ist hübsch«, sagte sie.

»Stimmt.«

»Zehn Dollar, dass du das Bild auf deiner Facebook-Seite hast.«

»Schon verloren. Das ist meine Schwester.«

Will merkte, wie Ronnies Blick von dem Foto auf das Makramee-Armband an seinem Handgelenk wanderte.

»Und was ist mit den zusammenpassenden Armbändern?«, wollte sie wissen.

»Meine Schwester und ich machen sie.«

»Bestimmt, um eine gute Sache zu unterstützen.«

»Nein.« Mehr sagte er nicht. Ronnie spürte, dass er nicht weiter darüber reden wollte. Schweigend steckte sie das Foto wieder an seinen Platz und klappte die Blende hoch.

»Wie weit ist es noch?«, erkundigte sie sich nach einer Weile.

»Wir sind gleich da.«

»Wenn ich gewusst hätte, dass wir so lange fahren müssen, wäre ich lieber zu Fuß nach Hause gegangen.«

»Ja, aber dann hättest du dieses hochspannende Gespräch mit mir verpasst.«

»So nennst du das?«

»Willst du mich noch weiter beleidigen?« Er schaute sie an. »Ich möchte es nur wissen – dann kann ich nämlich die Musik lauter stellen, um deine Attacken zu übertönen.«

»Weißt du was? Du hättest mich vorhin nicht küssen sollen. Das war nicht besonders romantisch«, gab Ronnie zurück.

»Ich fand es sehr romantisch.«

»Wir waren in einer Reparaturwerkstatt, deine Hände waren mit Motoröl verschmiert, und dein Kumpel hat blöd geglotzt.«

»Die perfekte Umgebung.«

Er drosselte jetzt das Tempo, bog rechts ab und hielt an, um die Fernbedienung zu aktivieren. Langsam öffnete sich ein gusseisernes Tor, und der Truck setzte sich wieder in Bewegung. Will war nur damit beschäftigt, an das bevorstehende Abendessen mit Ronnies Familie zu denken, und merkte gar nicht, dass Ronnie ganz still geworden war.

KAPITEL 19

Ronnie

Das ist der Wahnsinn, dachte sie. Die Gartenanlage mit dem üppigen Rosengarten, den kunstvoll gestutzten Hecken und den Marmorstatuen, dann die riesige georgianische Villa mit den eleganten Säulen, außerdem die superteuren Autos, die gerade in einem extra dafür reservierten Bereich gewachst wurden – echt der Wahnsinn. Alles, die gesamte Szenerie.

Sie wusste natürlich, dass es in New York reiche Leute gab, die in der Park Avenue Wohnungen mit dreiundzwanzig Zimmern besaßen und Villen in den Hamptons, aber sie hatte solche Leute noch nie näher kennengelernt. Und bei ihnen eingeladen war sie erst recht noch nie.

Und jetzt war sie hier, in T-Shirt und zerrissenen Jeans. Will hätte sie wenigstens vorwarnen können!

Wortlos starrte sie auf das Gebäude, während Will die Einfahrt hinauffuhr und direkt vor dem Haupteingang anhielt. Ronnie wollte ihn gerade fragen, ob er tatsächlich hier wohne, aber sie wusste ja, dass das eine blöde Frage war. Selbstverständlich wohnte er hier. Und er war auch schon ausgestiegen.

Also folgte sie ihm. Die beiden Männer bei den Autos

beäugten sie kurz, widmeten sich dann aber schnell wieder ihrer Arbeit.

»Wie gesagt – ich mache mich nur schnell frisch. Das dauert nicht lange.«

»Gut«, murmelte Ronnie. Mehr fiel ihr beim besten Willen nicht ein.

Das hier war das größte Haus, das sie je in ihrem Leben gesehen hatte! Sie folgte Will die Verandastufen hinauf und blieb für einen Moment an der Tür stehen, gerade lange genug, um das kleine Messingschild mit der Aufschrift »*The Blakelees*« zu entziffern.

Wie bei Wills Arbeitsstelle. Wie bei der landesweiten Kette von Autowerkstätten. Das hieß: Wills Vater leitete nicht einfach eine Filiale, sondern hatte vermutlich die gesamte Firma ins Leben gerufen.

Während sie noch darüber grübelte, hatte Will bereits die Tür geöffnet und führte Ronnie in die riesige Vorhalle, von der in der Mitte eine breite Freitreppe abging. Rechts befand sich eine mit dunklem Holz getäfelte Bibliothek, während die Tür links in ein Musikzimmer ging. Direkt vor ihnen öffnete sich ein riesiger, sonnendurchfluteter Raum, dahinter sah man das blitzende Wasser des Intracoastal Waterway.

»Du hast mir nicht gesagt, dass du mit Nachnamen Blakelee heißt«, flüsterte Ronnie.

»Weil du mich nicht gefragt hast.« Will zuckte die Achseln. »Komm mit.«

Er führte sie an dem Treppenaufgang vorbei in den offenen Raum. An der Rückseite des Hauses befand sich eine riesige überdachte Veranda, und als Ronnie aufs Wasser hinausblickte, sah sie an der Anlegestelle eine Jacht, die zumindest die Bezeichnung »mittelgroß« verdiente.

Okay, es war nicht zu leugnen – hier fühlte sie sich fehl am Platz, und der Gedanke, dass es vermutlich allen Leuten so ging wie ihr, wenn sie das erste Mal hierherkamen, war nur ein geringer Trost. Genauso gut hätte sie auf dem Mars landen können.

»Soll ich dir etwas zu trinken holen?«

»Äh – nein, danke, ich brauche nichts.« Sie bemühte sich, nicht ganz so auffällig zu glotzen.

»Soll ich dich noch ein bisschen herumführen, bevor ich mich umziehe?«

»Nicht nötig, danke.«

In dem Moment ertönte eine Stimme.

»Will? Bist du das?«

Eine attraktive Frau erschien auf der Bildfläche. Sie war Anfang fünfzig, trug einen teuren Hosenanzug aus Leinenstoff und hielt ein Hochzeitsmagazin in der Hand.

»Hallo, Mom«, begrüßte Will sie und warf seine Autoschlüssel in die Schale auf dem kleinen Tischchen gleich bei der Tür. Daneben stand eine Vase mit frisch geschnittenen Lilien. »Ich habe jemanden mitgebracht. Das ist Ronnie. Ronnie – das ist meine Mutter, Susan.«

»Oh. Hallo, Ronnie«, flötete Susan kühl.

Wills Mutter versuchte zwar, sich nichts anmerken zu lassen, aber Ronnie spürte genau, dass sie nicht gerade entzückt war von Wills Überraschungsgast. Ihre negative Reaktion hatte aber vermutlich weniger mit der *Überraschung* zu tun als mit dem *Gast*. Also mit ihr. Jedenfalls kam es Ronnie so vor.

Will schien von diesen Spannungen nichts zu merken und sprach ganz unbefangen mit seiner Mutter. Vielleicht nahmen ja nur Frauen solche feinen Schwingungen wahr, dachte Ronnie.

»Ist Dad zu Hause?«, fragte Will.

»Ja, ich glaube, er ist in seinem Arbeitszimmer.«

»Ich muss nämlich kurz mit ihm reden, bevor ich wieder gehe.«

Susan nahm die Zeitschrift in die andere Hand. »Du gehst gleich wieder?«

»Ja, ich bin heute Abend bei Ronnies Familie zum Essen eingeladen.«

»Ach, wie nett.«

»Und es freut dich sicher ganz besonders, wenn du hörst, dass Ronnie Vegetarierin ist.«

»Ach«, sagte Susan wieder und musterte Ronnie prüfend. »Stimmt das?«

Ronnie hatte das Gefühl, als würde sie mit jeder Minute ein Stückchen schrumpfen. »Ja, das stimmt.«

»Sehr interessant«, murmelte Susan, aber Ronnie sah genau, dass es sie nicht im Geringsten interessierte.

»Okay – wie gesagt, ich gehe nur kurz nach oben und mache mich frisch. Bin gleich wieder da«, verkündete er.

Am liebsten hätte Ronnie ihm nachgerufen: Bitte, beeil dich!, aber stattdessen sagte sie nur leise: »Okay.«

Mit großen Schritten rannte er die Treppe hinauf und überließ Ronnie und Susan ihrem Schicksal. Sie schwiegen beide, und Ronnie spürte überdeutlich, wie wenig sie gemeinsam hatten. Doch nun blieb ihnen nichts anderes übrig, als die Zeit irgendwie zu überbrücken.

Sie würde Will später erwürgen! Er hätte sie wenigstens mit einem Pieps darauf vorbereiten können, was sie hier erwartete.

Susan zwang sich zu einem Lächeln, das allerdings sehr steril wirkte. »Sie sind also das junge Mädchen mit dem Schildkrötennest hinter dem Haus?«

»Ja, genau.«

Susan nickte. Anscheinend fiel ihr sonst nichts mehr ein, also war jetzt Ronnie an der Reihe, die Stille zu füllen. Sie deutete zur Empfangshalle. »Sie haben ein wunderschönes Haus.«

»Vielen Dank.«

Nun wusste auch sie nicht mehr weiter, und es entstand ein peinliches Schweigen. Doch zum Glück gesellte sich kurz darauf ein Mann zu ihnen, Ende fünfzig oder Anfang sechzig, lässig gekleidet in Dockers-Schuhen und einem Polohemd.

»Ich habe doch gehört, dass jemand ins Haus gekommen ist!«, rief er und kam auf die beiden Frauen zu. Er wirkte freundlich. »Ich bin Tom, auch bekannt als Wills Dad. Und Sie sind Ronnie?«

»Schön, Sie kennenzulernen«, sagte sie höflich.

»Ich freue mich sehr, dass ich endlich die Gelegenheit habe, das Mädchen, von dem mein Sohn die ganze Zeit redet, leibhaftig vor mir zu sehen.«

Susan räusperte sich. »Er wird heute Abend mit Ronnie und ihrer Familie speisen.«

Tom lächelte Ronnie zu. »Hoffentlich gibt es nichts Feines. Will ernährt sich nämlich vor allem von Salamipizza und Hamburgern.«

»Die junge Dame ist Vegetarierin«, erklärte Susan. Es klang fast wie: *Sie ist Terroristin.* Oder doch nicht? Ronnie konnte es nicht einschätzen. Sie hatte ja keine Ahnung, wie Susan sonst redete. Jedenfalls schien Tom die Information nicht weiter tragisch zu nehmen.

»Tatsächlich? Das ist ja großartig. Dann isst er wenigstens zur Abwechslung mal etwas Gesundes.« Er schwieg einen Moment lang, dann fügte er hinzu: »Ich weiß, Sie warten auf Will, aber haben Sie vielleicht ein paar Minuten Zeit? Ich würde Ihnen gern etwas zeigen.«

»Ich nehme an, Ronnie interessiert sich nicht für dein Flugzeug, Tom«, wandte Susan ein.

»Na – wer weiß!« Tom wandte sich zu Ronnie: »Mögen Sie Flugzeuge?«

Klar, dachte Ronnie, warum soll die Familie nicht auch ein Flugzeug besitzen. Das passte doch wie die Faust aufs Auge. Und an allem war Will schuld. Sobald sie hier raus war, würde sie ihm den Hals umdrehen! Aber jetzt hatte sie keine andere Wahl, als gute Miene zum bösen Spiel zu machen.

»Ja, natürlich mag ich Flugzeuge«, sagte sie lächelnd.

Sie hatte ein Bild im Kopf – einen Learjet oder eine Gulfstream in einem speziellen Hangar am anderen Ende des Anwesens –, aber es war sehr undeutlich, dieses Bild, weil sie ja auch Privatflugzeuge nur von Fotos kannte. Aber dann passierte etwas, womit sie wirklich nicht gerechnet hatte: Ein Mann, der älter war als ihr Vater, ließ ein Modellflugzeug fliegen und bediente mit konzentrierter Miene die Fernsteuerung.

Das Flugzeug jaulte, während es über die Bäume schwirrte und dann den Intracoastal Waterway überquerte.

»Ich wollte schon immer so ein Ding haben, und jetzt habe ich mir diesen Wunsch endlich erfüllt. Das heißt – eigentlich ist es bereits mein zweites Flugzeug. Mein erstes ist leider im Wasser gelandet.«

»Wie schade!«

»Ja, sehr traurig, aber dadurch habe ich gelernt, dass ich die Gebrauchsanleitung sorgfältiger lesen muss.«

»Haben Sie den Absturz verursacht?«

»Nein, es hatte keinen Treibstoff mehr.« Tom schaute Ronnie fragend an. »Möchten Sie es gern mal versuchen?«

»Lieber nicht.« Ronnie war ganz eingeschüchtert. »Ich bin bei so etwas nicht besonders geschickt.«

»Aber es ist gar nicht schwer«, ermunterte Tom sie. »Das hier ist ein Flugzeug für Anfänger. Angeblich ist es idiotensicher. Beim ersten hieß es das allerdings auch – was kann man daraus schließen?«

»Dass man immer die Bedienungsanweisung lesen muss?«

»Genau.« Der Tonfall, in dem er das sagte, erinnerte Ronnie stark an Will.

»Haben Sie und Susan schon über die Hochzeit gesprochen?«, erkundigte sich Tom unvermittelt.

Ronnie schüttelte den Kopf. »Nein. Aber Will hat mir davon erzählt.«

»Ich musste heute zwei Stunden in einem Blumengeschäft verbringen und Blumenarrangements begutachten.

Haben Sie schon mal zwei Stunden lang Blumenarrangements begutachtet?«

»Nein.«

»Seien Sie froh.«

Ronnie musste lachen. Nur gut, dass sie mit Tom hier draußen im Freien sein konnte! Endlich tauchte Will wieder auf, frisch geduscht und in sauberen Shorts und Polohemd. Beides Designermarken, aber das war ja nicht weiter verwunderlich.

»Hör mal, mein Sohn, ich muss sagen – Ronnie ist wesentlich hübscher, als du gesagt hast.«

Ronnie lächelte geschmeichelt, aber Will verzog gequält das Gesicht. »Dad ...«

»Es stimmt!«, bestätigte Tom. »Kein Grund, verlegen zu werden.« Nachdem er seinen Flieger wieder auf Kurs gebracht hatte, warf er Ronnie einen kurzen Blick zu. »Will wird schnell verlegen. Früher war er der schüchternste Junge auf der Welt. Er konnte nicht mal neben einem hübschen Mädchen *sitzen*, ohne dass er knallrot wurde.«

Will schüttelte fassungslos den Kopf. »Ich kann nicht glauben, dass du so was sagst, Dad. Direkt vor ihr.«

»Wieso denn nicht?« Wieder schaute Tom Ronnie an. »Stört Sie das?«

»Überhaupt nicht.«

»Siehst du?« Er tippte seinem Sohn auf die Brust, als wäre dadurch bewiesen, dass er recht hatte. »Es ist ihr egal.«

»Besten Dank.« Will zog eine Grimasse.

»Wofür hat man einen Vater? Hey, willst du dieses Ding mal durch die Luft wirbeln lassen?«

»Geht leider nicht. Wir müssen jetzt los.«

»Hör mal zu, mein Junge, selbst wenn es Auberginen und Steckrüben mit Tofu gibt – ich möchte, dass du isst, was auf den Tisch kommt, und dass du den Koch lobst«, ermahnte Tom ihn.

»Wahrscheinlich gibt es nur Spaghetti«, bemerkte Ronnie grinsend.

»Tatsächlich?« Tom schien enttäuscht. »Die isst er bestimmt.«

»Wie bitte? Soll ich sie lieber nicht essen?«

»Es ist immer gut, wenn man neue Erfahrungen macht. Wie lief's denn heute in der Werkstatt?«

»Darüber würde ich gern kurz mit dir reden. Jay hat gesagt, es gibt ein Problem mit dem Computer oder mit der Software – alles wird immer doppelt ausgedruckt.«

»Nur an der Hauptkasse oder überall?«

»Das weiß ich nicht.«

Tom seufzte. »Gut, dann werde ich mich wohl darum kümmern müssen. Vorausgesetzt natürlich, ich schaffe es, diesen Flieger wieder vom Himmel herunterzuholen. Und ihr beide amüsiert euch gut, verstanden?«

Als sie ein paar Minuten später in den Truck stiegen, klimperte Will mit den Schlüsseln, ehe er den Motor startete.

»Tut mir echt leid. Mein Dad redet manchmal großen Mist.«

»Es braucht dir nicht leidzutun. Ich finde ihn sehr nett.«

»Und außerdem war ich früher gar nicht so schüchtern. Ich bin nie rot geworden.«

»Nein, natürlich nicht.«

»Ich meine es ernst. Ich war immer cool.«

»Das glaube ich dir sofort.« Sie tätschelte sein Knie. »Aber ich muss dir auch etwas sagen. Wegen heute Abend. Meine Familie pflegt eine komische Tradition.«

»Du lügst!«, schimpfte Will. »Du lügst schon den ganzen Abend, ich habe die Schnauze voll!«

»Fang lieber erst gar nicht so an!«, gab Ronnie zurück. »Du bist doch derjenige, der dauernd lügt!«

Der Tisch war schon längst abgedeckt – Dad hatte Spaghetti Marinara gekocht, wie Ronnie vermutet hatte, und Will hatte brav seinen Teller leer gegessen. Sie saßen aber alle noch am Küchentisch, hielten sich Karten an die Stirn und spielten Lügenpoker. Will hatte eine Herz Acht, Steve eine Herz Drei und Jonah eine Pik Neun. Vor jedem lag ein Haufen Münzen, und in dem Topf in der Mitte befanden sich so viele Fünf- und Zehncentstücke, dass er fast überquoll.

»Ihr lügt beide«, sagte Jonah. »Ihr wisst beide nicht, wie man die Wahrheit sagt.«

Will schaute Jonah mit seinem Pokergesicht an und nahm eine Münze von seinem Turm. »Dieser Vierteldollar sagt: Du weißt nicht, wovon du redest.«

Ronnies Vater schüttelte den Kopf. »Schlechte Entscheidung, junger Mann. Es ist vorbei. Ich erhöhe auf fünfzig Cent.«

»Das will ich sehen!«, rief Ronnie. Jonah und Will zogen sofort nach.

Schweigend und misstrauisch beäugten sie sich gegenseitig, ehe sie ihre Karten auf den Tisch legten. Und wieder hatten sie alle gegen Jonah verloren.

»Ihr seid schlechte Lügner!«, rief ihr kleiner Bruder. Er hatte doppelt so viel kassiert wie die anderen drei. Lächelnd schaute Ronnie zu, wie er die Münzen einstrich. Der Abend war bisher sehr angenehm verlaufen, fand sie. Sie hatte ja selbst nicht gewusst, was sie erwarten würde, als sie Will einlud. Es war schließlich das erste Mal, dass sie ihrem Vater einen ihrer Freunde vorstellte. Würde sich Dad in der Küche verkriechen, um nicht zu stören? Oder würde er sich wie Wills Kumpel aufführen? Würde er irgendetwas tun oder sagen, was sie in Verlegenheit brachte? Auf der Fahrt nach Hause hatte sie schon angefangen, Fluchtpläne zu schmieden, die sie notfalls nach dem Essen in die Tat umsetzen konnte.

Aber als sie das Haus betraten, hatte sie gleich ein gutes Gefühl gehabt. Erstens war alles wunderbar aufgeräumt. Und Jonah hatte von Dad offensichtlich die Anweisung bekommen, nicht immer an ihnen zu kleben und Will nicht ins Kreuzverhör zu nehmen wie ein Staatsanwalt. Ihr Vater begrüßte Will mit Handschlag und mit einem entspannten »Schön, dass wir uns kennenlernen«. Und Will benahm sich sowieso vorbildlich, antwortete auf Fragen mit einem höflichen »Ja, Sir« oder »Nein, Sir«, was Ronnie sehr charmant fand – wie man es in den Südstaaten erwartete. Während des Abendessens verlief die Unterhaltung absolut unproblematisch, Dad stellte ein paar Fragen zu Wills Arbeit in der Werkstatt und im Aquarium, und Jonah legte sich sogar die Serviette auf den Schoß.

Das Beste war aber, dass ihr Vater überhaupt nichts Peinliches sagte. Er erzählte zwar, dass er an der Juilliard School unterrichtet hatte, erwähnte aber nicht, dass er auch Ronnie Unterricht gegeben hatte und dass sie einmal in der Carnegie Hall aufgetreten war. Er sprach nicht von ihren gemeinsamen Kompositionen – oder davon, dass er bis vor ein paar Tagen wenig Kontakt mit Ronnie gehabt hatte. Als Jonah nach den Keksen fragte, sobald die Teller leer waren, mussten Ronnie und ihr Vater lachen, und Will wollte natürlich wissen, was daran so lustig war. Gemeinsam räumten sie zu viert den Tisch ab, und als Jonah vorschlug, sie könnten doch Lügenpoker spielen, war Will sofort begeistert.

Mit Will wäre sicher auch Ronnies Mutter einverstanden gewesen. Jemanden wie ihn hatte sie sich immer vorgestellt: höflich, respektvoll, intelligent und vor allem ohne Tattoos ... Schade, dass Mom nicht dabei war. Sie hätte endlich sehen können, dass ihre Tochter nicht völlig abgedriftet war. Andererseits wäre Mom wahrscheinlich so entzückt gewesen, dass sie versucht hätte, Will auf der Stelle zu adoptieren. Oder sie hätte hinterher, nachdem sich Will verabschiedet hatte, Ronnie hunderttausendmal vorgeschwärmt, was für ein netter junger Mann er doch sei. Und das hätte dann wieder bei Ronnie den Impuls ausgelöst, die Sache sofort zu beenden, ehe ihre Mutter vollkommen durchdrehte. Dad verhielt sich da ganz anders – er vertraute Ronnies Urteilsvermögen und ließ sie ihre eigenen Entscheidungen treffen, ohne sich groß einzumischen.

Eigentlich seltsam – wenn man sich überlegte, dass er

sie gerade erst wieder neu kennenlernte. Und gleichzeitig war es auch traurig – Ronnie dachte immer öfter, dass sie einen riesigen Fehler begangen hatte, als sie ihm in den letzten drei Jahren aus dem Weg gegangen war. Bestimmt hätte es ihr gutgetan, mit ihm zu reden, wenn ihre Mutter sie nervte.

Alles in allem war sie froh, dass sie Will eingeladen hatte. Die Situation mit ihrem Vater war viel unkomplizierter als Ronnies Begegnung mit Susan. Diese Frau machte ihr höllische Angst. Gut – das war vielleicht übertrieben, aber sie fühlte sich doch ziemlich eingeschüchtert von ihr. Wills Mutter hatte unverhüllt zu verstehen gegeben, dass sie Ronnie nicht leiden konnte – oder wie wenig es ihr passte, dass ihr Sohn sie mochte.

Normalerweise war es ihr völlig gleichgültig, was die Eltern ihrer Freunde von ihr hielten, und sie machte sich in der Regel auch keine Gedanken über ihre Kleidung. Aber jetzt hatte sie zum ersten Mal seit einer halben Ewigkeit das Gefühl, dass sie den Erwartungen nicht gerecht wurde, und das irritierte sie viel mehr, als sie gedacht hätte.

Als es draußen dunkel wurde und das Pokerspiel langsam zu Ende ging, fühlte sie Wills Blick auf sich ruhen. Sie lächelte ihm zu.

»Ich bin fast pleite«, sagte er und betastete seine Münzen.

»Ich auch.«

»Vielleicht können wir noch einen Strandspaziergang machen?«

Sie schaute ihm direkt in die Augen. »Ja, ich würde sehr gern ein Stück spazieren gehen.«

KAPITEL 20

Will

Der Strand erstreckte sich kilometerweit. Mit Wilmington war er durch die Brücke über den Intracoastal Waterway verbunden. Seit Wills Kindheit hatte sich vieles
verändert – im Sommer war wesentlich mehr Verkehr als
früher, die kleinen Bungalows wie der, in dem Ronnie
wohnte, waren durch imposante Strandvillen ersetzt
worden –, aber Will liebte den Strand nach wie vor. Vor
allem bei Nacht. Als Kind war er immer mit dem Fahrrad
hier entlanggefahren, in der Hoffnung, etwas Interessantes zu entdecken, und er war fast nie enttäuscht worden.
Er hatte große Haie gesehen, kunstvolle Sandburgen, die
jeden überregionalen Wettbewerb gewonnen hätten,
und einmal hatte er sogar einen Wal bemerkt, der, keine
fünfzig Meter vom Strand entfernt, hinter der Brandung
im Wasser schwamm.

Heute Abend war alles menschenleer, und während er
und Ronnie am Wasserrand barfuß durch die flachen
Wellen wanderten, dachte er zum ersten Mal ganz deutlich: Sie ist das Mädchen, mit dem ich der Zukunft entge-
gengehen will.

Er wusste natürlich, dass er für solche Gedanken noch

zu jung war, und in puncto Ehe machte er sich sowieso keine Illusionen, aber andererseits glaubte er ganz fest: Wenn er Ronnie in zehn Jahren kennengelernt hätte, wäre sie seine Frau fürs Leben. Scott würde das alles überhaupt nicht verstehen – er dachte nie weiter als bis zum nächsten Wochenende. Was übrigens für die meisten seiner Altersgenossen galt. Als würden ihre Gedanken in anderen Bahnen verlaufen als seine. Will interessierte sich nicht für One-Night-Stands, für ihn hatte es keinen Reiz, ein Mädchen rumzukriegen, nur um zu sehen, ob er es schaffte, er fand es auch nicht richtig, nur so lange charmant zu sein, bis er bekommen hatte, was er wollte, und sich dann ein neues Opfer zu suchen. So war er nicht. Und so wollte er auch nicht sein.

Wahrscheinlich hatte das viel mit seinen Eltern zu tun. Sie waren seit dreißig Jahren verheiratet. Am Anfang mussten sie ziemliche Strapazen überstehen, wie die meisten jungen Paare, aber im Lauf der Jahre hatten sie die Firma aufgebaut und eine Familie gegründet. Sie hatten sich immer geliebt, hatten gemeinsam ihre Erfolge gefeiert und sich in schweren Zeiten gegenseitig unterstützt. Sie waren beide nicht perfekt, aber Will wusste, dass seine Eltern ein Team waren, und diese Lektion hatte er verinnerlicht.

Man könnte natürlich denken, er sei zwei Jahre mit Ashley zusammen gewesen, weil sie reich und schön war, und es wäre gelogen, wenn er behauptet hätte, dass ihre Schönheit für ihn keine Rolle gespielt hatte. Aber ihr Aussehen war trotzdem weniger wichtig gewesen als die anderen Dinge, die er in ihr zu sehen glaubte. Ashley hatte ihm genauso aufmerksam zugehört wie er ihr. Er war davon überzeugt gewesen, dass er ihr alles sagen konnte und umgekehrt. Doch im Laufe der Zeit war er immer wieder enttäuscht worden, vor allem, als sie ihm unter Tränen gestand, sie habe bei einer Party mit einem Jungen vom hiesigen College herumgeknutscht. Danach war nichts mehr so wie vorher. Nicht, weil er Angst hatte, sie könnte es noch einmal tun – jeder Mensch machte Fehler, und im Grunde war es nicht viel mehr als ein Kuss gewesen –, aber irgendwie führte dieser Vorfall dazu, dass Will genauer wusste, was er von den Menschen, die ihm am nächsten standen, erwartete. Ihm fiel auf, wie Ashley andere Leute behandelte, und was er sah, gefiel ihm nicht besonders. Dann, dass sie ständig tratschte – am Anfang hatte ihn das nicht weiter gestört, er fand es harmlos, doch bald ging es ihm auf die Nerven. Oder dass er immer ewig warten musste, wenn sie sich abends vor dem Weggehen fertig machte.

Er hatte ein schlechtes Gewissen, als er mit ihr Schluss machte. Aber er tröstete sich damit, dass er ja erst fünfzehn war, als er das erste Mal mit ihr ausging, und dass sie seine allererste Freundin war. Letzten Endes hatte er das Gefühl, gar keine andere Wahl zu haben. Er wusste jetzt, wer er war und was für ihn zählte, und Ashley entsprach nicht seinen Vorstellungen. Und es war sicher besser, die Beziehung zu beenden, bevor alles noch komplizierter wurde.

Seine Schwester Megan hatte in diesem Punkt viel Ähnlichkeit mit ihm. Sie war hübsch und intelligent, und schon oft hatte sie die Jungs, mit denen sie ausging, hoffnungslos eingeschüchtert. Lange war sie von einem Freund zum nächsten gegangen, aber nicht, weil sie eitel oder oberflächlich war. Als Will sie fragte, warum sie sich nicht festlegen könne, hatte sie ihm eine sehr direkte Antwort gegeben: »Es gibt Typen, die denken, sie wollen sich erst irgendwann in der Zukunft binden, und es gibt Typen, die sind bereit zu heiraten, sobald sie die Richtige treffen. Die erste Sorte langweilt mich, weil diese Männer eigentlich zu bedauern sind, und die zweite Sorte ist nicht leicht zu finden, ehrlich gesagt. Aber mich interessieren nur Männer, die es ernst meinen, und um den Richtigen zu finden, braucht man eben eine Weile. Ich meine – wenn die Beziehung nicht auf Dauer angelegt ist, warum soll ich dann überhaupt Zeit und Energie investieren?«

Ach ja, Megan. Will lächelte beim Gedanken an seine Schwester. Sie lebte nach ihren eigenen Regeln. Mit dieser Einstellung hatte sie in den letzten sechs Jahren Mom fast zur Verzweiflung getrieben, vor allem, weil sie die jungen Männer, die aus einer Familie stammten, mit der ihre Mutter einverstanden war, immer ziemlich schnell aussortierte. Aber Will fand, dass Megan alles richtig machte, und zum Glück hatte sie jetzt in New York endlich einen Mann kennengelernt, der alle ihre Kriterien erfüllte.

Es war komisch, aber Ronnie erinnerte ihn irgendwie an Megan. Sie war auch eine Außenseiterin, die selbstständig dachte und stur auf ihrer Unabhängigkeit beharrte. Wer von den Leuten, die er kannte, würde die ganze Nacht im Freien schlafen, um ein Schildkrötennest zu beschützen? Wer würde eine Schlägerei verhindern und nebenbei noch einem kleinen Jungen helfen? Wer las in seiner Freizeit Tolstoi?

Und welches Mädchen würde sich in Will verlieben, ohne etwas über seine Familie zu wissen? Hier in der Gegend war das gar nicht möglich.

Dieser Punkt war ihm wichtig, obwohl er es besser gefunden hätte, wenn es ihn nicht kümmern würde. Er liebte seinen Dad und seinen Familiennamen, er war stolz auf das Unternehmen, das sein Vater aufgebaut hatte. Er hatte auch nichts gegen die Privilegien einzuwenden, die dieses Leben mit sich brachte, aber – er wollte unbedingt er selbst sein. Die Leute sollten ihn als Will sehen, nicht nur als Will Blakelee. Und es gab niemanden auf der Welt, mit dem er über dieses Problem reden konnte, außer mit seiner Schwester. Er wohnte ja nicht in Los Angeles, wo man in jeder Schule die Kinder von irgendwelchen Promis antraf, und es war hier auch anders als in Andover, wo nahezu jeder eine Person im Bekanntenkreis hatte, die aus einer berühmten Familie kam. In einer Stadt wie Wrightsville war es für ihn gar nicht so einfach, und im Laufe der Zeit war Will mit Freundschaften immer vorsichtiger geworden. Er war bereit, mit allen zu reden, aber er hatte gelernt, sich mit einer unsichtbaren Mauer zu umgeben, bis er sicher sein konnte, dass es nichts mit seiner Familie zu tun hatte, wenn sich jemand für ihn interessierte. Bei Mädchen galt dieser Grundsatz natürlich doppelt. Und selbst wenn er nicht davon überzeugt gewesen wäre, dass Ronnie keine Ahnung von seiner Familie hatte, wäre ihm das spätestens klar geworden, als er am frühen Abend den Wagen vor der Villa seiner Eltern parkte.

»Was denkst du gerade?«, hörte er sie fragen. Eine frische Brise wehte durch ihre Haare, und sie versuchte vergeblich, sie zu einem Pferdeschwanz zu bändigen. »Du bist so still.«

»Ich habe darüber nachgedacht, wie gut es mir bei euch gefallen hat.«

»In unserem kleinen Häuschen? Es ist ziemlich anders als die Villa, die du gewohnt bist.«

»Ich finde den Bungalow klasse«, sagte er. »Und deinen Dad und deinen Bruder auch. Obwohl Jonah mich beim Lügenpoker total abgezogen hat.«

»Er gewinnt jedes Mal. Frag mich nicht, wie er das macht. Schon als kleines Kind hat er immer gewonnen. Ich glaube, er mogelt irgendwie, aber ich bin noch nicht hinter seine Tricks gekommen.«

»Vielleicht muss man einfach besser lügen können.«

»Ach, du meinst, so lügen wie du, als du mir gesagt hast, du arbeitest für deinen Vater?«

»Ich arbeite für meinen Vater«, entgegnete Will.

»Du weißt genau, was ich meine.«

»Ich dachte, es spielt keine Rolle.« Er blieb stehen und schaute sie an. »Oder?«

Sie wählte ihre Worte ganz bewusst. »Es ist aber trotzdem interessant, und außerdem erklärt es ein paar Dinge, die dich betreffen. Wenn ich dir sagen würde, dass meine Mutter als Assistentin in einer Anwaltskanzlei in der Wall Street arbeitet, würdest du mich dann anders sehen?«

Diese Frage konnte er ehrlich beantworten. »Nein. Aber das ist nicht das Gleiche.«

»Wieso nicht?«, fragte sie. »Weil deine Familie reich ist? Das kann nur jemand sagen, der denkt, dass es allein aufs Geld ankommt.«

»Das habe ich nicht gesagt.«

»Sondern?« Ihr Tonfall war kampflustig, aber dann schüttelte sie den Kopf. »Hör zu – lass mich eine Sache klarstellen. Mir ist es egal, ob dein Vater der Sultan von Brunei ist. Du wurdest zufällig in eine privilegierte Familie hineingeboren. Was du damit machst, ist ganz allein deine Sache. Ich bin hier, weil ich mit dir zusammen sein will. Wenn ich das nicht wollte, würde alles Geld der Welt nichts daran ändern.« Während sie redete, wurde sie immer lebhafter.

»Warum habe ich das Gefühl, dass du diese Rede schon einmal gehalten hast?«

»Weil es stimmt.« Ronnie blieb stehen und stellte sich vor ihn. »Komm nach New York, dann verstehst du, wieso ich gelernt habe zu sagen, was ich denke. In manchen Clubs begegnest du lauter Snobs, und für die zählt nur eines – wer ihre Familie ist und wie viel Geld ihre Familie hat … Das langweilt mich maßlos. Ich stehe da und möchte nur sagen: Ist ja schön und gut, dass irgendwelche Mitglieder deiner Familie etwas geleistet haben, aber was hast du selbst getan? Das sage ich allerdings nicht, weil sie es sowieso nicht kapieren würden. Sie halten sich für was Besonderes. Es lohnt sich nicht, sich darüber aufzuregen.«

In der Dunkelheit konnte er ihr Gesicht nicht richtig sehen, aber er wusste, dass sie überlegte, ob er sie verstand. Doch Will wollte diese Diskussion gern beenden. Deshalb deutete er auf den Schuppen neben dem Haus.

»Was ist das?«, fragte er.

Ronnie antwortete nicht gleich. Konnte sie sich immer noch nicht entscheiden, ob sie ihm glauben sollte oder nicht?

»Das ist eine Werkstatt. Sie gehört zum Haus«, sagte sie schließlich. »Mein Dad und Jonah machen ein Buntglasfenster.«

»Dein Dad kann Buntglasfenster machen?«

»Ja.«

»Beschäftigt er sich damit schon immer?«

»Nein«, antwortete sie. »Früher war er Klavierlehrer. Das hat er dir ja beim Essen erzählt.« Sie beugte sich hinunter, um sich etwas von den Füßen zu wischen. Dann wechselte *sie* das Thema. »Wie geht es bei dir weiter? Arbeitest du doch noch länger für deinen Vater?«

Will schluckte. Wie gern er sie geküsst hätte! »Ja, bis Ende August. Und im Herbst gehe ich dann auf die Vanderbilt University in Nashville, Tennessee.«

Aus einem der Häuser am Strand wehte leise Musik herüber. Man konnte sehen, dass sich auf der hinteren Veranda ein paar Leute versammelt hatten. Es war ein Song aus den Achtzigerjahren, aber Will fiel der Titel nicht ein.

»Das wird sicher toll.«

»Hoffentlich.«

»Du wirkst nicht sonderlich begeistert.«

Will nahm Ronnie an der Hand, und sie gingen weiter. »Es ist eine erstklassige Universität, und der Campus ist sehr schön.« Seine Stimme hörte sich immer noch etwas beklommen an.

»Aber du möchtest trotzdem nicht hin?«

Ronnie schien seine Gedanken und Gefühle intuitiv zu erfassen, was Will einerseits beunruhigte, aber ihn andererseits auch freute. Wenigstens konnte er ihr die Wahrheit sagen.

»Ich wollte auf ein anderes College, und bin auch angenommen worden. Dort gibt es einen ganz tollen Studiengang für Umweltwissenschaften, aber meine Mom will unbedingt, dass ich auf die Vanderbilt University gehe.« Er spürte den Sand zwischen den Zehen.

»Tust du immer, was deine Mom will?«

»Das verstehst du nicht.« Er schüttelte hilflos den Kopf. »Es ist eine Familientradition. Meine Großeltern haben da studiert, meine Eltern, meine Schwester ... Meine Mutter ist im Verwaltungsrat, und sie –«

Es fiel ihm schwer, die richtigen Worte zu finden. Er spürte, dass Ronnie ihn anschaute, aber er konnte ihr nicht in die Augen sehen.

»Ich weiß, dass sie ziemlich ... zurückhaltend sein kann. Aber wenn man sie besser kennt, ist sie der ehrlichste, zuverlässigste Mensch der Welt. Sie würde alles für mich tun – und ich meine wirklich *alles*. Aber die letzten Jahre waren sehr schwer für sie.«

Er hob eine Muschel auf, betrachtete sie und warf sie dann in hohem Bogen in die Wellen. »Du hast mich doch nach dem Armband gefragt.«

Ronnie nickte.

»Meine Schwester und ich tragen die Armbänder zu Ehren von unserem kleinen Bruder. Er hieß Mike und war ein wunderbarer kleiner Junge ... eins dieser Kinder, die wahnsinnig gern mit anderen Menschen zusammen sind. Er hatte ein unglaublich ansteckendes Lachen – man hat automatisch mit ihm gelacht, man konnte gar nicht anders.« Er schwieg für einen Moment und schaute aufs Meer. »Vor vier Jahren hatten Scott und ich ein Basketballspiel, und meine Mom war an der Reihe, uns hinzufahren. Wie immer kam Mike mit. Es hatte den ganzen Tag geregnet, die Straßen waren teilweise überflutet. Ich hätte besser aufpassen sollen, aber Scott und ich haben angefangen, auf dem Rücksitz *Mercy* zu spielen. Kennst du das? Man versucht das Handgelenk des anderen in die falsche Richtung zu drücken, bis einer von beiden aufgibt.«

Er zögerte. Würde er die Kraft finden, die Geschichte zu Ende zu erzählen?

»Wir haben richtig gekämpft und gerangelt und gegen den Vordersitz getreten – Mom hat immer wieder gesagt, wir sollen aufhören, aber wir haben sie nicht beachtet. Und dann hatte ich Scott schließlich in der Mangel, ich drückte mit aller Kraft, und er hat laut geschrien. Meine Mutter drehte sich kurz um, weil sie wissen wollte, was passiert war, nur eine halbe Sekunde – aber dabei hat sie die Kontrolle über den Wagen verloren. Und ...« Will schluckte, spürte, wie die Worte ihn fast erwürgten. »Mike hat den Unfall nicht überlebt. Und ohne Scott hätte meine Mutter es wahrscheinlich auch nicht geschafft. Wir sind durch ein Geländer gerast und ins Wasser. Scott ist ein hervorragender Schwimmer – er hat uns drei an Land geschleppt. Aber Mikey ...« Will presste den Nasenrücken zusammen. »Mikey ist bei dem Aufprall gestorben. Er war noch in der Vorschule.«

Ronnie drückte Wills Hand. »Das tut mir schrecklich leid.«

»Mir auch.« Er blinzelte, um die Tränen zu vertreiben, die immer kamen, wenn er an den Tag dachte.

»Es war ein Unfall, Will!«

»Ja, das ist mir klar. Und meine Mutter weiß es auch. Trotzdem macht sie sich Vorwürfe, weil sie die Kontrolle über den Wagen verloren hat, und ein Teil von ihr macht auch mir Vorwürfe, glaube ich.« Er schüttelte wieder den Kopf. »Auf jeden Fall hat sie seither noch viel stärker das Bedürfnis, alles zu kontrollieren. Auch mich. Ich weiß, es geht ihr um meine Sicherheit, sie will mich vor allen Gefahren beschützen, und teilweise verstehe ich das auch. Meine Mom ist beim Begräbnis zusammengebrochen, und ich habe mich selbst dafür gehasst, weil ich ihr das angetan habe. Ich fühlte mich verantwortlich. Und ich habe mir vorgenommen, es wiedergutzumachen. Obwohl ich wusste, dass ich es nicht kann.«

Während er sprach, zupfte er immer wieder an dem Armband.

»Was bedeuten die Buchstaben? BMFI?«

»*Bei mir für immer*. Das war die Idee meiner Schwester. Auf die Weise wollen wir uns für alle Zeit an ihn erinnern. Sie hat mir das gleich nach dem Begräbnis gesagt, aber ich habe ihr zuerst gar nicht richtig zugehört. Ich meine – es war so fürchterlich an dem Tag in der Kirche! Meine Mutter hat geschluchzt und geschrien, und mein Bruder lag im Sarg, mein Dad und meine Schwester waren in Tränen aufgelöst ... Ich habe mir geschworen, dass ich nie wieder zu einer Beerdigung gehe.«

Ronnie brachte kein Wort über die Lippen, weil sie so erschüttert war. Will straffte die Schultern. Er wusste, dass das alles schwer zu verdauen war. Warum hatte er es ihr überhaupt erzählt? »Tut mir leid. Ich hätte dich nicht damit belasten sollen.«

»Nein, nein, das ist okay!«, erwiderte sie schnell und drückte seine Hand. »Ich bin froh, dass du es mir gesagt hast.«

»Es ist nicht das perfekte Leben, wie du gedacht hast, stimmt's?«

»Ich habe nie angenommen, dass dein Leben perfekt ist.«

Er schwieg, und Ronnie küsste ihn impulsiv auf die Wange. »Es ist so traurig, dass du das alles durchmachen musstest!«

Will atmete tief durch. »Na ja, jedenfalls ist es meiner Mutter sehr wichtig, dass ich auf die Vanderbilt University gehe. Deshalb werde ich es tun.« Langsam gingen sie weiter.

»Es gefällt dir bestimmt dort. Ich habe gehört, es ist eine tolle Uni.«

Zärtlich schob er seine Finger durch ihre. Wie weich sich ihre Hand anfühlte, im Gegensatz zu seinen schwieligen Fingern! »Jetzt bist du dran. Was weiß ich noch nicht über dich?«

»Etwas Ähnliches wie das, was du gerade erzählt hast, habe ich noch nie erlebt. Nichts, was man damit vergleichen kann.«

»Es muss ja nichts Dramatisches sein. Nur etwas, das zeigt, wer du bist.«

Sie schaute zurück zum Haus. »Nun ... ich habe drei

Jahre lang nicht mit meinem Dad gesprochen. Im Grunde reden wir erst seit zwei Tagen wieder miteinander. Nachdem er und meine Mom sich getrennt hatten, war ich sehr … wütend auf ihn. Ich wollte ihn nie wiedersehen, ganz ehrlich, und schon gar nicht wollte ich den Sommer hier bei ihm verbringen.«

»Und nun?« Will sah, wie sich das Mondlicht in ihren Augen spiegelte. »Bist du froh, dass du hier bist?«

»Vielleicht.«

Lachend stieß er sie an. »Wie warst du eigentlich als Kind?«

»Langweilig«, antwortete sie. »Ich habe immer nur Klavier gespielt.«

»Ich würde dich gern mal spielen hören.«

Ihre Antwort kam wie aus der Pistole geschossen, trotzig und stur. »Ich spiele nicht mehr.«

»Nie mehr?«

Sie schüttelte heftig den Kopf. Natürlich ahnte Will, dass sich hinter ihrer Weigerung noch mehr verbarg, aber er spürte genau, dass sie nicht darüber reden wollte. Stattdessen schilderte sie ihm ihre New Yorker Freundinnen und wie sie normalerweise das Wochenende verbrachte. Als sie ihm von Jonah erzählte, grinste er oft belustigt. Es fühlte sich so normal an, mit ihr zusammen zu sein, so leicht, so gut! Er konnte ihr Dinge erzählen, über die er mit Ashley nie gesprochen hatte. Offenbar sehnte er sich danach, ihr sein wahres Ich zu zeigen. Und er hatte so viel Vertrauen zu ihr, dass er wusste, sie würde richtig reagieren.

Außer in dem Haus, in dem die Party stattfand, war alles still. Sie waren allein. Aus der Ferne drang leise die Musik zu ihnen, und als Will zum Himmel blickte, sah er eine Sternschnuppe aufleuchten – und verglühen. Er schaute Ronnie an und wusste gleich, dass sie diese Sternschnuppe auch gesehen hatte.

»Was hast du dir gewünscht?«, flüsterte sie kaum hörbar. Doch er konnte nicht antworten, sondern drückte nur ihre Hand und legte den Arm um sie. Mit einer Klarheit, der er sich nicht entziehen konnte, spürte er, dass er dabei war, sich in sie zu verlieben. Sanft zog er sie an sich und küsste sie unter dem funkelnden Sternenhimmel. Und er fragte sich dabei, womit er das große Glück verdient hatte, dieses Mädchen zu finden.

KAPITEL 21

Ronnie

Eines musste sie neidlos zugeben: An diesen Lebensstil könnte sie sich gewöhnen. Sie lag entspannt auf dem Sprungbrett des Swimmingpools hinter der Villa, ein Glas Eistee neben sich, in der Badehütte stand eine große Obstschale, die der Chefkoch persönlich arrangiert hatte, mit Silberbesteck und einer feinen Verzierung aus Minze.

Aber wie war es für Will gewesen, in solch einer Umgebung aufzuwachsen? Das erschien ihr völlig unvorstellbar. Klar, er hatte nie etwas anderes gekannt, deshalb hatte er sicher alles als selbstverständlich hingenommen und bemerkte es jetzt gar nicht mehr. Während sie sich auf dem Sprungbrett sonnte, beobachtete sie, wie er auf dem Dach der Badehütte stand und zu einem Sprung ins Wasser ansetzte. Wie ein Akrobat war er hinaufgeklettert, und selbst von hier unten konnte man seine durchtrainierten Muskeln an Armen und Bauch sehen.

»Hey!«, rief er. »Pass auf – ich mache einen Salto!«

»Einen Salto? Mehr nicht? Du kletterst da hoch, und dann machst du nur einen einfachen Salto?«

»Warum nicht?«

»Na ja – einen Salto, das kann doch jeder. Sogar ich.«

»Das würde ich gern sehen.« Er klang skeptisch.

»Ich möchte nicht nass werden.«

»Aber ich habe dich zum Schwimmen eingeladen!«

»So schwimmen Mädchen wie ich. Man nennt es auch Sonnenbaden.«

Will lachte. »Gute Idee, dass du mal ein bisschen Sonne tankst. In New York kriegt man die Sonne nie zu sehen, oder?«

»Willst du damit andeuten, dass ich zu blass bin?« Sie runzelte die Stirn.

»Nein, so würde ich es nicht formulieren. Ich finde, ›käsig‹ passt besser.«

»Sehr charmant. Ich weiß nicht, warum ich auf dich reingefallen bin.«

»Reingefallen?«

»Ja, genau, und wenn du weiterhin Wörter wie käsig benutzt, um mich zu beschreiben, dann sehe ich keine Zukunft für uns beide.«

Er tat so, als würde er überlegen. »Wie wär's mit einem Doppelsalto? Verzeihst du mir dann?«

»Nur wenn du fehlerfrei eintauchst, ohne zu spritzen. Aber selbst wenn du nur einen Doppelsalto mit einem mangelhaften Abschluss schaffst, werde ich trotzdem Bewunderung heucheln, solange du mich nicht nass spritzt.«

Er zog die Augenbrauen hoch, ging ein paar Schritte zurück, um Anlauf zu nehmen, und katapultierte sich dann in die Luft, schraubte sich hoch, vollendete zwei Drehungen und tauchte ins Wasser ein, die Arme zuerst, der Körper gerade gestreckt, fast ohne einen Spritzer.

Na, das war ja echt beeindruckend, dachte Ronnie. Sie

297

war allerdings nicht wirklich überrascht, weil sie wusste, wie elegant er sich auf dem Volleyballfeld bewegte. Als er am Rand des Sprungbretts auftauchte, Wasser tretend, sah sie ihm an, dass er mit sich zufrieden war.

»Ganz okay«, sagte sie.

»Nur okay?«

»Ich gebe dir vier Komma sechs Punkte.«

»Von fünf?«

»Von zehn.«

»Es waren mindestens acht.«

»Dass du das denkst, ist klar. Deshalb bin ich die Schiedsrichterin.«

»Wie kann ich Beschwerde einlegen?« Er griff nach dem Rand des Sprungbretts.

»Gar nicht. Das ist das offizielle Ergebnis.«

»Aber wenn ich damit nicht glücklich bin?«

»Dann musst du dir von jetzt an gut überlegen, ob du noch mal das Wort käsig verwenden willst.«

Lachend versuchte er, sich auf das Brett hochzuziehen. Ronnie hielt sich krampfhaft fest.

»Hey – aufhören – sofort!«, warnte sie ihn.

»Du meinst – damit?«, sagte er und drückte weiter.

»Ich habe dir doch gesagt, dass ich nicht nass werden will!«, zeterte sie.

»Und ich will, dass du mit mir schwimmst!« Ohne Vorankündigung packte er sie am Arm und zog. Quietschend plumpste sie ins Wasser. Als sie wieder an die Oberfläche kam, versuchte er sie zu küssen, aber sie wich ihm aus.

»Nein!«, prustete sie, aber eigentlich fand sie das kühle

Wasser sehr erfrischend und genoss die seidige Berührung seiner Haut. »Das verzeihe ich dir nie!«

Während sie lachend miteinander rangelten, sah Ronnie, dass Susan ihnen von der Veranda aus zuschaute. Ihrer Miene nach zu urteilen, fand sie die Szene nicht sehr amüsant.

Später am Nachmittag gingen sie zum Strand, um nach dem Schildkrötennest zu schauen. Unterwegs kauften sie sich ein Eis. Während Ronnie neben Will herging und die schnell schmelzende Masse leckte, dachte sie, wie erstaunlich es war, dass sie sich erst am Tag zuvor das erste Mal geküsst hatten. Der gestrige Abend war schon fast perfekt gewesen, aber der Tag heute war noch viel besser. Mal unterhielten sie sich ganz ernst, dann wieder waren sie richtig ausgelassen, und das fand sie toll. Es machte ihnen beiden großen Spaß, sich gegenseitig aufzuziehen, da standen sie sich in nichts nach.

Ronnie wollte es Will unbedingt noch heimzahlen, dass er sie ins Wasser gezogen hatte. Doch sie musste ihre Aktion genau planen, was gar nicht so schwer war, weil er ja nicht ahnte, was ihn erwartete. Als er seine Eistüte an den Mund führte, versetzte sie ihm einen kräftigen Stoß, und das Eis verschmierte sein ganzes Gesicht. Kichernd hüpfte sie davon und um die Ecke ... und landete direkt in Marcus' Armen.

Blaze war bei ihm. Teddy und Lance ebenfalls.

»Na, das ist aber eine hübsche Überraschung!«, rief Marcus und hielt sie fest.

»Lass mich los!« Ronnie ärgerte sich, dass sie so panisch klang.

»Lass sie los«, sagte Will von hinten, bestimmt und unnachgiebig. »Sofort.«

Marcus schien sich zu amüsieren. »Du solltest besser aufpassen, wo du hinläufst, Ronnie.«

»Sofort!« Jetzt klang Will richtig wütend.

»Immer mit der Ruhe, Dollarkönig. Sie ist in mich reingerasselt – ich habe sie nur aufgefangen, damit sie nicht fällt. Und außerdem, wie geht's denn Scott? Hat er in letzter Zeit mal wieder mit Feuerwerksraketen herumhantiert?«

Will erstarrte, was sich Ronnie überhaupt nicht erklären konnte. Mit einem hämischen Grinsen wandte sich Marcus wieder ihr zu und drückte noch einmal ihren Arm, bevor er sie losließ. Ronnie wich schnell einen Schritt zurück, während Blaze mit betont unbeteiligter Miene einen Feuerball anzündete.

»Ich freue mich, dass ich auf dich aufpassen durfte, ohne meine Hilfe wärst du nämlich hingefallen«, sagte Marcus. »Und es würde sich nicht besonders gut machen, wenn du am Dienstag mit lauter blauen Flecken vor Gericht erscheinst, oder? Du willst doch nicht, dass der Richter denkt, du prügelst dich – es reicht ja schon, dass du klaust.«

Ronnie fixierte ihn nur wortlos, bis er sich abwandte und die vier weitergingen. Sie sah noch, wie Blaze ihm den Feuerball zuspielte, den er geschickt auffing und ihr wieder zurückwarf.

Später saßen sie auf der Düne hinter dem Haus. Will hörte schweigend zu, während Ronnie ihm erzählte, was sich seit ihrer Ankunft hier ereignet hatte. Natürlich auch vom Musikgeschäft. Als sie fertig war, faltete sie die Hände im Schoß.

»Das war's. Was die Klauerei in New York angeht – ich kann dir gar nicht sagen, warum ich die Sachen mitgenommen habe. Es war ja nicht so, dass ich sie gebraucht habe. Ich habe es gemacht, weil es alle taten. Vor Gericht habe ich alles zugegeben. Ich wusste, dass es falsch war, und ich wollte es nie wieder tun. Daran habe ich mich auch gehalten. Dort und hier. Aber die Anzeige muss zurückgezogen werden, oder Blaze muss zugeben, was sie getan hat, sonst bekomme ich nicht nur hier riesige Schwierigkeiten, sondern auch zu Hause. Ich weiß, das klingt verrückt, und du glaubst mir wahrscheinlich nicht, aber ich schwöre dir, dass ich nicht lüge.«

Er legte schützend seine Hände auf ihre. »Ich glaube dir«, sagte er. »Und eins kann ich dir sagen – bei Marcus überrascht mich gar nichts mehr. Er war schon als kleiner Junge schrecklich. Meine Schwester war mit ihm in einer Klasse, und sie hat erzählt, dass die Lehrerin mal eine tote Ratte in ihrer Schublade gefunden hat. Alle wussten, wer sie dort hingelegt hatte, sogar der Direktor, aber beweisen konnte es ihm niemand. Und er macht immer noch krumme Touren. Jetzt hat er Teddy und Lance, die für ihn die Drecksarbeit erledigen. Ich habe schlimme Sachen über ihn gehört. Aber Galadriel ... Sie war früher ein unglaublich nettes Mädchen, ich kenne sie seit dem Kindergarten. Keine Ahnung, was in der letzten Zeit in sie gefahren ist. Ihre Eltern haben sich scheiden lassen, und das hat sie angeblich sehr getroffen. Aber ich kann mir nicht erklären, was sie an Marcus findet und warum sie so darauf versessen ist, ihr Leben zu ruinieren. Ich habe immer Mitleid mit ihr gehabt, aber was sie mit dir gemacht hat, ist echt gemein.«

Auf einmal war Ronnie sehr müde. »Ich muss nächste Woche vor Gericht erscheinen.«

»Möchtest du, dass ich mitkomme?«

»Nein. Ich will nicht, dass du mich vor dem Richter stehen siehst.«

»Das macht doch nichts –«

»Doch, es macht etwas, wenn deine Mutter davon erfährt. Ich bin mir ziemlich sicher, dass sie mich nicht leiden kann.«

»Wie kommst du denn auf die Idee?«

Zum Beispiel, weil ich vorhin gesehen habe, wie sie mich anschaut. Das hätte sie sagen können. Aber sie ließ es bleiben. »Ich habe einfach das Gefühl.«

»So geht es am Anfang wirklich allen Leuten«, beruhigte er sie. »Aber – wie gesagt, wenn du sie näher kennenlernst, wird sie lockerer.«

Ronnie war sich da nicht so sicher. »Was läuft eigentlich zwischen Scott und Marcus?«, fragte sie.

Will erschrak fast. »Was meinst du?«

»Erinnerst du dich an den Abend auf dem Jahrmarkt? Nach seiner Show war Marcus wegen irgendetwas völlig aufgedreht. Ich glaube, er hat in der Menschenmenge jemanden gesucht, und als er Scott gesehen hat, hat sich sein Gesichtsausdruck sofort verändert, ganz eigenartig. Als hätte er sein Ziel gefunden. Und dann hat er seine Pommesschale zusammengeknüllt und nach ihm geworfen.«

»Ich war auch dabei, weißt du noch?«

»Aber hast du auch gehört, was er gesagt hat? Es war wirklich seltsam. Er hat gefragt, ob Scott eine Feuerwerksrakete auf ihn abfeuern will. Und vorhin hat er etwas ganz Ähnliches zu dir gesagt.«

Will schaute weg. »Ach, das ist nichts«, sagte er und drückte ihre Hand. »Und ich hätte es nie zugelassen, dass dir etwas zustößt.« Er lehnte sich zurück und stützte sich auf die Ellbogen. »Kann ich dir eine Frage stellen? Zu einem anderen Thema?«

Ronnie musterte ihn prüfend. Wollte er ihr ausweichen? Seine Antwort befriedigte sie nicht, aber sie bohrte nicht weiter.

»Warum steht bei euch ein Klavier hinter einer Sperrholzwand?« Als Ronnie ihn verdutzt anschaute, zuckte er die Achseln. »Man sieht es durchs Fenster, und das Sperrholz passt nicht zum Rest des Zimmers.«

Jetzt wandte sich Ronnie ab. Sie befreite ihre Hände und wühlte im Sand. »Ich habe meinem Dad gesagt, dass ich den Flügel nicht mehr sehen will. Also hat er eine Wand eingezogen.«

Will blinzelte verdutzt. »So sehr hasst du das Klavier?«

»Ja.«

»Weil dein Dad auch dein Klavierlehrer war?«

Ronnie schaute ihn verdutzt an, sagte aber nichts. Er fuhr fort: »Er hat an der Juilliard School unterrichtet, nicht wahr? Da ist es doch nur logisch, dass er auch dein Lehrer war. Und ich würde wetten, du hast sehr gut gespielt – wenn man etwas dermaßen hasst, muss man es vorher geliebt haben.«

Für einen Autoschrauber beziehungsweise Volleyballspieler war er sehr einfühlsam, dachte Ronnie mit einer Portion Selbstironie. Sie grub ihre Finger noch tiefer in den Sand, der sich kühl und schwer anfühlte.

»Er hat mir Klavierunterricht gegeben, seit ich laufen gelernt habe. Stundenlang habe ich gespielt, sieben Tage in der Woche, jahrelang. Wir haben sogar gemeinsam komponiert. Das hat uns zusammengeschweißt, weißt du, Dad und mich. Und als er ausgezogen ist … Ich hatte das Gefühl, dass er nicht nur die Familie betrogen hat, sondern mich ganz persönlich, und ich war so wütend deswegen, dass ich mir geschworen habe, nie wieder zu spielen und nie wieder zu komponieren. Und dann bin ich hierhergekommen und habe den Flügel gesehen, und Dad hat dauernd gespielt. Als wäre das, was er damals getan hat, völlig ohne Bedeutung. Als könnten wir einfach wieder von vorn anfangen. Aber das geht nicht. Man kann die Vergangenheit nicht ungeschehen machen.«

»Aber gestern Abend hatte ich das Gefühl, ihr versteht euch gut.«

Ronnie zog langsam die Hände aus dem Sand. »Ja, klar. Seit ein paar Tagen kommen wir gut miteinander aus. Aber das heißt noch lange nicht, dass ich wieder Klavier spiele.«

»Es geht mich ja nichts an, aber wenn du so gut warst, dann schadest du doch nur dir selbst, wenn du nicht spielst. Es ist eine Gabe! Und wer weiß – vielleicht könntest du an der Juilliard School studieren.«

»Das könnte ich bestimmt. Sie schreiben mir immer noch und sagen, ich darf mich jederzeit bewerben, falls ich es mir anders überlege.«

»Warum gehst du dann nicht hin?«

Ronnie blitzte Will verärgert an. »Ist dir das so wichtig – dass ich nicht genauso bin, wie du es dir vorgestellt hast? Dass ich eine besondere Begabung habe? Bin ich dadurch erst gut genug für dich?«

»Sag doch so was nicht«, protestierte er. »Für mich hast du dich nicht verändert. Du bist immer noch so, wie ich dich sehe – wie ich dich gleich im ersten Moment gesehen habe. Und du kannst unmöglich noch besser zu mir passen.«

Ronnie schämte sich für ihren Ausbruch. Will klang ehrlich, und sie wusste genau, dass er meinte, was er sagte.

Sie kannten sich erst seit ein paar Tagen, das durfte sie nicht vergessen. Und doch … er war so nett, so intelligent, und sie spürte, dass er sie liebte. Als könnte er Gedanken lesen, beugte er sich zu ihr und küsste sie sanft auf den Mund. Und Ronnie wünschte sich nichts sehnlicher, als immer und immer wieder in seinen Armen zu liegen, so wie jetzt.

`

KAPITEL 22

Marcus

Marcus beobachtete sie aus der Ferne. *So läuft das also, was?*

Blöder Mist. Blöde Kuh. Es war Zeit, einen draufzu-machen.

Teddy und Lance hatten den Alkohol angeschleppt, und es trafen schon die ersten Leute ein. Vor einer Weile hatte er beobachtet, wie eine Familie, die hier Ferien gemacht hatte, ihre Sachen für die Heimreise in ihren mickrigen Minivan packte, samt dem blöden Hund und den noch blöderen Kindern. Sie hatten in einem der Strandhäuser gewohnt, nicht weit von Ronnies beschissenem Bungalow entfernt. Marcus kannte sich aus und wusste, dass die neuen Feriengäste erst morgen eintrafen, nachdem der Putztrupp da gewesen war, also musste man sich nur Zugang verschaffen, dann gehörten die Räume die ganze Nacht ihm und seinen Freunden.

Gar nicht so schwierig, denn er hatte ja den Schlüssel und den Sicherheitscode. Die Feriengäste schlossen nie die Tür ab, wenn sie an den Strand gingen. Warum auch? Außer Lebensmitteln und vielleicht ein paar Videospielen brachten sie ja nicht viel mit, weil sie meistens nur eine Woche blieben. Und die Leute, denen die Häuser ge-

.

hörten – vermutlich wohnten sie in Charlotte oder sonst wo und hatten es satt, die Anrufe der Sicherheitsfirmen anzunehmen, wenn die Idioten von Mietern mitten in der Nacht den Alarm auslösten. Jedenfalls waren sie so freundlich gewesen und hatten den Code direkt über der Tastatur der Sicherheitsanlage in der Küche angebracht. Sehr klug. Wirklich sehr klug. Mit etwas Geduld schaffte Marcus es immer, ein oder zwei Häuser aufzutreiben, in denen man Party machen konnte. Das Geheimnis des Erfolgs war allerdings, nicht über die Stränge zu schlagen. Teddy und Lance wollten sich in diesen Häusern immer austoben, aber Marcus wusste, wenn man es zu oft machte oder es zu wild trieb, wurden die Verwaltungsagenturen misstrauisch und kamen womöglich auf die Idee, irgendwelche Kontrolleure vorbeizuschicken oder die Polizei zu beauftragen, häufiger das Haus zu beobachten. Und was dann? Dann blieb ihnen wieder nichts anderes übrig, als am Bower's Point herumzuhängen, wie meistens.

Einmal im Jahr. Einmal im Sommer. Das war seine Grundregel. Eigentlich genügte das auch – es sei denn, er ließ das Haus anschließend in Flammen aufgehen. Er grinste. Wenn er das machte, war das Problem gelöst. Niemand würde auf den Gedanken kommen, dass dort eine Party stattgefunden hatte. Und es gab nichts Besseres als ein großes Feuer. Die Flammen *lebten!* Ein Brand, vor allem ein großer, war voller Bewegung, er tanzte und fraß sich voll und vernichtete alles, was ihm in den Weg kam. Marcus konnte sich gut daran erinnern, wie er als Zwölfjähriger eine Scheune angezündet und dann stundenlang zugeschaut hatte. So etwas Fantastisches hatte er noch nie gesehen. Also war er zu dem Entschluss gekommen, noch etwas anzuzünden – diesmal eine verlassene Lagerhalle. Im Laufe der Jahre hatte er mehrere Brände gelegt. Das war für ihn die Krönung – nichts versetzte ihn in größere Ekstase als das Machtgefühl, das ihn überkam, wenn er ein Feuerzeug in der Hand hielt.

Aber er würde es nicht tun. Nicht heute Abend. Er wollte nicht, dass Teddy oder Lance etwas über seine Vergangenheit herausfanden. Außerdem wurde es bestimmt auch so eine geile Party. Alkohol und Drogen und Musik. Und Mädchen. Betrunkene Mädchen. Erst kam Blaze an die Reihe, und anschließend nahm er sich vielleicht noch zwei, drei andere vor, wenn Blaze so zugedröhnt war, dass sie nichts mehr mitbekam. Oder er vergnügte sich mit irgendeinem dummen Herzchen, selbst wenn Blaze nüchtern genug war, um es zu merken. Das war auch lustig. Klar, sie machte sicher eine Riesenszene, aber das ging ihn nichts an, und er konnte Teddy oder Lance beauftragen, sie rauszuwerfen. Er wusste ja, dass sie wieder angekrochen kam. Sie kam doch immer zurück, heulend und bettelnd.

Sie war so verdammt vorhersagbar. Und sie quengelte die ganze Zeit.

Ganz anders als das Mädchen hier mit der knackig süßen Figur.

Er hatte sich bemüht, nicht an Ronnie zu denken. Sie konnte ihn nicht leiden, sie wollte lieber mit dem Dollarkönig rummachen, mit dem Prinzen aus der Reparaturwerkstatt. Wahrscheinlich gehörte sie sowieso nicht zu den Frauen, die gleich zu allem bereit waren. Trotzdem –

er konnte sich nicht erklären, wo er bei ihr einen Fehler gemacht hatte. Sie schien ihn sofort durchschaut zu haben.

Ohne sie war er viel besser dran. Er brauchte sie nicht. Er brauchte niemanden. Aber weshalb beobachtete er sie dann die ganze Zeit? Warum störte es ihn, dass sie sich mit Will abgab?

Klar – das machte die ganze Sache noch spannender. Und sei es auch nur, weil er genau über Wills Schwachstelle Bescheid wusste.

Das konnte noch lustig werden. So wie der Abend heute, der mit Sicherheit auch sehr lustig wurde.

KAPITEL 23

Will

Für Will verging der Sommer viel zu schnell. Tagsüber arbeitete er in der Autowerkstatt, und seine Freizeit verbrachte er mit Ronnie – da flogen die Tage nur so vorbei. Als der August immer näher rückte, quälte es ihn richtig, dass sie in ein paar Wochen nach New York zurückging und er zur Universität musste.

Ronnie war ein Teil seines Lebens geworden – in vielerlei Hinsicht sogar der beste Teil. Auch wenn er sie nicht immer gleich verstand – die Auseinandersetzungen zwischen ihnen schienen ihre Beziehung nur noch zu vertiefen und zu stärken. Sie hatten sich in die Haare bekommen, weil er sie zum Gericht begleiten wollte. Ronnie hatte sein Angebot hartnäckig abgelehnt, aber als er dann mit Blumen vor dem Gebäude auf sie wartete, freute sie sich doch und nahm den Strauß mit einem schüchternen Kuss entgegen. Er wusste, sie war außer sich, weil die Anklage nicht fallen gelassen wurde – ihr nächster Gerichtstermin war am 28. August. Und er musste schon drei Tage vorher zur Uni.

Zu seinem großen Erstaunen bewarb sie sich um einen Teilzeitjob beim Aquarium, aber sie erzählte ihm vorher nichts davon und bat ihn auch nicht, ein gutes Wort für sie einzulegen. Er hatte nicht einmal gewusst, dass sie überhaupt arbeiten wollte. Als er sie deswegen fragte, erklärte sie: »Du arbeitest tagsüber. Mein Dad und Jonah machen das Fenster – da brauche ich auch etwas, und außerdem will ich meinen Anwalt selbst bezahlen. Dad hat nicht besonders viel Geld.« Nach ihrem ersten Arbeitstag holte er sie ab. Ihm fiel auf, dass ihre Haut fast grün war. »Ich musste die Ottern füttern«, berichtete sie. »Hast du schon mal in einen Eimer mit glitschigen toten Fischen gefasst? Das ist total eklig!«

Sie redeten endlos miteinander. Trotzdem reichte ihnen die Zeit nicht, um alles zu sagen, was ihnen am Herzen lag. Manchmal unterhielten sie sich einfach, um die stillen Momente zu füllen – zum Beispiel über ihre Lieblingsfilme, oder Ronnie erzählte Will, dass sie zwar Vegetarierin war, aber noch nicht entschieden hatte, ob Eier und Milch auch zählten. Oft führten sie auch sehr ernsthafte Gespräche. Ronnie beschrieb ihm, welche Erinnerungen sie an das Klavierspielen hatte und wie sich die Beziehung zu ihrem Vater entwickelt hatte. Will gestand ihr, es ärgere ihn manchmal, dass er sich verpflichtet fühlte, so zu sein, wie seine Mutter ihn gern haben wollte. Sie redeten über Jonah und über Wills Schwester Megan. Sie malten sich aus, wie das Leben weitergehen könnte und wo es sie hinführen würde. Für Will schien die Zukunft genau durchgeplant: vier Jahre Vanderbilt, und nach seinem Abschluss wollte er Arbeitserfahrung in einer anderen Firma sammeln, ehe er hierher zurückkehrte, um den Betrieb seines Vaters zu übernehmen. Aber als er Ronnie diesen Plan beschrieb, hörte er im Kopf die Stimme seiner Mutter, die ihn dafür lobte. Wollte er selbst das eigentlich auch?, fragte er sich. Ronnie hatte keine Ahnung, was die nächsten beiden Jahre ihr bringen würden. Die Unsicherheit schien ihr jedoch nichts auszumachen. Das fand Will bewundernswert. Als er später über ihre verschiedenen Pläne nachdachte, fiel ihm auf, dass sie im Grunde viel mehr über ihr Schicksal bestimmen konnte als er.

Obwohl am ganzen Strand Körbe für die Schildkrötennester aufgestellt worden waren, schafften es die Waschbären bei sechs Nestern, sich durchzubuddeln und die Eier zu fressen. Als Ronnie davon erfuhr, bestand sie darauf, dass sie und Will abwechselnd das Nest hinter ihrem Haus bewachten. Sie mussten ja nicht beide die ganze Nacht aufpassen, aber meistens saßen sie bis weit nach Mitternacht zusammen draußen, küssten sich zärtlich und unterhielten sich im Flüsterton.

Scott konnte das alles nicht verstehen. Mehr als einmal kam Will zu spät zum Training. Was war nur in seinen Freund gefahren?, fragte sich Scott. Und wenn er bei der Arbeit von Will wissen wollte, wie es mit Ronnie lief – was selten genug vorkam –, dann war dieser nicht besonders redselig.

Natürlich wusste Will, dass sich Scott nicht wirklich für seine Beziehung interessierte. Ihm war es viel wichtiger, Will auf die bevorstehende Beachvolleyball-Meisterschaft einzuschwören, und er tat entweder so, als würde er hoffen, dass Will bald wieder zur Vernunft kam, oder als würde Ronnie gar nicht existieren.

Was Wills Mom betraf, so hatte Ronnie recht gehabt.

Susan äußerte sich zwar nicht über seine neue Beziehung, aber Will merkte, dass sie nicht einverstanden war. Sie musste sich immer zu einem Lächeln zwingen, sobald Ronnies Name fiel. Und wenn er Ronnie mit nach Hause brachte, war seine Mutter übertrieben höflich. Sie erkundigte sich nie nach ihr, und wenn Will etwas erzählte, zum Beispiel, dass er und Ronnie viel Spaß miteinander hatten und dass sie sehr intelligent war und ihn besser verstand als alle anderen, dann sagte seine Mutter: »Du gehst demnächst nach Vanderbilt, und Fernbeziehungen sind immer schwierig.« Oder sie bemerkte scheinbar nebenbei, ob er nicht finde, dass er zu viel Zeit mit Ronnie verbringe. Solche Kommentare konnte er nicht ausstehen. Sie verhielt sich so unfair! Im Gegensatz zu praktisch allen Leuten, die er kannte, hatte Ronnie kein Interesse an Alkohol, sie fluchte nicht, sie tratschte nicht, und außer dass sie sich küssten, war noch nichts zwischen ihnen passiert. Aber Will spürte intuitiv, dass diese Faktoren für seine Mutter gar nicht so wichtig waren. Sie war dermaßen in ihren Vorurteilen befangen, dass jeder Versuch, ihre Meinung über Ronnie zu ändern, zum Scheitern verurteilt war. Aus lauter Frustration erfand Will immer neue Ausreden, um von zu Hause fortzubleiben. Nicht nur, weil seine Mom feindselig auf Ronnie reagierte, sondern auch, weil sich seine Einstellung zu seiner Mutter zu ändern begann.

Und weil er es nicht schaffte, mit ihr offen darüber zu sprechen.

Abgesehen davon, dass Ronnie innerlich stark mit dem bevorstehenden Prozesstermin beschäftigt war, gab es nur noch eine Sache, die den sonst so idyllischen Sommer trübte, und das war die Anwesenheit von Marcus. In der Regel schafften es Will und Ronnie, ihm aus dem Weg zu gehen, aber manchmal ließ es sich einfach nicht vermeiden, dass sie ihm begegneten. Und Marcus brachte es jedes Mal fertig, Will zu provozieren. Meistens durch irgendwelche Anspielungen auf Scott. Will fühlte sich dadurch wie gelähmt. Wenn er überreagierte, ging Marcus womöglich zur Polizei, wenn er nichts tat, schämte er sich. Da war er nun mit einem Mädchen befreundet, das in New York vor einen Richter getreten war, um seine Schuld zu bekennen – dass er selbst nicht den Mut aufbrachte, das Gleiche zu tun, begann ihn zu quälen. Er hatte versucht, mit Scott darüber zu reden, ob es nicht besser wäre, endlich zur Polizei zu gehen. Aber sein Freund war dazu nicht bereit und ließ ihn auf indirekte Weise nie vergessen, was er an jenem schrecklichen Tag, als Mikey starb, für Will und seine Familie getan hatte. Ja, er hatte sich heldenhaft verhalten, das würde niemand leugnen, doch im Laufe des Sommers fragte sich Will immer wieder, ob Scott wegen der guten Tat von damals alles andere beiseiteschieben durfte – und in den dunkelsten Momenten kamen Will Zweifel, ob der Preis für Scotts Freundschaft nicht zu hoch war.

Eines Abends Anfang August erklärte sich Will einverstanden, mit Ronnie am Strand nach Spinnenkrabben zu suchen.

»Ich kann Krabben einfach nicht ausstehen«, jaulte Ronnie und klammerte sich an seinen Arm.

314

Er musste lachen. »Es sind doch nur Spinnenkrabben. Die tun dir nichts.«

Aber sie rümpfte die Nase. »Sie sind echt unheimlich – wie Krabbelmonster aus dem All.«

»Du tust so, als wäre es meine Idee gewesen – dabei hast du es vorgeschlagen!«

»Nein, Jonah steckt dahinter. Er sagt, es macht Spaß. Aber ich habe es ja nicht besser verdient, wenn ich so dumm bin und auf jemanden höre, der nur durch Zeichentrickfilme etwas über das Leben lernt.«

»Ich würde sagen, eine junge Dame, die Ottern mit glitschigen Fischen füttert, kann sich doch nicht vor ein paar harmlosen Spinnenkrabben fürchten.« Will ließ den Strahl der Taschenlampe über den Sand huschen, um die blitzschnellen kleinen Tierchen anzuleuchten.

Ronnie geriet fast in Panik, weil sie auf keinen Fall wollte, dass eine Krabbe zu nahe an ihre Füße kam. »Erstens sind das nicht *ein paar* harmlose Krabben. Hier sausen Hunderte von diesen Dingern herum. Zweitens – wenn ich gewusst hätte, was sich alles nachts am Strand abspielt, hätte ich *dich* gezwungen, jede Nacht bei den Schildkröten zu schlafen. Ich bin echt sauer auf dich, dass du mir nichts davon erzählt hast! Und drittens – auch wenn ich im Aquarium arbeite, heißt das noch lange nicht, dass es mir gefällt, wenn mir diese Minimonster über die Füße kriechen.«

Er verkniff sich ein Grinsen, aber als Ronnie zu ihm hochschaute, merkte sie es gleich.

»Da gibt es nichts zu lachen. Es ist überhaupt nicht lustig!«

»Doch! Hier laufen mindestens zwanzig winzig kleine Kinder mit ihren Eltern herum und machen genau das Gleiche wie wir.«

»Es ist nicht meine Schuld, dass ihre Eltern nicht genug Verstand haben.«

»Willst du nach Hause?«

»Nein, nein, ist schon gut. Jetzt hast du mich einmal mitten in den Dschungel gelockt, da kann ich mich auch damit abfinden.«

»Wir sind in letzter Zeit sehr oft nachts am Strand spazieren gegangen. Hast du das vergessen?«

»Ich weiß. Also noch mal vielen Dank, dass du die Taschenlampe mitgenommen hast und meine schönen Erinnerungen kaputt machst.«

»Okay.« Er knipste die Lampe aus.

Sie grub die Fingernägel in seinen Arm. »Was soll das? Mach sie sofort wieder an!«

»Aber gerade hast du doch laut und deutlich verkündet, dass du lieber ohne Taschenlampe –«

»Aber wenn du sie ausmachst, sehe ich die Krabben nicht.«

»Stimmt.«

»Das heißt, vielleicht kesseln sie mich ja gerade ein! Bitte, bitte, mach die Lampe wieder an.«

Lachend gehorchte Will, und sie gingen weiter. »Eines Tages werde ich verstehen, wie du tickst.«

»Das glaube ich nicht. Wenn du es bis jetzt nicht kapiert hast, dann übersteigt es deine Fähigkeiten.«

»Könnte stimmen.« Er legte den Arm um sie. »Du hast mir immer noch nicht gesagt, ob du zur Hochzeit meiner Schwester kommst.«

»Weil ich mich noch nicht entschieden habe.«

»Ich möchte, dass du Megan kennenlernst. Sie ist extrem nett.«

»Es ist nicht wegen deiner Schwester. Aber ich glaube, deine Mom will nicht, dass ich komme.«

»Na und? Es ist ja nicht ihre Hochzeit. Meine Schwester würde sich freuen, wenn du mit dabei bist.«

»Du hast ihr von mir erzählt?«

»Klar!«

»Und – was hast du ihr gesagt?«

»Die Wahrheit.«

»Dass du mich käsig findest?«

Er musterte sie mit zusammengekniffenen Augen. »Musst du immer noch daran denken?«

»Nein. Ich habe es vollkommen vergessen.«

Will grinste. »Okay – um deine Frage zu beantworten: Ich habe ihr nicht gesagt, du bist käsig. Ich habe gesagt, du warst am Anfang käsig.«

Sie versetzte ihm einen leichten Rippenstoß, und er tat so, als würde er um Gnade flehen. »Das war ein Witz, das war ein Witz ... Ich würde so etwas *nie* sagen!«

»Was hast du ihr dann erzählt?«

Will blieb stehen und drehte Ronnies Gesicht so, dass sie ihn anschauen musste. »Ich habe ihr die Wahrheit gesagt. Dass du intelligent bist und lustig, dass es Spaß macht, mit dir zusammen zu sein, und dass du wunderschön bist.«

»Gut, damit bin ich einverstanden.«

»Du willst nicht sagen, dass du mich auch liebst?«

»Ich bin mir nicht sicher, ob ich so einen armen Kerl lieben kann.« Lachend schlang sie die Arme um ihn. »Du kannst diesen Kommentar als eine Retourkutsche dafür nehmen, dass du den Krabben erlaubt hast, über meine Füße zu klettern. Natürlich liebe ich dich.«

Sie küssten sich, dann gingen sie weiter. Kurz vor dem Pier wollten sie umdrehen, aber dann entdeckten sie Scott, der ihnen mit Ashley und Cassie aus der anderen Richtung entgegenkam. Ronnie verkrampfte sich richtig, als Scott loslief, um ihnen den Weg abzusperren.

»Da bist du ja, Mann!«, rief Scott schon von Weitem und pflanzte sich vor ihnen auf. »Ich habe dir den ganzen Abend eine SMS nach der anderen geschickt.«

Will zog Ronnie fester an sich. »Tut mir leid. Ich habe mein Handy bei Ronnie liegen lassen. Was gibt's?«

Ashley starrte Ronnie neugierig an.

»Ich bin von fünf Mannschaften angerufen worden, die bei dem Turnier mit dabei sind, und sie wollen alle vorher ein paar Testspiele machen. Sie sind ziemlich gut und organisieren eine Art Trainingslager, damit jeder entsprechend auf Landry und Tyson vorbereitet ist. Viel Training, viel Fitness, viele Spiele. Wir haben uns sogar überlegt, ob man ab und zu die Teams austauscht, um die Reaktionszeiten zu verbessern, weil wir ja alle verschiedene Spieltechniken haben.«

»Wann kommen sie?«

»Sobald wir so weit sind – aber wir nehmen an, noch diese Woche.«

»Wie lang bleiben sie hier?«

»Keine Ahnung. Drei oder vier Tage vielleicht. In etwa, bis das Turnier beginnt. Ich weiß, du hast die Hochzeit und die ganzen Vorbereitungen am Bein, aber das kann man ja berücksichtigen.«

Will musste wieder einmal daran denken, dass seine Zeit mit Ronnie bald zu Ende war. »Drei oder vier Tage?«

Scott wurde ungeduldig. »Komm schon, Mann. Das ist genau das Richtige, um uns auf den Punkt fit zu machen.«

»Findest du nicht, wir sind schon gut vorbereitet?«

»Was ist denn in dich gefahren? Du weißt doch, wie viele Trainer von der Westküste kommen, um sich die Meisterschaft anzuschauen!« Er zeigte anklagend mit dem Finger auf Will. »Du brauchst kein Volleyball-Stipendium fürs College, aber ich bin darauf angewiesen. Und das ist meine einzige Chance, gesehen zu werden.«

»Ich muss es mir noch überlegen, okay?«

»Du willst es dir *überlegen*?«

»Zuerst muss ich mit meinem Vater reden. Ich kann doch nicht kurzfristig vier Tage freinehmen, ohne ihn zu fragen! Du übrigens auch nicht.«

Scott warf einen Blick auf Ronnie. »Bist du dir sicher, dass es um die Arbeit geht?«

Was sein Freund damit andeuten wollte, wusste Will natürlich, aber er hatte keine Lust, sich mit ihm zu streiten. Jedenfalls nicht jetzt. Auch Scott machte einen Rückzieher. »Gut, meinetwegen«, sagte er. »Rede mit deinem Vater, ganz wie du meinst. Vielleicht findest du ja doch ein paar freie Minuten.«

Mit diesen Worten drehte er um und stapfte davon, ohne einen Blick zurück. Ashley und Cassie folgten ihm wortlos.

Will wusste nicht recht, was tun, also ging er mit Ronnie zurück zu ihrem Haus. Als sie außer Hörweite waren, schlang sie die Arme um Wills Taille und fragte: »Meinte er das Turnier, von dem du mir auch schon erzählt hast?«

Will nickte. »Ja, nächstes Wochenende. Am Tag nach der Hochzeit meiner Schwester.«

»An einem Sonntag?«

»Es ist ein zweitägiges Turnier. Die Frauen spielen am Samstag.«

Ronnie runzelte die Stirn. »Und Scott braucht ein Volleyball-Stipendium, damit er aufs College kann?«

»Das würde alles sehr erleichtern.«

Sie fasste Will am Ellbogen, damit er stehen blieb. »Dann musst du irgendwie Zeit für das Trainingslager finden. Ihr müsst alles tun, um gut in Form zu sein. Scott ist schließlich dein Freund! Du und ich, wir sehen uns schon noch oft genug. Zum Beispiel, wenn wir beide draußen beim Schildkrötennest sitzen.«

Während sie sprach, musste Will immer denken: Wie schön sie ist! Wie sehr ich sie vermissen werde!

»Was soll bloß aus uns werden, Ronnie? Wenn der Sommer vorbei ist?« Fragend schaute er sie an.

»Du gehst aufs College«, antwortete Ronnie mit abgewandtem Blick. »Und ich fahre zurück nach New York.«

Er fasste sie am Kinn. »Du weißt genau, was ich meine.«

»Ja, klar«, erwiderte sie. »Ich weiß genau, was du meinst. Aber ich habe keine Ahnung, was du hören willst. Was kann ich denn sagen?«

»Wie wär's mit: Ich möchte nicht, dass alles zu Ende ist?«

Ihre Augen glänzten meergrün und so zärtlich, als wollte sie ihn um Verzeihung bitten. »Ich möchte nicht, dass alles zu Ende ist«, wiederholte sie leise.

Ja, das hatte er hören wollen, und er spürte auch, dass sie es ernst meinte. Trotzdem begriff er in diesem Moment etwas, was sie offenbar schon gewusst hatte: dass die Worte, selbst wenn sie von Herzen kamen, nicht die Macht besaßen, das Unvermeidliche zu ändern. Und dass sie ihn nicht einmal richtig trösten konnten.

»Ich komme nach New York und besuche dich«, versprach er.

»Das will ich doch hoffen.«

»Und ich möchte, dass du nach Tennessee kommst.«

»Ich glaube, ich schaffe es, noch mal in den Süden zu reisen – wenn ich einen guten Grund dafür habe.«

Als sie weitergingen, fasste Will einen Entschluss. »Ich sag dir was«, verkündete er. »Ich mache alles, was Scott will, damit wir uns optimal vorbereiten. Unter einer Bedingung: Du musst mit zur Hochzeit meiner Schwester kommen.«

»Mit anderen Worten – du tust das, was du sowieso tun müsstest, und als Gegenleistung bekommst du das, was du willst.«

So hätte er selbst es zwar nicht ausgedrückt, aber irgendwie hatte Ronnie recht. »Ja, so ungefähr.«

»Sonst noch was? Weil du ja so hart verhandelst.«

»Ehrlich gesagt, wenn wir schon dabei sind – mir fällt noch was ein. Ich möchte gern, dass du mit Blaze sprichst und versuchst, sie zur Vernunft zu bringen.«

»Ich habe doch schon mit ihr geredet.«

»Ja, ich weiß, aber wann war das? Vor sechs Wochen?

Sie hat uns doch jetzt öfter zusammen gesehen und weiß, dass du kein Interesse an Marcus hast. Und sie hatte genug Zeit, um sich alles noch einmal zu überlegen.«

»Sie ist bestimmt nicht bereit, die Wahrheit zu sagen«, entgegnete Ronnie. »Weil sie dann ja selbst in Schwierigkeiten käme.«

»Inwiefern? Was kann man ihr vorwerfen? Die Sache ist doch die: Ich will nicht, dass du Probleme bekommst wegen etwas, was du gar nicht getan hast. Die Besitzerin hört nicht richtig zu, der Staatsanwalt hört nicht zu, und ich sage ja nicht, dass Blaze zuhört, aber ich sehe trotzdem keine andere Möglichkeit, wie du aus dieser Sache herauskommen kannst.«

»Das funktioniert nicht«, seufzte Ronnie mutlos.

»Vielleicht nicht. Aber einen Versuch ist es wert. Wie gesagt, ich kenne Blaze schon lange, und sie war früher ganz anders. Vielleicht weiß sie ja tief in ihrem Inneren, dass es so nicht geht, und braucht nur noch einen kleinen Schubs.«

Ronnie war zwar anderer Meinung als Will, widersprach ihm aber nicht. Schweigend gingen sie bis zum Bungalow und sahen dort, dass die Werkstatttür offen stand und helles Licht herausflutete.

»Arbeitet dein Vater heute Abend noch an dem Fenster?«
»Sieht so aus.«

»Meinst du, ich kann es mir mal ansehen?«

»Warum nicht?«

Sie betraten den alten Schuppen. Über dem großen Arbeitstisch mitten im Raum hing eine nackte Glühbirne an einem Verlängerungskabel.

»Anscheinend ist Dad gar nicht hier.«

»Ist das sein Fenster?«, fragte Will und trat an den Tisch. »Es ist ja riesig!«

Ronnie ging zu ihm. »Toll – findest du nicht auch? Es ist für die Kirche, die hier in der Straße renoviert wird.«

»Das hast du mir noch gar nicht gesagt.« Dass seine Stimme angespannt klang, hörte Will sogar selbst.

»Ich fand das nicht wichtig«, erwiderte sie automatisch. »Wieso? Hätte es dich interessiert?«

Will versuchte, die Bilder von Scott und dem Brand aus seinen Gedanken zu vertreiben. »Nein, eigentlich nicht«, sagte er schnell und tat so, als würde er das Glas studieren. »Ich habe nur nicht geahnt, dass dein Vater eine so komplexe Kunst beherrscht.«

»Ich auch nicht. Ich glaube, er hat es selbst nicht gewusst, bevor er damit anfing. Aber er sagt, ihm liegt dieses Projekt sehr am Herzen. Vielleicht kann er es deswegen so gut.«

»Warum liegt es ihm am Herzen?«

Während Ronnie Dads Geschichte erzählte, starrte Will wie gelähmt auf das Fenster. Er konnte einfach nicht vergessen, was Scott getan hatte. Und natürlich auch nicht seine Rolle dabei. Ronnie musste etwas bemerkt haben, denn sie betrachtete ihn fragend.

»Was denkst du?«

Vorsichtig strich er über das Glas. »Hast du dir schon mal überlegt, was Freundschaft bedeutet?«

»Ich verstehe nicht, wie du das meinst.«

»Wie weit würdest du gehen, um jemanden, mit dem du befreundet bist, zu schützen?«

Sie zögerte kurz. »Ich glaube, das hängt davon ab, was er getan hat. Wie ernst es war.« Zärtlich legte sie Will die Hand auf den Rücken. »Was willst du mir damit sagen?«

Als er nicht antwortete, schmiegte sie sich an ihn. »Letzten Endes muss man das Richtige tun, auch wenn es schwerfällt«, sagte sie leise. »Ich weiß, das hilft dir nichts, weil es manchmal gar nicht leicht ist zu wissen, was das Richtige ist. Aber selbst als ich mir eingeredet habe, dass Ladendiebstahl doch gar nicht schlimm ist, habe ich gewusst, dass mein Verhalten falsch ist. Ich habe mich innerlich so ... so dunkel gefühlt.« Ihr Gesicht war jetzt ganz dicht vor seinem, und er konnte den Geruch von Sand und Salz auf ihrer Haut einatmen. »Ich habe das Urteil nicht angefochten, weil ich wusste, was ich getan habe, war nicht richtig. Manche Leute können mit so etwas leben. Sie sehen alle möglichen Grauzonen, aber ich sehe immer alles schwarz und weiß. So bin ich halt ... und ich glaube, du bist ganz ähnlich wie ich.«

Will wich ihrem Blick aus. Ach, wie gern hätte er ihr alles erzählt, alles, weil er im Grunde seines Herzens wusste, dass sie recht hatte! Aber er fand einfach nicht die angemessenen Worte. Ronnie verstand ihn auf eine Art, wie ihn noch nie jemand verstanden hatte. Er konnte so viel von ihr lernen! Endlich zwang er sich zu nicken, und sie legte den Kopf an seine Schulter.

Gemeinsam verließen sie die Werkstatt, aber bevor sie ins Haus gingen, zog Will sie an sich und küsste sie. Zuerst auf den Mund, dann auf die Wangen und den Hals. Ronnies Haut glühte, als hätte sie stundenlang in der Sonne gelegen. Und als er sie wieder auf die Lippen küsste, spürte er, wie sie sich enger an ihn schmiegte. Er vergrub die Hände in ihren Haaren, und ohne sich von ihr zu lösen, drängte er sie gegen die Mauer der Werkstatt. Er liebte sie, er begehrte sie, und während sie sich immer weiter küssten, spürte er ihre Hände auf seinem Rücken, an seinen Schultern. Ihre Berührungen elektrisierten seine Haut, ihr heißer Atem erregte ihn, und sein Verlangen wurde immer stärker.

Leidenschaftlich presste er sie an sich, doch dann stieß Ronnie ihn weg.

»Bitte«, keuchte sie atemlos. »Wir müssen aufhören.«

»Warum?«

»Weil ich nicht will, dass mein Dad uns erwischt. Wahrscheinlich beobachtet er uns sowieso vom Fenster aus.«

»Aber wir haben uns doch nur geküsst.«

Ronnie lachte leise. »Ja, klar. Und wir sind auch sonst nur gute Freunde.«

»Wie bitte? Haben wir etwa mehr getan als uns geküsst?« Auf Wills Gesicht erschien ein verführerisches Lächeln.

»Ich will nur sagen, dass es sich so angefühlt hat, als ob … als ob es zu mehr führen könnte«, sagte sie und zupfte ihr T-Shirt zurecht.

»Und was ist das Problem?«

Ihr Gesichtsausdruck gab ihm zu verstehen, dass sie es ernst meinte, und er wusste, dass sie recht hatte. Auch wenn er am liebsten weitergemacht hätte. »Du hast recht.« Mit einem Seufzer legte er die Hände locker um ihre Taille. »Ich werde versuchen, mich zu beherrschen.«

Sie küsste ihn auf die Wange. »Ich habe absolutes Vertrauen zu dir.«

»Oh, danke«, ächzte er.

»Ich sehe dann mal nach meinem Vater, okay?«, sagte sie und zwinkerte ihm zu.

»Okay. Ich muss morgen sowieso schon sehr früh zur Arbeit.«

Jetzt grinste Ronnie übermütig. »Tja – sehr schade. Ich muss nämlich erst um zehn da sein.«

»Musst du immer noch die Ottern füttern?«

»Ja, ohne mich würden die Ärmsten verhungern. Ich bin schon fast unentbehrlich.«

»Habe ich dir eigentlich schon mal gesagt, dass man dich am liebsten gar nicht mehr loslassen will?«

»Ich glaube, das hat noch nie jemand zu mir gesagt. Und nur, damit du's weißt – du bist auch gar nicht so übel.«

KAPITEL 24

Ronnie

Ronnie schaute Will eine Weile lang nach, dann ging sie zum Haus. Hatte er in Bezug auf Blaze vielleicht recht? Der bevorstehende Gerichtstermin lastete schon die ganzen Ferien auf ihr, und sie fragte sich, ob die Angst vor einer möglichen Strafe schlimmer war als die Strafe selbst. Immer öfter wachte sie mitten in der Nacht auf und konnte nicht mehr einschlafen. Sie hatte keine Angst vor einer Haftstrafe – dass sie tatsächlich ins Gefängnis musste, war sehr unwahrscheinlich –, aber sie fürchtete, dass diese Sache sie ihr Leben lang verfolgen würde. War sie beispielsweise verpflichtet, sie bei der College-Bewerbung anzugeben? Musste sie einen zukünftigen Arbeitgeber darüber informieren? Durfte sie überhaupt unterrichten, wenn sie kein einwandfreies Führungszeugnis vorlegen konnte? Sie wusste zwar noch nicht, ob sie überhaupt aufs College gehen wollte oder ob sie Lust hatte, Lehrerin zu werden, aber Sorgen machte sie sich trotzdem. Wurde sie diesen Schandfleck je wieder los?

Ihre Anwältin war zuversichtlich, aber versprechen konnte sie natürlich auch nichts.

Und dann die Hochzeit. Will wollte sie unbedingt dabeihaben, seiner Meinung nach gab es nichts, was dagegensprach. Aber Ronnie wusste genau, dass Susan sie ablehnte, und sie wollte sich nicht wie ein Störfaktor vorkommen. Schließlich sollte es für Megan der schönste Tag ihres Lebens werden.

Ronnie stand auf der hinteren Veranda und wollte gerade ins Haus treten, als sie den Schaukelstuhl quietschen hörte. Erschrocken fuhr sie herum. Es war Jonah.

»Das war ja so was von − iiiih!«

»Was machst du hier draußen?« Ronnies Herz raste immer noch vor Schreck.

»Ich habe dich und Will beobachtet. Wie gesagt − das war ganz schön iiiih!« Er tat so, als würde es ihn schütteln.

»Du hast uns nachspioniert?«

»Ich hatte gar keine andere Wahl. Ihr wart direkt bei der Werkstatt. Es sah echt aus, als würde er dich zerquetschen.«

»Er hat mich aber nicht zerquetscht«, beruhigte Ronnie ihn.

»Ich sage ja auch nur, es hat so ausgesehen.«

Sie grinste. »Wenn du ein bisschen älter bist, verstehst du das.«

Jonah schüttelte den Kopf. »Ich verstehe genau, was da abgeht. Schließlich habe ich schon genug Filme gesehen. Ich finde es trotzdem eklig.«

»Das hast du schon mal gesagt.«

Ihre Worte schienen ihn kurz zu bremsen. »Wo geht Will hin?«

»Nach Hause. Er muss morgen früh zur Arbeit.«

»Bewachst du heute das Schildkrötennest? Das musst du nämlich nicht. Dad hat gesagt, wir können die Nachtschicht übernehmen.«

»Du hast Dad überredet, mit dir im Freien zu übernachten?«

»Er möchte es gern. Er denkt, das macht Spaß.«

Kann ich mir nicht vorstellen, dachte Ronnie. »Ich bin einverstanden.«

»Ich habe schon meine Sachen gepackt. Schlafsack, Lampe, Saft, Sandwiches, eine Schachtel Ritz-Cracker, Marshmallows, Kartoffelchips, Kekse und einen Tennisschläger.«

»Du willst in der Nacht Tennis spielen?«

»Nein – falls der Waschbär kommt. Du weißt schon, es könnte ja sein, dass er uns angreifen will.«

»Er greift euch nicht an.«

»Ehrlich nicht?« Jonah klang fast enttäuscht.

»Na ja, vielleicht ist es doch eine gute Idee«, sagte Ronnie. »Für den Fall des Falles. Man kann nie wissen.«

Jonah kratzte sich am Hinterkopf. »Hab ich mir auch gedacht.«

Sie zeigte zur Werkstatt. »Übrigens – das Fenster sieht sehr schön aus.«

»Danke«, sagte Jonah. »Dad will, dass jedes einzelne Teil perfekt ist. Manche Stücke muss ich zwei- oder dreimal machen. Aber ich werde immer besser.«

»Das sieht man.«

»Da drin ist es oft so heiß! Vor allem, wenn der Brennofen an ist. Wie wenn man gebraten würde.«

»Kann ich mir vorstellen. Und – wie läuft's so mit den Keksen?«

»Nicht schlecht. Ich muss sie essen, wenn Dad seinen Mittagsschlaf macht.«

»Aber Dad macht doch nie einen Mittagsschlaf.«

»Doch, in letzter Zeit schon. Er legt sich jeden Nachmittag hin, manchmal zwei Stunden. Ich muss ihn richtig schütteln, damit er wieder aufwacht.«

Ronnie musterte ihn irritiert, dann spähte sie durchs Fenster in das Haus. »Und wo ist er jetzt?«

»In der Kirche. Vorhin ist Pastor Harris gekommen. Der Pfarrer war in letzter Zeit überhaupt oft hier und Dad bei ihm in der Kirche. Er und Dad reden gern miteinander.«

»Sie sind befreundet.«

»Ich weiß. Aber ich glaube, das ist nur eine Ausrede. Dad geht hin, um Klavier zu spielen.«

»Wie meinst du das?«

»Letzte Woche hat die Kirche ein Klavier bekommen, und Dad spielt da.«

»Ehrlich?«

»Oje – ich weiß nicht, ob ich dir das verraten darf. Wahrscheinlich vergisst du am besten, was ich gesagt habe.«

»Warum darfst du es mir nicht sagen?«

»Weil du ihn dann wieder anschreist.«

»Ich schreie ihn doch nicht an!«, protestierte Ronnie. »Wann habe ich ihn denn das letzte Mal angeschrien?«

»Als er Klavier gespielt hat. Erinnerst du dich?«

Ja, natürlich erinnere ich mich, dachte sie. Dieser kleine Junge ist ein guter Beobachter. »Jedenfalls schreie ich ihn jetzt nicht mehr an.«

»Gut. Weil ich das nämlich nicht will. Morgen fahren wir nach Fort Fisher, und da will ich, dass Dad guter Laune ist.«

»Wie lange ist er schon in der Kirche?«

»Keine Ahnung. Mir kommt es vor wie hundert Stunden. Deshalb sitze ich hier draußen. Ich habe auf ihn gewartet. Und plötzlich bist du aufgetaucht, mit Will im Schlepptau, und schon habt ihr angefangen rumzuknutschen.«

»Wir haben uns nur geküsst!«

»Finde ich nicht. Ich habt euch eindeutig abgeknutscht«, verkündete Jonah im Brustton der Überzeugung.

»Hast du eigentlich schon was zu Abend gegessen?«, fragte Ronnie schnell, um das Thema zu wechseln.

»Ich habe auf Dad gewartet.«

»Soll ich dir zwei Hotdogs machen?«

»Nur mit Ketchup?« Er klang begeistert.

Ronnie seufzte. »Ja, klar.«

»Ich dachte, du fasst kein Fleisch an.«

»Es ist echt komisch, aber in letzter Zeit musste ich so viele tote Fische anfassen, dass mir ein Würstchen gar nicht mehr so schlimm vorkommt.«

Jetzt grinste Jonah zufrieden. »Nimmst du mich mal mit ins Aquarium, damit ich sehen kann, wie du die Ottern fütterst?«

»Gern – und wenn du Lust hast, kannst du sie sogar selbst füttern.«

»Echt wahr? Geht das?« Ihr kleiner Bruder strahlte richtig.

»Ich glaube schon. Natürlich muss ich erst fragen, aber

es kommen ja immer wieder Schülergruppen vorbei, und die dürfen auch die Ottern füttern. Deshalb kann ich mir nicht vorstellen, dass es ein Problem ist.«

»Super! Vielen Dank. Da fällt mir noch was ein – du schuldest mir zehn Dollar.«

»Wofür?«

»Hallo? Kannst du dir das nicht denken? Dafür, dass ich Dad nicht sage, was ihr beiden gemacht habt. Kapiert?«

»Das ist nicht dein Ernst, oder? Obwohl ich dir Hotdogs mache?«

»Komm schon. Du arbeitest, und ich bin arm.«

»Du denkst anscheinend, dass ich jede Menge Kohle verdiene, aber das stimmt nicht. Ich habe keine zehn Dollar übrig. Alles, was ich kriege, geht sofort an meine Anwältin.«

Jonah überlegte. »Okay. Wie wär's mit fünf?«

»Ich habe auch keine fünf Dollar!«, rief Ronnie mit gespielter Empörung.

Jonah überlegte wieder. »Wie wär's mit zwei?«

»Ein Dollar?«

»Einverstanden.«

Nachdem sie Jonah Hotdogs gemacht hatte – er wollte, dass sie die Würstchen in heißem Wasser erhitzte, nicht in der Mikrowelle –, lief Ronnie den Strand entlang in Richtung Kirche. Sie war schon öfter zufällig daran vorbeigekommen, hatte ihr aber bisher wenig Beachtung geschenkt.

Die Silhouette des Kirchturms hob sich feierlich gegen

den Abendhimmel ab. Ansonsten war die Kirche so gut in ihre Umgebung integriert, dass sie kaum auffiel. Ja, sie war sogar kleiner als die beiden Villen, die sie flankierten, und obwohl sie gerade neu aufgebaut worden war, wirkte sie ein wenig verwittert.

Ronnie musste über die Düne klettern, um zum Parkplatz zu gelangen, der auf der Straßenseite lag, nicht beim Strand. Dort gab es Hinweise darauf, dass hier alle möglichen Aktivitäten stattfanden. Der Müllcontainer quoll fast über. Neben der Tür befand sich ein Stapel mit frischem Feuerholz, und beim Eingang parkte ein großer Lastwagen. Das Hauptportal war geöffnet und von einem sanften Lichtstrahl erhellt, obwohl der Rest des Gebäudes im Dunkeln lag.

Ronnie betrat den Kirchenraum. Man sah auf den ersten Blick, dass es hier noch viel zu tun gab. Der Fußboden bestand aus Zement, die Trockenmauer war nur halb fertig, und es gab keine Sitzgelegenheiten für die Gemeindemitglieder, weder Stühle noch Bänke. Staub bedeckte alle sichtbaren Oberflächen, aber im vorderen Teil des Kirchenschiffs, wo vermutlich Pastor Harris sonst immer stand, wenn er sonntags predigte, saß ihr Vater an einem nagelneuen Flügel – der vollkommen deplatziert wirkte. Eine alte Aluminiumlampe an einem Verlängerungskabel diente als einzige Lichtquelle.

Er hatte nicht gehört, dass sie hereinkam, und spielte unbeirrt weiter. Ronnie kannte das Stück nicht, es hörte sich zeitgenössisch an, ganz anders als die Werke, die er sonst spielte, und selbst in Ronnies Ohren klang es … irgendwie unvollendet. Ihr Vater schien das auch zu merken, denn er hielt plötzlich inne, zögerte kurz und fing noch einmal von vorn an.

Sie merkte, dass er subtile harmonische Veränderungen vornahm, die durchaus eine Verbesserung bedeuteten, aber trotzdem stimmte die Melodieführung nicht ganz. Ronnie war richtig stolz auf sich, dass sie immer noch fähig war, sich beim Zuhören sofort mögliche Variationen vorzustellen. Als sie noch jünger war, hatte speziell diese Begabung ihren Vater immer wieder in Erstaunen versetzt.

Er nahm noch einmal Anlauf, korrigierte wieder etwas, und man konnte ihm ansehen, dass er glücklich war. Ronnie hatte die Musik aus ihrem Leben verbannt, aber bei ihrem Vater war das anders, und plötzlich bekam sie ein schlechtes Gewissen, weil sie ihm zu Hause etwas so Zentrales fortgenommen hatte. Ihr war es immer so vorgekommen, als wollte er sie zum Spielen zwingen – aber hatte er das wirklich versucht? War es überhaupt um sie gegangen? Oder hatte Dad Klavier gespielt, weil das ein elementarer Bestandteil seines Lebens war?

Während sie da in der Kirche stand und ihn beobachtete, war sie ganz ergriffen von seiner Komposition. Wie ernsthaft er über jede einzelne Note nachdachte, wie mühelos er die notwendigen Veränderungen vornahm – auf einmal begriff sie, dass er ihretwegen sehr viel aufgegeben hatte. Weil sie so kindisch und trotzig war.

Dad hustete, einmal, noch einmal. Er musste aufhören zu spielen, denn jetzt schüttelte ihn der Husten regelrecht und steigerte sich zu einem würgenden, schleimigen Röcheln. Besorgt eilte Ronnie zu ihm.

»Dad!«, rief sie. »Ist alles okay?«

Als er hochblickte, ließ der Hustenanfall etwas nach. Nur noch ein leises Keuchen war zu hören.

»Alles in Ordnung«, beruhigte ihr Vater sie mit schwacher Stimme. »Hier in der Kirche ist so viel Staub – nach einer Weile fange ich immer an zu husten.«

Sie betrachtete ihn ängstlich. Er sah sehr blass aus. »Bist du sicher, dass es nur am Staub liegt?«

»Ja, natürlich.« Er tätschelte ihre Hand. »Was tust du hier?«

»Jonah hat mir gesagt, dass du in der Kirche bist.«

»Tja – jetzt hast du mich ertappt.«

Mit einer hilflosen Handbewegung stammelte sie: »Ach, Dad – das ist doch okay.«

Weil er nicht reagierte, zeigte sie auf die Tasten. Sie musste an all die Melodien und Stücke denken, die sie gemeinsam komponiert hatten. »Was war das, was du gerade gespielt hast? Schreibst du ein neues Stück?«

»Ach, weißt du – ich *versuche*, etwas zu schreiben. Keine große Sache.«

»Mir hat es gefallen.«

»Aber es ist noch nicht gut. Ich komme nur nicht dahinter, was nicht stimmt. Vielleicht weißt du es – du konntest schon immer besser komponieren als ich. Irgendwie kriege ich es nicht hin.«

»Nein, ich fand es wirklich gut«, wiederholte Ronnie. »Und es war ... moderner als die Sachen, die du sonst spielst.«

Er lächelte. »Du hast das gleich gemerkt, was? Am Anfang war es ganz anders. Ehrlich gesagt – ich habe keine Ahnung, was in mich gefahren ist.«

»Vielleicht hast du die Songs auf meinem iPod gehört.«

»Nein, ich kann dir versichern, ich habe deinen iPod nicht angerührt.« Wieder lächelte er liebevoll.

Ronnie blickte sich um. »Weißt du, wann die Kirche fertig sein soll?«

»Keine Ahnung. Habe ich dir schon erzählt, dass die Versicherung leider nicht die Gesamtsumme übernimmt? Deshalb ist jetzt erst mal alles auf Eis gelegt.«

»Und was ist mit dem Fenster?«

»Ich mache es trotzdem zu Ende.« Er deutete auf die Öffnung in der Wand hinter ihm, die mit Sperrholz vernagelt war. »Da kommt es hin – und wenn ich es mit eigenen Händen einsetzen muss.«

»Weißt du denn überhaupt, wie das geht?«, fragte Ronnie ungläubig.

»Noch nicht.«

Sie musste lachen. »Aber warum steht hier ein Flügel, wenn die Kirche noch so unfertig ist? Habt ihr keine Angst, dass er gestohlen wird?«

»Eigentlich war vereinbart, dass er erst geliefert wird, wenn die Renovierungsarbeiten abgeschlossen sind. Das heißt, er dürfte noch gar nicht hier stehen. Pastor Harris hofft, dass er jemanden findet, der das gute Stück eine Weile bei sich aufnimmt. Aber weil nicht absehbar ist, wie lange sich die Baumaßnahmen noch hinziehen, stehen die Chancen nicht besonders gut.« Er drehte sich zur Eingangstür um und schien verblüfft, dass es schon dunkel war. »Wie spät ist es denn?«

»Kurz nach neun.«

»Ach, du liebe Zeit!« Er erhob sich vorsichtig. »Ich habe

gar nicht gemerkt, wie die Zeit vergeht. Dabei habe ich Jonah versprochen, dass ich heute mit ihm im Freien übernachte. Und er braucht ja auch sein Abendessen.«

»Darum habe ich mich schon gekümmert.«

Dad lächelte ihr dankbar zu. Als er seine Noten einsammelte und das Licht löschte, erschrak Ronnie, weil er so müde und zerbrechlich aussah.

KAPITEL 25

Steve

Ronnie hatte recht, dachte er. Das Stück war eindeutig modern.

Er hatte nicht gelogen, als er sagte, dass es am Anfang anders war. In der ersten Woche hatte er sich an Schumann orientiert, danach hatte er sich eher von Grieg inspiriert gefühlt. Als Nächstes war ihm vor allem Saint-Saëns in den Sinn gekommen. Aber nichts hatte sich richtig angefühlt. Die tiefe Emotion, die er bei den ersten Noten empfunden hatte, bekam er nicht zu fassen.

In der Vergangenheit hatte er immer eine Musik schaffen wollen, die viele Generationen überdauern würde. So hatte er es sich in seiner Fantasie ausgemalt. Diesmal war es anders. Er experimentierte, er versuchte, die Töne einfach kommen zu lassen. Nach und nach begriff er, dass er aufhören wollte, den großen Komponisten nachzueifern. Endlich hatte er den Mut, sich selbst zu vertrauen. Noch waren seine Versuche nicht wirklich von Erfolg gekrönt, und er wusste auch, dass die Komposition in sich nicht stimmig war und vielleicht nie perfekt sein würde, aber er fand das in Ordnung.

Vielleicht war das schon immer sein Problem gewesen – dass er sich sein Leben lang bemüht hatte, etwas nachzuahmen, das für andere richtig sein mochte, aber nicht für ihn. Er spielte Kompositionen, die von anderen vor vielen Jahrhunderten geschrieben worden waren, er suchte Gott, indem er am Strand spazieren ging, weil das für Pastor Harris der passende Weg war. Hier und jetzt – während er mit seinem Sohn auf einer Düne hinter seinem Haus saß und durch ein Fernglas starrte, obwohl er vermutlich gar nichts sehen würde – stellte er sich eine ganz entscheidende Frage: Tat er das alles, weil er dachte, die anderen wüssten die Antwort – oder weil er es nicht wagte, sich auf seine eigene Intuition zu verlassen? Waren seine Lehrer eine Krücke geworden? Hatte er letzten Endes Angst davor, er selbst zu sein?

»Dad?«

»Ja, Jonah?«

»Besuchst du uns in New York?«

»Sehr gern.«

»Ich glaube nämlich, dass Ronnie jetzt mit dir reden würde.«

»Das hoffe ich auch.«

»Sie hat sich verändert, findest du nicht?«

Steve legte sein Fernglas weg. »Ich glaube, in diesem Sommer haben wir uns alle sehr verändert.«

»Stimmt. Ich bin zum Beispiel ziemlich gewachsen.«

»Allerdings. Und außerdem hast du gelernt, wie man ein Buntglasfenster macht.«

Jonah schwieg für einen Augenblick, dann setzte er noch einmal an. »Dad?«

»Ja?«

»Ich glaube, ich würde gern Kopfstand lernen.«

Steve wusste nicht recht, wie er reagieren wollte. Wo kam das nun wieder her? »Darf ich fragen, warum?«

»Ich stehe einfach gern auf dem Kopf. Warum, weiß ich auch nicht. Aber du musst meine Beine festhalten. Wenigstens am Anfang.«

»Das mache ich.«

Danach schwiegen sie beide. Es war eine laue Sternennacht. Wie schön die Welt doch war, dachte Steve, erfüllt von einem Gefühl großer Zufriedenheit. Der Sommer mit den Kindern war noch viel beglückender gewesen, als er zu hoffen gewagt hatte, und nun hockte er mit seinem Sohn auf der Düne und redete über Kopfstand. Er hatte sich an dieses gemeinsame Leben gewöhnt, und bei dem Gedanken, dass es bald zu Ende sein würde, bekam er fast Beklemmungen.

»Dad, es ist langweilig hier draußen.«

»Ich finde es friedlich«, erwiderte Steve.

»Ich kann nichts sehen.«

»Du kannst die Sterne sehen. Und du hörst die Wellen.«

»Die höre ich doch die ganze Zeit. Sie klingen immer gleich.«

»Wann möchtest du denn anfangen, den Kopfstand zu üben?«

»Vielleicht morgen.«

Steve legte den Arm um seinen Sohn. »Du hörst dich irgendwie traurig an. Was ist los?«

»Nichts.« Jonahs Stimme war kaum hörbar.

»Bist du sicher?«

»Kann ich hier in die Schule gehen? Darf ich bei dir wohnen bleiben?«, sprudelte er plötzlich los.

Steve wusste, dass er seine Worte sorgfältig wählen musste. »Und was ist mit deiner Mom?«

»Ich habe Mom auch sehr lieb. Und sie fehlt mir oft. Aber mir gefällt es hier so gut! Ich bin supergern mit dir zusammen. Du weißt schon – das Fenster, der Drachen oder einfach nur so rumsitzen. Ich will nicht, dass es vorbei ist.«

Steve zog ihn an sich. »Ich bin auch sehr gern mit dir zusammen, Jonah. Das ist der allerbeste Sommer meines Lebens. Aber wenn du hier in die Schule gehst, sind wir ja auch nicht mehr so viel zusammen wie jetzt.«

»Vielleicht kannst du mich zu Hause unterrichten.«

Das sagte er leise, fast ängstlich, und er klang ganz und gar wie ein Kind in seinem Alter. Steve hatte einen Kloß im Hals. Er musste etwas sagen, was ihm nicht leichtfiel, aber ihm blieb keine andere Wahl. »Ich glaube, deine Mutter würde dich sehr vermissen, wenn du hier bei mir bleibst.«

»Vielleicht kannst du ja wieder nach New York ziehen. Dann könntet ihr wieder heiraten, du und Mom.«

Steve atmete tief durch. Ach, es war so schwer. »Ich weiß, das ist alles sehr kompliziert, und es ist nicht fair. Ich wollte, ich könnte es ändern, aber das kann ich nicht. Du musst bei deiner Mom sein. Sie hat dich sehr lieb. Sie wüsste gar nicht, was sie ohne dich tun würde. Aber ich habe dich auch sehr lieb. Das darfst du nie vergessen.«

Jonah nickte, als hätte er diese Antwort erwartet. »Fahren wir morgen früh nach Fort Fisher?«

»Wenn du möchtest. Und anschließend kommen die Wasserrutschen dran!«

»Da gibt es Wasserrutschen?«

»Ganz in der Nähe. Wir dürfen auf keinen Fall unsere Schwimmsachen vergessen.«

»Okay.« Jonah klang schon wieder etwas munterer.

»Vielleicht können wir auch zu Chuck E. Cheese gehen.«

»Ehrlich?«

»Wenn du Lust hast.«

»Okay – ich habe jetzt schon Lust!«

Wieder sagte Jonah eine ganze Weile lang nichts, dann griff er nach der Kühltasche und holte eine Plastiktüte mit Keksen heraus. Steve übersah es geflissentlich.

»Dad?«

»Ja?«

»Meinst du, die Schildkröten schlüpfen heute Nacht?«

»Ich glaube, sie sind noch nicht ganz so weit, aber lange dauert es nicht mehr.«

Jonah presste die Lippen aufeinander und blieb stumm. Sein Sohn dachte wohl wieder daran, dass er bald von hier fortmusste. Liebevoll drückte er ihn an sich, doch er spürte, wie in seinem Inneren etwas zerbrach, das nie wieder ganz heilen würde.

Am nächsten Morgen schaute Steve auf den Strand. Wenn er heute seinen Spaziergang machte, tat er dies nur, um die frische Morgenluft zu genießen.

Gott, das hatte er inzwischen begriffen, war nicht da. Jedenfalls nicht für ihn. Irgendwie leuchtete ihm das ein.

Wenn es so einfach wäre, Gottes Gegenwart auf einen Ort festzulegen, dann wären die Strände zu Tagesbeginn ziemlich bevölkert. Überall würden Leute herumlaufen, die ihn suchten – und nicht nur Jogger oder Hundebesitzer oder Typen, die in der Brandung angelten.

Die Suche nach Gott war mindestens so geheimnisvoll wie Gott selbst, und Gott war das größte aller Mysterien, nicht wahr?

Eigentlich seltsam, dass er so lange gebraucht hatte, um das zu verstehen.

Er verbrachte den Tag mit Jonah, genau wie sie es am Abend geplant hatten. Die Befestigungsanlage von Fort Fisher war vermutlich interessanter für ihn als für Jonah, weil er viel mehr über den Bürgerkrieg wusste. Zum Beispiel, dass Wilmington der letzte noch funktionsfähige Hafen der Südstaaten gewesen war.

Die Wasserrutschen wiederum waren eine wesentlich größere Attraktion für Jonah als für seinen Vater. Man musste seine Unterlage immer selbst wieder nach oben tragen. Die ersten paar Male schaffte Jonah das ohne Probleme, aber dann musste Steve es übernehmen.

Er hatte das Gefühl, als würde er gleich tot umfallen vor Erschöpfung.

Chuck E. Cheese war eine Pizzeria, in der es Dutzende von Videospielen gab. Dadurch war Jonah stundenlang beschäftigt. Außerdem spielten sie drei Runden Lufthockey, sammelten ein paar Hundert Spielgutscheine, und nachdem sie diese eingelöst hatten, verließen sie das Restaurant mit zwei Wasserpistolen, drei Hüpfbällen, einer Schachtel Buntstifte und zwei Radiergummis. Steve wollte lieber nicht darüber nachdenken, wie viel ihn dieser Tag gekostet hatte.

Es war ein guter Tag gewesen, ein Tag voller Gelächter, aber auch extrem strapaziös. Nachdem er sich noch ein bisschen mit Ronnie unterhalten hatte, ging er ins Bett. Er war so fertig, dass er sofort einschlief.

KAPITEL 26

Ronnie

Nachdem ihr Dad und Jonah aufgebrochen waren, machte sich Ronnie auf die Suche nach Blaze. Hoffentlich konnte sie ihre frühere Freundin ausfindig machen, bevor die Aquarium-Schicht begann! Im Grunde hatte sie nichts zu verlieren. Was war das Schlimmste, was ihr passieren konnte? Vielleicht ließ Blaze sie abblitzen und weigerte sich, mit ihr zu reden. Okay – dann wäre sie keinen Schritt weiter als jetzt. Doch Will hatte recht: Blaze war anders als Marcus, der überhaupt kein Gewissen hatte. Bestimmt quälten sie Schuldgefühle. Das konnte gar nicht anders sein, oder?

Ronnie brauchte nicht lange, um Blaze zu finden: Sie saß auf der Düne beim Pier und beobachtete die Surfer. Als Ronnie sich näherte, zeigte sie keine Reaktion.

Wie sollte sie anfangen? Ronnie begann mit dem Nächstliegenden.

»Hi, Blaze«, sagte sie.

Blaze blieb stumm.

»Du willst wahrscheinlich nicht mit mir reden ...«, fuhr Ronnie fort. Sie musste sich unheimlich konzentrieren.

»Du siehst aus wie ein Osterei«, knurrte Blaze.

Etwas irritiert schaute Ronnie an sich hinunter. Sie trug die Sachen, die im Aquarium bei der Arbeit vorgeschrieben waren: ein türkisfarbenes T-Shirt mit dem Logo, weiße Shorts und weiße Schuhe.

»Ich habe gefragt, ob ich schwarze Klamotten tragen darf, aber sie erlauben es nicht.«

»Schade. Schwarz steht dir gut.« Blaze lächelte kurz. »Was willst du?«

Ronnie schluckte. »Ich wollte dir Marcus an dem Abend nicht ausspannen. Er hat mich angebaggert. Ich kann mir nicht erklären, warum er behauptet hat, ich hätte es auf ihn abgesehen – außer dass er dich eifersüchtig machen wollte. Du musst mir glauben – ich würde so was nie tun. So bin ich nicht.« Sie redete immer schneller – und jetzt war alles heraus.

Blaze schwieg für eine Weile, dann sagte sie leise: »Ich weiß.«

Mit dieser Antwort hatte Ronnie nicht gerechnet. »Warum hast du dann die Sachen in meine Tasche gesteckt?«

Blaze musterte sie mit zusammengekniffenen Augen. »Ich war sauer auf dich. Weil du ihm gefällst.«

Natürlich hätte Ronnie etwas Freches erwidern können, aber damit hätte sie das Gespräch sofort beendet. Sie wollte lieber, dass Blaze weitersprach. Was sie auch tat, den Blick auf die Surfer gerichtet. »Ich habe mitgekriegt, dass du jetzt dauernd mit Will zusammen bist.«

»Er sagt, ihr wart früher gute Freunde.«

»Stimmt. Aber das ist lange her. Will ist nett. Ein Glückstreffer.« Sie rieb sich die Hände an der Hose ab.

»Meine Mom heiratet ihren Freund. Sie hat es mir erzählt, und dann haben wir uns gleich furchtbar in die Haare bekommen, und sie hat mich rausgeschmissen. Sie hat sogar das Schloss ausgewechselt und alles.«

»Das tut mir leid«, sagte Ronnie, und sie meinte es auch so.

»Ich werd's überleben.«

Wie ähnlich unsere Erfahrungen sind, dachte Ronnie. Scheidung, Wut und Rebellion, Wiederheirat – und trotzdem waren sie so verschieden. Blaze hatte sich seit Beginn des Sommers sehr verändert. Die frische Energie, die Ronnie gleich aufgefallen war, als sie sich kennenlernten, hatte sich in Luft aufgelöst. Blaze wirkte älter – als wären nicht nur ein paar Wochen vergangen, sondern Jahre. Aber es war keine positive Entwicklung. Sie hatte Ringe unter den Augen, ihre Haut wirkte blass und glanzlos. Abgenommen hatte sie auch.

»Was du getan hast, war nicht richtig«, sagte sie. »Aber du kannst es wiedergutmachen.«

Blaze schüttelte den Kopf. »Marcus erlaubt es nicht. Er sagt, dann redet er nicht mehr mit mir.«

Sie klang wie ein Roboter. Am liebsten hätte Ronnie sie geschüttelt. Blaze schien das zu spüren. Jedenfalls seufzte sie tief, bevor sie fortfuhr: »Ich weiß nicht, wo ich hinsoll. Meine Mutter hat alle Verwandten angerufen und ihnen gesagt, sie sollen mich nicht aufnehmen. Sie hat gesagt, dass ihr das alles zwar sehr schwerfällt, aber dass ich im Moment diese ›strenge Liebe‹ brauche. Ich habe kein Geld, ich kann mir nicht mal was zu essen kaufen, und wenn ich nicht für den Rest meines Lebens am Strand schlafen will, muss ich tun, was Marcus sagt. Wenn er sauer auf mich ist, kann ich nicht mal bei ihm duschen. Und er gibt mir keinen Cent für die Shows, die wir machen. Manchmal behandelt er mich wie einen Hund, und ich werde dann wahnsinnig wütend. Aber ich habe sonst niemanden.«

»Hast du versucht, mit deiner Mutter zu reden?«

»Wozu? Sie denkt, ich bin ein hoffnungsloser Fall. Sie hasst mich richtig.«

»Ich glaube nicht, dass sie dich hasst.«

»Du kennst sie nicht.«

Ronnie dachte an ihren Besuch bei Blaze. Das Geld, das im Briefumschlag bereitlag. Es passte nicht zu der Mutter, die Blaze jetzt beschrieb. Aber das wollte sie nicht sagen. Sie schwiegen beide. Nach einer Weile stand Blaze auf. Ihre Kleider waren schmutzig und zerknittert, als hätte sie die Sachen seit Langem Tag und Nacht getragen. Was vermutlich stimmte.

»Ich weiß, was du von mir möchtest«, sagte Blaze. »Aber das kann ich nicht tun. Es liegt nicht daran, dass ich dich nicht mag. Ich finde dich nett, und ich hätte das echt nicht machen sollen. Aber jetzt sitze ich in der Falle – genau wie du, nur anders. Ich glaube, Marcus ist auch mit dir noch längst nicht fertig.«

Ronnie zuckte zusammen. »Wie meinst du das?«

»Er redet oft von dir. Und zwar nicht besonders positiv. Wenn ich du wäre, würde ich ihm aus dem Weg gehen.«

Mit diesen Worten wandte sie sich ab und schlurfte davon, ehe Ronnie etwas erwidern konnte.

»Hey, Blaze!«, rief sie ihr nach.

Betont langsam drehte sich Blaze um.

»Wenn du mal etwas suchst, wo du übernachten kannst, oder wenn du etwas zu essen brauchst – du weißt, wo ich wohne.«

Ganz kurz glaubte Ronnie zu sehen, dass ein dankbares Lächeln über Blazes Gesicht huschte, und sie konnte wieder etwas ahnen von dem intelligenten, temperamentvollen Mädchen, das sie im Juni kennengelernt hatte.

»Und noch etwas«, fügte sie hinzu. »Diese Feuernummern, die du mit Marcus machst, sind verrückt.«

Jetzt lächelte Blaze traurig. »Meinst du etwa, sie sind verrückter als alles Übrige in meinem Leben?«

Am nächsten Nachmittag stand Ronnie ratlos vor ihrem Schrank. Sie wusste nicht, was sie anziehen sollte. Selbst wenn sie zu der Hochzeit ging – und da war sie sich immer noch nicht sicher –, half alles nichts, sie besaß nichts Passendes, höchstens für eine Hochzeitsfeier mit Ozzy Osbourne und seinem Clan.

Aber in diesem Fall handelte es sich um eine förmliche Hochzeit: Smoking und Abendkleid wurden von den *Gästen* erwartet, nicht nur von den Beteiligten. Ronnie hatte nicht im Traum daran gedacht, dass sie zu solch einem Fest eingeladen werden könnte, als sie in New York ihre Sachen für den Sommer zusammenpackte. Nicht einmal die schwarzen Pumps, die Mom ihr zum letzten Weihnachtsfest gekauft hatte und die immer noch unberührt in ihrem Karton lagen, hatte sie mitgenommen.

Wieso wollte Will unbedingt, dass sie dabei war? Sie

verstand das nicht. Es gab dort niemanden, mit dem sie reden konnte. Will gehörte zur Familie, was bedeutete, dass er bei der Fotosession anwesend sein musste, während Ronnie schon zum Empfang gebeten wurde. Und er saß oben am Tisch, weshalb sie auch bei der Mahlzeit nicht in seiner Nähe sein konnte. Vermutlich wurde sie neben den Gouverneur oder irgendeinen Senator gesetzt oder zu einer Familie, die mit ihrem Privatjet angereist war ... alles sehr gemütlich. Dazu kam, dass Susan sie hasste. Musste man daraus nicht den Schluss ziehen, dass sie besser zu Hause blieb?

Andererseits ...

Wann würde sie in ihrem Leben wieder zu solch einem Fest eingeladen? Offenbar war das Haus in den letzten beiden Wochen völlig umgestaltet worden: Über dem Pool hatte man ein provisorisches Deck errichtet, überall waren Zelte aufgestellt, Zehntausende von Blumen waren gepflanzt worden. Von den Filmstudios in Wilmington hatte man nicht nur Scheinwerfer gemietet, sondern auch die Crew angeheuert, die die Technik genauestens durchplante. Das Catering – vom Kaviar bis zum Cristal-Champagner – wurde von drei verschiedenen Restaurants in Wilmington gestellt, und die Organisation des Ganzen hatte ein Mann übernommen, den Susan aus Boston kannte und der angeblich für die Position des Chefkochs im Weißen Haus in Betracht gezogen worden war. Es war alles völlig irre! Für ihre eigene Hochzeit würde sie so etwas nicht wollen – aber vielleicht erschien ihr genau das so verlockend. Zu einer solchen Luxushochzeit ging sie sicher nie wieder.

Zuerst musste sie allerdings ein passendes Kleidungs-stück finden. Wieso suchte sie überhaupt in ihrem Schrank? Das war aussichtslos, sie besaß keinen Zauberstab, mit dem sie eine Jeans in ein elegantes Kleid verwandeln konn-te. Ein neuer Scheitel in ihren Haaren würde auch nie-manden dazu bringen, ihr Konzert-T-Shirt zu übersehen.

»Was machst du?«

Jonah stand in der Tür und beobachtete sie interessiert.

»Ich suche etwas zum Anziehen.«

»Gehst du aus?«

»Nein. Es ist für die Hochzeit.«

Er legte den Kopf schief. »Du heiratest?«

»Natürlich nicht. Wills Schwester heiratet.«

»Wie heißt sie?«

»Megan.«

»Ist sie nett?«

Ronnie zuckte die Achseln. »Keine Ahnung. Ich kenne sie überhaupt nicht.«

»Wieso gehst du dann zu ihrer Hochzeit?«

»Weil Will gern möchte, dass ich mitkomme. So funk-tioniert das«, sagte sie. »Will kann einen Gast zu der Hochzeit mitbringen. Ich bin der Gast.«

»Aha«, sagte Jonah. »Und – was ziehst du an?«

»Keine Ahnung. Ich habe nichts.«

»Mir gefällt das, was du jetzt anhast.«

Das Osterei-Outfit. Na, wunderbar.

Ronnie zupfte an ihrem Shirt. »Aber das geht nicht. Das Fest ist supervornehm. Ich soll ein Abendkleid tragen.«

»Hast du so was in deinem Schrank?«

»Nein.«

»Warum stehst du dann davor?«

Stimmt, dachte sie, machte die Schranktür zu und ließ sich aufs Bett fallen.

»Du hast ja recht«, sagte sie. »Ich kann nicht hingehen. Basta.«

»Würdest du denn gern?«, fragte Jonah neugierig.

Innerhalb einer Sekunde sausten Ronnies Gedanken von *Überhaupt nicht* zu *Irgendwie schon*, um dann schließlich bei *Ja, ich will* zu landen. Sie schlug die Beine unter. »Will hätte es gern, ihm ist es wichtig. Und es ist bestimmt sehr interessant.«

»Warum kaufst du dir dann kein Kleid?«

»Weil ich kein Geld habe.«

»Ach so.« Jonah überlegte kurz. »Das Problem ist leicht zu lösen.« Er ging zu seinen Spielsachen, die alle in einer Ecke verstaut waren. Ganz hinten klemmte ein kleines Flugzeug. Er brachte es zum Bett, schraubte es vorn auf und kippte den Inhalt auf die Decke. Ronnie blieb der Mund offen stehen, als sie sah, wie viel Geld er gesammelt hatte. Es waren ein paar Hundert Dollar!

»Das ist meine Bank«, verkündete er und rieb sich die Nase. »Ich spare seit einer Weile.«

»Aber – woher hast du das ganze Geld?«

Jonah deutete auf einen Zehndollarschein. »Den habe ich von dir, weil ich Dad nicht verraten habe, dass ich dich auf dem Jahrmarkt gesehen habe.« Dann zeigte er auf einen Eindollarschein. »Und den hier habe ich bekommen, weil ich Dad nicht gesagt habe, dass du mit Will rumgeknutscht hast.« So ging es immer weiter. »Den habe ich wegen dem Kerl mit den blauen Haaren. Die sind alle vom

Lügenpoker. Den habe ich verdient, weil du mal abgehauen bist, obwohl du Hausarrest hattest –«

»Schon kapiert!«, rief Ronnie. Trotzdem ... Sie konnte es nicht fassen. »Du hast das alles gespart?«

»Was hätte ich sonst damit tun sollen?«, fragte er zurück. »Mom und Dad kaufen mir alles, was ich brauche. Ich muss nur lange genug betteln. Für mich ist es nicht schwer, die Sachen zu bekommen, die ich will. Man muss nur wissen, wie man es macht. Bei Mom muss ich weinen, und bei Dad muss ich erklären, warum ich es verdient habe.«

Ronnie grinste. Ihr kleiner Bruder, der Erpresser-Psychologe. Verrückt.

»Ich brauche das Geld echt nicht. Und Will ist nett, finde ich. Er macht dich glücklich.«

Ja, dachte Ronnie. Das stimmt.

»Du bist ein ziemlich toller kleiner Bruder, weißt du das?«

»Klar. Und du kannst das ganze Geld haben. Aber unter einer Bedingung.«

Ronnie stöhnte innerlich. »Und die wäre?«

»Ich weigere mich, mit dir das Kleid auszusuchen. Das ist viel zu öde.«

Ronnie brauchte nicht zu überlegen, ob sie sich auf diese Bedingung einlassen wollte. »Einverstanden.«

Ronnie starrte in den Spiegel. Sie erkannte sich kaum wieder. Es war der Morgen vor der Hochzeit, und sie hatte die letzten vier Tage damit verbracht, so ziemlich jedes elegante Kleid anzuprobieren, das die Geschäfte hier in der Gegend zu bieten hatten. Und sämtliche Schuhe zu testen. Außerdem hatte sie mehrere Stunden beim Friseur verbracht.

Jetzt brauchte sie fünfzig Minuten, um die Haare wieder so zu föhnen wie die junge Frau im Salon! Von ihr hatte sie auch einige Make-up-Tipps bekommen, die sie gewissenhaft befolgte. Das Kleid war mit schwarzen Pailletten besetzt und hatte einen tiefen V-Ausschnitt. Vollkommen anders als alles, was sie sich in ihren wildesten Träumen ausgemalt hatte. Gestern Abend hatte sie sich schon die Fingernägel gefeilt und lackiert und konnte voller Stolz verkünden, dass sie keinen Nagellack verschmiert hatte.

Ich kenne dich nicht, sagte sie zu ihrem Spiegelbild und drehte sich in alle Richtungen. *Wir sind uns noch nie begegnet.* Lächelnd zupfte sie das Kleid zurecht. Gar nicht übel. Und auf jeden Fall gut genug für die Hochzeit.

Sie schlüpfte in ihre neuen Schuhe und ging den Flur hinunter zum Wohnzimmer. Dad saß auf dem Sofa und las wieder in der Bibel. Jonah schaute sich im Fernsehen irgendwelche Zeichentrickserien an. Als Ronnie hereinkam, blickten beide auf – und waren sprachlos.

»Du lieber Gott«, murmelte Jonah.

Dad schaute ihn vorwurfsvoll an. »Du sollst das Wort nicht einfach so benutzen.«

»Welches Wort?«, fragte Jonah gespielt ahnungslos.

»Du weißt genau, was ich meine.«

»Entschuldige, Dad«, sagte er zerknirscht. »Ich wollte sagen, du liebe Güte«, versuchte er sich herauszureden.

Ronnie und ihr Vater lachten, und Jonah schaute verdutzt von einem zum anderen. »Was ist los?«

»Nichts«, sagte Steve.

Jonah ging näher zu Ronnie, um sie zu begutachten. »Was ist mit deinen lila Haaren passiert?«, fragte er. »Sie sind weg.«

Ronnie schüttelte ihre Locken. »Ja, vorübergehend. Ist das okay?«

Ehe Dad etwas sagen konnte, meldete sich Jonah wieder zu Wort. »Du siehst normal aus. Aber nicht wie meine Schwester.«

»Du bist sehr schön«, fügte ihr Vater schnell hinzu.

Zu ihrer eigenen Verwunderung stieß Ronnie einen Seufzer der Erleichterung aus. »Ist das Kleid okay?«

»Es ist perfekt«, antwortete ihr Vater.

»Und meine Schuhe? Ich bin mir nicht ganz sicher, ob sie zum Kleid passen.«

»Sie sind genau richtig.«

»Und das Make-up? Meine Fingernägel? Ich habe versucht, alles selbst –«

Ihr Vater unterbrach sie. »Du bist noch schöner als sonst«, sagte er. »Ehrlich gesagt – ich weiß nicht, ob es auf der ganzen Welt eine junge Frau gibt, die so schön ist wie du.«

Das hatte er schon hundertmal gesagt. »Dad –«

»Er meint es ernst«, mischte sich Jonah ein. »Echt supercool. Ich würde dich gar nicht erkennen, glaube ich.«

Ronnie runzelte die Stirn. »Willst du damit andeuten, du findest es nicht gut, wie ich sonst aussehe?«

Jonah zuckte die Achseln. »Nur komische Leute finden lila Haare gut.«

Sie musste lachen und sah, wie ihr Vater strahlte.

»Wow«, murmelte er nur, mehr nicht.

Eine halbe Stunde später fuhren sie durch das Tor, das zum Anwesen der Blakelees führte. Ronnies Herz raste. Sie waren von den Verkehrspolizisten kontrolliert worden, die an der Straße standen und die Identität sämtlicher Passanten überprüften, und jetzt wurden sie von Männern in Anzügen angehalten, die ihren Wagen parken wollten. Dad erklärte in aller Ruhe, er fahre gleich wieder und wolle nur seine Tochter abliefern.

Und dann die ganzen Umgestaltungen …

Es sah aus wie auf einem Filmset. Überall Blumen, die Hecken makellos gestutzt. Und selbst die Backsteinmauer, die das Gelände umschloss, war frisch gestrichen.

Endlich schafften sie es bis zu dem Wendeplatz vor der Villa, die aus der Nähe natürlich noch viel imposanter wirkte als aus der Ferne. Ronnie war es nicht gewohnt, dass etwas ihren Vater beeindruckte. Doch jetzt hörte sie an seiner Stimme, wie erstaunt er war.

»Hier wohnt Wills Familie?«

»Ja, genau«, antwortete Ronnie. Sie erwartete, dass ihr Vater sagen würde: *Ganz schön riesig* oder *Ich wusste gar nicht, wie wohlhabend die Familie ist* oder vielleicht auch *Hast du das Gefühl, hierherzupassen?* Aber er lächelte ihr zu und sagte völlig unbefangen:

»Was für ein wunderschöner Ort für eine Hochzeit.«

Zum Glück war Dad ein umsichtiger Fahrer und lenkte keine zusätzliche Aufmerksamkeit auf die Tatsache, dass sie ein sehr altes Auto fuhren. Es war der kastenförmige Toyota von Pastor Harris, ein Modell, das ziemlich schnell wieder verschwand, nachdem es in den Neunzigerjahren auf den Markt gekommen war. Aber der Wagen fuhr, und im Moment war das entscheidend. Ronnie taten nämlich jetzt schon die Füße weh. Wie manche Frauen es schafften, jeden Tag Pumps zu tragen, war ihr unerklärlich. Selbst beim Sitzen waren diese hochhackigen Schuhe die reinsten Folterinstrumente. Sie hätte sich die Zehen schon im Voraus verpflastern sollen. Und ihr Kleid war anscheinend auch nicht dafür entworfen, dass man sich bequem hinsetzte. Es schnitt ihr in die Rippen, und sie bekam fast keine Luft. Aber vielleicht war sie ja auch nur zu nervös, um zu atmen.

Und dann die Gäste! Noch nie in ihrem Leben hatte sie so viele Smokings und Abendkleider gesehen. Ob sie wollte oder nicht – sie fühlte sich fehl am Platz. Das war nicht ihre Welt.

Vor ihnen tauchte ein Herr in dunklem Anzug auf, der die Autos dirigierte, und auf einmal waren sie an der Reihe. Der Mann öffnete die Beifahrertür und reichte Ronnie die Hand, um ihr beim Aussteigen zu helfen. Ihr Vater tätschelte sie zum Abschied und flüsterte mit einem aufmunternden Lächeln:

»Du kannst das. Und – viel Spaß!«

»Danke, Dad.«

Sie warf einen letzten Blick in den Spiegel, ehe sie sich losriss. Draußen strich sie ihr Kleid glatt. Im Stehen fiel ihr das Atmen schon wesentlich leichter.

Das Verandageländer war mit Lilien und Tulpen geschmückt, und als Ronnie die Stufen hinaufging, öffnete sich die Eingangstür.

Im Smoking sah Will ganz anders aus als der Volleyballspieler ohne Hemd, dem sie am Strand begegnet war.

Oder als der lässige Südstaatenjunge, der sie zum Angeln mitgenommen hatte. Sah sie den erfolgreichen, weltgewandten jungen Mann vor sich, der Will in ein paar Jahren sein würde? Sie hatte nicht erwartet, dass er so ... *vornehm* wirken würde, und wollte schon eine lustige Bemerkung machen, vielleicht »Du hast dich aber ganz schön aufgemotzt« – doch dann wurde ihr bewusst, dass er noch nicht einmal Hallo gesagt hatte.

Er starrte sie nur stumm an. Die Schmetterlinge in ihrem Bauch schlugen immer heftiger mit den Flügeln. Auf einmal bekam sie schreckliche Angst, sie könnte etwas falsch gemacht haben. Warum benahm sich Will so komisch? War sie vielleicht zu früh gekommen? Oder hatte sie es womöglich doch übertrieben mit ihrem Kleid und dem Make-up? Sie malte sich schon die schlimmsten Katastrophen aus, als auf Wills Gesicht endlich ein Lächeln erschien.

»Du ... du siehst fantastisch aus«, sagte er. Ronnie spürte, wie die Nervosität von ihr wich. Wenigstens ein bisschen. Sie hatte ja Susan noch nicht begrüßt. Erst dann konnte sie sich richtig entspannen. Trotzdem war sie froh, dass Will zufrieden zu sein schien.

»Du findest es nicht zu viel?«, fragte sie leise.

Will kam auf sie zu und legte ihr die Hand an die Taille. »Auf keinen Fall.«

»Auch nicht zu wenig?«

»Nein. Genau richtig«, flüsterte er.

Sie rückte seine Fliege zurecht und schlang dann die Arme um seinen Hals. »Du siehst auch nicht schlecht aus.«

Es war nicht so schrecklich, wie sie es sich vorgestellt hatte. Die meisten Hochzeitsfotos waren bereits aufgenommen worden, also konnte sie vor der eigentlichen Zeremonie noch ein bisschen mit Will zusammen sein. Sie spazierten über das Gelände, und Ronnie bewunderte die großartigen Arrangements. Will hatte nicht übertrieben: Die Rückseite des Hauses war vollständig verändert. Weiße Stühle waren bereitgestellt, alle mit Blick auf ein weißes Spalier, wo Megan und ihr Bräutigam das Ehegelöbnis sprechen würden. Den weitläufigen Garten durchzogen neue Wege, sodass man mühelos zu den Dutzenden von Tischen gelangte, an denen man später speisen würde, unter einem gigantischen weißen Zelt. Davor standen fünf oder sechs kunstvolle Eisstatuen, die groß genug waren, um stundenlang ihre Form zu behalten. Am meisten begeisterten Ronnie allerdings die Blumen: Der Rasen hatte sich in ein Meer aus leuchtenden Lilien und Gladiolen verwandelt.

Die Gäste entsprachen Ronnies Erwartungen. Außer Will kannte sie nur Scott, Ashley und Cassie, die alle drei nicht besonders freundlich zu ihr waren, was ihr aber nicht viel ausmachte. Nachdem die Leute einmal Platz genommen hatten, warteten alle gespannt auf Megan – außer Will, der von seinem Platz bei dem weißen Spalier immer wieder zu Ronnie hinüberschaute.

Sie wollte so wenig auffallen wie nur möglich, deshalb setzte sie sich in die drittletzte Reihe, weit entfernt vom Gang. Susan war ihr immer noch nicht begegnet. Vermutlich musste sie sich um Megan kümmern. Ronnie wünschte sich sehnlich, dass sie sich erst nach der Zeremonie über den Weg liefen. Am liebsten hätte sie sich irgendwo versteckt, damit Susan sie selbst dann nicht finden würde, aber das ging nicht, weil sie ja auch in Wills Nähe sein wollte.

»Entschuldigen Sie bitte«, hörte sie jemanden sagen. Sie blickte auf und sah einen älteren Herrn und seine Frau, die zu den Sitzen neben ihr wollten.

»Ich glaube, es ist einfacher, wenn ich weiterrücke«, bot Ronnie an.

»Sind Sie sicher?«

»Gar kein Problem«, entgegnete Ronnie höflich und setzte sich auf den letzten freien Stuhl, damit die beiden Platz hatten. Der Mann kam ihr irgendwie bekannt vor, aber sie konnte ihn nicht einordnen. Hatte er etwas mit dem Aquarium zu tun? Nein, das wohl nicht.

Ehe sie länger grübeln konnte, begann ein Streichquartett mit dem »Hochzeitsmarsch«. Ronnie blickte über die Schulter zum Haus – wie alle Anwesenden. Ein hörbares Raunen ging durch die Menge, als Megan oben auf der Verandatreppe erschien und die Stufen hinunterschritt, um von ihrem Vater in Empfang genommen zu werden, der am Fuß der Treppe auf sie wartete. Ronnie fand, dass Megan die schönste Braut war, die sie je gesehen hatte.

Der Anblick von Wills Schwester fesselte sie so, dass ihr etwas anderes entging: Der ältere Herr neben ihr interessierte sich mehr für sie als für die Braut.

Die Zeremonie war sehr kultiviert und doch erstaunlich intim. Der Pastor las eine Stelle aus dem zweiten Brief des

Paulus an die Korinther, und dann trugen Megan und Daniel das Gelöbnis vor, das sie gemeinsam verfasst hatten. Sie versprachen einander, geduldig zu sein, auch wenn sie versucht waren, ungeduldig zu werden, offen zu sein, auch wenn es einfacher wäre zu lügen, und mit ihren eigenen Worten brachten sie zum Ausdruck, dass wahre Treue sich erst im Laufe der Zeit beweisen musste. Dann tauschten sie die Ringe.

Ronnie fand es sehr angenehm, dass die Feierlichkeiten im Freien stattfanden. Dadurch wirkte das Ritual viel weniger konventionell als bei den Hochzeiten in der Kirche, zu denen sie schon eingeladen gewesen war.

Und Will hatte recht: Sie würde mit Megan bestimmt gut auskommen, das spürte sie. Wills Schwester schien die Situation ganz selbstverständlich zu genießen. Als ihr Vater sie den Gang entlangführte, zwinkerte sie ihren Freunden zu und blieb kurz stehen, um ihre Großmutter zu umarmen. Der Ringträger – ein winzig kleiner Junge, so niedlich in seinem Minifrack – scherte auf halber Strecke aus und krabbelte zu seiner Mutter auf den Schoß. Megan musste lachen, und schon fanden alle anderen es auch lustig.

Auch anschließend interessierte sich Megan nicht nur dafür, dass noch mehr veröffentlichungswürdige Hochzeitsfotos geschossen wurden. Sie unterhielt sich auch ganz entspannt mit den Gästen. Entweder war sie extrem selbstbewusst, dachte Ronnie, oder sie hatte keine Ahnung, welchen Stress sich ihre Mutter hinsichtlich der ganzen Details gemacht hatte. Selbst aus der Distanz glaubte Ronnie zu merken, dass längst nicht alles so lief, wie Susan es geplant hatte.

»Du schuldest mir einen Tanz«, hörte sie Will flüstern.

Sie schaute ihn an. Wie toll er aussah! »Ich finde nicht, dass das zu unserer Vereinbarung gehört«, erwiderte sie. »Du hast nur gesagt, ich soll zur Hochzeit kommen.«

»Wie bitte? Du möchtest nicht mit mir tanzen?«

»Ich höre keine Musik.«

»Ich meine natürlich später!«

»Ach so«, sagte Ronnie. »Na ja, in dem Fall werde ich es mir noch einmal überlegen. Aber musst du nicht für die Hochzeitsfotos posieren?«

»Ich posiere schon seit Stunden. Jetzt brauche ich eine Pause.«

»Wenn du zu viel lächelst, strapaziert das deine Mundwinkel?«

»So ungefähr. Übrigens – ich soll dir sagen, dass du zum Essen für Tisch Nummer sechzehn eingeteilt bist, mit Scott, Ashley und Cassie.«

Oh, nein! »Super«, sagte sie.

Will musste lachen. »Es ist bestimmt nicht so schlimm, wie du denkst. Sie werden sich alle gut benehmen, glaub's mir. Sonst reißt meine Mutter ihnen nämlich den Kopf ab.«

Kichernd erwiderte Ronnie: »Okay. Und richte doch bitte deiner Mutter aus, dass sie das alles hervorragend vorbereitet hat.«

»Ich werde es ihr sagen.« Er konnte die Augen nicht von Ronnie nehmen – bis jemand seinen Namen rief. Sie drehten sich beide um. Es war Megan. Sie drohte schelmisch mit dem Zeigefinger, weil sich ihr Bruder heimlich aus dem Staub gemacht hatte. »Ich muss zurück«, flüsterte er.

»Aber beim Essen bin ich wieder bei dir. Und vergiss nicht – anschließend tanzen wir.«

»Ich muss dich warnen – mir tun jetzt schon die Füße weh.«

Will legte die Hand aufs Herz. »Ich verspreche, dass ich mich nicht über dich lustig mache, wenn du humpelst.«

»Ach, wie lieb von dir!«

Er beugte sich zu ihr und küsste sie. »Habe ich dir eigentlich schon gesagt, wie wunderschön du heute bist?«

Sie strahlte. Ach, seine Lippen fühlten sich so herrlich an auf ihrem Mund! »Ja, aber es ist schon mindestens zwanzig Minuten her. Hör zu – ich glaube, du musst jetzt wirklich gehen.«

Er gab ihr noch einen Kuss, dann eilte er zurück zu seiner Familie. Mit einem glücklichen Lächeln wandte sich Ronnie ab und stellte zu ihrer Verblüffung fest, dass der ältere Mann, für den sie bei der Zeremonie den Platz geräumt hatte, sie aufmerksam beobachtete.

Beim Essen machten Scott, Cassie und Ashley keine Anstalten, Ronnie in ihr Gespräch einzubeziehen, aber sie hatte auch keine große Lust, mit ihnen zu plaudern, und hungrig war sie sowieso nicht. Nach ein paar Bissen entschuldigte sie sich und ging zur Veranda. Von dort hatte man einen großartigen Ausblick auf die Festivitäten. Im Dunkeln wirkte alles noch bezaubernder. Im silbernen Glanz des Mondes schien das weiße Zelt hell zu leuchten, und das allgemeine Gemurmel der Gäste vermischte sich mit der Musik der Band, die jetzt angefangen hatte zu spielen. Ronnie fragte sich, was sie wohl heute Abend tun würde, wenn sie in New York wäre. In den letzten Wochen hatte sie immer seltener mit Kayla telefoniert. Natürlich war sie immer noch ihre Freundin, aber Ronnie merkte, dass sie das Leben in der Großstadt gar nicht mehr vermisste. Seit Wochen hatte sie sich nicht mehr nach einer Disco gesehnt, und als Kayla ihr von dem jungen Mann erzählte, den sie gerade kennengelernt hatte und so toll fand, dachte Ronnie nur an Will.

Sie erzählte ihrer Freundin nicht besonders ausführlich von ihm. Kayla wusste, dass sie sich oft verabredeten, aber immer, wenn Ronnie schilderte, was sie gemeinsam unternahmen – ob Angeln oder Mudding oder lange Strandwanderungen –, hatte sie das Gefühl, dass sich Kayla auf einer ganz anderen Wellenlänge befand. Sie begriff nicht, dass Ronnie mit Will einfach glücklich war. Was bedeutete das für ihre Freundschaft, wenn sie wieder nach New York zurückkam? Ihr war bewusst, dass sie sich in den Wochen hier sehr verändert hatte. Im Gegensatz zu Kayla, die gleich geblieben war. Eigentlich hatte Ronnie überhaupt keine große Lust mehr, in die Disco oder in einen Club zu gehen. Wenn sie zurückblickte, fand sie es rätselhaft, dass diese Szene sie überhaupt dermaßen interessiert hatte – die Musik wummerte immer extrem laut, und die Leute waren alle irgendwie auf der Suche. Und wenn diese Abende angeblich so wahnsinnig spannend waren, weshalb tranken dann die meisten Jugendlichen Alkohol und nahmen Drogen, um die ganze Erfahrung noch aufzupeppen? Das leuchtete Ronnie nicht ein, und während sie jetzt hier auf der Veranda stand und in der Ferne das Rauschen des Ozeans hörte, erkannte sie, dass sie es eigentlich noch nie so recht verstanden hatte.

Sie nahm sich allerdings vor, eine bessere Beziehung zu ihrer Mutter aufzubauen. Ihr Vater hatte ihr gezeigt, dass das Zusammenleben mit Eltern ganz in Ordnung sein konnte. Ronnie bildete sich zwar nicht ein, dass Mom ihr je so vertrauen würde wie Dad, aber die Probleme zwischen ihnen lagen ja auch an ihr selbst. Wenn sie versuchte, mit ihrer Mutter so zu reden, wie sie mit ihrem Vater sprach, besserte sich vielleicht manches.

Seltsam, wie sehr sich die Menschen veränderten, wenn sie gezwungen waren, ihr Tempo zu reduzieren.

»Es ist bald vorbei«, sagte da eine Stimme hinter ihr.

Weil sie so in Gedanken versunken war, hatte sie Ashleys Schritte gar nicht gehört, aber sie erkannte gleich ihre Stimme.

»Wie bitte?« Argwöhnisch drehte sie sich um.

»Ich freue mich, dass Will dich zu Megans Hochzeit eingeladen hat. Du solltest es ausnutzen, weil das zwischen euch ja garantiert nicht von Dauer ist. In zwei Wochen geht er weg. Ist dir das eigentlich richtig bewusst?«

Ronnie musterte sie von oben bis unten. »Ich wüsste nicht, was dich das angeht.«

»Selbst wenn ihr vorhabt, euch regelmäßig zu sehen – glaubst du wirklich, dass Wills Mom dich je akzeptiert?«, fuhr Ashley fort. »Megan war schon zweimal verlobt, und ihre Mutter hat beide Typen vertrieben. Das Gleiche macht sie mit dir, dagegen kommst du nicht an. Aber selbst wenn es anders läuft – du gehst von hier fort, und er auch. Das überlebt ihr nicht.«

Ronnie verkrampfte sich innerlich. Es war grauenhaft, dass ausgerechnet Ashley ihre dunkelsten Gedanken aussprach. Aber das wollte sie nicht zulassen! Dieses Mädchen ging ihr zunehmend auf die Nerven, und mit ihren blöden Bemerkungen hatte sie eindeutig die Grenze überschritten.

»Ich werde dir jetzt mal etwas sagen, Ashley. Und ich möchte, dass du mir gut zuhörst.« Sie trat auf die junge Frau zu, bis ihre Gesichter ganz dicht voreinander waren. »Ich habe es satt, mir deinen Quatsch anzuhören. Wenn du noch einmal versuchst, mit mir zu reden, dann schlage ich dir deine gebleichten Zähne ein, kapiert?«

Irgendetwas in ihrem Gesicht musste Ashley überzeugt haben, dass diese Drohung ernst gemeint war. Sie drehte sich wortlos um und verschwand im Schutz des Zeltes.

Später, an der Anlegestelle, war Ronnie richtig erleichtert, weil es ihr endlich gelungen war, Ashley zum Schweigen zu bringen. Aber das, was Wills Exfreundin gesagt hatte, ließ sie trotzdem nicht los. Sie hatte ja selbst keine Ahnung, wie es mit ihr und Will weitergehen sollte. In vierzehn Tagen brach Will auf, und sie fuhr in der darauffolgenden Woche zurück nach New York. So viel stand fest: Alles würde sich verändern.

Jetzt sahen sie sich jeden Tag, und das war ein wichtiger Bestandteil ihrer Beziehung. Später mussten sie telefonieren oder sich SMS schicken. Wie würde sich das anfühlen? Natürlich konnten sie auch skypen, mit Kamera, aber selbst das ersetzte nicht die Intensität, die sie im Moment erlebten.

Und was bedeutete das?

Das Fest war inzwischen in vollem Gange. Man hatte die Stühle von dem provisorischen Deck auf dem Pool entfernt, um eine Tanzfläche zu schaffen, und von ihrer Position an der Anlegestelle hatte Ronnie gesehen, dass Will zweimal mit dem sechsjährigen Blumenmädchen tanzte und einmal mit seiner Schwester, was ein Lächeln auf ihr Gesicht zauberte. Ein paar Minuten nach der Auseinandersetzung mit Ashley schnitten Megan und Daniel gemeinsam den Kuchen an. Dann begann die Band wieder zu spielen, und Tom tanzte mit Megan. Und als diese ihr Blumensträußchen in die Menge warf, ertönte ein fröhlicher Schrei – offenbar hatte eine junge Frau ihn gefangen.

»Ach, hier bist du«, rief Will und holte Ronnie aus ihren Träumen. »Ich habe dich überall gesucht. Es ist Zeit für unseren Tanz.«

Während er auf sie zukam, überlegte sich Ronnie, was die Mädchen am College später denken würden, wenn sie ihn sahen. Vermutlich das Gleiche wie sie: *Wow!*

Er sprang die letzten Stufen hinunter, aber Ronnie wandte sich ab. Es fiel ihr leichter, aufs Wasser zu blicken, als ihn anzuschauen.

Zum Glück kannte Will sie gut genug, um gleich zu merken, dass etwas nicht stimmte.

»Was ist los?«

Als sie nicht sofort antwortete, strich er ihr zärtlich eine Haarsträhne aus dem Gesicht. »Sprich mit mir«, flüsterte er.

Für einen kurzen Moment schloss sie die Augen, doch dann erwiderte sie seinen Blick. »Was wird aus uns? Aus dir und mir?«

Will runzelte die Stirn. »Ich bin mir nicht sicher, ob ich verstehe, was du meinst.«

Sie lächelte melancholisch. »Doch, du verstehst mich sehr gut«, entgegnete sie. Und sie wusste, dass sie recht hatte. »Es wird nie wieder so sein wie jetzt.«

»Aber das heißt nicht, dass es vorbei ist.«

»Bei dir klingt das alles ganz einfach.«

»Es ist doch kein Problem, von Nashville nach New York zu kommen! Mit dem Flugzeug sind es – zwei Stunden? Ich muss ja nicht unbedingt zu Fuß gehen.«

»Und du kommst mich besuchen?« Ihre Stimme bebte.

»Auf jeden Fall. Und du hoffentlich mich in Nashville. Dann gehen wir zur *Grand Ole Opry*.«

Obwohl Ronnie traurig war, musste sie lachen. Sie kannte natürlich die berühmte wöchentliche Radiosendung mit Countrymusik, die es seit 1925 gab und in der auch Elvis aufgetreten war.

Will schloss sie fest in die Arme. »Ich weiß nicht, warum dich das ausgerechnet jetzt so quält, aber du irrst dich – natürlich weiß ich auch, dass es nicht mehr so sein kann wie jetzt, aber vielleicht wird es in mancher Hinsicht sogar noch besser. Vergiss nicht – meine Schwester lebt in New York. Und ich habe nicht das ganze Jahr über Vorlesungen. Im Herbst und im Frühjahr habe ich je eine Woche Ferien, um Weihnachten herum ist ebenfalls frei. Und dann natürlich im Sommer. Aber, wie gesagt – es lohnt sich auch für ein Wochenende.«

Ronnie hätte gern gewusst, was seine Eltern von diesen Plänen hielten, aber sie schwieg.

»Bitte, sag mir doch, was los ist«, beharrte Will. »Möchtest du es nicht wenigstens versuchen?«

»Doch, natürlich möchte ich es versuchen.«

»Dann schaffen wir es auch, ich versprech's dir. Ich will so viel wie möglich mit dir zusammen sein, Ronnie. Du bist intelligent und lustig, und du bist ehrlich. Ich vertraue dir. Ich vertraue uns. Ja, ich gehe weg von hier, und du fährst wieder nach Hause. Aber das ändert nichts an meinen Gefühlen für dich. Nur weil ich zur Uni gehe, empfinde ich doch nicht anders! Ich liebe dich mehr, als ich je einen Menschen geliebt habe.«

Ronnie wusste, dass er es ernst meinte, aber eine quälende Stimme in ihrem Inneren fragte, wie viele Sommerlieben sich auf die Dauer bewährten. Sicher nicht viele. Und mit der Tiefe der Gefühle hatte das nichts zu tun. Die Menschen veränderten sich. Sie entwickelten neue Interessen. Ronnie brauchte ja nur in den Spiegel zu schauen, um die Wahrheit dieser Aussage bestätigt zu sehen.

Aber die Vorstellung, Will zu verlieren, erschien ihr unerträglich. Er war die Liebe ihres Lebens, sie würde ihn immer lieben, und als er sie jetzt küsste, fühlte sie sich ihm so nahe wie nie zuvor. Er drückte sie an sich, sie streichelte seine Schultern, seinen Rücken, spürte die Kraft seiner Arme. Sie wusste, dass er mehr wollte, als sie bisher zu geben bereit gewesen war, aber plötzlich wurde ihr klar, dass sie keine andere Wahl hatte. Es gab nur den Moment, und dieser Moment gehörte ihnen.

Als er es aussprach, klang er zögernd und drängend zugleich. »Möchtest du mit mir auf das Boot meines Vaters kommen?«

Ronnie fing an zu zittern. War sie bereit für das, was jetzt kam? Sie spürte ein unwiderstehliches Verlangen, weiter zu gehen. »Okay«, flüsterte sie.

Will drückte ihre Hand, und Ronnie hatte das Gefühl, dass er mindestens so aufgeregt war wie sie. Sie konnte natürlich immer noch einen Rückzieher machen, aber sie war fest entschlossen. Sie wollte, dass ihr erstes Mal bedeutungsvoll war, sie wollte es mit jemandem erleben, der ihr wirklich am Herzen lag.

Als sie sich auf dem Weg zum Boot machten, nahm sie ihre Umgebung nur diffus wahr. Die Luft kühlte ab, und aus dem Augenwinkel sah sie, dass viele Gäste zur Tanzfläche strebten. Weiter drüben stand Susan und sprach mit dem älteren Mann, der sie vorhin so intensiv beobachtet hatte, und abermals hatte sie das Gefühl, dass sie ihn von irgendwoher kannte.

»Na, das war aber eine niedliche Szene – ich wollte, ich hätte sie gefilmt«, sagte da eine spöttische Stimme.

Will zuckte zusammen. Die Stimme kam vom anderen Ende der Anlegestelle. Obwohl der Sprecher im Dunkeln blieb, wusste Ronnie genau, wer es war. Jetzt trat Marcus hinter einem Pfosten hervor und zündete einen Feuerball an.

»Ich meine es ernst, Dollarkönig. Du hast sie mit deinem Charme mühelos um den Finger gewickelt.« Er grinste. »Jedenfalls fast.«

Will machte einen Schritt auf ihn zu. »Verschwinde – und zwar sofort!«

Marcus ließ den Feuerball über seine Hand rollen. »Sonst? Was willst du tun – die Bullen alarmieren? Das würdest du nie machen. Ich weiß es.«

Wills Muskeln spannten sich an. Marcus hatte einen Nerv getroffen, das merkte Ronnie. Aber sie wusste nicht, warum.

»Das hier ist Privatbesitz«, entgegnete Will, doch er klang nicht überzeugend.

»Ich liebe diesen Stadtteil. Die Leute hier sind alle im Country Club, sie haben diesen Weg am Wasser entlang angelegt, der ein Grundstück mit dem anderen verbindet. Ich komme wahnsinnig gern hierher. Hier hat man eine erstklassige Aussicht.«

»Wir feiern die Hochzeit meiner Schwester«, zischte Will.

»Ich fand deine Schwester schon immer sehr hübsch«, sagte Marcus. »Ich habe sie sogar mal gefragt, ob sie mit mir ausgeht. Aber das Miststück hat mich abblitzen lassen. Kannst du dir so was vorstellen?« Er wartete nicht ab, ob Will etwas antwortete, sondern deutete auf die Festgäste. »Vorhin habe ich Scott gesehen, und er hat sich aufgeführt, als gäbe es in seinem Leben keinerlei Probleme. Da fragt man sich doch, ob er überhaupt ein Gewissen hat, oder? Andererseits, deines ist auch nicht ganz rein. Ich wette, du hast deiner Mommy noch nicht erzählt, dass dein kleines Flittchen hier vermutlich in den Knast wandert.«

Wills Körper war so angespannt wie eine Bogensehne. »Ich wette, der Richter informiert sie gerade.«

Der Richter!

Plötzlich wusste Ronnie, wer der ältere Mann war, der ihr so bekannt vorgekommen war ... und jetzt sprach der Richter mit Susan!

Sie bekam keine Luft mehr.

Oh Gott ...

In dem Moment ließ Will ihre Hand los und stürzte sich auf Marcus. Dieser warf ihm den Feuerball zu, sprang auf den Strandweg und rannte zum Zelt. Ronnie wusste, dass Will schneller war. Aber als Marcus über die Schulter schaute, sah sie etwas in seinem Gesicht, was ihr zeigte, dass er sich genau das von Will erhoffte – dass er ihn einholte.

Aber warum? Es dauerte keine halbe Sekunde, bis Ronnie begriff, was Marcus vorhatte. Er rannte zielstrebig zu den Seilen, die das Zelt stabilisierten ...

Ronnie lief ebenfalls los und schrie: »Bleib stehen, Will! Nicht –!« Aber es war zu spät.

Will prallte mit Marcus zusammen, sie stürzten beide zu Boden, verfingen sich in den Seilen, die Pflöcke wurden herausgerissen, und langsam, ganz langsam fiel das Zelt in sich zusammen.

Die Leute begannen zu schreien. Es gab einen fürchterlichen Knall, weil eine der Eisskulpturen umstürzte. Alle Gäste rannten kreischend durcheinander. Will und Marcus kämpften auf dem Boden, aber Marcus konnte sich befreien. Blitzschnell entfloh er dem Chaos, huschte zurück zum Uferweg und verschwand von der Bildfläche.

Würde sich in dem allgemeinen Durcheinander überhaupt jemand daran erinnern, ihn gesehen zu haben?

An Ronnie erinnerten sich alle. Als sie in Toms Arbeitszimmer saß, kam sie sich vor, als wäre sie wieder zwölf Jahre alt. Sie wollte möglichst schnell fort und sich zu Hause unter ihrer Bettdecke verkriechen.

Immer wieder sah sie das einstürzende Zelt vor sich, während sie im Nebenzimmer Susan schimpfen hörte.

»Sie hat die Hochzeit deiner Schwester ruiniert!«

»Das stimmt nicht!«, schrie Will zurück. »Ich habe dir genau erklärt, was passiert ist!«

»Du erwartest doch nicht vor mir, dass ich dir das abnehme? Dass sich ein Fremder unter die Gäste geschmuggelt hat und du versucht hast, ihn aufzuhalten?«

»Genauso war's!«

Warum Will keinen Namen nannte, begriff Ronnie nicht, aber sie hatte keine Lust, selbst irgendwelche Informationen beizusteuern. Insgeheim hatte sie Angst, dass in der nächsten Sekunde ein Stuhl durch die Fensterscheibe krachte. Oder dass die beiden ins Arbeitszimmer gestürmt kamen und Susan über sie herfiel.

»Will, ich bitte dich! Angenommen, deine Geschichte stimmt – warum war dieser fremde Mann überhaupt hier? Jeder weiß, dass wir strengste Sicherheitsmaßnahmen ergriffen haben. Sämtliche Richter aus dem Umkreis waren anwesend. Der Sheriff hat die Straße überwacht. Um Himmels willen! Es *muss* mit diesem Mädchen zusammenhängen. Erzähl mir doch keinen Unsinn ... Ich kann dir ansehen, dass ich recht habe! Außerdem, was hast du mit ihr beim Boot deines Vaters verloren?«

Die Art, wie sie »dieses Mädchen« sagte, klang so verächtlich, als wäre Ronnie irgendetwas Ekliges, in das

Susan aus Versehen getreten war und das sie nicht von ihren Schuhen kratzen konnte.

»Mom –«

»Schluss jetzt! Komm mir nicht mit irgendwelchen neuen Ausreden. Es war Megans Hochzeit, Will, begreifst du das denn nicht? Ihre Hochzeit! Du weißt, wie wichtig dieser Tag für uns alle war. Du weißt, wie sehr dein Vater und ich uns bemüht haben, alles entsprechend vorzubereiten.«

»Ich wollte das doch auch nicht!«

»Das spielt keine Rolle, Will.« Susan seufzte abgrundtief. »Du hast genau gewusst, was passieren würde, wenn du sie mitbringst. Du siehst doch selbst, dass sie nicht so ist wie wir …«

»Du gibst ihr keine Chance!«

»Richter Chambers hat sie erkannt! Er hat mir erzählt, dass sie noch in diesem Monat wegen Ladendiebstahls vor Gericht erscheinen muss. Entweder hast du das nicht gewusst, und sie hat dich angelogen, oder du hast es gewusst und hast *mich* angelogen.«

Es folgte eine angespannte Stille, und obwohl Ronnie es nicht wollte, spitzte sie die Ohren, um Wills Antwort zu verstehen. Er klang bedrückt.

»Ich habe es dir nicht gesagt, weil ich wusste, du verstehst es nicht.«

»Will, mein Junge … begreifst du denn nicht, dass sie nicht gut für dich ist? Du hast deine Zukunft noch vor dir, und das Letzte, was du im Leben brauchst, ist so ein Mädchen. Ich habe die ganze Zeit darauf gewartet, dass du selbst dahinterkommst, aber du bist offensichtlich emo-

374

tional zu engagiert, um es zu merken. Dabei liegt es auf der Hand. Sie kommt aus der Unterschicht. Aus der *Unterschicht*!«

Susan redete immer lauter. Ronnie wurde so übel, dass sie Angst hatte, sie müsste sich übergeben. Wills Mutter hatte zwar nicht recht, aber in einem Punkt gingen ihre Vermutungen in die richtige Richtung: Marcus war wegen Ronnie da gewesen. Wenn sie doch nur ihrem Instinkt gefolgt und zu Hause geblieben wäre! Sie gehörte nicht hierher.

»Ist alles okay?«, fragte Tom. Er stand im Türrahmen, die Autoschlüssel in der Hand.

»Es tut mir furchtbar leid, Mr Blakelee«, blubberte es aus Ronnie heraus. »Ich wollte nicht, dass so etwas passiert.«

»Das weiß ich«, beruhigte er sie. Aber trotz seiner verständnisvollen Reaktion war ihr klar, dass auch er sich entsetzlich aufgeregt hatte. Zwar hatte sich niemand ernsthaft verletzt, aber zwei Gäste waren gestürzt und vorsichtshalber ins Krankenhaus gebracht worden. Doch Tom hatte seine Gefühle im Griff, und dafür war Ronnie ihm dankbar. Wenn er einen schärferen Ton angeschlagen hätte, wäre sie auf der Stelle in Tränen ausgebrochen.

»Soll ich dich nach Hause fahren? Draußen herrscht ziemliches Chaos, deshalb hätte dein Vater sicher Schwierigkeiten, bis zum Haus zu kommen.«

Ronnie nickte. »Vielen Dank, das wäre nett.« Sie strich ihr Kleid glatt und erhob sich. Hoffentlich schaffte sie die ganze Strecke, ohne sich zu übergeben. »Würden Sie bitte

Will ausrichten, dass ich mich verabschiedet habe? Und dass ich ihn nicht mehr sehen werde?«

»Ja, kann ich machen«, erwiderte Tom mit neutraler Stimme.

Sie musste sich nicht übergeben, und sie weinte auch nicht, aber sie brachte während der Fahrt kein Wort über die Lippen, obwohl ihr der Weg endlos lang erschien. Tom schwieg ebenfalls.

Im Bungalow war alles still, als sie eintrat, nirgends brannte Licht, und sowohl ihr Vater als auch Jonah schienen tief zu schlafen. Vom Flur aus hörte sie die Atemzüge ihres Vaters, er keuchte etwas, als hätte er einen langen, anstrengenden Tag hinter sich. Und als Ronnie unter ihre Bettdecke kroch und endlich weinen durfte, dachte sie verzweifelt, dass kein Tag länger und anstrengender gewesen sein konnte als der, den sie gerade hinter sich hatte.

Ihre Augen waren immer noch rot und verquollen, als jemand sie wach rüttelte. Sie hatte Mühe, sich zu orientieren. Doch dann sah sie, dass Jonah auf ihrer Bettkante saß.

»Du musst aufstehen.«

Die Bilder des vergangenen Abends stürmten sofort wieder auf sie ein, im Kopf hörte sie Susans Stimme, und schon wurde ihr hundeelend.

»Ich will nicht aufstehen.«

»Du musst aber. Es ist jemand da.«

»Will?«

»Nein, jemand anders.«

»Frag Dad, ob er sich darum kümmern kann«, brummte sie und zog sich die Decke über den Kopf.

»Das würde ich gern tun, aber er schläft ganz fest, und außerdem hat sie nach dir gefragt.«

»Wer – sie?«

»Keine Ahnung. Sie wartet draußen. Und sie sieht toll aus.«

Schnell zog Ronnie ihre Jeans und ein Shirt über und trat hinaus auf die Veranda. Mit der Person, die vor ihr stand, hatte sie überhaupt nicht gerechnet.

»Du siehst furchtbar aus«, sagte Megan ohne jede Einleitung.

Sie trug Shorts und ein Tanktop. Jonah hatte absolut recht: Aus der Nähe war Megan sogar noch hübscher als gestern bei der Hochzeit. Und sie strahlte ein so wunderbares Selbstvertrauen aus, dass sich Ronnie gleich ein paar Jahre jünger fühlte.

»Es tut mir wahnsinnig leid, dass ich dir die Hochzeit verdorben habe …«, stammelte sie.

Megan hob die Hand. »Du hast die Hochzeit nicht verdorben«, erwiderte sie mit einem fröhlichen Lächeln. »Du hast dafür gesorgt, dass die Feier … unvergesslich sein wird.«

Bei dieser Antwort stiegen Ronnie Tränen in die Augen.

»Weine nicht«, tröstete Megan sie sanft. »Ich mache dir

keine Vorwürfe. Wenn jemanden die Schuld trifft, dann ist es Marcus.«

Ronnie war sprachlos.

»Ja, ich weiß, was passiert ist. Will und ich haben lange miteinander gesprochen, nachdem meine Mom endlich fertig war mit ihrer Moralpredigt. Ich glaube, ich weiß jetzt ziemlich genau Bescheid. Also, wie gesagt, ich mache dir keine Vorwürfe. Marcus ist verrückt und unberechenbar. Das war er schon immer.«

Ronnie schluckte. Megan war so unglaublich nett und verständnisvoll, aber trotzdem – oder vielleicht gerade deswegen – wurden ihre Schuldgefühle nur noch größer.

»Ähm ... wenn du nicht hier bist, um mich fertigzumachen, weshalb bist du dann gekommen?«, fragte sie.

»Teilweise, weil ich mit Will geredet habe. Aber der Hauptgrund ist, dass ich dich etwas fragen will. Und ich möchte, dass du mir die Wahrheit sagst.«

Ronnies Magen krampfte sich zusammen. »Was willst du wissen?«

»Ich möchte wissen, ob du meinen Bruder liebst.«

Ronnie war sich nicht ganz sicher, ob sie Megan richtig verstanden hatte, aber als sie ihren prüfenden Blick sah, gab es keinen Zweifel mehr. Was hatte sie zu verlieren? Ihre Beziehung zu Will war zu Ende. Die räumliche Entfernung würde dafür sorgen. Wenn Susan nicht sowieso schon ihr Ziel erreicht hatte. Also konnte Ronnie auch ehrlich sein.

»Ja, ich liebe ihn.«

»Es ist kein Sommerflirt?«

Nun schüttelte sie heftig den Kopf. »Will und ich ...«

Sie verstummte, traute sich nicht weiterzusprechen, weil Worte ihr so ungenügend erschienen.

Megan lächelte. »Okay«, sagte sie. »Ich glaube dir.«

Verdutzt runzelte Ronnie die Stirn. Jetzt musste Megan richtig lachen. »Ich bin nicht erst gestern auf die Welt gekommen. Ich kenne diesen Blick. Heute Morgen, als ich in den Spiegel geschaut habe ... Ich empfinde genau das Gleiche für Daniel, aber ich muss sagen, ein bisschen seltsam ist es schon, dass du diesen Blick schon jetzt hast. Mit siebzehn hatte ich noch keine Ahnung, was Liebe ist, glaube mir. Aber wenn alles stimmt, dann ist das so, und man weiß es einfach.«

Ronnie fand, dass Will seine Schwester nicht ganz zutreffend beschrieben hatte. Megan war nicht nur toll, sie war ... noch viel, viel besser. So, wie Ronnie gern sein wollte. In jeder Hinsicht. Sie kannte sie erst seit ein paar Minuten, aber schon jetzt war Megan ihr großes Vorbild.

»Danke«, murmelte sie. Mehr fiel ihr nicht ein.

»Du brauchst dich nicht bei mir zu bedanken. Es geht mir nicht um dich. Es geht mir um meinen Bruder, und Will ist verrückt nach dir«, sagte sie mit einem vielsagenden Lächeln. »Und wenn du ihn liebst, musst du dir wegen des Zeltes keine Gedanken machen. Im Grunde hast du meiner Mutter eine Geschichte geschenkt, die sie für den Rest ihres Lebens allen Leuten erzählen kann. Glaub mir, sie wird kräftig Kapital daraus schlagen. Und mit der Zeit regt sie sich auch nicht mehr auf. So ist es immer.«

»Ich weiß nicht ...«

»Du kennst sie nicht. Sie ist ganz schön streng, das stimmt, und sie möchte ihre Kinder beschützen. Aber wenn man sie näher kennt, merkt man, dass sie der beste Mensch auf der Welt ist. Für Menschen, die sie mag, tut sie alles.«

Ganz ähnlich hatte Will seine Mom geschildert. Aber Ronnie hatte diese Seite von Susan bisher noch nicht zu Gesicht bekommen.

»Du musst mit Will reden«, sagte Megan und nahm die Sonnenbrille von der Stirn, um sie aufzusetzen. Sie wollte offensichtlich gehen. »Keine Bange – ich schlage nicht vor, dass du zu uns nach Hause kommst. Er ist sowieso nicht da.«

»Wo ist er denn?«

Megan deutete über die Schulter in Richtung Pier. »Beim Turnier. Sein erstes Spiel fängt in vierzig Minuten an.«

Das Turnier! Im Strudel der Ereignisse hatte Ronnie es ganz vergessen.

»Ich war gerade dort. Er ist völlig fertig. Wahrscheinlich hat er die ganze Nacht kein Auge zugetan. Vor allem nach dem, was du zu unserem Dad gesagt hast. Du musst das wieder in Ordnung bringen.« Megan klang sehr bestimmt.

Sie wollte schon die Stufen hinuntergehen, doch dann drehte sie sich noch einmal um. »Da ist noch eine Kleinigkeit. Daniel und ich haben unsere Hochzeitsreise um einen Tag verschoben, damit wir meinen kleinen Bruder bei den Wettkämpfen sehen können. Es wäre gut, wenn er mit dem Herzen bei der Sache sein könnte. Vielleicht hat er dir gegenüber ein bisschen tiefgestapelt, aber für ihn ist es echt wichtig, dass sie gut spielen.«

Nachdem Ronnie geduscht und sich angezogen hatte, rannte sie sofort los. Am Pier hatten sich schon viele Leute versammelt, ähnlich wie am ersten Tag beim Jahrmarkt.

Provisorische Tribünen, die zwei Spielfelder begrenzten, waren am anderen Ende des Piers aufgestellt worden, und mindestens tausend Zuschauer drängten sich dort. Auch auf dem Pier selbst hatten sich schon Neugierige eingefunden, um das Spiel von oben zu sehen. Der Strand war so voll, dass Ronnie Mühe hatte, sich zwischen den Menschenmassen durchzukämpfen. Sie hatte Angst, dass sie Will nicht mehr rechtzeitig finden würde.

Sie ließ den Blick über die Menge schweifen und entdeckte einige der anderen Teams, was sie nur noch nervöser machte. Offenbar war für die Mannschaften kein spezieller Bereich abgetrennt worden. Wie sollte sie Will in diesem Gewühle ausfindig machen?

Bis zum Spielbeginn waren es nur noch zehn Minuten. Sie wollte schon aufgeben, als sie ihn plötzlich mit Scott bei den Sanitätern sah, die lässig an ihrem Krankenwagen lehnten. Will zog gerade sein Hemd aus und verschwand hinter dem Wagen.

Jetzt stürzte sich Ronnie mit neuem Schwung ins Getümmel. Unterwegs rief sie immer wieder »Entschuldigung!«, weil sie die Leute so rücksichtslos beiseitestieß. Sie brauchte keine Minute, um zu dem Wagen zu gelangen, wo sie ihn gerade noch gesehen hatte. Aber er war wie vom Erdboden verschluckt. Sie schob sich weiter, weil sie glaubte, sie hätte Scott gesehen – hier waren allerdings so viele blonde Jungs, dass man ihn nicht mit Sicherheit ausmachen konnte. Ronnie stieß einen frustrierten Seufzer aus – und da sah sie Will allein im Schatten der Tribüne stehen und einen Schluck Gatorade trinken.

Megan hatte recht gehabt. Er ließ müde die Schultern hängen. Man merkte nichts von dem Adrenalin, das normalerweise vor einem Spiel die Energiequellen sprudeln ließ.

Wieder quetschte sie sich an verschiedenen Leuten vorbei, so schnell es nur ging. Will entdeckte sie – und einen Moment lang glaubte sie freudige Überraschung auf seinem Gesicht zu erkennen. Doch dann drehte er sich weg.

Ronnie wusste, dass sein Vater ihm ihre Botschaft ausgerichtet hatte. Seine Reaktion drückte Schmerz und Verwirrung aus. Am liebsten hätte sie alles ganz ausführlich mit ihm besprochen, aber dafür war jetzt keine Zeit. Also fiel sie ihm einfach um den Hals und küsste ihn mit ihrer ganzen Leidenschaft. Er erholte sich schnell von seiner Verblüffung und erwiderte ihren Kuss.

Als sie sich voneinander trennten, stammelte Will: »Was ich noch zu gestern sagen wollte …«

Kopfschüttelnd legte ihm Ronnie den Finger auf die Lippen. »Darüber reden wir später. Ich wollte nur, dass du eines weißt: Ich habe das, was ich zu deinem Vater gesagt habe, nicht so gemeint. Ich liebe dich. Und ich möchte, dass du mir einen großen Gefallen tust.«

Er legte den Kopf schräg und schaute sie fragend an.

»Du musst heute so gut spielen, wie du in deinem ganzen Leben noch nicht gespielt hast.«

KAPITEL 27

Marcus

Wütend kickte Marcus den Sand in die Luft. Er war am Bower's Point, wie so oft. Eigentlich hätte er guter Laune sein müssen, weil er gestern dieses Riesenchaos ausgelöst hatte. Alles war genau nach Plan verlaufen. Das Gelände hatte so ausgesehen, wie die unzähligen Zeitungsartikel es beschrieben hatten, und die Zeltpflöcke zu lockern war kinderleicht gewesen, während die Gäste speisten – er hatte sie absichtlich nicht zu weit herausgezogen, sondern gerade weit genug, dass sie reagieren würden, wenn er an den Seilen zog. Dann war Ronnie brav zur Anlegestelle gewandert und Will hinter ihr her. Die beiden hatten ihn also auch nicht enttäuscht. Der gute Junge hatte seine Rolle sogar absolut perfekt gespielt. Er war so was von berechenbar – unglaublich. Wenn man Knopf X drückte, tat er dies, wenn man Knopf Y drückte, tat er jenes. Es machte großen Spaß, ihn zu ärgern – obwohl es manchmal schon fast langweilig wurde.

Marcus war nicht wie andere Menschen. Das wusste er selbst. Schon als Kind hatte er nie wegen irgendetwas ein schlechtes Gewissen gehabt, und das fand er gut. Dadurch konnte er tun und lassen, was er wollte und wann er es wollte. Die Gewissenlosigkeit verlieh ihm eine ungeheure Macht. Andererseits hielt das Vergnügen, das mit dieser Macht verbunden war, meistens leider nicht sehr lange an.

Gestern Abend hatte er sich lebendiger gefühlt als seit Monaten. Wie ein Rausch war es gewesen. Wenn er eins seiner »Projekte« erfolgreich abgeschlossen hatte, dachte er normalerweise noch gern darüber nach und war eine Zeit lang sehr zufrieden mit sich. Das war ein Vorteil. Denn wenn er zu oft und zu unkontrolliert seinen Wünschen nachgeben würde, hätte man ihn bestimmt schon erwischt. Aber er war ja nicht dumm. Er wusste, wie so etwas lief, und deswegen war er immer extrem vorsichtig.

Aber jetzt hatte er den unangenehmen Verdacht, dass er zu weit gegangen war. Die Blakelees waren in Wilmington und Wrightsville Beach fast so etwas wie eine königliche Familie – sie besaßen Macht, sie hatten Beziehungen, und sie hatten Geld. Wenn sie herausfanden, dass er etwas mit der Sache zu tun hatte, würden sie alle Hebel in Bewegung setzen, um ihn so lange wie nur möglich wegsperren zu lassen. Deshalb quälten ihn giftige Zweifel: Will hatte zwar in der Vergangenheit seinen Freund Scott immer gedeckt – aber würde er das auch weiterhin tun?

Marcus mochte es gar nicht, wenn er sich so fühlte. Das grenzte fast an ... Angst. Auf keinen Fall wollte er in den Knast, auch nicht für ein paar Tage. Er gehörte nicht ins Gefängnis. Dafür war er zu gut. Und zu clever. Er konnte sich nicht vorstellen, in einer Zelle zu hocken und von irgendwelchen Wärtern herumkommandiert zu werden oder das Liebesobjekt eines hundertfünfzig Kilo schweren Mithäftlings zu werden oder Mahlzeiten zu essen, die mit Kakerlakenkot bestreut waren. Und es gab noch viele andere Horrorszenarien. All dem wollte er sich auf keinen Fall aussetzen.

Die Gebäude, die er abgefackelt hatte, und die Menschen, denen er Schmerzen zugefügt hatte, bedeuteten ihm absolut nichts, doch bei dem Gedanken an eine Gefängnisstrafe wurde ihm speiübel. Und die Angst davor hatte sich noch nie so real angefühlt wie seit gestern Abend.

Bis jetzt war nichts passiert, versuchte er sich zu beruhigen. Anscheinend hatte Will seinen Namen nicht genannt. Sonst würden sich am Bower's Point schon massenhaft Bullen herumtreiben. Trotzdem war es besser, wenn er sich eine Weile im Hintergrund hielt und sozusagen unsichtbar blieb. Keine Partys in den Strandhäusern, keine Brandstiftung in Lagerhallen. Und selbstverständlich durfte er Ted und Lance gegenüber kein Wort über seine Aktion verlieren. Auch bei Blaze musste er schweigen. Die Sache würde mit der Zeit von allein in Vergessenheit geraten.

Es sei denn, Will machte den Mund auf.

Der Gedanke daran traf ihn wie ein Schlag. Bisher hatte er uneingeschränkte Macht über Will besessen, aber jetzt hatten sich ihre Rollen plötzlich vertauscht ... oder sie waren sich zumindest ebenbürtig.

Vielleicht sollte er einfach eine Weile von hier fortgehen. Nach Süden – Myrtle Beach oder Fort Lauderdale oder Miami. Bis die Hochzeitsaufregung abgeklungen war.

Aber um diesen Plan umzusetzen, brauchte er Geld. Viel Geld sogar. Und zwar bald. Das hieß, er musste ein paar Shows abziehen, mit massenhaft Zuschauern. Zum Glück fand heute das Volleyballturnier der Männer statt. Will war garantiert dabei, aber Marcus brauchte ja nicht in die Nähe des Spielfelds zu kommen.

Er würde sein Programm auf dem Pier abziehen … im großen Stil.

Hinter ihm saß Blaze und sonnte sich, nur in Jeans und BH. Ihr T-Shirt lag zusammengeknüllt beim Feuer.

»Blaze!«, rief Marcus. »Wir brauchen heute neun Feuerbälle. Es sind viele Leute da, und wir müssen Geld verdienen.«

Sie antwortete nicht, sondern seufzte nur laut. Wie nervig! Blaze ödete ihn sowieso an – seit ihre Mom sie rausgeschmissen hatte, war sie nur noch mies drauf. Aber wenigstens erhob sie sich und nahm die Flasche mit Feuerzeugbenzin. Gut. Sie war noch bereit, für ihren Unterhalt zu arbeiten.

Neun Feuerbälle. Natürlich nicht alle gleichzeitig. Unter normalen Bedingungen nahmen sie sechs pro Show. Aber wenn sie an verschiedenen Stellen noch einen Ball hinzufügten und dadurch einen spektakulären Überraschungseffekt einbauten, machten sie vielleicht mehr Kohle.

In zwei Tagen konnte er dann in Florida sein. Allein. Ohne Teddy, Lance und Blaze – die drei würde er eine Zeit lang ihrem Schicksal überlassen. Dagegen gab es nichts einzuwenden. Er hatte sowieso die Schnauze voll von ihnen.

Weil er in Gedanken schon seine Reise plante, merkte er nicht, dass Blaze direkt über dem T-Shirt, das sie später bei dem Auftritt tragen würde, mehrere Stoffbälle mit Feuerzeugbenzin tränkte.

KAPITEL 28

Will

Die erste Runde zu gewinnen war verblüffend leicht gewesen. Sie waren kaum ins Schwitzen geraten. Runde zwei lief sogar noch besser. Ihre Gegner holten nur einen einzigen Punkt. Dann mussten sie allerdings ran – in der dritten Runde waren sie richtig gefordert. Beim Verlassen des Spielfelds dachte Will, dass das Team, das sie gerade geschlagen hatten, viel besser gewesen war, als das Resultat vermuten ließ.

Um zwei Uhr nachmittags begann das Viertelfinale. Das Endspiel war für sechs Uhr angesetzt. Will legte die Hände auf die Knie und wartete auf den Aufschlag der gegnerischen Mannschaft. Plötzlich wusste er: Das war sein Spiel. Obwohl sie schon bald fünf zu zwei zurücklagen, machte er sich keine Sorgen. Er war gut, er war schnell, und der Ball landete jedes Mal genau da, wo er es geplant hatte. Er fühlte sich unbesiegbar.

Der Ball kam mit viel Topspin übers Netz, Will ahnte die Richtung voraus und erwischte ihn genau. Scott eilte in der richtigen Sekunde herbei, sprang hoch und pritschte den Ball quer über das Spielfeld. Sie gewannen die nächsten sechs Punkte in Folge, ehe das andere Team ihnen

388

den Aufschlag abnahm. Als er sich positionierte, suchte er die Zuschauer blitzschnell nach Ronnie ab. Sie saß auf der Tribüne, genau auf der anderen Seite als seine Eltern und Megan – vermutlich eine gute Idee.

Er war sauer auf sich, weil er seiner Mutter nicht die Wahrheit über Marcus gesagt hatte. Aber was hätte er tun sollen? Wenn seine Mutter erfuhr, wer der Täter war, konnte nichts mehr sie bremsen. Und das würde zu Racheaktionen führen. Im Fall einer Verhaftung würde Marcus bestimmt versuchen, seine Strafe herunterzuhandeln, indem er »nützliche Informationen« über ein anderes, schlimmeres Verbrechen preisgab – über Scott. Das brachte Scott in Schwierigkeiten, zu einem ganz kritischen Zeitpunkt, nämlich während seiner Suche nach einem College-Stipendium. Scotts Eltern schadete es ebenfalls – und diese waren wiederum eng mit seinen eigenen Eltern befreundet. Deshalb hatte er gelogen. Das Schlimmste war, dass seine Mutter daraufhin Ronnie die ganze Schuld in die Schuhe geschoben hatte.

Doch dann war Ronnie heute Morgen plötzlich aufgetaucht und hatte ihm gesagt, sie liebe ihn, trotz allem. Später wollten sie über alles reden, das hatte sie ihm versprochen. Anschließend hatte sie ihn gebeten, bei dem Turnier besser zu spielen als je zuvor – und genau das wollte er tun.

Als die Gegner wieder aufschlugen, rannte Will über das Spielfeld, um den Ball anzunehmen, Scott folgte ihm, alles passte perfekt, und Will brachte den Punkt souverän nach Hause. Von da an gelang den anderen nur noch ein einziger Punkt, bevor der Satz zu Ende war. Beim nächsten Satz schafften ihre Gegner sogar insgesamt nur zwei Punkte.

Will und Scott zogen also ins Halbfinale ein – und er sah, wie Ronnie ihm von der Tribüne aus zujubelte.

Das Halbfinale war schwerer als die bisherigen Spiele. Sie gewannen den ersten Satz, verloren aber den zweiten im Tiebreak.

Will stand an der Linie und wartete auf das offizielle Signal für den entscheidenden dritten Satz. Sein Blick wanderte kurz über die Tribüne und dann zum Pier. Es waren mindestens dreimal so viele Leute da wie letztes Jahr. Immer wieder sah er bekannte Gesichter – Leute, mit denen er in der Highschool gewesen war oder die er seit der Kindheit kannte. Nirgends war ein freier Platz.

Dann kam das Zeichen des Schiedsrichters. Will warf den Ball in die Luft und machte ein paar schnelle Schritte, sprang hoch und schmetterte ihn in die gegnerische Hälfte, etwa drei Viertel von der Grundlinie entfernt. Dann wollte er sofort seine Position einnehmen, ahnte aber gleich, dass das gar nicht nötig sein würde. Die beiden Spieler des gegnerischen Teams hatten sich das Feld aufgeteilt und eine Sekunde zu lange gezögert – jedenfalls schickte der Ball eine gewaltige Sandwolke hoch, bevor er ins Aus sprang.

Eins zu null.

Will schlug sieben Mal nacheinander auf, wodurch er und Scott sich ein bequemes Polster erarbeiteten, danach holten die Teams die Punkte im Wechsel, und trotzdem war es ein vergleichsweise müheloser dritter Satz, der ihnen zum Sieg verhalf.

Als sie das Spielfeld verließen, schlug Scott ihm auf den Rücken.

»Wir haben's geschafft!«, rief er. »Wir sind in Spitzenform heute – da können Tyson und Landry ruhig kommen.«

Tyson und Landry, beide achtzehn Jahre alt und aus Hermosa Beach in Kalifornien, waren das beste Juniorenteam der Welt. Vor einem Jahr waren sie noch die Nummer elf gewesen, was schon gereicht hätte, um so gut wie jedes Land bei den Olympischen Spielen zu vertreten. Sie spielten als Team, seit sie zwölf waren, und hatten in den letzten zwei Jahren keinen einzigen Satz abgegeben. Scott und Will waren ihnen bisher erst einmal begegnet, und zwar beim Halbfinale des letztjährigen Turniers hier am Strand, und da hatten sie mit gesenkten Köpfen das Spielfeld verlassen.

Heute war alles anders. Sie gewannen den ersten Satz mit drei Punkten Vorsprung, Tyson und Landry holten den zweiten Satz, ebenfalls mit drei Punkten Abstand, und beim letzten, entscheidenden Satz stand es jetzt sieben zu sieben.

Will spielte seit neun Stunden in der prallen Sonne. Obwohl er literweise Wasser und Gatorade trank, schien es eigentlich unvermeidlich, dass er erschöpft war. Doch er spürte es nicht. Jetzt nicht. Zumal sie eine reale Chance hatten, das Turnier zu gewinnen.

Sie mussten aufschlagen – was beim Beachvolleyball

immer ein Nachteil war, weil die Punkte bei jedem Ball-
wechsel zählten, und das gegnerische Team die Chance
hatte, gleich zu schmettern –, aber Scott schickte einen
Ball übers Netz, der Tyson zwang, seine Position zu verlassen. Zwar erreichte er den Ball rechtzeitig, schlug ihn
aber in die falsche Richtung. Landry rannte los und erwischte ihn gerade noch, machte dadurch aber alles nur
noch schlimmer – der Ball flog ins Publikum. Erfahrungsgemäß dauerte es dann immer mindestens eine Minute, bis
das Spiel weitergehen konnte. Und jetzt lagen Will und
Scott einen Punkt vorne.

Wie so oft schaute Will schnell zu Ronnie. Sie winkte
ihm zu und strahlte. Dann nickte er lächelnd zu seiner Familie hinüber. Hinter seinen Eltern, auf dem Pier, drängten sich die Leute am Geländer, um das Spiel zu verfolgen, aber ein Stück dahinter schienen sich die Menschen
einem anderen Ereignis zugewandt zu haben. Will fragte
sich, welchem, bis er einen Feuerball durch die Luft fliegen sah.

Es stand zwölf zu zwölf, als es geschah.

Der Ball landete wieder einmal im Publikum. Diesmal
war es Scotts Schuld, und während Will an seinen Platz
zurückging, blickte er instinktiv hinauf zum Pier, weil er
wusste, dass Marcus dort auftrat.

Die Tatsache, dass dieser Typ in der Nähe war, versetzte ihn erneut in Wut wegen gestern Abend.

Doch er musste loslassen, so wie Megan es ihm geraten
hatte. Ach, er hätte seine Schwester nicht mit der ganzen

Geschichte belasten sollen! Immerhin war es ihre Hochzeit, und seine Eltern hatten für sie und Daniel eine Suite im historischen Wilmingtonian Hotel gebucht. Aber Megan wollte unbedingt erfahren, was passiert war, und dann hatte er ihr alles erzählt. Sie machte ihm keine Vorwürfe, aber er spürte trotzdem ihre Enttäuschung, weil er Scotts Vergehen verschwieg. Heute Morgen hatte sie ihn allerdings uneingeschränkt unterstützt. Und während er jetzt auf den Pfiff des Schiedsrichters wartete, wurde ihm bewusst, dass er nicht nur für sich selbst spielte, sondern auch für seine Schwester.

Aus dem Augenwinkel sah er, wie auf dem Pier die Feuerbälle tanzten. Die Leute hatten sogar inzwischen das Geländer freigegeben, und er konnte erkennen, dass Teddy und Lance wie gewohnt ihre Breakdance-Nummer aufführten. Was ihn wunderte, war, dass Blaze gemeinsam mit Marcus jonglierte. Geschickt fing sie einen Ball auf und warf ihn zurück. Stimmte es, oder kam es ihm nur so vor, dass die Feuerbälle schneller hin- und herflogen als sonst? Blaze wich immer weiter zurück. Vielleicht wollte sie die Geschwindigkeit reduzieren. Schließlich stieß sie mit dem Rücken ans Geländer.

Durch den Aufprall war sie vermutlich weniger konzentriert als nötig. Die brennenden Bälle sausten im gleichen Tempo auf sie zu, aber dann verschätzte sie sich, und einer landete an ihrem T-Shirt. Weil der nächste Ball blitzschnell folgte, griff sie danach und drückte den ersten so lange an ihre Brust. Innerhalb von Sekunden brannte ihr Shirt lichterloh.

Voller Panik versuchte sie die Flammen auszuschlagen

und schien dabei zu vergessen, dass sie den Feuerball noch in der Hand hielt.

Schon brannten auch ihre Hände. Ihre Schmerzensschreie übertönten alles, auch die Geräusche am Spielfeld. Die Zuschauer der Feuershow standen offensichtlich unter Schock. Niemand kam Blaze zu Hilfe.

Ohne lange zu überlegen, schoss Will los, vom Spielfeld zum Pier, so schnell er nur konnte. Immer wieder rutschte er aus, aber er rannte weiter. Blazes gellende Hilferufe zerrissen die Luft.

Irgendwie kämpfte er sich durch die Menge bis zur Treppe, nahm immer drei Stufen auf einmal. Oben angekommen, konnte er Blaze zuerst nicht sehen, aber dann entdeckte er sie. Ein Mann kauerte bei ihr, sie wälzte sich wimmernd und schreiend auf dem Boden. Von Marcus, Teddy und Lance weit und breit keine Spur.

Blazes T-Shirt war mit der Haut verschmolzen, überall hatte sie Brandblasen, sie schluchzte und schrie unzusammenhängende Wörter.

Will überlegte hektisch. Bis der Krankenwagen hier war, verging mindestens eine Viertelstunde, selbst wenn nicht solche Menschenmassen versammelt wären, weil er über die Brücke fahren musste. Als Blaze erneut einen herzzerreißenden Schrei ausstieß, schob er die Arme unter sie und hob sie vorsichtig hoch. Sein Truck war nicht weit von hier geparkt – er war als einer der Ersten am Morgen eingetroffen. Also trug er Blaze in diese Richtung. Die Zuschauer waren so verdattert, dass niemand versuchte, ihn aufzuhalten.

Blaze verlor immer wieder das Bewusstsein. Will lief,

so schnell er konnte, aber er musste natürlich auch aufpassen, dass er sie nicht zu sehr erschütterte. Als er an der Treppe vorbeikam, sah er Ronnie und war unglaublich erleichtert. Wie hatte sie es nur geschafft, so schnell von der Tribüne hierherzugelangen?

»Die Schlüssel sind auf dem Hinterrad!«, rief er ihr zu. »Wir müssen Blaze auf die Rückbank legen, und sobald wir losfahren, rufst du die Notaufnahme an und sagst, dass wir unterwegs sind – damit sie schon mal alles vorbereiten.«

Ronnie rannte zu Wills Truck und schaffte es, die Tür zu öffnen, bevor Will kam. Es war gar nicht so einfach, Blaze auf den Rücksitz zu betten, aber es gelang ihnen. Will startete den Wagen und gab Gas.

In der Notaufnahme war viel los. Will saß bei der Tür und starrte müde nach draußen. Langsam wurde es dunkel. Ronnie hatte neben ihm Platz genommen.

Während der letzten vier Stunden hatte Will vielen verschiedenen Leuten den Ablauf der Ereignisse geschildert, auch Blazes Mutter, die jetzt bei ihrer Tochter war. Als sie ins Wartezimmer gestürzt kam, stand ihr die nackte Angst ins Gesicht geschrieben. Eine der Krankenschwestern hatte sie zu Blaze mitgenommen.

Bisher wussten sie nur, dass sie sofort in den Operationssaal gebracht worden war. Vor ihnen lag ein endloser Abend, aber sie konnten und wollten nicht fortgehen. Immer wieder sah Will Blaze vor sich: erst als kleines Mädchen, das in der dritten Klasse neben ihm gesessen hatte, und dann die schwer verletzte junge Frau, die er vor ein paar Stunden auf seinen Armen getragen hatte.

Ob die Polizisten wohl zurückkommen würden? Sie waren mit seinen Eltern da gewesen, und er hatte ihnen gesagt, was er wusste, aber sie interessierten sich vor allem dafür, weshalb er Blaze ins Krankenhaus gebracht hatte, statt auf die Sanitäter zu warten. Will antwortete wahrheitsgemäß, ihm sei gar nicht eingefallen, dass sie sich ja auf dem Gelände befanden, er habe nur gesehen, dass Blaze sofort verarztet werden musste. Zum Glück verstanden das die Beamten. Will glaubte sogar zu bemerken, dass Officer Johnson kurz nickte. Vielleicht wollte er damit andeuten, dass er in der entsprechenden Situation genauso gehandelt hätte.

Jedes Mal, wenn sich die Tür hinter der Schwesternstation öffnete, blickte Will hoch. Er wartete auf die Krankenschwester, die Blaze in Empfang genommen hatte. Vom Auto aus hatte Ronnie das Krankenhaus telefonisch informiert, und als sie eintrafen, stand schon ein Traumateam bereit. Eine Minute später wurde Blaze auf einer Trage weggeschoben. Es dauerte fast eine Viertelstunde, bis er und Ronnie wieder sprechen konnten. Sie saßen lange nur reglos da und hielten sich an der Hand.

Die Tür ging auf. Blazes Mutter kam auf sie zu. Man konnte ihr die Erschöpfung ansehen.

»Eine der Krankenschwestern hat mir gesagt, dass ihr noch da seid. Ich wollte mich bei euch bedanken – für alles, was ihr getan habt.«

Die Stimme versagte ihr, und Will musste heftig schlucken, weil seine Kehle wie ausgetrocknet war.

»Kommt sie durch?«, krächzte er.

»Ich weiß es nicht. Sie ist noch im Operationssaal.«
Jetzt wandte sie sich Ronnie zu. »Ich bin Margaret Conway. Ich weiß nicht, ob Galadriel je von mir erzählt hat.«

»Es tut mir alles so leid, Mrs Conway.« Schüchtern legte Ronnie ihr die Hand auf den Arm.

Blazes Mutter schniefte, bemühte sich aber, die Fassung zu bewahren. »Mir tut es auch sehr leid.« Ihre Stimme war heiser. »Ich habe ihr hundertmal gesagt, sie soll
sich von Marcus fernhalten, aber sie wollte einfach nicht
auf mich hören, und nun ist mein kleines Mädchen ...«

Blazes Mutter begann hilflos zu schluchzen. Will war
wie gelähmt, während Ronnie sie tröstend umarmte. Da
standen sie nun, hielten sich gegenseitig fest und weinten
beide.

Als Will durch die Straßen von Wrightsville Beach raste,
nahm er alles überdeutlich wahr. Er fuhr schnell, wusste
aber, dass es noch schneller ging. In Sekundenbruchteilen
erfasste er Einzelheiten, die ihm unter normalen Bedingungen garantiert entgangen wären: den diesigen Licht-
schleier um die Straßenlaternen, eine umgekippte Müll-
tonne in der Durchfahrt beim Burger King, die kleine
Delle neben dem Nummernschild eines beigefarbenen
Nissan Sentra.

Ronnie saß auf dem Beifahrersitz und beobachtete ihn
nervös und stumm. Sie hatte ihn nicht gefragt, wohin sie
fuhren, aber das war auch nicht nötig. Kaum hatte Blazes
Mutter den Wartebereich verlassen, da erhob sich Will

und marschierte wortlos hinaus. Und Ronnie war ihm gefolgt.

Die Ampel vor ihnen sprang auf Gelb, doch statt abzubremsen, beschleunigte Will. Der Motor heulte auf, und der Wagen raste weiter in Richtung Bower's Point.

Er wusste, welche Strecke die kürzeste war. Sie verließen das Geschäftsviertel und donnerten an den stillen Strandvillen vorbei, vorbei am Pier, am Bungalow von Ronnies Vater. Will trat das Gaspedal durch und fuhr volles Risiko. Ronnie klammerte sich am Handgriff fest. Schließlich bog er in den Parkplatz ein, den man wegen der Bäume leicht übersehen konnte. Auf dem Kies rutschend, kam der Truck zum Stillstand, und endlich fand Ronnie den Mut, etwas zu sagen.

»Bitte, tu's nicht.«

Will wusste genau, was sie meinte, aber er sprang trotzdem aus dem Truck. Bower's Point war nicht mehr weit. Man erreichte ihn nur über den Strand, etwa zweihundert Meter vom Stand der Rettungsschwimmer entfernt.

Entschlossen beschleunigte Will seinen Schritt. Ihm war klar, dass er Marcus dort antreffen würde. Bilderfetzen schossen ihm durch den Kopf: der Brand in der Kirche, der Abend auf dem Jahrmarkt, die Art, wie er Ronnie an den Armen gepackt hatte ... und Blaze, in Flammen.

Marcus hatte nicht versucht, ihr zu helfen. Als sie ihn am dringendsten brauchte, lief er einfach weg. Dabei hätte sie sterben können.

Will dachte nicht darüber nach, in welche Gefahr er sich begab. Es interessierte ihn auch nicht mehr, wie sich

398

das, was er vorhatte, auf Scott auswirken könnte. Diesmal war Marcus zu weit gegangen. Als er um die Ecke
bog, entdeckte er die drei in der Ferne. Sie saßen auf Treib-
holzstämmen um ein kleines Lagerfeuer versammelt.

Feuer. Feuerbälle. *Blaze* ...

Er lief los, auf alles gefasst. Als er nahe genug war, um
die leeren Bierflaschen wahrzunehmen, blieb er kurz stehen. Die anderen konnten ihn wegen der Dunkelheit noch
nicht sehen.

Marcus führte gerade seine Flasche an die Lippen, als
Will ihn mit gesenkter Schulter und mit aller Kraft von
hinten rammte, gleich unterhalb des Nackens. Mit einem
erschrockenen Ächzen sackte Marcus unter dem Aufprall
zusammen. Will stieß ihn blitzschnell in den Sand.

Er musste rasch handeln und sich Teddy vornehmen,
bevor dieser oder sein Bruder reagieren konnte. Aber die
beiden waren wie gelähmt, als sie Marcus zu Boden gehen
sahen. Will donnerte Marcus noch das Knie in den Rücken, dann stürzte er sich auf Teddy, der stolperte und
hinfiel. Doch statt ihn mit den Fäusten zu bearbeiten,
knallte Will mit der Stirn gezielt gegen Teddys Nase.

Ein Knirschen war zu hören, der Knochen gab nach.
Will erhob sich, während sich Teddy auf dem Boden
wälzte, die Hände vors Gesicht geschlagen. Blut quoll
zwischen seinen Fingern hervor, aber seine Schmerzensschreie waren etwas gedämpft, weil er sich gleichzeitig
übergeben musste.

Lance war inzwischen aus seiner Erstarrung erwacht
und wollte angreifen, doch Will wich einen Schritt zurück, und als sich sein Gegner ihm näherte, zielte Will

mit dem Knie auf sein Kinn. Lances Kopf flog nach hinten, und er verlor das Bewusstsein, noch ehe er auf dem Boden aufschlug.

Zwei erledigt.

Marcus hatte sich wieder aufgerappelt und ein Stück Treibholz gepackt. Als Will auf ihn zuging, taumelte er ein paar Schritte rückwärts. Keinesfalls durfte er wieder sicher auf den Beinen stehen und mit dem Ast ausholen, ehe Will ihn erledigt hatte. Deshalb ging er gleich zum Angriff über. Marcus schwang das Holz, aber Will konnte den Schlag abwehren. Dann packte er seinen Gegner, umklammerte ihn fest und drängte ihn zurück, wie beim Football.

Marcus kippte um, Will setzte sich auf ihn und versetzte ihm einen Kopfstoß, genau wie Teddy.

Auch jetzt hörte er den Knochen knirschen, doch diesmal gab er sich damit nicht zufrieden. Er traktierte Marcus mit Fäusten und ließ seiner Wut freien Lauf. Seit dem Brand damals hatte er sich ohnmächtig gefühlt – jetzt war Schluss. Er schlug ihn aufs Ohr, und die Schmerzensschreie brachten ihn nur noch mehr in Fahrt. Als er noch einmal ausholte, packte ihn jemand am Arm.

Er fuhr herum, wollte schon zuschlagen, weil er mit Teddy rechnete. Aber vor ihm stand Ronnie, mit erschrockenem Gesicht.

»Hör auf! Es lohnt sich nicht, dass du seinetwegen ins Gefängnis gehst!«, schrie sie. »Ruiniere doch nicht dein ganzes Leben.«

Will verstand nicht richtig, was sie sagte, aber er merkte, dass sie ihn wegziehen wollte.

»Bitte, Will!«, rief sie mit bebender Stimme. »Du bist doch nicht so wie er. Du hast eine Zukunft. Wirf sie nicht weg.«

Als sie ihren Griff etwas lockerte, spürte er, wie alle Kraft aus ihm wich. Nur mit Mühe schaffte er es aufzustehen. Von dem vielen Adrenalin in seinem Blut war er ganz zittrig. Ronnie schlang den Arm um seine Taille, und langsam gingen sie zurück zum Truck.

Als er am nächsten Morgen zur Arbeit kam, tat ihm die Hand noch weh. Scott wartete in dem kleinen Umkleideraum auf ihn, und während er seinen Overall anzog, schimpfte er schon los.

»Du hättest nicht aus dem Spiel aussteigen dürfen«, maulte er und zog den Reißverschluss hoch. »Die Sanitäter waren doch die ganze Zeit da!«

»Ich weiß«, erwiderte Will. »Ich habe gar nicht an sie gedacht. Es tut mir leid, dass ich das Spiel geschmissen habe.«

»Ja, klar, mir tut es auch leid!« Scott nahm einen Lappen und stopfte ihn in seinen Gürtel. »Wir hätten das Turnier gewinnen können, aber du musstest ja weglaufen und den großen Helden spielen.«

»Mensch, Scott – sie brauchte Hilfe!«

»Aber warum ausgerechnet von dir? Warum hast du nicht die Ambulanz gerufen? Wieso musstest du sie in deinen Truck schleppen?«

»Ich hab's doch schon gesagt – ich hatte vergessen, dass die Sanitäter da sind. Ich dachte, es dauert viel zu lange, bis ein Krankenwagen kommt ...«

Scott schlug mit der Faust gegen sein Schließfach. »Dabei magst du sie gar nicht!«, brüllte er. »Du hast nichts mehr mit ihr zu tun. Wenn es wenigstens Ashley oder Cassie gewesen wäre – oder meinetwegen auch Ronnie, dann könnte ich es ja noch verstehen. Oder von mir aus auch irgendjemand, den du nicht kennst! Aber Blaze? *Blaze?* Diese blöde Kuh, die schuld daran ist, dass deine Freundin in den Knast wandert? Die Ziege, die sich mit *Marcus* herumtreibt?« Scott ging auf ihn zu. »Glaubst du etwa, sie hätte das Gleiche für dich getan? Denkst du, sie hätte dir geholfen – in einer entsprechenden Situation? Nie im Leben!«

»Es war doch nur ein Spiel!« Allmählich wurde Will sauer.

»Für dich vielleicht!«, zeterte sein Freund. »Natürlich, für dich ist es ein Spiel. Aber für dich ist alles ein Spiel. Kapierst du das nicht? Weil nichts wichtig ist. Du brauchst bei so einem Turnier nicht zu gewinnen, weil dir alles auf dem Silbertablett serviert wird, auch wenn du verlierst. Aber ich hätte diesen Sieg dringend gebraucht. Bei mir geht es um meine gesamte Zukunft, Mann.«

»Ja, aber es ging auch um ein Menschenleben!«, gab Will zurück. »Und wenn du endlich mal aufhören könntest, dich dermaßen egozentrisch aufzuführen, würdest du begreifen, dass es etwas Wichtigeres gibt als dein wunderbares Volleyball-Stipendium – nämlich einem Menschen das Leben zu retten!«

Entrüstet schüttelte Scott den Kopf. »Du bist mein Freund! Seit einer halben Ewigkeit sind wir Freunde –

aber es geht immer nach deinen Regeln. Deine Wünsche bestimmen alles. Du willst dich von Ashley trennen, du willst mit Ronnie zusammen sein, du willst wochenlang nicht trainieren, du willst den Lebensretter spielen. Soll ich dir was sagen? Du hast einen Fehler gemacht. Ich habe mit den Sanitätern gesprochen. Sie haben mir erklärt, dass du alles falsch gemacht hast. Dadurch, dass du sie in den Truck getragen hast, hat sich ihr Zustand wahrscheinlich noch verschlimmert. Und was hast du dafür bekommen? Hat sie sich bei dir bedankt? Nein, natürlich nicht. Und sie wird sich auch nie bedanken. Aber du bist bereit, einem Freund Schaden zuzufügen, weil nur das zählt, was du willst.«

Scotts Worte waren lauter Schläge in die Magengrube, doch bei Will fachten sie lediglich die Wut an. »Hör endlich auf, Scott!«, rief er. »Diesmal geht es nicht um dich.«

»Du warst es mir schuldig!«, schrie Scott und schlug wieder gegen sein Schließfach. »Ich habe dich um etwas ganz Einfaches gebeten, und du wusstest, wie lebenswichtig es für mich ist.«

»Ich bin dir überhaupt nichts schuldig«, erwiderte Will mit leise brodelnder Wut. »Ich decke dich seit acht Monaten. Ich habe es satt, dass Marcus uns vorführt. Du musst endlich das Richtige tun. Du musst die Wahrheit sagen. Die Situation hat sich verändert.«

Mit diesen Worten ging er zur Tür. Als er sie aufstieß, hörte er Scotts Stimme.

»Was hast du vor?«

Will hielt die Tür halb offen und blickte ihm fest in die Augen. »Ich meine es ernst – du musst die Wahrheit sagen.«

KAPITEL 29

Ronnie

Die nächste Woche war für sie beide ziemlich anstrengend. Ronnie fühlte sich nicht wohl, wenn sie an Wills
Gewaltausbruch dachte. Gleichzeitig wunderte sie sich
über ihre eigene Reaktion. Sie konnte Schlägereien nicht
ausstehen, sie fand es schrecklich, wenn jemandem Schmerzen zugefügt wurden, und sie wusste auch, dass sich dadurch selten etwas besserte. Trotzdem brachte sie es nicht
fertig, Will böse zu sein. Sie war zwar nicht einverstanden mit dem, was er getan hatte. Aber dadurch, dass
Will die drei fertiggemacht hatte, fühlte sie sich ein wenig sicherer, wenn sie mit ihm zusammen war.

Will stand sehr unter Stress. Er war davon überzeugt,
dass Marcus den Vorfall melden würde und dass jederzeit
die Polizei bei ihm vor der Tür stehen konnte. Ronnie
spürte, dass ihn noch etwas anderes quälte, etwas, worüber er anscheinend nicht sprechen wollte. Aus irgendeinem Grund redeten er und Scott nicht mehr miteinander – hatte diese Funkstille vielleicht etwas mit Wills
bedrückter Stimmung zu tun?

Und dann war da natürlich noch seine Familie. Vor allem Wills Mutter. Seit der Hochzeit hatte Ronnie sie

zweimal gesehen: einmal, als sie im Truck vor der Villa wartete, während Will schnell hochrannte, um sich ein frisches Hemd zu holen, und einmal in einem Restaurant in Wilmington, als Will sie zum Essen ausführte. Sie hatten eben an ihrem Tisch Platz genommen, da kam Susan mit ein paar Freundinnen herein. Ronnie sah sie gleich, aber Will blickte gerade in die andere Richtung. Bei beiden Anlässen hatte Susan betont weggeschaut.

Ronnie hatte Will von diesen Begegnungen nichts erzählt. Er war viel zu sehr mit seinen eigenen Problemen beschäftigt. Aber sie hatte den Eindruck, dass Susan sie sogar für die Tragödie, die Blaze zugestoßen war, persönlich verantwortlich machte.

Jetzt stand sie in ihrem und Jonahs Schlafzimmer und betrachtete durchs Fenster Wills schlafende Gestalt draußen neben dem Schildkrötennest. Weil bei einigen anderen Nestern die Jungen schon geschlüpft waren, hatten die Leute vom Aquarium am Nachmittag den Drahtkorb entfernt, und die Eier waren wieder vollständig ungeschützt. Sowohl Ronnie als auch Will wollten sie über Nacht nicht ohne Aufsicht lassen, und weil Will sowieso immer weniger Zeit zu Hause verbrachte, hatte er sich angeboten, die Wache zu übernehmen.

Ronnie mochte nicht über die problematischen neuen Entwicklungen grübeln. Aber in Gedanken ging sie immer wieder die Ereignisse der letzten Wochen durch. Sie konnte sich kaum an das Mädchen erinnern, das sie bei ihrer Ankunft gewesen war. Und der Sommer war noch nicht vorüber. In ein paar Tagen wurde sie achtzehn. Dann hatten sie und Will noch ein gemeinsames Wochenende vor sich, ehe Will aufs College musste. Drei Tage später stand ihr nächster Gerichtstermin an, und anschließend fuhr sie nach New York. So viel war schon geschehen – und so viel war noch zu tun.

Ratlos schüttelte sie den Kopf. Wer war sie? Wessen Leben führte sie? Und wo würde das Leben sie hinführen?

Irgendwie fühlte sich nichts real an – und gleichzeitig erschien ihr alles viel realer als das, was sie früher erlebt hatte. Ihre Liebe zu Will, ihre wachsende Zuneigung zu ihrem Vater – und vor allem, dass ihr Leben in einem anderen Rhythmus verlief. Manchmal kam es ihr vor, als würden diese Dinge gar nicht ihr passieren, sondern einer anderen Person, die sie erst nach und nach kennenlernte. Sie hätte niemals gedacht, dass ein verschlafenes Kaff irgendwo in den Südstaaten, eine kleine Stadt am Meer, mit viel mehr ... Leben und *Dramatik* erfüllt sein könnte als Manhattan.

Ein Lächeln erschien auf ihrem Gesicht. Von ein paar Ausnahmen abgesehen, war es wirklich gar nicht so schlecht hier. Sie schlief in einem ruhigen Zimmer, das sie mit ihrem Bruder teilte, nur durch Glas und Sand getrennt von dem jungen Mann, den sie liebte. Und der ihre Liebe erwiderte. Konnte es im Leben etwas Schöneres geben? Und trotz allem, was geschehen war, oder vielleicht gerade deswegen, wusste sie, dass sie diesen gemeinsamen Sommer nie vergessen würde, niemals, gleichgültig, was die Zukunft für sie bereithielt.

Sie spürte, wie sie in den Schlaf hinüberglitt. Ihr letzter bewusster Gedanke war: *Es kommt noch viel, viel mehr.*

Dieses Gefühl war oft wie eine Art böse Vorahnung, aber Ronnie wusste, in ihrem Fall konnte das nicht stimmen – nach allem, was sie und Will bereits durchgemacht hatten.

Als sie aufwachte, war sie trotzdem sehr unruhig. Wie immer dachte sie als Erstes daran, dass mit jedem Tag der Abschied von Will näher rückte.

Doch während sie dalag, fragte sie sich, was dieses unangenehme Gefühl sonst noch bedeuten könnte. Und plötzlich wurde ihr klar, dass es nicht nur der bevorstehende Abschied war. Für Will begann nächste Woche das Studium. Auch Kayla ging dann aufs College. Während sie, Ronnie, keine Ahnung hatte, was sie erwartete. Ja, sie wurde achtzehn, und ja, sie musste irgendwie mit dem Urteilsspruch des Gerichts fertigwerden. Aber was dann? Würde sie bis in alle Ewigkeit bei Mom bleiben? Sollte sie sich um einen Job bei Starbucks bewerben? Einen Moment lang sah sie vor ihrem inneren Auge, wie sie mit einer Schaufel in der Hand im Zoo hinter den Elefanten herspazierte.

Zum ersten Mal blickte sie der Zukunft direkt ins Auge. Irgendwie war sie immer davon überzeugt gewesen, dass alles gut gehen würde, welche Entscheidungen auch immer sie traf. Und eine Weile lang war es bestimmt auch noch so, das wusste sie. Andererseits – wollte sie noch bei ihrer Mutter wohnen, wenn sie neunzehn war? Oder einundzwanzig? Oder womöglich sogar noch mit fünfundzwanzig?

Aber wie konnte jemand genug Geld verdienen und eine Wohnung in Manhattan bezahlen, ohne einen College-Abschluss?

Sie hatte nicht die geringste Ahnung. Nur eines wusste sie mit Sicherheit: Sie wollte nicht, dass der Sommer zu Ende ging. Sie war noch nicht bereit, nach Hause zu fahren. Sie war auch nicht bereit, sich vorzustellen, dass Will demnächst über die grünen Rasenflächen von Vanderbilt flanierte, begleitet von Kommilitoninnen in Cheerleader-Outfits. Nein, daran wollte sie lieber gar nicht denken.

»Ist alles okay, Ronnie? Du bist so still«, sagte Will.

»Entschuldige. Mir gehen so viele Sachen durch den Kopf.«

Sie saßen am Pier, aßen Bagels und tranken Kaffee, den sie sich unterwegs gekauft hatten. Normalerweise versammelten sich hier immer die Angler, aber heute waren sie ganz für sich. Eine angenehme Überraschung, denn Will hatte den ganzen Tag frei.

»Hast du dir noch mal überlegt, was du gern machen würdest?«

»Alles – solange es nichts mit Elefanten und Schaufeln zu tun hat.«

Er legte seinen Bagel auf den Styroporbecher. »Würde ich verstehen, was du meinst, wenn du es mir erklärst?«

»Wahrscheinlich nicht.« Sie zog eine Grimasse.

»Okay.« Er nickte mit gespielter Ergebenheit. »Aber ich wüsste trotzdem gern, was du morgen unternehmen möchtest. Du hast Geburtstag, falls du das vergessen haben solltest.«

Ronnie zuckte die Achseln. »Es muss nichts Besonderes sein.«

»Aber du wirst achtzehn! Das ist eine große Sache, ob du willst oder nicht. Von morgen an bist du volljährig.«

Na super, dachte sie. Wieder etwas, was sie daran erinnerte, dass die Zeit knapp wurde und sie sich endlich entscheiden musste, was sie mit ihrem Leben anfangen wollte. Will musste etwas gemerkt haben, denn er legte ihr zärtlich die Hand aufs Knie.

»Habe ich etwas Falsches gesagt?«

»Nein. Keine Ahnung – ich fühle mich heute irgendwie komisch.«

In der Ferne sprang ein Schwarm Delfine hinter der Brandung durchs Wasser. Als Ronnie dieses Schauspiel das erste Mal gesehen hatte, war sie total begeistert gewesen. Inzwischen waren die Tiere für sie fast ein normaler Bestandteil der Szenerie geworden. Trotzdem würde sie das alles in New York vermissen. Was sie dann wohl machte? Vielleicht schaute sie sich nur noch Zeichentrickfilme im Fernsehen an, wie Jonah. Am besten mit dem Kopf nach unten.

»Wie wär's, wenn ich dich zum Essen einlade?«

Nein, keine Zeichentrickfilme. Eher Gameboy. »Von mir aus.«

»Wir könnten auch tanzen gehen.«

Oder womöglich *Guitar Hero*. Jonah spielte dieses Computerspiel stundenlang. Rick war übrigens auch süchtig danach gewesen. Fast alle Leute, die sonst nichts machten, spielten *Guitar Hero*. »Klingt gut.«

»Wir können uns natürlich auch die Gesichter bunt anmalen und irgendwelche Inkagötter beschwören.«

Dann war sie süchtig nach diesen blöden Spielen und wohnte immer noch zu Hause, wenn Jonah in acht Jahren aufs College ging. »Ich finde alles gut.«

Wills Lachen holte sie zurück in die Gegenwart. »Hast du etwas gesagt?«, fragte sie.

»Ich habe von deinem Geburtstag gesprochen, weil ich gern wüsste, was du tun möchtest. Aber du bist offensichtlich mit deinen Gedanken ganz woanders. Am Montag gehe ich von hier fort, und ich möchte noch etwas Schönes mit dir machen.«

Ronnie schaute zum Bungalow ihres Vaters, und wieder einmal fiel ihr auf, wie wenig dieses Haus hierherpasste. Sie überlegte. »Soll ich dir sagen, was ich am allerallerliebsten tun möchte?«

Es passierte nicht an ihrem Geburtstag, sondern zwei Abende später, am Freitag, dem 22. August. Die Mitarbeiter vom Aquarium kannten sich in diesen Dingen wirklich sehr gut aus. Schon am Nachmittag begannen sie, das Gebiet so vorzubereiten, dass die Schildkröten unbehelligt das Wasser erreichen konnten.

Ronnie und Will halfen dabei, in dem flachen Graben, der zum Meer führte, den Sand ganz glatt zu streichen. Es wurde Absperrband angebracht, um neugierige Zuschauer auf Distanz zu halten. Die meisten jedenfalls. Jonah und

Dad durften den abgesperrten Bereich betreten, aber auch sie hielten sich am Rand, um die Arbeit der Fachleute vom Aquarium nicht zu behindern.

Eigentlich hatte Ronnie keine Ahnung, was sie tun sollte, außer dafür zu sorgen, dass niemand dem Nest zu nahe kam. Sie war ja keine Expertin, aber weil sie ihr Osterei-Outfit anhatte, dachten die Leute gleich, sie müsste alles wissen. In der vergangenen Stunde hatte sie mindestens hundert Fragen beantwortet. Sie war stolz darauf, dass sie sich an alles erinnerte, was Will ihr über die Schildkröten beigebracht hatte, und zum Glück hatte sie auch das Informationsblatt über Karettschildkröten gelesen, das vom Aquarium für die Öffentlichkeit zusammengestellt worden war. Fast alles, was die Leute wissen wollten, stand auf diesem Zettel, aber offenbar war es leichter, jemanden zu fragen, als den Text zu lesen.

Außerdem verging durch diese Gespräche die Zeit schneller. Seit Stunden warteten sie jetzt schon hier draußen. Man hatte ihnen zwar versichert, dass die Jungen jede Minute schlüpfen konnten, aber Ronnie war sich da nicht so sicher. Den Schildkröten war es gleichgültig, ob ein paar kleine Kinder quengelig wurden oder ob jemand am nächsten Tag früh aufstehen musste.

Sie hatte gedacht, dass höchstens zehn Leute kommen würden, aber stattdessen hatten sich Hunderte entlang der Absperrung versammelt. In Wahrheit gefiel ihr das nicht, weil sie das Gefühl hatte, dass aus dem Ereignis eine Art Zirkusvorstellung wurde.

Für eine Weile zog sie sich deshalb auf die Düne zurück, und Will gesellte sich zu ihr.

»Wie findest du das?«, fragte er und deutete auf die Menschenansammlung.

»Ich weiß nicht recht. Und bis jetzt tut sich ja auch gar nichts.«

»Aber es dauert nicht mehr lange.«

»Das sagen alle.«

»Du musst Geduld lernen, du junger Grashüpfer.«

»Ich bin doch geduldig. Ich möchte nur, dass die Schildkröten endlich schlüpfen.«

Will lachte. »Ich bin schuld.«

»Musst du nicht helfen?«

»Ich bin nur ehrenamtlich hier. Du bist diejenige, die einen Job im Aquarium hat.«

»Stimmt, aber für das hier werde ich nicht bezahlt, und eigentlich solltest du eine Weile an der Absperrung aufpassen, gerade weil du ehrenamtlich da bist.«

»Lass mich raten – die eine Hälfte der Leute fragt, was hier los ist, und die andere will Sachen wissen, die sowieso auf dem Informationsblatt stehen.«

»Richtig.«

»Und das hängt dir zum Hals raus?«

»Sagen wir mal, es macht nicht so viel Spaß wie das Abendessen neulich.«

An ihrem Geburtstag war Will mit ihr in ein gemütliches kleines italienisches Restaurant gegangen und hatte ihr eine Halskette mit einem silbernen Anhänger in Form einer Schildkröte geschenkt, die sie wunderschön fand und die ganze Zeit trug.

»Wie weiß man, dass es wirklich gleich so weit ist?«

Will deutete auf den Leiter des Aquariums, der sich gerade mit einem der Biologen unterhielt. »Wenn Elliot und Todd unruhig werden.«

»Klingt sehr wissenschaftlich.«

»Es ist wissenschaftlich belegt. Glaub mir.«

»Darf ich mich zu dir setzen?«

Will war vor ein paar Minuten gegangen, um noch zusätzliche Taschenlampen aus dem Truck zu holen. Jetzt stand ihr Vater an der Düne.

»Aber natürlich, Dad. Du brauchst nicht zu fragen.«

»Ich will dich nicht stören. Du scheinst in Gedanken versunken zu sein.«

»Ich warte nur – wie alle anderen auch.« Sie rückte ein Stück beiseite, damit er sich zu ihr setzen konnte. In der letzten halben Stunde waren sogar noch mehr Menschen gekommen, und Ronnie war froh, dass Dad die Erlaubnis hatte, sich innerhalb des abgesperrten Bereichs aufzuhalten. In letzter Zeit sah er oft sehr müde aus.

»Ob du's glaubst oder nicht – ich habe noch nie gesehen, wie Schildkröten schlüpfen.«

»Wieso nicht?«

»Früher wurde darum nicht so ein Tamtam gemacht wie heutzutage. Klar, ich habe manchmal irgendwo ein Nest entdeckt und fand es schön, aber ich habe nie viel darüber nachgedacht. Einmal bin ich an einem Nest vorbeigekommen, in dem die Schildkröten in der Nacht zuvor geschlüpft waren. Überall lagen die Eierschalen herum. Aber das gehörte einfach zum Leben hier. Ich wette, da mit hast du nicht gerechnet, stimmt's? Dass so viele Leute kommen, meine ich.«

»Weshalb sagst du das?«

»Na ja, du und Will, ihr habt das Nest jede Nacht bewacht, damit den Eiern nichts zustößt. Jetzt geht es endlich los – und plötzlich sind massenhaft Zuschauer mit dabei.«

»Das macht mir nichts aus.«

»Gar nichts?«

Ronnie lächelte. Es war schon verblüffend, wie gut ihr Vater sie inzwischen kannte. »Wie läuft's mit deiner Komposition?«

»Sie entwickelt sich sehr langsam. Ich habe sicher schon hundert verschiedene Versionen geschrieben, aber ganz zufrieden bin ich immer noch nicht. Ich weiß, es ist eigentlich sinnlos – wenn ich es bis jetzt nicht richtig hinbekommen habe, schaffe ich es wahrscheinlich nie. Aber auf diese Weise habe ich immer etwas zu tun.«

»Heute Morgen habe ich das Fenster gesehen. Es ist ja fast fertig!«

Dad nickte nachdenklich. »Ja. Wir sind bald so weit.«

»Haben die Leute von der Kirche schon einen Termin festgelegt, an dem es eingesetzt werden soll?«

»Nein«, antwortete er. »Sie warten noch auf das Geld für die übrigen Arbeiten. Sie wollen das Fenster erst einsetzen, wenn die Kirche wieder genutzt wird. Pastor Harris hat Angst, dass irgendwelche Vandalen Steine werfen. Durch den Brand ist er vorsichtig geworden.«

»Das ginge mir wahrscheinlich auch so.«

Steve streckte die Beine aus, und als er sie wieder anwinkelte, verzog er das Gesicht.

»Ist alles okay?«, erkundigte sich Ronnie besorgt.

»In den letzten Tagen musste ich sehr viel stehen. Jonah möchte das Fenster unbedingt fertig haben, bevor er nach Hause fährt.«

»Er hat den Sommer sehr genossen. Neulich hat er zu mir gesagt, dass er gar nicht nach New York zurück möchte. Am liebsten würde er bei dir bleiben.«

»Er ist so ein süßer Junge«, sagte Steve, und nach kurzem Zögern fuhr er fort: »Die nächste Frage ist jetzt natürlich, ob du den Sommer auch genossen hast?«

»Ja, allerdings.«

»Wegen Will?«

»Wegen allem«, antwortete sie. »Ich bin froh, dass wir so viel Zeit miteinander verbringen konnten.«

»Ich auch.«

»Und wann kommst du nach New York?«

»Ach, ich weiß noch nicht. Das entscheiden wir spontan, einverstanden?«

Ronnie lächelte. »Hast du im Moment zu viel zu tun?«

»Eigentlich nicht. Aber soll ich dir etwas sagen?«

»Was denn?«

»Ich finde, du bist eine wunderbare junge Dame. Und ich will, dass du nie vergisst, wie stolz ich auf dich bin.«

»Wie kommst du ausgerechnet jetzt darauf?«

»Ich war mir nicht sicher, ob ich dir das in letzter Zeit deutlich genug gesagt habe.«

Sie lehnte den Kopf an seine Schulter. »Du bist echt in Ordnung, Dad.«

Als sie zum Nistplatz schaute, merkte sie, dass Elliot und Todd ganz aufgeregt herumliefen. Während die Zuschauer plötzlich ganz still wurden.

Es lief alles so ähnlich ab, wie Will es ihr beschrieben hatte, nur dass man dem ganzen Vorgang mit Worten nicht gerecht werden konnte. Weil Ronnie dicht an das Nest herandurfte, konnte sie alles genau sehen: Das erste Ei brach auf, dann das zweite, das dritte, und plötzlich schienen alle Eier lebendig zu werden, bis die erste kleine Schildkröte herauskroch, über die wackelnden Eier hinwegkrabbelte und das Nest verließ.

Aber was dann kam, war noch viel erstaunlicher. Der ganze Nistplatz geriet in Bewegung, es war ein solches Gewimmel und Gewusel, dass man kaum noch mitzählen konnte – fünf Schildkröten, dann zehn, dann zwanzig – bis das Auge nicht mehr mitkam. Wie ein wild gewordener Bienenkorb ...

Und diese winzigen, prähistorisch aussehenden Schildkröten, die nur noch ein Bestreben kannten: Sie wollten fort aus dem Nest. Sie kletterten übereinander, rutschten zurück, nahmen erneut Anlauf, bis sie es endlich schafften, eine nach der anderen. Zielstrebig wanderten sie den sandigen Weg entlang zu dem Licht, mit dem Todd, in der Brandung stehend, sie zum Wasser lockte.

Fasziniert verfolgte Ronnie das Schauspiel. Die Tiere waren so unglaublich klein, dass sie sich nicht vorstellen konnte, wie sie den Kampf ums Überleben bestehen sollten. Das Meer würde sie verschlingen, sie einfach verschwinden lassen – und genau das passierte ja auch, als sie das Wasser erreichten und von der Brandung hin und her geworfen wurden. Kurz tauchten sie immer wieder an der Oberfläche auf und waren danach nicht mehr zu sehen.

Ronnie stand neben Will und klammerte sich an seine Hand. Sie war froh, dass sie so viele Nächte neben dem Nest verbracht hatte und dadurch in gewisser Weise an diesem Wunder, an der Entstehung des neuen Lebens, beteiligt war. Wochenlang hatte sich absolut nichts geregt, und jetzt würde das, worauf sie die ganze Zeit gewartet hatte, in wenigen Minuten vorbei sein.

Und während sie neben dem jungen Mann stand, den sie liebte, wurde ihr bewusst, dass sie noch nie mit einem Menschen einen so magischen Moment erlebt hatte.

Eine Stunde später, nachdem sie ganz ergriffen alles immer wieder besprochen hatten, verabschiedeten sich Ronnie und Will von den anderen Mitarbeitern des Aquariums, die endlich nach Hause fahren wollten. Sämtliche Spuren des Ereignisses waren verschwunden, außer dem Graben. Selbst die Eierschalen waren nicht mehr da: Todd hatte sie eingesammelt, um zu untersuchen, wie dick sie waren und ob sie irgendwelche Chemikalien enthielten.

Will und Ronnie gingen noch ein Stück den Strand entlang. Er legte ihr liebevoll den Arm um die Schulter. »Ich hoffe, deine Erwartungen wurden erfüllt.«

»Mehr als das!«, schwärmte sie. »Aber ich muss dauernd

daran denken, welchen Gefahren die kleinen Schildkröten jetzt ausgesetzt sind.«

»Die schaffen das schon.«

»Nicht alle.«

»Stimmt, nicht alle. Solange sie so jung sind, haben manche von ihnen schlechte Karten.«

Schweigend gingen sie zum Haus zurück. »Das macht mich traurig.«

»Und im ewigen Kreis dreht sich unser Leben ...«

Ronnie schniefte. »Deine Philosophie aus dem *König der Löwen* kannst du dir sparen. Die will ich jetzt nicht hören. Ich möchte, dass du mir etwas vorschwindelst.«

»Ja, dann ...« Will lächelte. »Sie kommen alle miteinander durch. Alle sechsundfünfzig. Sie werden immer größer und paaren sich und machen kleine Babyschildkröten, und eines Tages, wenn sie noch viel, viel älter sind als alle anderen Schildkröten, sterben sie an Altersschwäche.«

»Glaubst du wirklich?«

»Natürlich«, bestätigte er zuversichtlich. »Sie sind doch unsere Babys. Sie sind etwas ganz Besonderes.«

Jetzt musste Ronnie trotz allem lachen. In dem Moment trat ihr Vater mit Jonah auf die hintere Veranda.

»Okay – nach dieser unglaublichen Spannung«, begann Jonah pompös, »und nachdem ich die ganze Sache von Anfang bis Ende verfolgt habe, kann ich nur eines sagen.«

»Und das wäre?«, fragte Will.

Jonah grinste breit. »DAS WAR SUPERCOOL!«

Ronnie lachte wieder. Als sie Wills verdutztes Gesicht sah, zuckte sie die Achseln. »Kleiner Privatwitz«, murmelte sie. Plötzlich begann ihr Vater zu husten.

Es war ein bellender, verschleimt klingender Husten ... und genau wie neulich in der Kirche entwickelte er sich zu einem Anfall, der nicht aufhören wollte. Immer wieder ging es los.

Dad klammerte sich kurz ans Geländer, um nicht das Gleichgewicht zu verlieren. Jonah reagierte verängstigt, und selbst Will war starr vor Schreck.

Vergeblich versuchte Steve, den Husten unter Kontrolle zu bekommen. Mit beiden Händen hielt er sich den Mund zu. Aber auch das half nichts. Wieder schüttelte ihn ein Anfall, und als er keuchend Luft holte, klang es, als würde er ertrinken.

Er röchelte und stöhnte. Dann nahm er die Hände herunter. Ronnie blieb wie angewurzelt stehen, zu Tode erschrocken. So fürchterliche Angst hatte sie noch nie im Leben gehabt.

Das Gesicht ihres Vaters war voller Blut.

KAPITEL 30

Steve

Das Todesurteil hatte er im Februar erhalten, als er im Sprechzimmer des Arztes saß, nur sechzig Minuten nachdem er seine letzte Klavierstunde gegeben hatte.

Er hatte wieder angefangen zu unterrichten, nachdem er nach Wrightsville Beach gezogen war. Seine Karriere als Konzertpianist war gescheitert. Pastor Harris schickte ihm ein paar Tage nach dem Umzug eine vielversprechende Schülerin ins Haus und fragte, ob Steve ihr »einen Gefallen« tun könnte. Das war typisch für Pastor Harris: Er merkte sofort, dass Steve durch seine Rückkehr signalisierte, wie verloren und allein er sich fühlte. Und er wusste, dass man ihm am besten helfen konnte, indem man seinem Leben wieder einen Sinn verlieh.

Die Schülerin hieß Chan Lee. Ihre Eltern waren beide Musikdozenten an der University of North Carolina in Wilmington, und mit ihren siebzehn Jahren hatte sie schon eine sagenhafte Technik, aber irgendwie schaffte sie es nicht, den Tönen wirklich Leben einzuhauchen. Sie war ernst und interessant, und Steve mochte sie sofort. Sie hörte ihm aufmerksam zu und gab sich Mühe, seine Vorschläge in ihr Spiel zu integrieren. Er freute sich immer, wenn sie kam, und zu Weihnachten schenkte er ihr ein Buch über den Aufbau des klassischen Klaviers, weil er dachte, dass es ihr gefallen würde. Ja, er unterrichtete gern, aber er merkte, dass er immer müder wurde. Die Stunden strengten ihn sehr an, während er früher Energie daraus geschöpft hatte. Zum ersten Mal in seinem Leben machte er regelmäßig einen Mittagsschlaf.

Im Laufe der Zeit schlief er tagsüber länger und länger, oft zwei Stunden, und beim Aufwachen hatte er meistens Magenschmerzen. Als er eines Abends Chili con Carne kochte, durchzuckte ihn plötzlich ein scharfer Schmerz, er krümmte sich zusammen und stieß dabei den Topf vom Herd. Tomaten, Bohnen und Hackfleisch – alles lag auf dem Boden. Er japste nach Luft, und mit der Zeit ließ der Schmerz zwar nach, aber ihm war klar geworden, dass etwas mit ihm nicht stimmte.

Er ließ sich vom Arzt einen Termin geben, wurde dann zum Röntgen und zu weiteren Untersuchungen ins Krankenhaus geschickt, und während er zuschaute, wie sein Blut in die Teströhrchen lief, dachte er an seinen Vater und daran, wie der Krebs seinem Leben ein Ende gesetzt hatte. Und da wusste er, was der Arzt ihm sagen würde.

Beim dritten Termin erfuhr er, dass er recht gehabt hatte.

»Sie haben Magenkrebs«, eröffnete ihm der Arzt und holte tief Luft. »Und von den Untersuchungen wissen wir, dass der Krebs bereits Ihre Bauchspeicheldrüse und die Lunge angegriffen hat.« Der Mann klang unbeteiligt, aber freundlich. »Sie haben sicher viele Fragen, aber ich möchte Ihnen gleich sagen, dass es nicht gut aussieht.«

Als sein Vater starb, hatte Steve viel recherchiert. Er

wusste, was es bedeutete, wenn sich Metastasen gebildet hatten. Er wusste auch, was es bedeutete, wenn der Krebs schon die Bauchspeicheldrüse befallen hatte. Ihm war klar, dass seine Überlebenschancen gleich null waren, und statt dem Arzt Fragen zu stellen, schaute er stumm aus dem Fenster. Auf dem Sims saß eine Taube, ganz dicht an der Scheibe. Sie ahnt nicht, was sich hier im Raum gerade abspielt, dachte Steve. Man hat mir gerade mitgeteilt, dass ich bald sterben werde, und der Arzt möchte gern, dass ich darüber spreche. Aber es gibt nichts zu sagen, oder?

Unbewusst erwartete er, die Taube würde zustimmend gurren, aber sie zeigte natürlich keine Reaktion.

Ich werde bald sterben, dachte er wieder.

Er faltete die Hände und wunderte sich, dass sie nicht zitterten.

»Wie viel Zeit habe ich noch?«

Der Arzt schien richtig erleichtert, dass er die Stille endlich durchbrochen hatte. »Ehe wir darüber sprechen, möchte ich mit Ihnen über die verschiedenen Therapiemöglichkeiten reden.«

»Es gibt keine«, entgegnete Steve. »Das wissen wir beide.«

Falls sich der Arzt über seine Reaktion wunderte, ließ er sich nichts anmerken. »Es gibt immer mehrere Optionen.«

»Aber keine Heilung. Sie meinen den Erhalt der Lebensqualität.«

Jetzt legte der Arzt sein Klemmbrett beiseite. »Ja, das stimmt«, sagte er.

»Wie können wir über Lebensqualität reden, wenn ich nicht weiß, wie viel Zeit mir noch bleibt? Wenn ich nur noch ein paar Tage habe, könnte es heißen, dass ich am besten gleich verschiedene Telefonanrufe erledige.«

»Es bleiben Ihnen mehr als ein paar Tage.«

»Wochen?«

»Ja, selbstverständlich.«

»Monate?«

Jetzt zögerte der Arzt. Doch etwas in Steves Gesicht sagte ihm, dass sein Patient erst lockerlassen würde, wenn er die Wahrheit wusste. Er räusperte sich. »Ich mache das schon sehr lange und bin zu der Erkenntnis gekommen, dass solche Vorhersagen eigentlich nichts bringen. Zu vieles liegt außerhalb des medizinischen Bereichs. Beispielsweise kann es mit Ihrer spezifischen genetischen Disposition zusammenhängen, mit Ihrer Einstellung zu der Krankheit. Wir können nichts gegen das Unvermeidliche tun, aber das ist auch nicht das Entscheidende. Sie sollten einfach versuchen, aus der Zeit, die Ihnen noch zur Verfügung steht, das Beste zu machen.«

Steve musterte den Arzt aufmerksam. Seine Frage war immer noch nicht beantwortet.

»Habe ich noch ein Jahr?«

Der Arzt schwieg. Und dieses Schweigen sagte alles. Als Steve die Praxis verließ, atmete er tief durch. Keine zwölf Monate mehr. Das wusste er jetzt.

Später, am Strand, begriff er erst, was das hieß.

Er hatte Krebs im fortgeschrittenen Stadium, und es gab keine Aussicht auf Heilung. Innerhalb der nächsten zwölf Monate würde er sterben.

Der Arzt hatte ihn noch mit Informationen versorgt, mit verschiedenen Broschüren und Internetadressen, aber auf dem Weg zu seinem Auto warf Steve das ganze Material in den Abfall. Als er dann in der Wintersonne am verlassenen Strand stand, vergrub er die Hände tief in den Manteltaschen und schaute zum Pier. Angler standen am Geländer, und Spaziergänger schlenderten den Pier entlang. Wie konnten sie normal ihr Leben weiterleben, als wäre nichts geschehen?

Er musste bald sterben. Sehr bald sogar. So viele Dinge, über die er sich ständig Sorgen gemacht hatte, spielten jetzt keine Rolle mehr. Seine Rente? *Brauche ich nicht mehr.* Wie sollte er seinen Lebensunterhalt verdienen? *Hat sich erledigt.* Sein Wunsch, jemand Neues kennenzulernen und sich zu verlieben? *Das wäre der betreffenden Frau gegenüber nicht fair, und ehrlich gesagt war das Verlangen sowieso mit der Diagnose verschwunden.*

Es ist vorbei, sagte er sich immer wieder. In weniger als einem Jahr würde er sterben. Ja, er hatte geahnt, dass etwas nicht stimmte. Und vielleicht hatte er sogar erwartet, dass der Arzt ihm genau diese Nachricht überbringen würde. Aber die Erinnerung an den Moment, als der Arzt die Worte dann tatsächlich aussprach, ließ ihn nicht los. Immer wieder hörte er in seinem Kopf den Satz, wie bei einer altmodischen Schallplatte mit Sprung.

Jetzt begann er zu zittern. Die Angst, die Einsamkeit! Er senkte den Kopf und schlug die Hände vors Gesicht. Warum hatte es ausgerechnet ihn getroffen?

Am nächsten Tag rief er Chan an und erklärte ihr, dass er ihr keinen Klavierunterricht mehr geben könne. Danach traf er sich mit Pastor Harris, um ihm alles zu erzählen. Der Pfarrer erholte sich noch von den Verletzungen, die er bei dem Brand davongetragen hatte, und obwohl Steve wusste, dass es sehr egoistisch von ihm war, den Freund in diesem Zustand mit seinen Problemen zu überfallen, wusste er sich nicht anders zu helfen. Er hatte sonst niemanden, mit dem er reden konnte. Pastor Harris kam zu ihm, sie saßen auf der hinteren Veranda des Bungalows, und Steve berichtete von der Diagnose. Er versuchte, alles ganz nüchtern vorzutragen, aber seine Stimme versagte. Und am Schluss weinten sie beide.

Danach machte Steve einen Strandspaziergang und fragte sich, wie er die kurze Zeit, die ihm noch blieb, verbringen wollte. Was war ihm das Allerwichtigste? Als er an der Kirche vorbeikam – zu diesem Zeitpunkt hatten die Wiederaufbauarbeiten noch nicht begonnen, aber die vom Rauch schwarz verfärbten Teile der Mauern waren eingerissen und abtransportiert worden –, starrte er auf das riesige Loch, in dem sich das Buntglasfenster befunden hatte. Er musste an Pastor Harris denken, an die unzähligen Vormittage, die er in dieser Kirche verbracht hatte, während das Sonnenlicht durch das farbige Glasmuster flutete. In dem Moment fasste er den Entschluss, ein neues Fenster zu schaffen.

Einen Tag später rief er Kim an und erzählte ihr, was mit ihm los war. Kim begann hemmungslos zu schluchzen. Steve schnürte es die Kehle zu, aber er weinte nicht mit ihr, und instinktiv wusste er, dass er wegen seiner Diagnose nie mehr in Tränen ausbrechen würde.

Später meldete er sich noch einmal bei Kim, um sie zu fragen, ob die Kinder den Sommer bei ihm verbringen könnten. Sie hatte zwar Bedenken, erklärte sich aber einverstanden. Weil Steve es so wollte, erzählte sie Ronnie und Jonah nicht, wie krank ihr Vater war. Es würde ein Sommer voller Lügen werden – aber was blieb ihm anderes übrig, wenn er seine Kinder noch einmal neu kennenlernen wollte?

Als dann im Frühjahr die Azaleen blühten, machte er sich immer öfter Gedanken über Gott. Darüber zu grübeln war in seiner Situation unvermeidlich, stellte er fest. Entweder gab es Gott – oder nicht. Das bedeutete für ihn, Steve, dass er entweder die Ewigkeit im Himmel verbrachte – oder dass gar nichts mehr war. Irgendwie tröstete es ihn, diese Grundfrage immer wieder hin und her zu wenden. In seinem Inneren empfand er eine tiefe Sehnsucht, und er kam letztlich zu dem Schluss, dass Gott existierte. Aber er wollte seine Gegenwart in der Welt erfahren, menschlich fassbar. Und damit begann seine Suche.

Dies war das letzte Jahr seines Lebens. Fast täglich regnete es, die Meteorologen sprachen vom nassesten Frühjahr seit Aufzeichnung der Wetterdaten. Der Mai hingegen war ganz trocken, als wäre irgendwo ein Wasserhahn abgedreht worden. Steve kaufte das Glas, das er für das Fenster brauchte, und begann zu arbeiten. Im Juni kamen seine Kinder.

Immer wieder war er den Strand entlanggegangen, auf der Suche nach Gott. Gleichzeitig war es ihm tatsächlich gelungen, die Verbindung zu seinen Kindern wiederherzustellen. Und nun, in dieser dunklen Nacht im August, schwammen winzig kleine Schildkröten auf der Wasseroberfläche, und er spuckte Blut. Es war Zeit, mit dem Lügen aufzuhören. Es war Zeit, die Wahrheit zu sagen.

Seine Kinder erschraken furchtbar. Sie wünschten sich nichts sehnlicher, als dass er etwas sagte oder tat, was sie von ihrer Angst befreite. Aber sein Magen wurde von tausend spitzen Nadeln durchbohrt. Mit dem Handrücken wischte er das Blut fort.

»Ich glaube«, sagte er mit ruhiger Stimme, »ich muss ins Krankenhaus.«

KAPITEL 31

Ronnie

Ihr Vater lag in seinem Krankenhausbett am Tropf, als er ihr alles erzählte. Sie schüttelte verzweifelt den Kopf. *Es ist nicht wahr. Es kann nicht wahr sein!*

»Nein!«, rief sie. »Das stimmt sicher nicht. Die Ärzte irren sich oft.«

»Aber nicht in meinem Fall.« Er nahm ihre Hand. »Es tut mir so leid, dass du es auf diese Art erfahren musst.«

Will und Jonah warteten unten in der Cafeteria. Steve hatte beschlossen, es den Kindern getrennt zu erzählen. Doch Ronnie sperrte sich gegen alles – sie wollte nicht, dass er weitersprach. Sie wollte kein Wort mehr hören.

Tausend Dinge gingen ihr durch den Kopf. Plötzlich begriff sie, warum ihr Vater darauf bestanden hatte, dass sie und Jonah nach North Carolina kamen. Ihr wurde auch schlagartig klar, dass ihre Mom schon die ganze Zeit Bescheid gewusst hatte. Und weil ihnen nur noch so wenig gemeinsame Zeit blieb, hatte Dad jeden Streit mit ihr vermieden. Auch seine unermüdliche Arbeit an dem Kirchenfenster verstand sie jetzt. Sie musste an den furchtbaren Hustenanfall in der Kirche denken. Und daran, dass er oft vor Schmerzen das Gesicht verzogen hatte. Im Nachhinein fügte sich alles zusammen. Und gleichzeitig fiel alles auseinander.

Ihr Vater würde nicht miterleben, wie sie heiratete. Nie würde er sein Enkelkind in den Armen halten. Der Gedanke, dass sie den Rest ihres Lebens ohne ihn verbringen musste, erschien ihr unerträglich. Das war nicht fair. Es war einfach nicht fair!

Als sie schließlich zu reden begann, war ihre Stimme ganz brüchig. »Wann wolltest du es mir sagen?«

»Ich weiß es nicht.«

»Vor meiner Abreise? Oder hast du vorgehabt, es mir erst zu sagen, wenn ich wieder in New York bin?«

Sie spürte, wie ihr das Blut in die Wangen stieg, weil er nicht antwortete. Sie durfte jetzt nicht wütend werden, das wusste sie, aber sie konnte nichts dagegen machen. »Wie bitte? Du wolltest es mir am Telefon sagen? Nach dem Motto: ›Oh, entschuldige, aber ich habe ganz vergessen, dir im Sommer zu sagen, dass ich Krebs im Endstadium habe. Und was gibt's bei dir Neues?‹«

»Ronnie –«

»Wenn du es mir nicht sagen wolltest – wieso hast du mich dann überhaupt hierherkommen lassen? Damit ich zuschauen kann, wie du stirbst?«

»Nein, mein Schatz. Genau das Gegenteil.« Er drehte den Kopf zu ihr. »Ich habe mir gewünscht, dass du hierherkommst, damit ich sehen kann, wie du lebst.«

Bei dieser Antwort löste sich etwas in Ronnie. Es war wie die ersten Kiesel, die zu Tale kullern und eine riesige Steinlawine ankündigen. Sie hörte, dass draußen die Krankenschwestern vorbeigingen und sich mit gedämpften Stimmen unterhielten. Die Neonröhre an der Decke surrte und warf ihr bläulich blasses Licht auf die Wände. Der Tropf gab regelmäßig seine Flüssigkeit ab – normale Krankenhausszenen, aber für Ronnie hatten sie nichts Normales. Sie konnte kaum schlucken, weil ihre Kehle ausgetrocknet war. Schnell wandte sie sich ab, damit ihr Vater die Tränen nicht sah.

»Es tut mir so leid, mein Schatz«, sagte er wieder. »Ich weiß, ich hätte es dir erzählen müssen, aber ich habe mir so sehr einen normalen Sommer gewünscht, und ich wollte, dass ihr auch einen normalen Sommer verlebt. Ich hatte nur einen Wunsch: Ich wollte meine Tochter wieder kennenlernen. Kannst du mir verzeihen?«

Seine Bitte berührte ihr Herz, und sie stieß einen hilflosen Schluchzer aus, obwohl sie dagegen ankämpfte. Ihr Vater lag im Sterben, und er bat sie, ihm zu verzeihen. Das war unendlich traurig – sie hatte keine Ahnung, was sie sagen sollte. Schließlich ergriff sie seine Hand.

»Natürlich verzeihe ich dir«, murmelte sie. Danach konnte sie die Tränen nicht länger zurückhalten. Weinend legte sie den Kopf an seine Brust. Wie dünn er geworden war! Man konnte seine Rippen spüren. Bestimmt ging es ihm seit Wochen immer schlechter, und sie hatte ein schlechtes Gewissen, weil es ihr gar nicht aufgefallen war. Sie war viel zu sehr mit sich und ihrem eigenen Leben beschäftigt gewesen, um das Leid ihres Vaters wahrzunehmen.

Als er die Arme um sie schloss, schluchzte sie noch heftiger. Bald würde diese schlichte Geste väterlicher Zuneigung nicht mehr möglich sein. Ronnie dachte daran, wie wütend sie bei ihrer Ankunft auf ihn gewesen war. Sie war sofort davongerannt, und der Gedanke, ihn auch nur zu berühren, war für sie so unvorstellbar gewesen wie eine Reise ins Weltall. Sie hatte ihn gehasst. Und jetzt liebte sie ihn so sehr!

Im Grunde war sie froh, dass sie sein Geheimnis nun kannte, auch wenn es ihr lieber gewesen wäre, sie hätte so etwas nicht erfahren müssen. Sanft strich er ihr über den Kopf. Nicht lange, und er würde dazu nicht mehr imstande sein. Er würde gar nicht mehr bei ihr sein. Ratlos schloss sie die Augen und versuchte, den Gedanken an die Zukunft zu vertreiben. Sie konnte ihn nicht gehen lassen. Sie brauchte ihn – er sollte ihr zuhören, wenn sie Kummer hatte, er musste ihr vergeben, wenn sie Fehler machte. Sie brauchte seine Zuneigung, so wie er sie ihr den ganzen Sommer über geschenkt hatte. Sie brauchte ihn, für immer. Und gleichzeitig wusste sie doch, dass genau das nicht möglich war.

Sie schluchzte herzzerreißend an seiner Brust, wie das Kind, das sie nicht mehr war.

Später beantwortete er ihre Fragen. Er berichtete von seinem Vater und von den vielen Krebserkrankungen in seiner Familie. Er schilderte die Schmerzen, die ihn seit Anfang des Jahres quälten. Bestrahlungen würden nichts mehr helfen, sagte er, weil die bösartigen Zellen schon zu viele Organe befallen hatten. Ronnie stellte sich vor, wie diese Zellen von einer Stelle in seinem Körper zur nächsten wanderten, erbarmungslos, und wie sie eine Spur der

Zerstörung hinterließen. Konnte er denn keine Chemotherapie machen? Aber seine Antwort war die gleiche wie zur Bestrahlung. Es handelte sich um eine sehr aggressive Krebsart, die sich nicht aufhalten ließ, und durch die Behandlung würde er sich noch viel elender fühlen, als wenn gar nichts unternommen wurde. Er erklärte ihr, was »Erhalt der Lebensqualität« bedeutete, und als Ronnie das hörte, war sie wieder böse auf ihn, weil er nicht schon früher mit ihr über seine Krankheit gesprochen hatte. Trotzdem spürte sie intuitiv, dass er die richtige Entscheidung getroffen hatte. Wenn sie von vornherein alles gewusst hätte, wäre der Sommer vollkommen anders verlaufen. Auch ihre Beziehung hätte sich anders entwickelt. Ach, sie wollte sich gar nicht ausmalen, wie alles gewesen wäre, wenn ... Es hatte ja sowieso keinen Sinn.

Ihr Vater war bleich, und das Morphium machte ihn schläfrig.

»Tut es weh?«, fragte sie.

»Nicht mehr sehr. Es ist viel besser geworden«, beruhigte er sie.

Ronnie nickte. Krampfhaft versuchte sie, das Bild der aggressiven Zellen aus ihrem Kopf zu verjagen.

»Wann hast du mit Mom darüber gesprochen?«

»Im Februar. Kurz nachdem ich die Diagnose bekommen habe. Aber ich habe sie gebeten, euch beiden nichts zu sagen.«

Ronnie versuchte sich daran zu erinnern, wie sich ihre Mutter in der Zeit verhalten hatte. Sie war doch bestimmt sehr traurig gewesen. Aber entweder hatte Ronnie es vergessen, oder sie hatte es nicht beachtet. Wie immer war sie nur mit sich selbst beschäftigt gewesen. Gern hätte sie sich eingeredet, dass sie sich grundlegend geändert hatte, aber ihr war klar, dass das nicht stimmte. Wegen ihres Jobs im Aquarium und weil sie immer mit Will zusammen gewesen war, hatte sie relativ wenig Zeit mit Dad verbracht, und diese Stunden konnte sie nie mehr nachholen.

»Aber wenn du mir alles gesagt hättest, wäre ich nicht so oft weggegangen. Ich hätte dich mehr unterstützen können.

»Für mich war es wunderbar, einfach nur zu wissen, dass du in der Nähe bist.«

»Aber vielleicht lägst du dann jetzt nicht im Krankenhaus.«

Wieder nahm er ihre Hand. »Vielleicht bin ich ja auch aus dem einzigen Grund nicht schon viel früher ins Krankenhaus gekommen, weil ich erlebt habe, wie du den Sommer genießt und dich verliebt hast.«

»Wie geht es weiter?«, fragte sie ihn. Er hatte nicht lange geschlafen, höchstens zehn Minuten. Jetzt drehte er sich wieder zu ihr um.

»Wie meinst du das?«

»Musst du im Krankenhaus bleiben?«

Sie hatte Angst gehabt, diese Frage zu stellen. Während ihr Vater schlief, hatte sie seine Hand gehalten und sich überlegt, wie es wäre, wenn er dieses Bett nie mehr verlassen könnte. Wenn er den Rest seines Lebens in diesem Zimmer verbringen müsste, in dem es nach Desinfektionsmittel roch, umgeben von Krankenschwestern, die er alle nicht richtig kannte.

»Nein«, antwortete er. »Voraussichtlich kann ich in ein paar Tagen nach Hause.« Und lächelnd fügte er hinzu: »Jedenfalls hoffe ich das.«

Sie drückte seine Finger. »Und dann? Wenn wir wieder fort sind?«

»Ich denke, dass ich das Fenster fertig mache. Und meine neue Komposition. Ich glaube immer noch, dass sie etwas ... etwas Besonderes ist.«

Ronnie rückte mit ihrem Stuhl ein Stück näher. »Aber wer kümmert sich um dich? Wer passt auf, dass alles in Ordnung ist?«

Er antwortete nicht gleich, sondern versuchte zuerst, sich aufzusetzen. »Ich schaffe das schon. Und wenn ich etwas brauche, rufe ich Pastor Harris an. Er wohnt nur zwei Straßen weiter.«

Im Geiste sah Ronnie den Pfarrer vor sich, mit seinen verbrannten Händen und dem Stock, wie er ihrem Vater helfen wollte, ins Auto zu steigen. Dad schien ihre Gedanken zu erraten.

»Keine Sorge – ich schaffe das schon«, wiederholte er. »Ich weiß ja schon länger, was mir bevorsteht, und wenn sich mein Zustand verschlimmert, gibt es ein Hospiz, das zum Krankenhaus hier gehört.«

Nein, das wollte sie sich auch nicht vorstellen. »Ein Hospiz?«

»Es ist nicht so schlimm, wie du denkst. Ich habe es mir angeschaut.«

»Wann?«

»Vor ein paar Wochen. Und letzte Woche war ich noch einmal dort. Sie können mich sofort aufnehmen, wenn es sein muss.«

Wieder etwas, wovon sie nichts geahnt hatte. Noch ein Geheimnis, das aufgedeckt wurde. Eine Wahrheit, die das Unvermeidliche näher brachte. Ronnies Magen verkrampfte sich, ihr wurde ganz übel.

»Aber du wärst lieber zu Hause, stimmt's?«

»Ich werde zu Hause sein«, erwiderte er.

»Bis du nicht mehr kannst?«

Sein Gesicht war so traurig, dass Ronnie es kaum aushalten konnte. »Bis ich nicht mehr kann.«

Sie ging hinunter in die Cafeteria. Ihr Vater hatte gesagt, nun wolle er mit Jonah sprechen.

Wie benommen lief sie den Flur entlang. Es war schon fast Mitternacht, aber in der Notaufnahme war wie immer viel Betrieb. Sie kam an verschiedenen Behandlungszimmern vorbei, die Türen standen offen. Sie sah weinende Kinder mit aufgeregten Eltern und eine Frau, die sich ständig übergeben musste. Krankenschwestern eilten hin und her, holten sich die Patientenkarten bei der Zentrale oder lieferten sie dort wieder ab. Erstaunlich, dass so viele Leute mitten in der Nacht krank wurden. Morgen früh waren die meisten von ihnen garantiert wieder zu Hause. Nur ihr Vater musste bleiben.

Ohne große Eile schlängelte sie sich durch den voll besetzten Warteraum und ging zur Eingangshalle, von der aus man in die Cafeteria kam. Als sich die Tür der Notaufnahme hinter ihr schloss, ließ der Geräuschpegel sofort nach, und sie hörte ihre eigenen Schritte. Und ihre Gedanken. Ach, sie war so erschöpft, dass ihr vor Müdigkeit fast schlecht wurde. Hier kamen die Menschen her, wenn sie krank waren, hier kamen sie her, um zu sterben – und ihr Vater würde bald wieder hierherkommen.

Ihre Kehle war so trocken, als sie die Cafeteria betrat, dass sie kaum schlucken konnte. Sie rieb sich die brennenden, geschwollenen Augen und nahm sich fest vor, die Fassung zu bewahren. Die Theke war um diese Zeit schon geschlossen, aber am anderen Ende des Raums gab es mehrere Automaten. Zwei Krankenschwestern standen dort plaudernd und tranken Kaffee. Will und Jonah saßen an einem Tisch bei der Tür. Als Ronnie näher kam, blickte ihr Freund hoch. Auf dem Tisch stand eine halb leere Wasserflasche, außerdem ein Tetrapak Milch und eine Packung Kekse für Jonah. Ihr kleiner Bruder drehte sich zu ihr um.

»Das hat ganz schön lange gedauert«, maulte er. »Was ist los? Geht es Dad besser?«

»Ja, ein bisschen«, antwortete Ronnie. »Aber er möchte gern mit dir reden.«

»Worüber denn?« Jonah legte seinen Keks auf den Tisch. »Ich habe doch nichts angestellt, oder?«

»Nein, keine Sorge, es geht nicht um dich. Dad will dir nur erklären, was mit ihm los ist.«

»Warum kannst du mir das nicht sagen?« Er klang verängstigt, und Ronnie bekam Beklemmungen.

»Weil er allein mit dir reden will. So wie er gerade mit mir gesprochen hat. Ich begleite dich und warte vor der Tür, einverstanden?«

437

Jonah stand auf. »Cool«, sagte er.

Will saß immer noch reglos auf seinem Stuhl.

»Warte mal noch einen Moment!«, rief sie Jonah zu.

Endlich erhob sich Will. Man sah ihm an, dass er sehr beunruhigt war. Er weiß Bescheid, dachte Ronnie. Aus irgendeinem Grund weiß er alles.

»Kannst du auf uns warten?«, fragte sie ihn. »Ich nehme an, du bist –«

»Natürlich warte ich auf euch«, erwiderte er ruhig. »Ich bin hier, solange du mich brauchst.«

Ach, wie erleichtert sie sich fühlte! Sie lächelte ihm dankbar zu. Sagen konnte sie nichts. Mit schnellen Schritten folgte sie Jonah. Gemeinsam durchquerten sie die leere Eingangshalle und gingen zurück zur Notaufnahme.

Noch nie war jemand, den sie näher kannte, gestorben. Die Eltern ihres Vaters lebten nicht mehr. Sie konnte sich an die Trauerfeiern erinnern, aber im Grunde hatte sie kein Verhältnis zu ihnen gehabt. Die beiden waren nicht oft zu Besuch gekommen. Sie waren ihr immer fremd geblieben, und nach ihrem Tod hatten sie ihr nicht gefehlt.

Am ehesten hatte sie Amy Childress vermisst, ihre Geschichtslehrerin in der siebten Klasse. Nachdem Ronnie ein Jahr bei ihr Unterricht gehabt hatte, war sie im Sommer ums Leben gekommen. Kayla hatte ihr davon erzählt. Doch Ronnie war eher schockiert als traurig gewesen – wahrscheinlich, weil Amy so jung war, noch keine dreißig, als sie starb. Sie hatte erst ein paar Jahre als Lehrerin gearbeitet. Alles war völlig unwirklich.

Als Ronnie nach den großen Ferien wieder in die Schule musste, hatte sie keine Vorstellung davon, was sie dort erwartete. Wie reagierte man auf so eine Tragödie? Was dachten die anderen Lehrer? Sie wanderte am ersten Tag durch die Korridore und suchte überall nach Hinweisen, dass sich etwas verändert hatte. Aber abgesehen von einem kleinen Zettel neben dem Rektorat entdeckte sie nichts Ungewöhnliches. Die Lehrer unterrichteten wie immer, sie standen im Lehrerzimmer herum und plauderten. Mrs Taylor und Mr Burns – zwei Kollegen, mit denen Ms Childress oft zu Mittag gegessen hatte – gingen unbeschwert lachend den Flur entlang.

Das hatte sie damals sehr gestört. Sicher, der Unfall war in den Sommerferien passiert, und sie hatten getrauert, aber als Ronnie Ms Childress' Klassenzimmer betrat und sah, dass dort jetzt Physik unterrichtet wurde, stieg die Wut in ihr hoch – nicht nur, weil ihre Lehrerin nicht mehr da war, sondern auch, weil die Erinnerung an sie so rasch verblasste.

Sie wollte mit allen Mitteln verhindern, dass es ihrem Vater genauso erging. Er durfte nicht nach ein paar Wochen in Vergessenheit geraten – er war ein guter Mensch, ein guter Vater, und er hatte es verdient, dass man ihn im Gedächtnis behielt.

Bei ihren Grübeleien wurde ihr noch etwas anderes klar: Sie hatte Dad gar nicht richtig gekannt, als er noch gesund war. Ihre gemeinsame Zeit lag schon über drei Jahre zurück – sie war damals erst in der neunten Klasse. Jetzt war sie erwachsen, juristisch gesehen sowieso, sie durfte wählen, sie konnte zum Militär gehen. Und den ganzen

439

Sommer über hatte er sein Geheimnis für sich behalten. Wie wäre er gewesen, wenn er nicht gewusst hätte, was ihm bevorstand? Wer war er wirklich?

Sie hatte keinen Maßstab, mit dessen Hilfe sie das beurteilen konnte. Nur ihre Erinnerungen an die Zeit, als er ihr das Klavierspielen beibrachte. Ach, wie wenig sie über ihn wusste! Sie hatte keine Ahnung, welche Schriftsteller er gern las, was sein Lieblingstier war, ja, sie konnte noch nicht einmal sagen, welche Farbe er am liebsten mochte. Das war natürlich alles nicht so wichtig, aber der Gedanke, dass sie diese Dinge voraussichtlich nie erfahren würde, machte sie sehr traurig.

In dem Moment hörte sie Jonah laut schluchzen. Er hatte die Wahrheit erfahren. Und immer wieder rief er entsetzt: »Nein, nein, nein!« Dann ertönte die besänftigende Stimme ihres Vaters. Ronnie lehnte sich an die Wand. Ihr Herz war so schwer …

Was konnte sie tun, um aus diesem Albtraum herauszukommen? Am liebsten hätte sie die Uhr zurückgedreht zu dem Moment, als die Schildkröten schlüpften und die Welt noch in Ordnung war. Sie wollte neben dem jungen Mann stehen, den sie liebte, umgeben von ihrer glücklichen Familie. Auf einmal musste sie daran denken, wie Megan gestrahlt hatte, als sie bei der Hochzeit mit ihrem Vater tanzte. Ein stechender Schmerz durchzuckte sie, weil ihr wieder bewusst wurde, dass sie und ihr Dad diesen einmaligen Augenblick nicht miteinander teilen würden.

Sie schloss die Augen und hielt sich die Ohren zu, um Jonahs Weinen nicht hören zu müssen. Er klang so hilflos, so jung … so erschüttert. Er konnte unmöglich verstehen, was passierte, und Ronnie wusste, dass er diesen entsetzlichen Tag nie vergessen würde.

»Soll ich dir ein Glas Wasser holen?«

Die Frage galt ihr. Mit tränennassen Augen blickte sie auf und sah Pastor Harris vor sich stehen.

Sagen konnte sie nichts, aber sie schaffte es, den Kopf zu schütteln. Der Pfarrer betrachtete sie mit freundlicher Miene, aber an seinen hochgezogenen Schultern und an der Art, wie er den Stock umklammerte, erkannte Ronnie, dass auch er unter großem innerem Druck stand.

»Ich fühle mit dir«, murmelte er. Seine Stimme klang müde. »Ich weiß, wie schwer das für dich sein muss. Dein Vater ist ein ganz besonderer Mann.«

Sie nickte. »Woher wussten Sie, dass er hier liegt? Hat er Sie angerufen?«

»Nein«, antwortete er. »Eine der Krankenschwestern hat mich informiert. Ich komme zwei-, dreimal in der Woche hierher, und als dein Vater eingeliefert wurde, haben sie sich gleich gedacht, dass ich gern Bescheid wüsste. Die Leute hier wissen, dass er für mich wie ein Sohn ist.«

»Werden Sie mit ihm sprechen?«

Pastor Harris schaute auf die geschlossene Tür. »Nur, wenn er mich sehen will.« An seinem gequälten Gesichtsausdruck konnte Ronnie ablesen, dass auch er Jonah weinen hörte. »Aber das will er bestimmt, nachdem er mit euch beiden gesprochen hat. Du ahnst gar nicht, wie sehr er sich davor gefürchtet hat.«

»Sie wissen das?«

»Ja, natürlich. Er liebt euch beide mehr als sein Leben,

und er grämte sich so sehr, dass er euch Schmerz würde zufügen müssen. Ihm war bewusst, dass der Augenblick kommen würde, aber ich bin mir sicher, er wollte auf keinen Fall, dass ihr es auf diese Weise erfahrt.«

»Das spielt jetzt keine Rolle mehr. Man kann nichts mehr ändern.«

»Aber gleichzeitig hat sich alles geändert«, erwiderte der Pastor.

»Weil ich Bescheid weiß?«

»Nein. Weil ihr mit ihm zusammen wart. Bevor ihr gekommen seid, war er sehr aufgeregt. Nicht wegen seiner Krankheit, sondern weil er euch bei sich haben wollte und sich sehnlichst gewünscht hat, dass alles gut geht. Ich glaube, du kannst dir nicht vorstellen, wie sehr er euch vermisst hat und wie gern er euch mag. Immer, wenn ich ihm begegnet bin, hat er gesagt: ›Noch neunzehn Tage‹ oder ›Noch zwölf Tage‹. Und an dem Tag, an dem ihr angekommen seid, hat er stundenlang das Haus geputzt und die Betten frisch bezogen. Ich weiß, der Bungalow ist nicht luxuriös, aber wenn du ihn vorher gesehen hättest, würdest du staunen, was dein Dad daraus gemacht hat. Er wollte, dass ihr einen unvergesslichen Sommer erlebt, und er wollte dabei sein. Wie alle Eltern wünscht er sich vor allem eins – dass ihr glücklich seid. Dass ihr gut durchs Leben kommt, dass ihr vernünftige Entscheidungen trefft. Das war es, was er in diesem Sommer gebraucht hat, und ihr habt es ihm geschenkt.«

Ronnie musterte den Pastor mit zusammengekniffenen Augen. »Aber ich habe nicht immer vernünftige Entscheidungen getroffen.«

Jetzt lächelte er. »Das zeigt doch nur, dass du ein Mensch bist. Dein Vater hat nichts Perfektes erwartet. Aber ich weiß, wie stolz er auf dich ist. Auf die junge Frau, zu der du herangewachsen bist. Erst vor ein paar Tagen hat er mit mir über dich gesprochen. Du hättest ihn sehen sollen. Er war so … stolz, so glücklich! In meinem Abendgebet habe ich Gott dafür gedankt. Weil dein Vater wirklich zu kämpfen hatte, als er wieder hierhergezogen ist. Ich wusste nicht, ob er je wieder glücklich sein kann. Und jetzt ist er es, trotz allem, was geschehen ist.«

Ronnie schnürte es die Kehle zu. »Was kann ich für ihn tun?«

»Ich glaube nicht, dass du viel tun kannst.«

»Aber ich habe solche Angst! Und mein Vater …«

»Ich weiß«, sagte der Pastor ruhig. »Obwohl ihr zwei ihn sehr glücklich gemacht habt, hat auch er große Angst.«

Zu Hause trat Ronnie auf die hintere Veranda hinaus. Die Wellen rauschten unbeirrt, in ihrem ewigen Rhythmus, die Sterne funkelten wie helle kleine Stecknadelköpfe. Aber nichts war mehr wie vorher. Will unterhielt sich mit Jonah in dem Zimmer, das sie mit ihrem Bruder teilte. Es waren also drei Menschen im Haus, genau wie sonst auch. Und trotzdem spürte man die Leere.

Pastor Harris war bei ihrem Vater. Er hatte vor, die Nacht im Krankenhaus zu verbringen, damit Ronnie mit Jonah nach Hause gehen konnte. Dennoch plagte sie ein schlechtes Gewissen, weil sie nicht bei Dad geblieben war. Morgen wurden noch verschiedene Untersuchungen gemacht, außerdem war ein längeres Gespräch mit dem Arzt vereinbart. Zwischen all diesen Terminen war er bestimmt sehr erschöpft und brauchte Ruhe. Aber Ronnie wollte in seiner Nähe sein, selbst wenn er schlief. Bald hatte sie keine Möglichkeit mehr dazu.

Mit einem leisen Quietschen öffnete sich die Tür hinter ihr, und Will trat neben sie. Sie wandte den Blick nicht vom Ozean ab.

»Jonah ist endlich eingeschlafen«, sagte Will. »Aber ich glaube, so ganz erfasst er den Ernst der Lage noch nicht. Er hat gesagt, dass die Ärzte eurem Dad bestimmt helfen können, wieder gesund zu werden, und dauernd wollte er wissen, wann er nach Hause darf.«

Ronnie konnte nur nicken. Sie dachte daran, wie verzweifelt Jonah im Krankenzimmer geweint hatte. Schützend legte Will den Arm um sie.

»Ist alles in Ordnung?«, fragte er.

»Wie kann alles in Ordnung sein? Ich habe gerade erfahren, dass mein Vater im Sterben liegt und dass er vermutlich nicht einmal bis Weihnachten leben wird.«

»Ich weiß«, erwiderte Will sanft. »Und es tut mir unendlich leid. Ich weiß, wie schwer das für dich ist.« Sie spürte seine Hand an ihrer Taille. »Ich bleibe heute Nacht am besten hier. Falls etwas passiert und du ins Krankenhaus musst, ist wenigstens jemand bei Jonah. Ich kann so lange hierbleiben, wie du mich brauchst. Ich werde bei der Univerwaltung anrufen und die Situation erklären. Die Vorlesungen fangen sowieso erst eine Woche später an.«

»Du kannst nichts tun«, entgegnete Ronnie. Ihr Tonfall war streng und abweisend, aber sie war nicht fähig, ihre

Stimme zu kontrollieren. »Und du kannst auch nicht verstehen, wie ich mich fühle.«

»Ich habe auch schon jemanden verloren«, sagte er leise.

»Das ist nicht das Gleiche!« Sie presste den Nasenrücken zusammen, um die Tränen zu unterdrücken. »Ich war so böse zu ihm! Ich habe aufgehört, Klavier zu spielen. Ich habe ihm an allem die Schuld gegeben, und ich habe drei Jahre lang kein Wort mit ihm geredet. Drei Jahre lang! Und diese Jahre kann ich nicht nachholen. Vielleicht wäre er nicht krank geworden, wenn ich nicht so wütend gewesen wäre. Vielleicht hat dieser zusätzliche Stress, den ich verursacht habe, seine Krankheit beschleunigt. Vielleicht ist alles meine Schuld!« Sie befreite sich aus Wills Armen.

»Es ist nicht deine Schuld.«

Er zog sie wieder an sich, aber sie versuchte, ihn fortzustoßen. Weil er sie trotzdem nicht losließ, trommelte sie mit den Fäusten gegen seine Brust.

»Lass mich in Ruhe! Ich werde allein damit fertig!«

Doch Will gab nicht nach, und als sie begriff, dass er sie weiterhin festhalten würde, hörte sie auf, sich zu wehren. Er drückte sie an sich, und sie weinte und weinte.

Später lag sie in dem dunklen Zimmer und horchte auf Jonahs regelmäßige Atemzüge. Will schlief auf dem Sofa im Wohnzimmer. Sie wusste, dass es besser wäre einzuschlafen, aber sie fürchtete dauernd, das Telefon würde klingeln. Sie malte sich das Allerschlimmste aus: dass ihr Vater wieder einen Hustenanfall bekommen hatte, dass er noch mehr Blut verlor, dass man nichts mehr für ihn tun konnte …

Auf dem Nachttisch neben ihr lag die Bibel ihres Vaters. Vorhin hatte sie darin geblättert, ohne recht zu wissen, wonach sie suchte. Hatte er bestimmte Passagen unterstrichen oder Seiten markiert? Sie entdeckte kaum Spuren ihres Vaters in dem Buch, außer dass sich alle Seiten abgegriffen anfühlten, was ein Zeichen dafür war, dass er mit dem ganzen Text sehr vertraut war. Es hätte sie gefreut, wenn er ihr durch kleine Signale etwas über sich selbst mitgeteilt hätte, aber nichts wies darauf hin, dass er einen bestimmten Vers interessanter gefunden hatte als andere.

Ronnie hatte noch nie in der Bibel gelesen. Aber diese hier wollte sie studieren, um zu erfahren, was ihr Vater darin gefunden hatte. War sie ein Geschenk von Pastor Harris? Oder hatte er sie sich selbst gekauft? Wie lange befand sie sich schon in seinem Besitz? Es gab so vieles, was sie nicht über ihn wusste!, dachte sie wieder. Weshalb hatte sie sich nie die Mühe gemacht, ihn zu fragen?

Ja – sie wollte ihm tausend Fragen stellen. Wenn sie schon bald gezwungen war, nur noch mit den Erinnerungen zu leben, wollte sie vorher wenigstens so viele Details wie möglich erfahren. Zum ersten Mal seit Jahren begann sie zu beten, und sie flehte Gott an, ihr genug Zeit zu geben, um diesen Vorsatz zu verwirklichen.

KAPITEL 32

Will

Will konnte kaum schlafen. Die ganze Nacht hörte er, wie sich Ronnie nebenan hin und her wälzte. Er kannte diesen Zustand aus eigener Erfahrung. Als wäre es gestern gewesen, so genau erinnerte er sich an die dumpfe Benommenheit und an die Schuldgefühle nach Mikeys Tod, an die ungläubige Wut. Natürlich hatte die Intensität dieser Gefühle im Laufe der Jahre etwas nachgelassen, aber er wusste noch gut, dass er sich einerseits immer nach der Gesellschaft anderer Menschen sehnte und andererseits viel allein sein wollte.

Er hatte großes Mitleid mit Ronnie. Und mit Jonah, der ja noch zu klein war, um alles zu begreifen. Er selbst war auch unendlich traurig. Steve war immer so nett zu ihm gewesen! Insgesamt hatten er und Ronnie viel mehr Zeit im Bungalow verbracht als in der Villa seiner Eltern. Er mochte Steves ruhige Art, wenn er am Herd stand und kochte, und die selbstverständliche Vertrautheit, die ihn mit Jonah verband. Oft hatte er beobachtet, wie die beiden am Strand Drachen steigen ließen, in den Wellen Fangen spielten oder still und konzentriert an dem Bleiglasfenster arbeiteten. In der kurzen Zeit, die er Steve kannte, hatte er nie erlebt, dass er wütend oder laut wurde. Hing diese Geduld damit zusammen, dass er wusste, er würde bald sterben? Aber der einzige Grund war es bestimmt nicht. Ronnies Vater war einfach ... ein guter Mensch, der mit sich selbst und mit der Welt seinen Frieden gemacht hatte. Er liebte seine Kinder und vertraute darauf, dass sie klug genug waren, im Leben die richtigen Entscheidungen zu treffen.

Während Will schlaflos auf der Couch lag, wünschte er sich, später auch solch ein Vater zu sein. Natürlich liebte er seinen eigenen Dad – doch dieser war nicht immer der umgängliche Mann gewesen, den Ronnie kennengelernt hatte. In Wills Leben hatte es lange Phasen gegeben, in denen er seinen Vater kaum zu Gesicht bekam, weil er sich nur um den Aufbau seines Unternehmens kümmerte. Dazu kam die Launenhaftigkeit seiner Mutter. Und dann Mikeys Tod, der die ganze Familie einige Jahre lang in tiefe Depressionen gestürzt hatte. Nein, seine Kindheit hatte nicht nur aus Kuchen und Kindergeburtstagen bestanden, und Will wusste gut, was es hieß, sich ein anderes Leben zu ersehnen.

Aber Steve war ein ganz besonderer Vater.

Ronnie hatte ihm erzählt, wie ihr Dad stundenlang neben ihr saß, als sie Klavier spielen lernte. Steve selbst hatte das nie erwähnt. Zuerst fand Will das seltsam, doch dann begriff er, dass er sich Ronnie zuliebe so verhielt. Sie wollte nicht darüber reden, also vermied Steve dieses Thema ebenfalls, auch wenn es früher ein zentraler Bestandteil ihres gemeinsamen Lebens gewesen war. Er hatte schließlich sogar eine Wand eingezogen, weil Ronnie den Flügel nicht sehen wollte.

Was für ein Mensch war bereit, so etwas für seine Tochter zu tun?

Nur ein Vater wie Steve – dieser Mann, den Will immer mehr bewunderte und von dem er so viel lernen konnte.

Die Morgensonne weckte ihn. Er streckte sich, erhob sich vom Sofa und trat in den Flur. Die Tür zu Ronnies und Jonahs Zimmer stand offen. War Ronnie schon wach? Ja – sie stand auf der hinteren Veranda, an derselben Stelle wie letzte Nacht. Als er zu ihr ging, reagierte sie nicht, obwohl sie ihn bestimmt gehört hatte.

»Guten Morgen«, sagte er leise.

Mit hängenden Schultern drehte sie sich zu ihm um. »Guten Morgen.« Auf ihrem Gesicht erschien ein kleines Lächeln, sie breitete die Arme aus, und er zog sie an sich, dankbar für die Zuneigung.

»Entschuldige wegen gestern Abend«, sagte sie.

»Das macht nichts.« Er fuhr ihr durch die Haare. »Du hast nichts falsch gemacht.«

»Hmm. Trotzdem danke.«

»Ich habe gar nicht gehört, wie du aufgestanden bist.«

»Ich bin schon lange wach.« Sie seufzte. »Vorhin habe ich im Krankenhaus angerufen und mit meinem Vater gesprochen. Er hat es zwar nicht ausdrücklich gesagt, aber ich konnte hören, dass er immer noch starke Schmerzen hat. Er denkt, sie behalten ihn nach den ganzen Untersuchungen vielleicht noch ein paar Tage da.«

449

In jeder anderen Situation hätte er versucht, sie zu trösten und ihr zu versichern, dass alles sicher gar nicht so schlimm sei. Aber in diesem Fall – das wussten sie beide – bedeuteten Floskeln wie »Alles wird gut« nichts. Deshalb neigte er nur seine Stirn an ihre.

»Konntest du überhaupt schlafen? Ich habe dich noch lange gehört.«

»Stimmt – ich konnte ewig nicht einschlafen. Schließlich bin ich zu Jonah ins Bett gekrabbelt, aber mein Kopf wollte einfach keine Ruhe geben. Nicht nur wegen Dad.« Sie machte eine Pause. »Auch deinetwegen. Du gehst in zwei Tagen fort.«

»Ich habe doch schon gesagt, ich kann die Abreise verschieben. Wenn du willst, dass ich hierbleibe, dann bleibe ich …«

Ronnie schüttelte den Kopf. »Nein. Für dich fängt jetzt ein neues Kapitel an, und das will ich dir nicht wegnehmen.«

»Aber ich muss noch nicht unbedingt fort. Die Vorlesungen fangen doch erst später an –«

»Du brauchst wirklich nicht zu bleiben.« Ihre Stimme war leise, aber bestimmt. »Du gehst aufs College – und das hier ist nicht dein Problem. Hört sich hart an, ist aber nicht böse gemeint. Steve ist mein Vater, nicht deiner. Ich will nicht auch noch daran denken müssen, was du alles meinetwegen aufgibst. Ich habe schon genug Baustellen in meinem Leben. Verstehst du?«

Sie hatte recht – auch wenn er es lieber anders gesehen hätte. Nach kurzem Zögern knotete er sein Makramee-Armband auf und reichte es ihr.

»Ich will, dass du es nimmst«, flüsterte er. Es war ihm wichtig, dass sie sein Geschenk annahm. Und er sah ihr an, dass sie es wusste.

Ein Lächeln huschte über ihr Gesicht, als sie die Finger um das Armband schloss. Wollte sie noch etwas sagen? Doch genau in dem Augenblick wurde mit einem Knall die Tür der Werkstatt aufgerissen. Jonah schleppte einen kaputten Stuhl nach draußen, schleuderte ihn mit aller Kraft über die Düne und rannte zurück. Selbst aus der Ferne merkte man ihm an, wie aufgebracht er war.

»Jonah!«, rief Ronnie und stürzte los.

Will lief hinter ihr her und wäre an der Werkstatttür fast mit ihr zusammengestoßen. Jonah versuchte jetzt, eine schwere Kiste über den Boden zu schieben, und merkte gar nicht, dass er zwei Zuschauer hatte.

»Was machst du?«, rief Ronnie. »Seit wann bist du hier?«

Ihr kleiner Bruder ließ nicht von der Kiste ab und ächzte vor Anstrengung.

»Jonah!«

Ronnies Ruf durchbrach endlich seine blinde Konzentration. Er blickte sich um und schien völlig überrascht, als er Ronnie und Will sah. »Ich komme nicht ran!«, rief er, empört und den Tränen nahe. »Ich bin nicht groß genug!«

»Wo kommst du nicht ran?«, fragte Ronnie. Doch dann erschrak sie. »Du blutest ja!«, rief sie voller Panik.

Jonahs Jeans war zerrissen, er blutete am Bein. Aber er gab nicht auf, sondern drückte wie ein Besessener gegen die Kiste, bis er eines der Regale rammte und der Eichhörnchenfisch auf ihn herunterfiel. Jetzt packte Ronnie ihren Bruder und hielt ihn fest.

»Geh weg!«, schrie er los. »Ich kann das selbst! Ich brauche dich nicht!« Er lief feuerrot an vor Wut.

Noch einmal wollte er sich auf die Kiste stürzen, aber diese hatte sich mit dem Regal verkantet. Ronnie versuchte ihm zu helfen, aber er schubste sie weg. Tränen liefen ihm übers Gesicht.

»Ich habe gesagt, geh weg!«, schrie er sie an. »Dad will, dass ich das Fenster fertig mache! Ich! Nicht du! Wir haben doch den ganzen Sommer daran gearbeitet ...« Er konnte kaum sprechen vor Verzweiflung, immer wieder musste er nach Luft schnappen. »Das haben wir gemacht, Dad und ich. Du hast dich immer nur um die Schildkröten gekümmert! Aber ich war den ganzen Tag bei ihm!«, stieß er hervor. Seine Stimme überschlug sich, die Tränen flossen ungehemmt.

»Und jetzt komme ich nicht an den Mittelteil von diesem Fenster ran! Ich bin zu klein! Aber ich muss es fertig machen, weil – vielleicht wird Dad wieder gesund, wenn ich's schaffe. Er muss wieder gesund werden! Erst habe ich es mit dem Stuhl versucht, aber der ist kaputtgegangen, und dann wollte ich die Kiste nehmen, aber die ist viel zu schwer –«

Plötzlich taumelte er rückwärts und fiel hin. Er blieb auf dem Boden sitzen, schlang die Arme um die Knie und schluchzte, am ganzen Körper zitternd.

Ronnie kauerte sich neben ihn und zog ihn zärtlich an sich, aber er konnte nicht aufhören zu weinen. Will hatte einen Kloß im Hals, weil er deutlich spürte, dass er nicht dazugehörte.

Trotzdem blieb er. Ronnie hielt ihren schluchzenden Bruder fest. Sie versuchte gar nicht, ihn zu beschwichtigen oder ihm zu versichern, dass alles wieder gut werde. Sie wartete einfach ab, bis die Tränen versiegten. Schließlich schaute er sie mit roten Augen an, sein Gesicht fleckig vom Weinen.

»Wollen wir kurz ins Haus gehen? Ich würde mir gern die Wunde an deinem Bein anschauen«, sagte sie leise.

»Und was ist mit dem Fenster?«, fragte Jonah mit zittriger Stimme. »Es muss doch fertig werden.«

Ronnie wechselte einen kurzen Blick mit Will, bevor sie sich wieder Jonah zuwandte. »Dürfen wir dir vielleicht helfen?«

Jonah schüttelte den Kopf. »Ihr wisst doch gar nicht, wie das geht.«

»Dann musst du es uns zeigen.«

Nachdem Ronnie Jonahs Wunde verarztet und mit einem großen Pflaster versehen hatte, führte Jonah die beiden wieder in die Werkstatt.

Das Fenster war fast fertig. Die verbleibende Arbeit bestand nur noch darin, Hunderte von kleinen Glasstücken zusammenzufügen, um das göttliche Licht am Firmament entstehen zu lassen.

Jonah zeigte Will, wie das mit den Bleiruten ging, und brachte Ronnie bei, wie man lötete. Jonah schnitt das Glas, wie er es den ganzen Sommer über getan hatte, und schob es zwischen die Bleiruten, bevor er für Ronnie beiseite trat, damit sie die Stücke an ihrem endgültigen Platz im Fenster anbringen konnte.

Es war heiß und eng in der Werkstatt, aber mit der Zeit fanden sie alle drei ihren Rhythmus. Zum Mittagessen holte Will ein paar Burger und für Ronnie einen Salat. Sie machten eine kurze Pause, aber schon bald waren sie wieder bei der Arbeit. Im Laufe des Nachmittags rief Ronnie dreimal im Krankenhaus an. Aber es hieß immer, dass ihr Vater gerade bei einer Untersuchung sei oder dass er schlafe. Sein Zustand sei stabil, versicherte man ihr. Bei Einbruch der Dämmerung waren sie mit der Arbeit ungefähr halb fertig, und Jonahs Hände wurden allmählich müde. Also legten sie wieder eine Essenspause ein und holten dann ein paar Lampen aus dem Wohnzimmer, um in der Werkstatt mehr Licht zu haben.

Es wurde Nacht. Um zehn gähnte Jonah nur noch. Sie gingen ins Haus, um sich ein bisschen auszuruhen, und Jonah schlief sofort ein. Vorsichtig trug Will ihn in sein Bett. Als er ins Wohnzimmer zurückkam, war Ronnie bereits wieder fort, in der Werkstatt.

Will übernahm jetzt das Glasschneiden. Er hatte Jonah den ganzen Tag über zugesehen. Anfangs war er noch etwas ungeschickt, hatte aber schnell den Bogen raus.

Gemeinsam arbeiteten sie die Nacht durch, und bei Tagesanbruch waren sie beide völlig kaputt. Vor ihnen auf dem Tisch lag das fertige Fenster. Wie würde Jonah reagieren, wenn er erfuhr, dass er bei den letzten Arbeitsschritten nicht dabei gewesen war?, fragte sich Will. Na ja – Ronnie schaffte es sicher, es ihm schonend beizubringen.

»Ihr zwei seht aus, als hättet ihr die Nacht durchgemacht«, sagte eine Stimme hinter ihnen.

Pastor Harris stand in der Tür, auf seinen Gehstock gestützt. Er trug einen Anzug – wahrscheinlich für den Sonntagsgottesdienst –, aber Will bemerkte gleich die schrecklichen Narben auf seinen Handrücken. Dass die Arme genauso aussahen, wusste er. Wie so oft dachte er voller Schrecken an das Feuer in der Kirche. An das Geheimnis, das er all die Monate für sich behalten hatte. Vor Scham konnte er dem Pastor nicht in die Augen blicken.

»Wir haben das Fenster fertig gemacht«, verkündete Ronnie mit heiserer Stimme.

»Darf ich?«, fragte der Pfarrer höflich.

Ronnie nickte. »Aber natürlich.«

Pastor Harris betrat die Werkstatt mit vorsichtigen Schritten. Andächtig blieb er am Tisch stehen und fuhr mit seiner knorrigen, vernarbten Hand über das Glas.

»Unfassbar«, murmelte er. »Es ist noch viel schöner geworden, als ich zu hoffen gewagt habe.«

»Die Hauptarbeit haben mein Dad und Jonah gemacht«, erklärte Ronnie. »Wir haben es jetzt nur zu Ende gebracht.«

Er lächelte. »Euer Vater wird sich sehr freuen.«

»Wie geht der Wiederaufbau der Kirche voran? Ich weiß, mein Vater würde das Fenster sehr gern an seinem eigentlichen Platz sehen.«

»Dein Wort in Gottes Ohr.« Der Pfarrer zuckte die Achseln. »Die Kirche ist nicht mehr so beliebt, wie sie es einmal war, deshalb haben wir viel weniger Mitglieder. Aber ich glaube fest daran, dass wir es schaffen.«

An Ronnies bekümmertem Gesichtsausdruck konnte Will ablesen, dass sie Angst hatte, das Fenster könnte nicht rechtzeitig eingebaut werden. Sie traute sich aber nicht, dies offen auszusprechen.

»Deinem Vater geht es im Übrigen gut«, sagte Pastor Harris. »Er dürfte bald aus dem Krankenhaus entlassen werden. Bestimmt kannst du ihn heute Morgen besuchen. Gestern hast du nicht viel verpasst. Ich habe die meiste Zeit allein in seinem Zimmer gesessen, während er bei irgendwelchen Untersuchungen war.«

»Danke, dass Sie bei ihm geblieben sind.«

»Nein, meine Liebe«, sagte er mit einem Blick auf das Fenster. »Ich muss mich bei dir bedanken.«

Es war still in der Werkstatt, als der Pastor hinausging. Will schaute ihm nach. Er konnte das Bild der vernarbten Hände nicht abschütteln.

So viel Zeit und Mühe hatte es gebraucht, ein neues Fenster zu schaffen. Dabei hätte das alte Fenster nie zerstört werden dürfen! Will dachte an die Worte des Pastors und daran, dass Ronnies Vater vielleicht nicht mehr lange genug leben würde, um das Fenster in der Kirche zu sehen.

Ronnie hing ihren eigenen Gedanken nach, doch Will wusste, dass der Augenblick gekommen war. In ihm stürzte etwas zusammen, wie ein Kartenhaus. »Ich muss dir etwas sagen.«

Sie saßen auf der Düne, und Will erzählte ihr alles, von Anfang an. Zuerst schien Ronnie es gar nicht richtig zu begreifen.

»Willst du damit sagen, Scott hat den Brand gelegt? Und du hast ihn gedeckt?« Ihre Fassungslosigkeit war nicht zu überhören. »Du hast für ihn gelogen?«

Will schüttelte den Kopf. »Nein, so war es nicht. Ich habe es doch gesagt – es war ein Unfall.«

»Egal.« Ronnie suchte seinen Blick. »Unfall oder nicht – er muss die Verantwortung übernehmen für das, was er getan hat!«

»Ich weiß. Ich habe ihm gesagt, er soll zur Polizei gehen.«

»Aber wenn er es nicht tut? Willst du die Sache dein Leben lang geheim halten? Soll Marcus weiterhin dein Leben kontrollieren? Das geht doch nicht!«

»Aber Scott ist mein Freund …«

Jetzt sprang Ronnie auf. »Pastor Harris ist bei dem Brand fast gestorben! Er hat wochenlang im Krankenhaus gelegen. Hast du eine Ahnung, wie schmerzhaft solche Verbrennungen sind? Warum fragst du nicht Blaze, wie sich so was anfühlt? Und die Kirche … du weißt, er kann sie nicht wieder richtig aufbauen. Und jetzt wird mein Vater das Fenster nie dort sehen, wo es hingehört!«

Will bemühte sich, ruhig zu bleiben. Ihm war klar, dass sich Ronnie überfordert fühlte – die Krankheit ihres Vaters, seine bevorstehende Abreise, der Gerichtstermin und nun auch noch diese schreckliche Geschichte. »Ich weiß, es war falsch«, sagte er leise. »Und ich habe furcht-

457

bare Schuldgefühle. Ich kann dir gar nicht sagen, wie oft ich schon zur Polizei gehen wollte.«

»Ja – und?«, fragte sie. »Das heißt doch überhaupt nichts. Hast du mir nicht zugehört? Ich habe gesagt, dass man meiner Meinung nach vor Gericht alles zugeben muss! Ich habe es auch gemacht – weil ich wusste, was ich getan habe, war falsch! Die Wahrheit ist nur etwas wert, wenn es schwerfällt, sie zuzugeben. Kapierst du das nicht? Die Kirche war Pastor Harris' Leben! Sie war Dads Leben! Und jetzt ist sie weg, und die Versicherung bezahlt den Schaden nicht, und sie müssen ihre Gottesdienste in einem Lagerhaus abhalten und …«

»Scott ist mein Freund!«, protestierte Will. »Ich kann ihn doch nicht … den Wölfen zum Fraß vorwerfen.«

Ronnie blinzelte. Hatte sie richtig gehört? »Wie kannst du nur so egoistisch sein?«

»Ich bin nicht egoistisch.«

»Doch, bist du, und wenn du das nicht begreifst, will ich nicht mehr mit dir reden!«, rief sie. Sie erhob sich und ging in Richtung Haus. »Verschwinde!«

»Ronnie!« Er wollte ihr folgen. Als sie es merkte, drehte sie sich abrupt um.

»Es ist aus, verstanden?«

»Nein! Es ist nicht aus! Bitte, sei doch vernünftig …«

»Vernünftig?« Sie fuchtelte aufgebracht mit den Händen. »Du willst, dass ich vernünftig bin? Du hast nicht nur für Scott gelogen – du hast *mich* angelogen! Du wusstest, warum mein Vater das Fenster macht! Du hast direkt daneben gestanden, und du hast kein Wort gesagt!«

In dem Moment schien sie etwas zu begreifen, was ihr

vorher noch nicht klar gewesen war. »Du bist nicht der Mensch, für den ich dich gehalten habe. So etwas hätte ich dir nie zugetraut ...«

Will zuckte zusammen. Ihm fiel keine Antwort ein, und als er auf Ronnie zugehen wollte, wich sie zurück.

»Verschwinde endlich! Du fährst ja sowieso weg, und wir werden uns nie wiedersehen. Also beenden wir die Sache lieber hier und jetzt. Ich kann damit nicht umgehen, und ich will nicht mit jemandem zusammen sein, dem ich nicht vertraue.« In ihren Augen schimmerten ungeweinte Tränen. »Ich vertraue dir nicht mehr, Will. Bitte, geh.«

Er war wie gelähmt und brachte kein Wort über die Lippen.

»Geh endlich!«, schrie sie und rannte zum Haus.

Am Abend, seinem letzten in Wrightsville Beach, saß Will im Wohnzimmer seiner Eltern und versuchte immer noch zu begreifen, was heute geschehen war. Er blickte auf, als sein Vater hereinkam.

»Alles in Ordnung?«, erkundigte sich Tom. »Du warst so schweigsam beim Essen.«

»Mir geht's bestens«, antwortete Will.

Sein Vater setzte sich auf die Couch ihm gegenüber. »Bist du aufgeregt, weil's morgen losgeht?«

Will schüttelte den Kopf. »Nein.«

»Hast du schon alles gepackt?«

Will nickte nur. Er spürte, wie sein Vater ihn musterte.

»Was ist los? Du weißt, du kannst mit mir reden.«

Will zögerte. Er war plötzlich nervös. Doch dann erwiderte er den prüfenden Blick seines Vaters. »Wenn ich dich bitte, etwas sehr Wichtiges für mich zu tun – würdest du es tun? Ohne Fragen zu stellen?«

Tom lehnte sich zurück, ohne die Augen von seinem Sohn zu nehmen, und schwieg lange. Aber Will wusste, wie die Antwort lauten würde.

KAPITEL 33

Ronnie

»Du hast das Fenster wirklich fertig gemacht?«

Ronnie beobachtete ihren Vater in seinem Krankenhausbett, während er sich mit Jonah unterhielt. Er wirkte nicht mehr ganz so müde, seine Wangen hatten wieder etwas mehr Farbe, und er konnte sich besser bewegen.

»Es ist supercool, Dad«, schwärmte Jonah. »Du musst es unbedingt sehen.«

»Aber es haben doch noch so viele Teile gefehlt.«

»Ronnie und Will haben mir ein bisschen geholfen.«

»Wirklich?«

»Ich habe ihnen alles beigebracht. Die beiden hatten ja null Ahnung. Aber mach dir keine Sorgen – ich war sehr geduldig mit ihnen, auch wenn sie etwas falsch gemacht haben.«

Dad lächelte. »Das höre ich gern.«

»Ja, echt, ich bin ein guter Lehrer.«

»Ganz bestimmt.«

Jonah rümpfte die Nase. »Irgendwie riecht es hier drin komisch, findest du nicht?«

»Stimmt.«

»Hab ich mir's doch gedacht.« Jonah nickte. Dann deutete er auf den Fernseher. »Hast du schon ein paar Filme gesehen?«

»Nicht viele.«

»Und wozu ist das Ding da?«

Ihr Dad schaute auf den Tropf. »Da ist ein Medikament drin.«

»Hilft es was? Wirst du dadurch wieder gesund?«

»Es geht mir schon besser.«

»Heißt das, du kannst nach Hause?«

»Bald.«

»Heute?«

»Vielleicht morgen«, antwortete Dad vorsichtig. »Aber soll ich dir sagen, was ich gern hätte?«

»Was?«

»Etwas zu trinken. Weißt du, wo die Cafeteria ist? Unten bei der Eingangshalle und dann links.«

»Ich weiß ganz genau, wo sie ist. Ich bin doch kein kleines Kind mehr! Und was möchtest du?«

»Sprite oder Seven-Up.«

»Ich hab aber kein Geld.«

Als Dad sie anschaute, fasste Ronnie schnell in ihre Tasche. »Ich habe welches«, verkündete sie und gab ihrem Bruder die Summe, die er ihrer Meinung nach brauchte. Als Jonah zur Tür hinaus war, schaute Steve Ronnie sehr ernst an.

»Deine Anwältin hat heute Morgen angerufen. Der Gerichtstermin wurde auf Ende Oktober verschoben.«

Ronnie schaute aus dem Fenster. »Darüber kann ich jetzt nicht nachdenken.«

»Entschuldige.« Dad schwieg für eine Weile, ohne den Blick von ihr zu nehmen. »Wie geht es mit Jonah?«

Hilflos zuckte sie die Achseln. »Er ist traurig. Verwirrt. Und er hat Angst. Ich glaube, manchmal ist er kurz davor, durchzudrehen.« Genau wie ich, hätte sie am liebsten hinzugefügt.

Ihr Vater winkte sie näher zu sich, und sie setzte sich auf den Stuhl, auf dem Jonah gesessen hatte. Steve nahm ihre Hand und drückte sie. »Es ist so schade, dass meine Kraft nicht ausgereicht hat. Ich wollte nicht ins Krankenhaus – ich wollte nicht, dass ihr mich so seht.«

Ronnie schüttelte den Kopf. »Bitte, Dad – dafür brauchst du dich wirklich nicht zu entschuldigen.«

»Aber –«

»Kein Aber, okay? Ich musste es ja irgendwann erfahren, und ehrlich gesagt, ich bin froh, dass ich jetzt Bescheid weiß.«

Das schien er zu akzeptieren. Doch dann stellte er eine Frage, die sie überraschte.

»Möchtest du mir erzählen, was mit Will passiert ist?«

»Wie kommst du darauf, dass etwas passiert ist?«

»Weil ich dich kenne. Weil ich merke, wenn dich etwas innerlich umtreibt. Und ich weiß ja, wie wichtig er dir ist.«

Ronnie setzte sich aufrecht hin. Sie wollte ihren Vater nicht anlügen. »Er ist nach Hause gegangen, um seine Sachen zu packen.«

Steve musterte sie aufmerksam.

»Habe ich dir schon erzählt, dass mein Vater ein großer Pokerspieler war?«

»Ja, das hast du erzählt, Dad. Wieso? Möchtest du gern Poker spielen?«

»Nein. Ich merke nur, dass da noch etwas anderes ist. Aber wenn du nicht darüber sprechen möchtest, ist das in Ordnung.«

Ronnie zögerte. Sie wusste, dass er Verständnis hätte, aber sie war einfach noch nicht fähig, darüber zu reden. »Wie gesagt – er geht heute weg«, sagte sie nur. Ihr Vater nickte und hakte nicht weiter nach.

»Du siehst sehr erschöpft aus«, sagte er stattdessen. »Am besten gehst du bald nach Hause und machst einen Mittagsschlaf.«

»Ich möchte aber noch eine Weile hierbleiben.«

Wieder drückte er ihre Hand. »Okay.«

Sie schaute auf den Tropf. Im Gegensatz zu Jonah wusste sie, dass sich in dem Beutel kein Medikament befand, von dem ihr Vater wieder gesund wurde.

»Hast du Schmerzen?«, fragte sie.

Steve schwieg für einen Moment. Dann sagte er: »Nein. Jedenfalls keine großen.«

»Aber du hattest Schmerzen, oder?«

Ihr Vater schüttelte den Kopf. »Ach, Schätzchen, du – «

»Ich will es wissen! Hattest du Schmerzen, bevor du hierhergekommen bist? Sag mir die Wahrheit, bitte.«

Er kratzte sich an der Brust, bevor er antwortete. »Ja.«

»Wie lange schon?«

»Ich weiß nicht, ob du –«

»Ich möchte wissen, wann die Schmerzen angefangen haben.« Ronnie beugte sich vor und zwang dadurch ihren Vater, ihr in die Augen zu sehen.

Wieder schüttelte er den Kopf. »Es hat keine Bedeutung. Ich fühle mich viel besser. Und die Ärzte wissen, was sie tun müssen, um mir zu helfen.«

»Bitte, Dad. Sag mir, wann die Schmerzen angefangen haben.«

Nachdenklich blickte er auf seine Hand, die Ronnies Hand ganz fest hielt. »Ich weiß es nicht genau. März oder April? Aber sie kamen nicht jeden Tag.«

»Und was hast du dagegen getan?«

»Das kann ich gar nicht genau sagen!«, wehrte sich Steve. »Ich habe versucht, nicht daran zu denken und mich auf andere Dinge zu konzentrieren.«

Ronnie spürte, wie sich ihre Schultern verspannten. Instinktiv hatte sie Angst vor dem, was er sagen würde, aber sie wollte trotzdem alles erfahren. »Worauf hast du dich konzentriert?«

Mit seiner freien Hand strich er eine Falte in der Bettdecke glatt. »Warum findest du das so interessant?«

»Weil ich wissen will, ob dir das Klavierspielen geholfen hat, die Schmerzen zu vergessen.«

Kaum hatte sie es ausgesprochen, da wusste sie schon, dass es stimmte. Deshalb fügte sie hinzu: »Ich habe dich doch in der Kirche spielen sehen, an dem Abend, als du auch einen schlimmen Hustenanfall hattest. Und Jonah hat mir erzählt, dass du oft heimlich in die Kirche gegangen bist, nachdem das Klavier geliefert worden war.«

»Liebling –«

»Erinnerst du dich, dass du gesagt hast, es geht dir besser, wenn du Klavier spielst?«

Er nickte. Ihm war klar, worauf seine Tochter mit ihren

Fragen abzielte, und eigentlich mochte er nicht antworten. Aber Ronnie blieb hartnäckig.

»Hast du damit auch gemeint, dass du die Schmerzen nicht so spürst? Bitte, sag mir die Wahrheit. Ich merke es, wenn du lügst.« Sie ließ sich nicht abwimmeln.

Kurz schloss Steve die Augen, dann erwiderte er ihren Blick. »Ja.«

»Und trotzdem hast du die Holzwand gebaut?«

»Ja.«

Da spürte Ronnie, wie sie die Fassung verlor. Ihr Kinn begann zu zittern, und sie legte den Kopf auf die Brust ihres Vaters.

»Weine nicht«, flüsterte er und strich ihr sanft über die Haare. »Bitte, weine nicht.«

Aber sie konnte sich nicht mehr beherrschen. Beim Gedanken daran, wie sie sich am Anfang benommen hatte und was ihr Vater deswegen durchmachen musste, wich alle Kraft aus ihr. »Oh, Daddy ...«, schluchzte sie.

»Bitte, Kleines ... bitte, weine nicht. Die Schmerzen waren damals nicht besonders schlimm. Ich habe gedacht, ich kann damit umgehen, und so war es ja auch. Erst letzte Woche hat es angefangen, dass ...« Er tätschelte vorsichtig ihre Wange. Als Ronnie ihn anschaute, brach sein Anblick ihr fast das Herz. Sie musste den Blick abwenden.

»Ich konnte gut damit umgehen«, wiederholte er, und an seinem Tonfall merkte sie, dass er die Wahrheit sagte. »Glaub mir – es hat zwar wehgetan, aber ich musste nicht die ganze Zeit daran denken, weil ich ja verschiedene Methoden hatte, um mich abzulenken. Zum Beispiel, wenn ich mit Jonah an dem Glasfenster gearbeitet habe. Oder ich habe einfach den Sommer genossen, von dem ich geträumt hatte, seit ich deine Mutter gefragt habe, ob ihr die Ferien bei mir verbringen könnt.«

Diese Worte trafen Ronnie wie brennende Pfeile, und seine Bereitschaft, ihr so großzügig zu verzeihen, war mehr, als sie ertragen konnte. »Es tut mir entsetzlich leid, Daddy ...«

»Schau mich an«, sagte er. Aber das konnte sie nicht. Sie dachte daran, wie dringend er das Klavier gebraucht hätte und dass sie ihn durch ihr Verhalten daran gehindert hatte zu spielen. Sie hatte nur an sich selbst gedacht. Und sie hatte ihn verletzen wollen. Weil ihr alles egal war.

»Schau mich an«, sagte er noch einmal, leise, aber bestimmt. Widerstrebend hob sie den Kopf.

»Es war der schönste Sommer meines Lebens«, flüsterte er. »Ich durfte erleben, wie du die Schildkröten rettest, und ich hatte die Chance, am Rande mitzubekommen, wie du dich verliebst, auch wenn dieses Gefühl vielleicht nicht für immer anhält. Das Wichtigste ist für mich, dass ich die junge Frau kennengelernt habe, zu der du herangewachsen bist. Du bist ja längst nicht mehr das kleine Mädchen, das ich kannte. Die Entwicklung habe ich versäumt, aber jetzt kenne ich dich wieder, und ich kann dir gar nicht sagen, wie sehr es mich freut. Das hat mich durch den Sommer gebracht.«

Sie spürte, er meinte es aufrichtig, aber dadurch fühlte sie sich nur noch elender. Doch ehe sie etwas erwidern konnte, kam Jonah ins Zimmer gestürzt.

»Seht mal, wen ich gefunden habe!«, rief er und fuchtelte aufgeregt mit der Sprite-Dose.

Ronnie blickte auf – und sah ihre Mutter hinter Jonah stehen.

»Hallo, Schätzchen«, sagte Kim.

Verdutzt drehte sich Ronnie zu ihrem Vater um.

Er zuckte lächelnd mit den Achseln. »Ich musste deine Mom anrufen«, erklärte er.

»Geht's dir einigermaßen gut?«

»Ja, Kim – es geht mir sogar besser als einigermaßen«, antwortete Steve.

Das nahm Kim als Aufforderung, das Zimmer zu betreten. »Ich glaube, wir müssen Verschiedenes besprechen, alle miteinander«, verkündete sie.

Am nächsten Morgen hatte Ronnie einen Entschluss gefasst. Als Mom ins Zimmer kam, wartete sie schon auf sie.

»Hast du deine Sachen gepackt?«

Ruhig und bestimmt entgegnete Ronnie: »Ich fahre nicht mit euch nach New York.«

Kim stemmte die Hände in die Hüften. »Ich dachte, wir hätten alles besprochen.«

»Nein. Du hast es besprochen. Aber ich komme nicht mit.« Ronnie klang ganz unaufgeregt.

»Bitte, Ronnie, das ist doch albern. Du fährst selbstverständlich mit uns nach Hause.«

»Nein.« Sie verschränkte die Arme vor der Brust, hob aber nicht die Stimme.

»Ronnie …«

Entschieden schüttelte sie den Kopf. Noch nie in ihrem

Leben war sie sich einer Sache so sicher gewesen. »Ich bleibe hier, daran gibt es nichts zu rütteln. Ich bin achtzehn, und du kannst mich zu nichts mehr zwingen. Ich bin erwachsen.«

Nervös trat ihre Mutter von einem Fuß auf den anderen. Sie wusste nicht, was sie sagen sollte.

»Aber ...«, begann sie und deutete zum Wohnzimmer. »Du kannst nicht die ganze Verantwortung übernehmen.«

»Nein? Wer soll es denn sonst tun? Wer wird sich um ihn kümmern?«

»Dein Vater und ich haben das alles geplant.«

»Ach, du meinst Pastor Harris? Ja, natürlich, er kann Dad wunderbar versorgen, wenn er wieder zusammenbricht oder wenn er Blut spuckt. Pastor Harris ist doch rein körperlich dazu gar nicht in der Lage!«

»Ronnie ...«

Ronnie machte eine frustrierte Handbewegung. Ihr Entschluss stand fest. »Nur weil du immer noch sauer auf ihn bist, heißt das noch lange nicht, dass ich ebenfalls sauer auf ihn sein muss, okay? Ich weiß, was er getan hat, und ich finde es sehr schade, dass er dich verletzt hat, aber jetzt geht es um meinen Vater. Er ist krank, er braucht Hilfe, und ich will für ihn da sein. Mir ist es gleichgültig, dass er eine Affäre hatte und dass er uns verlassen hat. Für mich zählt nur mein Dad, so wie er jetzt ist.«

Zum ersten Mal war ihre Mutter wirklich sprachlos. Als sie schließlich doch etwas sagte, flüsterte sie fast. »Was genau hat dir dein Vater gesagt?«

Ronnie wollte protestieren. Das spielt doch keine Rolle!, wollte sie rufen, aber irgendetwas hielt sie zurück.

Ihre Mutter machte so ein seltsames Gesicht, fast, als hätte sie ein schlechtes Gewissen. Als hätte *sie* ...

Plötzlich war ihr alles sonnenklar. Die Erkenntnis traf sie wie ein Blitz. »Es war gar nicht Dad, der eine Affäre hatte«, sagte sie langsam. »Du warst es.«

Ihre Mutter rührte sich nicht. Sie wirkte wie erschlagen. *Mom hatte eine Affäre, nicht Dad. Und ...*

Die Luft war auf einmal so stickig, dass Ronnie kaum atmen konnte. »Deshalb ist er gegangen, nicht wahr? Weil er es herausgefunden hat. Aber du hast mich die ganze Zeit in dem Glauben gelassen, dass er schuld war und einfach abgehauen ist, ohne jeden Anlass. Wie konntest du das tun?« Ronnie war außer sich.

Ihre Mutter brachte kein Wort über die Lippen. Hatte sie vielleicht auch sonst ein völlig falsches Bild von ihr?, fragte sich Ronnie.

»Was ist mit Brian? Hast du Dad mit Brian betrogen?«

Als Kim schwieg, wusste Ronnie, dass sie erneut ins Schwarze getroffen hatte.

Die ganze Zeit war sie davon ausgegangen, dass ihr Dad die Familie völlig grundlos verlassen hatte. *Mom hat es indirekt so dargestellt. Und deswegen habe ich drei Jahre lang nicht mit ihm geredet!*

»Soll ich dir was sagen?«, rief sie. »Es ist mir egal. Mich interessiert nicht, was zwischen euch gelaufen ist. Die Vergangenheit ist mir gleichgültig. Aber ich werde meinen Dad nicht im Stich lassen, ich gehe nicht von hier weg, und du kannst mich nicht zwingen –«

»Wer geht nicht von hier weg?«, mischte sich Jonah ein. Er war gerade mit einem Glas Milch ins Zimmer gekommen und blickte von seiner Mutter zu seiner Schwester. Ronnie hörte die Panik in seiner Stimme.

»Bleibst du hier?«, fragte er sie.

Verzweifelt versuchte Ronnie, gegen die Wut anzukämpfen, die in ihr hochstieg. Sie hoffte, dass sie ruhiger klang, als sie sich fühlte. »Ja, ich bleibe hier.«

Jonah stellte sein Glas auf die Kommode. »Dann bleibe ich auch«, verkündete er.

Jetzt wirkte Kim völlig hilflos. Und Ronnie war zwar unglaublich wütend auf ihre Mutter, aber sie wollte auf jeden Fall verhindern, dass Jonah seinen Vater sterben sah. Also ging sie zu ihm und kauerte sich neben ihn.

»Ich weiß, dass du auch am liebsten hierbleiben würdest, aber das geht nicht«, sagte sie freundlich.

»Warum denn nicht? Wenn du da bist –«

»Ich muss doch nicht mehr in die Schule.«

»Na und? Ich kann doch hier in die Schule gehen. Dad und ich, wir haben schon darüber gesprochen.«

Da hielt es Kim nicht mehr aus. »Jonah –«

Der Junge wich zurück, als er merkte, dass sich die beiden Frauen einig waren. »Die Schule ist mir egal! Das ist nicht fair. Ich will hierbleiben!«

KAPITEL 34

Steve

Er wollte sie überraschen. Jedenfalls war das sein Plan.

Am Tag vorher hatte er in Albany ein Konzert gegeben. Sein nächster Auftritt fand erst zwei Tage später in Richmond statt. Normalerweise ging er während einer Konzertreise nie nach Hause. Es fiel ihm leichter, seinen Rhythmus zu finden, wenn er von einer Stadt gleich in die nächste fuhr. Aber weil er ein bisschen Zeit und seine Familie seit zwei Wochen nicht mehr gesehen hatte, nahm er den Zug und fuhr nach New York. Als er ankam, strömten gerade die Angestellten aus den Bürotürmen von Manhattan, um irgendwo zu Mittag zu essen.

Dass er sie sah, war reiner Zufall. In dieser Stadt lebten Millionen von Menschen, er befand sich in der Nähe der Penn Station und ging an einem Restaurant vorbei, das fast voll besetzt war.

Zuerst dachte er: Ach, diese Frau hat aber große Ähnlichkeit mit Kim! Sie saß an einem kleinen Tisch an der Wand, einem grauhaarigen Mann gegenüber, der ein paar Jahre älter zu sein schien als sie. Sie trug einen schwarzen Rock und eine rote Seidenbluse und fuhr mit der Fingerspitze über den Rand ihres Weinglases. Das war sein erster Eindruck. Doch als er genauer hinschaute, sah er, dass es tatsächlich seine Frau war. Sie aß mit einem Mann zu Mittag, den er noch nie gesehen hatte. Er beobachtete sie durchs Fenster, sah, wie sie lachte. Er kannte dieses Lachen. Wie gut er sich daran erinnerte – vor Jahren, als sie noch besser miteinander ausgekommen waren, hatte sie oft so gelacht. Und als sie sich dann vom Tisch erhob, stand der Mann ebenfalls auf und legte ihr die Hand auf den Rücken. Es war eine zärtliche, vertraute Geste. Als ob er das schon hundertmal getan hätte. Kim schien die Berührung zu genießen. Und dann küsste der Mann sie auf den Mund.

Steve hatte nicht gewusst, was tun. Wenn er jetzt an die Situation zurückdachte, konnte er sich nicht mehr erinnern, was er empfunden hatte. Er war damals wie betäubt. Sicher, Kim und er waren sich nicht mehr sehr nahe gewesen, sie hatten sich oft gestritten. Die meisten Ehemänner wären wahrscheinlich in das Restaurant gestürmt und hätten die beiden zur Rede gestellt. Vielleicht hätten sie ihnen eine Riesenszene gemacht. Aber er war nicht wie die meisten Männer. Deshalb machte er mit seiner kleinen Reisetasche auf dem Absatz kehrt und eilte zurück zur Penn Station.

Zwei Stunden später saß er wieder im Zug, und am Abend traf er in Richmond ein. Wie immer griff er zum Telefon, um seine Frau anzurufen. Nach dem zweiten Klingeln nahm sie ab. Als sie sich meldete, hörte er im Hintergrund den Fernseher.

»Endlich! Ich habe mich schon gefragt, wo du steckst!«

Er saß auf seinem Bett und sah die Szene wieder vor sich: die Hand des fremden Mannes auf Kims Rücken. »Ich bin gerade erst angekommen.«

»Gab's irgendetwas Besonderes?«

Er hatte sich ein billiges Hotelzimmer genommen. Die Bettwäsche war an den Nähten etwas ausgefranst. Unter dem Fenster befand sich eine altmodische, klappernde Klimaanlage. Die Vorhänge bewegten sich leicht. Der Fernseher war oben völlig verstaubt.

»Nein«, antwortete er. »Nichts Besonderes.«

Jetzt, in seinem Krankenhauszimmer, erinnerte er sich an all das derart genau, dass er sich selbst wunderte. Vermutlich waren die Bilder so klar, weil er wusste, dass Kim gleich kam, zusammen mit Ronnie und Jonah.

Ronnie hatte vorhin angerufen, um ihm zu sagen, dass sie nicht nach New York zurückfuhr. Ach, das war alles nicht leicht. Er dachte daran, wie schrecklich abgemagert sein Vater am Schluss gewesen war, und eigentlich wollte er nicht, dass seine Tochter ihn so sah. Doch sie war fest entschlossen. Er konnte sie nicht umstimmen, das wusste er. Es machte ihm Angst.

Alles machte ihm Angst.

Seit ein paar Wochen betete er regelmäßig. So, wie Pastor Harris es ihm einmal beschrieben hatte. Er faltete nicht die Hände und senkte auch nicht den Kopf, er bat auch nicht darum, geheilt zu werden. Aber er teilte Gott seine Sorgen und Nöte mit. Vor allem, was seine Kinder betraf.

Sicher unterschied er sich nicht von anderen Eltern, die sich Gedanken um ihre Kinder machten. Ronnie und Jonah waren beide noch jung und hatten ihr Leben vor sich. Was würde aus ihnen werden? Steve erwartete nichts Außergewöhnliches – er wollte von Gott nur hören, ob er dachte, dass sie glücklich sein würden, ob sie in New York bleiben würden, heiraten und selbst Kinder bekommen würden. Das Elementarste im Leben, mehr nicht. Und durch diese Gebete begriff er, was Pastor Harris gemeint hatte, als er sagte, er gehe am Strand spazieren und rede mit Gott.

Doch im Gegensatz zu Pastor Harris hatte Steve in seinem Herzen Gottes Antwort noch nicht gespürt. Noch immer suchte er seine Gegenwart, und er wusste, dass ihm nicht mehr viel Zeit blieb.

Er schaute auf die Uhr. Kims Flugzeug ging in knapp drei Stunden. Sie wollte vom Krankenhaus direkt zum Flughafen fahren, zusammen mit Jonah. Dieser Gedanke machte ihn unendlich traurig.

Nicht mehr lange, und er würde seinen Sohn zum letzten Mal sehen. Heute musste er von ihm Abschied nehmen.

Jonah brach sofort in Tränen aus, als er hereinkam. Er rannte zum Bett und warf sich in Steves Arme. Seine schma-

475

len Schultern bebten. Steves Herz wurde immer schwerer, während er versuchte, sich ganz darauf zu konzentrieren, wie es sich anfühlte, wenn er seinen Sohn an sich drückte, damit er sich dieses Gefühl für immer aufbewahren konnte.

Steve liebte seine Kinder mehr als alles auf der Welt. Und er wusste, wie dringend Jonah ihn brauchte. Ach – wieder einmal kam ihm die schmerzliche Erkenntnis, dass er als Vater versagt hatte.

Jonah schluchzte und schluchzte. Er war untröstlich. Steve drückte ihn an sich, als wolle er ihn nie wieder loslassen.

Kim und Ronnie standen in der Tür und hielten sich zurück.

»Sie wollen mich heimschicken, Daddy«, wimmerte Jonah. »Ich habe ihnen gesagt, dass ich bei dir bleiben will, aber sie hören mir überhaupt nicht richtig zu, die beiden. Ich bin auch ganz brav, Daddy – ich verspreche es dir –, ich bin ganz, ganz brav, ich gehe immer ins Bett, wenn du es sagst, und ich räume mein Zimmer auf, und ich esse auch keine Kekse, wenn ich nicht darf. Sag du ihnen doch, dass ich hierbleiben darf! Ich bin wirklich brav, versprochen!«

»Das weiß ich«, murmelte Steve. »Du bist doch immer lieb und brav.«

»Dann sag ihnen das doch bitte, Dad! Sag Mom, du willst, dass ich bleibe. Bitte, bitte!«

»Ich möchte, dass du bleibst«, sagte er traurig. »Ich möchte es sehr, sehr gern, aber deine Mom braucht dich auch. Du fehlst ihr.«

Spätestens jetzt wusste Jonah, dass ihm keine Hoffnung blieb, und er begann wieder zu weinen.

»Aber dann sehe ich dich nie wieder … das ist nicht fair. Das ist *nicht fair*!«

Steve versuchte, ganz ruhig zu sprechen, obwohl ihm der Abschiedsschmerz fast die Kehle zuschnürte. »Hey, Jonah!«, sagte er. »Ich will, dass du mir jetzt ganz genau zuhörst, einverstanden? Kannst du mir den Gefallen tun?«

Mit großer Mühe schaffte es Jonah, seinen Vater anzusehen. Diesem versagte fast die Stimme, aber er wollte auf keinen Fall vor den Augen seines Sohnes zusammenbrechen.

»Ich möchte, dass du weißt, du bist der beste Sohn, den sich ein Vater nur wünschen kann. Ich bin unglaublich stolz auf dich, und ich weiß, wenn du erwachsen bist, wirst du wunderbare Dinge tun. Vergiss nicht – ich habe dich sehr, sehr lieb.«

»Ich dich auch, Daddy. Du wirst mir so schrecklich fehlen!«

Aus dem Augenwinkel konnte Steve sehen, dass Ronnie und Kim die Tränen über das Gesicht liefen.

»Du wirst mir auch fehlen, Jonah. Aber ich werde immer gut auf dich aufpassen. Das verspreche ich dir. Und du weißt doch – das Fenster, das wir gemeinsam gebaut haben …«

Jonah nickte, und sein kleines Kinn zitterte.

»Ich nenne es Gottes Licht, weil es mich an den Himmel erinnert. Jedes Mal, wenn Licht durch das Fenster fällt, das wir gemeinsam gemacht haben, oder durch irgendein anderes Fenster, dann weißt du, ich bin bei dir. Ich bin das Licht im Fenster.«

Wieder nickte Jonah. Er versuchte gar nicht, die Tränen wegzuwischen. Steve drückte seinen Sohn noch fester an sich und wünschte sich sehnlichst, er könnte alles wieder gutmachen.

KAPITEL 35

Ronnie

Ronnie ging mit nach draußen, um sich von ihrer Mutter und Jonah zu verabschieden. Sie wollte noch kurz allein mit Mom sprechen, um sie zu bitten, etwas für sie zu erledigen, sobald sie in New York war. Anschließend setzte sie sich wieder zu ihrem Vater ans Bett und wartete, bis er einschlief. Vorher blickte er lange stumm aus dem Fenster. Ronnie hielt seine Hand, sie schwiegen beide und schauten zu, wie die Wolken über den Himmel zogen.

Später wollte sich Ronnie die Beine vertreten und ein wenig frische Luft schnappen. Dads Abschied von Jonah hatte sie sehr ergriffen. Sie durfte gar nicht daran denken, wie ihr kleiner Bruder ins Flugzeug stieg und dann zu Hause in New York die Wohnung betrat – bestimmt schluchzte er wieder, und das tat ihr furchtbar weh.

Als Steve eingeschlafen war, ging sie nach unten und wanderte den Gehweg vor dem Krankenhaus auf und ab. Ihre Gedanken waren weit weg, und sie merkte erst, dass auf der Bank ein guter Bekannter saß, als sie schon fast an ihm vorbeigegangen war und er sich hörbar räusperte. Es war Pastor Harris, der trotz der brütenden Hitze wie immer ein Hemd mit langen Ärmeln trug.

»Hallo, Ronnie«, sagte er leise.

»Oh ... hallo.«

»Ich will deinem Vater einen kurzen Besuch abstatten. Denkst du, das ist möglich?«

»Im Moment schläft er. Aber wenn Sie möchten, können Sie ruhig zu ihm gehen.«

Pastor Harris klopfte mit seinem Stock auf den Boden, um Zeit zu gewinnen. »Mich stimmt es traurig, dass du so viel durchmachen musst, Ronnie.«

Sie nickte nur. Sie konnte sich gar nicht richtig konzentrieren. Selbst diese schlichte Unterhaltung strengte sie an. Und sie hatte den Eindruck, dass es dem Pastor nicht anders erging.

»Möchtest du mit mir beten?« Seine blauen Augen schauten sie bittend an. »Ich würde gern ein Gebet sprechen, bevor ich zu deinem Dad gehe. Das ... das hilft mir.«

Zuerst war Ronnie etwas verdutzt, aber dann verspürte sie Erleichterung.

»Ja, gern«, sagte sie.

Von da an betete sie regelmäßig und merkte, dass Pastor Harris recht hatte.

An Wunder glaubte sie natürlich nicht. Manche Menschen taten das, aber Ronnie redete sich nicht ein, ihr Vater würde durchkommen. Der Arzt war ihr gegenüber absolut offen gewesen. Die Krebszellen hatten ja schon die Bauchspeicheldrüse und die Lunge befallen, und angesichts dieser Metastasen war Hoffnung geradezu ... gefährlich.

Statt also zu hoffen, bat sie Gott, ihr die Kraft zu geben, die sie brauchte, um ihrem Vater beizustehen. Sie wollte in seiner Gegenwart freundlich und positiv sein und nicht jedes Mal, wenn sie ihn sah, gleich losweinen. Sie wusste ja, dass ihr Lachen ihm guttat und dass er die Tochter, die sie in den letzten Wochen geworden war, nicht mehr entbehren konnte.

Nachdem sie ihn aus dem Krankenhaus abgeholt hatte, zeigte sie ihm als Erstes das Buntglasfenster. Erwartungsvoll beobachtete sie, wie er an den Tisch trat. Er stand lange schweigend davor, dann schüttelte er fassungslos den Kopf. Sie wusste, dass er sich oft gefragt hatte, ob ihm noch genug Zeit blieb, um die Fertigstellung des Fensters zu erleben. Ach, wie schön wäre es, wenn Jonah bei ihnen wäre! Bestimmt dachte ihr Vater jetzt auch an ihn. Das Fenster war ja ihr gemeinsames Projekt gewesen. Dad vermisste Jonah, er vermisste ihn sehr. Und obwohl er sich wegdrehte und sie sein Gesicht nicht sehen konnte, wusste sie, dass er Tränen in den Augen hatte, als er zum Haus zurückging.

Dort zog er sich in sein Zimmer zurück und rief sofort seinen Sohn an. Vom Wohnzimmer aus hörte Ronnie, wie er Jonah versicherte, es gehe ihm besser – was Jonah bestimmt falsch deutete. Trotzdem fand sie es richtig. Steve wollte, dass sein Sohn vor allem daran dachte, wie glücklich er im Sommer gewesen war, und nicht immer nur grübelte, was nun bevorstand.

Als Dad am Abend auf dem Sofa saß, schlug er die Bibel auf und begann zu lesen. Jetzt verstand Ronnie natürlich seine Beweggründe. Sie setzte sich neben ihn und stellte die Fragen, die sie beschäftigten, seit sie selbst in der Heiligen Schrift geblättert hatte.

»Hast du eine Lieblingsstelle?«

»Sogar mehrere«, sagte er. »Die Psalmen finde ich besonders schön. Und von den Briefen des Paulus habe ich schon viel gelernt.«

»Aber du unterstreichst nie etwas.«

Als er sie fragend musterte, zuckte sie verlegen die Achseln. »Ich habe in deine Bibel geschaut, als du weg warst, und ich habe nichts gesehen.«

Bevor Steve antwortete, dachte er eine Weile lang nach. »Wenn ich anfangen würde, die Passagen hervorzuheben, die mir etwas sagen, würde ich am Schluss wahrscheinlich alles unterstreichen.«

»Ich kann mich gar nicht erinnern, dass du früher in der Bibel gelesen hast ...«, begann Ronnie vorsichtig.

»Weil du noch zu klein warst. Ich hatte sie auf meinem Nachttisch liegen, und ein paarmal in der Woche habe ich darin gelesen. Frag deine Mutter. Sie weiß das.«

»Bist du in letzter Zeit auf irgendetwas gestoßen, was du mir gern vorlesen würdest?«

»Möchtest du denn etwas hören?«

Als Ronnie nickte, brauchte er nicht lange, um die Stelle zu finden, die er suchte.

»Es ist Galater 5, Vers 22«, sagte er und räusperte sich. »Die Frucht aber des Geistes ist Liebe, Freude, Friede, Geduld, Freundlichkeit, Güte, Treue, Sanftmut, Selbstbeherrschung.«

Ronnie hörte gut zu und musste wieder daran denken, wie sie sich bei ihrer Ankunft benommen hatte und wie

Steve auf ihre Wut reagiert hatte. Er hatte sich auch oft geweigert, mit ihrer Mom zu streiten, selbst wenn sie ihn provozierte. Ronnie konnte sich an mehrere Situationen erinnern. Damals hatte sie das als ein Zeichen von Schwäche gedeutet und sich gewünscht, ihr Vater würde sich anders verhalten. Doch jetzt war ihr klar, dass sie sich geirrt hatte.

Ihr Vater, das begriff sie jetzt, hatte nie nur aus sich heraus gehandelt. Immer hatte auch der Heilige Geist sein Leben beeinflusst.

Der große Umschlag kam am folgenden Tag an. Mom hatte ihre Bitte erfüllt. Ronnie riss ihn auf und schüttete den Inhalt auf den Küchentisch.

Neunzehn Briefe, die Dad ihr geschrieben hatte. Alle ungeöffnet. Sie las die unterschiedlichen Absender: Bloomington, Tulsa, Little Rock ...

Nicht zu fassen, dass sie diese Briefe nicht gelesen hatte. War sie wirklich so wütend gewesen? So verbittert? So ... gemein? Sie wusste die Antwort. Aber sie konnte es trotzdem nicht mehr begreifen.

Sie suchte den ersten Brief. Die Adresse war in sauberen Druckbuchstaben geschrieben, mit schwarzer Tinte, wie bei den meisten. Der Poststempel war schon etwas verblasst. Durchs Küchenfenster sah sie ihren Vater mit dem Rücken zum Haus am Strand stehen. Genau wie Pastor Harris hatte er angefangen, trotz der Hitze langärmelige Hemden zu tragen.

Ronnie holte tief Luft, öffnete den Brief und begann zu lesen.

Liebe Ronnie,

ich weiß gar nicht, wie ich diesen Brief anfangen soll. Im Grunde kann ich nur sagen: Es tut mir alles sehr leid.

Deshalb habe ich dich gefragt, ob wir uns im Café treffen können. Und ich wollte es dir am Telefon sagen, als ich später angerufen habe. Ich verstehe, wieso du nicht gekommen bist und warum du am Telefon nicht mit mir sprechen wolltest. Du bist wütend auf mich, du bist enttäuscht, und tief in deinem Herzen denkst du, dass ich weggelaufen bin und dass ich dich und die Familie im Stich lasse.

Ich kann nicht bestreiten, dass sich die ganze Situation verändern wird, und du sollst wissen, dass ich an deiner Stelle wahrscheinlich ähnlich reagieren würde wie du. Du hast das Recht, wütend auf mich zu sein. Du hast das Recht, von mir enttäuscht zu sein. Ich habe es verdient, und ich will keine Ausreden vorbringen oder anderen die Schuld geben oder dir einreden, dass du es später bestimmt besser verstehen wirst.

Ehrlich gesagt – vielleicht verstehst du es auch später nicht. Aber das würde mich mehr verletzen, als du dir vorstellen kannst. Du und Jonah, ihr bedeutet mir beide unendlich viel. Und glaube mir – weder dich noch Jonah trifft irgendeine Schuld. Es kommt vor, dass eine Ehe einfach nicht mehr funktioniert, aus Gründen, die oft gar nicht ganz klar sind. Aber eines darfst du nie vergessen: Ich werde dich und Jonah immer lieben. Auch deine Mutter werde ich immer lieben, und ich werde ihr stets mit größtem Respekt begegnen. Sie hat mir die beiden schönsten Geschenke in meinem Leben gemacht. Und sie ist eine wunderbare Mutter. Obwohl es mich sehr traurig macht, dass sie und ich nicht mehr zusammen sein werden, glaube ich trotzdem, dass es in vieler Hinsicht ein Glück und ein Segen für mich war, so lange mit ihr verheiratet zu sein.

Ich weiß, das ist nicht viel, und es reicht dir sicher nicht, um alles wirklich zu verstehen, aber ich möchte dir sagen, dass ich immer noch an das Geschenk der Liebe glaube. Ich möchte, dass auch du daran glaubst. Du hast es verdient, dass dir dieses Geschenk in deinem Leben zuteilwird, denn es gibt nichts Erfüllenderes als die Liebe.

Ich hoffe, dass du in deinem Herzen eine Möglichkeit findest, mir mein Weggehen zu verzeihen. Es muss nicht heute sein. Auch nicht in der nahen Zukunft. Aber wenn du dann bereit dafür bist, erwarte ich dich mit offenen Armen, und es wird der glücklichste Tag meines Lebens sein.

In Liebe,
Dein Vater

»Ich glaube, ich müsste noch mehr für ihn tun«, sagte Ronnie.

Sie saß mit Pastor Harris auf der hinteren Veranda. Ihr Vater schlief im Haus, und der Pastor war gerade vorbeigekommen – mit einer leckeren Gemüselasagne, die seine Frau zubereitet hatte. Es war Mitte September und tagsüber immer noch sehr heiß. Doch vor ein paar Tagen konnte man abends zum ersten Mal ahnen, dass der Herbst vor der Tür stand, weil die Luft empfindlich abkühlte.

»Du machst schon sehr viel«, sagte der Pastor. »Ich weiß nicht, was du sonst noch tun kannst.«

»Ich meine nicht, wie ich ihn besser versorgen könnte. Im Moment braucht er nicht viel Hilfe. Er will selbst kochen, und wir machen lange Strandspaziergänge. Gestern haben wir sogar einen Drachen steigen lassen. Gegen die

Schmerzen muss er starke Medikamente nehmen, die ihn müde machen, aber sonst merkt man kaum einen Unterschied. Es ist nur …«

Pastor Harris betrachtete sie verständnisvoll. »Du möchtest gern etwas Besonderes für ihn tun. Etwas, das ihm viel bedeutet.«

Ronnie nickte. Ach, sie war so froh, dass Pastor Harris hier war! In den vergangenen Wochen hatte sie ihn oft gesehen. Er war für sie ein Freund geworden, und er war der einzige Mensch, mit dem sie ganz unbefangen reden konnte.

»Ich vertraue darauf, dass Gott dir die Antwort zeigen wird. Aber du musst wissen, es kann eine Weile dauern, bis man versteht, was Gott einem sagen will. Seine Stimme ist oft nur ein Flüstern, und man muss gut aufpassen, um die Botschaft zu hören. Allerdings kommt es auch vor, dass die Anweisung ganz deutlich vernehmbar ist, so laut wie eine Kirchenglocke.«

Ronnie musste lachen. Diese Gespräche waren für sie ein Genuss. »Das klingt so, als würden Sie aus Erfahrung sprechen.«

»Ich habe deinen Dad auch sehr, sehr gern, und genau wie du wollte ich etwas Besonderes für ihn tun.«

»Und Gott hat geantwortet?«

»Gott antwortet immer.«

»War es ein Flüstern oder ein Glockengeläut?«

Zum ersten Mal seit Langem sah sie ein verschmitztes Glitzern in seinen Augen. »Natürlich war es ein Glockengeläut. Gott weiß ja, dass ich immer schwerhöriger werde.«

»Und – was werden Sie tun?«

Er setzte sich aufrecht hin. »Ich werde das Fenster einsetzen lassen«, verkündete er. »Letzte Woche ist aus heiterem Himmel ein Wohltäter aufgetaucht, und er hat nicht nur angeboten, die Gesamtkosten für die restlichen Wiederaufbauarbeiten zu übernehmen, nein, er hatte sogar schon die Handwerker bestellt! Morgen früh fangen sie an.«

Während der nächsten beiden Tage lauschte Ronnie ständig, ob sie Kirchenglocken hören konnte, aber sie vernahm nur das Kreischen der Möwen. Wenn sie ganz leise war und horchte, ob irgendwo jemand flüsterte, hörte sie überhaupt nichts. Das wunderte sie nicht – auch Pastor Harris hatte nicht sofort eine Antwort bekommen. Sie konnte nur hoffen, dass sie etwas erfuhr, ehe es zu spät war.

Ansonsten machte sie einfach weiter wie bisher. Sie half ihrem Vater, wenn er Unterstützung brauchte, ließ ihn in Ruhe, wenn er allein zurechtkam, und versuchte, aus der ihnen noch verbleibenden gemeinsamen Zeit das Beste zu machen. Am Wochenende ging es ihm sehr gut, deshalb machten sie einen Ausflug zur Orton Plantation bei Southport, nicht weit von Wilmington entfernt. Ronnie war noch nie dort gewesen, und als sie in den Kiesweg einbogen, der durch die üppige Gartenanlage zu dem ehemaligen Herrenhaus von 1735 führte, wusste sie: Es wird ein unvergesslicher Tag. Dieser Ort schien aus einer anderen Welt zu stammen. Die Blumen blühten zwar nicht mehr, aber als sie mit Dad zwischen den riesigen Eichen umherspazierte, von deren niedrigen Zweigen die Flechten des Louisianamooses hingen, dachte Ronnie, dass sie in ihrem ganzen Leben noch nie etwas so Wunderbares gesehen hatte.

Lächelnd hakte sie sich bei ihrem Vater unter, und zum ersten Mal erzählte Ronnie ihm von ihrer Beziehung zu Will – wie sie angeln gegangen waren, wie sie Mudding gemacht hatten, wie er vom Dach des Badehäuschens elegant in den Pool gesprungen war. Und natürlich erzählte sie von dem schrecklichen Eklat bei der Hochzeit. Unerwähnt ließ sie allerdings die Ereignisse an dem Abend, bevor Will nach Vanderbilt aufbrach, und was sie zu ihm gesagt hatte. Darüber konnte sie noch nicht sprechen, die Wunde war zu frisch. Wie immer hörte Dad ruhig zu und stellte nur selten eine Zwischenfrage, auch wenn sie abschweifte. Das fand sie angenehm. Nein, mehr als das – sie fand es ganz, ganz wunderbar und fragte sich, was aus ihr geworden wäre, wenn sie den Sommer nicht hier mit ihm verbracht hätte.

Anschließend fuhren sie nach Southport und aßen in einem der kleinen Restaurants mit Blick auf den Hafen. Ronnie merkte, dass ihr Vater immer müder wurde, aber das Essen schmeckte großartig, und zum Nachtisch teilten sie sich ein feines Brownie mit warmer Schokoladensoße.

Ein rundum gelungener Tag! Ronnie wusste, dass er ihr für immer im Gedächtnis bleiben würde. Aber als sie später, nachdem ihr Vater schon ins Bett gegangen war, allein im Wohnzimmer saß, dachte sie wieder darüber nach, dass es doch noch mehr geben musste, was sie für ihn tun konnte.

In der folgenden Woche, der dritten Septemberwoche, merkte sie, dass sich der Zustand ihres Vaters verschlechterte. Er schlief oft den halben Vormittag und legte sich trotzdem am Nachmittag wieder hin, um sich auszuruhen. Die Phasen wurden immer länger, und abends ging er auch sehr früh schlafen. Während Ronnie die Küche aufräumte, weil sie sonst nichts mehr zu tun hatte, rechnete sie aus, dass er inzwischen mehr als die Hälfte der Zeit im Bett verbrachte.

Aber es wurde noch schlimmer. Er aß nicht mehr genug, sondern schob sein Essen auf dem Teller hin und her und tat nur so, als würde er etwas zu sich nehmen. Aber wenn Ronnie die Reste in den Müll warf, merkte sie, dass er kaum einen Bissen angerührt hatte. Er magerte immer mehr ab, und jedes Mal, wenn sie ihn anschaute, hatte sie das Gefühl, dass er kleiner und schmaler geworden war.

Der September ging zu Ende. Es war immer noch heiß und zudem die Hochsaison der Hurrikane, aber bisher war die Küste von North Carolina glücklicherweise verschont geblieben.

Am Tag zuvor hatte ihr Vater vierzehn Stunden geschlafen. Sein Körper ließ ihm keine andere Wahl, aber es tat Ronnie in der Seele weh, dass er die wenige ihm noch verbleibende Zeit hauptsächlich schlafend verbrachte. Auch in wachem Zustand war er viel stiller und gab sich damit zufrieden, in der Bibel zu lesen oder schweigend mit ihr einen gemächlichen Spaziergang zu machen.

Öfter als erwartet musste Ronnie an Will denken. Sie trug immer noch das Makramee-Armband, das er ihr geschenkt hatte, und wenn sie mit dem Finger über das komplizierte Gewebe strich, fragte sie sich, welche Kurse er wohl belegt hatte und mit wem er über den Campus schlenderte, wenn er von einem Vorlesungsgebäude ins andere ging. Wie gern hätte sie gewusst, neben wem er in der Cafeteria saß und ob er manchmal an sie dachte, wenn er am Freitag- oder Samstagabend ausging! Und in ihren eher pessimistischen Momenten vermutete sie, dass er sicher schon jemand Neues gefunden hatte.

»Möchtest du gern darüber reden?«, fragte ihr Vater eines Tages, als sie den Strand entlanggingen. Sie waren auf dem Weg zur Kirche. Seit der Wiederaufbau mit neuem Schwung begonnen hatte, ging alles sehr rasch vorwärts. Unzählige Handwerker schwirrten herum: Zimmerleute, Elektriker, Schreiner, Maler, Maurer. Die Arbeiter kamen und gingen, und dauernd standen unzählige Lastwagen an der Baustelle.

»Worüber?«, fragte Ronnie zurück.

»Über Will. Wieso ihr Schluss gemacht habt.«

Sie schaute ihren Vater verdutzt an. »Woher weißt du das?«

Mit einem Achselzucken antwortete er: »Ich weiß es, weil du ihn in den letzten Wochen immer nur nebenbei erwähnt hast. Und du telefonierst nie mit ihm. Es ist nicht schwer, daraus zu folgern, dass etwas vorgefallen sein muss.«

»Ach, es ist alles so kompliziert«, seufzte Ronnie.

Wortlos gingen sie ein paar Schritte, dann nahm Steve

noch einmal Anlauf. »Ich weiß nicht, ob das für dich wichtig ist, aber ich finde, er ist ein großartiger junger Mann.«

Sie hakte sich bei ihm unter. »Ja, es ist mir sogar sehr wichtig. Und ich finde das auch.«

Inzwischen hatten sie die Kirche erreicht. Die Arbeiter schleppten Bretter und Farbkanister durch die Gegend, und wie immer suchten Ronnies Augen die leere Stelle unterhalb des Turms. Das Fenster war noch nicht eingesetzt worden – zuerst mussten die anderen Baumaßnahmen abgeschlossen sein, damit die empfindliche Glaskonstruktion nicht auseinanderbrach. Dad ging trotzdem immer gern in die Kirche. Er freute sich, dass die Arbeiten jetzt so flott vorangingen, aber nicht nur wegen des Fensters. Immer wieder erwähnte er, wie bedeutungsvoll die Kirche für Pastor Harris war und wie sehr der Pfarrer es vermisst hatte, in dem Gotteshaus zu predigen, das schon so lange seine zweite Heimat war.

Pastor Harris war stets zur Stelle, und wenn sie sich bemerkbar machten, begleitete er sie anschließend meistens bis nach Hause. Jetzt entdeckte Ronnie ihn auf dem Parkplatz. Er sprach mit jemandem und gestikulierte dabei lebhaft in Richtung Kirche. Sogar aus der Ferne merkte man, dass er lächelte.

Ronnie wollte ihm zuwinken, um seine Aufmerksamkeit zu bekommen, doch dann sah sie plötzlich, mit wem er sich unterhielt, und zuckte innerlich zusammen. Bei ihrer letzten Begegnung mit diesem Mann war sie völlig durcheinander gewesen, und er hatte sich nicht einmal die Mühe gemacht, sich von ihr zu verabschieden. War Tom Blakelee rein zufällig vorbeigekommen, um mit dem Pfarrer über den Wiederaufbau zu plaudern? Weil er neugierig war?

In den nächsten Tagen hielt sie jedes Mal, wenn sie zur Kirche kamen, Ausschau nach Tom Blakelee, sah ihn aber nicht wieder. Und ein Teil von ihr war erleichtert, dass sich ihre Welten nicht mehr überschnitten.

Nach ihren Spaziergängen zur Kirche und nach Dads Mittagsschlaf saßen sie meistens zusammen im Wohnzimmer und lasen. Ronnie beendete *Anna Karenina* und lieh anschließend *Doktor Schiwago* aus der Stadtbücherei. Irgendetwas an den russischen Schriftstellern gefiel ihr: die epische Breite der Erzählweise vielleicht, die melancholische Tragik und die zum Scheitern verurteilten Liebesaffären – und alles schien weit, weit weg von ihrem Alltag.

Ihr Vater studierte weiterhin die Bibel. Gelegentlich las er ihr eine Passage oder einen Vers vor, weil sie es wollte. Manchmal war es eine längere Stelle, manchmal eine kürzere, aber vom Thema her ging es immer um die Kraft des Glaubens. Warum, wusste sie auch nicht, aber Ronnie hatte das Gefühl, die Verse gewannen dadurch, dass er sie laut vortrug, für ihren Vater eine neue Bedeutung, die ihm bis dahin entgangen war.

Die Mahlzeiten wurden immer anspruchsloser. Anfang Oktober übernahm Ronnie das Kochen, und ihr Vater akzeptierte diese Veränderung so widerspruchslos wie alles andere im Verlauf des Sommers. Meistens saß er in der Küche und unterhielt sich mit seiner Tochter, während sie Nudeln oder Reis kochte und ein Stück Huhn oder ein

Steak in der Pfanne anbriet. Zum ersten Mal seit Jahren bereitete sie Fleisch zu. Wenn sie ihren Vater ermunterte, doch etwas zu essen, kam sie sich seltsam vor, aber sie musste es tun – er hatte kaum noch Appetit. Die Speisen waren sehr schonend gewürzt, damit sie seinen Magen nicht zu sehr reizten. Zwar gab es im ganzen Haus keine Waage, aber man konnte ihn buchstäblich dahinschwinden sehen.

Eines Tages, nach dem Abendessen, erzählte sie ihrem Vater, was mit Will passiert war. Sie ließ nichts aus, weder das Feuer noch Wills Versuche, Scott zu decken, oder die Sache mit Marcus. Steve hörte aufmerksam zu. Aber als er seinen Teller wegschob, sah Ronnie, dass er fast nichts gegessen hatte.

»Darf ich dich etwas fragen?«

»Ja, natürlich, Dad. Du darfst mich alles fragen.«

»Als du mir gesagt hast, dass du Will liebst – war das ernst gemeint?«

Sie musste daran denken, dass Megan ihr die gleiche Frage gestellt hatte.

»Ja.«

»Dann denke ich, dass du vielleicht zu streng mit ihm bist.«

»Aber er hat ein Verbrechen gedeckt ...«

»Ich weiß. Aber wenn du es dir richtig überlegst – im Grunde bist du jetzt in der gleichen Situation wie er. Du kennst die Wahrheit, genau wie er. Und du hast mit niemandem darüber gesprochen.«

»Aber ich habe ja nichts getan!«

»Du hast mir erzählt, dass er auch nichts getan hat.«

493

»Was willst du damit sagen? Soll ich zu Pastor Harris gehen und ihm alles beichten?«

Steve schüttelte den Kopf. »Nein«, entgegnete er zu Ronnies Überraschung. »Ich glaube nicht, dass das gut wäre.«

»Und warum nicht?«

»Ronnie«, sagte ihr Vater leise. »Vielleicht hat die Geschichte noch ein paar andere Aspekte, die du gar nicht sehen kannst.«

»Aber –«

»Ich will nicht behaupten, dass ich recht habe. Ich habe mich im Laufe meines Lebens schon in vielen Dingen geirrt. Das gebe ich ohne Zögern zu. Aber wenn alles so war, wie du es schilderst, dann möchte ich, dass du Folgendes weißt: Pastor Harris will die Wahrheit gar nicht erfahren. Wenn er sie kennt, muss er nämlich etwas unternehmen. Und du kannst mir glauben – er würde Scott oder seiner Familie nie in irgendeiner Weise schaden wollen, vor allem, wenn es ein Unfall war. Das ist nicht seine Art. Und da ist noch etwas – meiner Meinung nach das Allerwichtigste.«

»Was denn?«

»Du musst lernen zu verzeihen.«

Sie verschränkte die Arme vor der Brust. »Ich habe Will schon längst verziehen. Ich habe ihm ein paar Nachrichten hinterlassen und –«

Ihr Vater ließ sie nicht weiterreden, sondern schüttelte entschieden den Kopf. »Ich meine nicht Will. Du musst zuerst lernen, dir selbst zu verzeihen.«

494

An dem Abend entdeckte Ronnie zwischen den Briefen, die Dad ihr geschrieben hatte, einen weiteren Brief, den sie noch nicht geöffnet hatte. Ihr Vater hatte ihn offenbar erst jetzt unter den Stapel geschoben, denn er war nicht frankiert.

Sollte sie ihn gleich lesen? Oder war er für später gedacht? Natürlich hätte sie ihren Vater fragen können, aber das tat sie nicht. Wahrscheinlich, weil sie nicht wusste, ob sie ihn überhaupt lesen wollte. Sie bekam schon Herzklopfen, wenn sie ihn nur in der Hand hielt. Es war der letzte Brief, den Dad ihr je schreiben würde.

Seine Krankheit wurde unaufhaltsam schlimmer. Zwar versuchten Vater und Tochter, die tägliche Routine beizubehalten – essen, lesen, spazieren gehen –, aber gegen die Schmerzen waren stärkere Mittel erforderlich. Manchmal war Dads Blick schon ganz glasig, doch Ronnie hatte trotzdem den Eindruck, dass die Dosierung noch nicht ausreichte. Immer wieder beobachtete sie, wie er das Gesicht verzog, während er auf dem Sofa saß und las. Dann schloss er die Augen und lehnte sich zurück, die Züge schmerzverzerrt. Oft tastete er nach ihrer Hand, aber Ronnie spürte, dass sein Griff jeden Tag schwächer wurde. Seine Kräfte schwanden dahin. Alles schwand dahin. Und bald würde er gar nicht mehr da sein.

Auch Pastor Harris beobachtete diese Veränderungen. In den letzten Wochen war er fast jeden Tag zu Besuch gekommen, meistens kurz vor dem Abendessen. Er achtete in der Regel darauf, dass sich die Unterhaltung um unproblematische Themen drehte. Entweder berichtete er von den Fortschritten bei den Bauarbeiten, oder er erzählte lustige Anekdoten aus seiner Vergangenheit, mit denen er Steve hin und wieder sogar ein Lächeln entlockte. Doch manchmal schien den beiden Männern der Gesprächsstoff auszugehen – es war schwierig, dem bitteren Ernst der Wirklichkeit auszuweichen. Dann senkte sich ein Schleier der Trauer über alles.

Wenn Ronnie spürte, dass die beiden allein sein wollten, ging sie auf die Veranda, um nicht zu stören. Worüber sie wohl sprachen? Einiges konnte sie sich denken: Sie sprachen sicher über den Glauben oder die Familie. Vielleicht auch über die Dinge im Leben, die sie bedauerten. Und ganz bestimmt beteten sie miteinander. Ronnie hatte das einmal gehört, als sie ins Haus ging, um sich ein Glas Wasser zu holen. Das Gebet des Pfarrers hatte fast wie ein Flehen geklungen. Er schien um Kraft und Stärke zu bitten, als hinge sein Leben davon ab. Ronnie schloss die Augen und sprach stumm ihr eigenes Gebet.

Mitte Oktober war es drei Tage lang für die Jahreszeit viel zu kühl, sodass man morgens ein Sweatshirt anziehen musste. Nach den Monaten erbarmungsloser Hitze genoss Ronnie die kalte Luft, aber für ihren Vater war dieser Wetterumschwung kritisch. Sie machten nach wie vor ihre Spaziergänge, aber er bewegte sich immer langsamer, und sie blieben nur kurz vor der Kirche stehen, dann drehten sie um und gingen wieder zum Bungalow. An der Haustür angekommen, zitterte ihr Vater oft vor Erschöpfung. Ronnie ließ dann warmes Wasser in die Badewanne ein, weil sie hoffte, das würde ihn ein bisschen beleben. Und immer wieder wurde sie von einer schrecklichen Panik gepackt, weil all diese Symptome natürlich auch Anzeichen für das Fortschreiten der Krankheit waren.

. An einem Freitag, eine Woche vor Halloween, machte ihr Vater den Vorschlag, an der kleinen Anlegestelle angeln zu gehen, an der Ronnie ihren ersten Tag mit Will verbracht hatte. Officer Pete borgte ihnen zwei Angeln und eine Schachtel mit Ködern. Erstaunlicherweise hatte Dad in seinem Leben noch nie geangelt, also musste Ronnie die Köder anbringen. Die ersten beiden Fische, die anbissen, entkamen sofort wieder, aber schließlich schafften sie es doch, einen kleinen Roten Trommler zu erwischen. Genau wie im Sommer mit Will. Und während Ronnie den zappelnden Fisch behutsam vom Haken befreite, vermisste sie ihren Freund auf einmal mit einer Intensität, die sich wie ein körperlicher Schmerz anfühlte.

Als sie nach dem friedlichen Nachmittag an der Anlegestelle wieder nach Hause kamen, warteten zwei Menschen auf der Veranda. Ronnie erkannte sie erst, als sie aus dem Auto stieg. Es waren Blaze und ihre Mutter. Blaze sah völlig anders aus: Die Haare hatte sie zu einem ordentlichen Pferdeschwanz frisiert, und sie trug weiße Shorts, dazu ein blaugrünes Top mit langen Ärmeln. Kein Schmuck, kein Make-up.

Der Anblick von Blaze erinnerte sie an etwas, was sie erfolgreich verdrängt hatte, weil sie sich ständig um ihren Vater kümmerte: Sie hatte noch vor Monatsende einen Gerichtstermin. Warum waren die beiden jetzt hier? Was wollten sie?

Wie immer half sie ihrem Vater beim Aussteigen und bot ihm ihren Arm als Stütze an.

»Wer sind diese Frauen?«, fragte er sie leise.

Ronnie erklärte es ihm kurz, und er nickte nur. Als sie sich der Veranda näherten, kam ihnen Blaze entgegen.

»Hallo, Ronnie.« Sie räusperte sich und kniff die Augen zusammen, weil sie in die untergehende Sonne schauen musste. »Ich bin hier, weil ich gern mit dir sprechen möchte.«

Ronnie und Blaze saßen im Wohnzimmer. Blaze starrte verlegen auf den Fußboden. Ihre Mutter und Steve hatten sich in die Küche zurückgezogen, damit die beiden Mädchen ungestört reden konnten.

»Es tut mir sehr leid, dass dein Dad krank ist«, begann Blaze schließlich. »Wie geht es ihm?«

»Na ja.« Ronnie zuckte die Achseln. »Und wie geht es *dir*?«

Blaze legte die Hand vorne auf ihr T-Shirt. »Ich werde hier immer Narben haben«, sagte sie. Dann deutete sie auf Arme und Bauch. »Und hier auch.« Mit einem traurigen Lächeln fügte sie hinzu: »Aber ich bin froh und dankbar, dass ich es überlebt habe. Ehrlich. Und ich wollte mich endlich bei dir und Will bedanken, dass ihr mich ins Krankenhaus gebracht habt.«

Ronnie nickte. »Das war doch selbstverständlich.«

Stumm blickte sich ihre frühere Freundin im Zimmer um, als wüsste sie selbst nicht, wie sie weitermachen sollte. Ronnie tat etwas, was sie von ihrem Vater gelernt hatte: Sie wartete.

»Ich hätte schon früher kommen sollen. Aber ich dachte, du hast sicher sehr viel zu tun.«

»Ist schon okay«, entgegnete Ronnie. »Ich freue mich, dass es dir besser geht.«

»Wirklich?«

»Ja, klar.« Ronnie grinste. »Auch wenn du aussiehst wie ein Osterei.«

Blaze zupfte an ihrem Top. »Ich weiß. Verrückt, was? Meine Mom hat mir ein paar neue Sachen gekauft.«

»Die Farbe steht dir gut. Ich schließe daraus, dass ihr wieder besser miteinander auskommt?«

»Ich gebe mir Mühe. Ich wohne jetzt wieder zu Hause, aber es ist gar nicht so leicht. Ich habe echt viel Mist gebaut und war oft gemein. Zu meiner Mutter, aber auch zu anderen Leuten. Zum Beispiel zu dir.«

Ronnie saß reglos da und versuchte, sich nichts anmerken zu lassen. »Warum bist du gekommen?«

An der Art, wie Blaze die Hände ineinanderkrampfte, konnte man ihre Anspannung erkennen. »Ich möchte dich um Entschuldigung bitten. Ich habe dir etwas Schreckliches angetan. Natürlich kann ich den Stress, den du deswegen hattest, nicht rückgängig machen. Aber – ich war heute Morgen bei der Staatsanwältin. Ich habe ihr gesagt, dass ich die Sachen in deine Tasche gesteckt habe, weil ich sauer auf dich war. Und ich habe eine eidesstattliche Erklärung unterschrieben, dass du keine Ahnung davon hattest. Du müsstest heute oder morgen einen Anruf von ihr bekommen, aber sie hat mir gleich gesagt, dass sie die Anklage gegen dich fallen lässt.«

Sie redete so schnell, dass Ronnie zuerst dachte, sie

hätte sich vielleicht verhört. Aber Blazes flehender Blick sagte alles. Nach den vielen Monaten, nach den unzähligen Tagen und Nächten, an denen sie sich mit Ängsten gequält hatte, war auf einmal alles vorbei. Sie konnte es kaum glauben.

»Ich schäme mich so«, fuhr Blaze mit leiser Stimme fort. »Ich hätte die Sachen nie in deine Tasche stecken sollen.«

Ronnie konnte es immer noch nicht fassen, dass dieser Albtraum tatsächlich zu Ende war. Sie schaute Blaze an, die jetzt am Saum ihres T-Shirts herumzupfte. »Und was passiert mit dir? Wird gegen dich Anklage erhoben?«

»Nein.« Sie blickte hoch, das Kinn trotzig vorgeschoben. »Ich hatte Informationen, auf die sie scharf waren. Über ein anderes Verbrechen. Ein schlimmeres Verbrechen.«

»Du meinst das, was am Pier mit dir passiert ist?«

»Nein«, sagte Blaze wieder. Ronnie entdeckte etwas Hartes, Entschlossenes in ihrem Blick. »Ich habe ihnen von dem Brand in der Kirche berichtet und wie er angefangen hat.« Sie schwieg für einen Moment, weil sie sicher sein wollte, dass Ronnie ihr zuhörte. »Scott hat das Feuer nicht verursacht. Seine Feuerwerksrakete hatte gar nichts damit zu tun. Sie ist zwar bei der Kirche heruntergekommen. Aber sie war schon verglüht.«

Ronnie traute ihren Ohren nicht. Einen Moment lang starrten sie und Blaze einander nur an, und die Luft knisterte vor Spannung.

»Aber was hat den Brand ausgelöst?«

Blaze beugte sich vor, die Ellbogen auf den Knien, die Unterarme vorgestreckt. Es sah aus wie eine Unterwerfungsgeste. »Wir haben am Strand Party gemacht – Marcus, Teddy, Lance und ich. Ein bisschen später ist Scott aufgetaucht. Er stand ein Stück von uns entfernt. Wir haben ihn demonstrativ ignoriert, aber wir konnten sehen, wie er Feuerwerksraketen zündete. Will stand noch etwas weiter weg, und Scott zielte mit einer Rakete ungefähr in seine Richtung, aber der Wind hat sie erwischt, und sie ist zur Kirche geflogen. Will ist sofort ganz aufgeregt losgerannt. Marcus fand das natürlich total lustig, und als die Rakete hinter der Kirche runterging, war er schon weg. Ich habe zuerst nicht kapiert, was abgeht, auch als ich ihm gefolgt bin. Aber dann habe ich gesehen, wie er ein Büschel trockenes Gras neben der Kirchenmauer anzündet. Und innerhalb kürzester Zeit hat die ganze Seite des Gebäudes gebrannt.«

»Willst du damit sagen, dass Marcus das Feuer gelegt hat?« Vor Aufregung konnte Ronnie kaum sprechen.

Blaze nickte. »Er hat auch noch andere Brände gelegt. Da bin ich mir sicher – er hatte schon immer eine Vorliebe für Feuer. Ich habe von Anfang an gewusst, dass er spinnt, aber ...« Sie verstummte. Ach, über diese Frage hatte sie schon viel zu oft nachgedacht. Sie setzte sich kerzengerade hin. »Jedenfalls habe ich mich bereit erklärt, gegen ihn auszusagen.«

Ronnie lehnte sich zurück. Sie fühlte sich völlig ausgelaugt. Und natürlich musste sie daran denken, was sie zu Will gesagt hatte – wenn er getan hätte, was sie von ihm verlangt hatte, wäre Scotts Leben wegen nichts und wieder nichts zerstört worden.

Ihr war richtig schlecht, als Blaze weitersprach. »Mir tut das alles sehr, sehr leid. Und es klingt verrückt – aber ich habe dich wirklich als meine Freundin betrachtet, bis ich alles kaputt gemacht habe, blöd wie ich bin.« Zum ersten Mal wurde ihre Stimme brüchig. »Aber du bist echt toll, Ronnie. Du bist ehrlich, und du warst nett zu mir, obwohl du allen Grund gehabt hast, mich zu hassen.« Eine Träne kullerte ihr über die Wange, aber sie wischte sie schnell weg. »Ich werde nie vergessen, wie du mir angeboten hast, ich könnte bei dir wohnen – dabei habe ich mich dir gegenüber dermaßen ekelhaft verhalten! Ich habe mich so ... geschämt! Und trotzdem war ich dir dankbar. Ich war froh, dass jemand bereit ist, mir zu helfen.«

Blaze schwieg. Es fiel ihr sichtlich schwer, die Fassung zu bewahren. Mit Mühe schluckte sie die Tränen hinunter, holte dann tief Luft und schaute Ronnie fest in die Augen.

»Wenn du irgendwann etwas brauchst – egal was –, lass es mich wissen. Für dich werde ich alles andere stehen und liegen lassen. Ich weiß, ich kann das nie wieder gutmachen, aber in gewisser Weise habe ich das Gefühl, dass du mich gerettet hast. Dass dein Vater jetzt schwer krank wurde, das ist so unfair ... und ich möchte dich gern irgendwie unterstützen.«

Ronnie nickte nur.

»Und noch etwas – wir müssen ja nicht unbedingt befreundet sein, aber wenn du mich wiedersiehst, dann sag bitte Galadriel zu mir. Ich kann den Namen Blaze nicht mehr ausstehen.«

Jetzt grinste Ronnie. »Wird gemacht, Galadriel.«

Wie Galadriel angekündigt hatte, rief die Staatsanwältin am Nachmittag an, um ihr mitzuteilen, dass die Anklage fallen gelassen wurde.

Abends, als ihr Vater schon schlief, stellte Ronnie die Regionalnachrichten an. Sie war sich nicht sicher, ob darüber berichtet wurde, aber dann kam es doch, direkt vor dem Wetterbericht, eine Dreißigsekundenmeldung, dass »im Rahmen der Ermittlungen wegen des Brandes in einer Kirche vergangenes Jahr ein neuer Verdächtiger verhaftet wurde«. Anschließend erschien ein Foto von Marcus auf dem Bildschirm, mit einer kurzen Auflistung seiner bisherigen Vergehen. Ronnie stellte schnell den Fernseher aus. Sie konnte nicht anders – aber diese kalten, toten Augen irritierten sie immer noch.

Sie dachte an Will und an seinen Wunsch, Scott zu schützen. Dabei hatte dieser die Tat gar nicht begangen. War es wirklich so schlimm, fragte sie sich, dass die Loyalität einem Freund gegenüber sein Urteilsvermögen getrübt hatte? Zumal sich jetzt herausstellte, dass die Wahrheit ganz anders aussah? Ronnie fühlte sich unsicher. Sie hatte sich in so vielen Dingen geirrt, die alle möglichen Menschen betrafen: ihren Dad, Galadriel, ihre Mutter und auch Will. Das Leben war wesentlich komplizierter, als sie als schlecht gelaunter Teenager in New York gedacht hatte.

Kopfschüttelnd ging sie durchs Haus und löschte die Lichter. Das Leben in Manhattan – eine Party nach der anderen, Highschool-Tratsch, Streitereien mit ihrer Mutter –, all das kam ihr vor wie eine fremde Welt, eine Existenz, die sie nur geträumt hatte. Heute gab es nur dies:

ihre Strandspaziergänge mit Dad, das stetige Rauschen der Wellen, der Geruch des nahenden Winters.

Und die Frucht des Heiligen Geistes: Liebe, Freude, Friede, Geduld, Freundlichkeit, Güte, Treue, Sanftmut, Selbstbeherrschung.

Halloween kam und ging, und mit jedem Tag wurde ihr Vater schwächer.

Sie konnten nicht mehr am Strand spazieren gehen, weil es ihn zu sehr anstrengte. Morgens, wenn Ronnie sein Bett machte, fand sie ganze Haarbüschel auf seinem Kopfkissen. Weil sie wusste, dass die Krankheit jetzt unbarmherzig zuschlug, trug sie ihre Matratze in sein Zimmer, falls er nachts Hilfe brauchte – aber auch, um noch möglichst lange in seiner Nähe sein zu können.

Das Schmerzmittel war so hoch dosiert wie nur möglich, und es schien trotzdem nicht zu genügen. Wenn sie nachts neben ihm auf dem Boden schlief, gab er oft wimmernde Schreie von sich, die ihr durch und durch gingen. Das Medikament befand sich direkt bei seinem Bett, und wenn er morgens aufwachte, griff er gleich danach. Ronnie setzte sich dann zu ihm, legte den Arm um ihn und drückte seinen zitternden Körper an sich, bis die Schmerzen etwas nachließen.

Aber die Nebenwirkungen konnte man nicht übersehen. Er war unsicher auf den Füßen, und Ronnie musste ihn stützen, selbst wenn er nur ein paar Schritte gehen wollte. Obwohl er so stark abgenommen hatte, war es nicht einfach für sie, ihn aufzufangen, wenn er stolperte.

Zwar beklagte er sich nie, aber in seinen Augen konnte sie sehen, dass er von sich selbst enttäuscht war – als würde er sie im Stich lassen.

Er schlief bis zu siebzehn Stunden am Tag, und Ronnie war dann mehr oder weniger allein im Haus. Immer wieder las sie die Briefe, die er ihr früher geschrieben hatte. Den letzten Brief hatte sie noch nicht geöffnet, aber manchmal nahm sie ihn in die Hand und versuchte, die nötige Kraft zu finden.

Fast täglich rief sie in New York an. Sie versuchte, die Zeiten so zu legen, dass Jonah gerade von der Schule nach Hause kam. Oder sie telefonierten nach dem Abendessen. Ihr kleiner Bruder wirkte oft bedrückt, und wenn er sich nach Dad erkundigte, bekam Ronnie ein schlechtes Gewissen, weil sie nicht die ganze Wahrheit sagte. Aber sie durfte ihn nicht überfordern, und ihr fiel auch auf, dass Dad sich immer, wenn er mit Jonah sprach, bemühte, möglichst lebhaft zu klingen. Danach blieb er meistens in dem Sessel beim Telefon sitzen, weil er von der Anstrengung so erschöpft war, dass er nicht aufstehen konnte. Wenn Ronnie ihn dann anschaute, kam ihr immer wieder der Gedanke, dass sie bestimmt noch mehr für ihn tun könnte – aber sie wusste nicht, was.

»Was ist deine Lieblingsfarbe?«, fragte sie ihn.

Sie saßen beide am Küchentisch, und Ronnie hatte einen Notizblock vor sich liegen.

Steve lächelte belustigt. »Das ist die Frage, die du mir stellen wolltest?«

»Nur die erste. Ich habe noch jede Menge Fragen auf Lager.«

Steve griff nach der Dose Ensure, die Ronnie ihm hingestellt hatte. Er konnte nur noch Flüssignahrung zu sich nehmen, normales Essen war zu schwer verdaulich. Aber Ronnie wusste ganz genau, dass er auch das nur tat, um ihr eine Freude zu machen, und nicht weil er Appetit hatte.

»Grün«, sagte er.

Sie schrieb es auf und las die nächste Frage vor. »Wie alt warst du, als du das erste Mal ein Mädchen geküsst hast?«

»Willst du das tatsächlich wissen?« Er zog eine Grimasse.

»Bitte, Dad! Es ist wichtig.«

Also antwortete er brav, und Ronnie notierte es. Ein Viertel der Fragen, die sie sich ausgedacht hatte, hakten sie bereits am ersten Abend ab, und innerhalb der nächsten Woche beantwortete Steve sie alle. Ronnie verfasste eine Art Protokoll, nicht unbedingt wörtlich, aber sie hoffte, dass sie genügend Einzelheiten vermerkte, um den Rest in Zukunft rekonstruieren zu können. Die Ergebnisse waren spannend und manchmal überraschend, aber insgesamt kam Ronnie zu dem Schluss, dass ihr Vater wirklich der Mann war, den sie im Laufe des Sommers kennengelernt hatte.

Das war einerseits gut, aber andererseits war es schlecht. Gut, weil sie es erwartet hatte, und schlecht, weil sie der Antwort, nach der sie schon die ganze Zeit suchte, dadurch keinen Schritt näher kam.

Die zweite Novemberwoche brachte den ersten Herbstregen, aber die Bauarbeiten an der Kirche wurden nicht unterbrochen. Man hatte sogar den Eindruck, dass sich das Tempo noch beschleunigte. Wenn Ronnie zur Baustelle lief, konnte ihr Vater sie nicht mehr begleiten, aber sie ging trotzdem jeden Tag hin, weil sie die Fortschritte sehen wollte. Pastor Harris winkte ihr immer freundlich zu, wenn er sie sah, aber er kam nicht mehr zu ihr, um zu plaudern.

In der kommenden Woche sollte das Buntglasfenster eingesetzt werden. Dann würde Pastor Harris wissen, dass er etwas für ihren Vater getan hatte, was kein anderer für ihn tun konnte, dachte Ronnie. Etwas, das ihrem Vater unglaublich viel bedeutete. Sie freute sich darüber – und betete immer noch um einen Fingerzeig von oben.

Es war ein grauer Novembertag, als ihr Vater plötzlich verkündete, er wolle zum Pier gehen. Wegen der Kälte und wegen der Entfernung machte sich Ronnie Sorgen, aber er gab nicht nach. Er wolle das Meer vom Pier aus sehen, sagte er. *Zum letzten Mal.* Das war gemeint, aber die Worte sprach er nicht aus.

Sie zogen ihre warmen Mäntel an, und Ronnie schlang ihrem Vater sogar einen Wollschal um den Hals. Der Wind fegte schon kalt und winterlich, wodurch die gefühlte Kälte viel schlimmer war, als man nach den angegebenen Temperaturen gedacht hätte. Ronnie bestand darauf, dass sie mit dem Auto fuhren. Auf dem verlassenen

Parkplatz direkt beim Pier stellte sie Pastor Harris' Wagen ab.

Um das Ende des Piers zu erreichen, brauchten sie sehr lange. Sie waren unter dem wolkenverhangenen Himmel ganz allein. Durch die Planken aus Beton konnte man die bleigrauen Wellen sehen. Während sie langsam einen Fuß vor den anderen setzten, hakte sich Steve bei Ronnie unter und klammerte sich an ihr fest. Der Wind zerrte an ihren Mänteln.

Als sie es schließlich geschafft hatten, griff Dad nach dem Geländer, verlor dabei aber fast das Gleichgewicht. Im silbrigen Licht konnte man sehen, wie eingesunken seine Wangen waren, wie trübe seine Augen. Aber Ronnie spürte trotzdem, dass er sich freute.

Die gleichmäßige Bewegung des Wassers, der Ozean, der sich bis zum Horizont erstreckte, und der endlose Himmel über ihnen – all dies schien ihrem Vater ein Gefühl heiterer Gelassenheit zu geben. Es gab nichts zu sehen, keine Boote, keine Delfine, keine Surfer – aber er genoss den Frieden und schien zum ersten Mal seit Wochen keine Schmerzen zu haben. Die Wolken wirkten fast wie lebendige Wesen, sie wechselten ständig die Form, während die Wintersonne vergeblich versuchte, durch ihren Schleier zu dringen. Ronnie verfolgte das Schauspiel droben am Himmel mit derselben Hingabe wie ihr Vater. Ach, wie gern hätte sie gewusst, wohin seine Gedanken wanderten!

Der Wind frischte auf, und Steve begann zu frösteln. Ronnie merkte jedoch, dass er noch bleiben wollte. Sein Blick war ruhig auf den Horizont gerichtet. Sie zupfte ihn vorsichtig am Ärmel, doch er klammerte sich noch entschiedener am Geländer fest.

Deshalb gab sie den Versuch auf und wartete, bis er von sich aus bereit war zu gehen. Er zitterte vor Kälte, als er endlich das Geländer losließ. Bedächtig tappten sie zurück zum Auto. Aus dem Augenwinkel konnte Ronnie sehen, dass ihr Vater lächelte.

»Das war schön, nicht wahr?«, sagte Ronnie.

Steve antwortete erst nach ein paar Schritten.

»Ja, sehr schön sogar. Aber am meisten habe ich es genossen, dass ich diesen Augenblick mit dir erleben durfte.«

Zwei Tage später beschloss Ronnie, nun doch den letzten Brief zu lesen. Jedenfalls bald. Bevor ihr Vater starb. Nicht heute Abend, aber – *bald*, nahm sie sich vor. Es war schon spät, und der Tag war der bisher schlimmste gewesen. Das Medikament schien nicht mehr zu wirken. Tränen liefen ihm über das Gesicht, während sein Körper von fürchterlichen Krämpfen geschüttelt wurde. Ronnie flehte ihn an, er solle sich von ihr ins Krankenhaus bringen lassen, aber er weigerte sich standhaft.

»Nein«, stöhnte er. »Noch nicht.«

»Wann dann?« Ronnie war verzweifelt und ebenfalls den Tränen nahe. Er antwortete nicht, sondern hielt den Atem an, in der Hoffnung, dass die Schmerzen vergehen würden. Nach einer Weile schien er sich tatsächlich besser zu fühlen, war aber gleichzeitig extrem geschwächt. Als hätten die Qualen ihm noch ein Stück seiner schwindenden Lebenskraft genommen.

»Ich möchte dich um etwas bitten«, begann er. Seine Stimme war nur noch ein heiseres Flüstern.

Ronnie küsste seinen Handrücken. »Alles, was du willst.«

»Als man mir die Diagnose mitgeteilt hat, habe ich eine Patientenverfügung unterschrieben. Weißt du, was das ist?« Er musterte sie fragend. »Es bedeutet, dass die Ärzte im Krankenhaus keine unnötigen lebenserhaltenden Maßnahmen durchführen sollen.«

Sie spürte, wie sich ihr Magen zusammenkrampfte. »Was willst du mir damit sagen?«

»Wenn es so weit ist, musst du mich gehen lassen.«

»Nein!« Sie schüttelte heftig den Kopf. »Das darfst du nicht sagen.«

Er schaute sie an. Sein Blick war zärtlich, aber unnachgiebig. »Bitte«, flüsterte er. »Ich will es so. Wenn ich ins Krankenhaus gehe, musst du die Unterlagen mitnehmen. Sie liegen in der obersten Schreibtischschublade, in einem braunen Umschlag.«

»Nein ... Dad, bitte!«, rief sie. »Zwing mich nicht zu so etwas. Das kann ich nicht.«

Er blickte ihr fest in die Augen. »Auch nicht, wenn du es für mich tust?«

In der Nacht wimmerte er im Schlaf wieder vor Schmerzen, und sein Atem ging schwer und rasselnd. Ronnie hatte furchtbare Angst. Sie hatte ihm zwar versprochen, dass sie ihm seine letzte Bitte erfüllen würde, aber ob sie das schaffen würde, wusste sie nicht.

Wie konnte sie den Ärzten sagen, sie sollten nichts für ihn tun? Wie konnte sie ihn sterben lassen?

Am Montag holte Pastor Harris sie beide ab und fuhr mit ihnen zur Kirche, damit sie dabei waren, wenn das Fenster eingesetzt wurde. Weil Steve zu schwach war, um zu stehen, nahmen sie einen Klappstuhl für ihn mit. Pastor Harris und Ronnie stützten ihn. Viele Menschen hatten sich versammelt, um den feierlichen Akt mitzuerleben, und sie verfolgten andächtig, wie die Arbeiter das Fenster vorsichtig in die Öffnung einfügten. Es war so spektakulär, wie Ronnie es sich vorgestellt hatte, und nachdem die letzte Stütze angebracht war, jubelten alle. Später sah Ronnie, dass ihr Vater eingenickt war, warm eingehüllt in die dicken Wolldecken, mit denen sie ihn zugedeckt hatte.

Mit Pastor Harris' Hilfe brachte sie ihn nach Hause und ins Bett. Beim Abschied sagte der Pastor zu ihr:

»Dein Dad war glücklich.« Er klang, als wollte er nicht nur Ronnie, sondern auch sich selbst damit trösten.

»Ich weiß.« Sie drückte seine Hand. »Genau das hat er sich gewünscht.«

Steve schlief den Rest des Tages, und als es draußen dunkel wurde, wusste Ronnie auf einmal, dass die Zeit gekommen war, den Brief zu lesen. Wenn sie sich jetzt nicht traute, würde sie vielleicht nie den Mut dazu finden.

Die Beleuchtung in der Küche war gedämpft. Ronnie riss den Umschlag auf und faltete langsam das Blatt auseinander. Die Handschrift war anders als bei den früheren Briefen, nicht mehr so flüssig und gleichmäßig. Ronnie wollte lieber nicht daran denken, wie sehr es ihn angestrengt hatte, die Sätze zu schreiben, wie lange er dafür gebraucht hatte. Sie holte tief Atem und begann zu lesen.

Hallo, mein Schatz,
ich bin stolz auf dich.

Das habe ich dir nicht oft genug gesagt. Ich sage es jetzt, nicht, weil du dich entschieden hast, in dieser schwierigen Zeit bei mir zu bleiben, sondern weil ich möchte, dass du weißt, du bist ein ganz wunderbarer Mensch. Du bist so, wie ich es mir immer erträumt habe.

Danke, dass du hiergeblieben bist. Ich weiß, es ist nicht leicht für dich, und bestimmt ist es viel schwieriger, als du es dir vorgestellt hast. Mir tut es sehr leid, dass du wohl oder übel so viele Stunden allein verbringen musst. Und noch mehr bedaure ich, dass ich nicht immer der Vater war, den du gebraucht hättest. Ich weiß, ich habe unzählige Fehler gemacht. So gern würde ich viele Dinge in meinem Leben ändern! Das ist wahrscheinlich normal, angesichts dessen, was mir schon bald bevorsteht, aber es gibt noch etwas, was du wissen musst.

Obwohl das Leben oft schwer ist und ich vieles bedaure – es hat auch immer wieder Augenblicke gegeben, in denen ich mich wirklich gesegnet gefühlt habe. Zum Beispiel, als du auf die Welt gekommen bist. Oder wenn ich mit dir in den Zoo gegangen bin und du völlig hingerissen warst von den Giraffen. Solche Momente sind nie von Dauer, sie kommen und gehen, wie der Wind. Aber manche bleiben uns für immer erhalten.

So war es für mich in diesem Sommer. Und nicht nur, weil du mir verziehen hast. Der Sommer war ein Geschenk für mich, weil ich die junge Frau kennengelernt habe, zu der du herangewachsen bist. Ich habe das auch schon zu deinem Bruder gesagt: Es war der schönste Sommer meines Lebens, und während der idyllischen Tage habe ich mich oft gefragt, wie es möglich ist, dass jemand wie ich eine so großartige Tochter hat.

Ich danke dir, Ronnie. Dafür, dass du gekommen bist. Und ich danke dir auch dafür, dass ich mich durch dich an jedem Tag, den wir gemeinsam verbringen durften, so wunderbar gefühlt habe.

Du und Jonah, ihr seid für mich das allergrößte Geschenk in meinem Leben. Ich liebe dich, Ronnie, und ich habe dich schon immer geliebt. Und du darfst nie, nie vergessen, wie unglaublich stolz ich auf dich bin. Schon immer. Kein Vater wurde je reicher beschenkt als ich.

Dad

Nach Thanksgiving begannen die Leute, ihre Strandhäuser weihnachtlich zu schmücken.

Steve wog ein Drittel weniger als früher und lag fast die ganze Zeit im Bett.

Als Ronnie eines Morgens aufräumte, stieß sie auf einen kleinen Stapel Papier. Jemand hatte die Seiten achtlos in die Schublade im Wohnzimmertisch gesteckt. An den Noten erkannte Ronnie sofort die Handschrift ihres Vaters.

Es war seine Komposition, die er an jenem Abend in der Kirche gespielt hatte. Sie legte die Blätter nebeneinander auf den Tisch, um sie genauer zu studieren. Die Notenabfolge war immer wieder abgeändert worden, aber eines war nicht zu übersehen: Dieses Stück beruhte auf einem absolut genialen Einfall! Beim Lesen hörte sie im Kopf die faszinierenden Anfangsakkorde. Als sie jedoch zur dritten Seite kam, merkte sie, dass irgendetwas nicht ganz stimmte. Die Grundidee war fantastisch, aber von einem bestimmten Punkt an verlor die Komposition ihre Kraft. Ronnie holte einen Bleistift aus der Schublade und fing an, eigene Noten einzutragen, eigene Harmonien, ihre eigene Melodieführung.

Ohne dass sie es merkte, waren drei Stunden verflogen, und sie hörte, dass ihr Vater unruhig wurde. Schnell legte sie die Notenblätter wieder in die Schublade und ging zu ihm, bereit, den Anforderungen des Tages zu begegnen.

Als Dad dann am Abend wieder schlief, holte sie die Seiten hervor und arbeitete bis weit nach Mitternacht. Ausnahmsweise schlief sie auf der Couch. Morgens beim Aufwachen war ihr erster Gedanke, dass sie ihm die Komposition unbedingt zeigen musste. Leise ging sie in sein Zimmer, aber er rührte sich nicht. Als sie merkte, dass er kaum noch atmete, geriet sie in Panik.

Sofort rief sie den Krankenwagen. Ihr Magen verknotete sich, und mit zittrigen Knien ging sie zurück in sein Zimmer. Sie war noch nicht so weit! Sie hatte ihm die Komposition noch nicht gezeigt. Einen Tag brauchte sie noch, mindestens! Mit bebenden Händen öffnete sie die oberste Schreibtischschublade und holte den braunen Umschlag heraus.

In seinem Krankenhausbett wirkte ihr Vater noch dünner als sonst. Sein Gesicht war völlig eingesunken, seine Haut fahl. Er atmete flach und schnell, wie ein kleines Kind. Ronnie schloss die Augen. Sie wollte nicht hier sein. Überall wollte sie sein, nur nicht hier.

»Noch nicht, Daddy«, flüsterte sie. »Halte noch ein bisschen durch, okay?«

Der Himmel hinter dem Krankenhausfenster hing voller grauer Wolken. Die Bäume hatten keine Blätter mehr, und die starren, kahlen Äste erinnerten an Knochen. Die Luft war kalt und still. Man ahnte, dass bald ein Unwetter aufziehen würde.

Der braune Umschlag lag auf dem Nachttisch. Ja, sie hatte ihrem Vater versprochen, seine Verfügung dem Arzt zu übergeben, aber sie hatte es noch nicht übers Herz gebracht. Erst wollte sie sicher sein, dass er nicht mehr aufwachte. Dass sie keine Möglichkeit mehr hatte, sich von ihm zu verabschieden. Dass sie wirklich nichts mehr für ihn tun konnte.

Sie betete um ein Wunder. Nur ein ganz kleines. Und als hätte Gott ihre Bitte erhört, geschah zwanzig Minuten später etwas Unerwartetes.

Fast den ganzen Vormittag hatte sie an seinem Bett verbracht. Mit der Zeit gewöhnte sie sich so sehr an das Geräusch seiner Atemzüge und an das gleichmäßige Piepsen des Herzmonitors, dass die geringste Veränderung ihr wie ein Alarmzeichen vorkam. Als sie aufblickte, sah sie, dass sein Arm zuckte und die Augenlider flatterten. Er blinzelte in das Neonlicht, und Ronnie ergriff instinktiv seine Hand.

»Dad?« Eine blinde Hoffnung überkam sie – vielleicht setzte er sich auf.

Aber das tat er nicht. Er schien sie nicht zu hören. Mit größter Anstrengung drehte er den Kopf, um sie anzuschauen, und sie sah eine Dunkelheit in seinen Augen, die sie noch nie wahrgenommen hatte. Doch dann blinzelte er, und sie hörte ihn seufzen.

»Hallo, Schätzchen«, flüsterte er heiser.

Weil er Wasser in der Lunge hatte, klang er fast wie ein Ertrinkender. Ronnie zwang sich zu einem Lächeln. »Wie fühlst du dich?«

»Nicht besonders gut.« Er schwieg, als müsste er Kräfte sammeln. »Wo bin ich?«

»Im Krankenhaus. Du wurdest heute Morgen eingeliefert. Ich weiß, du hast diese Patientenverfügung, aber bisher ...«

Als sich seine Lider senkten, fürchtete sie schon, seine Augen könnten für immer geschlossen bleiben. Doch er öffnete sie wieder.

»Ist schon okay«, murmelte er und klang so nachsichtig, dass ihr Herz zuckte. »Ich verstehe das.«

»Bitte, sei mir nicht böse.«

»Ich bin dir nicht böse.«

Sie küsste ihn auf die Wange und schlang vorsichtig die Arme um seinen ausgemergelten Körper. Da spürte sie, wie er ihr die Hand auf den Rücken legte.

»Geht es dir ... gut?«, fragte er.

»Nein.« Tränen stiegen ihr in die Augen. »Es geht mir nicht gut.«

»Ach, das tut mir leid.« Seine Stimme war kaum noch hörbar.

»Bitte, sag das nicht, Dad. Ich bin diejenige, der so vieles leidtun muss. Wieso habe ich so lange nicht mit dir gesprochen? Das hätte ich nicht tun dürfen. Ich würde alles darum geben, wenn ich es rückgängig machen könnte.«

Er lächelte matt. »Habe ich dir eigentlich schon einmal gesagt, wie schön du bist?«

516

»Ja, das hast du mir schon mal gesagt«, erwiderte sie schniefend.

»Diesmal meine ich es ganz ernst.«

Sie lächelte unter Tränen. »Danke«, stieß sie hervor und küsste zärtlich seine Hand.

»Weißt du noch – als du klein warst, hast du mir stundenlang zugeschaut, wenn ich Klavier spielte.« Auf einmal klang er ganz ernst. »Und eines Tages saßest du am Klavier und hast eine Melodie gespielt, die du von mir gehört hattest. Du warst damals erst vier Jahre alt. Du bist so unglaublich begabt.«

»Ich kann mich gut daran erinnern.«

Jetzt ergriff er ihre Hand und hielt sie fest, mit einer Kraft, die Ronnie überraschte. »Ich muss dir noch etwas sagen. Gleichgültig, wie hell dein Stern erstrahlte – mir war die Musik nicht halb so wichtig wie du, meine Tochter ... Ich möchte, dass du das nie vergisst.«

Ronnie nickte. »Ich glaube dir, Dad. Und ich habe dich auch sehr, sehr lieb.«

Er atmete tief durch, ohne den Blick von ihr abzuwenden. »Bringst du mich dann nach Hause?«

Die Worte trafen sie mit einer ungeheuren Wucht. Unausweichlich, mitten ins Herz. Sie schaute auf den Briefumschlag. Ja, sie wusste, was diese Bitte bedeutete und was sie den Ärzten sagen musste. In diesem Augenblick sah sie die Ereignisse der vergangenen fünf Monate ganz deutlich vor sich, Bilder zogen vorüber, eines nach dem anderen, und sie blieben erst stehen, als sie ihren Dad vor sich sah, wie er in der Kirche Klavier spielte. Unter der leeren Öffnung in der Mauer, in die später das Fenster eingesetzt wurde.

Und in dem Augenblick erkannte sie etwas, was in ihrem Innersten schon die ganze Zeit geschlummert hatte.

»Ja, ich bringe dich nach Hause«, sagte sie. »Aber du musst auch etwas für mich tun.«

Ihr Vater schluckte. Die Antwort schien ihn ungeheure Kraft zu kosten. »Ich bin mir nicht sicher, ob ich das noch kann.«

Lächelnd griff Ronnie nach dem Briefumschlag. »Auch nicht, wenn du es für mich tust?«

Pastor Harris borgte ihr seinen Wagen, und sie fuhr, so schnell sie nur konnte. Mit dem Handy erledigte sie den Anruf, während sie die Spur wechselte. Kurz und knapp erläuterte sie die Situation und was sie brauchte. Galadriel war sofort einverstanden. Ronnie raste, als hinge das Leben ihres Vaters davon ab, und bei jeder gelben Ampel drückte sie das Gaspedal durch und fuhr weiter.

Galadriel erwartete sie schon auf der Veranda, mit zwei Brechstangen.

»Kann's losgehen?«, fragte sie.

Ronnie nickte wortlos, und gemeinsam betraten sie das Haus.

Mit Galadriels Hilfe dauerte es keine Stunde, das Werk ihres Vaters abzumontieren. Dass im Wohnzimmer dadurch ein großes Chaos entstand, störte niemanden. Ronnie konnte nur an eines denken: dass ihrem Vater nicht mehr viel Zeit blieb und sie noch etwas für ihn tun wollte. Als das letzte Brett entfernt war, schaute Galadriel sie an, verschwitzt und außer Atem.

»So, und jetzt fährst du am besten gleich los und holst deinen Vater. Ich mache hier ein bisschen Ordnung, und nachher helfe ich dir, ihn reinzutragen.«

Auf dem Weg zurück zum Krankenhaus raste Ronnie sogar noch schneller. Sie hatte dem Arzt genau erklärt, was sie vorhatte, ehe sie vorhin losgefahren war. Die Stationsschwester hatte ihr geholfen, in Windeseile die Entlassungsformulare auszufüllen, die von der Verwaltung verlangt wurden. Als sie jetzt vom Auto aus das Krankenhaus anrief, ließ sie sich zu ebendieser Schwester durchstellen und fragte sie, ob sie ihren Vater in einem Rollstuhl unten an den Ausgang bringen könnte.

Die Autoreifen quietschten, als sie auf den Klinikparkplatz einbog. Sie folgte den Wegweisern zum Eingang der Notaufnahme und sah sofort, dass die Krankenschwester ihr Versprechen gehalten hatte.

Gemeinsam mit der Schwester hievte Ronnie ihren Vater ins Auto, und schon war sie wieder unterwegs. Steve wirkte wacher als in seinem Krankenhausbett, aber sie wusste natürlich, dass sich das von einer Minute zur nächsten ändern konnte. Sie musste es schaffen, bevor es zu spät war! Ronnie durchquerte die Stadt, in der sie sich inzwischen richtig heimisch fühlte, und während der Fahrt wechselten sich in ihrem Inneren unablässig Hoffnung und Angst ab. Gleichzeitig war jetzt alles so einfach, so klar!

Galadriel stand vor dem Haus. Sie hatte das Sofa an die passende Stelle gerückt, und nun half sie Ronnie, ihren Vater ganz behutsam dorthin zu bringen.

Obwohl sein Zustand so schlecht war, schien er zu ahnen, was Ronnie für ihn vorbereitet hatte. Sein schmerz-verzerrtes Gesicht entspannte sich. Mit einem seligen Staunen blickte er auf den Flügel in der nun wieder offe-nen Nische. Und an seinen Augen konnte Ronnie erken-nen, dass sie das Richtige getan hatte. Zart küsste sie ihn auf die Wange.

»Ich habe deine Komposition zu Ende geschrieben, Dad«, sagte sie. »Unser letztes Werk. Und ich möchte es für dich spielen.«

KAPITEL 36

Steve

Das Leben – das wurde ihm jetzt klar – war wie eine Komposition, wie ein Lied.

Am Anfang steht ein großes Geheimnis, und am Ende kommt die Bestätigung, aber in der Mitte, da wohnen die Gefühle, und wegen der Gefühle lohnt sich das alles.

Zum ersten Mal seit Monaten hatte er keine Schmerzen. Zum ersten Mal seit Jahren wusste er, dass es eine Antwort auf seine Fragen gab. Während er hingebungsvoll der Komposition lauschte, die Ronnie zu Ende geführt und zur Perfektion gebracht hatte, schloss er die Augen, und er wusste, dass seine Suche nach Gottes Gegenwart beendet war.

Jetzt verstand er, dass Gott überall war, überall und immer, und irgendwann erkannte ihn jeder Mensch. Seine Gegenwart war spürbar gewesen, als Steve mit Jonah in der Werkstatt an dem Fenster arbeitete und als er die vielen Wochen mit Ronnie verbrachte. Sie zeigte sich im Hier und Jetzt, während seine Tochter Klavier spielte – die letzten Klänge, die sie gemeinsam hören würden. Im Rückblick fragte er sich, wieso ihm das erst jetzt klar wurde.

Gott war die Liebe in ihrer reinsten Form, und in den Monaten mit seinen Kindern hatte er seine Hand so deutlich gefühlt, wie er jetzt die Musik hörte, die Ronnie für ihn spielte.

KAPITEL 37

Ronnie

Ihr Vater starb ein paar Tage später, im Schlaf, während Ronnie auf der Matratze neben seinem Bett lag. Über die Einzelheiten konnte sie nicht sprechen. Sie wusste, ihre Mutter wartete darauf, dass sie zum Ende kam – seit drei Stunden redete sie schon, und Mom hatte die meiste Zeit geschwiegen, so wie ihr Dad sonst immer. Aber der Moment, als ihr Vater seinen letzten Atemzug tat, gehörte nur ihr, und sie wusste, dass sie niemals mit jemandem darüber sprechen würde. Dass sie bei ihm sein durfte, als er diese Welt verließ, war ein Geschenk, das er nur ihr gemacht hatte. Und sie würde nie vergessen, wie feierlich und intim es sich angefühlt hatte.

Stattdessen erzählte sie Mom von ihrem letzten Klavierspiel, dem wichtigsten Spiel in ihrem ganzen Leben, und schaute dabei hinaus in den kalten Dezemberregen.

»Ich habe so lange für ihn gespielt, wie ich nur konnte. Und ich habe mir große Mühe gegeben, dass es schön für ihn ist, weil ich wusste, wie viel es ihm bedeutet. Aber er war so schwach ...« Ihre Stimme wurde leise. »Am Schluss konnte er mich gar nicht mehr richtig hören, glaube ich.« Sie schluckte und fragte sich, ob sie überhaupt noch weinen konnte. So viele Tränen hatte sie schon vergossen.

Ihre Mutter breitete die Arme aus und zog Ronnie zu sich. Auch in ihren Augen schimmerten Tränen.

»Bestimmt hat er dich gehört, mein Schatz. Und ich bin mir sicher, du hast wunderschön gespielt.«

Ronnie ließ sich von ihrer Mutter drücken und legte den Kopf in ihre Brust, wie früher als Kind.

Sanft strich Kim ihr über die Haare. »Du darfst nie vergessen, wie glücklich ihr ihn gemacht habt, du und Jonah«, murmelte sie.

»Er hat mich auch glücklich gemacht. Ich habe so viel von ihm gelernt. Ach, wenn ich ihm das nur richtig gesagt hätte! Ich möchte ihm noch so vieles sagen!« Sie schloss die Augen. »Aber jetzt ist es zu spät.«

»Er wusste es«, flüsterte ihre Mutter besänftigend. »Er hat es immer gewusst.«

Die Trauerfeier fand in der Kirche statt, die gerade erst wieder eröffnet worden war. Steve hatte sich gewünscht, verbrannt zu werden, und man befolgte seinen Wunsch.

Pastor Harris hielt die Trauerrede. Jeder spürte, wie betrübt er war und wie sehr er Steve geliebt hatte. Steve war für ihn wie ein Sohn gewesen, und obwohl sie es nicht wollte, weinte Ronnie, genau wie Jonah. Sie legte ihrem Bruder den Arm um die Schultern, und er schluchzte hemmungslos. Er war ja auch noch so klein! Ronnie wollte gar nicht daran denken, wie er das Erlebte verarbeiten würde.

Nur wenige Menschen waren anwesend. Galadriel und Officer Pete waren schon da gewesen, als sie kam, und danach hatte sich die Kirchentür noch ein paarmal geöffnet, ansonsten blieben alle Plätze leer. Es tat ihr weh, dass kaum jemand wusste, was für ein wunderbarer Mensch ihr Vater gewesen war, während er ihr doch so viel bedeutet hatte.

Nach der Trauerfeier blieb sie noch eine Weile lang mit Jonah auf der Kirchenbank sitzen. Ihre Mutter und Brian gingen schon nach draußen, um mit Pastor Harris zu sprechen. In ein paar Stunden flogen sie zu viert zurück nach New York, und Ronnie wusste, dass ihr nicht mehr viel Zeit blieb.

Ach – sie wollte nicht weg von hier. Es hatte aufgehört zu regnen, nachdem es den ganzen Morgen gegossen hatte. Die Wolken verzogen sich, der Himmel hellte sich auf. Sie hatte gebetet, dass das Wetter besser würde. Erwartungsvoll schaute sie hinauf zu dem Glasfenster.

Und als die Sonne durch die Wolken brach, war es genau so, wie ihr Vater es beschrieben hatte. Die Strahlen drangen durch die bunten Scheiben und bildeten Hunderte von farbigen Lichttupfern, die wie Edelsteine funkelten. Das Klavier war umhüllt von einem Glorienschein aus leuchtenden Farben, und einen Moment lang sah Ronnie ihren Vater da sitzen, die Hände auf den Tasten, das Gesicht dem Licht zugewandt. Sie drückte Jonahs Hand, stumm und voller Andacht. Obwohl der Schmerz und die Trauer auf ihr lasteten, lächelte sie selig, und sie wusste, dass Jonah dasselbe dachte wie sie.

»Hi, Daddy«, flüsterte sie. »Ich hab gewusst, dass du kommst.«

Nachdem das Leuchten verblasst war, verabschiedete sie sich stumm und stand auf. Da stellte sie fest, dass sie und Jonah nicht allein in der Kirche waren. Bei der Tür, in der letzten Reihe, saßen Tom und Susan Blakelee.

Ronnie legte Jonah die Hand auf die Schulter. »Würdest du bitte rausgehen und Mom und Brian ausrichten, dass ich gleich komme? Ich muss noch kurz mit jemandem reden.«

»Okay«, brummelte er und rieb sich die verquollenen Augen. Dann verließ er die Kirche. Ronnie ging mit zögernden Schritten auf Wills Eltern zu, die sich erhoben, um sie zu begrüßen.

Zu ihrer großen Verwunderung war es Susan, die zuerst das Wort ergriff.

»Unser herzliches Beileid. Pastor Harris hat uns gesagt, was für ein wunderbarer Mensch dein Vater war.«

»Danke.« Ronnie schaute von Susan zu Tom und lächelte. »Ich freue mich sehr, dass Sie gekommen sind. Und ich möchte Ihnen auch dafür danken, dass Sie so viel für die Kirche getan haben. Für meinen Dad war das sehr wichtig.«

Als Tom Blakelee den Blick abwandte, wusste Ronnie, dass sie richtig vermutet hatte. »Es sollte eine anonyme Spende sein«, murmelte Wills Vater.

»Ich weiß. Und Pastor Harris hat auch nicht darüber gesprochen, weder mit mir noch mit meinem Vater. Aber ich habe es mir gedacht, als ich Sie auf der Baustelle sah. Es ist sehr nett von Ihnen, dass Sie sich so für die Kirche eingesetzt haben.«

Tom Blakelee nickte fast schüchtern. Sein Blick wanderte zu dem großen Fenster. Auch ihm war aufgefallen, wie wunderschön das Licht die Kirche erleuchtet hatte.

Sie schwiegen alle drei. Dann deutete Susan zur Tür. »Draußen ist noch jemand, der mit dir sprechen möchte.«

»Bist du so weit?«, fragte Mom, als Ronnie aus der Kirche kam. »Wir sind schon ein bisschen spät dran.«

Doch Ronnie hörte sie nicht. Sie hatte nur Augen für Will. Er trug einen schwarzen Anzug, und seine Haare waren länger als im Sommer, wodurch er älter wirkte. Er unterhielt sich gerade mit Galadriel, aber als er Ronnie sah, verstummte er.

»Ich brauche noch ein paar Minuten, okay?«, antwortete Ronnie, ohne den Blick von Will zu nehmen.

Sie hatte nicht damit gerechnet, dass er kommen würde. Eigentlich hatte sie nicht erwartet, ihn je wiederzusehen. Was hatte es zu bedeuten, dass er hier war? Sollte sie sich freuen – oder brach es ihr das Herz? Oder vielleicht beides? Sie machte einen Schritt auf ihn zu und blieb dann stehen. Seinen Gesichtsausdruck zu deuten erschien ihr nicht möglich.

Als er ihr entgegenkam, dachte sie daran, wie elegant er sich im Sand bewegt hatte, als sie ihn das erste Mal sah. Sie dachte auch daran, wie sie sich am Hochzeitstag seiner Schwester an der Bootsanlegestelle küssten. Und sie hörte die Worte, die sie an ihrem letzten Abend zu ihm gesagt hatte. So widersprüchliche Gefühle – Verlangen, Bedauern, Sehnsucht, Angst, Schmerz, Liebe. Es gab unglaublich viel zu sagen. Aber wie konnten sie alles besprechen, in dieser Umgebung und nach so langer Zeit?

»Hi.« *Ach, wenn ich doch telepathische Fähigkeiten besäße und du meine Gedanken lesen könntest.*

»Hi«, antwortete er. Er schien in ihrem Gesicht etwas zu suchen, aber Ronnie hatte keine Ahnung, was.

Reglos stand er da. Auch Ronnie rührte sich nicht.

»Du bist gekommen«, sagte sie schließlich und hörte selbst, wie verwundert sie klang.

»Ich konnte nicht anders. Mein Beileid wegen deines Vaters. Er war … er war ein großartiger Mensch.« Ein trauriger Schatten huschte über sein Gesicht, als er hinzufügte: »Ich werde ihn sehr vermissen.«

Ronnie musste an die gemeinsamen Abende mit Dad und Jonah im Bungalow denken. An die Gerüche, wenn Dad kochte. An Jonahs lautes Lachen beim Lügenpoker. Plötzlich wurde ihr schwindelig. Es erschien ihr absolut unwirklich, dass sie an diesem dunklen Tag Will wiedersah. Ausgerechnet. Am liebsten wäre sie ihm um den Hals gefallen und hätte sich dafür entschuldigt, dass sie ihn weggeschickt hatte. Aber sie blieb stumm und fragte sich, ob sie überhaupt noch diejenige war, die Will geliebt hatte. So viel war seit ihrem gemeinsamen Sommer geschehen …

Unsicher trat sie von einem Fuß auf den anderen. »Wie ist es in Vanderbilt?«, fragte sie schließlich.

»So ähnlich, wie ich es erwartet habe.«

»Ist das gut oder schlecht?«

Statt zu antworten, deutete er mit einer Kopfbewegung zu dem Mietwagen. »Ich nehme an, du fährst jetzt wieder nach Hause?«

»Ja, das Flugzeug geht bald.« Sie strich sich eine Haarsträhne hinters Ohr. Wenn sie doch nur nicht so verlegen wäre! Es war fast so, als würden sie und Will sich überhaupt nicht kennen. »Ist das Semester schon vorbei?«

»Nein, ich habe nächste Woche Klausuren, deshalb fliege ich auch heute Abend noch zurück. Die Kurse sind schwerer, als ich gedacht habe. Wahrscheinlich muss ich beim Lernen ein paar Nachtschichten einlegen.«

»Aber danach hast du ja eine Weile lang frei. Da musst du nur ein paarmal am Strand spazieren gehen, und schon bist du wieder wie neu.« Ronnie brachte immerhin ein aufmunterndes Lächeln zustande.

»Nun, meine Eltern wollen mich nach Europa schleppen, sobald ich keine Vorlesungen mehr habe. Wir feiern Weihnachten dieses Jahr in Frankreich. Sie finden es wichtig, dass ich was von der Welt sehe.«

»Klingt aufregend.«

Er zuckte die Achseln. »Und – wie sehen deine Pläne aus?«

Sie wandte den Blick ab, und ihre Gedanken wanderten zurück zu den letzten Tagen mit ihrem Vater.

»Ich glaube, ich bewerbe mich an der Juilliard School of Music«, antwortete sie. »Keine Ahnung, ob sie mich da noch haben wollen.«

Zum ersten Mal lächelte er, und es war, als würde kurz

die spontane Freude aufleuchten, die sie während jener warmen Sommermonate so oft bei ihm gesehen hatte. Wie sehr hatte sie in den langen Wochen danach seine Fröhlichkeit vermisst, seine Wärme! »Das finde ich gut. Und du machst das bestimmt ganz hervorragend«, sagte er.

Es passte Ronnie gar nicht, dass sie zwar miteinander redeten, aber den eigentlichen Fragen auswichen. Das fühlte sich so ... so *falsch* an, wenn man sich überlegte, was sie im Sommer gemeinsam erlebt und miteinander durchgemacht hatten. Sie atmete tief durch, um ihre Emotionen unter Kontrolle zu bekommen. Wie schwer das alles war! Und sie war so unendlich müde. Was sie als Nächstes sagte, kam fast automatisch über ihre Lippen.

»Ich möchte dich um Entschuldigung bitten für das, was ich zu dir gesagt habe. Ich habe es nicht so gemeint. Es war alles irgendwie zu viel für mich. Aber ich hätte das nicht an dir auslassen dürfen ...«

Endlich trat er näher zu ihr und fasste sie am Arm. »Ist schon okay«, sagte er leise. »Ich verstehe das.«

All die aufgestauten Gefühle, die sie bis jetzt erfolgreich unterdrückt hatte, kamen durch seine Berührung auf einmal an die Oberfläche, und Ronnie merkte, dass sie kurz davor war, die Fassung zu verlieren. Schnell schloss sie die Augen. Nein, sie wollte nicht weinen.

»Aber wenn du getan hättest, was ich von dir verlangt habe, dann wäre Scott ...«

Will schüttelte lächelnd den Kopf. »Scott geht es bestens. Ob du's glaubst oder nicht – er hat sogar ein Stipendium bekommen. Und Marcus ist in Haft und –«

»Trotzdem hätte ich diese schrecklichen Sachen nicht

zu dir sagen dürfen!«, unterbrach Ronnie ihn. »Der Sommer hätte nicht so zu Ende gehen sollen. Und ich bin schuld daran. Du weißt gar nicht, wie weh es mir tut, wenn ich daran denke, dass ich dich vertrieben habe.«

»Du hast mich nicht vertrieben«, erwiderte er sanft. »Ich bin weggegangen. Das hast du gewusst.«

»Aber wir haben nicht mehr miteinander geredet, wir haben uns nicht geschrieben, und es war so schwer für mich mitzuerleben, wie mein Dad ... ich hätte so gern mit dir darüber gesprochen, aber ich wusste, dass du böse auf mich bist ...«

Jetzt konnte sie die Tränen nicht mehr zurückhalten. Will schloss sie in die Arme. Durch diese tröstliche Geste fühlte sie sich besser, aber zugleich auch elender.

»Sch, sch, es ist alles in Ordnung«, murmelte er. »Ich war dir nie so böse, wie du denkst.«

Sie schmiegte sich an ihn. Wie sehr wünschte sie sich, das wiederzufinden, was sie miteinander verbunden hatte! »Aber du hast mich nur zweimal angerufen.«

»Weil ich wusste, dass dein Dad dich braucht. Und ich wollte, dass du dich auf ihn konzentrierst, nicht auf mich. Ich weiß noch genau, wie es war, als Mickey gestorben ist. Und ganz besonders deutlich erinnere ich mich daran, wie gern ich mehr Zeit mit ihm gehabt hätte. Diese Zeit wollte ich dir nicht nehmen.«

Seufzend vergrub Ronnie ihr Gesicht an seiner Schulter. Sie konnte nur einen Gedanken denken: dass sie ihn brauchte. Sie musste seine Arme um sich spüren, er musste sie festhalten und ihr ins Ohr flüstern, dass sie es schaffen konnten, gemeinsam.

Er beugte sich zu ihr herunter und sagte ganz leise ihren Namen. Und als sie den Kopf zurücklehnte und zu ihm aufschaute, sah sie, dass er lächelte.

»Du trägst das Armband«, flüsterte er und berührte ihr Handgelenk.

»Bei mir für immer.« Sie lächelte zaghaft.

Er hob ihr Kinn, um ihr tief in die Augen sehen zu können. »Ich ruf dich an. Sobald ich aus Europa zurück bin.«

Ronnie nickte. Sie wusste, das war alles, was ihnen noch blieb. Und sie wusste auch, dass es nicht genug war. Das Leben führte sie in verschiedene Richtungen, jetzt und immer. Der Sommer war vorüber, sie hatten unterschiedliche Pläne.

Ronnie schloss die Augen. Die Wahrheit war manchmal grausam.

»Okay«, flüsterte sie.

Ronnie

In den Wochen nach dem Tod ihres Vaters litt Ronnie immer wieder unter heftigen Stimmungsschwankungen. Aber das war vermutlich nicht anders zu erwarten. Es gab Tage, an denen wachte sie verängstigt auf und durchlebte immer wieder Situationen aus den letzten Monaten mit ihrem Vater. Meistens war sie dann vor Schmerz und Trauer so gelähmt, dass sie nicht einmal weinen konnte. Nach der intensiven Phase des Zusammenlebens fiel es ihr schwer zu akzeptieren, dass er plötzlich nicht mehr da war und dass sie ihn nicht erreichen konnte, selbst wenn sie ihn noch so dringend brauchte. Sie fühlte seine Abwesenheit wie einen bohrenden Messerstich, den sie kaum aushielt, und manchmal war sie völlig verzweifelt.

Aber nach den ersten Wochen wurden solche Morgen seltener, und mit der Zeit merkte Ronnie, dass sie sich nicht mehr so oft abgrundtief traurig fühlte. Dadurch, dass sie bei ihrem Vater geblieben war und ihn gepflegt hatte, war sie ein anderer Mensch geworden, und sie wusste, dass sie es schaffen konnte. Dad würde das von ihr erwarten, und manchmal glaubte sie seine Stimme zu hören, wie er sie daran erinnerte, dass sie mehr Kraft besaß, als sie selbst ahnte. Er würde nicht wollen, dass sie monatelang trauerte, nein, er hätte sie bestimmt ermahnt, ihr Leben unbeschwert zu leben, so wie er selbst in seinem letzten Jahr. Ihm zuliebe wollte sie das Leben genießen und etwas aus sich machen.

In Bezug auf Jonah war es nicht anders. Bestimmt hätte sich ihr Vater gewünscht, dass sie sich um ihn kümmerte, und seit sie wieder in New York war, unternahm sie tatsächlich oft etwas mit ihm. Keine Woche nach ihrer Rückkehr begannen schon seine Weihnachtsferien. Ronnie ging mit ihm im Rockefeller Center Schlittschuh laufen, sie besuchten das Empire State Building, die Dinosaurierausstellung im Museum of Natural History, und gemeinsam verbrachten sie einen ganzen Nachmittag im FAO Schwarz, dem riesigen Spielzeuggeschäft in der Fifth Avenue. In Ronnies Augen waren diese Orte immer typische Touristenattraktionen gewesen und deshalb viel zu banal, aber Jonah genoss die Unternehmungen, und zu ihrer eigenen Überraschung fand sie alles gar nicht so schlecht.

Es kam auch vor, dass sie einfach zu Hause blieben, ohne großes Programm. Ronnie setzte sich zu Jonah, wenn er sich Zeichentricksendungen anschaute, oder sie malte mit ihm am Küchentisch alle möglichen Bilder. Einmal übernachtete sie sogar bei ihm im Zimmer und schlief auf seine Bitte hin vor seinem Bett auf dem Fußboden. In solchen stilleren Momenten sprachen sie gern über den Sommer und tauschten Erinnerungen an ihren Vater aus, was sie beide als unglaublich tröstlich empfanden.

Aber Ronnie wusste natürlich, dass Jonah auf seine eigene Art zu kämpfen hatte, eben wie ein Zehnjähriger.

Sie hatte allerdings den Eindruck, dass etwas ganz Bestimmtes ihn quälte, und eines Abends rückte er endlich damit heraus.

Nach dem Essen machten sie einen kleinen Spaziergang. Es wehte ein eisiger Wind, und Ronnie vergrub die Hände tief in ihren Manteltaschen. Jonah musterte sie unter seiner großen Parkakapuze hervor.

»Ist Mom krank?«, begann er. »So wie Dad?«

Die Frage kam so unerwartet, dass Ronnie erst einmal verdutzt war. Sie ging in die Hocke, um auf Augenhöhe mit Jonah zu sein. »Nein, Mom ist nicht krank. Wie kommst du auf die Idee?«

»Weil ihr nicht mehr streitet, du und Mom. So wie du aufgehört hast, mit Dad zu streiten.«

Ronnie sah die Angst in seinen Augen. Ja, sie konnte der Logik seines Gedankengangs folgen, und es stimmte, dass sie und Mom nicht mehr wegen jeder Kleinigkeit aneinandergerieten. »Nein, Mom geht es gut. Wir haben einfach keine Lust mehr zu streiten, also geht es auch ohne Krach.«

Jonah musterte sie misstrauisch. »Ist das echt und ehrlich wahr?«

Sie zog ihn an sich und drückte ihn. »Es ist echt und ehrlich wahr.«

Die Monate bei ihrem Vater hatten auch Ronnies Verhältnis zu ihrer Heimatstadt verändert. Sie musste sich erst wieder an die Großstadt gewöhnen. Der ständige Lärm! Und überall liefen so viele Menschen herum! Sie

hatte fast vergessen, dass die Gehwege von den Wolken-
kratzern überschattet wurden und sämtliche Passanten
immer in Eile waren, selbst in den schmalen Gängen der
kleinen Lebensmittelläden. Und seltsamerweise hatte sie
wenig Lust, sich mit ihren Freundinnen zu verabreden.
Als Kayla anrief und fragte, ob sie mit ihr ausgehen würde, lehnte sie ab. Sie und Kayla verbanden zwar viele gemeinsame Erinnerungen, aber ihre Freundschaft würde
von jetzt an auf einer anderen Ebene weitergehen. Dagegen hatte Ronnie nichts einzuwenden, und außerdem
blieb ihr sowieso nicht viel Zeit, weil sie sich um Jonah
kümmern musste und weil sie Klavier übte.

Der Flügel ihres Vaters war noch nicht nach Manhattan transportiert worden, deshalb fuhr sie immer mit der
U-Bahn zur Juilliard School und übte dort. Gleich an ihrem ersten Tag in New York hatte sie angerufen und mit
dem Direktor gesprochen. Er war ein guter Freund ihres
Vaters gewesen. Als er Ronnies Stimme hörte, klang er
erstaunt, aber auch erfreut. Sie teilte ihm mit, dass sie
sich nun doch an der Musikhochschule bewerben wolle.
Daraufhin sorgte er persönlich dafür, dass sie einen vorge-
zogenen Termin für die Aufnahmeprüfung bekam, und erklärte ihr, an wen sie sich mit ihrer Bewerbung wenden
musste.

Schon drei Wochen nach ihrer Rückkehr spielte sie das
erste Mal vor. Sie wählte das Stück aus, das sie mit ihrem
Vater komponiert hatte. Ihre Fingertechnik war ein bisschen eingerostet – drei Wochen waren nicht sehr viel, um
sich für eine anspruchsvolle Prüfung vorzubereiten –, aber
als sie den Saal verließ, wusste sie, dass ihr Vater stolz auf

sie gewesen wäre. Na ja, dachte sie lächelnd und klemmte die Noten unter den Arm, irgendwie war er ja immer stolz auf sie gewesen.

Seit dem ersten Vorspiel übte sie drei bis vier Stunden täglich. Der Direktor hatte ihr einen Übungsraum an der Hochschule zugewiesen, und sie begann auch wieder zu komponieren. Beim Üben dachte sie oft an Dad. Er hatte auch sehr viel Zeit in diesen Räumen verbracht. Bevor die Sonne unterging, fanden ihre Strahlen gelegentlich noch einen Weg zwischen den hohen Gebäuden hindurch und beschienen den Parkettfußboden. Und immer, wenn Ronnie dies sah, dachte sie an das Glasfenster in der Kirche und an den Lichtstrahl bei der Trauerfeier.

Und natürlich dachte sie an Will.

Vor allem an ihren gemeinsamen Sommer. Die kurze Begegnung draußen vor der Kirche trat eher in den Hintergrund. Sie hatte seither nicht mehr von ihm gehört. Nach Weihnachten verlor sie zunehmend die Hoffnung, dass er sich tatsächlich melden würde. Natürlich, er hatte gesagt, dass er nach Europa reiste, aber mit jedem Tag ohne ein Lebenszeichen von ihm wurde sie unsicherer. Sie schwankte zwischen dem festen Glauben, dass er sie immer noch liebte, und der allgemeinen Hoffnungslosigkeit ihrer Situation. Vielleicht war es ja sogar besser, wenn er nicht anrief, sagte sie sich. Im Grunde hatten sie sich doch nichts mehr mitzuteilen, oder?

Mit einem traurigen Lächeln zwang sie sich dann immer, solche Gedanken wegzuschieben. Sie hatte so viel zu tun! Vor allem wollte sie sich ihrem neuesten Projekt widmen, einer Komposition, die von der Country-Western-Tradition und von der Popmusik beeinflusst war. Sie musste nach vorn schauen, nicht zurück. Ob sie an der Juilliard School of Music angenommen wurde, stand noch nicht fest, aber der Direktor hatte ihr immerhin gesagt, ihre Bewerbung sei »sehr positiv« aufgenommen worden. Gleichgültig, was passierte –, sie wusste, dass ihre Zukunft auf jeden Fall in der Musik lag – auf irgendeine Weise würde sie zu ihrer alten Leidenschaft zurückfinden.

Ihr Handy, das oben auf dem Klavier lag, begann zu vibrieren. Bestimmt ihre Mutter, die sie etwas fragen wollte. Doch dann schaute sie auf das Display und erstarrte. Sie holte tief Luft.

»Ja, hallo?«

»Hi«, sagte eine vertraute Stimme. »Ich bin's. Will.«

Von wo rief er an? Sie glaubte ein Echo zu hören, wie bei einer Flughafenhalle.

»Bist du gerade gelandet?«, fragte sie.

»Nein, ich bin schon seit ein paar Tagen hier. Wieso fragst du?«

»Du klingst so komisch.« Ihr wurde schwer ums Herz. Er war schon seit ein paar Tagen wieder im Lande? Wieso fand er erst jetzt die Zeit, sie anzurufen? »Wie war's in Europa?«

»Echt gut. Ich habe mich viel besser mit meiner Mom verstanden als erwartet. Wie geht es Jonah?«

»So langsam wird es besser, aber ... es ist immer noch sehr schwer.«

»Das ist wirklich traurig.« Wieder hörte Ronnie den Nachhall. Vielleicht stand er ja auf der großen Veranda hinter der Villa. »Gibt es sonst etwas Neues?«

»Ich habe bei Juilliard vorgespielt, und ich glaube, es lief ziemlich gut.«

»Ich weiß.«

»Woher willst du das wissen?«

»Sonst wärst du nicht dort, oder?«

Sie verstand nicht recht, was er damit meinte. »Nein, ich bin noch nicht dort – ich darf nur in den Räumen üben, bis Dads Flügel kommt. Weil mein Vater ja früher hier unterrichtet hat und überhaupt. Der Direktor war ein guter Freund von ihm.«

»Ich hoffe, du übst nicht die ganze Zeit.«

»Was willst du damit sagen?«

»Nun, vielleicht hast du am Wochenende frei und möchtest gern ausgehen. Oder bist du schon verplant?«

Da machte ihr Herz einen kleinen Sprung. »Soll das heißen, du kommst nach New York?«

»Ich besuche Megan. Schließlich muss ich mal nachsehen, wie's dem frisch verheirateten Paar so geht.«

»Wann kommst du?«

»Warte …« Sie sah ihn in Gedanken vor sich, wie er die Augen zusammenkniff und auf seine Uhr schaute. »Ich bin vor gut einer Stunde eingetroffen.«

»Du bist schon hier? Wo denn?«

Er antwortete nicht gleich, und als sie seine Stimme wieder hörte, merkte sie, dass sie nicht mehr aus ihrem Handy kam. Er stand in der Tür, sein Telefon in der Hand.

»Entschuldige«, sagte er. »Ich konnte nicht anders.«

Obwohl sie ihn mit eigenen Augen sah, konnte sie es nicht glauben. Einen Moment lang schloss sie die Augen – und öffnete sie wieder.

Ja, er war immer noch da. Nicht zu fassen!

»Warum hast du dich nicht gemeldet und mir gesagt, dass du kommst?«

»Weil ich dich überraschen wollte.«

Und das ist dir auch gelungen, dachte sie. In seiner Jeans und dem dunkelblauen Pullover mit V-Ausschnitt sah er mindestens so gut aus wie in ihrer Erinnerung.

»Außerdem muss ich dir etwas Wichtiges sagen«, verkündete er.

»Und das wäre?«

»Vorher will ich aber noch wissen, ob wir ein Date haben.«

»Wie bitte?«

»Fürs Wochenende – schon vergessen? Sind wir verabredet?«

Sie grinste. »Ja, sind wir.«

»Und was ist mit dem nächsten Wochenende?«

Jetzt zögerte Ronnie. »Wie lange bleibst du denn hier?«

Langsam kam er auf sie zu. »Tja ... das wollte ich gern mit dir besprechen. Weißt du noch, dass ich gesagt habe, Vanderbilt ist nicht meine erste Wahl? Und dass ich lieber auf das College gehen will, das dieses fantastische Umweltprogramm hat?«

»Klar weiß ich das noch.«

»Also, normalerweise kann man ja nicht mitten im Studienjahr wechseln, aber meine Mom ist bei Vanderbilt im Vorstand, und sie kennt auch verschiedene Leute von dieser anderen Universität. Deshalb konnte sie ein paar Strippen ziehen. Als ich in Europa war, habe ich erfahren, dass ich angenommen wurde. Also wechsle ich jetzt gleich. Nächstes Semester fange ich dort an. Und ich dachte, das interessiert dich vielleicht.«

»Sicher – wie schön für dich«, sagte sie unsicher. »Wohin gehst du?«

»Columbia.«

Sie wusste nicht, ob sie ihn richtig verstanden hatte. »Sagtest du *Columbia*? Wie bei Columbia University, New York?«

Ein breites Grinsen erschien auf seinem Gesicht, als hätte er gerade ein Kaninchen aus dem Hut gezaubert. »Ganz genau.«

»Ehrlich?« Ronnies Stimme überschlug sich fast.

Will nickte. »In zwei Wochen geht's los. Kannst du dir das vorstellen? Ein Junge aus den Südstaaten in der Großstadt im Norden? Da brauche ich doch dringend jemanden, der mir hilft, mich zurechtzufinden. Am liebsten hätte ich dich dafür. Falls du einverstanden bist.«

Inzwischen stand er so dicht vor ihr, dass er in die Gürtelschlaufen ihrer Jeans fassen konnte. Als er sie an sich zog, merkte Ronnie, wie alles andere um sie herum versank. Es gab nur noch sie und ihn. Und Will würde hier studieren! In New York. Bei ihr.

Freudestrahlend schlang sie die Arme um ihn. Sie spürte, wie perfekt sein Körper zu ihrem passte. Konnte es etwas Schöneres geben als diesen Moment?

»Ich glaube, ich bin einverstanden. Aber es wird garantiert nicht leicht für dich. Hier wird nicht viel geangelt, und man kann auch nicht durch den Matsch fahren.«

»Das habe ich schon befürchtet.«

»Und Beachvolleyball gibt es sehr selten. Vor allem im Januar.«

»Ich glaube, ein paar Opfer muss ich tatsächlich bringen.«

»Wenn du Glück hast, finden wir vielleicht andere Beschäftigungen, mit denen du dir die Zeit vertreiben kannst.«

Er drückte sie an sich, und dann küsste er sie, zuerst auf die Wange und dann auf die Lippen. Als er ihr in die Augen schaute, sah sie den jungen Mann, den sie im Sommer geliebt hatte, den jungen Mann, den sie immer noch liebte.

»Ich habe nie aufgehört, dich zu lieben, Ronnie. Und ich habe auch nie aufgehört, an dich zu denken. Obwohl jeder Sommer einmal zu Ende geht.«

Sie lächelte. Er sagte die Wahrheit, das wusste sie.

»Ich liebe dich auch, Will Blakelee«, flüsterte sie und schmiegte sich an ihn, um ihn zu küssen.

DANK

Wie immer beginne ich mit Cathy – meine Frau, mein Traum. Es sind jetzt schon zwanzig Jahre, zwanzig einmalig spannende Jahre, und immer, wenn ich morgens aufwache, denke ich als Erstes, was für ein Glück ich doch habe, dass ich diese Jahre mit dir verbringen durfte.

Meine Kinder – Miles, Ryan, Landon, Lexie und Savannah – sind für mich eine Quelle unendlicher Freude. Ich liebe euch alle.

Jamie Raab, meine Lektorin bei Grand Central Publishing, verdient wie immer meinen Dank, nicht nur für ihr brillantes Lektorat, sondern auch für die Freundlichkeit, die sie mir stets entgegenbringt. Danke!

Denise DiNovi, Produzentin der Filme *Message in a Bottle – Der Beginn einer großen Liebe, A Walk to Remember – Nur mit dir, Das Lächeln der Sterne* und *The Lucky One (Für immer der Deine)*, ist nicht nur ein Genie, sondern auch einer der nettesten Menschen, die ich kenne. Danke für alles.

David Young, Topmanager bei Hachette Book Group, hat in den vielen Jahren, die wir jetzt schon zusammenarbeiten, meinen Respekt und meine Dankbarkeit verdient. Danke, David.

Jennifer Romanello und Edna Farley, meine Pressefrauen, sind für mich nicht nur gute Freundinnen, sondern auch wunderbare Menschen. Danke für alles.

Harvey-Jane Kowal und Sona Vogel haben es wie immer verdient, dass ich mich bei ihnen bedanke – schon allein deswegen, weil ich mit meinem Manuskript jedes Mal zu spät dran bin und ihnen damit die Arbeit enorm erschwere.

Howie Sanders und Keya Khayatian, meine Agenten bei UTA, sind fantastisch. Danke für alles!

Scott Schwimer, mein Anwalt, ist einfach der Allerbeste auf seinem Gebiet. Danke, Scott!

Mein Dank geht auch an Marty Bowen (den Produzenten von *Dear John*) sowie an Lynn Harris und Mark Johnson.

Amanda Cardinale, Abby Koons, Emily Sweet und Sharon Krassney haben ebenfalls meinen Dank verdient. Ich weiß sehr zu schätzen, was ihr tut.

Auch der Familie Cyrus bin ich zu großem Dank verpflichtet – nicht nur, weil sie alle mich sehr großzügig bei sich aufgenommen haben, sondern auch, weil sie sich so für den Film eingesetzt haben. Ein ganz besonderer Dank geht natürlich an Miley, die den Namen Ronnie ausgesucht hat. Als ich den Namen das erste Mal gehört habe, wusste ich gleich, er passt perfekt!

Und zum Schluss geht mein Dank noch an Jason Reed, Jennifer Gipgot und Adam Shankman für ihre Arbeit an der Filmversion von *Mit dir an meiner Seite*.